CB061724

VERMELHA IMPERATRIZ

VERMELHA IMPERATRIZ

Léonora Miano

tradução
Carolina Selvatici e Emilie Audigier

Rouge impératrice
© Éditions Grasset & Fasquelle, 2019.

Todos os direitos desta edição reservados
à Pallas Editora e Distribuidora Ltda.

editoras
Cristina Fernandes Warth
Mariana Warth

coordenação editorial e capa
Daniel Viana

assistente editorial
Daniella Riet

tradução
Carolina Selvatici e Emilie Audigier

preparação de tradução
Andréia Manfrin Alves

revisão
BR75 | Clarisse Cintra e Clarissa Luz; Andréia Manfrin Alves

Este livro segue as novas regras
do Acordo Ortográfico da Língua Portuguesa.

CIP-BRASIL. CATALOGAÇÃO-NA-FONTE
SINDICATO NACIONAL DOS EDITORES DE LIVROS, RJ

Miano, Léonora

    Vermelha imperatriz / Léonora Miano ; tradução Carolina Selvatici, Emilie Audigier. -- 1. ed. -- Rio de Janeiro : Pallas Editora, 2024.

    Título original: Rouge imperatrice.
    ISBN 978-65-5602-135-5

    1. Afrofuturismo 2. Ficção francesa 3. Política 4. Utopia I. Título.

24-222217   CDD-843

Índices para catálogo sistemático:
1. Ficção : Literatura francesa 843
Aline Graziele Benitez - Bibliotecária - CRB-1/3129

AMBASSADE
DE FRANCE
AU BRÉSIL
Liberté
Égalité
Fraternité

Cet ouvrage, publié dans le cadre du Programme d'Aide à la Publication année 2023 Carlos Drummond de Andrade de l'Ambassade de France au Brésil, bénéficie du soutien du Ministère de l'Europe et des Affaires étrangères.

Este livro, publicado no âmbito do Programa de Apoio à Publicação ano 2023 Carlos Drummond de Andrade da Embaixada da França no Brasil, contou com o apoio do Ministério francês da Europa e das Relações Exteriores.

PALLAS
Pallas Editora e Distribuidora Ltda.
Rua Frederico de Albuquerque, 56 — Higienópolis
CEP 21050-840 — Rio de Janeiro — RJ
Tel.: 21 2270-0186
www.pallaseditora.com.br | pallas@pallaseditora.com.br

*Ao assumir posições de confiança e poder,
sonhe um pouco antes de pensar.*
Toni Morrison

*Não nos voltamos nem para o Leste nem para o Oeste —
nos voltamos para a frente.*
Kwame Nkrumah

1.

De pé, a poucos metros da Praça Mmanthatisi, o homem só tinha olhos para a mulher. Aquela que se postara no centro, como o brilho do sol poente sobre uma estufa. Na véspera, em uma das saídas não oficiais de que ele não conseguia prescindir, a caminhada do *mokonzi* o levara até aquela praça. Havia uma dessas saídas em todos os cantos de Mbanza, com exceção de alguns bairros residenciais. O criador delas havia observado os hábitos populares daquela parte do Continente e sua propensão a negligenciar os espaços públicos e de encontros. Nas metrópoles antigas, apenas sonhadores se divertiam ao percorrer as *nzela* bem abertas dos parques e dos jardins públicos. Os outros, mais numerosos, se reuniam de preferência nas laterais, margeando os muros, ao longo das calçadas. Aquele modo de observar as coisas de fora, fazer das margens o centro e o ponto de encontro, não havia mudado ao longo das décadas. Por isso, o urbanista tivera a ideia de cobrir os muros de plantas e fixar neles coberturas de vidro convexas. Em dias de chuva, cerca de trinta pessoas podiam se abrigar embaixo delas. Quando o tempo estava bom, as praças acolhiam todo tipo de grupo. Muitos também passavam por elas apenas pelo prazer de ver os outros, de estar em sua companhia. Ilunga gostava de ficar perto daqueles lugares, nos galhos mais baixos de uma das grandes árvores que margeavam a calçada. Assim, podia ouvir as pessoas falarem e não precisava esperar os relatórios da Segurança Interna e dos *mikalayi* sobre a opinião do povo a respeito do seu governo. Ele também aproveitava para analisar por si mesmo a qualidade das relações sociais e observar, sobretudo, o comportamento dos agentes públicos. A unificação do Katiopa era recente — era importante que a população tivesse apenas queixas menores a fazer. Por isso, os funcionários públicos, de quaisquer cargos e atribuições, tinham que ser flexíveis e pacientes. A ideia era acompanhar a implementação das novas regras. Mais do que as leis respeitadas antes, essas regras queriam fortalecer uma visão mais saudável delas mesmas. Assim como todos os membros da Aliança que havia tomado o poder quatro anos antes, Ilunga estava determinado a conseguir o que a federação que precedera o Katiopa unificado não pudera fazer. Ela havia abolido em parte as fronteiras herdadas da época colonial — um dos principais objetivos dos que lutavam pela soberania do Continente, desde a época da Primeira *Chimurenga*. No entanto, a federação havia fracassado, já que não tinha trabalhado duro o suficiente para obter a adesão das massas àquela parte crucial do projeto de libertação.

Com o passar das décadas, os habitantes do Continente haviam assimilado uma organização que beneficiava outros. Muitos tinham fé na nação que lhes havia sido imposta e se agarravam à concepção belicista de pertencimento a um território. Os tempos antigos tinham sido varridos e deixado, na esteira de seu desaparecimento, apenas identidades cheias de fissuras. Os federalistas haviam acalentado o sonho da restauração, mas se depararam com um paradoxo. Eles achavam que tinham rebobinado os séculos, vivido a História ao avesso. Mas sua cegueira, a violência de seus métodos, dera origem, em vários lugares, a fissuras de tamanhos variados. Todos concordavam quanto às questões, mas discordavam quanto à maneira de resolvê-las. A federação tinha adicionado caos ao caos e não se dera outra opção a não ser a de um totalitarismo que acabaria por apressar sua queda. Já a Aliança havia sido formada com paciência. Seus teóricos tinham optado por incluir no nome do movimento o desejo que devia ser implementado. Era uma utopia que levava em conta a realidade, um sonho pragmático. Acima de tudo, era preciso parar de propagar a ideia de um elo orgânico, carnal, entre os povos do Katiopa. Saber se aquilo era verdade ou fantasia não era a questão. Pelo contrário. Era preciso supor que haveria diferenças, convidá-las, por razões objetivas, a se juntarem sob a mesma bandeira. Forjar uma nova consciência. A Primeira *Chimurenga* tinha ocorrido bem antes de Ilunga nascer, em uma época agitada para o mundo. A humanidade, assustada com as consequências de suas ações e apaixonada por si mesma, achava que geraria uma nova época geológica. Ela se sentia apavorada e se felicitava por isso. A humanidade... Ou melhor, aqueles que tinham se dado o direito de falar e agir em seu nome. No entanto, o período havia se revelado frutífero para o Continente, cuja consciência tentava esquecer, depois do ódio de si mesmo, sua vaidosa autoexaltação e o medo de ser ele mesmo. As batalhas iniciais tinham sido pelo imaginário. Uma reconquista do campo de possibilidades através do pensamento. As pessoas passaram a ter outras perspectivas sobre os modelos ainda em vigor, a distinguir as pilhas de lixo sob a superfície dourada, o derramamento de sangue provocado pelos avanços tecnológicos, a venalidade homicida e suicida dos senhores de um mundo à deriva. Elas tinham aberto os olhos para as modalidades bizarras de progresso, cuja prosperidade exigia o sacrifício do *ser* pelo *ter*, o estabelecimento do capricho individual como um princípio, a institucionalização dos desvios, a destruição da natureza. A *Chimurenga* "conceitual" havia sido um passo essencial, sem o qual nenhum outro poderia ter sido dado.

Naquela véspera do San Kura de 6361, enquanto os moradores da cidade lotavam as lojas ou corriam para pegar o *baburi* número 18, Ilunga contemplava o caminho que tinham percorrido. Ainda havia muito a fazer. O Continente não estava totalmente pacificado, mas uma vibração feliz percorria a cidade. Essa vibração estava no brilho da *idzila* no tornozelo de uma moça, na emoção do menino que dizia a ela:

— *Mwasi*, não se mexa, o homem que você está procurando está aqui...

Ela estava no balanço dos vestidos *mishanana* adaptados que as mulheres altas usavam, no canto de um tocador de tambor que anunciava o programa das festividades organizadas pelo município. Todos redescobriam o lado tranquilo da vida. Ilunga adoraria acreditar que aquilo estava se repetindo em muitos outros lugares, que a *kitenta* não recebia nenhuma atenção especial. Mas as grandes regiões do Estado, que se formaram pela reunião das antigas nações coloniais, não avançavam no mesmo ritmo. Naquela tarde, o *mokonzi* preferiu descartar as preocupações. Ele já lidava com elas no dia a dia. Na praça, havia uma mulher que ele vira no dia anterior, já que suas andanças o tinham levado ao centro de um bairro abandonado. A região ainda não havia sido reabilitada e era formada por prédios de três andares, feitos de concreto. Em outros tempos, seus proprietários costumavam alugar aqueles apartamentos mobiliados, destinados a uma clientela de turistas estrangeiros. A maioria agora dava para o oceano que, desde então, havia devorado a praia, fazendo os edifícios antes mais bem situados passarem a sofrer o ataque constante das ondas. Na maré alta, as águas os engoliam, transbordando numa *nzela*, depois em outra, até alagar completamente a área. Era preciso retirar as poucas pessoas que continuavam a se instalar no bairro, desafiando o bom senso. Então, uma mulher como aquela não tinha motivo para estar ali, a menos que tivesse ido tratar de assuntos, no mínimo, obscuros. Ela não podia morar ali. Não que parecesse rica, mas sua elegância natural se chocava com aqueles cubos antigos. A vida naquele ambiente só podia destruir toda a beleza. Não havia lixo no chão, mas a arquitetura em si já ofendia a terra, além de poluir a atmosfera. No entanto, a mulher tinha ido a passos firmes até um dos edifícios, antes de reaparecer no último andar unindo as pontas do tecido que jogara sobre os ombros como uma *nguba*, capa que se tornara moda, herdada das mulheres do Kwa-Kangela. No passado, a mais luxuosa das residências daquele bairro tinha um terraço com vista para o grande rio, o majestoso Lualaba. Na época, não era possível ver o mar. A mulher ficara parada no alto do prédio, os olhos voltados para o mar aberto, imóvel, sozinha. Ilunga não sabia dizer por que ele a havia esperado e seguido enquanto ela corria para a parada do *baburi* número 22, o trem que passava não muito longe dos prédios abandonados.

A mulher tinha guardado a *nguba*, e o tecido escapava de uma bolsa de lona que roçava seu quadril esquerdo enquanto ela andava. Dispensando o estilo da moda, era no braço que ela usava sua *idzila*, uma joia de prata formada por várias argolas. Normalmente, os anéis eram feitos de ouro maciço ou latão, de acordo com a classe social do portador. A prata era considerada um metal sem brilho. Ela não o havia visto, não suspeitara que ele a ouvira dizer a uma transeunte, enquanto acelerava o passo ao avistar o veículo de transporte público:

— Bikuta, temos que nos encontrar. Amanhã vou estar na Praça Mmanthatisi para o San Kura dos Sinistrados. Vá me encontrar lá a partir de...

Ilunga não tinha pegado o *baburi*. Em um piscar de olhos, ele voltara para seus aposentos. O *mokonzi* não abusava daquele modo de transporte nem do poder de se tornar quase invisível. Nas ruas, quando ficava parado, permitia-se apenas uma camuflagem um pouco melhorada. Como tomava o cuidado de ficar contra a luz, os curiosos viam apenas uma silhueta, uma sombra, e não tinham certeza de tê-lo visto. Quando andava, ninguém o notava, e os detalhes de sua fisionomia, e até de suas roupas, deixavam apenas uma vaga impressão. As pessoas só conseguiam passar a seguinte informação sem importância quando ele passava: *Eu pensei ter visto um homem, mas talvez fosse outra coisa, não sei...* Ilunga nunca era surpreendido ao sair nem ao voltar a seus aposentos. Sua ausência ou sua presença eram simplesmente constatadas. Naquele dia, em seu *ndabo*, a imagem daquela mulher não o deixara. Ele se perguntara por que, mas não encontrara resposta. Tinha mais sentido a mulher do que realmente olhado para ela. Nem sabia a cor de seus olhos. Ela usava uma túnica *bùbá* cuja cor amarela realçava o tom vermelho de sua pele, o ruivo de seus cabelos. Suas pernas grossas pareciam espelhar as de uma divindade terrestre e o porte de sua cabeça era o mesmo de uma guerreira preparada para a batalha. Ele não a teria chamado de bonita, já que o termo parecia insignificante para ela. A mulher passara perto dele, impávida e incandescente. Uma mulher-chama, despreocupada com as conflagrações semeadas por sua passagem. Ela havia evocado o San Kura dos Sinistrados. Hum. Uma ativista política. Provavelmente próxima do Grupo de Benkos. Quem mais se importava com os Sinistrados agora? Com o tempo, várias categorias haviam sido criadas no Continente, parecidas com aquela. Grupos compostos por descendentes de antepassados ligados a Pongo. Primeiro, havia os fazendeiros destituídos da ponta sul do Katiopa, que tinham migrado para a região central da Terra Mãe, onde suas habilidades eram bem-vindas. Ilunga não os criticava. Eles não buscavam de modo algum reimplantar a segregação racial — que, ao terminar, havia causado seu êxodo —, tinham se esforçado para realizar algo que beneficiaria a todos e afirmavam ser nativos do Continente. Se alguns de seus negócios tinha ido por água abaixo, era porque eles haviam sido mal orientados. Eles tinham se misturado à paisagem, às culturas, deixado os idiomas locais moldarem suas mentes. Depois tinham surgido os habitantes de Mputu, que tiveram que fazer as malas após vários séculos de prosperidade colonial no Katiopa. O declínio de sua pátria, antiga potência imperial que desafiava as nações empobrecidas do planeta e lhes causava apenas sofrimento, os havia incentivado a voltar para onde tinham sido importantes. Foi assim que ondas de desempregados vindos de Mputu aportaram nos territórios anteriormente dominados por seus antepassados. Eles também queriam seu lugar ao sol, satisfazer os desejos consumistas da burguesia local, ansiosa por abraçar o modo de vida que seus semelhantes haviam adotado em todo o mundo. Os imigrantes de Pongo tinham realizado o sonho deles e dos ricos da pós-colônia por um tempo, mas a queda nos preços do petróleo havia matado todo o belo mundo deles. Os descendentes dos colonos tinham fugido de cabeça baixa. O império não seria reconstruído, não reinaria mais. E os integrantes do grupo que haviam ficado não tinham considerado útil repetir o lamento daqueles que, por terem nascido tarde demais, nunca conheceriam a glória.

Mas havia esse último grupo. Os Sinistrados. *Fulasis* cuja angústia identitária os havia forçado a sair de seu país-natal no fim da Primeira *Chimurenga*. Alguns tinham sido mais lúcidos e preferido ir para o leste de Pongo, uma área que prometia protegê-los contra o choque do retorno colonial e da miscigenação. Outros, mais velhos, tiveram medo da rigidez dos invernos e da obrigação de aprender um novo idioma. Além disso, as antigas colônias estavam nas mãos de regimes sempre prontos a estender o tapete vermelho para eles. Se viessem para o Katiopa, levariam vidas que nem poderiam sonhar em seu país natal. Era cômico, mas verdade: a presença exagerada de katiopianos em Pongo ameaçava matar a cultura deles, e apenas o Continente lhes oferecia a possibilidade de salvaguardá-la, já que ainda gozavam de certo prestígio na antiga colônia e tinham se acostumado a viver nela em comunidade, sem ser incomodados. Portanto, eles haviam se estabelecido no Continente, abraçado sua identidade com força, como se fosse um pedaço de terra sagrada que um dia traria de volta a pátria perdida. Seus descendentes os haviam substituído. Poucos tiveram a oportunidade de pôr os pés no país *fulasi,* de viver ao ritmo de suas estações. E essa distância só fortalecia o apego ao Paraíso perdido, à recusa em incorporar os costumes locais. Eles não eram maltratados, mas seu comportamento podia se tornar incômodo para o novo Katiopa que Ilunga pretendia erigir. Já havia feridas suficientes a curar, as prioridades eram outras, mas sem dúvida seria necessário pensar em mandá-los de volta para o país de seus antepassados. O Katiopa sempre ignorara a definição de raça daqueles Sinistrados. No Continente, o indivíduo não era produto de seus genes, e sim de seu ambiente. E o problema com aquele grupo era justamente este: tomado pela amargura de ter visto desaparecer tudo o que proveu, ele nunca tinha criado raízes no Katiopa. Além disso, aquelas pessoas viviam à margem da sociedade, adorando um messias surdo às suas orações, se expressando em uma língua que agonizava desde que os povos do Continente tinham se libertado dela. Poucos, eles ainda assim ocupavam espaços que podiam beneficiar os cidadãos de regiões que haviam se tornado áridas, complicadas de habitar. Ilunga estava pensando, por exemplo, nos nativos das áreas orientais. Por mais que não tivessem sido integradas ao Katiopa unificado, elas viram muitos de seus habitantes se estabelecerem em outras áreas do Continente para escapar do calor homicida que os fustigava. Foi um dos engenheiros dessa região que criara o projeto do *baburi*, o trem urbano que cruzava Mbanza.

No oeste do Continente, a erosão costeira agira durante décadas, apagando o que havia sido a costa atlântica — tanto que uma cidade como Mbanza, a *kitenta* do Katiopa unificado, que antes ficava a poucos quilômetros de Kinkala, ganhara vista para o mar. Mais do que em qualquer outro lugar, as ondas haviam engolido a terra da região, já que os sucessivos governantes estavam ocupados demais se empanturrando de trufas e hortulanas nos restaurantes chiques do país *fulasi*, antes de adormecer em suas mansões, a pele do ventre bem esticada e a consciência limpa. A superfície do Continente ainda era considerável, mas havia diminuído, e as terras engolidas pelas águas tinham levado também parte dos recursos agrícolas. Os Sinistrados tinham que devolver as concessões que lhes foram deixadas por pura caridade. Além disso, Ilunga não entendia por que o resto de dignidade que tinham não os levara a deixar o Continente depois da *Chimurenga* da retomada de territórios, quando todas as relações com instituições estrangeiras haviam sido rompidas. Era preciso seguir as regras, mas a ideia de expulsá-los não constrangia o *mokonzi*, que pensava em reenviar o projeto ao Conselho. Aquelas pessoas não eram felizes no Continente. Colocá-las para fora daria novo vigor a elas, um novo sopro de vida. Na realidade, seria um gesto fraterno em relação a elas, um sinal de respeito.

A humanidade não teria nada a ganhar caso algumas pessoas inventassem para si ontologias vitimistas, ou abraçassem suas dores exclusivas. Era melhor que fossem embora e se reconstruíssem em sua antiga morada. Isso só podia trazer benefícios para quem tanto sonhava com sua origem. Se nada fosse feito, aqueles despojos ambulantes parasitariam a energia da população local. Ainda acéfala, aquela comunidade era apenas uma força adormecida, mas isso podia mudar. Uma vida inteira na Aliança havia ensinado que a paciência era uma espada afiada para quem pretendia fundar um mundo novo, que aqueles que haviam rastejado para fora do buraco em que a História os havia esquecido podiam bravamente se recuperar. Era pouco provável que os Sinistrados conseguissem. Eles não podiam ter adversários mais determinados do que seus semelhantes, segundo a concepção que tinham das relações humanas. Seus irmãos os haviam jogado sem pestanejar nas mandíbulas de um monstro com mil denominações, sendo a globalização a mais famosa delas. Seu êxodo havia começado pouco antes do ataque nuclear lançado por Joseon nas margens do rio Hudson, que havia decapitado os propagadores da civilização. Desde então, os *fulasi* estavam ali, tinham vindo se esconder no coração ardente do Katiopa, levar uma vida comemorativa lá. Mas tinham mais ruminações que História.

    Será que foi para encontrar alguns daqueles Sinistrados que a mulher-chama tinha ido até a zona desativada, onde vagavam, tarde da noite, apenas andarilhos e indivíduos procurados por agentes da Segurança Interna? Ela havia passado muito tempo no terraço, o olhar voltado para o oceano, em uma conversa silenciosa. Ninguém se juntara a ela e a mulher logo deixara o local. A costa era longa. A *kitenta* era cheia de lugares mais agradáveis para entrar em comunhão com o mar. E era o que ela parecia estar fazendo. Havia algum motivo para aquilo, e o homem queria conhecê-lo. Ilunga sabia, claro, o que aquelas águas representavam para a memória do Continente. Mas e para ela, aquela mulher cuja pele era chamada de "sardenta"? Tirando a roupa, Ilunga foi para o banheiro. Era lá que pensava melhor. Sua caminhada quinzenal não lhe mostrara nada de novo sobre o estado da opinião pública. A Aliança podia avançar com as reformas. As etapas tinham sido definidas, era hora de agir. Eles não podiam esperar até que as condições ideais fossem obtidas, até que não houvesse mais, em nenhum lugar, qualquer tipo de oposição. Ilunga deixava a seu *kalala* a responsabilidade de conter as revoltas. Igazi tinha toda sua confiança. Era seu irmão. Os dois sempre tiveram consciência de que o projeto da Aliança incomodava os alienados, aqueles que temiam a liberdade e seu cortejo de responsabilidades. Que se deixavam dominar pelo estômago, pelo medo da escassez. Ainda restavam alguns adeptos de uma suposta unidade, desde que ela lhes garantisse privilégios. Para preparar seu banho, ele não havia chamado ninguém. Ilunga precisava, tanto quanto fosse possível, continuar sendo um homem comum. Não se isolar da realidade. Aquele costumava ser o erro dos poderosos, que rapidamente se tornavam governantes desconectados. Na verdade, seu status já o constrangia a dissimular sua presença quando estava nas ruas, entre os seus. Depois de espalhar na água plantas que uma velha *sangoma* colhia e secava para ele, o *mokonzi* se deitou na água morna. Sua cabeça não conseguia se apegar a nada, apenas à imagem da mulher. Atravessando as claraboias abertas no meio do teto, os raios de sol, que ganhavam um tom avermelhado àquela hora, pareciam desenhar a silhueta da desconhecida. Ele precisaria tomar outro banho revitalizante no dia seguinte. Planejava uma caminhada ao longo do bulevar Chivambo Mondlane que o levaria a estar, pouco antes da hora marcada, diante da Praça Mmanthatisi.

Alguém pigarreou. Ele reconheceu a presença discreta de Kabeya, seu mordomo e guarda-costas. Olhando para o relógio fixado acima da porta, não precisou de explicações. Saiu rapidamente do banho e gritou:

— Peça que ele espere só um momento, irmão. Eu já vou.

Ilunga havia quase se esquecido daquela reunião. No entanto, o San Kura que seria celebrado no dia seguinte teria um brilho particular. Seria a primeira vez que a mais recente das terras do Outro Lado a se juntar à Aliança participaria da festa. Ainda restavam algumas, poucas, mas a reunião de todas era um objetivo. Para Ilunga e seus companheiros, aqueles territórios eram essenciais para o desenvolvimento do Katiopa. A questão não era material, o Continente não precisava de ninguém nesse sentido. Ele precisava simplesmente recuperar, em todos os lugares, o que lhe pertencia, podendo até alegremente violar acordos previamente ratificados, vendas feitas às custas da população. Aquela necessidade havia guiado a recuperação de terras agrícolas e de concessões de mineração vendidas várias décadas antes por governantes desonestos. E essa atitude dera origem a guerras sujas. Muito sujas. Mas esse assunto mexia pouco com ele. Os antepassados não podiam repreendê-lo por ações tomadas naquele contexto. A própria divindade não devia demonstrar nenhuma objeção a elas. O leão usara pele de cordeiro por tempo demais. Seus companheiros e ele tinham apenas cumprido seu dever, e então ele se dirigira aos governantes do mundo, em nome do Katiopa unificado. Quando voltou a seu *ndabo*, Ilunga se sentou, antes de passar a mão sob a mesa e acionar o mecanismo que sinalizava sua presença a Kabeya.

O homem que ele ia encontrar entrou na sala. Seu perfume dominou todo o espaço. Como sempre, estava muito preparado, não deixara nenhum detalhe ao acaso. Ao ver o *kurta* carmesim que Kabundi usava, o *mokonzi* se felicitou por ter optado por um abadá preto, usado sobre um *sokoto* reto. O encarregado das Questões da Diáspora tivera muita dificuldade de abdicar das sobrecasacas que usava sobre o *sokoto*. Mas o fizera e adotara aquela roupa, que apenas os *mokonzi* usavam, em memória de sua juventude em Bhârat. Será que logo usaria um abadá? Seria uma declaração tardia de amor à estética antiga do Continente. Ilunga se levantou para cumprimentá-lo, permitindo assim que sua roupa exibisse sua magnitude. Estava descalço. Às vezes se esquecia de calçar sapatos quando estava em seus aposentos privados. Isso por vezes chocava seus visitantes, mas ele não se importava muito e saboreava a sensação de bem-estar que aquilo lhe trazia. O piso de seu *ndabo* era coberto de lajotas de terra crua. Senti-las sob a sola de seus pés lhe dava a sensação de se unir à matriz, de sentir suas palpitações em cada diástole, cada sístole de seu coração. Naquela parte do Continente, ver os pés de um soberano tocando o chão já havia sido considerado nocivo. Para Ilunga, era o auge da idiotice. Mas ele tomava o cuidado de não expressar aquele ponto de vista, contentando-se em se declarar culpado de uma transgressão casual demais para ser suspeita. Compreender profundamente a tradição também era saber interpretá-la da melhor maneira. Unir-se à terra tinha esse objetivo. Ela ensinava os movimentos, a recreação constante, tantas coisas mais. Descalço diante dos visitantes, Ilunga se lembrava das palavras de Ntambwe, seu primeiro instrutor dentro da Aliança. O velho gostava de lembrar que as raízes sofriam uma degeneração natural. Era preciso dar lugar a outras para que a planta sobrevivesse e se perpetuasse.

Kabundi se sentou à frente de Ilunga, pousando os dedos finos nos joelhos, os anéis de bronze brilhando sob a luz. A postura lhe dava a aparência de um boneco de cera. Era muito importante para ele não amarrotar a roupa. Ilunga sorriu por dentro, pensando que aquela era uma das características mais antigas dos filhos do Katiopa: o amor por roupas e pelo estilo. Ele se concentrou em ouvir o que o diplomata tinha a dizer. O representante de Kiskeya havia passado o conteúdo geral do discurso que pretendia fazer para dar as boas-vindas aos recém-chegados à Aliança, da qual participava desde que ela havia sido formada. Fiel à sua história, Kiskeya tinha abrigado os combatentes da Aliança quando eles estavam no início de sua missão. Ilunga prestou muita atenção ao documento lido. Quando ia rever os outros aspectos da cerimônia, seus pensamentos escaparam outra vez e voltaram à mulher vermelha. A reunião terminou sem seu conhecimento. Ele se levantou quando Kabundi fez uma reverência para se despedir.

— Entre nós, isso não é necessário, irmão. É inútil quando estamos sozinhos.

Então, sem se comover com o olhar assustado de seu interlocutor, explicou que, no início da tarde, quando os estudantes katiopianos vindos do exterior viessem cumprimentá-lo, ele não estaria presente. Kabundi não costumava expressar sua preocupação de forma exagerada. Em um tom moderado, ele se contentou em lembrar que alguns daqueles jovens tinham vindo de Bhârat e Hanguk, cidades distantes dali. Então perguntou:

— Por quem devemos substituí-lo?

Ilunga improvisou:

— Você vai se sair bem. Se achar que não vai ser suficiente, fale com Zama.

Para amenizar um pouco a decepção dos jovens, Ilunga propôs um jantar com alguns deles. O encarregado das Questões da Diáspora não se opôs. Fazendo uma nova reverência, ele deu três passos para trás antes de se virar. Naquela noite, o *mokonzi* preferiu não comer. Ele se demorou em vão à mesa, mas consentiu em deixar a escrivaninha, onde a procrastinação não produziria nada que valesse a pena, nenhuma ideia nova, nenhuma solução para os problemas do Estado. Na cama, tentou se distrair ouvindo músicas antigas, mas só pensava na mulher vermelha. O sono o embalou como uma ave de rapina mergulhando em uma presa fácil. Mas a mulher apareceu em seus sonhos, do começo ao fim. De mãos dadas, eles haviam atravessado, com um salto interminável, uma ravina profunda. Ao acordar, as últimas imagens do sonho ainda apareciam para ele. Os dois tinham voltado à terra firme e estavam abraçados. Esticando o braço, a mulher vermelha o convidava a contemplar toda a extensão do Katiopa:

— Viu? — disse ela. — Não foi tão difícil assim. Olhe...

Acima deles, um arco-íris havia se formado e atravessava as nuvens.

Cada instante daquela manhã lhe parecera um concentrado de eternidade. Uma pergunta não deixava sua cabeça: que sentido fazia sonhar com uma desconhecida? Uma pessoa que não tinha nenhum motivo para lhe abrir a porta de seus sonhos? Ela nem havia notado a presença dele. Não sabia que, para revê-la naquele dia, Ilunga ia virar de cabeça para baixo um evento organizado meses antes, um protocolo estabelecido desde que ocupara o cargo. E agora ele estava ali — presença imperceptível nos ramos inferiores de um flamboyant, apenas um ponto azul no ar para o olhar insistente dos curiosos. Do outro lado, no centro da Praça Mmanthatisi, a mulher vermelha distribuía tigelas aos Sinistrados, oferecendo a todos uma palavra gentil. Ilunga nunca havia se preocupado em saber como aquelas pessoas passavam as festas que marcavam o início do ano. Elas nunca tinham sido vistas nas comemorações. Presos em suas superstições, eles viviam de acordo com um calendário que dizia que o ano atual não era 6361, e sim 2124. Ilunga se lembrou das reações ao sugerir mandá-los de volta para o país de seus antepassados. Depois de várias gerações de presença no Continente em que haviam nascido, sua pertença a ele ainda era polêmica. Então, sim, ele havia proposto a deportação. O Conselho decretara que tal medida seria cruel demais, indigna dos valores do Katiopa. Era importante, custasse o que custasse, reconhecer neles alguma humanidade. Outras combinações poderiam ter sido feitas, mas emergências haviam monopolizado o governo. Por sua vez, o *mikalayi* da região habitada pelos Sinistrados tinha trazido à tona a relutância da população em relação ao banimento. Havia, portanto, uma oposição séria ao seu desejo. Ilunga não desprezava o constrangimento representado por aquela presença hostil no Katiopa. Era preciso dar mais atenção a ela. O Continente precisava, acima de tudo, de pessoas que tivessem com ele um laço de amor, um relacionamento carnal, já que haviam nascido nele. Com os olhos cravados na mulher vermelha, que fazia brincadeiras para distrair as crianças, o *mokonzi* tentava descobrir uma maneira de abordá-la. Ele não sabia quanto tempo duraria a festa na praça. Era modesta, mas tinha sido organizada com cuidado. Lembrando-se da transeunte saudada no dia anterior, a que marcara o encontro a que ele se permitira comparecer, Ilunga a procurou com o olhar. Se, por acaso, ela aparecesse, criaria uma pausa nas festividades. Talvez ele pudesse aproveitá-la, embora não soubesse bem como. Seria muito pouco apropriado se descesse pelo telhado de vidro, fizesse uma reverência para cumprimentá-la e se apresentasse a ela. A princípio, a ideia o fez sorrir. O fato de lhe ser impossível agir daquela maneira o deixou triste. Ele queria ser apenas um homem ansioso para se aproximar de uma mulher. Se nada interrompesse a festa, se não conseguisse descobrir o nome dela, ele a perderia. Teria que voltar para casa e aceitar que nunca mais a veria.

    Ilunga desceu com um sopro, um leve beijo que mal sacudiu a folhagem do flamboyant. Logo chegou à praça, o mais próximo possível da calçada. Assim, ao menos, ia ouvir o nome dela. Seria o suficiente para encontrá-la depois. Mais tarde, entre as pessoas reunidas na Praça Mmanthatisi, na tarde do San Kura de 6361, alguns jurariam que um véu azul havia coberto o local de repente. Mas a sensação durou apenas um piscar de olhos. Ele foi embora, levando o sândalo e o vetiver de seu perfume e o nome estranho da mulher, de que sabia que não ia esquecer. Nenhuma outra mulher poderia tê-lo. Ilunga também percebeu que teria que recorrer a meios desproporcionais para abordá-la, para saber o que o atraía tanto, entender a própria natureza daquele desejo. Ele realmente não tinha escolha, não hesitou. Menos de uma semana depois, a mulher vermelha, que acabara de sair do campus da universidade, localizado ao norte da *kitenta* do Katiopa unificado, se preparava para subir na passarela mecânica que levava ao *baburi* número 30. Nela, um homem vestido de *sokoto* preto e abadá vermelho-escuro a chamou pelo nome. A mulher se virou, confirmando que era a moça que estava procurando. O estranho foi até ela, fez uma reverência e pediu que o seguisse. Aquele que havia sido escolhido queria conhecê-la. Como prova de suas palavras, o estranho entregou a ela um envelope lacrado em azul, contendo um convite tradicional, como já não se fazia mais. Algo na solicitação deve tê-la desagradado, porque ela não pegou o convite, explicando que aquilo era falta de educação, que a identidade do emissor não era garantida e que, além disso... A moça não teve tempo de protestar mais, nem, de forma educada, de exigir uma explicação. Outro indivíduo se postou atrás dela, tirando-lhe qualquer oportunidade. Os enviados de Ilunga tinham sido instruídos a insistir com cortesia, convencê-la com palavras. No entanto, eles sabiam que as mulheres podiam lançar rajadas de palavras, atordoar as pessoas antes de um esboço de raciocínios se formar em sua mente. Por isso, haviam preferido evitar uma justa oratória exaustiva. A mulher vermelha havia desmaiado ao ser transportada em um veículo escuro com vidros fumê. E sentiu mais fúria do que medo ao abrir os olhos e ver o rosto da governanta, no primeiro andar da residência do *mokonzi*.

Sem perguntar onde estava nem o que queriam dela, a mulher vermelha se levantou e verificou que nada havia sido tirado de sua bolsa. Passando a alça da bolsa por cima da cabeça, ela dirigiu as seguintes palavras para a mulher que estava ali, alta e maciça:

— Como faço para sair daqui?

A interlocutora respondeu com gestos, querendo encerrar a discussão. Mas, ao contrário da maioria das pessoas que passava por ali, a mulher vermelha conhecia a língua de sinais. Isso tornou a governanta, que geralmente tinha pouco gosto por conversas, mais afável. Ela respondeu a perguntas que a mulher vermelha não havia feito, explicou que tinha sido encarregada de vesti-la para um jantar com o *mokonzi*. Era pouco provável que ela fosse levada de volta para sua casa depois do evento, já que um quarto havia sido reservado para ela.

— Entendi — respondeu a mulher vermelha. — Então ele recebe carne fresca em casa, é isso?

A governanta fez questão de explicar que não era assim, que ela não devia dar tanto crédito às fofocas. Tal comportamento seria impensável para o *mokonzi*. Eram as pretendentes que se jogavam no pescoço ou aos pés de Ilunga, dependendo do temperamento delas. A funcionária não podia dizer mais nada, não era seu papel revelar aquelas coisas. A mulher vermelha ficou pensativa. Ao terminar a reflexão, cruzou os braços. Já que era assim, que ele fosse buscá-la, que ele mesmo se apresentasse. A governanta balançou a cabeça. Ela não podia fazer nada. Diante da atitude da hóspede, tudo que podia fazer era levá-la até seu quarto. Ela ficaria lá até que a chamassem. Como a mulher vermelha permaneceu imóvel, a governanta implorou para que ela a desculpasse e se abaixou para agarrá-la pelas pernas e jogá-la por cima do ombro como um vulgar saco de batatas. A estrangeira ficou tão surpresa que não teve tempo de reagir. Saindo do vestíbulo, elas percorreram um corredor até chegar a uma sala circular com várias portas. Eram cinco ao todo e duas delas, abertas, exibiam apartamentos ocupados por figuras invisíveis. Pouco mobiliado, o cômodo tinha arbustos no centro, limitados por um banco de pedra que teria combinado mais com um verdadeiro jardim. Do alto do pé-direito gigante da construção, uma claraboia tinha por objetivo trazer o brilho da estrela diurna para as plantas. Naquele horário, lanternas imponentes haviam assumido a tarefa. Havia três delas, dispostas em triângulo, separadas por alguns metros, formando em torno do círculo pontas das quais se tentava decifrar a mensagem.

Com os olhos fixos nas portas entreabertas, atrás das quais se moviam silhuetas, a mulher vermelha sussurrou:

— Você disse que ele não tinha um harém.

A governanta voltou a balançar a cabeça. Quando chegou à quinta porta a partir da esquerda e a abriu, pôs seu fardo no chão, recuperou o fôlego e sinalizou: *Se você ficar, logo vai entender*. Com a mão direita, indicou o banheiro. Com a outra, o closet em que havia roupas novas, e uma penteadeira igual à que os burgueses da região tinham no século anterior. Três espelhos, dentre os quais o central era o mais largo, dominavam uma mesa coberta de couro marrom. O móvel tinha várias gavetas que lhe pareceram enormes. A governanta continuou a apresentação. A iluminação era ligada a partir de um determinado horário, assim que alguém entrava no cômodo. Para diminuir a intensidade ou desligá-la, bastava aproximar os dedos de uma das caixas localizadas na entrada ou na mesa de cabeceira. Havia também um tablet acionado por voz para operar aquele e outros equipamentos. A ferramenta também tinha um botão que permitia chamá-la. Ela viria imediatamente. Um frigobar, cuja forma era inspirada nas antigas cerâmicas dos Grandes Lagos, continha várias bebidas. De longe, ele podia ser tomado por um jarro, de um tamanho substancial e com um aspecto particularmente refinado. As refeições eram servidas em uma sala comum, que a governanta mostraria mais tarde, mas podiam ser trazidas aos aposentos dela, caso preferisse. A governanta se preparava para ir embora quando a mulher vermelha a segurou pelo braço:

— Sei que nada disso é culpa sua. Obrigada. Qual é o seu nome?

Normalmente, as mulheres recebidas naquela parte da residência davam pouca importância à governanta. Nenhuma havia se preocupado com a identidade dela ao chegar. Era preciso que um favor lhes fosse prestado, um favor que apenas ela era capaz de fazer, para que ela fosse finalmente tratada como ser humano. Tentando dissimular sua emoção, a governanta baixou a cabeça. Seu nome era Zama e ela faria o possível para que a hóspede não tivesse nenhuma reclamação sobre sua estada. O que ela queria comer no jantar? Como se recusava a comer na companhia de seu anfitrião, seria necessário trazer algo para ela. E eles levariam em consideração suas preferências alimentares, claro.

A mulher vermelha respondeu que não estava com fome, agradeceu outra vez e deixou a porta de sua cela fechar. Claro, ela não podia tentar fugir. A residência, suspeitava ela, devia ser uma das mais bem vigiadas de todo o Katiopa. Incrédula, deixou seu olhar passear pelo cômodo, examinando o conteúdo. O pequeno aposento era mobiliado de maneira confortável. Um *shoowa* largo cobria o piso formado por lajotas de terra crua. Um imponente pufe de couro tinha sido disposto sobre ele, separado do sofá por uma mesa de centro de terracota. A terra voltava a ser vista como um material que podia ser usado de várias maneiras, e aquelas pesadas peças de mobiliário se encaixavam bem em ambientes elegantes. A alguns metros do *shoowa*, no mesmo cômodo, uma cama de casal adornada com uma manta *ndebele* de estampa marrom e amarela esperava para recebê-la. Não havia nada que pudesse ser usado como escrivaninha. Ninguém ia até ali para se entregar aos prazeres do intelecto. Ao menos, não a todos. Ela suspirou, caminhou em direção ao que pensava ser uma janela que ficava em frente ao sofá e puxou a cortina, mas descobriu uma porta de vidro que se abria para uma varanda particular. A mulher vermelha se aventurou até ela na ponta dos pés, antes de perceber a futilidade daquela precaução. Uma velha luminária magnética pendia do centro do teto. Ela sustentava o peso do lustre, um elefante esculpido em um grosso pedaço de rocha polida pelo uso, um tipo de seixo denso, do qual ainda eram feitos pilões para cozinheiras tradicionais. Tal qual um pequeno sol aprisionado por uma cabaça trabalhada, a lâmpada imediatamente espalhou um brilho suave pelo local, fazendo reverberar as marcas da cúpula por todo o cômodo e sobre ela, como tatuagens indolores que corriam por seu corpo. A mulher vermelha ficou emocionada com aquele espetáculo. Ela adorou aquele dispositivo antigo, a descida poética da luminária em direção a um piso que nunca alcançaria, já que tudo havia sido bem estudado. Sua casa tinha luminárias semelhantes, a maioria coberta por ráfia trançada.

    Tentando esquecer a melancolia, ela caminhou na direção do guarda-corpo e se apoiou nele para contemplar os arredores. Ainda não era tarde, mas uma noite densa já havia dominado o mundo, deixando-se apenas penetrar por algumas frestas por onde jorravam raios de luz branca. Entre aqueles cometas que roçavam as copas das árvores, acariciando tufos de grama florida, sombras deslizavam. A mulher vermelha entendeu que elas pertenciam a guardas. Um deles carregava uma tocha presa à frente de seu capacete, cortando a escuridão enquanto avançava em direção a áreas não iluminadas. A mulher se perguntou o que o *mokonzi* estava fazendo naquele momento, o que tinha achado do fato de ela ter recusado o *convite* dele, já que era assim que aquele rapto estava sendo denominado. Ela teria sentido menos desprezo por ele se, ao saber de sua relutância, ele tivesse ordenado que ela fosse levada para casa, com um pedido de desculpas. Mas não, nada disso. E o homem nem se dera o trabalho de olhar nos olhos dela. Todo tipo de boato sobre o tal Ilunga corria pela cidade, mas a mulher vermelha nunca havia dado atenção a eles. Diziam, sobretudo, que, no início de seu reinado, mulheres de várias partes do Estado tinham sido oferecidas a ele. A mídia havia pintado o retrato de algumas delas, as menos discretas, que pareciam ter feito de tudo para se entregar ao herói da última *Chimurenga*. Sem dúvida pensavam que, se todos as conhecessem, elas obteriam certa legitimidade que impediria sua expulsão ou autorizaria os escândalos que elas não deixariam de provocar em caso de repúdio. Ninguém sabia direito o que havia acontecido com elas. Os boatos mantinham seu curso frenético pelas vielas dos bairros populares, enriquecendo-se de fantasias, de fatos tão espantosos quanto impossíveis de verificar. E agora ela estava ali, ainda se perguntando o que tinha acontecido.

    Enquanto Zama a carregava sobre o ombro, as duas haviam passado por portas abertas que davam para aposentos iguais aos dela, ou ao menos aquela havia sido sua impressão. Era impossível saber se os cômodos de portas fechadas estavam ocupados, mas outras mulheres tinham sido alojadas naquela ala da residência do chefe de Estado. Todos no país conheciam sua esposa, Seshamani. Se os boatos fossem verdade, ela não devia se incomodar com a presença daquelas que podiam ser chamadas de concubinas. A esposa do *mokonzi* não parecia desprovida de temperamento, mas lidava bem com a situação. Recuando alguns passos, a mulher vermelha se sentou no banco de vime que mobiliava o terraço e segurou a cabeça entre as mãos, como sempre fazia para examinar um assunto que não conseguia entender. A Aliança, que governava o Katiopa unificado, era liderada por uma casta de tradicionalistas esclarecidos. Os integrantes dela haviam sido espertos e não descartado nenhuma contribuição estrangeira. Tinham adaptado ao modo de vida atual as velhas práticas que haviam preservado ou revitalizado. A mulher vermelha, que geralmente se mantinha afastada da política, ficara agradavelmente surpresa ao descobrir que um novo método estava sendo implementado. Pela primeira vez, os governantes não usavam o misticismo com o único propósito de manipular multidões. Aproveitando a vontade das populações de se reabilitarem de maneira profunda, os membros da Aliança tinham se preparado, desde a Primeira *Chimurenga*, para responder aos obstáculos que lhes haviam sido colocados pela pós-colônia. Não havia área nenhuma para a qual não tivessem se aparelhado. Em termos de cultura e culto, eles demostravam bom senso. A mulher vermelha imaginava que recusar mulheres oferecidas pelas regiões que seriam incluídas na federação podia ser algo malvisto durante a criação da nova nação. Um tipo de erro diplomático.

Lembrando-se dos artigos publicados sobre aquelas mulheres-presentes, ela se lembrou de que todas haviam posado sozinhas nas raras fotos publicadas. Nenhuma tinha sido vista nos braços de Ilunga. Ela não havia se interessado muito pelas entrevistas e apenas se contentara em confiscar os comunicadores e tablets de seus alunos, distraídos por aquelas fofocas. Eles eram proibidos de usá-los durante as aulas, assim como ainda eram obrigados a entregar trabalhos manuscritos, sempre que não eram relatórios nem dissertações. Ela aplicava rigorosamente aquela medida. Felizmente, não daria aulas nos próximos dias, já que seria o fim de semana. No entanto, seu trabalho de pesquisa a esperava e a mulher vermelha tinha um artigo a escrever e uma apresentação a preparar para um futuro simpósio. Ela não tinha tempo a perder na residência das concubinas de Ilunga. A mulher vermelha se levantou do banco com um movimento brusco e pensou que estava caindo para trás ao ver um olhar afiado sobre ela. Quando saíra do quarto para investigar o terraço, não havia notado o cômodo contíguo, a outra varanda colada à dela. Havia uma mulher ali e a luminária iluminava apenas metade de seu rosto, enquanto os desenhos da cúpula traçavam curvas em sua pele. Sufocando um palavrão por causa do esforço exigido para não cair, ela não a viu desaparecer, mas logo um grito rompeu a noite. Uma porta bateu e o volume dos gritos redobrou. Alguém chamava por Zama, a governanta.

A mulher vermelha notou que tremia ao voltar para seus aposentos e abriu a porta para tentar ver o que estava acontecendo. Uma das concubinas estava ali, com um olhar de ironia. Não era a mesma mulher cujo olhar inflamado pousara sobre ela. Vestida com um pano simples amarrado sob os braços cruzados, a estranha riu:

— A Folasade tem um ciúme doentio. Se a Zama não a acalmar, ninguém aqui vai conseguir dormir. Por vários dias.

Depois de comunicar aquela preciosa informação à mulher que só podia ser uma recém-chegada ao harém, a mulher seguiu, rebolando, até o fim do corredor, onde a tal Folasade havia desaparecido, sem se calar. A mulher vermelha a ouviu proferir insultos e pragas, sem saber direito quais eram destinados a ela. Desconcertada, fechou a porta e se apoiou na madeira, se perguntando que circo era aquele. Será que elas brigavam pelos favores do príncipe? Era provável. Será que ela, por sua vez, devia participar daqueles confrontos? De jeito nenhum. A mulher vermelha tinha que deixar aquele lugar o mais rápido possível. Que homem precisava sequestrar mulheres que não tinham pedido nada a ele? Como aquela loucura havia acontecido com ela? Eles nunca haviam se encontrado. Ela nem havia aberto o envelope que continha o convite. Será que ele expunha os motivos do *mokonzi*, as razões pelas quais ele havia se apropriado dela? Seus lacaios a tinham chamado pelo nome, pronunciando-o para verificar sua identidade. Ele era um estranho para ela, mas ela não era para ele. Perdida em seus pensamentos, a mulher vermelha não percebeu o silêncio que se instalara no local. Só o notou quando ouviu três batidas na porta. Com medo de abrir, ela ficou parada por um instante, de pé no meio do aposento. Mas se recusou a ser dominada pelo medo. Quem quer que fosse, ouviria em alto e bom som que ela havia sido forçada a ir até lá, que não tinha nada para fazer ali, que seus direitos mais básicos tinham sido violados, que era uma vergonha, que eles iam ter que acabar com ela porque, se ela ainda tivesse um mínimo de fôlego depois daquilo, o assunto não terminaria ali.

Abriu a porta com um gesto seco, pronta para qualquer demonstração de força. Não podia acreditar que tinha ficado impressionada, que havia se curvado daquela maneira. Era Zama, a governanta, aparentemente constrangida, que pedia licença para entrar. Ela havia se trocado e seu descanso sem dúvida fora interrompido. A mulher vermelha deu um passo para o lado para deixá-la passar. Sem abandonar seu pudor, Zama explicou que a presença da mulher tinha sido mal interpretada, mas que tudo voltara ao normal. Folasade não sabia que ela estava ali a pedido de Ilunga. Ela havia sido tranquilizada.

— Por quê? Ela não está aqui na mesma situação?

Zama pareceu procurar as palavras, escolhê-las com cuidado. Não, Folasade não tinha sido convidada por Ilunga. Como as outras, ela era, de certa forma, protegida por ele.

— O que você quer dizer, Zama? Estamos todos sob a proteção dele.

Zama, que era ainda mais alta que sua interlocutora, pôs as mãos nos ombros da mulher vermelha e olhou nos olhos dela. Pediu que confiasse nela.

—Tudo bem. Eu acredito em você. Só me faça um favor. Me leve até onde você mora. Eu não posso dormir aqui.

Os braços de Zama imediatamente caíram para os lados e, baixando a cabeça, ela caminhou até o sofá. Sentou-se, visivelmente preocupada com o pedido da estrangeira. Aquela mulher vermelha definitivamente não era como as outras. Isso não surpreendia ninguém, já que as condições de sua chegada nunca tinham sido vistas antes. Desde que havia começado a trabalhar para o *mokonzi*, era a primeira vez que ele olhava para alguém que não fosse Seshamani. Apesar de ter perdido o caráter romântico, o relacionamento dos dois permanecera forte e o *mokonzi* estava satisfeito com aquilo. Quando a carne demandava, seu fiel Kabeya se encarregava de encontrar o remédio adequado. E aquilo, inclusive, não ocorria na residência. Ele nunca tivera uma convidada, nunca se aproximara das mulheres pelas quais era responsável. Além disso, Ilunga não sabia que a estrangeira havia sido trazida à força, contrariando suas instruções. O excesso de zelo de seus emissários era compreensível: primeiro, o homem havia sussurrado o nome da mulher, ordenando que ela fosse encontrada; então ele escrevera um bilhete e o enfiara em um envelope lacrado em azul. A mulher vermelha já era questão de Estado antes que fosse possível dar um rosto a seu nome, e Zama tinha certeza de que aquela história estava apenas começando. Claro, aqueles guardas imbecis tinham pensado melhor ao longo do caminho, depois de jogá-la no banco de trás do veículo. Os vidros fumê da janela os protegiam, mas alguém poderia tê-los visto sequestrar a mulher. Eles haviam se certificado de que ela não gritaria, mas ninguém sabia quem podia estar por perto. Os agentes também haviam se lembrado das palavras do *mokonzi*: tinham que convencê-la. Era o mais importante. Que ela aceitasse encontrá-lo.

Para falar a verdade, Zama podia imaginar bem a cena e entender que os infelizes enviados de Ilunga tinham perdido o controle. Aquela mulher vermelha era diferente, uma questão. A princípio, elas não deviam ter se visto. A convidada de Ilunga era esperada nos aposentos dele, onde Kabeya ia apresentá-la. E nada dizia que a convidada tinha que se apresentar no palácio assim que recebesse o convite. Os guardas haviam se lembrado de tudo isso e achado que apenas ela podia dar as boas-vindas à vítima de sequestro.

— Faça o possível para convencê-la a se encontrar com ele — tinham gaguejado eles.

Eram jovens, novos recrutas que logo aprenderiam a se controlar. Aquele erro ficaria na lembrança deles, e não o repetiriam. Os guardas tinham dado meia-volta antes que um embrião de pensamento se formasse nela. Localizado no térreo da residência, o quarto de Zama se comunicava com a ala feminina por um elevador privativo. Tinha sido ela que a carregara até lá e esperado até que os efeitos do gás passassem. Foi a melhor decisão, pois era preciso mantê-la ali. Zama não podia revelar nada do que sabia. Os enviados do *mokonzi* seriam repreendidos, ela não ganharia nada e se culparia pelos castigos que eles sofreriam. Mas, ao protegê-los, Zama estava contribuindo para degradar a imagem de Ilunga aos olhos da mulher vermelha. Tinha que encontrar uma solução, mas veria isso mais tarde. Por enquanto, era importante resolver o problema que acabava de lhe ser colocado. Puxando para entre as pernas as pontas do longo abadá verde-escuro que engrandecia sua imponente estatura, Zama ergueu a cabeça, depois as mãos largas culminadas por unhas curtas. Era impossível atender ao pedido da estrangeira, mas, se ela permitisse, Zama passaria a noite nos aposentos com ela. A mulher vermelha assentiu, surpresa, mas visivelmente mais tranquila. A governanta pediu licença — tinha uma tarefa que não podia esperar, mas não demoraria. Saindo rapidamente do quarto, Zama desceu pelo corredor. Todas as portas já estavam fechadas, embora fosse possível ouvir a música que Nozuko escutava.

O volume era sempre um pouco alto demais. A moça fazia aquilo de propósito, para chamar a atenção. Todas as mulheres que viviam ali tentavam se destacar à sua maneira e, na ausência da pessoa cujos favores todas desejavam obter, era ela, Zama, quem sofria com a agitação das moradoras. Ela se torturaria para não ir falar com Nozuko, que obviamente saíra correndo de seu quarto para descobrir o que havia despertado a raiva de Folasade. A moça nunca perdia uma oportunidade de zombar de sua rival, coisa que, obviamente, fazia sem dizer uma palavra. Bastava apenas exibir aqui e ali sua juventude e sua graça. Não era necessário ser perspicaz para entender que Nozuko sentia medo. Ela se perguntava sobre o poder misterioso de uma mulher quinze anos mais velha do que ela, que não se preocupava em esconder os cabelos grisalhos nem em usar maquiagem. Onde ela havia sido encontrada, quais poderiam ser suas táticas de sedução? Ao contrário dela, que se lançara no que havia parecido uma grande oportunidade, Folasade vivia uma verdadeira paixão. Nozuko invejava até a falta que a torturava quando não podia ver o objeto de seu amor. Esquecendo-se de si mesma, inteiramente governada por seus sentimentos, Folasade havia trocado a luz do dia por abraços intermitentes. A governanta a havia tranquilizado quando ela a procurara, com o coração já em frangalhos, para saber quem era a novata, aquela mulher ali, cuja pele tinha um brilho avermelhado. Zama contara a verdade, na medida do possível: a estrangeira não disputaria com ela aquele coração inconstante que, naquele momento, ainda nem sabia de sua presença.

— Vocês não estão aqui pelo mesmo motivo, não se preocupe.

Zama havia recorrido à sua prótese, deixado o som grave de sua voz no aparelho machucar seus ouvidos e sua alma. Então, depois de levar Folasade de volta para seu quarto, ela prometeu enviar uma mensagem a seu amante — a mesma do dia anterior e de dois dias antes. Só depois disso ela se apresentara à mulher vermelha. Na sala comum da ala feminina, uma sala de estar que as mulheres raramente ocupavam fora do horário das refeições, a governanta não se felicitou por sua iniciativa. Não era assim que queria ver o dia terminar. E, na verdade, tudo havia começado vários dias antes.

Quando o encarregado das Questões da Diáspora a convocara para ir até o pavilhão administrativo da residência, lugar a que ela nunca tinha de ir, Zama não sabia o que ia acontecer. Não era a primeira vez que ela encontrava o famoso Kabundi, mas os dois não haviam tido a oportunidade de conversar. Aquela situação improvável tinha sido necessária, já que o chefe de Estado decretara durante a noite que se ausentaria na tarde do San Kura, obrigando o ministro a solicitar a ajuda da governanta.

— Seshamani só vai ouvir você — declarou ele.

Era verdade. Poucos podiam se dar o luxo de interromper as peregrinações da esposa de Ilunga. Sua agenda oficial era estabelecida com vários meses de antecedência e ela a cumpria escrupulosamente. Seshamani ia querer saber exatamente que motivos haviam impedido o *mokonzi* de cumprimentar os alunos do exterior. Ela tentaria se juntar a ele. Kabundi estaria presente durante as festividades, mas os jovens visitantes ficariam compreensivelmente chateados. Ao concordar em passar algum tempo com eles, Seshamani reduziria a afronta. No Continente, todos ainda eram muito apegados aos símbolos. O San Kura, desde o advento do Katiopa Unificado, representava muito mais do que as antigas festividades de Ano Novo. A celebração marcava também o desejo da Terra Mãe de voltar a habitar a própria temporalidade. Não se tratava de uma reivindicação de identidade, uma recusa de caminhar com o resto da humanidade. O San Kura declarava que, quando se tratasse de suas escolhas fundamentais, o Katiopa seria o único a decidir. Para os alunos expatriados, constantemente confrontados com as práticas majoritárias de outros países, era um período de renovação. O encontro com Ilunga era o ponto alto da visita, depois das celebrações comunitárias, dos rituais de ancoragem à terra ancestral, dos tratamentos purificadores, das homenagens aos espíritos. Acolhidos por um dos mais ilustres combatentes da última *Chimurenga*, eles ganhavam força, saíam convencidos de que o mundo era velho e inacabado, que cabia a eles deixar sua marca nele.

— Então você entende meu constrangimento — concluíra o encarregado das Questões da Diáspora.

Era importante ter uma consideração especial pela nova geração. O próprio Ilunga chamara a atenção para isso ao marcar aquele encontro. Por muito tempo, os governantes do Continente haviam negligenciado seus deveres com relação àquela parte da população, cuja expressão eles haviam reprimido ferozmente. Era importante demonstrar que aquela época havia acabado. Kabundi não sabia explicar a deserção de Ilunga, mas assumira que um caso de força maior a motivara.

Ninguém mais perguntava o motivo, já que a resposta tinha as feições de uma mulher vermelha cujas joias de prata acentuavam sua tez. O San Kura havia acontecido pouco antes, impondo-lhe trabalhos extras, já que ela era encarregada das recepções organizadas pelo *mokonzi*. Teria sido ótimo tirar um ou dois dias de folga. A governanta suspirou. Às vezes se sentia mais sozinha do que antes, quando implorara para ser levada, tirada de onde estava. Acima de tudo, para sair da terra em que estava, partir sem olhar para trás. Ilunga e sua esposa a haviam contratado muitos anos antes, após o nascimento de seu filho. Quando precisaram seguir para outra região, ela aproveitara para se despedir dos dias amargos de sua juventude. Abandonando poltronas e sofás cujo conforto a teria amolecido, ela pousou meia nádega na beira da mesa de jantar, cuja madeira dura torturava sua carne. A dor pôs sua cabeça de volta no lugar. Passando a mão pelo decote da túnica, sacou o comunicador que a ligava permanentemente aos moradores e funcionários da residência e discou o código correspondente a Kabeya. Dentre todas as pessoas a quem tinha acesso daquela maneira, ele era o único que nunca fazia videoconferências. O homem recebia um sinal por meio de um aparelho alojado no grande *iporiyana* que usava sobre o peito nu. Então um fenômeno ao qual ela ainda não havia se acostumado se produzia: sem sair do lugar onde estava, Kabeya aparecia na frente dela e inclinava a cabeça em uma saudação, esperando ouvir as circunstâncias que exigiam sua presença. Eram as únicas vezes em que Zama via uma vantagem em seu mutismo — pelo menos ela não gaguejava. Sabia manter certo controle, não piscar nem mesmo se mexer. Porém, e isso era eminentemente desagradável, sentia que o homem via tudo e ria da emoção da governanta sem deixar transparecer nada. Zama explicou com calma, sinalizou com gestos lentos, relatou os acontecimentos. Como ele sabia, jovens guardas sob seu comando tinham sido enviados para falar com a hóspede de Ilunga. Eles haviam entregado o convite a ela. A situação havia degenerado, mas ela implorou que ele não os punisse. A missão delicada e inesperada devia tê-los impressionado, e eles tinham se empolgado um pouco.

— Enfim, a convidada está aqui, em um dos quartos da ala feminina. Acho bom informar isso ao Ilunga.

Se a notícia o surpreendeu, ele não demonstrou. Kabeya tomou a palavra, em voz baixa como sempre, para dizer que aquilo era ruim. Primeiro porque as coisas não deviam ter acontecido daquela maneira, mas sobretudo porque o *mokonzi* só estaria na residência no dia seguinte, no meio da tarde. Ele informaria Ilunga no mesmo instante e, se ela permitisse, cuidaria dos agentes da guarda. A estrangeira receberia as desculpas do *mokonzi* nas primeiras horas do dia. Era o melhor que ele tinha a oferecer. Sem esperar a reação da governanta, Kabeya desapareceu tão rápido quanto havia aparecido.

Sozinha com aquele fardo mal aliviado, a governanta optou por não revelar nada à mulher vermelha. Deixaria aquilo para o amanhecer. Por enquanto, o que sabia era que a noite seria interminável. Fora de sua cama, Zama não conseguiria dormir. Se o mesmo acontecesse com a mulher vermelha, teria que pesar cada palavra, porque com certeza seria questionada. Ocorreu-lhe uma ideia que a tranquilizou. Ela sabia o que fazer. Seria inoportuno oferecer à mulher vermelha, que Zama mal conhecia, a massagem que fazia Folasade dormir nas noites mais agitadas. Ela administrava a massagem depois de preparar um banho no qual a mulher ficava mergulhada por um longo tempo, xingando ou se lamentando, dependendo de seu humor. Pouco a pouco, ela relaxava, mal resmungava e finalmente se calava. Afinal, uma mistura de ervas selecionadas era adicionada à água. Bastava inalar o vapor que dela emanava para se sentir mais tranquila. A massagem a óleo morno que se seguia durava muito menos tempo do que a mulher pensava. Ela acordava em sua cama ao nascer do sol, depois de uma noite sem sonhos. Por uma questão de discrição, Zama não usava mais o método ancestral, já que teria que explicar o que eram aquelas plantas, por que achava por bem misturá-las à água do banho. Em sua antiga vida, a governanta havia realizado a extração de um óleo essencial que, ao ser derramado na banheira, produzia o mesmo efeito. Ela o preparava sozinha, em seus aposentos, sem que ninguém visse. As mulheres apreciavam seu perfume, nada suspeitavam, confiavam na governanta muda cuja vida era servi-las. Saindo do salão comum, ela foi em direção ao vestíbulo. Nele, entrou no elevador que levava a seu quarto, um cilindro de vidro equipado com um sistema de reconhecimento facial e digital. Apenas as impressões digitais do *mokonzi* e das pessoas próximas a ele estavam registradas ali. Quando voltou aos aposentos da estrangeira, ela não demonstrava sinais de fadiga. Como a massagem não seria possível, Zama decidiu dobrar a dose de óleo essencial. Curvando-se respeitosamente diante da estrangeira, ela sinalizou: *Me deixe preparar um banho para você*. Quando estava nervosa como naquele momento, uma grande calma guiava os gestos de Zama, sua concentração se tornava inabalável.

    A mulher vermelha estava sozinha quando o canto do pássaro da manhã soou. Deitada de costas, com os olhos abertos, tentou se lembrar dos últimos momentos da noite. Nada lhe ocorreu, a não ser a lembrança da figura alta da governanta correndo com autoridade em direção ao banheiro. Ela não quisera aborrecê-la, preferira ficar em silêncio a revelar sua preferência por chuveiradas frias, especialmente no fim do dia. Sua ansiedade havia se dissipado quando Zama voltara, mas, mais uma vez, não quisera ser inconveniente e mandá-la de volta para seus aposentos. Tinha sido ela que pedira à governanta para que ficasse. Será que ela havia feito aquilo mesmo? A mulher vermelha duvidava. Por ter frequentado uma Casa das Mulheres por anos, por ter sido iniciada em muitas práticas antigas, ela imediatamente imaginou que a água do banho contivesse essências soporíferas. Nos tempos antigos, elas eram usadas para apaziguar pessoas que sentiam dor, até o dia em que a rivalidade entre coesposas fizera delas uma arma destinada a afastar as rivais. Fingindo amizade, as outras mulheres preparavam o banho da inimiga na noite em que ela ia se deitar com o marido. Parecia que Zama tinha se revelado adepta da utilização do processo. Tudo tinha que ser feito para manter uma aparência de paz naquela casa. Gritos como os de Folasade podiam de fato atravessar a noite, e sabe Deus o que mais acontecia ali. O perfume que flutuava no cômodo quando a mulher vermelha chegara a havia impressionado, mas ela não tinha suspeitado, não havia percebido a presença de ervas, nem uma coloração particular na água. A fragrância cítrica refrescante que a envolvera era agradável, podia emanar do buquê de flores ali deixado, de alguma pomada e até mesmo do sabonete. Era leve, suave. Atenta às mensagens de seu corpo, ao que suas sensações lhe diziam, não teve a sensação de ter sido objeto de abuso. Zama simplesmente quisera dormir tranquila em seu quarto, isso era compreensível. Afastando os lençóis, ela começou a se levantar. A camisola que vestia não era o tipo de roupa que gostava de usar, o que confirmou suas suspeitas. A pobre governanta não merecia suas críticas, mas agora ela precisava voltar à vida normal.

O comunicador que permitia falar com Zama tinha sido deixado na mesa de cabeceira. Ela estava prestes a pegá-lo quando o aparelho se iluminou. A mulher vermelha não conseguiu reprimir o susto. Chamando a si mesma de idiota, inclinou-se com cuidado sobre a tela: *Você recebeu uma mensagem*. Será que já era a governanta? O aparelho marcava seis horas, o que parecia cedo para anunciar que o café da manhã estava servido. Dando de ombros, ela imaginou que não deviam estar esperando que lesse a mensagem imediatamente. Talvez tivesse sido deixada para ela durante a noite. O sinal luminoso só havia chamado sua atenção porque estava acordada. Recostando-se na cabeceira da cama, a mulher vermelha pegou o aparelho nas mãos e pousou a ponta do dedo indicador sobre o ícone que ameaçava piscar o dia inteiro se fingisse ignorá-lo. Imaginava que receberia uma mensagem visual, um vídeo em que Zama apareceria. Em vez disso, ouviu uma voz. As inflexões e o timbre eram conhecidos de todos nas nove regiões do Katiopa unificado, mas poucos haviam tido a oportunidade de ouvi-los daquela maneira. A voz que se dirigia a ela não era a de um dos mais ilustres refundadores do Continente e, portanto, do mundo. Era a de um homem elegante cujo embaraço era tão óbvio que ela nem precisou ouvi-lo dizer que não havia ordenado seu sequestro.

— Você está livre para não me esperar e não responder ao meu convite.

A mulher vermelha descobriu que não queria fazer nada do que lhe fora proposto. Não porque ele havia se contido, não se abrindo à conversa com aquela mensagem, não sendo muito explícito sobre seu desejo de encontrá-la. O que ele não dissera estava em seu tom de voz, nas reticências, entre os movimentos das frases.

— A Zama vai me informar sobre a sua decisão. Peço desculpas pelo ocorrido...

A maneira de falar do *mokonzi* tinha toda uma estratégia de guerra. A mulher vermelha tinha umas coisas a dizer a ele, e era isso que o homem esperava.

— Crápula — deixou escapar ela, convencida de que não podia se entregar a uma curiosidade que beirava a aceitação.

Consentir não seria também se render? Ele não havia ficado abalado o suficiente para deixar de jogar seu charme, evidenciado pela doçura com que havia envolvido aquelas simples palavras.

Tomada por um incômodo que a impressionou tanto quanto a aborreceu, ela se levantou, andou nervosamente de um lado para o outro do cômodo, abriu mecanicamente o frigobar e pegou uma garrafa de suco de fruta, que engoliu sem sentir o sabor. Ele nem havia se preocupado em dizer a ela o que esperava nem por quê. Tudo bem, ele não era adepto do rapto de mulheres, prática outrora comum entre certos povos do Continente. E talvez não tivesse um harém, coisa que Zama já havia dito. Nesse caso, o que queria dela? Por que aquele calor gentil para dizer aquelas poucas palavras? Por que ele mesmo quisera mandar a mensagem? O tempo e o lugar também davam à situação uma dimensão íntima. A mulher vermelha estava em um dos quartos da casa em que o homem morava. O brilho do amanhecer ainda não a havia coberto. Vestida como estava por vontade de outra pessoa, seu corpo retinha a noite e o que ali acontecia, atrás das portas fechadas dos quartos, em segredo. Lembrou-se da cena do dia anterior, do rosto dos guardas que haviam se aproximado dela. Sua identidade havia sido confirmada, seu nome estava escrito no convite. À mão. Poucas pessoas ainda faziam aquilo, e nunca teria ocorrido a ela que um guerreiro pudesse tomar aquela iniciativa. A mulher vermelha tinha pouca estima pelos aventureiros, ainda que devesse a eles a unificação de grande parte do Continente e a paz nas fronteiras. O homem cujas palavras ela acabara de ouvir não era um valentão. Além disso, podia admitir a si mesma que tinha gostado de pensar nele daquela maneira por pura má-fé. Os muitos passeios públicos de Ilunga desde que assumira o cargo de *mokonzi* desmentiam aquela imagem de maneira contundente. A mulher vermelha não havia prestado muita atenção neles até então, mas não havia deixado de perceber que o homem parecia diferente dos combatentes habituais. Afastando as perguntas que a dominavam, disse a si mesma que não fazia sentido indagar nada daquilo. Já estaria dando espaço demais a ele. Tinha que sair dali, e logo. Sair daquela bolha, retomar sua vida. Estava prestes a chamar a governanta quando ouviu uma batida na porta.

O barulho a assustou. Ela soltou um palavrão enquanto caminhava até a entrada do quarto, prometendo a si mesma que voltaria às ruas em menos de meia hora, tempo suficiente para atender o intruso, se lavar e depois se vestir. Diante do movimento um tanto brusco, Zama deu um passo para trás e baixou a cabeça em sinal de saudação. Como a estrangeira havia passado a noite? O que comeria em sua primeira refeição? O silêncio reinava na ala feminina, as outras deviam estar dormindo. A atitude modesta da governanta a obrigou a ceder. Cruzando os braços, a mulher vermelha não respondeu. Mencionando a mistura de ervas sedativas, ela disse:

— Não é fácil consegui-la na forma de óleo essencial, mas imagino que nada é impossível a quem mora aqui.

A governanta não disfarçou, não se perdeu em mentiras vãs, apenas confessou ter usado o produto: *Só queria garantir um sono tranquilo para você. Com os acontecimentos de ontem, tive medo de que não descansasse.*

A mulher vermelha gostava quando não mentiam para ela. Para não parecer que havia aceitado que sua opinião não fosse solicitada, contentou-se em balançar a cabeça. A governanta continuou, desenhando círculos no ar, baixando os braços ao terminar a frase. Ela viera saber o que devia dizer ao *mokonzi*. Os olhos da mulher vermelha se arregalaram. Zama então se explicou: Ilunga estava ausente. Voltaria mais tarde e desejava recebê-la naquela noite, à hora habitual da ceia naquela parte do Continente. Ele esperava que ela esquecesse o mal-entendido da noite anterior. Claro, alguém a buscaria onde ela quisesse. Zama a analisou, parecendo decifrar as perguntas silenciosas que corriam pela cabeça da estrangeira, perguntas que pouco tinham a ver com o desejo do homem. O que a perturbava era o que ela estava sentindo, a estranha forma como a energia daquele homem a atingia. Ela não o havia visto. Ele, por outro lado, nem conhecia o som da voz dela. A mulher vermelha mudou de ideia, imaginando que um homem em sua posição podia fazer quase tudo: espionar, seguir, nada estava fora de seu alcance. Mas, mais uma vez, por que estava atrás dela? Suas atividades não representavam nenhuma ameaça para o Estado. Suas habilidades certamente não eram desinteressantes, mas métodos mais civis não teriam impedido ninguém de ter acesso a elas. Olhando nos olhos da interlocutora, a mulher vermelha viu a meia hora, o ultimato que se propusera, se esvair. Suspirou. Tudo bem, ela conheceria aquele homem naquela noite. Quanto antes melhor, para esclarecer tudo aquilo. Mas viria sozinha, se não fosse pedir muito. As viaturas do Estado não lhe haviam deixado a melhor das lembranças.

Naquele dia, ela não conseguiu trabalhar, sua mente não se fixou em nenhum dos objetos de pesquisa. O crepúsculo a encontrou febril, incapaz de escolher um penteado adequado, de decidir se punha ou não pérolas baúle ou um grampo de cabeça prateada no cabelo. No fim das contas, optou por um visual simples, um conjunto amarelo recortado em tecido esvoaçante. Às vezes usava esse conjunto para ir à faculdade, e suas sandálias do dia a dia também convinham. A tempestade que havia surgido dentro dela a convidava a buscar certo consolo. A mulher vermelha murmurou um cumprimento a Zanele, sua vizinha, que se refrescava no pátio comum. Sem saber dizer como chegara ao ponto de *baburi* mais próximo ou por que milagre não havia perdido a estação, a mulher vermelha chegou ao encontro na hora certa. Informadas anteriormente de sua chegada, duas sentinelas tinham sido postadas na avenida Menelique II. Sua identidade foi verificada, e elas conversaram com colegas que haviam sido alocados na entrada da residência. Eles a receberam em silêncio. Um deles se encarregou de informar Zama:

— A estrangeira chegou.

Ela teve então a impressão de ver a governanta levitando em sua direção, vestida com uma roupa cor de ameixa cujas mangas-morcego pareciam asas de seda. Com um sorriso benevolente nos lábios, Zama a conduziu até o último andar e a confiou ao imperturbável Kabeya, cujo grande *iporiyana* brilhava sob a iluminação suave. Ela não o ouviu falar nem o viu sorrir quando abriu a porta. Viu-se dentro do cômodo sem nem perceber. Um tremor inoportuno dos joelhos a fez lembrar de que tinha um corpo. A mulher vermelha ergueu o queixo, esperando que o gesto reduzisse a fraqueza em suas pernas, enquanto seu olhar percorria o vasto aposento. No *ndabo* do *mokonzi*, a mesa estava posta para dois. Ilunga se levantou quando ela se aproximou e esperou que a mulher vermelha tomasse seu lugar, o que ela não fez. Ele então sorriu:

— Me desculpe. Essa situação me deixou tão desconfortável quanto você. Nunca mandei ninguém obrigá-la a vir até aqui.

Ele só queria conhecê-la, conversar com ela, lamentava a falta de jeito, mas poucas opções estavam disponíveis para alguém em sua posição. Outros podiam abordar uma mulher que tinham visto na rua, mas não ele. Menos ainda quando se arriscara a andar incógnito pelo centro da *kitenta*. Ela não poderia esquecer o erro dos jovens agentes da guarda dele?

O homem não estava preparado para ouvir a resposta da moça. Que ela o havia visto duas vezes — tinha certeza disso. Bem, aquela não era a palavra certa. *Ver*. Não tinha sido isso. Ela o havia *sentido*. Era essa certeza que a dominava naquele momento: pudera dar um rosto àquela vibração, àquele sopro azul. Guardou para si a convicção de que, sem dúvida, tinha sido isso que a perturbara tanto ao ouvir a voz dele no início do dia. Aquela sensação que havia carregado mais uma vez, arrastado consigo até a noite. Agora se sentia melhor, mais leve. Sem revelar o que havia visto da aura de Ilunga além de sua cor, a mulher vermelha tirou os sapatos e se sentou no grande *shoowa* aberto para a refeição. Os aposentos de Ilunga tinham uma sala de jantar comum, usada apenas para recepções. Era uma sala elegante, mas desprovida de intimidade. Ele queria que sua convidada conhecesse o homem, não o *mokonzi*. Sentia que ela era sutil o suficiente para decifrar os sinais, para perceber a diferença, e expressou sem exageros seu prazer em vê-la naquele local. Então pegou a jarra deixada para esse fim, derramou a água com limão nas mãos da mulher. Ela as esfregou sobre uma cabaça. Quando terminou de lavá-las, ele pegou um pano que havia deixado separado, secou os dedos dela e repetiu a operação em si mesmo. Os pratos que continham a comida tinham sido colocados sobre aquecedores de barro, e talheres de bambu haviam sido preparados para o serviço, mas também para aqueles que preferiam usá-los durante a refeição. Quando ela fez sua escolha e as tigelas e as xícaras ficaram cheias, o homem fez um convite:

— Vamos conversar então.

A mulher vermelha se apresentou, já que parecia uma introdução conveniente:

— Meu nome é Boyadishi. Mas todos me chamam de Boya.

Ele assentiu.

— Eu sei. Não é daqui.

Não, realmente não era. Uma antepassada havia inventado o nome, de certa forma. Na verdade, ela ouvira a pronúncia do nome de uma rainha estrangeira do passado. Sua língua a havia retrabalhado para torná-lo palatável, para investi-lo de um novo poder. A anciã havia desejado transmitir a identidade da ilustre mulher à sua família, a seus olhos, de maneira melhorada e em condições específicas. Era necessário aguardar a geração designada para realizar novamente a obra de Nanã Buruku.

— Dar à luz o Universo — lembrou o homem, estreitando os olhos. — E seus pais aprovaram?

A mãe de Boya, que a criara sozinha, atendera aos desejos dessa antepassada cuja presença sempre fora uma bênção para seus descendentes.

Ilunga quis saber como alguém podia viver com uma identidade daquela natureza, um nome que nada significava para sua comunidade. A mulher deu de ombros, nunca tinha pensado naquilo. Era o nome dela, ela o carregava, não o contrário. O significado era ela. O que a fazia agir, as atitudes que tinha. Não havia animosidade na conversa. Simplesmente, de ambos os lados, certo apetite pela descoberta de um ser singular. Talvez fosse necessário nomear o magnetismo que emanava de suas presenças. Juntos, eles produziam uma energia inusitada e a constatavam sem ainda saber que fim teria. Muitas vezes, as pessoas se enganam sobre isso, veem amantes onde há irmãos, cônjuges onde há pais. Havia almas gêmeas de muitos tipos, uma longa lista de possíveis equívocos, e as consequências desses mal-entendidos eram sempre dolorosas. Ilunga não tinha pressa. Ele não achava que estava errado, mas seu temperamento não permitia precipitações. Além disso, não era o único envolvido. A governanta das mulheres só voltou a ver Boya no meio da noite. Não era para ser assim, mas nenhuma das duas viu problema em levá-la de volta para o quarto que a havia hospedado no dia anterior. Arrastando consigo um Kabeya tão animado quanto na primeira hora do dia, o *mokonzi* a acompanhara de volta ao vestíbulo. Ele não costumava descer até ali, e a funcionária ficou incomodada com o tecido molhado sob suas axilas, o nó simples de seu turbante. No dia seguinte, no fim da manhã, a mulher vermelha compartilhou a primeira refeição com Ilunga. Por terem apenas conversado, os dois mal haviam tocado nos pratos servidos no jantar, por isso devoraram sem pudores a comida apresentada naquele novo dia. A refeição aconteceu na estufa da residência. Boya queria conhecê-la antes de partir. Ilunga fez sinal para que Kabeya não os seguisse. Ele não pegou a mão dela, não a beijou.

Quando se separaram, o homem disse:

— Você sente essa força, não sente? Não está entre nós, somos nós.

Ele queria que ela decidisse vê-lo outra vez. As perguntas ainda sem resposta continuariam se a mulher não voltasse. Ilunga não havia perguntado o que ela estava fazendo na beira do mar, nem com os Sinistrados. Não havia se preocupado com suas convicções políticas, sua provável adesão às teses do Grupo de Benkos. Isso ficaria para depois. Ele pretendia ouvir isso dela, não dos agentes da Segurança Interna, que podiam fornecer aquelas informações. Ilunga a havia coagido uma vez — já que seus emissários tinham agido em seu nome. Seria a última. Se aquela mulher não fosse mais viver apenas em seus sonhos, ele queria que ela decidisse isso. Ela não seria capaz de entrar em contato com ele, isso não era costume. Pessoas demais observavam o que podia passar por uma paixonite do *mokonzi*. Ele pediu, se ela não se importasse, que falasse com a governanta das mulheres. Podiam confiar nela. Boya inclinou a cabeça para o lado, olhou para baixo e pensou por um instante. Olhando para o homem, ela sugeriu:

— Que tal se eu vier bater à sua porta?

O que eles fariam ou não juntos era apenas da conta deles. As sentinelas postadas na entrada da residência e no final da *nzela* que levava à avenida Menelique II se lembrariam da mulher vermelha por muito tempo. Os guardas se encarregariam de sinalizar sua chegada, ela não tinha dúvidas. Se as coisas acontecessem de maneira diferente, uma solução seria encontrada rapidamente. Ilunga balançou a cabeça devagar, preparando-se para não ter nenhum controle sobre ela, caso os dois se vissem outra vez. Isso deixaria as pessoas ao seu redor incomodadas. Causaria uma revisão de seus hábitos. O homem entendia isso: para conseguir que Boya mantivesse uma aparência de temperança — que seria necessária —, seria preciso aceitar seus possíveis rompantes. Ele não iria administrá-los como faria com qualquer outro setor. Teria que esperar turbulências, mas isso não o assustava, já que tinha saído vitorioso de batalhas mais duras.

— Escute — disse calmamente. — Eu prefiro saber antes das sentinelas. Você pode entrar em contato comigo assim.

Ele explicou a ela o procedimento usado para criptografar sua comunicação, viu a mulher ir em direção à saída, uma brisa matinal soprar o *bùbá* amarelo que ela usava sobre um *iro* da mesma cor. Todas as cores do fogo. Seria bom. Entre eles. Havia ar suficiente nele para atiçar as chamas, água suficiente para apagar o incêndio. Ela hesitaria um pouco de início, depois ele a veria se controlar e se estabelecer. Estava ansioso por isso.

2.

Boya não se virou. Sentia o olhar de Ilunga em suas costas, assim como o dos funcionários da residência, onde quer que estivessem. Todos tinham uma ideia mais ou menos parecida do que estava acontecendo diante deles. As sentinelas abriram os portões sem tirar os olhos dela. Ao notar sua passagem, os guardas que ela encontrara na entrada da avenida Menelique II não lhe fizeram nenhuma pergunta. Os guardas noturnos que eles haviam substituído sabiam fazer seu trabalho direito. Depois de verificar a identidade da mulher, tinham deixado uma observação sobre ela. Havia um ponto de *baburi* a cerca de quinhentos metros dali, talvez um pouco mais, numa praça cujo nome ela havia esquecido. A distância não devia nada ao acaso. Era preciso ser capaz de ver claramente quem se aventurava por aquelas bandas. Os sistemas de vigilância tinham que ficar escondidos nas árvores próximas, e muitos diziam que até os lagartos podiam estar equipados com eles. Ela não vinha com frequência para aquele bairro de Mbanza, mas encontrou a praça em homenagem a Ndaté Yalla, rainha de Waalo. Flores azuis tinham sido escolhidas para homenageá-la: ipomeias que subiam pelas paredes e flores-borboleta importadas do leste do Continente para iluminar a parede verde. Elas tinham se aclimatado bem ao lugar. A mulher gostava da ideia de trocar flores entre regiões, coisa que nem sempre havia acontecido. A cor a trouxe de volta para perto de Ilunga, o homem azul em todos os aspectos. Ele tinha sido adornado com uma tez de um tom de preto tão profundo que se tornava azulado sob a luz. E a energia dele também tinha aquela tonalidade. Um lápis-lazúli marcava o alargador que ele usava na orelha direita e uma tanzanita brilhava sobre um de seus longos anéis. Antes de conhecê-lo, ela só sabia dele o que as pessoas diziam, boatos. Ouvia tudo aquilo de longe, quase não lia a imprensa. Como muitos habitantes do Katiopa, ela saudara o advento do novo regime com certa circunspecção misturada com esperança. Não houvera contestação.

Os combatentes da Aliança, que tinham acabado de derrubar vários chefes de Estado ilegítimos, contavam com os membros que, em diversas regiões, haviam conquistado a confiança das populações. Havia chefes de Estado de todas as categorias sociais, já que a organização tinha conseguido tecer, ao longo das décadas, uma rede de ativistas enraizados em suas terras. Eles tinham conseguido dissipar as preocupações. Quando a Aliança explicara as estruturas do Estado — o Conselho, o Governo e a Assembleia de *mikalayis* —, todos haviam ficado ainda mais tranquilos. Boya se lembrava que Ilunga havia sido nomeado por essas várias autoridades. Ele não se impusera como costumam fazer os vencedores, os conquistadores. Aliás, nas regiões do Katiopa unificado, a Aliança inclusive consultara os notáveis de comunidades menores. A voz de todos tinha sido ouvida. Ninguém no Continente recordava a imagem, ainda que fugaz, de um tempo em que tal consideração era desfrutada. Uma época em que as pessoas não se consideravam hóspedes na própria casa. O *mokonzi* tinha recebido a missão de pacificar, proteger, elevar, honrar. Ele havia se comprometido a fazer isso durante uma cerimônia ao mesmo tempo sóbria e comovente, transmitida pela mídia. Cinco anos se passaram desde que a Aliança iniciara seu trabalho de refundação. A agitada *kitenta* do Katiopa unificado oferecia um prenúncio da unidade alcançada, com habitantes vindos de todo o território, uma mistura de culturas, uma combinação de personalidades. Ela havia sido concebida para ser um espelho no qual todos reconheceriam o próprio rosto. As autoridades faziam questão de cuidar de sua nova vitrine, por isso a cidade vivia sob constante vigilância. Mas Mbanza, a *kitenta*, era apenas uma fração ínfima de um território que podia facilmente conter muitas das grandes regiões do mundo. Essa recriação seria da responsabilidade de várias gerações. Aquilo não era um Continente: era um universo.

A chegada do *baburi* a fez voltar ao presente. Ela entrou pelas portas que se abriram no meio do vagão, sentou-se perto da janela e se isolou mentalmente dos outros passageiros. O veículo partiu, fazendo desfilar as árvores que margeavam as ruas, as hortas comunitárias que substituíam aqui e ali os antigos jardins públicos. Ainda era uma experiência. Todos sabiam que tinha sido ideia de Ilunga trazer de volta ao coração das cidades uma relação concreta com a terra. Os parques, mais amplos, haviam sido convertidos em espaços chamados de *Memórias Felizes*. Devolvidos a valentes ancestrais desde a antiguidade até os tempos da Primeira *Chimurenga*, eles agora atraíam multidões que antes os desdenhavam. Neles, as pessoas caminhavam ao longo de *nzelas* margeadas de estátuas lembrando as *candaces*, poderosas rainhas de Meroé. Muitas se sentavam para fazer piqueniques não muito longe de um quiosque que oferecia brochuras históricas e suvenires. As pessoas também vinham para abraçar uma grande árvore que tinha visto o passar dos tempos e que podia ser o substituto vegetal de uma pessoa arrancada de sua família pela Maafa. Aqueles que sabiam ouvir acessavam as palavras daquelas árvores, que detinham muito mais conhecimento do que os livros de História. Os dois grandes parques de Mbanza, um dedicado às mulheres e outro aos antepassados masculinos, tinham encontrado um lugar no coração dos habitantes da cidade. Sem nunca os designar pelo nome oficial, eram apenas chamados de *jardim de nossas mães* ou *vale de nossos pais*. Réplicas haviam sido criadas em todo o Estado, com o mesmo resultado. Essas conquistas ilustravam o relacionamento de Ilunga com a terra viva do Katiopa. Um vínculo carnal e espiritual. O *mokonzi* era um homem impressionante. Até então, ela via nele apenas um guerreiro, um estrategista astuto o suficiente para conquistar as vitórias mais inesperadas, um combatente determinado. Tinha sido sob seu comando que os soldados da Aliança haviam vencido a brilhante ação que mudara a face do mundo da noite para o dia. Ao pensar naquilo, Boya disse a si mesma que com prazer voltaria a ver a declaração de Igazi, o atual *kalala*, na manhã seguinte à queda dos líderes podres. Ilunga só havia se apresentado depois. A profunda sensibilidade daquele homem ficara clara durante o encontro em que os pratos haviam esfriado e a conversa transcorrido com fluidez, sem que certas questões fossem abordadas. Ela não perguntou o que ele estava fazendo na área abandonada nem na Praça Mmanthatisi. Bastara que o homem não tivesse negado nada quando ela explicara que o havia sentido. Sentido a presença dele, de maneira muito clara. E aquela força a percorrera novamente quando, ao vê-la entrar em seus aposentos, ele havia se levantado. Fora quase como um tapa na cara, por assim dizer.

Boya imaginava o processo que ele havia usado. Os membros mais importantes da Aliança eram considerados grandes iniciados. Claro, isso sempre havia sido dito sobre os poderosos, não sem razão. No entanto, os recém-chegados não eram conhecidos por pertencerem às instituições do passado, que antes reuniam uma máfia transnacional. Ela ainda não sabia de onde ele havia voltado. Tudo o que podia dizer era que não havia sentido, nas horas passadas com aquele homem, que estava em companhia tenebrosa. Seu radar interno não havia entrado em pânico. Claro, não era motivo para acreditar que estava fora de perigo. A ameaça não vinha realmente de fora: era dentro dela que tudo acontecia, era ela que estava sendo seduzida rápido demais por um homem que enviara guardas para buscá-la. Para falar com ela. Especificamente com ela. Ele havia passado por ela duas vezes. Não era o suficiente para que ele soubesse onde enviar seus asseclas. Portanto, ele a havia vigiado ou pesquisado sobre ela, o que dava no mesmo. Duas leituras dos fatos se ofereceram: ou a situação era extremamente romântica, ou ela precisava se preocupar. Será que estava sendo seguida naquele momento? Seria nos próximos dias? Boya decidiu confiar em sua primeira impressão, no fato de toda e qualquer angústia a ter deixado assim que se viu perto dele. Ela se sentira em casa. Mas de que era feito aquele edifício e qual era o seu lugar nele? Ela teria que responder àquelas perguntas antes de decidir se o veria outra vez. Saber disso e saber também o que ela pretendia trazer para aquela relação.

Entrar na existência de um ser conferia responsabilidades. Não fazemos isso por nós mesmos. E quando alguém lidava com um homem como ele, era impossível alimentar qualquer expectativa. Aqueles homens não eram feitos para ter companheiras. As tarefas que os ocupavam eram tais que, assim que chegavam, eles desapareciam. A mulher se recompôs. Sua imaginação já a levava para longe demais. Eles ainda não estavam naquele ponto. Prometeu a si mesma que conteria sua espontaneidade. Não estava vivendo um sonho, e sim uma realidade complexa que exigia cautela. Mesmo um caso com Ilunga não a deixaria intacta, disso tinha certeza. Claro, todos os encontros deixavam sua marca nos indivíduos. Isso podia ser mais ou menos profundo, afetar órgãos vitais ou apenas causar a sensação fugaz do toque de uma pena na pele. O *baburi* parou perto das *Estrelas da Maafa*. Ela desceu, passou sob o jardim suspenso, pegou uma das saídas laterais e atravessou a rua adjacente. Alguns metros à frente, pegaria outro trem urbano para retornar ao bairro periférico em que ficava sua casa. Não havia mais veículos particulares na cidade, exceto motocicletas elétricas que o município alugava a preços de ouro, bicicletas e carros reservados para certas administrações e serviços de emergência, como ambulâncias e bombeiros. Um serviço municipal se encarregava das entregas úteis aos comerciantes, apenas no período da manhã, e mediante o pagamento de uma taxa. As pessoas haviam redescoberto a caminhada, o transporte público para todos. Ele tinha sido melhorado, já um pouco na época da Federação Moyindo, conhecida como FM pelo povo do Katiopa. Claro, muitos haviam lutado contra aquilo. Recusado a se misturar com a gentalha daquela maneira. Com isso, os ricos conseguiram ter carros próprios para seus deslocamentos, contanto que pagassem um imposto. As pessoas se queixavam de terem tirado o pão de sua boca com tanta brutalidade, já que o Estado não tinha emprego para oferecer àqueles que deviam abandonar seus táxis. Assim, alguns, um pequeno número, tinham sido contratados pelo serviço público. Boya não sentia saudade da época da poluição dos escapamentos. A época atual lhe convinha. Era, aos seus olhos, o fim de um ciclo de gestação que as diferentes fases da *Chimurenga* haviam marcado.

O sol acariciava as nuvens preguiçosamente. Ele ainda era *Etume*, aquele que, ao se desvencilhar de maneira triunfante do mundo subterrâneo, avançava silenciosamente para o centro do cenário celeste. Seria sob o nome de Ntindi que ali arderia, desfilando até o meio-dia, dispensando o seu poder vital aos vivos. Àquela hora ainda matinal, os munícipes saíam de suas casas, corriam para as paradas do *baburi*, passando pelas calçadas, pelas passarelas mecânicas. Era preciso acordar cedo para chegar a tempo onde eles eram esperados. Ninguém reclamava disso, nem mesmo os sobreviventes da era anterior da autonomia automobilística. Uma corredora acelerou perto da parada do trem. Um ciclista mais rápido a ultrapassou, uma mochila no bagageiro. Quando o *baburi* chegou, Boya sorriu ao ver as imagens que formavam um friso na parte inferior das portas. Os desenhos representavam objetos, alimentos ou animais que eram proibidos levar no trem: cachos de banana, sacos de tubérculos, peixes e caranguejos, ovelhas mortas ou vivas... O respeito àquela regra levara tempo. Infratores eram comuns perto dos mercados, nos arredores da cidade, onde alimentos frescos eram obtidos dos camponeses. Eles esperavam resolutos a passagem dos fiscais, prontos para recitar uma ladainha de desculpas ou lamentações para evitar a multa. As pessoas viviam ali sob a jurisdição da palavra. Como ninguém podia sair perdendo, as discussões às vezes eram intermináveis, especialmente quando alguns passageiros se envolviam. Foram então atribuídos horários para o transporte de alimentos e animais, e a empresa de transporte recusava qualquer responsabilidade em caso de devoração de uns pelos outros. Nos vagões destinados a esse fim, os assentos tinham sido retirados. Todos ficavam de pé. O relativo desconforto daquelas máquinas tornava imperativa a brevidade das viagens.

O astro do dia estava menos tímido quando Boya chegou ao bairro em que morava. Distante do centro da cidade e de suas construções de tijolos de barro, o bairro tinha muitas casas de madeira. Algumas tinham sido reformadas de acordo com critérios do habitat bioclimático, mantendo sua estrutura vegetal, que havia sido coberta com um revestimento da cor da laterita. O município queria reabilitar todas as casas da área em cinco anos. Enquanto isso, mulheres em vestidos simples ainda varriam a calçada de suas casas, interrompendo-se para se cumprimentar ou conversar um pouco. A loja que combinava as funções de mercearia e pequeno restaurante tinha aberto suas portas. Algumas décadas antes, os turistas iam em grande número até lá, atraídos pela perspectiva de uma experiência espiritual em um lugar ainda preservado. Era, aos olhos deles, uma espécie de outro mundo sobre a Terra, o jardim antes da queda. Na época, um curandeiro trabalhava lá, especializado em tratar as depressões e os vícios frequentes. Esses males eram tragicamente desenfreados entre os visitantes estrangeiros. Ao contrário de outras partes antigas da cidade, o distrito mantivera seu nome original. Ali, ele ainda era o Velho País. Já não existia mais um *sangoma* oficial, e sim uma comunidade de iniciados, guardiões do espírito feral que dera origem àquele vilarejo urbano.

Boya morava lá, em uma casa reformada de dois cômodos, situada aos fundos de um pátio compartilhado, no final de uma *nzela* margeada por arbustos floridos. Atrás da casa, um *bukaru* permitia que reunisse, três tardes por mês, um grupo de pequenas órfãs que iam lanchar com ela. Estava com pressa para chegar em casa. Ainda precisava fazer o trabalho que deveria ter feito na véspera. Mergulhar nele a ajudaria a se distanciar da lembrança de Ilunga, a mandar embora perguntas que ainda podiam ser feitas. Quando entrou no pátio em direção à casa dos fundos, a janela da vizinha rangeu e se abriu, revelando a cabeça desgrenhada de Zanele. Com uma máscara de argila no rosto, esfregando vigorosamente o *mswaki* nos dentes, ela lançou para a recém-chegada um desses olhares completamente neutros cujo segredo conhecia. Zanele costumava fazer aquela cara quando, atormentado pela curiosidade, todo o seu ser se lançava no caminho da investigação. Como um leopardo que nunca atacava pela frente, ela tirou a vara de madeira da boca e disse:

— Como foi sua noite, Boya?

Zanele sabia se mostrar inexpressiva, então o tom de sua voz combinava com a indiferença de seus olhos. A interrogada aproveitou para dar à sua resposta um caráter análogo, enquanto inseria a ponta do dedo indicador na fechadura de reconhecimento digital:

— E a sua, Zanele?

Virando-se para a mulher que não devia ter pregado o olho a noite toda, ela esperou. Agora cabia à sua interlocutora falar. A menos que houvesse um desastre, suas palavras apressariam o fim da conversa. Era isso ou recomeçar o colóquio, acabar se revelando. Zanele, portanto, manteve a dissimulação, suportando seus problemas com paciência, pois saberia o final da história. Impassível, deu de ombros:

— O Nzambi nos acordou de novo esta manhã.

O *mswaki* voltou ao seu lugar e Boya concluiu com a fórmula habitual, antes de entrar em sua casa:

— Sejamos dignos disso.

Seu *ndabo* era um cômodo de tamanho médio, mobiliado sem extravagâncias. Ele servia de sala e escritório. Ela pousou sobre a escrivaninha o tablet que continha as informações compiladas dois dias antes e que não havia conseguido reler. Também tinha as entrevistas gravadas na semana anterior com um grupo de Sinistrados. Sua pesquisa se centrava na comunidade *fulasi* estabelecida apenas naquela parte do Continente. Mantendo-se ali apesar dos solavancos da História, ela havia perdido toda a autoridade, mas acreditava no retorno de uma era de ouro. Boya achava comovente aquela maneira de se apegar a tempos passados, que muitos não haviam vivido, mas cujo eco afirmavam perceber profundamente. Havia uma triste beleza na melancolia dos Sinistrados. Ela coloria a essência de sua cultura atual, de seu estar no mundo, caracterizando-se por uma nostalgia incurável. A aventura humana era feita de desaparecimentos, de evoluções. Sempre tinha sido assim. No entanto, os Sinistrados se esforçavam para lamentar o que não seria mais. Usando os óculos do passado para observar o presente, eles apenas o toleravam por manterem o registro dos avanços que a humanidade lhes devia. Sua condição atual era enganosa. Eles tinham sido os mais poderosos e certamente voltariam a ser os grandes organizadores do mundo. E, enquanto se preparavam para aquele futuro grandioso, esforçavam-se por preservar os mais ínfimos resquícios de sua extinta civilização, viam na baixa proporção de melanina contida em seus corpos o sinal de uma eleição divina. Também proibiam a permanência sob o sol, assim como as uniões exogâmicas. Em tudo isso, Boya lia uma dor que queria fazer as pessoas entenderem. Não era fácil. Os Sinistrados tinham uma tristeza arrogante e estavam sempre dispostos a transferir a própria vulnerabilidade para os outros: tinham mantido o hábito de ferir para ainda acreditar na eminência de seu status. Seu comportamento na sociedade atestava isso, mesmo que os meios implementados não fossem mais os do passado.

Não tinha sido fácil ser admitida entre eles. Ela conseguira depois de um longo período de aproximação e só por ter gerado dúvidas sobre a origem de sua aparência. Aquele claro tom avermelhado podia ser fruto de miscigenação. Não era nada disso: sua aparência era o resultado de uma forma incompleta de albinismo que lhe dera uma pele acobreada e cabelos ruivos. Os Sinistrados atribuíam uma importância absurda ao fenótipo, que tinham recheado de significado para se sentirem superiores à raça humana. Ninguém sabia direito de onde aquilo tinha saído. O Sinistro, para o qual eles haviam sido direcionados ao longo dos séculos, sem perceber, também fora gerado por aquela percepção errônea de si e dos outros: a invenção da raça. Seria possível curar uma patologia tão antiga da alma? Boya não sabia. Passando primeiro pelos documentos salvos no tablet, a mulher parou em uma página manuscrita que havia digitalizado. Era uma citação destacada de um diário. Ela não tivera acesso ao conteúdo do caderno, mas os Sinistrados haviam insistido em fazê-la entender o que norteava, no dia a dia, a escrita daquelas páginas. Ela leu em voz baixa:

> *Para liquidar um povo, é preciso começar por retirar dele sua memória. Destruir seus livros, sua cultura, sua história. Então, outra pessoa passa a escrever outros livros para ele, dar a ele outra cultura, inventar outra história para ele.*
>
> *Em seguida, as pessoas começam a esquecer o que são e o que eram.*
>
> *E o mundo ao seu redor se esquece disso ainda mais rápido.*

Segundo aquele documento, um homem chamado Milan Hübl tinha escrito aquelas palavras. Seria preciso aprender mais sobre ele, conhecer o contexto em que aquelas linhas haviam sido escritas, encontrar a obra cujo título o diário não mencionava. Porque algo precedia aquelas frases. Ela voltaria àquele tema. *Liquidar um povo.* Termos fortes — talvez até demais — no caso dos Sinistrados. Ela se lembrou do rosto da senhora que se dera o trabalho de copiar o trecho à mão, apesar da artrose que deformava os nós dos dedos. Usar uma caneta tinha passado a ser um ato de militância, a afirmação da permanência das coisas. Talvez fosse possível lamentar que não fosse apenas uma escolha estética. Afinal, havia algo de ridículo naquela forma de dar, ao menor gesto, uma dimensão política. A própria vida era apena um longo protesto. Boya deixou o tablet na poltrona baixa da sala de estar do *ndabo*, já que pretendia se sentar ali para ouvir as entrevistas. Mas, primeiro, queria se trocar, pôr uma roupa limpa. Pousado ao lado dela, seu comunicador brilhou, emitiu um som estridente. Ela se inclinou para ler a mensagem. O rosto de Kabongo apareceu. A mulher abriu o recado, que tinha sido enviado no dia anterior e ela não tinha visto. Ele a havia procurado. E até esperado. Ela ia responder: *Mas não tínhamos marcado nada*. Não era urgente. Aquela história tinha corrido até ali sem grandes urgências, sem necessidade de os dois se verem. Ela não estava apaixonada por aquele homem. No entanto, não gostava de tratar seus amantes como objetos sexuais comuns. Considerava isso degradante para si mesma. Além disso, Kabongo era um presente para o sexo feminino. Ele amava mulheres de todos os tamanhos, corpos e gerações. Ela não ficaria surpresa se um dia o encontrasse na companhia de uma octogenária, pronto para varar a noite se as forças da companheira permitissem que ela recebesse suas homenagens. Mas como ele não tinha medo de nadar em nenhum remanso, e isso não podia acontecer sem consequências, Boya só o encontrava muito de vez em quando. E, na maioria das vezes, era ela quem fazia contato. Como ainda não tivera a chance de se cansar dela, normalmente ele se colocava à disposição. Com suas outras parceiras, Kabongo soltava as rédeas de seu temperamento predatório. A caça era para ele expressão do desejo. Possuir era sua maneira de amar. Era uma natureza como outra qualquer, nem pior nem melhor. Era preciso apenas entender seus mecanismos. Boya foi quem o colocou em sua mira, e ele tinha se deixado pegar. Por isso ela pretendia se conter e só responder mais tarde. Faria isso com a cabeça descansada, depois de escolher suas palavras com cuidado. Suas naturezas sexuais combinavam de forma maravilhosa e ela sempre o encontrava com prazer. Ele a trazia de volta à terra sempre que necessário, restaurava sua carne quando a prática intelectual excessiva a havia dominado. E aquilo merecia certa consideração.

Da primeira gaveta da cômoda, ela tirou um tecido feito à mão, cujo material apreciava. Era um algodão *mandjak* herdado de sua mãe, um pouco gasto, mas ainda elegante. A cor havia desbotado nas bordas e o tecido estava desgastado um pouco nas partes em que era dobrado com mais frequência. Sozinha em casa, Boya enrolou o corpo com o tecido, sem vestir nada por baixo. Seus pensamentos a levaram de volta aos Sinistrados. Estava feliz por ter conseguido levar um pequeno número deles à Praça Mmanthatisi para celebrar o San Kura. Para eles, a data era uma heresia, mas Boya havia desenterrado uma das antigas máximas deles: *Em Roma, faça como os romanos*. Eles reclamavam da falta de consideração que as populações nativas agora lhes dedicavam. No entanto, demonstravam pouca boa vontade e ainda não dominavam os idiomas locais, apesar de sua língua, em desuso, já não ser mais conhecida por todos — apenas por velhos esnobes e acadêmicos como ela. A opinião deles sobre o San Kura era direito deles, mas partilhar a alegria dos habitantes da *kitenta* não lhes poderia causar nenhum mal — pelo contrário. A ajuda das crianças tinha sido inestimável na realização evento. Muitas delas sofriam com o ostracismo que atingia sua família. Eles tinham ido à praça e a festinha correra muito bem. A celebração durou apenas uma tarde, e ela havia se encarregado de tudo. Chegara até a pregar peças neles para que se divertissem. Boya não esperava converter ninguém a costumes considerados ridículos. Mas havia medido o desejo dos mais novos de viver em harmonia com aquele ambiente. Eles saberiam superar a amargura que atrelava os mais velhos a épocas passadas, inventar a própria maneira de pertencer ao Katiopa. Alguém tinha que pegá-los pela mão, autorizá-los a amar o que tinham daquela terra neles. Ela certamente havia excedido suas prerrogativas de universitária, mas não havia conseguido ser indiferente à situação preocupante das crianças.

A demografia do Continente o protegia de uma possível dominação dos Sinistrados ou de qualquer outro grupo. O poder de suas culturas também permitia que evitasse a capacidade de dominação de outros. No entanto, podia ser prejudicial para a sociedade abrigar dentro de si um grupo humano amargo e vingativo. Os pais sinistrados só podiam incutir no coração dos filhos sentimentos contraditórios: estavam em um lugar, mas não o suportavam; travavam uma guerra sem fim com uma parte de si mesmos da qual era impossível se livrar. Isso gerava uma raiva inextinguível, um fogo que queriam propagar para não serem consumidos por ele. Era aquele incêndio que era preciso prevenir. Não seria fácil, já que a maioria dos Sinistrados não conseguiria assimilar usos que desprezavam nem seria aceita por aqueles que valorizavam tais práticas. Contudo, o país que seus ancestrais tinham deixado estava transformado e já não continha praticamente pessoas com a fisionomia semelhante à deles. A própria língua, o Fulasi, era menos falada no país do que outras. Depois de se impor nos pátios de recreio, os oninquês e o darija já não se contentavam mais em salpicar seus temperos pelo idioma canônico: agora contestavam seu status oficial. E aquela mutação tinha se traduzido de maneira natural por muitas áreas. Teria sido necessário se exilar para escapar dela. Na época, certas regiões do Katiopa ainda podiam ser vistas como territórios conquistados, lugares onde a fortuna e os vestígios do poder colonial prometiam que eles poderiam florescer. Imbuídos deles mesmos, os Sinistrados não haviam entendido o que estava acontecendo, e a *Chimurenga* conceitual lhes parecera apenas uma compilação de discursos banais, repetidos mil vezes. Eles tinham decorado a longa queixa dos descendentes dos deportados reduzidos à escravidão, os gemidos dos netos dos colonizados. Até então, aqueles lamentos tinham produzido apenas uma literatura inacessível às massas que ela queria celebrar e um pouco de música, mas não o suficiente para mudar o mundo. Convencidos de que não havia nada que pudesse abalá-los, eles não haviam percebido a ascensão das profundezas do Katiopa. A onda que se escondia nas entranhas dos povos subjugados por tempo demais, afastados deles mesmos.

A *Chimurenga* da retomada das terras tinha surpreendido os Sinistrados como um eclipse tão total quanto inesperado do sol. Para eles, ele não havia nascido desde então. O que seria de seus descendentes nascidos naquela noite infinita? Era, aos olhos de Boya, a única pergunta válida. Eles não eram vistos nos bancos das escolas, muito menos nas universidades. Viviam longe do presente, fora do tempo. Os ensinamentos ministrados em casa por seus pais não permitiriam que eles encontrassem um lugar na sociedade. Sua presença era tão pouco levada em conta que a escolaridade, obrigatória para todos os jovens do Continente de até 21 anos, não era cobrada dos estrangeiros. Ainda assim, eles reivindicavam a identidade de Sinistrados, ou pelo menos seus pais faziam isso por eles. No entanto, aqueles cérebros ainda maleáveis podiam aderir aos ideais e valores que animavam o Katiopa unificado. A inclusão deles nos espaços de aprendizado também era a melhor maneira de domar aquela comunidade por dentro. Boya ficava surpresa por aquilo não chamar a atenção das autoridades. Sem dúvida havia guerreiros demais à frente da Aliança. Ela suspirou e abriu as janelas do *ndabo* que davam para uma parte do jardim repleto de plantas — apenas um pedaço do pátio comum era coberto. As pedras que ali estavam haviam sido escolhidas por outros e não eram adequadas para um espaço compartilhado. Encolhendo-se no sofá, cujo assento firme adorava, Boya pegou o tablet de volta para ouvir, na ordem de gravação, as entrevistas realizadas desde o início da semana. Os Sinistrados haviam sido filmados, mas ela a princípio não pretendia vê-los. Pousando o dispositivo na esteira de ráfia que servia de tapete, ficou de ouvidos atentos. Sua capacidade de ouvir aumentava quando ela não se deixava distrair por movimentos e detalhes da imagem. A primeira voz que ouviu foi a de Charlotte, a matriarca da comunidade e a senhora cujo diário composto por vários cadernos chamara a sua atenção. Era pouco provável que Boya conseguisse pôr as mãos nele.

O ponto de vista dela não era muito novo. Ela já tinha ouvido os Sinistrados evocarem as grandes conquistas que a humanidade e, sobretudo, o Katiopa lhes deviam, que eles os tiraram da selvageria. De grandes primatas, eles haviam feito homens. Tinham ensinado a eles a higiene, o amor ao próximo, o valor dos recursos de sua terra. Tinham trazido línguas sem as quais teriam muita dificuldade para se compreenderem e graças às quais puderam ter ideias superiores. Tinham dado a eles o sabor da liberdade quando só conheciam a resignação sob o domínio de déspotas sanguinários e escravistas... Boya havia aturado aquele comentário amigável sem piscar. Os Sinistrados falavam com ela claramente porque, segundo eles: *Você não é como os outros.* Ela não se interessava por aquelas recriminações, aquele desprezo que aparecia em destaque nos anais, mesmo muito antes da ocorrência do Sinistro. Tinha dado a seu trabalho o título *Vício em nostalgia*. Ainda faltava um subtítulo para esclarecer que ela estava estudando a economia da perda observada entre os Sinistrados. Dor e identidade se fundiam com uma intensidade tal que eles se viam como isolados da família humana e repeliam também qualquer tipo de empatia. Ocupado em curar as próprias feridas e completar sua pacificação, o Katiopa pouco se importava com aquele grupo humano que, em seu seio, seguia para algum tipo de psicose. Os Sinistrados tinham estabelecido residência em um universo paralelo que lhes proporcionava conforto e segurança. Os mais radicais não expressavam abertamente seu ódio pelo mundo que os rodeava. Reivindicar, fazer sua raiva ser ouvida no espaço público, ainda era reconhecer a manutenção de um relacionamento, mesmo que corrupto, com outras pessoas. Já se limitar a espaços comunitários era dar as costas às pessoas que eles recusavam a ver como pares. No entanto, aquelas pessoas continuavam a procriar, sem ver problema na consanguinidade, cegas pela obsessão pela pureza racial. Eles resistiam a uma evidência: o Katiopa estava entranhado neles assim como eles estavam no território; nada mais os esperava em outro lugar. Risadas vindas do pátio chegaram até ela. Um grupo de meninas incentivava uma colega. Boya fez uma pausa na gravação, tentando descobrir, sem se mexer, o que havia motivado aquela explosão de alegria. A menina celebrada entoou um canto que foi respondido pelas amigas, que tinham começado a bater palmas. Reconhecendo o canto, ela sorriu.

Dali a alguns dias, uma jovem seria admitida na Casa das Mulheres. Entre outros privilégios, ela seria autorizada a ter relações sexuais. Antes, a cerimônia que acompanharia os cantos e as danças daquela manhã teria reunido todas as adolescentes de certa idade. Naqueles tempos, isso era mais raro. Era comum que as jovens dispensassem o rito e decidissem sozinhas se considerar mulheres. Boya não as culpava, apesar de lamentar que se privassem da experiência e da gentileza de outras mulheres mais velhas. As que não queriam se submeter ao ritual não faziam a viagem pela memória ancestral, uma viagem durante a qual a sua razão de ser era revelada. Em todo o Mbanza e muito além dele, o Velho País era conhecido pela transmissão do conhecimento feminino. Sempre haveria mulheres que o procurariam, o valorizariam e o compartilhariam com as moças que merecessem. Boya sentiu uma forte emoção crescer dentro dela ao se lembrar de sua entrada na Casa das Mulheres. Cantarolando a música que as meninas entoavam, saiu do sofá, abriu a porta e também começou a bater palmas. Funeka, que estava no centro das comemorações, recebia presentes de suas colegas de idade. Cada uma delas colocava a seus pés um objeto feito por elas, com materiais naturais. Algo que a amiga guardaria e que a ligaria às outras mulheres de sua geração. As garotas tinham se superado. Haviam oferecido roupas, bijuterias, toucas, cestas e cerâmicas. Uma delas, a última a revelar o presente que trouxera, desdobrou uma suntuosa colcha bordada à mão.

— Querida, é para a sua primeira vez.

Funeka a abraçou por um bom tempo e depois declarou, rindo:

— Vou guardar para mim. Ninguém garante que vai acontecer em uma cama.

As risadas das meninas soaram ainda mais altas. Pela janela aberta de sua casa, Zanele gritou:

— Essa barulhada não vai acabar, não?

As adolescentes lembraram que tinham sido autorizadas a se reunir no pátio comum. Além disso, só teriam aquele tempo para ficarem juntas antes do rito, já que tinham que ir para a aula. Antigamente, elas teriam tido vários dias. Todos podiam dar aqueles poucos minutos a elas.

Boya pensou que seria bom escolher uma data durante as férias escolares para a entrada das novas recrutas na Casa das Mulheres. Talvez ela pudesse falar com Ilunga sobre isso. Percebendo a espontaneidade daquela ideia, parou de cantarolar. Para tirar da cabeça o homem que havia se entranhado em seus pensamentos, concentrou-se no acontecimento do dia, nas etapas que se seguiriam. As iniciadas iam se encarregar da cerimônia. Eram anciãs cuja missão era dar as boas-vindas às recém-chegadas à casa. Voltando de corpo inteiro ao presente, a mulher vermelha lembrou que a novata e suas colegas passeariam por todos os pátios, até chegar ao último, onde os presentes seriam entregues. A escolha do local não era feita por acaso. Se tinham parado ali, era porque uma das iniciadas morava lá. Essa mulher seria a responsável por ser a líder das três oficiantes que dariam as boas-vindas à recém-chegada. Apenas Boya atendia aos critérios. Caberia a ela designar suas colegas. As mulheres que podiam participar da cerimônia se conheciam bem. As mais velhas haviam cooptado as outras. Os elos que as uniam não eram de amizade no sentido usual do termo. Havia entre elas uma benevolência entre irmãs, baseada no dever da ajuda mútua e em uma clara consciência de suas responsabilidades na comunidade de mulheres. Elas podiam fazer todo tipo de atividade no mundo secular, contanto que suas ações não contradissessem as missões atribuídas ao grupo. Era preciso deixar seus seres sociais fora do templo. Se Funeka demonstrasse as disposições necessárias, talvez passasse a fazer parte do grupo dali a alguns anos. Boya abraçou a adolescente, que havia caminhado em sua direção, e foi arrastada para dentro do grupo. Todas voltaram a cantar e dançar, e ela ficou feliz por poder participar da festa.

3.

Ilunga se curvou diante de Kabeya. Eles haviam acabado de terminar uma série de *katas* e o dia podia começar. Ambos se separaram na frente do *dojo*, seguindo para as tarefas impostas por suas funções. Para Ilunga, os momentos em que os dois voltavam a ser irmãos não tinham preço. Eles se conheciam desde sempre, haviam deixado de ser *musuba* juntos e satisfeito o rito dos *bwende*, tornando-se assim homens. Livres do prepúcio, após alguns dias, com a cicatrização concluída, eles cavaram um buraco no chão e simularam a cópula. Sem essa etapa, a circuncisão, incompleta, não teria permitido que se aproximassem das mulheres. Ilunga gostava de pensar que, naquele dia, eles haviam realmente se unido à terra do Katiopa. Ela fora sua primeira amante, sua iniciadora. As mulheres que haviam vindo depois não tinham conseguido arrancá-los daquele primeiro abraço. Eles não eram jovens circuncidados como os outros. Os anciãos os tinham apresentado à Aliança. Eles tinham quinze anos. Aquela lembrança permanecia intacta em sua memória. Numa manhã de férias escolares, quando ele e Kabeya se preparavam para encontrar amigos de sua idade, o velho Ntambwe os chamou com seu gesto indiferente característico. Os dois tinham por ele o respeito dos jovens pelos velhos, mas não viam nele nenhum brilho específico. O homem, professor aposentado, ainda passava muito tempo lendo, escrevendo, dando lições não solicitadas se alguém tivesse a infelicidade de passar muito perto de sua casa. Os adolescentes se juntaram a ele, murmurando para si mesmos uma oração para que aquilo não durasse séculos, para que o velho não os irritasse, como sabia fazer tão bem, enquanto os bombardeava com uma série de perguntas que só ele podia responder. Os infelizes que eram pegos em suas redes não tinham outra escolha, a não ser por uma falta de educação extrema, senão ceder um instante ao velho professor.

Ao contrário dos amigos de sua idade, Ilunga e Kabeya nunca haviam se permitido interromper o velho. Eles suportavam sua verborragia, fazendo o possível para tirar algo útil dela, o que às vezes acontecia. Naquele dia, Ntambwe não tinha nenhuma palestra magistral para fazer. Dirigindo-se a eles com o rosto sério, pediu que o seguissem até o interior de sua casa, até seu *ndabo*, onde uma mesa desmoronava sob pilhas de livros e documentos amarelados pelo tempo. Eles estavam no campo, claro, mas a tecnologia já havia chegado até lá havia muito tempo, e os raros amantes da leitura tinham *e-readers* que continham os volumes que gostavam de folhear. A casa de Ntambwe era, portanto, um lugar exótico, dotado de um encanto antiquado, acentuado pelo cheiro acre de papel velho. Mostrando-lhes um sofá sem almofadas, cuja madeira grossa prometia torturar seus traseiros, ele teve o cuidado de fechar a porta que dava para fora, não sem lançar um olhar cauteloso antes. Ntambwe tinha um neto da idade deles que tinha ido visitá-lo nas férias, mas que ele não tinha convocado. O jovem feliz devia estar com os outros, preparando a reconstituição dos episódios da vida de Yanga que eles apresentariam durante a vigília de comemoração da maioridade deles. Um sorteio determinaria, entre os mais valentes da tropa, quem faria o papel de fundador dos *palenques* localizados na região de Veracruz. Ilunga e Kabeya não poderiam participar. Isso era o que mais os incomodava. Quando Ilunga se inclinou para o amigo-irmão para criar um plano de fuga digno do grande quilombola, Ntambwe disse em voz baixa:

— Hum. Vocês querem se juntar aos outros. E vocês dois merecem encarnar aquele grande homem. Deixem essa honra para um de seus irmãos. Vocês têm coisa melhor para fazer. A partir de agora, vão aprender a preferir a sombra à luz. Sua iniciação não está completa. Ela começa agora. Primeiro, vamos ver se julguei vocês direito.

Quem se dirigia a eles não era o velho que enchia o saco dos menores seres vivos da região com seus longos discursos. Era um homem de palavras bem medidas, cuidadosamente ponderadas, que não continuou seu discurso antes de fazer três perguntas tão precisas quanto inesperadas. Eles as responderam de maneira satisfatória e suas vidas tomaram outro rumo. Os adolescentes que eram naquela época ainda mantinham distância das questões políticas. Porém, sabiam com que força a repressão recaía sobre os manifestantes, assim que via crescer seu público. Durante muito tempo, a área do Continente em que haviam nascido tinha estado nas mãos dos empresários do poder, normalmente chefes de milícia armados por países estrangeiros para semear a desordem até o dia em que lhes era atribuído um cargo no governo. Em outros lugares, a situação não era melhor, apenas menos sangrenta quando os governos não tinham recursos para incitar a cobiça. Aos refugiados da fome ou dos conflitos, juntavam-se os do clima, grupos de pessoas decididas a sobreviver num Katiopa ainda imaginário. Os povos nutriam secretamente o sonho de unidade que seus ancestrais haviam defendido, mas muitos tinham decidido que ele nunca seria realizado. Aqueles que os haviam precedido tinham deixado apenas nomes, figuras de grandes falecidos para venerar. Eles não haviam ensinado o que Ntambwe e os integrantes da Aliança ensinariam: que as lembranças não serviam para nada se não soubéssemos fazer delas uma base para construir o futuro, que a soberania não seria útil se não se apoiasse na força.

Se parasse para pensar, Ilunga via distintamente, à sua frente, os longos cabelos grisalhos do velho leão, que varriam o topo de seu abadá azul. Ele usava dois anéis de bronze cujo metal cobria os dedos indicador e médio de sua mão direita. Pela primeira vez, aquelas joias não lhes pareceram uma marca de excentricidade, uma vaidade bastante bizarra. Eles também descobriram que os ataques verbais de Ntambwe não tinham como único objetivo transmitir conhecimentos que às vezes não tinham utilidade para eles. Era sua maneira de abordar os meninos, de avaliá-los, de saber quais seriam confiáveis. Quais não se gabariam de frequentar um círculo secreto. Quais se levantariam no meio da noite para ir, sem serem notados, ao local de uma reunião. Quais sempre voltariam antes do raiar do dia para não levantar suspeitas. Quais treinariam seus corpos para jejuar, lutar, privar-se do sono, sem nunca reclamar. Quais aprenderiam a pilotar todas as máquinas usadas no mundo, a manusear todo o tipo de armamento, começando pelas facas de arremesso ancestrais. Quais sacrificariam a diversão para ler, ouvir e entender. Estudar as singularidades de cada uma das grandes áreas culturais do Continente. Saber o que era aquela terra de Katiopa, o que justificava que, de tamanha imensidão, de tamanha multiplicidade, se quisesse fazer uma entidade, e como proceder para obtê-la.

Seria a mais bela forma de regeneração. As diferenças que constituíam o Katiopa tinham que ser pensadas em conjunto para consolidar suas forças, para fazer o Continente existir como um poder soberano. Como sua carne semeada aos quatro ventos pela Maafa, o recorte feito pelos invasores coloniais foi um desmembramento. *A base da canoa não revela os segredos da maré baixa.* Esse provérbio sempre vinha à sua mente quando ele começava a pensar demais nas etapas de sua formação. Tinha aprendido a garantir que a própria memória fosse capaz de envolvê-la em uma bruma protetora. Isso não tinha acontecido, isso nunca aconteceria. Era a vida deles, de Kabeya e dele. Depois de trabalharem apenas com Ntambwe por mais de dois anos, deixando a cidade por um ou outro pretexto para encontrá-lo, eles foram convidados pela primeira vez para uma reunião da Aliança. O movimento tinha uma seção em sua região natal. Um grupo esparso de mulheres e homens engajados ativamente em uma *Chimurenga* imaginária, que logo daria à luz as outras. Durante aquele encontro na casa de uma das integrantes, dona de uma pousada frequentada por adeptos do turismo ecológico, os jovens se surpreenderam ao encontrar rostos familiares. Havia ali dois futuros chefes de Estado e um homem do alto escalão do exército, todos de países vizinhos, em que a tomada das terras já estava sendo preparada. O fato de homens como aqueles fazerem parte da Aliança garantia que ela se imporia em uma noite sobre quase todo o Continente. Seus pais também estavam presentes. Sem dizer nada, os garotos se sentaram atrás deles. Palavras teriam sido insignificantes para dizer o que sentiam, ou para nomear o que fazia os olhos de seus pais brilharem. Emoção, orgulho, tanto de um lado como do outro. Eles nunca haviam falado sobre suas atividades para suas famílias. Simplesmente tinham demonstrado mais respeito e afeição uns aos outros. Ilunga se lembrou do enterro de seu pai, três anos após a fundação do Estado unificado. Ainda seria preciso fazer tudo, mas ele ficava feliz por ter vivido aquele momento com o pai. Em silêncio.

 Ele atravessou a estufa a passos largos e pegou o elevador privativo que levava a seus aposentos. Quando chegou, Kabeya já havia assumido seu posto. Ele usava um grande *iporiyana*, em vez do abadá normalmente utilizado pelos homens, e um *kèmbè* que facilitava os movimentos das pernas porque era mais amplo e mais flexível do que o *sokoto*. Seu cargo exigia que ele se movesse com facilidade. Afastou-se para deixar Ilunga passar. Ilunga se tornou imediatamente chefe de Estado, e ele, seu mordomo e guarda--costas, o homem que dirigia sua segurança pessoal. Em alguns instantes, sua primeira refeição seria servida, mas Ilunga não estava com fome. Questões importantes o preocupavam. Entre as regiões do Continente ainda não integradas, as da zona setentrional pareciam cada vez mais difíceis de integrar. No passado, com o objetivo de fundar uma união mediterrânea, elas haviam pensado em se anexar a áreas exteriores. Essas áreas não os haviam admitido, mas o problema persistia. Elas se viam como um mundo à parte, que diferenciavam por um nome específico, indicando assim um desejo de separação. Algumas semanas antes, ele visitou um desses territórios. Fora recebido com deferência nos gestos, mas os olhares tinham demonstrado apenas frieza. Isso se confirmou durante as discussões. Seus anfitriões haviam lembrado a longa história do reino, a impossibilidade de seus monarcas cederem a soberania. Eles propunham que a fraternidade se expressasse como sempre havia sido expressa. Através do comércio e de intercâmbios acadêmicos. Eles continuariam a abrir suas universidades para jovens do Katiopa. Isso era óbvio. Ilunga concordara com aquela reunião apenas para demonstrar sua boa-fé. Sua reputação era, acima de tudo, a de um combatente. As circunstâncias o haviam forçado a se mostrar primeiro daquela maneira. O futuro talvez o forçasse a voltar a fazer isso. Aquela reunião, indigna dele, já que ele não havia sido recebido por alguém de cargo semelhante ao seu, se mostrou instrutiva. Ele havia confirmado o motivo mais profundo que fazia seus interlocutores relutarem em abraçar o novo Katiopa. Experiências comuns de opressão e lutas travadas em conjunto ao longo de gerações não tinham sido suficientes para unir as pessoas. Pelo contrário: todos viam nos outros o rosto de amargas decepções, o reflexo de fracassos anteriores. Homens de grande valor seriam necessários para dar a seus concidadãos motivos saudáveis para confraternizar com outras regiões. Ele ainda não tinha esses interlocutores. Os argumentos apresentados faziam sentido, ele os entendia. A história daquela monarquia era real, nada ainda a havia interrompido. Era normal defendê-la, se considerassem que estava sendo atacada. Ilunga não teria perdido tempo negando isso caso a pergunta tivesse sido feita. Sim, ele tinha tropas ao longo das fronteiras. No entanto, elas haviam recebido a ordem de não as atravessar. Além de fiscalizar os katiopianos que desejavam retornar do Pongo, a tarefa dessas unidades militares consistia sobretudo em acabar com as turbulências que o poder estrangeiro recalcitrante tentava incitar nos países vizinhos. Recusar-se a se juntar ao Katiopa unificado era uma coisa, incitar outros a fazerem o mesmo era inadmissível.

Seria necessário determinar a atitude a adotar em relação àquelas pessoas, dar tempo ao tempo, não fazer nada diretamente. Para mostrar seu firme apego à unidade de todo o Continente, Ilunga tivera uma ideia que ia submeter ao Governo naquela manhã, sem dissimular as dificuldades insolúveis até ali. No fundo, todos sabiam do que se tratava. Alguns simplesmente não aceitavam fazer parte de um grupo governado por *bayindos*, mesmo mantendo a autoridade sobre sua região. Só eram irmãos desde que eles mantivessem o controle. Desde que não tivessem que adotar a pesa como moeda, desde que não fossem obrigados a ensinar a seus filhos as humanidades katiopianas, desde que não tivessem que reconhecer cultos ancestrais. Seus antepassados, no entanto, tinham feito de tudo para serem admitidos na comunidade econômica dos países do Oeste do Continente. Isso havia facilitado sua penetração comercial nesses territórios, e suas iniciativas continuavam a obter lucros consideráveis. Eles não avançariam mais. Pois seja. Diante disso, era importante agir com nobreza. As ações a serem tomadas não deviam ser extravagantes, pois criariam desconfiança. O que ele pretendia sugerir à Aliança parecia algo modesto. Uma das artérias da *kitenta* ganharia o nome de um ilustre falecido, um homem que se apresentava como *o caixeiro-viajante da revolução*. Isso em uma época em que, em grande parte do Continente, os militantes anticolonialistas sonhavam com a união. Na época, todos lutavam por algo maior do que eles mesmos. Apesar das deserções de seus líderes, muitos povos tinham continuado a nutrir aquele ideal. Ele esperava que o gesto simbólico que planejava fosse significativo para os constituintes daqueles que o haviam recebido com arrogância mal velada. Seria preciso convidar o encarregado das Relações Exteriores deles. O rei não viria por tão pouco, mesmo que se tratasse de homenagear um compatriota. Ilunga suspirou enquanto terminava de vestir o paletó. A integração total e a pacificação não seriam sua obra, e ele aceitava isso. Seu dever era fazer de tudo para que um dia elas se realizassem. As terras setentrionais não eram as únicas que não haviam se juntado ao Katiopa unificado. Havia algumas no leste, e nessa região também, e em pelo menos um dos espaços em questão, os dirigentes usavam uma história incompatível com a unidade. Por que iam querer se fundir com os outros, eles que nada sabiam da ferida colonial que originara aquela integração? Não raro, ao ouvir aqueles sermões sobre suficiência, muitos se perguntavam sobre os motivos pelos quais eles haviam sediado, em determinado momento, as Nações Unidas do Katiopa, quando a organização ainda era joguete das antigas potências coloniais. Claro que tinham uma resposta, declarada com muita satisfação, enquanto se deleitavam com uma xícara de *jebena buna*.

Era precisamente por suas peculiaridades históricas que os povos do Katiopa os tinham em tão alta estima, ali ou em qualquer outro lugar. Isso lhes dava responsabilidades, e eles não costumavam fugir delas. Um de seus imperadores, divinizado, era objeto de um culto excêntrico a seus olhos, mas era assim: louvores eram prestados naturalmente à grandeza. Enfim, eles não viam motivo para se dissolver em um grande todo. Não mesmo. Pertenciam a uma nação antiga que devia sua sobrevivência à plena consciência de sua singularidade. No entanto, permaneciam abertos à perspectiva de parcerias em um grande número de setores, claro. Ilunga estava cansado da luta armada. Eles não iam declarar guerra a seus irmãos, nem mesmo para curá-los daquela arrogância. Os não colonizados haviam sido pilhados como os outros, igualmente desprezados, e não tinham realizado, em sua singular liberdade, nenhuma proeza que pudesse ser invejada. O culto, que consideravam ridículo, ajudara a manter a pátria dos Negus no mapa-múndi, fazendo os povos da terra se interessarem por sua história. Ele não havia tentado convencê-los durante a conversa. Seu objetivo tinha sido consolidar as conquistas, fazer com que a integração se tornasse desejável, até mesmo inevitável. Não havia outra solução. Alguns dos membros da Aliança não partilhavam daquela opinião. Ele fazia o possível para convencê-los. Os territórios orientais tinham poucos recursos e seriam interessantes por muito tempo para os estrangeiros que pensavam em fazer deles uma porta de entrada para o Continente. Ao se recusarem a se juntar ao Katiopa unificado, eles perdiam uma de suas maiores vantagens. Sua companhia aérea, a principal do Continente havia muito tempo, não tinha permissão para entrar nas fronteiras do novo Estado. O domínio era estratégico demais para que certas prerrogativas fossem dadas a quem cultivasse boas relações com a chamada comunidade internacional, nome atribuído por ela a si mesma. Por isso, aqueles sucessores distantes de Tafari Makonnen tinham visto seu poder diminuir. Por outro lado, para os do Norte tinha sido diferente. Eles eram muito mais numerosos, o que por si só já era uma força. A língua e a religião compartilhadas os haviam ajudado a transcender suas divergências para se proteger contra as ambições do Katiopa unificado. Será que seu amor podia ser imposto a eles? Ilunga tinha sérias dúvidas a esse respeito. Fazer política muitas vezes significava confrontar as deficiências da natureza humana, agir contra elas. Não seria possível realizar nem um quarto dos sonhos deles se elas tivessem algum alcance.

    Apesar da paixão que sentia pelo Continente, ele às vezes dizia a si mesmo que sua vida estava em outro lugar. Naquele solo, mas ocupado por tarefas menos temporais. Aquela parte de sua missão tinha sido realizada. Para garantir que produzisse os frutos esperados, aqueles que iam amadurecer na mente das populações, a dimensão espiritual teria de assumir gradualmente a posição de destaque. Trabalhar para fortalecer os vínculos entre populações separadas pela colonização ou acostumadas a ampliar suas diferenças tinha que ser a prioridade. Elas tinham que começar a se doar umas às outras, se fecundar mutuamente e gerar mil e um novos rostos do Katiopa. Essa seria a melhor proteção contra os ataques e as incertezas: que as relações humanas se tornassem carnais. Seria longo e difícil. Amar uns aos outros não tinha sido a atividade favorita do povo do Continente nas últimas gerações. Por enquanto, exaustos por décadas de caos, eles se apegavam ao que estava sendo oferecido. As estruturas estatais forneciam certo conforto. Elas tinham sido pensadas para que o governo não impusesse sua verticalidade a partir do grande centro que era Mbanza. Mas certas medidas, cuja aplicação rígida era necessária, nem sempre seriam apoiadas. Muitos sonhavam em correr por aquele mundo que também lhes pertencia. O Continente era vasto, não havia sido circum-navegado facilmente, mas torná-lo o único horizonte logo lhe daria uma aparência de prisão. As aberturas já existentes e as previstas apareceriam apenas como rachaduras na parede de uma cadeia, e todos passariam a desejar o inacessível. A época deixara de exigir individualidades restritas por certa vontade, interesses comunitários. E ninguém ignorava que a humanidade havia partido da Terra Mãe para povoar o planeta. Por serem humanos, dissensões não deixariam de surgir e oportunistas iam querer explorá-las. Ilunga estava convencido de que os esforços agora deviam ser concentrados no interior. Assegurar fronteiras para apostar na restauração íntima, na edificação intelectual. Dar uma estética, uma alma ao trabalho político.

Os eventos em andamento em sua vida pessoal sugeriam que era naquela direção que os espíritos o levavam. Seus instintos raramente o traíam nesse sentido. O relógio marcava sete e meia. A reunião só aconteceria no meio da manhã. Ele saiu do quarto e foi até o escritório para começar a ler o último relatório enviado sobre as atividades do Grupo de Benkos. Menos perigosos que os grupos armados do Leste, já que eram pacifistas fervorosos, eles ainda assim eram um incômodo. No momento, o ministério deles era o da palavra, mas sabia que elas suscitavam uma passagem aos atos. A Aliança também havia recorrido ao poder do verbo. Por muito tempo. Os anciãos que a haviam fundado e instalado em todo o Continente e entre os irmãos da Outra Margem tinham travado batalhas conceituais e metafísicas. Para que as gerações seguintes pudessem combater os inimigos externos, eles haviam trabalhado para aniquilar os demônios internos. E não haviam derrotado todos, como todos podiam ver. Será que teriam conseguido? Aquelas forças nefastas não eram prerrogativa do povo do Katiopa nem dos povos que enfrentaram o imperialismo. Elas eram a parte falível, às vezes obscura da humanidade. As ideias de Benkos não eram exatamente dessa natureza. Era isso que as tornava difícil de neutralizar. Era preciso contê-las, reduzir ao máximo seu alcance. O Grupo de Benkos tinha sido suprimido quando a Aliança, caminhando sobre as ruínas do regime anterior, tivera que estabelecer seu domínio. Ilunga tinha deplorado aquelas mortes, mas os métodos de Igazi, seu fiel *kalala*, mostraram-se eficazes. No estado atual do mundo, quando os velhos equilíbrios tinham dado lugar a novas configurações, a Aliança tivera que afirmar sua posição. Ela não podia, nesse estágio, permitir que uma influência crescesse na direção de uma abertura irracional.

Ilunga entendia bem o que seduzia nas ideias de Benkos. Elas defendiam a renúncia ao poder e ao mercantilismo que se impunha ao mundo desde os tempos da Maafa, quase sem mudar de cara com o passar do tempo. Era assim que o *mokonzi* resumia as coisas. Ele chegava a partilhar da ideia de que o Continente devia se libertar da lógica financeira. Mas, justamente, era preciso ter poder para o fazer. Não era incentivando as pessoas a tecer colares de flores dia e noite que eles conseguiriam isso. A razão era simples: a terra era densamente povoada e os produtos artesanais florais não impressionavam mais ninguém. Então, sim, poder. Todo o poder. E apenas os que o tivessem possuído poderiam abdicar dele, depois de se certificarem de que esse mesmo poder não seria exercido sobre eles. Para isso, era preciso escapar da ação de predadores. Enquanto as pessoas se estabeleciam no campo para levar uma existência associal entre irmãos humanos, gente de todos os lugares aparecia para se apoderar dos recursos do Continente, para tomar a terra arável. Enquanto o abandono do ressentimento era promovido, aqueles que arriscavam ser alvo dele não se afastavam do gosto pela dominação que os caracterizava. Enquanto uma hibridização total em termos culturais era defendida, alguns faziam o possível para que o resultado levasse sua marca, mais do que qualquer outra. Enquanto alguns retiravam seus filhos das instituições de ensino que deviam formar as mentes de gerações, outros preparavam, em seus laboratórios, a implosão do planeta e o fim da raça humana. Era impensável que o Katiopa ficasse repleto de fantasistas. Eles não podiam permitir isso. Quando o Grupo de Benkos começara a formar grupos cada vez maiores, exigindo que lhes fossem concedidos espaços que se tornariam zonas preservadas de qualquer regulamentação oficial, fora necessário reprimi-lo.

A política de Benkos era o *laisser-aller*, não a revolução. Essa ideologia escondia uma espécie de beleza poética. Seu defeito estava no desprezo pela realidade. O desrespeito do guru por certas coisas provinha do fato de ele não ter precisado conquistá-las. Ele queria se livrar de algo que lhe fora dado desde a infância. O poder. Pelo menos naquela sociedade cujas estruturas ele pretendia derrubar. O conforto material. Uma erudição que lhe permitira, graças às suas leituras e viagens, arrebanhar as culturas do mundo para compor a mistura que lhe convinha. Sua morte ocorrera durante a Primeira *Chimurenga*, a chamada imaginária, que seus preceitos haviam ajudado a alimentar. Na época, o movimento procurava traçar os contornos de um modelo original de civilização, próprio ao Katiopa, que favoreceria o desenvolvimento de suas populações. Esse objetivo era amplamente compartilhado. As divergências estavam nos modos de realização dele. Nem todos os caminhos levavam à mesma vitória. A plenitude que os espíritos boêmios buscavam não era a mesma a que aspiravam os construtores. Era preciso que alguns trabalhassem muito para construir algo para que outros tivessem a possibilidade de desdenhar daquilo e viver empoleirados nas árvores. Hoje, depois de uma leve parada causada pela eliminação dos líderes, os pequenos grupos que dizem seguir Benkos estão recuperando a força. Eles, sobretudo, encontraram aliados no exterior que afirmavam ver progresso nessa abordagem. Por não poderem mais solicitar vistos para entrar no Katiopa unificado, nem para fins turísticos, encontravam substitutos, subornavam descendentes ou katiopianos emigrados, faziam-se passar por moradores da zona norte do Continente. Tudo era usado para tentar cruzar as fronteiras do Estado. As fiscalizações eram rígidas, ninguém tinha pena, e a tez de quem batia à porta não podia ser um salvo-conduto. Após o período estabelecido para que a diáspora voltasse às suas terras, a desconfiança pesava sobre quem se apresentava. A imprensa internacional denunciava aqueles métodos, mas o governo deixava as pessoas falarem.

O Katiopa unificado não era apenas um território. Era uma visão, ainda frágil demais para ser perturbada: garantir que sua população não fosse mais forçada a aceitar um projeto concebido por outras pessoas. Então, sim, o governo deixava as pessoas falarem. Ele se dedicava a estudar os arquivos de possíveis bioterroristas que viam, nos acampamentos do Grupo de Benkos, o terreno ideal para disseminar doenças. Aquilo não era novidade: turistas e voluntários costumavam ser agentes de destruição. A Federação Moyindo — conhecida como FM nas ruas da *kitenta* —, criada pelo presidente Mukwetu antes da tomada de poder pela Aliança, tinha optado por uma autarquia quase total. Depois dos embates da história recente, era o mínimo que podia ter feito. O Katiopa tinha que trabalhar por seu avanço, seu desenvolvimento. Não deixar que outros trouxessem soluções prontas para problemas que ele nem tivera tempo de descobrir. O que parte do mundo vira como introspeção era, na verdade, algo muito diferente. Era uma aprendizagem exigente, que levara tempo demais para começar, precisamente por isso. Quem quer que pretendesse concretizar a autonomia do Continente em todos os setores tinha de obrigá-lo a criá-la e depois a consolidar as sinergias internas. Algumas regiões tinham tomado a dianteira e outras ainda arrastavam os pés. A escolha do federalismo que a Aliança também faria ao apresentá-lo de maneira diferente exigia a união de poderes.

A FM havia, na verdade, se tornado uma das autocracias mais ferozes da história do Continente. Além disso, tinha se baseado em um critério racial que também era lembrado por seu nome — o que era uma besteira, já que os katiopianos não tinham que usar concepções estrangeiras que negavam a unidade da raça humana. A Aliança, por outro lado, dedicara-se a fazer um trabalho de campo por todo o Continente, arrebatando mesmo os menores municípios durante as eleições, fazendo uma implacável ação social quando não via outra solução, inserindo na cabeça das pessoas uma outra visão delas mesmas. O mais importante para eles foi garantir substitutos confiáveis em todos os cantos. Ela se apoiara neles quando chegou a hora de derrubar o déspota da FM. E, quando o golpe deu certo, ele e seus companheiros nomearam um triunvirato para substituir o presidente Mukwetu, cujo autoritarismo à frente da FM marcara as populações. Por isso, Igazi, Kabundi e ele tinham assumido a chefia do Estado, dividindo as regiões entre eles para tentar sarar as feridas causadas pelo regime anterior. Eles tinham se preparado para aquilo desde a chegada de seu predecessor ao poder e agradeciam intimamente a ele por ter aberto o caminho para a Aliança. De fato, foi dentro da estrutura criada por ele que os três aprenderam o que era o poder. Foi também nela que eles conquistaram a confiança dos exércitos de três antigas nações coloniais e traçaram sua estratégia de expansão territorial. A FM estava convenientemente localizada no centro do que se tornaria o Katiopa unificado. Eles haviam passado sete anos trabalhando para torná-lo o astro que ia irradiar pelo Continente a partir dali. Aquele período tinha sido, para eles, como o pôr do sol, que se esconde nas profundezas do mundo. E foi ali que Kabeya decidira garantir sua proteção. Seu irmão gostava de discrição, de agir na escuridão e no silêncio. Mas uma noite, no fim do sétimo ano, a jornada pelas sombras chegara ao fim. Eles criaram o grande Estado.

Ilunga se lembrava do primeiro discurso que fizera para os governantes do mundo. Igazi e Kabundi tinham se postado dois passos atrás dele enquanto discursava, os três sentados no escritório arrumado para ele na ala administrativa de sua residência. Eles não haviam saído dali, já que o Estado que ele lideraria não tinha a intenção de participar do que ainda carregava o nome de "comunidade internacional". Essa, aliás, tinha sido a essência da mensagem transmitida: o Katiopa unificado ia, por certo tempo, manter o caminho percorrido pela FM no plano das relações externas. Como ele havia se ampliado, era preciso, por cortesia, alertar aqueles que pensavam ter interesses em seu território. Na verdade, as entidades coloniais com as quais os acordos foram firmados não seriam reconhecidas pelo novo Estado. Logo, essas disposições, independentemente de sua natureza, não seriam respeitadas. O Estado tampouco se submeteria às decisões de tribunais estrangeiros e, obviamente, não deveria nada a ninguém. Aquela decisão não devia ser entendida como hostil, já que sua base não era bélica. Seu único objetivo era devolver ao Continente a sua visão das coisas e o seu próprio ritmo.

— Nem o medo nem a rejeição nos impulsionam — explicara ele. — Pelo contrário, é imperativo dar o melhor de nós para a humanidade.

Era preciso, portanto, se reinventar e se precaver de qualquer influência estrangeira, de propostas muitas vezes formuladas de maneira coercitiva. O mundo ganharia com aquela reabilitação, e o governo tinha certeza de que os amigos do Continente, onde quer que estivessem, partilhariam daqueles desejos e aprovariam essa escolha. Mas, mesmo que pretendesse estabelecer um protecionismo quase total, o Katiopa unificado não queria entrar em conflito com ninguém. Seus dirigentes estavam apenas recuperando os bens do povo para que ele pudesse usufruir plenamente deles.

Para provar o caráter pacífico daquela política, a Aliança não pediu a restituição das somas desviadas por comparsas dos estrangeiros, os inimigos internos que tão bem haviam servido a seus senhores. Aqueles que tinham sobrevivido à retomada dos territórios seriam levados aos tribunais do Continente. Isso era tudo o que a chamada comunidade internacional precisava saber, que ninguém pediria mais justiça a ela, mas que, por outro lado, o Estado garantiria sua paz. O Katiopa unificado apostava na união que pretendia criar entre as suas populações e se engajava numa política de poder. O Continente era suficientemente grande e povoado para constituir um mercado autônomo. Nenhuma habilidade lhe faltava. Seus recursos eram abundantes. Era, em grande parte, por causa dele que outros viviam. Quando não eram áreas mineradoras, havia regiões agrícolas que os desavisados tinham pensado que podiam ceder, desafiando a tradição. Quando isso acontecia, o Continente importava grande quantidade do que consumia, em todos os setores. Isso não aconteceria mais. Em meados da *Chimurenga* conceitual, também conhecida como imaginária, a Aliança criara seções muito ativas dentro das antigas potências coloniais. Graças a esses grupos, compostos por descendentes e imigrantes, as represálias eram difíceis: as democracias não podiam mais optar por movimentos militares sem uma consulta popular prévia. Mas grande parte da população daqueles países tinha fortes laços com o Continente, mesmo não morando nele. Para aqueles filhos e filhas da Terra Mãe, a restauração de sua soberania tinha se tornado uma questão importante. Não tinha sido sua origem ancestral usada, ao longo de gerações, para legitimar as numerosas iniquidades de que haviam sido vítimas? Eles tinham entendido a que deviam respeito: a um tipo de sertão sólido, um lugar ao qual podiam recorrer, mesmo que apenas em pensamento.

O governo tinha conseguido que as seções exteriores à Aliança retransmitissem o discurso de Ilunga ao público. Era, de fato, uma nova era. Todos tinham que ter certeza disso. Compartilhar com o maior número possível de pessoas uma declaração que antes teria sido ouvida apenas por poucos privilegiados aumentou a confiança no regime de Ilunga. Aquilo nunca havia sido feito antes. Os chefes de Estado conversavam entre eles e a população recebia apenas breves relatos dessas conversas. O Katiopa unificado aproveitara a iniciativa para enviar um recado à diáspora: estava na hora de quem já havia concebido o projeto de regressar ao Continente realizá-lo. As fronteiras não só seriam fechadas em breve, mas os países estrangeiros não permitiriam mais a entrada de companhias aéreas do Continente em seus aeroportos. Procrastinar não seria mais possível. Unir-se ao Katiopa unificado passaria a ser possível apenas a partir de certas regiões do mundo: as controladas pelos Descendentes, no norte do Continente, com as quais relações cordiais ainda seriam mantidas. Bhârat, Zhōnghuá e Hanguk eram algumas delas, mas exigiriam viagens longas, já que seria necessário passar pelos países da Outra Margem. E, entre elas, apenas países em que os Descendentes tinham se libertado de qualquer influência colonial seriam elegíveis. A notícia tinha causado certo pânico, mas o governo manteve sua decisão. Já não bastava ter o nome do Katiopa na ponta da língua de manhã, à tarde e à noite. Era preciso agir. Ninguém se ressentiria do fato de algumas pessoas preferirem ficar no exterior. Elas seriam úteis à sua maneira. Os Sinistrados que desejassem deixar o Continente foram convidados a fazê-lo da maneira mais rápida possível. Alguns, que não haviam perdido toda a lucidez e conservavam uma aparência de dignidade, tinham ido embora sem fazer barulho. Os demais, que não tinham se naturalizado e, de qualquer maneira, não podiam mais fazê-lo, receberam um visto de residência. Desde então, o governo havia mantido a política anunciada. O Estado aceitou apenas promissórias dos territórios da Outra Margem que podiam ser considerados prolongamentos dele mesmo, mas que deviam se manter independentes por motivos estratégicos. Os termos de sua integração ao Katiopa unificado tornaram isso possível.

Após cinco anos à frente do Estado, Ilunga sabia, claro, com que países devia manter relações diplomáticas e comerciais. Começariam por Bhârat, Zhōnghuá, Hanguk... Primeiro viriam os Estados com os quais eles tinham mantido vínculos, mas não havia urgência. Era preciso privilegiar os países cujo espírito não tinha sido perturbado por uma religião supostamente revelada, pessoas que não se julgavam detentoras de nenhuma verdade a propagar. Então eles veriam. Mesmo sem objetivos coloniais propriamente ditos, muitas nações se dariam as mãos para dançar a farandola dos necrófagos sobre o corpo machucado do Katiopa. Eles seriam abordados com cautela, depois de tomar todo o cuidado de apreciar o interesse de longo prazo do Continente. Tal era o poder a que o grupo de Benkos dizia ter renunciado. A necessidade imperiosa de não ter mais que reclamar do comportamento dos outros porque sua capacidade de incomodar teria sido aniquilada. A segunda etapa desse processo consistiria na demonstração não só de autossuficiência, mas também de plenitude. Era por isso que lhe parecia preferível não prosseguir com a retomada das terras. Agora eles tinham que construir. Fazer do Katiopa unificado um tesouro. Depois viria a terceira fase, a da irradiação. Era para isso que os vínculos com países estrangeiros deviam ser preparados. Se antes mais importava torna-se desejável no Continente, sobretudo para os que relutavam em ingressar no Estado, depois seria preciso conversar com o mundo, contribuir com ele sem cair nas armadilhas do passado. Ilunga aceitava que não viveria para ver isso. Mas existiram outras, haveria outras, e elas se espalhariam pelo Continente até que o trabalho fosse concluído. O Katiopa era a terra eleita por sua alma. Quando lhe fosse permitido renascer em outro lugar, ainda seria para servir à Terra Mãe. Qualquer outra perspectiva seria um rebaixamento, como diziam os membros da Aliança.

O enorme relatório de segurança que lhe fora entregue apontava, em algumas áreas do Continente, reaproximações entre o Grupo de Benkos e grupos minoritários de várias vertentes. Nada de importante. O que podia preocupar, se eles não fossem cuidadosos, era o interesse demonstrado pelos Sinistrados do movimento por algo oposto a suas posições habituais. A princípio, era difícil imaginar membros do grupo se escondendo nas aldeias mais remotas, onde a vida dura não se adequava aos seus critérios de requinte. No entanto, podiam usar o ecumenismo cultural do Grupo de Benkos para tentar aumentar sua influência em uma parte da sociedade. O ideal de uma ampla fraternidade humana não era negativo por si só, longe disso. O problema era que alguns sempre esperavam ser mais iguais do que outros. Em todo caso, os Sinistrados não iam se expor à mistura sem uma ideia em mente. Apavorados com a ideia do próprio desaparecimento após terem reinado sobre o mundo, embora ali fossem menos numerosos, eles se fecharam em si mesmos, erguendo fortalezas físicas e simbólicas. Isso resultou numa esclerose que causou a tragédia histórica conhecida como Sinistro. O mal havia se espalhado fora de suas terras natais, onde quer que eles tivessem se estabelecido, e o medo da dissolução se tornara obsessivo. O arquivo continha pequenos filmes, mudos, que seguiam brevemente as atividades de um homem calvo e barrigudo, de aparência simpática. À primeira vista, era um estranho defumado, que fora assado e recozido sob o sol de Katiopa. Seu perfil não era o de um Sinistrado comum. Ele parecia mais um renegado, um homem que sua comunidade considerava traidor. Usando um *kèmbè* curto demais e uma camiseta vintage com as mangas apertadas nos ombros, trazia também, como sinal distintivo da sua grandeza étnica, um boné com uma vírgula vermelha estampada. Em um dos curtas-metragens, o indivíduo era visto ao lado de uma mulher mais velha e de aparência muito mais distinta, um antigo espécime de *fulasi*. Podia ser a mãe dele. Ilunga achou que já tinha visto aquela mulher antes. Uma inscrição rolava sob as imagens, relatando a desconfiança despertada pelo personagem. Outras pistas deviam apoiar aquela afirmação. Ele veria aquilo mais tarde, quando voltasse da reunião do Conselho. O estranho não seria o primeiro a esconder sua mesquinhez atrás de ares afáveis. Enfim, nunca era bom ver dois problemas menores se juntando para formar um problema maior. O Katiopa unificado vigiava zelosamente suas fronteiras. Ele não via nenhum motivo válido para estender uma misericórdia ilimitada aos Sinistrados. Os katiopianos não deviam nada a eles.

A leitura trouxe de volta a lembrança de Boya, que ele se proibira de seguir — uma restrição que Igazi certamente não impusera a si mesmo. A possibilidade de ela ser uma Filha de Benkos o tocara por razões objetivas. Somente aqueles párias podiam ver alguma função em criar uma relação com os Sinistrados. Relembrando a pequena celebração de San Kura realizada na Praça Mmanthatisi, o homem percebeu que um fato lhe escapara. Em nenhum momento ele se interessou pelos eventos de comemoração do Ano Novo dos Sinistrados, mas algo claro lhe saltava aos olhos: aquilo não importava a eles, em princípio. O calendário a que o Continente aderira era para eles a melhor evidência da fabulação erigida como sistema. Eles só se localizavam no tempo com base na suposta data do nascimento de Cristo, figura mitológica que nunca pediu isso. O Katiopa também reverenciava seus mitos e se conhecia, se compreendia através deles. A relutância em praticar o proselitismo, seja qual fosse o tipo, tornava incompreensível para ele as religiões alheias, cujas crenças respeitava. Dando alguns passos em direção à janela com vista para o lago do jardim, Ilunga olhou para as flores que desabrochavam. Ele se fixou em uma delas, um minúsculo ponto vermelho ao longe. Logo sua mente voltou à Praça Mmanthatisi, um brilho azulado pairando sobre o local na esperança de que alguém pronunciasse o nome da Mulher Vermelha. Uma Sinistrada com o rosto marcado por rugas, dedos deformados pela osteoartrite, estava sentada lá, lamentando ostensivamente o mundo que ela afirmava preservar. Fora ela que, com voz cansada, havia chamado *Boyadishi* várias vezes, tomando o cuidado de separar as sílabas para que não queimassem seus lábios. Fora ela que havia enunciado:

— Bo-ya-di-shi, não podemos ficar mais...

Era ela também, aquela idosa que estava em meio aos Sinistrados, que estava num dos filmes do relatório. Ilunga guardou essa informação em um canto de sua mente. O rosto da idosa, o nome dela. Naquela tarde, crianças a haviam interrompido, agarradas à Mulher Vermelha cujo nome repetiam com o sotaque das ruas da *kitenta*. Ele tinha ido embora, levando consigo a identidade da mulher que, desde então, não o deixara mais em paz. Mais ou menos, porque não tinha notícias dela havia vinte dias. Nem uma palavra, nem um sinal. Mas ela aparecia em seus sonhos, e não era como da primeira vez. Ela os dominava porque pensava nele com a mesma intensidade. Uma ideia começou a surgir, mas Ilunga não permitiu que ela se formasse inteiramente. Calculou que vinte era metade de quarenta e se manteve firme.

Ilunga caminhou em direção à porta do *ndabo*, que se abriu antes que ele a alcançasse. Kabeya tinha a audição aguçada. Estava sempre prestando atenção. Porque era rigoroso. Porque o homem que protegia era mais que um irmão para ele. O sangue não era água, mas havia mais entre eles do que os dois fluidos essenciais. Já estava na hora, o carro estava esperando por eles. Um agente da guarda substituiu Kabeya na entrada do *ndabo*. Enquanto os dois homens iam em direção ao elevador privativo que os levaria à garagem, Ilunga falou em voz baixa:

— Irmão, vamos jantar juntos esta noite.

Kabeya abriu um sorriso imperceptível. Como já sabia o assunto da conversa que Ilunga desejava ter, disse:

— Com prazer. Mas para ficarmos sozinhos na hora do jantar, permita-me solucionar um primeiro assunto.

O elevador começava a descer quando Ilunga lançou um olhar questionador. Kabeya respondeu:

— Vinte é metade de quarenta.

4.

Desde que entrara na Casa das Mulheres, Funeka jantava na casa de Boya. Uma ou outra preparava o jantar, e depois as duas comiam juntas. Aquela noite era a nona, a última que passariam juntas daquela maneira. Boya tinha sido a celebrante oficial da cerimônia. Ela caminhou à frente do grupo de iniciadas que tinham se apresentado na casa dos pais da jovem para chamar a moça que seria recebida. Fora ela que falara com a mãe de Funeka, ela que a pegara pela mão para conduzi-la ao santuário. Antigamente, era uma caverna escolhida por razões simbólicas. Nos tempos atuais, o ritual acontecia num espaço que permitia que não saíssem do Velho País. Uma sebe de bambu protegia o jardim e a própria casa de qualquer olhar. A conscrita retirara o pano que havia amarrado sob as axilas, como as três celebrantes. Ela então se deitara em uma velha cama de madeira cujo apoio de cabeça, irremovível, tinha a forma curva de uma meia-lua. Um pequeno pilar sustentava seu centro, que representava a figura estilizada de uma mulher com as mãos erguidas. No centro da sala, uma lareira iluminava vagamente o local. A massagem feita em Funeka por uma das anciãs primeiro a relaxou, antes de lhe dar acesso à antiga memória das mulheres, até a primeira, Mãe das divindades, Mãe dos humanos. O espírito tinha se mostrado sob as várias faces que lhe haviam sido dadas pelos povos, dali ou de outros lugares. Atravessando fronteiras e eras, a jovem descobrira que o poder feminino era um só, que ela não era um sexo, mas uma força. Como a terra, a água, o ar ou o fogo, ela não tinha equivalente, era incomparável a qualquer outra, autônoma e necessária. Terminada a viagem, a recém-chegada for instruída a dobrar um pouco as pernas e depois abri-las. Armada com o instrumento habitual, Boya se encarregara de executar a *tuba* e pronunciar a frase ritual:

— O mundo emerge da escuridão quando o sexo da mulher se abre.

Ela havia, portanto, perfurado o hímen de Funeka, antes de lembrar a ela, pela fórmula consagrada, que sua vulva representava a caverna original. A membrana perfurada pela celebrante representava a teia de aranha cujos fios de seda, ligados entre si, formavam uma espiral que cobria a cavidade na qual o universo se formou. As mulheres tinham então banhado e ungido a recém-chegada na casa, lenta e delicadamente. Elas cantaram para transmitir suas mensagens, para expor os motivos que justificavam que o hímen fosse oferecido às mulheres. Concluída essa parte do ritual, todas se sentaram no chão do santuário para compartilhar uma sopa de folhas amargas e algumas frutas da estação. Foi então que Funeka obtivera respostas para suas perguntas, tanto para as que fizera quanto para as que sequer imaginara. Todas haviam passado a noite na cabana, sobre uma esteira comum, enquanto as brasas da lareira esfriavam lentamente.

Ao amanhecer, Funeka revelou seu nome de mulher. Outro o substituiria se ela fosse posteriormente convidada a se juntar ao círculo de iniciadas. Para todas as mulheres que tinham se submetido ao rito, e somente para elas, a jovem a partir dali seria *Amaterasu*. Durante sua jornada pelas antigas memórias, Funeka tinha se reconhecido naquela figura de força feminina. Foi por ela que lhe fora revelada sua missão, as razões da sua existência no mundo. Assentindo da mesma maneira, mas sem dizer uma palavra, as anciãs tinham aprovado sua escolha e o que ela dizia sobre Funeka. Não era sempre que uma mulher ganhava um nome de deusa. Era ainda menos comum que a nova identidade emanasse de uma área cultural diferente. Aos quinze anos, a jovem admitida na Casa das Mulhers já havia compreendido o que tantas outras tinham levado a vida inteira para aprender. Sem falar naquelas que nunca entenderiam. Vestiram-na de amarelo para imitar a estrela vivificante que pretendia homenagear com sua existência. Um espelho lhe fora dado, uma réplica do mencionado no mito da deusa do sol. Quando foi levada de volta para a casa de sua mãe, a jovem já não era mais virgem. Não apenas porque a *tuba* havia ocorrido. As atitudes tomadas naquela noite, as coisas vistas e ouvidas não seriam mais mencionadas. Ela não contaria nada para as amigas, que só as descobririam caso se submetessem ao ritual. Isso não era mais comum, estava se tornando raro fora do Velho País. Boya pousou entre elas o prato comum que, pela nona vez, não continha carne animal. Tomando seu lugar na frente de sua convidada, fez um sinal para que ela se servisse. As duas comeram em silêncio. Quando terminaram, a moça que as bocas não autorizadas continuariam a chamar de Funeka foi autorizada a falar. Como sempre, foi com seriedade que ela o fez, e suas perguntas trouxeram questões profundas. Para fazê-las, ela recorria a uma linguagem ao mesmo tempo sutil e precisa. Quem a visse no dia a dia, brincando entre as irmãs de sua idade, não desconfiaria da natureza de suas preocupações, da delicadeza de sua mente ao formulá-las. Funeka tinha uma alma antiga, daquelas que tinham sido educadas no seio da mãe ou mesmo antes. Não havia dúvida de que ela seria, quando chegasse a hora, um pilar do círculo de iniciadas. A maturidade espiritual lhe permitira conhecer o poder da primeira criatura divina. Ela seria a mulher-caramujo, a que tem o poder de fecundar e dar à luz.

Para mantê-la na leveza permitida à tenra idade, Boya sorriu:

— Vi que você ganhou um jogo de cama?

A adolescente sorriu de volta. Sua amiga era uma malandra incorrigível. Por enquanto, ela não tinha nenhum pretendente à vista. Os meninos da sua idade lhe pareciam vaidosos, os outros só queriam se perder por um instante num corpo recém-saído da infância. Aquilo podia esperar. O que mais lhe interessava era conhecer o poder feminino. Apaixonada por História, Funeka tinha estudado a figura das *candaces*. Aquelas rainhas da antiga Meroé a fascinavam, pois sabiam ser tudo ao mesmo tempo: guerreiras, construtoras, esposas, mães. Claro, isso não estava escrito em lugar nenhum, mas ela gostava de pensar que aquelas mulheres tinham sido iniciadas em mistérios que as permitiam habitar todas as dimensões de seu ser. Não precisavam escolher entre um aspecto do feminino e outro. O que ela queria era reunir a força dessas mulheres dentro dela, ser Hathor e Sekhmet.

— Você quer se tornar uma espécie de super-heroína mística?

Funeka riu. Não, ela queria se conhecer. Saber o que teria que dar para escolher quem ia receber. Ela não era mais virgem, de qualquer maneira. Não tinha pressa e talvez nunca tivesse um homem se não encontrasse um que lhe conviesse. No momento, queria a companhia de mulheres. Boya achava que entendia. Ela não podia deflorar os segredos da iniciação completa. A jovem frequentaria a Casa por muito tempo antes de apreender a complexidade do assunto, o caráter não factício, mas relativo do sexo dos seres. Ainda não chegara o momento de lhe ensinar as razões pelas quais as grandes iniciadas aderiam de forma simbólica à androginia, que aparecia representada em todas as civilizações. Também seria preciso esperar que a vida lhe ensinasse suas leis para que ela encontrasse uma maneira de se adequar a elas. Seria isso, e não o contrário. Boya se contentou em passar a mão pela bochecha de Funeka, sussurrando:

— Seja gentil consigo mesma. O amor e o desejo são coisas belas. Não há um bom motivo para se privar deles. Apenas se certifique de estar sendo respeitada.

Funeka assentiu com um sorriso de canto de boca, levantou-se para lavar a louça e se despediu.

Sozinha, Boya foi para seu quarto levando uma xícara contendo bolas de resina perfumadas, que acendeu. Kabongo logo viria encontrá-la. Ela havia aceitado vê-lo. Fazia exatamente vinte dias desde que deixou Ilunga no palácio. Na primeira noite após o encontro, ela o vira em um sonho. Um sonho estranho. Aparentemente, eles tinham acabado de atravessar uma ravina enorme e profunda. Segurando sua mão, ela indicara uma vasta extensão de terra na frente deles e arrastara o homem até ela. Enquanto corriam, os dois tinham se tornado cavalos, felinos, grandes aves de rapina. Iam descobrir seus seres vegetais quando ouviram vozes, mas ela não conseguia entender o que estavam dizendo. O murmúrio se tornara um rosnado ameaçador. E o sonho acabou ali. Durante todo o dia seguinte, quer estivesse diante de um grupo de estudantes, na costureira ou no cabeleireiro, Boya só pensara nele. Por isso, não tentara escapar da presença de Ilunga. Quando voltou para casa no final do dia, sentou-se no *ndabo*, em postura de meditação. Em silêncio, conversara com ele:

— Vamos ver se você continua a me habitar depois de quarenta dias.

A mulher se dera tempo para provar, para germinar também, para saber o que fazer com o sentimento que tomava conta dela. O mundo em que Ilunga vivia era especial. Entrar nele, de qualquer maneira, era renunciar a uma certa tranquilidade. Seria necessário se certificar da força do elo deles antes disso. Pensar para além do que eram naquela vida. Ela se lembrou das palavras de Ilunga: *Você sente essa força, não sente? Não está entre nós, somos nós.* Se ele estivesse falando a verdade, não havia necessidade de pressa. O que ela tinha que fazer era enterrar aquele *nós* e ver, depois de certo tempo, o que aconteceria. A semente germinaria? Ou seria envenenada pelo ambiente? A paixão de Ausar tinha durado quarenta dias. Esse também era, de acordo com a sabedoria dos antigos, o período que devia decorrer antes da colheita das plantas.

Deixar que outro se aproximasse dela naquela noite era um dos ataques a que queria submeter a semente plantada. Kabongo sabia satisfazê-la. Mas, se era seu único amante — esporádico por escolha dela —, era porque ela conhecia a verdadeira natureza do desejo. Para Boya, ele não era um apetite como outro qualquer, um impulso. O desejo também era um sentimento. Uma emoção do corpo. E o poder do prazer sentido quando ela e Kabongo se entregavam um ao outro não era acessível a todos. A combinação perfeita naquele tipo de caso era rara. Era possível amar um homem e não sentir nada parecido em seus braços. Muitas mulheres passavam de um homem a outro na esperança de encontrar aquilo, sentindo no fundo, literalmente no fundo, que aquele tipo de gozo era possível. A decepção acontecia muitas vezes no final do encontro para o qual nos havíamos perfumado e enfeitado, antes de partirmos para os campos de caça mais bem providos. Em meio a noites de embriaguez e reviravoltas, gatos esguios passavam por grandes felinos ferozes, e descobríamos, sempre tarde demais, várias formas de impotência. Caras que faziam o seu melhor depois de beijarem um pouco, acariciarem os seios um pouco. Pessoas que não diziam uma palavra, ignorando a linguagem sexual útil à imaginação. Alguns que tinham que usar os dedos porque eram muito pequenos — isso nunca tinha visto, mas sim, sim, era possível — e que nos arranhavam por dentro de tanto apertar no mesmo lugar, já que um amigo malicioso os havia informado a localização errada do famoso ponto G. Quando isso não acontecia, o sabor do homem deixava a desejar. E isso só era percebido depois da primeira mordida. As caçadoras pouco se gabavam de seus contratempos, mas houve um aumento na compra de falos de madeira por mulheres. Vibradores e outros acessórios não estavam mais em voga. Os materiais com os quais eram feitos tinham se mostrado tóxicos, e o Katiopa estava recuperando métodos mais orgânicos.

 Kabongo a encantava, algo em que ela, de início, não teria acreditado. Seu charme não lhe atraía: para dizer a verdade, ele não tinha nenhum. Os dois se encontraram na *nzela* Amílcar Cabral, no parque conhecido como *Vale dos nossos pais*, aonde ele levara os filhos. Ela não o teria notado se não tivesse ouvido a voz dele. Ele demonstrava uma calma pós-tempestade, uma paz que apenas a turbulência podia trazer. Aquela voz era a água, parada até o despertar do vulcão que ela abrigava em seu abismo. Era palpável a tranquilidade que ela passava às crianças, que o ouviam contar a história das personagens representadas à beira da *nzela*. Foi Boya quem o abordou, quem o elogiou por sua erudição. As histórias que ele contava iam além das placas afixadas embaixo das estátuas. Depois de dizer aquelas poucas palavras, ela se virara para ele, curvando-se para cumprimentá-lo, para se apresentar. O gesto permitiu que ela fosse observada. Kabongo retribuíra a cortesia com um brilho nos olhos. Eles tinham se entendido imediatamente. O homem tinha, como dizem, sexo no olhar. A presença dos pequenos Samory e Thulani fazia com que fosse inapropriado continuar a conversa. Ela ficou feliz quando ele lhe passou seu telefone mas não pediu o dela. Os homens perderam a elegância de deixar as mulheres virem até eles. Por outro lado, elas também não queriam mais isso. As pessoas passaram a se jogar umas sobre as outras, sem dar tempo ao devaneio. Naquele dia, ela disse a si mesma que Kabongo tinha recebido uma boa educação. Não a das boas maneiras, derivadas do resto. Ele era confiante o suficiente para não ter medo de que a relação dos dois acabasse ali. Ela também tinha gostado daquilo. Na primeira vez, chamou-o para ir até um restaurante, o *Liboko*. Ela gostava do cardápio com pratos de todo o Continente, do ambiente descontraído e da boa relação custo-benefício. Ele já havia estado lá várias vezes, as garçonetes se lembravam dele.

Boya não se surpreendeu por nunca terem se encontrado. Ela raramente saía à noite, na maioria das vezes para ir a um show, para ver um filme na tela grande. Já Kabongo era uma ave noturna. Seus filhos, de quem tinha a guarda, já dormiam, sob os olhos de sua irmã, quando ele pegava o *baburi* azul que atravessava a *kitenta* do crepúsculo ao amanhecer, nas linhas 22 e 38. Era preciso esperar pelo menos 15 minutos a partir de certa hora — havia menos carros e os passageiros só podiam entrar se encontrassem assentos. O transporte público noturno lembrava a todos que havia insegurança na cidade, que ninguém estava a salvo de vê-la se insurgir por causa de uma região menos pacífica, que poucos lugares escapavam à vigilância das autoridades. Mas a boa gente de Mbanza não se deixava impressionar. Os notívagos tinham a paciência necessária para esperar pelo último *baburi*. As praças não podiam ser invadidas como eram durante o dia. Mas não importava: pequenos grupos se sucediam alegremente, até que todos chegassem em segurança. E essa alegria enchia os salões do *Liboko*, enquanto Boya e Kabongo pediam refeições leves. Os dois mal as tocaram, descobrindo um traço em comum: a preferência pela comida depois do amor.

Desde então, eles se encontravam na casa dela. Não havia nenhuma desvantagem no acordo dos dois. Então Zanele, uma recém-chegada ao

Velho País, se mudou para a casa ao lado. Boya e a mulher que passara a ser sua vizinha manteriam boas relações até um evento um tanto cômico acontecer. Satisfeito em todos os sentidos da palavra, Kabongo deixava a casa da amante ao raiar do dia quando deu de cara com Zanele. Não haveria nada de estranho nisso se os dois não tivessem se conhecido antes, e muito bem. Kabongo havia deixado Zanele após sete anos de casamento e, ainda mais, de uma espécie de companheirismo. Ele percebera, no fim das contas, que não tinha muito talento para a vida a dois e quisera recuperar a liberdade, não se comprometer com ninguém específico. Adorava as mulheres, mas só as entendia no quarto, lugar cuja função primordial se perdia assim que a vida cotidiana se instalava. Além disso, ele sempre encontrava ali o mesmo rosto, o mesmo corpo, que acabava cansando. Ao sair da casa de Boya, Kabongo fora, portanto, reconhecido à luz ainda tímida do dia recém-nascido. A partir dali, um frio polar descera sobre a camaradagem nascente das duas mulheres, dando espaço para apenas uma polidez desconfiada da parte de Zanele. Boya lamentava a situação, achava ridículo que mulheres desistissem de ser amigas por causa de um homem. Dada a disposição de Kabongo, o uso que ela queria fazer dele, as duas podiam muito bem tê-lo dividido com todas as outras. Mas, enfim, aquela era a situação. Boya continuava a receber seu amante. Quando deixava as crianças na casa da mãe, Kabongo tinha a decência de não tentar vê-la. Não havia mais o que fazer, a bola estava no campo de Zanele. A campainha tocou, já era ele. Ela foi abrir e imediatamente se deixou envolver pelas inflexões de sua voz. As palavras que ele disse não tinham importância:

— Boa noite. Cheguei a pensar que você tivesse me dispensado.

Era o som, a música, que se anunciava naquela melodia. Os dois andaram em direção ao quarto e se livraram das roupas enquanto se olhavam.

Como sempre, ela ficou surpresa ao ver o corpo muito modesto quando vestido revelar seu esplendor ao ser despido. Ao conjunto de abadá e *sokoto* que os homens geralmente usavam, Kabongo preferia um *bùbá* muito largo e um *kèmbè* igualmente grande. O traje o envelhecia e fazia com que parecesse mais gordo. Com certa frequência, Kabongo também escolhia cores impróprias, amarelos pastéis ou verdes-água que não combinavam com sua tez. Ela não falava nada sobre isso, já que via os comentários como um algo indesejado, uma espécie de apropriação. Não se apegava àquilo, contentando-se em se deixar deslumbrar pelo contraste entre o indivíduo um tanto desajeitado que tocava a campainha e a divina criatura que surgia nua diante de seus olhos. Tanto denso quanto longo, seu pênis desenhava uma curva entre suas coxas. Parecia um ser vivo, livre, que considerava perfeitamente justificado o apreço de quem tivesse a honra de olhar para ele. Kabongo tinha pernas compridas, sobrepostas na parte de trás por nádegas suficientemente firmes e, na frente, por um estômago desprovido tanto de maciez quanto da rigidez adquirida pelo esforço físico. Boya achava a parte inferior do corpo dos homens sublime, era o que ela mais gostava de contemplar, mesmo que o resto fosse importante. Quando a voz, como a de Kabongo, tinha a profundidade das noites que forjam dias ardentes, a mulher já não respondia por nada. Escapar da força da vertigem que a dominava exigia certo esforço. Ela insistia, porém, com mãos diligentes, em mostrar a merecida devoção àquele corpo. Ele riu baixinho:

— Você fica ainda mais vermelha quando me quer.

Boya também gostava daquilo, daquela intimidade lúdica. Ele não lhe deu tempo de se perguntar por que havia esperado tanto tempo para voltar a vê-lo. Sentando-se na cama, puxou-a para si, as costas da mulher contra seu peito, para apalpar seus seios, deslizar as mãos sobre seu sexo, enquanto beijava seu pescoço. Ele a penetrou naquela posição, com a gentileza de sempre. Foi então que a luz retrocedeu, sem se extinguir completamente. O instante da penetração sempre havia sido, para Boya, o momento da verdade. Era ali que a qualidade do vínculo que a unia a um homem era determinada. Ver que o amante era amado pelo corpo era uma confirmação, o que justificava a continuação do relacionamento. Mas, ali, a corroboração foi parcial. A presença de Ilunga de repente se impôs. Ela não precisou fingir, mas se concentrar mais do que o normal. E Kabongo, claro, percebeu isso. Ele nunca havia encurtado a noite deles. Pelo contrário, prolongava a noite, despertando Boya de seu sono, se necessário. Naquela noite, deitado ao lado dela, ele a observou por muito tempo, em silêncio. E, quando falou, foi para dizer:

— Escute, me ligue quando resolver isso.

Já a conhecia bem demais, e a parte dele que havia se expressado, por ter se apegado à mulher, não pretendia mais se contentar com reaproximações episódicas. Agora Kabongo queria uma coisa: tempo, um espaço inviolável e uma resolução para o problema entre eles. Ele os poupou dos detalhes, não vociferou como aqueles que, temendo perder o outro, já se desqualificam.

Ela não o levou até a porta, algo que pareceu lhe agradar. Uma ideia de repente a atingiu, a noção de que havia desrespeitado seus hábitos ao comer antes do amor, não depois, junto com ele. Não havia se guardado para ele, não tinha esperado por ele como sempre, deixado que ele a preenchesse mentalmente primeiro. Por um breve instante, Boya quase cedeu à culpa. Mas se recuperou rapidamente: presas mais fáceis passeavam dentro e ao redor da *kitenta*. Mesmo que um sentimento imprevisto tivesse surgido no coração daquele homem, o consolo estava garantido. Era possível, claro, que ele não escapasse por um tempo, que quisesse mais do que tudo o que lhe escapava. Ao menos ela podia apostar que ele não se rebaixaria a rugir sob as janelas de Boya. A perspectiva de oferecer aquele espetáculo a Zanele o dissuadiria. A mulher tirou os lençóis da cama, os substituiu, tomou um banho e foi se deitar. Pensar em Ilunga de maneira voluntária e consciente não era necessário. Ela resolveu não tentar mais mantê-lo afastado. Ainda tinha vinte dias para decidir. A semente enterrada não teria mais que enfrentar corpos estranhos. Apenas o ambiente, o coração de Boya, sua memória e suas aspirações importariam. O pensamento que lhe ocorreu ao afrouxar o peso de sua lâmpada de gravidade, mergulhando o quarto na escuridão, ocupou-a até que o sono a tomou. Ilunga respondeu a um chamado dela, e vice-versa. Teria sido fácil para ele segurá-la. Desde que se separaram, o homem não apareceu. Os sonhos que ela teve naquela noite e nas seguintes mostraram, se é que isso era necessário, que não era por desdém. A certeza de que os dois haviam se conhecido em uma existência anterior não era uma novidade. Boya simplesmente gostava de sua vida universitária, de suas pesquisas, de suas aulas. Ela também valorizava seu lugar na comunidade feminina, o trabalho feito em conjunto, a atenção dada às mais novas. Não havia espaço para um relacionamento romântico, se essa tivesse que ser a situação. Talvez a graça estivesse mais no encontro do que nas várias formas que sua materialização podia ter. Talvez fosse necessário ser grata à ideia de que havia uma alma gêmea para ela, sem que fosse necessário encontrar uma função para isso, uma utilidade no mundo visível. Suas mentes eram compatíveis. Suas vidas, não. E ele tinha uma esposa, algo que ela não podia esquecer. Ser a causa do sofrimento de uma mulher era um erro para o grupo de iniciadas a que pertencia. Além disso, ela não queria um adepto da mentira nem um homem que quebrasse a promessa feita a outra. Isso a colocava em uma situação complicada: Boya não tinha perfil de segunda esposa, muito menos de concubina. Segundo a tradição, ela havia passado da idade para ocupar tais lugares. Além disso, seu temperamento não funcionaria em ambos os status. Não que fosse ciumenta, já que nunca havia sentido aquela emoção desestabilizadora. Simplesmente, queria receber o que oferecia, ou seja, tudo.

5.

O dia tinha sido longo e a noite prometia ser curta. O Conselho ia realizar uma das assembleias noturnas em que os assuntos do Continente eram discutidos com base na ética tradicional. A terminologia havia sido escolhida para evitar o uso do termo *espiritualidade,* que tinha sido aplicado a tudo e mais um pouco. Às vezes, como estava acontecendo naquele instante, os membros do Conselho não se apresentavam com sua aparência diurna e revelavam seus outros rostos. Por ser o *mokonzi,* Ilunga participava de apenas algumas dessas reuniões e não fazia parte do grupo de Conselheiros. Mas estava presente naquela noite, na companhia de humanos que formavam um só corpo, para a ocasião, com a dimensão de seu ser relacionado a uma força da natureza. Um transeunte desinformado teria ficado surpreso ao encontrar, àquela hora tardia, um homem solitário em meio a uma vegetação rasteira. Poucas pessoas se aventurariam a fazer isso, com certeza. Mesmo assim, para garantir a tranquilidade da conversa, Kabeya estava postado na entrada da *nzela* selvagem que, estreitando-se à medida que avançava, conduzia ao local do encontro. Nunca se sabe, uma *sangoma* podia pensar que era a hora certa de colher ervas que só podiam ser colhidas naquele momento. O Conselho era presidido por uma mulher atemporal, chamada pelo respeitável nome de Ndabezitha, que havia proposto a pauta do dia sem duvidar que seria aprovada. O Katiopa unificado já era uma realidade havia cinco anos. Mesmo antes de ser estabelecido, o tema da discussão daquela noite já era considerado um dos mais importantes, do mesmo modo que a abolição das fronteiras coloniais ou a criação de um exército continental. O que permitiria ao novo Estado aceitar a evolução do mundo sem se perder dependeria de como o problema apresentado durante a reunião seria resolvido. Ndabezitha era uma fogueira que podia ser chamada de controlada se alguém se aventurasse a fazer isso. Levantando-se para falar, ela pronunciou a frase ritualística:

— As pessoas estão reunidas.

A assembleia respondeu:

— Por um bom motivo.

A chamada e a resposta foram ditas três vezes. A anciã concluiu:

— De fato, é para tratar de um assunto da maior importância que nos reunimos. — Ela continuou: — Filhas e filhos do Katiopa, vocês sabem o que nos traz a primeira terra, e por muito tempo única. Sabem por que extirpamos nossos invólucros carnais para conversar aqui, em uma linguagem inacessível às pessoas comuns. O que estamos prestes a dizer ainda não pode ser expresso em línguas humanas, para que não sejamos combatidos antes de podermos nos organizar. As armas à nossa disposição não podem ser usadas em grande escala, sua própria natureza proíbe isso. Porém, se tivermos que nos defender, teremos que enfrentar os arsenais daqueles que nos consideram inimigos. Tomamos nossos territórios de volta, mas sabemos que eles estão lá, prontos para penetrar pela menor das nossas fissuras. A unidade é o nosso escudo, sempre soubemos disso. Eu pedi que se juntassem a mim aqui esta noite, sob os auspícios de Diboboki, a lua vermelha, para que possamos decidir juntos um aspecto de nossa coesão espiritual.

As chamas que formavam o corpo de Ndabezitha crepitavam sobre uma pilha de galhos secos. Iluminando o local, elas permitiam que Ilunga visse os quatro pontos cardeais e, portanto, todos os outros que estavam presentes. Na água surpreendentemente límpida de uma lagoa, no tremor dos ramos de um arbusto, no coração de um amontoado de pedras, numa peça de metal aninhada no fundo de fendas, no sopro calmo do vento. Cada um estava, podemos dizer, em seu elemento, aquele que governava seu temperamento na sociedade humana, aquele que o unia à natureza. Os membros do conselho vinham das nove principais regiões integradas do Katiopa. Depois que a pacificação fosse concluída, e a unidade total obtida, quer isso fosse afirmado publicamente ou não, eles manteriam o status de anciãos. Sua responsabilidade era, portanto, fazer as escolhas mais frutíferas para o futuro. Dentro da instância maior do Conselho, eles não eram representados por políticos profissionais, e sim por grandes mentes. Será que eles haviam ficado surpresos ao ver um dia chegar um dos fundadores da Aliança, dizendo que os procurava havia muito tempo e que queria oferecer a eles uma vaga naquele que ainda era apenas um gabinete fantasma?

De qualquer modo, todos eles estavam lá havia muitos anos e, de início, tinham cuidado da gestação do Katiopa unificado. Muitos haviam mantido suas atividades diurnas, quando eram compatíveis com aquele compromisso espiritual de servir o Continente. Assim, Ndabezitha ainda era uma *sangoma* famosa. Ela morava em uma cabana na encosta de uma montanha e se recusava a sair por qualquer motivo, com exceção das reuniões do Conselho ou do Umakhulu, instituição que reunia as curandeiras mais antigas do mundo. Abahuza, outra mulher da assembleia, continuava a pintar quadros cujas formas e cores tinham propriedades curativas. As galerias da moda os disputavam a tapa, no Continente e fora dele. O Conselho também incluía um livreiro especializado em conhecimento esotérico e um arqueólogo de jardins. Antes de serem visitados pela pessoa que os abordara em nome da Aliança, todos haviam trabalhado seu interesse pelos mistérios e aprendido sobre eles à sua maneira. Todos tinham conhecimento das técnicas que os permitiam mudar de estado, como faziam naquela noite. Mas nenhum deles havia feito parte do Conselho primordial, composto por apenas três membros, que auxiliara a Aliança em segredo. Tinha sido difícil encontrar aquelas personalidades específicas e se certificar de que não estavam enganados. Abahuza, que havia assumido a forma de uma lagoa brilhando ao luar perto de onde Ilunga estava sentado, murmurou sua aprovação em relação ao que acabara de ser dito.

A oradora continuou seu discurso. Era preciso consolidar as estruturas do Estado e ainda nomear *mikalayi* de fora da Aliança, mas essas tarefas não eram urgentes. Enquanto estivesse satisfeito com seus governantes, o povo ia querer mantê-los. O governo pensou em abrir aqueles cargos a outros porque se dizia aqui e ali, em voz baixa, mas em termos pesados, que a Aliança era uma espécie de sociedade secreta. Ndabezitha não ficava constrangida com aquela hipótese. Havia verdade nos sussurros que corriam pelas cidades do Katiopa unificado. O que eles tinham que discutir estava em uma categoria de preocupações mais importantes. Não era possível usar a palavra "emergência", pois ela os levaria a agir de maneira errada. E, para realizar aquela tarefa de importância crucial, era necessário ir passo a passo, já que não seria possível voltar atrás facilmente. Ndabezitha estava falando da criação de um colegiado ancestral. Muitas comunidades haviam preservado um vínculo poderoso com seus ancestrais e o mantido vivo de várias maneiras. Aquela relação forte tinha que ter uma expressão em nível continental. Não seria fácil resolver a questão, escolhas teriam de ser feitas.

Claro, todos sabiam que apenas os falecidos honrados poderiam ser convocados. Além disso, nem todos tinham chegado ao estágio de ancestrais. Muitos tiveram a infelicidade de recorrer aos vivos que lamentavam sua morte em vez de fazer ouvidos moucos e chegar a um local em que poderiam ter continuado a se manifestar. Era preciso aceitar que aquelas eram energias perdidas. Até porque, como o Katiopa era um território antigo, ele havia reunido, ao longo do tempo, uma parcela considerável de mortos dignos de serem invocados. Agora era necessário determinar o funcionamento do colegiado ancestral, como eles se refeririam a ele e a quem fosse chamado a participar. Ndabezitha lembrou que todo o Katiopa devia ser representado, o que significava que seria necessário olhar para além da terra original. Era assim que eles agiam em todas as questões, porque o Katiopa não era apenas o mais vasto território do mundo, mas também uma rede humana que aproveitava filiações administrativas. Ao final de seu discurso, a anciã convidou quem quisesse a se pronunciar sobre um dos três pontos mencionados. As chamas diminuíram lentamente sem se extinguir: ela ouvia com atenção.

Abahuza foi a primeira a falar, desenhando círculos na água com suas palavras, como se uma criança travessa tivesse jogado uma pedrinha em sua lagoa. No que dizia respeito à organização do colegiado, bem como à sua composição, seria bom consultar os interessados. Ela não achava que eles pudessem ser simplesmente convocados e receber um roteiro. Por outro lado, Abahuza tinha uma proposta para o modo como eles se comunicariam com aqueles antepassados de todo o Continente. Ilunga reprimiu um bocejo. Ele se interessava por aquelas questões e, por ser o *mokonzi*, era o único a participar de certas conversas com os anciãos. Mas, naquela noite específica, ele gostaria de ter sido substituído. A Aliança o tinha acolhido havia muito tempo. Trinta anos. Desde então, sua existência sempre tivera dimensões particulares, ocultas, difíceis de compartilhar fora de certos círculos. Ele havia conhecido poucas mulheres. A mulher a que se unira não via sentido naquelas perguntas, considerava incompreensível o que descrevia como viagens à quarta dimensão. No entanto, apenas a esposa tinha o direito de ouvir alguns dos segredos do homem. Era nela que ele se refugiava. A mulher era o lar. Ela era a terra, e o homem, a semente. Mesmo a Kabeya, seu amigo mais próximo, ele não podia confiar os assuntos discutidos com os membros do Conselho. Só podia mencionar as reuniões de que membros da Aliança participavam. E isso era inútil, já que Kabeya também estava presente nelas.

O povo de Katiopa, no Continente e além dele, conhecia o Conselho e seus membros. O governo decidira não o esconder, pelo contrário. Sabia-se que muitos, no exterior, o viam apenas como uma das manifestações folclóricas de que o Continente guardava segredo. Duas vezes por ano, no San Kura e na saudação aos mortos da Maafa, os conselheiros apareciam em público, vestindo o traje tradicional de sua região. Aquilo fazia muitos sorrirem. A maioria das pessoas não sabia que o Conselho tinha sido a força motriz ética da Aliança durante todo o percurso da iniciativa. Só os filhos do Katiopa imaginavam que um grupo de mestres espirituais como aquele podia constituir um escudo quase irrefreável para os que haviam optado por uma ação política guiada não só pelos interesses claros das populações, mas também por sua visão de mundo. A assistência permanente do Conselho evitara que os combatentes da Aliança fossem reduzidos à luta armada quando tinha sido necessário recorrer a ela. Ela permitira que os membros da Aliança tivessem paciência, travassem as batalhas mais cruciais, aquelas que visavam criar a adesão mais forte possível das massas à sua proposta. A unidade só se tornaria realidade se a Aliança trouxesse aqueles que haviam se perdido de volta para si mesmos e, então, comunicasse a eles aquela nova visão. Não se tratava de reproduzir as formações estatais que haviam existido antes da Maafa, que reuniam populações diversas dentro delas. Era impossível recriar as antigas civilizações, mas era possível criar outras. Nos tempos antigos, o corpo vivo do Katiopa tinha sido espalhado pelos quatro cantos da terra. Era importante levar em conta aquela tragédia e os desastres que a haviam sucedido. Dentro da Aliança em que ele ingressara quando adolescente, Ilunga havia se formado e, junto com os outros, realizado ações em campo por mais de duas décadas.

Ao contrário da FM que a havia precedido, a Aliança, fundadora do Katiopa unificado, aceitara desde muito cedo a ideia de que o projeto que desejava estabelecer nunca tinha sido tentado. Não havia, em nenhum lugar da história da humanidade, um modelo que pudesse embasá-los. Não havia ninguém a imitar, nem se recorressem aos grandes impérios conhecidos antes das invasões estrangeiras, nem se importassem sistemas estabelecidos fora do Continente. Assim, eles consideraram útil mergulhar neles mesmos, nas profundezas deles mesmos. A questão não era demonstrar um talento para degustar com os dedos os pratos servidos à mesa, ou voltar a usar o paletó de ráfia para trabalhar. As chamadas políticas de autenticidade haviam sido aplicadas no Continente em muitas ocasiões, com o objetivo muitas vezes de entorpecer o espírito dos povos e fazê-los aceitar concepções nocivas de poder. A Aliança não buscava a pureza identitária. Seu objetivo era se reconectar com a verdade profunda do Katiopa, que não era uma forma, uma cor, um sabor, e sim uma maneira de ver. Princípios. Na verdade, a ética tradicional, da qual o Conselho havia se tornado guardião, não estava ligada aos costumes em si, mas ao que lhes dava vida. Havia algo por trás dos ritos. Havia um sentido naquelas práticas. Saber disso permitia que eles soubessem como trazê-lo para o presente. Graças ao Conselho, a Aliança tinha avançado passo a passo em direção ao seu objetivo: não recriar o mundo, mas fundar um mundo próprio como os antepassados haviam feito. Por terem procedido assim, a preservação das contribuições exteriores tinha sido bem aceita. Algumas tinham sido úteis, outras tinham uma estética que combinava perfeitamente com a do Katiopa. Os defensores da FM haviam cometido um erro ao tentar voltar no tempo, recuperar eras praticamente perdidas. Seu reinado rapidamente se tornara uma afronta às populações das regiões que eles haviam conquistado.

Parando para pensar, Ilunga viu o líder da FM, o inenarrável Mukwetu. Ele não era um cara mau. Não. Apenas um homem que havia perdido um pouco da sanidade por causa da longa humilhação do Continente. Sua obsessão era querer apagar tudo que não fosse do Katiopa. Quando se deparava com uma dificuldade, a atitude dele costumava ser a mesma. Era permitido utilizar esta ou aquela tecnologia porque ela era apenas uma versão melhorada da que os ancestrais haviam criado. Ilunga engoliu uma gargalhada ao se lembrar do dia em que, durante um dos longos discursos televisionados que adorava fazer, Mukwetu se lançou numa demonstração destinada a provar que o Osso de Ishango era o vestígio mais antigo da matemática e, por isso, todas as invenções científicas haviam partido dele. Os carros luxuosos que colecionava, os barcos da mesma estirpe que tinha, eram, portanto, fruto da genialidade do Katiopa. Talvez a população devesse ficar feliz por ele não ter optado por ser carregado por serviçais para se deslocar de uma região a outra do espaço conquistado por suas tropas. A FM só conseguira se implantar em três das antigas nações estrangeiras, o que fizera com uma mão forte. Ilunga se lembrava do terror que tomara conta do mundo quando as mortes simultâneas dos agentes de Pongo, líderes desses países, haviam sido anunciadas. Sinceramente, ele ficava feliz por não ter tido que sujar tanto as mãos, mesmo que tivesse sido necessário se manter atento quando a vez da Aliança chegara. Mukwetu havia cometido muitos erros, um dos quais fora não considerar os territórios de deportação como parte do Katiopa. Ninguém chega muito longe sem aliados, e os do Outro Lado deviam ser os principais deles. Eles aumentavam a importância demográfica do Continente, mas também suas perspectivas comerciais e seu poder espiritual. A Aliança havia dedicado muito tempo a formar aquelas comunidades distantes do centro, a fazê-las entender a necessidade de elevar a Terra Mãe para conquistar seu lugar no mundo. Nem todos tinham se convencido disso, mas isso não lhe causava tanta preocupação. Eles discutiriam em outros termos quando o Katiopa unificado constituísse um polo de poder em um ambiente geopolítico já regido por grandes grupos. Em todos os dias que Nzambi lhe concedia, Ilunga homenageava as mães e os pais da Aliança, que haviam seguido o exemplo do caracol — cuja passagem silenciosa sempre deixa sua marca no chão. Quando ele e Kabeya tinham sido recrutados, o movimento já existia havia várias décadas. Eles entraram numa casa com alicerces já sólidos.

Impedindo-se novamente de bocejar, Ilunga lamentou não ter o poder, como faziam os membros do Conselho, de deixar seu corpo em repouso, estendido em seu divã, enquanto seu espírito se alojava num elemento da natureza. Ele realizava muitas proezas, mas ainda não a de habitar a água ou o vento. Seus interlocutores eram mais velhos, mas, quando amanhecesse, aquela noite insone não os afetaria. Ele precisaria dormir parte do dia, e Kabeya teria que ser substituído. Seus pensamentos o levaram até Boya. Ele se perguntou o que ela estaria fazendo, se estava saindo com alguém. Era a primeira vez que pensava naquele detalhe preciso. Eles não haviam mencionado aquele assunto. O fato de ela ter afirmado que havia sentido a presença dele sem que ele se desse o trabalho de negar ter estado perto dela duas vezes tinha dado um rumo especial à conversa. Eles tinham contado um ao outro muito pouco sobre si mesmos, sobre suas vidas. Ninguém falou de trabalho, nem mencionou sua situação sentimental. Os dois tinham descoberto um interesse comum por assuntos atípicos para um primeiro encontro, como o do carma coletivo dos povos ou a reação dos governantes de certos países do Pongo diante da instalação de templos ímpios no coração de suas cidades. Ilunga havia visitado um deles durante a *kitenta* do país *ingrisi*. Oxum ou Oxalá eram fervorosamente reverenciados nele. Depois de esconder aquela crença por muito tempo, eles decidiram expressá-las de maneira clara, em nome da liberdade de culto e do amor-próprio. O pretexto da laicidade muitas vezes se opunha àqueles que agora queriam ter suas crenças ancestrais reconhecidas fora do Katiopa. Alguns haviam brandido o argumento de que a fé em Oxalá não era igual às outras, que era um misticismo primitivo, um resquício do pensamento pré-lógico. Além disso, tinham acrescentado que nem todas as religiões podiam ser transplantadas, e que algumas delas não tinham vocação para florescer longe de sua terra natal. Processos judiciais muito divulgados haviam resolvido o assunto, pelo menos legalmente. Ficara difícil para os defensores dos Direitos Humanos e outros apóstolos do universalismo assumir sua propensão a hierarquizar culturas. Era complicado considerar perigosas as religiões que, diferente das duas mais influentes do mundo, evitavam qualquer proselitismo, nada sabiam de guerras santas e não se revestiam de uma verdade que as autorizava a acusar pessoas de serem infiéis em qualquer oportunidade. Os adoradores de Oya e Olokun tinham, portanto, obtido vitórias arrasadoras e visto pessoas de todas as origens se aglomerarem em seus santuários.

A Primeira *Chimurenga* havia removido as correntes mentais dos filhos do Katiopa estabelecidos nos países do Pongo. Desde então, eles eram sentinelas com os quais a Terra Mãe podia contar. Apaixonado pela música urbana de meados daquele longo período, Ilunga havia feito um rap de algumas de suas tiradas favoritas, unindo ações e palavra:

De tanto pôr fogo nas profundezas da selva, acabamos levando as feras para Mbeng, ou: *Pichamos nossos nomes em muitos muros, muito antes da invenção da escrita,* ou ainda: *Não há uma única semente de ódio na minha gíria* nyabinghi, *é só o poema kamite de um filho de Alkebulan...*

Ele repetiu a última citação lentamente, chamando a atenção para os termos que enfatizavam as raízes étnicas, pertencentes a uma determinada terra, a um determinado povo: *nyabinghi, kamite, Alkebulan*. Porque eles haviam descoberto repentinamente quem eram, o que os programas escolares ignoravam de maneira deliberada. Era preciso proclamar aquilo, insistir. Eles não eram qualquer um e o mundo saberia disso. Por isso, tinham se dado um título de nobreza para esclarecer a situação de uma vez por todas, e o nome estrangeiro escolhido pelos pais deles havia desaparecido. Muitos passaram a se chamar "Lorde Ekomy Ndong". *Lorde* já era uma mensagem em si, uma bandeira pronta para desafiar os ventos tempestuosos da História. Boya riu muito, por motivos claros. Depois que ele se revelara daquela maneira, o tom da conversa não tinha mais sido atrapalhado pelas boas maneiras. Sem mencionar os anciãos da Aliança que lhe mostraram aquelas canções, consideradas como documentos, Ilunga reconheceu que elas o emocionavam. Elas permitiam que ele entendesse o propósito de seu compromisso. Não era a música que o atraía tanto — nesse sentido, ele preferia a estética mais elaborada do Sons of Kemet, o estilo ruim de House of Pharaohs. Mas naquelas velhas canções de hip-hop, ele ouvia as batidas do coração de gerações de crianças do Continente cuja honra, e até mesmo a humanidade, haviam sido desrespeitadas. Aqueles textos falavam de ostracismo, de espoliação cultural, de restauração da memória. Diziam que a violência simbólica acompanhara a outra, que aniquilara por um tempo a força de povos que internalizaram uma ideia de inferioridade. Eram mais que canções, mais que testemunhos poéticos. Aquelas palavras expressavam a recusa deles em serem enterrados vivos. As pessoas que as escreveram eram mesmo guerreiras. O lugar que ocupavam entre os combatentes da Primeira *Chimurenga* era nobre. Muito mais do que um grande número de escritores cujas palavras só tinham sido difundidas no seio de uma intelectualidade altiva, e que muitas vezes devia sua fama apenas ao interesse demonstrado pelos colonos do passado.

Boya não conhecia aquela parte da rica herança musical do Katiopa. Ele não tinha certeza de que ela o faria, mas a moça tinha prometido se interessar mais pelo assunto. O homem sorriu, imaginando que ela não teria escolha. Porque ele ouvia muito aqueles velhos raps e porque ele a esperava de maneira ativa demais para que ela não voltasse para ele. A questão do carma coletivo tinha ocupado os dois por um tempo. Ilunga acreditava que as consequências deveriam ser limitadas às ações tomadas, enquanto Boya insistia que as ideias também deviam ser levadas em consideração. Afinal, a ação sucedia à concepção imaginária, da qual era apenas uma materialização. Eles também tinham visto pessoas agirem de modo aparentemente contrário a suas ideias mais profundas, que só haviam se revelado depois, quando os gestos produziram seus efeitos.

— Não preciso desenhar para você — exclamara ela, em sua voz grave e ligeiramente embargada.

Analisando seriamente o assunto, eles examinaram a trajetória de diferentes grupos humanos. Para alguns, tinha sido muito fácil descobrir possíveis dívidas cármicas. Por outro lado, em relação ao Katiopa, eles não chegaram a um consenso. Ele recusava a ideia de um passivo que poderia ter causado o sofrimento do Continente por tanto tempo. Ela não quisera ceder. Acontecera ali como em outros lugares, pessoas tinham tido ideias erradas, agido mesmo assim, e o Universo reivindicara o que lhe era devido. A culpa nunca recaía sobre o outro, que era apenas instrumento do destino, a figura dada ao castigo. A luta não podia, portanto, ser travada contra ele — tinha que ser contra as sombras interiores que haviam permitido que eles pecassem. Ele permanecera pensativo por um instante, antes de concordar com a cabeça. Naquele momento, os dois tinham concordado. Era o que ele sempre havia aprendido, a ideia em que acreditava: a falha era interior.

— Então — perguntara ela, voltando ao tema anterior —, esses cantores da Primeira *Chimurenga* não deviam ter observado essa falha e entendido o que a formou?

Claro, a pergunta era válida para todos aqueles que, no passado, debruçaram-se sobre o que havia prosperado ao redor do abismo. Porque a falha havia se tornado exatamente isso, com o tempo: uma escavação de limites insondáveis. Muitos duvidaram de sua força, temendo mergulhar inteiramente nela para descobrir o que havia rachado e quando. Na realidade, a Primeira *Chimurenga* não tinha começado um século antes. Seu nascimento coincidia com o surgimento dos conceitos da Maafa, na costa atlântica do Katiopa. A música da *Chimurenga* tinha sido primeiro o canto de deportados que respondiam ao lamento de seus compatriotas. Tinha ressoado primeiro nas encantações e orações sem resposta, na percussão dos corpos lançados ao mar.

Ilunga deixou aquela tarefa a ela. O que tinha detectado nas reflexões de Boya não tinha relação com a forma consumada do ódio a si mesmo que se manifestava na crítica incessante aos antepassados deles. Era, pelo contrário, um amor exigente. Era preciso amar demais as pessoas para esperar, e até mesmo imaginar, que elas enfrentariam suas fraquezas e as corrigiriam, impedindo-as de limitar seu universo. Era preciso idealizar o ser humano para acreditar que ele era capaz disso, onde quer que estivesse. Apenas pequenos grupos de pessoas podiam realizar o que ela estava dizendo. Estruturas como a Aliança. Cabia também a elas oferecer soluções, tendo o cuidado de não descrever o problema em muitos detalhes. Dar força às massas, fornecer-lhes ferramentas, permitir que aqueles que pudessem suportar entrassem no abismo e saíssem inteiros. Aqueles que fossem capazes de assassinar a morte presente neles. Mas eles eram raros. As pessoas estavam sempre procurando desculpas, sempre apontavam um culpado rapidamente, sempre punham todas as forças na busca de uma vingança que não aconteceria. Porque o inimigo estava dentro deles, onde, precisamente, eles relutavam em procurar. Aquela conversa devia ser retomada posteriormente, em várias etapas. Ele tinha visto claramente o que a fascinava, o jeito que Boya tinha de estudar o verso das cartas, de se apegar mais à causa do que aos efeitos. E também a maneira como ela concebia os humanos, como um corpo único. A importância que revestia, a seus olhos, o destino do Katiopa não a fazia perder essa certeza de vista. Boya não era adepta do perenialismo contínuo que dotava as nações, e até mesmo os povos, de um enraizamento imemorial, de uma essência. E ele também não acreditava muito naquilo. Não tanto porque significaria a separação dos humanos com base em algum tipo de natureza forjada pelo espaço e pelo tempo, mas porque a ideia não combinava com a unidade. Não era preciso sair do Katiopa para perceber diferenças entre comunidades e culturas. A unidade não declararia o fim dessas particularidades, e sim organizaria o diálogo, o casamento entre elas. Algo de novo surgiria disso.

Ele voltou a encher o copo dela, mas sua convidada bebeu pouco, como se quisesse se certificar de que continuaria tendo controle sobre si mesma. Ilunga se perguntara se ela havia gostado dele, se tinha bastado que ela sentisse sua presença para se familiarizar com ele. Ela não o culpara pelas ações dos homens que a haviam arrastado para sua residência. No fim, tudo aconteceu como depois de um encontro normal. Sem nunca a encarar, ele passara a noite olhando para ela. Ela maquiara os olhos, mas não os lábios, tão cor de cobre quanto o resto de seu corpo. As unhas curtas não estavam pintadas e ela não usava salto, apenas sandálias de couro que tirou antes de se sentar na frente dele. Por outro lado, ela gostava de bijuterias. Três anéis de prata adornavam dois dedos de sua mão esquerda, um deles engastado com uma ágata amarela chamada de *olho de tigre*. Vários cordões de pérolas coloridas pendiam sobre seu peito, deslizando suavemente pela seda de seu *bùbá*, dependendo dos gestos que ela esboçava. Ele pensou, ao olhar para o imponente colar, que devia ser uma bijuteria antiga, já que coisas naquele estilo não eram mais feitas. Talvez fosse uma herança. Talvez o precioso presente de um amante, um companheiro. Em nenhum momento ela tentara seduzi-lo. Nem ele. No entanto, havia algo entre eles. Disso ele tinha certeza. O homem pensou que seria uma pena se eles não se dessem o trabalho de cortejar um ao outro sob o pretexto de que a providência, as estrelas e sei lá mais o que já tivessem feito seu trabalho. Uma força os uniu, e ela fora sequestrada, mas havia se sentado para compartilhar o jantar com ele, submetendo-se assim àquele poder também. Se fossem mais jovens, sem dúvida teriam agido com menos moderação. Teriam cometido um erro. Pensar um no outro, esperar, era uma ótima introdução. Eles voltariam a se encontrar. Ele fizera bem em deixar a iniciativa para ela, mas não hesitaria em corrigir o curso se, por acaso, alguma hesitação a impedisse de procurá-lo. Ilunga tinha segurança em si. Não apenas em seu desejo, mas nos motivos que o provocavam. Ele não queria possuir aquela mulher — queria estar com ela. Saber que ela se juntaria a ele imediatamente ou um pouco mais tarde não mudava muito um fato: estar com o outro levava tempo.

Quando o *mokonzi* voltou a dedicar sua atenção para o debate do Conselho, a palavra estava com Makonen, que havia fixado residência no corpo gelatinoso de uma palmeira selvagem.

— Nós sabemos — dizia o ancião — que as placas e outros monumentos instalados em nossas cidades não são homenagens aos antepassados segundo as nossas concepções. Foi preciso instalá-las porque nossas populações, agora apegadas a vestígios, a impressões físicas, precisavam delas. Essas questões de imagem, de representação, me parecem um tanto fúteis. Mas, bom, nós fomos colonizados... Isso gerou em alguns de nós um trágico apego à matéria.

No entanto, era preciso agir de maneira rápida para recuperar a tradição. De uma coisa eles podiam se felicitar: a maioria das comunidades tinha conservado, em seus territórios, tradições que lhes permitiam manter o vínculo com os mortos. Então eles não haviam desaparecido e nunca desapareceriam. De todo modo, a forma como aquilo era feito em nível local era bem diferente do que precisaria ser feito para as regiões federais. Especialmente porque o Katiopa — e ele sabia do que falava, já que tinha vindo do Outro Lado — estava no Continente e além. A Terra Mãe era o corpo de seus filhos, suas culturas e estilos de vida. Supondo que erigissem um santuário, um lugar que simbolizasse a presença dos antepassados, onde seria legítimo construí-lo? Os ancestrais tinham que chegar a um consenso para resolver aquela questão. Só seria possível agir de acordo com a decisão deles. Ndabezitha crepitou outra vez. O assunto não se esgotaria em uma noite. Seria necessário combinar outro encontro para avançarem na discussão.

— Sugiro que todos pensem e voltem com propostas concretas. — Dirigindo-se a Ilunga, a velha *sangoma* disse, cheia de malandragem: — Filho, você já foi mais atento. Notei uma presença vermelha no coração do azul. Já era hora de ela vir morar nele. Precisamos dela.

    Ele não teve tempo de questionar aquela declaração nem formular uma resposta. A noite o envolveu por completo. Os conselheiros haviam levantado acampamento. Mais rápido que um piscar de olhos, todos voltaram para a região em que estavam sua casa e seu corpo. Mesmo assim, ele pareceu ver os galhos da palmeira se metamorfosearem em uma espécie de espuma, uma mousse branca semelhante aos dreadlocks que Makonen usava. Com o polegar e o indicador na boca, Ilunga assobiou uma vez para avisar Kabeya que estava indo encontrá-lo.

6.

Pela janela embaçada, Boya observava a paisagem passar. Ela havia pegado o Mobembo, um trem de alta velocidade que ligava o litoral ao interior do Continente. A mulher vermelha adorava aquela viagem, principalmente a travessia do trecho de floresta equatorial em que a vegetação parecia prestes a devorar o trem. Os engenheiros tinham tentado limitar a violência feita à natureza e a deixado prosperar ao longo dos trilhos. Por isso, ela mergulhava em uma massa verde, e não era raro ver macacos nas árvores. Todos rezavam para que o trem não desse problemas naquela região. Boya gostava de imaginar que ainda havia vilarejos vivendo sob o abrigo daquele santuário verde, mas era pouco provável. Já no século anterior, diversos fatores haviam modificado os hábitos das comunidades ali estabelecidas. Sucessivos governos não consideraram útil protegê-las. E os conflitos que tinham assolado a região também não as pouparam. Elas tiveram que deixar seu hábitat ancestral para sobreviver, formando populações minoritárias severamente ostracizadas nas cidades. Agora, seus descendentes, pouco numerosos, nem sempre reivindicavam suas origens. Ninguém queria se apegar a povos derrotados e desprezados. Como sempre, naquela parte da viagem, o Mobembo estava cheio. Muitos preferiam o trem ao avião, que poluía mais e se tornara particularmente caro devido aos impostos aplicados àquele meio de transporte. Além disso, o trem de alta velocidade permitia a contemplação das belezas do Katiopa. Depois de descer na estação seguinte, Bunkeya, ela pegaria um ônibus para Munza. Era para lá que estava indo, para encontrar uma amiga. Boya precisava conversar. Não tanto desabafar, já que sabia que não adiantaria nada. Ela precisava mesmo de uma conversa em que fosse compreendida sem ter que explicar tudo. Não faltavam ouvidos no Velho País para escutá-la, mas ela não tinha nenhuma amiga próxima no bairro, alguém que conhecesse desde sempre. As iniciadas como ela cultivavam uma irmandade de princípios, mas nem tanto de coração. A maioria tinha respondido ao chamado do dever espiritual, do qual era impossível escapar. Enquanto não se submetessem a ele, enfrentariam dificuldades inexplicáveis. Apenas a iniciação remediava o problema e impunha missões. Boya, que havia escolhido se iniciar antes de sofrer dores de cabeça ou distúrbios de qualquer tipo, era uma anomalia dentro do grupo. As outras teriam dispensado qualquer negociação com os planos superiores e apenas cumpriam suas tarefas para ficar em paz. Não provocar os espíritos que já haviam demonstrado do que eram capazes.

Claro, havia as mais velhas, as Bamamas, mas eram apenas duas. Uma delas, Mama Luvuma, adorável, mas surda como uma porta, dificilmente aceitaria confidências. A segunda, Mama Namibi, uma famosa matrona que a velhice não havia abalado nem um pouco, teria visto certas considerações como fúteis. Boya sabia o que ela diria:

— Você é uma mulher, você decide. Eu não entendo o que há de errado com vocês, jovens. Não é o homem que deixa a mulher zonza, e sim o contrário. O que você aprendeu conosco? Me deixe explicar para você...

A aula teria se arrastado até o dia seguinte. Mama Namibi, que havia participado da entrada de Funeka na Casa das Mulheres, era um recurso precioso para todas as questões relacionadas à tradição, à interpretação dos sinais vistos em sonhos, ao conhecimento das plantas, às almas dos antepassados que tomam o corpo dos recém-nascidos. Ela vivia para transmitir o conhecimento dos mais velhos. Mas aquelas informações inestimáveis não eram o que Boya precisava. Ela precisava estar na presença de uma mulher que, aos seus olhos, representava um absoluto. Uma mulher que não havia desistido de nada, mesmo de maneira inconsciente. Uma mulher a quem nada havia sido imposto, embora tivesse pagado caro por cada parcela de liberdade, pelo mais insignificante momento de alegria. Alguém que não havia precisado entrar em uma comunidade para saber o que era compartilhado nela, já que a vida tinha lhe proporcionado isso através de uma intensa prática criativa. Um espécime raro de mulher-caracol.

O espetáculo que se desenrolava diante dela a fez voltar ao presente. Como gostava de passar por ali. Aquele lugar, que muitos observavam com cautela, a encantava. A vista a projetava em um tempo que parecia misturar passado e futuro. As pessoas que haviam se instalado ali achavam que estavam fundando uma nova sociedade, abolindo a autoridade do Estado ou mesmo de um indivíduo, recusando qualquer tipo de poder exercido sobre os outros e, sobretudo, a ditadura do dinheiro. Com o objetivo de viver em harmonia com a natureza, elas não consumiam nenhum produto manufaturado, fossem eles roupas ou alimentos. O território de que tinham se apropriado e batizado de Matuna — em homenagem ao *palenque de* Benkos Biohó — formava uma espécie de parêntese arcaico e vanguardista entre dois espaços urbanos de estrutura bem clássica. Era possível ver os homens de Mobembo parados na beira da falésia que havia sido criada com o traçado da ferrovia. Vestidos com ponchos *bogolan* cuja bainha tocava o alto dos joelhos, eles observavam a passagem do trem, que diminuía a velocidade para contornar Matuna. Certa majestade e segurança tranquilas emanava deles. Boya os achava indescritivelmente bonitos. Suas tranças cresciam do meio de cabeças raspadas nas laterais, parecendo pedaços grossos de madeira selvagem.

O Grupo de Benkos havia tentado impedir a construção da ferrovia. Eles nunca teriam conseguido, mas fora apenas uma batalha meio perdida. Na verdade, eles tinham mantido a alegria do território. Como em todas as suas passagens por aquela parte do Katiopa unificado, ela não viu as mulheres de Matuna. Aquele aspecto da região provocava fofocas. Devia haver algum motivo para as mulheres não poderem ser vistas. Os detratores do Grupo de Benkos viam naquele fenômeno um indicador da falocracia desenfreada entre aquele povo associal. A lista de grupos desse estilo era longa, todos fundados por homens que fingiam renunciar ao poder para exercê-lo de modo mais forte sobre pessoas do outro sexo. Às vezes ela se perguntava sobre aquele assunto. Preferia dar o benefício da dúvida aos homens empoleirados nas alturas. O que ela sabia, e devia ser importante, era que as mulheres, assim como os homens, se juntavam a Matuna por vontade própria. Ninguém era coagido a morar na comunidade. Os habitantes do local, muitas milhares de pessoas, segundo o que era dito, eram pacifistas e contrários a qualquer modo de vida que os afastasse de uma relação constante com a natureza. A princípio, não tinham religião. Benkos, que fundara Matuna, se interessava por várias correntes espirituais. Seu propósito era encontrar a crença inicial da humanidade, cujos vestígios ainda deviam estar presentes nas práticas vigentes em sua época. E, para fazer isso, era preciso conhecê-las a fundo e ver que elementos tinham em comum. O restante era descartado. Não se tratava, portanto, de se conformar a uma tradição precisa, mas de se conectar à essência de todas. Todos tinham seu lugar na Matuna, desde que aceitassem as leis. Quando vivo, Benkos escrevera muito: artigos, reflexões encontradas depois de sua morte. Seu único livro, intitulado *Ser apenas um*, lhe rendera fama mundial. Quando fundara Matuna, muito antes da criação do Katiopa unificado ou da federação que o precedera, ele e seus colegas tinham sido vistos como belos sonhadores, grandes preguiçosos ou viciados em drogas que fingiam ser místicos. Eles eram poucos na época, e o interesse da mídia mundial protegera sua pequena aventura. Na época, pessoas tinham vindo de todo o mundo para se juntar à comunidade. Era comum encontrar ex-especialistas em finanças ao lado de modelos que haviam desistido do brilho dos flashes.

No início, notara Boya, os discípulos de Benkos eram, como ele, pessoas de classes sociais superiores, para quem aquela escolha de vida ganhava um tom de capricho. Às vezes ela também podia ser uma manifestação depressiva, a solidão, o desespero de quem deseja ardentemente recuperar o gosto pela vida. E aqueles fanfarrões podiam voltar para o lugar de onde tinham vindo a qualquer momento. Depois, eles começaram a dispor de seus bens em benefício de instituições de caridade, a doar os valores depositados em suas contas bancárias, a se aproximar das populações rurais para ensiná-las a voltar ao essencial. A vida dos camponeses, atrelada ao ciclo das estações, era apenas uma relação prática com a natureza. Aquilo tinha sido um bom começo. Era preciso acrescentar a ela uma filosofia, grandes aspirações. Era essa mensagem que eles iam propagar. O carisma de Benkos, sua eloquência, sua atenção tanto em relação aos seres quanto às coisas, sua capacidade de agir de acordo com o que dizia, permitiram que ele atraísse cada vez mais pessoas. Sem medo da lama e dos mosquitos, ele não hesitava em dividir o trabalho da água com as mulheres da aldeia, ajudando-as também à noite, quando tudo tinha que ser guardado, quando os homens esperavam para se unir a suas esposas, de quem era a vez. Benkos tinha entendido: era às mulheres que devia se dirigir, a elas que era preciso convencer. Elas se tornaram, dentro de suas comunidades, agentes responsáveis por fundar o mundo como ele o havia imaginado.

A desconfiança começara a se instalar diante das desavenças familiares, das fugas de adolescentes em crise, que escapavam das opulentas mansões da cidade e percorriam o caminho até Matuna para raspar os cabelos nas laterais, se despedir dos banhos de espuma e cultivar seus jardins. Boya nunca havia posto os pés em Matuna e se arrependia disso. Sem dúvida uma acadêmica especializada em práticas sociais marginais teria muito a aprender ali. Muitas vezes era preciso olhar para aquele lado para entender a sociedade. Examinar o que florescia ou se deixava morrer às margens dela. Entender quem buscava a felicidade em outro lugar, quem preferia outros tipos de decadência aos aceitos pela maioria. Aqueles que diziam: *Seu jeito de morrer não nos agrada*. Eles, qualquer que fosse sua persuasão — já que a associabilidade também tinha seus derivados — pareciam-lhe mais dignos de interesse do que os rebeldes ansiosos para que sua indocilidade fosse aceita. A amiga que ela ia encontrar conhecia bem Matuna, onde às vezes fazia retiros. Pouco se sabia sobre isso, mas o Grupo de Benkos reverenciava a hospitalidade, uma prática primordial aos seus olhos. Ninguém nunca retribuíra o poder de criação a ponto de poder ter a terra em que vivia. O direito à propriedade era uma aberração e eles próprios cercavam seu espaço apenas quando limitados pelas circunstâncias. O Mobembo logo chegou a Bunkeya. Ela desceu, precedida por um grupo de estudantes que estava sendo conduzido a uma aula ao ar livre e cujo chilrear dominava o ar.

O micro-ônibus que a levaria a Munza estava chegando à estação. Ela teria o tempo exato para pegá-lo. O trajeto levaria apenas cerca de vinte minutos no que parecia um *baburi* de pequeno porte, com apenas dois carros. Poucas pessoas iam para Munza, então sempre havia assentos. Toda vez que ia para lá, Boya se perguntava como a prefeitura da cidade conseguira se beneficiar de uma conexão tão fácil com o trem de alta velocidade. Localidades maiores estavam em pior situação. Os moradores de Munza podiam trabalhar em cidades vizinhas e desfrutar da qualidade de vida de uma cidade tranquila. Ali também o tempo parecia ter parado um pouco. Ela sentiu isso assim que entrou na estação. Faltavam os elevadores, as passarelas mecânicas e os pórticos de segurança das estações de *baburi* de Mbanza. Ali, os passageiros eram recebidos dentro da estação por seus parentes ou por amigos que iam encontrá-los. Do lado de fora, veículos motorizados de particulares não eram autorizados, mas uma empresa de táxis oferecia seu serviço a quem não quisesse esperar pelo ônibus. Nos fins de semana como aquele, os ônibus só passavam a cada meia hora. Boya entrou em um táxi. Ela adorava o passeio solitário pelas ruelas da cidade. Sua amiga morava em um bairro residencial, um pouco distante do centro e das ruas de pedestres. Paralelo à linha férrea, um parque de traçado linear apresentava seus arbustos floridos, entre os quais um grupo de jovens treinava *moringue*. As meninas tocavam tambor enquanto os meninos esboçavam os movimentos codificados da batalha. Talvez estivessem preparando um espetáculo. A música, animada, fazia vibrar os velhos muros de Munza.

Comparada à enorme *kitenta* do Estado, Munza era minúscula. Uma corredora bem treinada podia atravessar o centro da cidade em uma hora. Era fácil viver ali sem veículo particular, pedindo que as compras fossem entregues, frequentando a feita do bairro montada duas vezes por semana e fazendo a inscrição no programa de utilização das bicicletas da cidade. Em tempos passados, uma onda de gentrificação das áreas da classe trabalhadora atraíra grupos da classe média alta para a região, relegando os habitantes históricos à periferia. Muitos Descendentes que haviam deixado o Outro Lado também fixaram residência ali, abrindo cursos de ioga e restaurantes veganos. Tentavam escapar do racismo, da condição de cidadãos de segunda classe, mudar de ambiente sem modificar seus hábitos evoluídos. Os recém-chegados tinham remodelado o lugar, feito de seu modo de vida a norma. A arquitetura de Munza ainda não havia sido recuperada. Muitas estruturas de concreto ainda se impunham ali. Menos imponentes que as torres de Pongo, modelo que inspirou sua construção, continuavam a difundir no ar o seu gás tóxico. Ele não podia ser visto e era possível não pensar no assunto. Os edifícios eram testemunhas de uma época em que a conquista material, do conforto, era feita às custas da saúde das gerações futuras. Era curioso chegar ali depois de atravessar um trecho da abundante floresta equatorial, além do solo vermelho e rochoso de Matuna. A *kitenta* era uma metrópole de envergadura maior, mas não sentia tanto a ofensa causada aos vivos. Os muros cobertos de plantas das praças, as construções de barro e os jardins comunitários evocavam uma preocupação com a comunhão com o meio ambiente, ou ao menos uma vontade de dialogar com ele. Mas essa ideia chegaria até ali também. Ela esqueceu o assunto quando o carro finalmente pegou a rua que levava à casa de sua amiga. Eles deixaram o centro de Munza para chegar a um bairro da periferia.

Era aquela parte do passeio que a deixava feliz. Tudo voltava a ser verde à medida que as pessoas seguiam para as áreas mais burguesas. Nelas, os moradores só tinham recebido a permissão para se estabelecerem, alguns anos antes, se construíssem casas bioclimáticas. Como as regras só determinavam os materiais a serem utilizados, as formas delas eram variadas. O revestimento tinha uma cor de terra que variava do ocre ao vermelho. Ali, os jardins ficavam na frente das casas, o que dava a impressão de que elas sorriam. Era bonito. A cor das flores realçava o colorido das casas. A noite caía sobre a cidade. As luzes da rua se acenderam de repente. Havia postes demais, mas ela adorava aquele momento, que a fazia voltar à infância. Na época, ela sentia que estava testemunhando o surgimento das estrelas. Os vendedores de *beignets* e coco caramelizado tinham desaparecido. Aquelas atividades passaram a ser regulamentadas. Não era necessário obter uma licença para exercê-las, mas os lugares e horários que podiam acolhê-las deviam ser respeitados, sob pena de multa. O governo queria evitar problemas. A taxista, que não tinha dito uma palavra desde que elas haviam saído da estação, virou-se para ela:

— A senhora pode me lembrar o endereço? Acho que estamos quase lá.

Boya ia para o número 36 da rua Dédée Bazile, ou Défilée. A mulher que havia acolhido o espírito de Aset para que tivesse forças para recolher com ternura os pedaços do corpo mutilado do grande Dessalines merecia ao menos aquela homenagem, seu nome nas placas de uma rua charmosa de Munza. Ao ouvir a informação, a taxista se virou de novo para o volante, assentindo para indicar que sabia onde era, o local era conhecido, já que um ateliê e uma galeria localizados no endereço atraíam muitos visitantes. Uma lanterna pendurada no alto da varanda iluminava a entrada da casa. O preço da corrida tinha sido combinado ainda na estação, por isso ela entregou o valor e desceu do carro. A taxista esperou vê-la passar pelo portão para ir embora. A mulher vermelha avançou pela *nzela* margeada por ixoras amarelas e bateu na porta, que imediatamente se abriu. As duas se abraçaram por um longo tempo. Boya cerrou o corpo frágil que se oferecia ao dela, sentiu seu perfume delicado e uma das mãos deslizar por seus cabelos, como quando era criança. No entanto, Abahuza não era uma tia emprestada, um ser distanciado pela diferença de idade. Desde que as duas haviam se conhecido, quando Boya tinha sete anos, Abahuza era sua amiga, sua mais preciosa confidente, a única a saber o que ela não confessava para ninguém.

— Eu vi que você estava chegando. Venha. Desculpe, eu não estou sozinha, mas não vai demorar.

Pegando a mão de Boya, Abahuza a arrastou para dentro da casa. Ela usava uma de suas roupas favoritas, um daqueles conjuntos elegantes e antiquados que encomendava na mesma costureira havia anos: saia-calça lilás, colete da mesma cor e uma camisa leve. O mundo ao seu redor se movia sem provocar mudanças nela. Abahuza habitava um universo próprio. A profissão de artista permitia que afirmasse sua singularidade. Ela não se importava com o fato de parecer excêntrica. Perto dela, Boya se sentia protegida pelas muralhas de uma fortaleza inexpugnável. Um cheiro de bolo de abacaxi a dominou. Ela sorriu e deixou a mala no hall antes de seguir a amiga até a sala de estar. Havia um homem ali, tomado por uma angústia clara. Ele andava de um lado para o outro na frente da janela aberta para o quintal dominado por uma mangueira e uma goiabeira cujas flores brancas escondiam as frutas. Boya analisou o visitante. Sua camiseta, um pouco justa, apertava seus braços e exibia parte da barriga coberta por uma pele bronzeada pelo sol. Ele usava um boné cuja aba encostava na nuca e um *kèmbè* muito curto que moldava suas coxas. A roupa, geralmente mais folgada, mais fluida, dava aos homens certa distinção casual que se recusava a aparecer ali. Ela teria soltado uma gargalhada se não tivesse olhado nos olhos desesperados do homem que, ao ver a anfitriã retornar, correu até ela:

— Só a senhora pode me ajudar. A senhora conhece aquelas pessoas. Fala a língua delas e a nossa... Tem que me levar até Matuna.

Boya descobriu que o nome do homem era Du Pluvinage quando Abahuza, que estava tentando apaziguá-lo com sua voz suave, o mencionou. Ela conhecia aquele sobrenome. Quantas vezes ouvira dizer, e com que orgulho, que ele vinha de Cambrésis, onde muitos criaram raízes, e se orgulhavam disso, desde o ano de 1891 da era cristã, que era a única que tinha o direito de existir. Boya se sentou de pernas cruzadas no sofá baixo, sem perder um só detalhe da conversa que acontecia à sua frente.

O Sinistrado não deu atenção à sua presença. Era a primeira vez que ela o via, o que a surpreendeu. Por que ele estava vestido daquela maneira? Para enfrentar melhor o que, para ele, devia ser um horror interminável? Para ser admitido em Matuna? Aquela roupa era, entre os Sinistrados, mais que um sacrilégio: um pedido de banimento. Mesmo assim, ele parecia à vontade. Ao parar para ouvir a conversa, ela entendeu que Amaury, o único filho de Du Pluvinage, tinha se apaixonado por uma filha de Benkos, uma cantora chamada Mawena, e ido com ela para a comunidade. Du Pluvinage reconhecia que o havia criado com uma cabeça mais aberta, mas não conseguiria vê-lo abstrair a civilização daquela maneira. Os Du Pluvinage estavam em polvorosa. Eles eram guardiões de uma cultura milenar, transmitida de geração em geração, que ele também valorizava, apesar de suas roupas — que lhe pareciam mais adequadas ao trabalho diário dos homens de sua comunidade. Enfim, suspirou entre dois soluços, ele precisava de ajuda. Abahuza, que conhecia bem o Pongo, onde suas obras eram valorizadas, era sua última alternativa. A família não ficaria chocada com aquele pedido de ajuda a ela. E os habitantes de Matuna não desconfiariam nem dela nem daqueles que a acompanhassem até o vilarejo. Observando o homem, Boya pensou em Charlotte, a velha senhora cujos diários ela um dia esperava ler. Ele podia ser filho ou sobrinho dela. Eram pais, mas seu sobrenome não era o mais comum entre os *fulasi*.

A situação era engraçada. Du Pluvinage tinha vindo dos arredores da *kitenta* para falar com Abahuza. Ela precisava ajudá-lo. Abahuza assentiu, respondeu que ele a havia pegado de surpresa e que uma missão como aquela não era comum para ela. Pelo que tinha entendido, o garoto que devia ser retirado da barbárie de Matuna e trazido de volta à civilização havia atingido a maioridade. Não era mais uma criança. Se Du Pluvinage tinha certeza de que ele estava com o Grupo de Benkos, sua escolha tinha que ser respeitada. O homem suplicou mais algumas vezes. Ela não teria que fazer nada. Ele só precisava ser levado à comunidade porque não falava a língua regional, só queria uma chance de fazer o sangue de seu sangue ouvir a razão.

— Ele é nosso herdeiro, sabe. Temos que tentar tudo...

A questão da herança influenciava muito a comunidade dos Sinistrados estabelecida no Katiopa. O grupo que conhecia Boya, apesar de ser formado por pessoas que nunca viram as terras veneradas de Cambrésis que elas reivindicavam — entre Hainaut e Artois, especificavam eles com orgulho —, se esforçava para tecer um pano chamado "batiste", com o qual eram fabricadas camisas e sutiãs. Nas refeições, serviam tripa de vaca recheada com miúdos de vitela a que seus antepassados haviam dado o curioso nome de "fraise". Ao analisar a cultura daquele povo, Boya descobrira uma lenda pouco mencionada por seus interlocutores, segundo a qual um maometano — a pior das corjas — tinha conquistado o coração de uma garota da região. Como nenhum dos dois queria abdicar de sua fé, os pombinhos, jurados de morte, tinham sido protegidos por um padre. Extremamente grato, o mouro havia se convertido ao culto de seu salvador, e o amor tinha florescido nas terras ainda cristãs de Cambrésis. A aventura de Hakem e Martine tinha deixado Boya muito interessada. Ela viu na história uma bondade humana que não buscava nenhuma gratificação, mas também a possibilidade de aceitação total do outro, desde que ele renunciasse ao que era. Por ter se tornado Martin, Hakem não corria mais o risco de ser morto todas as noites por cristãos loucos que não haviam formulado verbalmente suas críticas, mas estavam determinados a gerar uma expressão concreta e definitiva delas. Hakem também não tinha levado seu amor para o deserto. Ele decidiu se misturar à cultura local. A história não dizia se eles haviam gerado filhos, se sua prole morena havia passeado livremente pela terra santa de Cambrésis. Era óbvio que as coisas teriam sido diferentes se o reconhecimento não tivesse sufocado — era preciso lembrar — o infiel. Aquele momento lembrava um pouco a história. Talvez os Sinistrados tivessem fechado os olhos se Mawena tivesse se separado de sua família para viver entre eles, abandonando a barbárie pela civilização. E ela nem tinha certeza disso. O inverso, em todo caso, seria inaceitável, um desastre. A geração mais jovem de Du Pluvinage aparentemente não via as coisas assim. As palavras voltaram à memória de Boya, que se pegou pronunciando a frase em voz baixa:

— Portanto, deixará o varão o seu pai e a sua mãe, e se apegará à sua mulher, e serão ambos...

O visitante, que até então não havia demonstrado nenhum interesse pela presença de Boya, virou-se bruscamente para ela, com mísseis armados nos olhos. Claro, nem todos os homens, não para qualquer mulher, não naquelas circunstâncias. A palavra divina não devia ser lida de maneira leviana, era preciso ser digno para se reconhecer nela. Du Pluvinage não soube o que dizer. Talvez fosse o contrário, as palavras estivessem se acotovelando em seus lábios, causando um tremor de fúria. As roupas casuais não eram suficientes para esconder as ogivas que haviam substituído a pupila de seus olhos. Ele era um belo exemplar de sua espécie, um ser de biologia superior. Boya não lhe deu tempo para recuperar a fala.

— Vou guardar minha mala — disse, se levantando.

O mesmo quarto sempre a acolhia quando ela ia até lá. Ela conhecia o caminho. Abahuza era uma boa alma. Sem dúvida aceitaria o pedido daquele homem. Era preciso dar a ele a chance de convencer o filho. Depois de pegar a mala deixada na entrada, Boya seguiu pela escada que levava ao primeiro andar, onde ficavam os quartos. Telas pintadas pela dona da casa revestiam as paredes. Uma delas, enorme, cobria uma parede inteira. Ela parou para se deixar comover pela beleza daquelas obras. Abahuza usava apenas terra e minerais para compor pinturas que também podiam ser tocadas — ela insistia nisso. Tinha ido algumas vezes à Depressão de Danakil para coletar materiais singulares. A região se recusava a aderir ao Estado, mas ainda era possível ir até lá. Era preciso ter bons motivos para enfrentar os rigores do clima naquela parte do Continente. Pessoas privadas da visão podiam apreciar as criações de Abahuza, passar as mãos sobre elas, contemplar à sua maneira as formas cujos contornos eram palpáveis, sentir as cores que, segundo a artista, tinham certa textura. Boya parou diante de uma obra que mostrava tons de azul sobre uma paisagem vulcânica. Todas as nuances da cor tinham sido obtidas a partir de rochas. Abahuza as esmagava ou as usava como se fossem um pedaço de carvão, dependendo do efeito desejado. Não era a primeira vez que Boya admirava aquele quadro.

Naquele dia, a mulher vermelha se sentiu sugada, atraída para o centro do quadro. Lembrando-se de um sonho no qual Ilunga e ela sobrevoavam uma terra idêntica àquela, Boya se perguntou se seus sonhos estavam lembrando o passado ou anunciando o futuro, se misturavam suas lembranças da infância e seus desejos de adulta. Talvez fosse um pouco dos dois, talvez não tivessem nada a ver com isso. Sua decisão tinha sido tomada. O quadragésimo dia estava próximo, mas não era mais preciso esperar que sua reflexão chegasse a uma conclusão. O que ela viera buscar com Abahuza não era aquilo. Ela precisava falar, ouvir palavras que confirmassem, não sua escolha, mas sua visão daquele relacionamento. Como a maioria das pessoas de sua idade, Boya já tinha se apaixonado antes. Ela experimentara a felicidade, a tristeza, e se descobrira. Mas aquela situação era inédita para ela. Era uma certeza misturada à seriedade, porque certos aspectos da história a levariam a se situar num sistema que ela não havia concebido. Dentro daquele mecanismo, o homem e ela deviam criar um espaço viável. Como encontrar, naquele ambiente, algo parecido com as imensidões percorridas nos sonhos? Como ser, naquela vida, na restrição de seus corpos, as forças que apareciam assim que ela fechava os olhos?

Por vezes, no início, ela chegara a se perguntar sobre os verdadeiros sentimentos de Ilunga. Um homem em sua posição era necessariamente um manipulador, alguém que criava mentalmente padrões em que os outros tinham que se encaixar, segundo os quais deviam desempenhar um papel. Ele podia saber tudo sobre ela, mas nunca revelar isso. Tomá-la quando ela fosse se oferecer e lembrar a ela, quando terminasse, que ele sempre a deixara livre. Então, ela voltou a sentir aquela vibração passar por ela, aquela presença quando deixara a beira do oceano ou se esforçara para entreter os Sinistrados na Praça Mmanthatisi. Aquela energia harmonizava com a sua. Ambas convergiam para um ponto preciso que ela ainda não sabia identificar, mas era o fim de sua jornada. Aquele homem era seu destino, não no sentido de *fatum* inevitável, mas de realização. Ela se recompôs e sacudiu a cabeça. Aquela não era a melhor explicação. Estar com ele não seria uma conquista. Isso seria parte do relacionamento. Boya não tinha dúvidas sobre como eles fariam amor. Ela teria ficado obcecada pelo assunto em outra ocasião. Naquela, ela não tinha tanta pressa. Eles já se conheciam. Por isso, ao vê-lo em seu *ndabo*, ela logo o censurou pela maneira como ele a havia levado até o palácio. Ele tinha obedecido ao que a levara a se sentar calmamente para conversar com ele. Nada era normal naquele caso, e para não estragar nada, era importante conter a própria animação. Ela estava ali, dentro de Boya, como a água ainda tranquila de um rio. Ele era casado, claro. Ela não se esquecia disso. Será que esse era o teste? O preço a pagar para viver um grande amor? Ou será que o casamento dele era, embora ela se recusasse a pensar daquela maneira, apenas um obstáculo a remover? Boya estava prestes a abrir a porta do quarto de paredes amarelas, cujo conforto simples adorava, quando a voz de Abahuza soou atrás dela:

— Ele já foi. Não sei o que ele está pensando. Ir procurar o filho em Matuna...

Havia pelo menos três mil pessoas naquele território. Não era o acampamento selvagem que os boatos descreviam. Matuna estava quase se tornando uma cidade. Além disso, tudo o que aquele homem sabia era que seu filho tinha se juntado ao Grupo de Benkos. Ele podia estar em outro território, em uma área remota. Claro, Matuna era o mais importante, aquele em que todos imediatamente pensavam, mas os jovens tinham bom senso. Sabiam que seriam procurados primeiro lá. Abahuza não sabia o que fazer. Ela suspirou:

— Vamos guardar suas coisas e ir para a cozinha. Eu fiz um bolo. É o seu favorito, de abacaxi.

7.

Igazi apertou os olhos mais uma vez. O capuz grande demais de seu poncho esbarrava em seus olhos. Ele não o ergueu. Aquilo lhe convinha. Fazia dois dias que o homem percorria, incógnito, cada *nzela* de Matuna, sempre observando sem ser notado. Muitas coisas haviam sido ditas a ele sobre aquela comunidade. Seus agentes eram confiáveis, ele podia acreditar neles. No entanto, alguns elementos não eram passíveis de descrição — era preciso senti-los em primeira mão. A experiência lhe ensinara a estabelecer uma ideia exata das forças presentes e, claro, das motivações mais profundas de um oponente. Aquela era sua primeira visita a Matuna desde a formação do Estado unificado. Portanto, ele pretendia tirar o máximo dela. Naquele momento, ele havia recuado para refletir, para analisar o que tinha visto. Com fones de ouvido minúsculos enfiados nas orelhas, Igazi ouvia música, canções de quase duzentos anos de idade, que mantinham sua mente em alerta. Por ser um guerreiro, ele considerava bom cultivar uma energia raivosa sempre que a raiva era justificada. Por isso, o homem escolhia músicas que transcendiam épocas, deixando sua perfeição se impor ao ouvinte. De fato, nada podia incomodar mais. Naquele vasto repertório de composições antigas, Igazi tinha suas preferidas. Mentes imprudentes teriam considerado os sons que envenenavam sua alma e aguçavam sua visão das coisas como algo insípido. Era um falso açúcar e ele conhecia bem o sabor amargo que deixavam na boca. Em tempos passados, os discos do grupo que ele preferia tinham sido vendidos aos milhões, até nas profundezas dos bairros populosos de metrópoles do Continente, e, apesar de Grammys terem chovido sobre aqueles artistas, ouvir suas produções era uma espécie de prazer vergonhoso. Todos sabiam que era errado. Poucos haviam ousado afirmar seu amor, e por vezes sua reverência, por Barry, Robin e Maurice

Gibb. Agora, no Katiopa, o uso que o *kalala* fazia daquelas músicas deixava muitas pessoas em dúvida. O homem era conhecido como defensor das tradições, o inimigo número 1 dos rotulados por ele como defensores de uma ontologia colonial. Mas ele sabia que pessoas comuns desprezavam as nuances e não compreendiam sutilezas. Por isso, não perdia tempo explicando a elas que sua aversão era mantida daquela maneira, inclusive alimentada. Ouvir a outrora famosa banda relembrava o rapto cultural que se tornara especialidade dos originários de Pongo e de seus descendentes, aquela forma que tinham de despojar os outros de suas criações, apropriar-se delas, lavá-las para revendê-las com facilidade, prendê-las nas jaulas de vidro de seus museus. Os ganidos de Barry o faziam sentir a intensidade daquela violência. Com seus grooves e falsetes aparentemente apolíticos, os irmãos Gibb mandavam uma mensagem, não de irmandade entre os povos, mas de dissolução dos vencidos no universo de seus opressores. E os últimos, claro, tinham sempre se demonstrado encantados em vestir a pele do animal morto. Entre as duas crises conhecidas como o primeiro e o segundo choque petrolífero, acompanhado de seus irmãos gêmeos, Barry Gibb enviara ao mundo uma mensagem que muitos haviam aprovado: *You should be dancing, você deveria estar dançando*. O trio tinha, assim, chegado ao topo das paradas, sem que ninguém lhes dissesse o quanto a música deles devia à lavagem, logo, à falsificação, de ritmos das profundezas de Mbenge, onde os Descendentes agora definhavam. Sempre era possível afirmar que a arte, a cultura, estavam no ar que todos respiravam, que pertenciam ao mundo, à humanidade, que era impossível carimbá-las com um selo étnico, blá-blá-blá... Pura hipocrisia. Todos sabiam do que se tratava. Por isso, ele ouvia os irmãos Gibb no talo, com uma raiva fria que o mantinha em alerta e trazia à tona o motivo de sua dedicação: ele queria tomar o Katiopa daqueles que o haviam roubado, privá-los para sempre de seus recursos. Para se concentrar, ele criou um pot-pourri ininterrupto, uma sequência de músicas nas quais Barry se superava, antes das harmonias vocais o acompanharem. Logo as notas de *Boogie Child* seriam ouvidas. Igazi então atingiria o auge da atenção. Nem a germinação secreta das sementes mais bem enterradas poderia escapar dele.

Ele levava o som para todos os lugares. Seus homens consideravam que o perturbavam quando lhe passavam relatórios, informações sobre suas missões. Eles não se davam ao luxo de incomodá-lo. De qualquer maneira, o *kalala* se proibia de ouvir *Jive Talking* quando não estava sozinho.

Ninguém entendia o que aquilo despertava nele, já que as pessoas tinham uma percepção muito limitada dos outros. Ele comandava os exércitos do Katiopa unificado, vários regimentos espalhados pelas nove grandes regiões. Esperava-se certo comportamento dele. A Aliança tinha criado o maior Estado do mundo. Margeando toda a costa atlântica do Continente, ele se estendia até a Ponta de Mandera, no leste, e tocava a de iKapa, ao sul. As ilhas ao redor do Continente tinham solicitado sua anexação logo depois de a organização tomar o poder, embora o procedimento não tivesse sido completado para todas. Fazia apenas cinco anos que estavam no comando. Mas era preciso destruir um mundo para depois recriá-lo, e isso levaria tempo; era necessário definir prioridades. Os territórios das margens do Mediterrâneo não tinham sido integrados, e três do leste também resistiam, prevenindo, além disso, a anexação de um quarto, muito pequeno, que não podia ser agregado ao país por estar cercado por seus vizinhos. Aos olhos de Igazi, era necessário dominar as áreas orientais o quanto antes, para que não houvesse nenhuma abertura daquele lado. Eles deviam ter continuado a lutar para alcançar aquele objetivo, para reabilitar o máximo de espaço possível, recuperar cada pedaço de terra continental que havia sido tomado por colonos de Pongo. Mas Ilunga defendera o fim das operações militares para que a filiação fosse privilegiada: ele queria conquistar mentes e corações como na época em que a Aliança fazia isso entre as populações. Além disso, as seções que a Aliança tinha estabelecido naquelas partes do Continente ainda estavam ativas, embora sua tarefa tivesse se tornado mais difícil. O *mokonzi* acreditava que a prosperidade do Katiopa unificado, sua estabilidade e sua segurança trariam os céticos para ele. Por isso, segundo ele, era nesse sentido que tinham que trabalhar. Ilunga sempre seria um lutador habilidoso, mas nunca tinha sido um guerreiro. Sempre fora um pacificador. Só tinha ido para a guerra por obrigação. Seu motor era o amor que ele tinha pelos povos do Katiopa, tanto na Terra Mãe quanto do Outro Lado. Igazi achava aquilo ótimo, mas, para ele, havia também uma raiva, quase um ódio, uma necessidade de proteger o Continente dos invasores de uma vez por todas. Era preciso admitir que eles já não causavam muitos danos, desde meados da Primeira *Chimurenga*. Na época, ajoelhados no chão, tudo que diziam ao mundo era que tinham medo de desaparecer. A história provara que aquele medo era justificado. Eles tinham se empanturrado de uma variedade grande demais de carne viva, em uma quantidade enorme, para que isso não acontecesse.

No entanto, não fora necessário para eles, no passado, formar uma maioria para derrotar comunidades inteiras, subjugá-las, apropriar-se de seus corpos e de seus bens. Aquelas pessoas tinham sido criadas por um poder sombrio que havia instilado nelas uma venalidade sem igual. Para satisfazer sua fome insaciável de riquezas materiais, eles tinham desenvolvido uma agressividade impressionante, uma mente distorcida que proibia que fosse possível confiar neles. Por enquanto, a violência não seria útil a eles, não fazia sentido utilizá-la. Mas isso não ia durar. Se tivessem que eliminar a diáspora do Katiopa, que sempre brandira seus direitos democráticos, eles fariam isso tranquilamente. Bastava que tivessem um ou dois laboratórios escondidos em porões para preparar alguma toxina. O poder demográfico não era nada diante do mal encarnado. Aos olhos de Igazi, todo grupo humano tinha uma essência e não era capaz de se livrar dela. No entanto, os do Pongo tinham a alma tenebrosa. Ele compartilhava com alguns deles — os de maior conhecimento — a ideia de que não podiam ter saído do Katiopa. Ele aceitava de bom grado a origem hiperbórea que eles reivindicavam para se destacar dos povoados primitivos daqui e dali. Isso estava claro, e eles concordavam: havia diversas raças humanas, eles não tinham nada a ver uns com os outros, e não deviam nada uns aos outros. O mundo, sob o domínio de Pongo e seus prolongamentos, experimentara apenas o reino do dinheiro e os envenenamentos de todos os tipos que haviam se seguido.

O Continente fazia salivar aquelas feras vorazes cujo frio do inverno, ao provocar a recorrência da escassez, havia forjado o caráter belicoso. A necessidade de aquecer e alimentar populações cada vez mais numerosas os forçara a serem criativos. Foi assim que criaram os meios de transporte que lhes permitiriam invadir e depois dizimar outros territórios. Incapazes de parar, sem nunca obter o suficiente, eles haviam continuado suas experiências tecnológicas, tornando-se especialistas na criação de máquinas mortais. Uma deficiência espiritual os impedia de compreender uma lei elementar: não era porque era possível conseguir certas coisas que elas deviam ser feitas. Em muitos casos, ser capaz de realizar isso ou aquilo exigia que isso ou aquilo fosse proibido. Porque toda a criação deveria ser a favor da vida. Caso contrário, não deveríamos deixar de considerá-la maléfica. Tal era a natureza daquelas pessoas, a qualidade de seu intelecto, que, aliás, tinha suplantado todas as outras capacidades humanas para a gente de Pongo. O desejo de aniquilar os outros os dominava com frequência, refreado apenas pelas perdas que a destruição lhes causaria, já que era difícil fazer homens desaparecerem sem que a matéria-prima também fosse pulverizada. Como não haveria gente suficiente para explorá-los e eles jamais reduziriam a si mesmos a uma quase escravidão, era importante manter os outros. Aquelas pessoas deviam seu progresso e conforto apenas ao uso de recursos de que não dispunham. Elas eram abundantes na Terra Mãe. O Continente era capaz de viver em total autonomia por vários milênios, sem sofrer nenhum tipo de paralisação, já que sua diversidade cultural, espiritual e genética manteriam seu dinamismo. Quando o Katiopa unificado, ao se apresentar ao mundo, fizera conhecer sua política externa, sua recusa em respeitar acordos iníquos e outras exigências, ninguém havia aplaudido. Longe disso. E ninguém tinha a intenção de ficar enrolando, esperando que cada milímetro quadrado do vasto território fosse integrado no Katiopa unificado.

Regiões que ainda não haviam sido anexadas eram falhas pelas quais o inimigo tentava penetrar, recorrendo, por enquanto, apenas a atividades comerciais. As fronteiras do Estado tinham sido bem defendidas até ali, mas aquilo não era motivo para baixar a guarda. Por gerações, o inimigo soubera se aproveitar da divisão, pois os governantes do Continente tinham se mostrado incapazes de unir forças para repelir os predadores. O adversário havia adquirido certo *know-how* que só precisaria ser reativado. A diáspora ainda não havia se apropriado suficientemente das forças de Pongo para que eles dormissem tranquilos. Sim, os integrantes dela agiam como espiões atrás das linhas inimigas, mas também incluíam muitas almas contaminadas, isoladas de maneira direta demais da matriz para não serem prejudicadas um dia... Enquanto ainda havia tempo, era importante neutralizar a oposição, garantir que ela não abrisse o acesso ao pior. Ilunga não aceitava aquelas evidências. Sua recusa nunca havia sido expressa de modo direto, pois o *mokonzi* era elegante demais para avançar seus peões daquela maneira. Mas Igazi o conhecia bem. Nada era mais incerto do que tentar despertar a adesão dos relutantes por meio de imagens do mundo maravilhoso que eles haviam sido capazes de criar depois de se livrar dos estrangeiros de Pongo.

As massas não podiam decidir, isso nunca havia sido visto em lugar nenhum. Não era com base nelas que uma grande potência era construída. Eles precisavam de guias. O Katiopa não era um lugar como qualquer outro. Sua história exigia que ele percorresse caminhos não marcados, realizasse o que ninguém havia conseguido, e a democracia e o consentimento popular não eram as melhores ferramentas para obter aquilo. Ilunga entendia bem. Ele havia liderado a luta sem falhas e ela ocupara a maior parte de sua existência. No entanto, parara no meio do caminho, relutante em decapitar o inimigo. Aquele erro já havia causado a perda do grande Aníbal Barca... Uma criança teria entendido que não bastava pôr a cobra para fora de casa para evitar seu veneno, especialmente depois que o animal ovovivíparo dá à luz em um local protegido antes de ir embora. Os filhotes que haviam se desenvolvido nela graças aos raios do sol estavam prosperando tranquilamente, como ele vira em Matuna. Nem todos do Grupo de Benkos tinham uma ligação genealógica com a ninhada ofídica, mas haviam herdado em parte seu espírito. Seu pensamento, seu modo de vida tinham sido inspirados demais nas velhas fantasias esquerdistas de Pongo, que se baseavam em transgressões disfarçadas de atos de subversão. Eram infantilidades perigosas que tinham que acabar. Ele e Ilunga concordavam ao menos nesse ponto: era preciso remover aqueles filhotes de víbora, um a um. Nesse mesmo sentido, Igazi aprovava a proposta feita ao Conselho pelo *mokonzi* para expulsar os Sinistrados. Os mais velhos se opunham a ela: a rejeição de seres humanos lhes parecia contraditória aos valores do Katiopa. Foi esse tipo de disparate que abriu as portas aos colonizadores: o dever da hospitalidade, a insistência em ver semelhantes naqueles que se recusavam a fazer o mesmo. E se isso não desse certo, ele daria um jeito de acertar as contas com eles ali mesmo, no Continente. Isso, aliás, custaria menos caro.

Igazi tinha entrado em Matuna para testar seus reflexos de espião. Ele poderia ter feito isso em outro lugar, mas fazia anos que aquele local não recebia uma visita sua. Eles tinham lidado com os integrantes mais nocivos do Grupo de Benkos — ele mesmo havia cuidado disso. Gente que defendia a hibridização, a abertura para todos. Era melhor dizer que eles queriam a admissão de licantropos no lar ancestral. Em suma, o desaparecimento por xenofilia. O Katiopa não podia nem pensar nessa possibilidade. Cada região do mundo, em sua forma geográfica ou humana, tinha uma função bem definida. A natureza, uma razão de ser. Se fosse possível alcançar a unidade, não seria apenas para obedecer a uma ideologia fundada na razão. Seria também porque realmente existia um substrato comum, algo que tornava os povos do Continente familiares entre si, identificáveis no exterior. E não era a cor. A verdadeira missão da Terra Mãe era intangível. Eles não seriam levados a sério nesse sentido se acabassem se apresentando ao planeta como um bando de idiotas que viam suas fraquezas como posicionamento espiritual. Tornar-se visionário da humanidade exigia um esforço significativo. Ordem. Rigor. Conhecimentos comprovados. Ocupar seu lugar na ordem do Universo não era brincadeira. Por muito tempo, as populações do Katiopa tinham ficado separadas delas mesmas. Fazia várias décadas que vinham retomando gradualmente o caminho de volta. Era imperativo que chegassem ao final daquele processo antes de ver se havia elementos de outros lugares a incorporar. Na verdade, ele achava que não. O Katiopa era a fonte. Era nele que todos bebiam, não o contrário. Era preciso limpar a fonte.

O Grupo de Benkos vinha ganhando força nos últimos tempos. Alguns se aventuravam fora da comunidade para disseminar suas ideias pelas cidades. No passado, os camponeses tinham sido seus alvos preferidos por causa de sua proximidade com a natureza e da presença no campo de idosos ainda iniciados nos mistérios. Ao menos era o que eles pensavam, antes de se desiludirem. A intenção deles, na época, era descobrir o que havia para saber, associar tudo aquilo ao que eles tinham coletado em todo o mundo. Mas eles encontraram muito folclore, pouca ciência. Ou ela havia se mudado ou só estaria disponível se eles concordassem em se submeter à tradição. O limite da abertura deles estava precisamente nesse ponto. O grupo esperava que as pepitas lhes fossem entregues sem que ele tivesse que mergulhar as mãos na lama. Pelo que ele podia avaliar, eles não sabiam muita coisa. A própria relação deles com a natureza era bem superficial. Seus sapatos eram feitos de casca de cogumelo porque eles se recusavam a matar animais. Um exemplo claro de ignorância. Tudo vivia. Os seres vivos se alimentavam do corpo dos outros desde o início dos tempos. Ninguém ia começar a andar de cabeça para baixo por dizer que as pernas tinham sido usadas por tempo demais e era bom tentar algo novo. A harmonia com a natureza não era isso. Além disso, havia certa hipocrisia em fingir uma preocupação com o planeta quando eles estavam principalmente preocupados com a sobrevivência dos humanos. A Terra se adaptaria a todas as mudanças, a eras geológicas ainda desconhecidas, mas que podiam se tornar inóspitas para a humanidade. Era a possibilidade desse desaparecimento que atormentava os fundamentalistas verdes que formavam o Grupo de Benkos. Mas as casas que tinham construído nas árvores ou dentro de cavernas eram interessantes. Muitos podiam se inspirar nelas para construir casas de veraneio. Experiências daquele tipo já haviam sido realizadas no passado. No entanto, ele duvidava que metrópoles inteiras pudessem ser erguidas naquele modelo. Igazi admitia ter ficado surpreso ao encontrar acomodações de alta qualidade na região. Drones tinham sobrevoado a área para obter imagens, mas não tinham entrado nas casas. As apoiadas em árvores e até construídas em seus galhos eram chalés arredondados de madeira. Na rocha, o caráter curvo também predominava, mas o material principal era pedra. O mobiliário era feito dos dois elementos. Para iluminar os locais à noite, eles usavam as velhas lâmpadas à gravidade, que haviam provado sua eficácia e davam conta do trabalho. Algumas lanternas também eram apoiadas ou penduradas aqui e ali, quando não havia crianças por perto.

No entanto, o Grupo de Benkos não dispensava a tecnologia, embora limitasse seu uso. Igazi havia observado locais dedicados ao uso de computadores, que eram deixados quando a tarefa era concluída. Esse era o procedimento para todos os objetos desse tipo, que não foram levados para casa. Ele transgrediu alegremente a regra, escondendo seu miniequipamento sob as roupas. O gabinete ficava preso ao colete à prova de balas que ele usava sob o poncho. De qualquer modo, ele só ficaria mais um dia. Igazi usava o uniforme dos guardas, os homens que podiam ser vistos de pé na beira da falésia, na fronteira com Matuna, quando o trem passava. Muitos pensavam que todos se vestiam daquela maneira na comunidade, mas não era o caso. Com exceção das sentinelas, a população era livre para escolher suas roupas, desde que os tecidos fossem feitos a partir de plantas. Na verdade, aquilo permitia uma grande variedade de estilos. O *kalala* tinha comprado o poncho antes de entrar no território. Não tinha sido difícil mandar fazê-lo. Desacostumado a prescindir do *kèmbè* e do *sokoto*, ele ficara incomodado no início. Então suas pernas haviam domado a carícia do vento, o terno arejado. Igazi estava dormindo em uma cabana abandonada recentemente pelo seu ocupante. Como no dia anterior, ele não passaria a noite nela. Na situação em que estava, era melhor não ficar em um local fechado. O lugar era ideal para o que ele estava fazendo naquele momento: observar, refletir. Quando o sol começasse a se pôr, ele se misturaria à escuridão e dormiria um pouco.

Igazi, que estava deitado de bruços no chão de seu refúgio, os olhos voltados para as idas e vindas das pessoas naquela área de Matuna, rapidamente cortou o som de seu dispositivo. Uma onda de raiva gelada o invadiu: o impensável estava acontecendo no exato momento em que ele ouvia o baixo de *Stayin' Alive*. Era como se alguém tivesse vindo acrescentar lama ao lixo, e isso, isso, Igazi não admitia. Definitivamente não podiam deixá-lo relaxar um pouco. Não era mais uma questão de repassar mentalmente o que havia observado. Três pessoas passeavam por uma *nzela*, a alguns passos de seu esconderijo. Elas se dirigiam para uma taverna onde refrescos eram servidos em copos de madeira. O recipiente tinha mais sabor do que a bebida oferecida. Ele conhecia os três indivíduos. Nenhum devia estar ali. Um era a mulher vermelha que o *mokonzi* quisera conhecer. O homem que andava ao lado dela era monitorado por seu serviço. Um Sinistrado que tinha sido visto perto do Grupo de Benkos em várias ocasiões em missões propagandistas nos arredores da *kitenta*. O homem, cujas roupas eram apertadas demais para seu tamanho, expressava-se com gestos animados. Suas companheiras tentavam acalmá-lo. Igazi enfiou a mão em um dos bolsos de seu poncho, nas duas fendas quase imperceptíveis encomendadas ao seu alfaiate. Ele puxou um objeto redondo, do tamanho de uma semente de abóbora, e o lançou. Nunca errava o alvo e atingiu o objetivo: a viseira de um boné virado para trás. Pressionando com uma das mãos um botão no gabinete preso ao colete, ele usou a outra para ajustar seus fones de ouvido. A conversa dos recém-chegados não tinha relação com assuntos de Estado, mas ele não se apegaria nisso. Ilunga pedira que Igazi não passasse nenhuma informação sobre a mulher vermelha para ele, até implorara para que ele não a seguisse. Ele só respeitara as ordens depois de receber um relatório completo sobre ela. Os recursos da Segurança Interna tinham que ser empregados em tarefas sérias. Aquela estava prestes a se tornar uma delas. Sem dizer nada, o *kalala* tinha ficado preocupado com a febre que parecia ter tomado conta de Ilunga, um homem conhecido pela fleuma, pela paciência. Ele precisara conhecer uma mulher, aquela, a todo custo. Não tinha explicado nada sobre a maneira como as coisas haviam acontecido: onde a tinha visto, como ela havia penetrado nele. E, como não podia ir ao encontro dela e se recusava a desistir, Ilunga se comportara de uma maneira que palavras não podiam descrever.

A princípio, Igazi não devia ter sido informado daquilo. No entanto, por razões objetivas, ele acumulava as funções de chefe do Estado-Maior do exército e responsável pela Segurança Interna. E, por enquanto, era isso que a razão ditava. Ninguém podia correr o risco, naquela época crucial para o Estado unificado, de serviços tão importantes serem mal coordenados. Ele tinha guardado o pingente que só o deixava em momentos de intimidade, agora raros. Uma ágata preta havia sido presa a ele, e ela continha uma câmera em miniatura. Não era o melhor da tecnologia atual, mas a ferramenta tinha se provado eficiente e ele se felicitava por não ter se livrado dela. Igazi fez algumas imagens do grupo. Disse a si mesmo que não esperaria para ver se o jovem procurado seria encontrado. Ele pretendia deixar Matuna ao entardecer, tinha pressa para começar a vigiar aquelas três pessoas de maneira mais organizada. Sua intuição dizia que veria a mulher vermelha de novo na residência do *mokonzi*. Talvez eles decidissem ter apenas uma aventura, mas ele duvidava. Ilunga tinha muitas opções, as mulheres se jogavam aos pés dele. Ele nunca havia se apegado a nenhuma, apenas a Seshamani, sua esposa, conhecida por todos. A mulher vermelha não podia ignorar sua existência. No entanto, ele não a via no papel de segunda esposa, ela não tinha perfil para aquilo. Além disso, aquela mulher vermelha tinha um emprego, uma vida pouco adequada ao dia a dia de Ilunga, e até mesmo a suas necessidades de homem. Sua companheira tinha que lhe trazer alegria e tranquilidade. Não seria o caso, e todo aquele vermelho podia abalar a lendária força interior do *mokonzi*. Morar com Seshamani já era uma experiência exigente, e as pessoas bem-informadas sabiam por quê. Igazi guardou sua câmera, desligou a escuta, pensando que ninguém era perfeito.

Ilunga tinha sido, dentro da Aliança, o combatente mais corajoso que ele já tinha visto, um dos melhores instrutores, durante o trabalho de campo, de pessoas de sua região. No entanto, ele parecia sofrer de uma incapacidade singular de fazer escolhas amorosas adequadas. As populações do Katiopa unificado não ficariam chocadas se o vissem tomar uma segunda esposa. Pelo contrário, louvariam sua capacidade de amar, a amplitude de seu coração. O fato de ele oficializar seu novo relacionamento também agradaria a todos, que veriam nisso uma demonstração de respeito às duas mulheres: não haveria apenas uma ungida, uma escolhida. Desse ponto de vista, tudo ficaria bem. O casamento, se acontecesse, seria um momento de alegria. Mas, dada a natureza da envolvida, o melhor sem dúvida era não chegar a isso. Seu olhar recaiu outra vez sobre a mulher vermelha, que usava um *bùbá* amarelo, revelando coxas firmes e arredondadas, panturrilhas com curvas perfeitas. Ela era alta, quase tão alta quanto o próprio Ilunga, com uma curvatura pronunciada dos rins que dava a impressão de que seu traseiro tinha alguma coisa a declarar. Assim que o víamos escapar dos quadris estreitos da mulher vermelha, era difícil tirar os olhos dele. Ela inclinava de vez em quando a cabeça para o lado, para ouvir seus interlocutores. As três tranças abobadadas, que pareciam cristas avermelhadas, davam a ela um ar de estátua antiga, repentinamente animada por um poder desconhecido.

Não. Uma presença, um corpo como aquele não tinha lugar nas altas esferas do Estado. As mulheres que se encaixavam naquele cenário tinham que ser mais discretas, não espalhar tanto escarlate em torno delas. E não era só a aparência física daquela pessoa que o incomodava, era o caráter pouco maleável que ela representava. Ela era *sisuda como uma missa de sétimo dia*, e era o mínimo que se podia dizer. Igazi sabia avaliar as pessoas e era o melhor em termos de avaliação da natureza mais profunda delas. Ele tinha que falar de coração aberto com o *mokonzi*. De homem para homem, em termos claros, sem mencionar os relatórios de vigilância, tampouco o que acabara de assistir. Mas isso ficaria para um segundo momento.

Igazi concentrou sua atenção no Sinistrado. Ele poderia ter passado quase despercebido na paisagem de Matuna, onde os homens de sua espécie ainda não haviam desaparecido, embora seu mundo se reduzisse a seu vilarejo. Eles chegaram em maior número quando a comunidade foi fundada. Mas apenas um pequeno número restava, muitos descendentes da primeira leva. Igazi continuava a ver neles traços trazidos de fora e desconfiava especialmente dos que haviam nascido em Pongo. Séculos de história não eram apagados com o estalar dos dedos. Se cada região do mundo tinha uma missão a cumprir, a de Pongo era sombria. E já que esse era o caso, vir ao mundo dentro daquele espaço ou com marcadores de pertencimento a certos povos tinha um significado. Ser de algum lugar, ser em um corpo, um fenótipo, também era uma experiência metafísica. Essa verdade escapava ao Grupo de Benkos, ignorantes espirituais que se consideravam grandes místicos. Era isso que enfraquecia o conceito de hibridização deles, de mistura de povos. Nem todos os cruzamentos produziriam os mesmos resultados, nem todos eram desejáveis. E a história também oferecia muitos exemplos disso. Em todo o caso, o Sinistrado que estava diante dele se destacava pela escolha da roupa. Seu povo não se vestia daquela maneira. Os integrantes que eram vistos nos arredores da *kitenta*, e mais raramente no centro da cidade, respeitavam fielmente os códigos de sua comunidade. Igazi não tinha nada contra os indivíduos em si. Mas achava que o Katiopa não se tornaria o que deveria ser se deixasse proliferar em seu solo seres programados para prosperar em sistemas opostos ao seu. Negar aquilo era imaginar que os escorpiões cortariam seus ferrões ou esvaziariam a vesícula de veneno por amizade a outros. A natureza dera aqueles instrumentos a eles para que pudessem usá-los. Respeitá-la era entender o funcionamento daquilo, saber quem era quem.

Os Sinistrados, até ali, tinham sido apenas um aborrecimento menor para o Estado unificado, onde representavam apenas um incômodo social, não uma força política. Eles também tinham sido expropriados, já que a legislação que lhes havia permitido adquirir a terra havia caducado. Isso os havia prejudicado em termos econômicos, e a arrogância que demonstravam em relação às novas estruturas, segundo eles, demasiado enraizadas em um primitivismo pré-colonial, complicava sua integração na sociedade. Nenhum problema notável já havia surgido. Uma situação imprevista podia se apresentar se eles começassem a conviver com o Grupo de Benkos. Ninguém sabia o que aquilo geraria. O melhor era cortar aquele mal pela raiz. Primeiro, eles viriam a Matuna para encontrar o filho. Depois, por terem passado certo tempo ali, perceberiam que podiam trabalhar juntos. Talvez não tivessem o mesmo objetivo, mas por que não ajudar uns aos outros no caminho? Além disso, eles estavam em extremidades tão opostas uma da outra que, se planejassem tudo bem, atrairiam menos desconfiança. A presença de uma integrante do Conselho no meio de tudo aquilo não era motivo de alegria. A instituição reunia sábios, seres fora do comum, pelos quais o *kalala* tinha apenas respeito. Mas Abahuza estava ali, ele não podia fingir que não. As coincidências eram a expressão mais ou menos jocosa de forças ocultas que queriam lembrar os vivos de sua existência. A conivência que ligava a idosa e a mulher vermelha não era recente, isso era perceptível. Mas não era uma coincidência e, de repente, o *mokonzi* seria cercado por uma constelação de energias femininas fortes demais para não alterar seus atos e, por fim, invalidar sua autoridade. A chefia do Conselho já havia sido confiada a Ndabezitha, que também era *sangoma* do chefe de Estado, a única que acessava diretamente suas fragilidades. O que aconteceria no longo prazo se ele se apaixonasse por uma mulher próxima de outra integrante da augusta assembleia? Além disso, havia Seshamani, a esposa, a companheira de longa data que lhe dera um filho. A força das mulheres tinha que ser controlada, guiada de acordo com a lei de complementaridade assimétrica que privilegiou a vontade dos homens. Caso contrário, ela viraria o Universo de cabeça para baixo, sem nem se dar conta. Igazi apertou os olhos mais uma vez. Não porque o capuz de seu poncho tivesse caído sobre seus olhos. Ele havia decidido não esperar a chegada do sol nos abismos do mundo. Em uma batida do coração, ele saiu de Matuna.

8.

Ilunga tinha sido dominado por uma doce euforia. Boya e ele haviam conversado, e ele esperava por ela. Obviamente, ela não quisera que ele lhe enviasse um motorista. A mulher vermelha pegaria o *baburi*, desceria pela avenida Menelique II e subiria a *nzela* que conduzia à residência oficial. Informadas de sua chegada, as sentinelas a deixariam passar. Em seguida, ela seria recebida no saguão e Kabeya a levaria até seu quarto. Como estaria vestida? Ele supôs que ela não mudaria nenhum de seus hábitos, que não viria seduzi-lo. Aquilo o fez rir. Bom, ele faria o trabalho. E ela notaria. No banho, o *mokonzi* balançava a cabeça enquanto ouvia *Dead Man Walking*, de Elom 20ce. Ele não precisava de canções de amor para viajar. A claraboia trazia até ele os últimos raios de sol. Ilunga se levantou e se secou, cantarolando. As roupas novas que havia escolhido usar estavam prontas. Um *sokoto* azul-marinho, um abadá combinando, menos largos que os oficiais, tudo feito sob medida. O abadá, bordado com fios de prata, tinha sido encurtado e dotado de um corte que liberaria seu pescoço. As roupas seriam usadas sobre a pele. Ilunga ostentaria, ao longo do braço direito, até a altura do ombro, uma tatuagem que ele amava pela sutileza e pela complexidade. Seus movimentos revelariam alguns detalhes, apenas o suficiente para que ela quisesse ver mais. O *fila* seria dispensado. O chapéu, obrigatório nos eventos oficiais, esconderia a obra esculturalmente do seu cabeleireiro, uma das muitas versões do *amasunzu*. Seria uma pena. Ele tinha optado por um corte cuja sobriedade lhe dava personalidade e destacava os ângulos de seu rosto. Antes de se vestir, o *mokonzi* do Katiopa unificado teve o cuidado de esfregar um óleo de marula na pele, de perfume sutil. Ele não usaria cueca, certo de que assim manteria controle sobre seu corpo. Sua intenção não era atacar Boya como um homem faminto diante de um prato quente. Ele tinha planos específicos para aquela noite, queria surpreendê-la. Não tinha pressa. Eles tinham que conversar, se descobrir. Quarenta dias exatos haviam passado quando ela entrara em contato com ele. Ilunga não pediria que ela explicasse o significado daquela demora. Ele tinha certeza do que seriam um para o outro, mas principalmente um com o outro. Aos 45 anos, por causa de suas responsabilidades, ele não procurava enfaticamente pelo amor. Tinha aceitado com tranquilidade a ideia de viver sem experimentar um relacionamento com aquela profundidade. Sua existência lhe convinha, e suas necessidades sexuais eram satisfeitas. Ele tinha uma esposa extremamente apresentável para alguns eventos oficiais, embora não fossem vistos juntos em público havia vários anos. O casamento deles não era infeliz — isso indicaria uma presença de sentimentos. Longe disso. A vida amorosa de Seshamani às vezes era um pouco agitada. Ela era inconstante e partia corações mais rápido do que os conquistava. Ele tinha colocado em prática uma organização eficaz para que nada daquilo saísse do palácio. Os ruídos que se espalhavam a megafone continuavam sendo rumores fora da residência. Esta seria a primeira coisa que ele avisaria a Boya, já que ela sabia o que ninguém ignorava no Katiopa. A mulher vermelha tivera tempo de refletir, tanto sobre aquele quanto sobre outros assuntos. Ele duvidava que ela pretendesse se imolar no altar do amor e se livrar das chamas bem a tempo de ter a chance de renascer de suas cinzas. Sozinha ou em outros braços. Ela era fogosa, não irresponsável. Do fogo, ela conhecia todos os estados, todas as funções. Tinha sido por isso que ele conseguira conter seu desejo.

Ele tinha entendido, durante o jantar que não aconteceu, que a existência daquela mulher se desenrolava em planos diferentes. Aquilo não era um acaso, era daquela maneira porque ela havia decidido e trabalhado para isso. O que ele tinha planejado poderia surpreendê-la, mas ela não ficaria assustada. Ele nunca tinha compartilhado aquilo com uma mulher. E, pela primeira vez, não havia confessado suas intenções a Kabeya. Ilunga já sabia o que seu velho amigo teria dito. Ele não estaria errado, mas o *mokonzi* preferia correr o risco. Confiar. Não deixar passar outros quarenta dias para se revelar. Ilunga desligou a música, já que o rap já havia cumprido a função. Ele entrou em seu *ndabo* e o atravessou para se sentar no terraço. Sob a planta dos pés descalços, os ladrilhos de terracota reforçavam o sentimento de bem-estar. Cada pôr do sol era único. Naquela noite, o crepúsculo derramava tons de roxo profundos sobre o braço do poderoso Lualaba, o rio cuja rota era perpendicular à do oceano na altura da cidade. Se olhasse para cima, qualquer um ficaria deslumbrado com o céu cor de ocre. As cores da terra pareciam ter subido às nuvens para ali se estabelecer. O próprio astro-rei era uma bola amarela cujo brilho suave transmitia aos seres vivos as saudações divinas: *Que a escuridão seja boa para você*. Era o pré-requisito, nem tanto ao despertar que dependia de Nzambi, mas à qualidade dos atos humanos quando o galo entoasse seu lamento. Era preciso penetrar na sombra da noite, não se abandonar à letargia, semear seu interior mais profundo. Era o momento perfeito para um encontro do amor. À noite, nem todos os gatos eram pardos. Todos eram eles mesmos, às vezes de maneira relutante, às vezes mesmo sem saber. O rio ficava longe da residência, mas o palácio tinha uma vista mais bonita do que qualquer outro lugar da *kitenta*. O rio atravessava o Continente por mais de quatro mil quilômetros e ninguém sabia o número exato de seus afluentes. Crianças recitavam com orgulho seus nomes durante as aulas de geografia: Lubudi, Lomami, Ruki, Fulakari... Muito cedo, elas aprendiam que o Continente abrigava dois dos mais longos rios do mundo, que era o território mais vasto, mais rico do planeta. Elas ainda não eram informadas de que era também o mais cobiçado, que teriam que defendê-lo por causa disso, que os humanos queriam se apropriar do que os outros tinham recebido da vida. Não compartilhar, e sim arrancar deles. Ele afastou aqueles pensamentos. Não era hora de se deixar levar por assuntos de Estado. Ilunga voltou ao *ndabo*. Recusava-se a olhar as horas, a ficar contando os minutos, a deixar que sua espera se tornasse ansiedade. Ele a queria tão plena quanto os momentos que passaria na presença de Boya.

De início, ele não a viu, sentada em um dos sofás baixos da sala. De frente para o local em que haviam jantado e diante do qual o homem já não passava sem se lembrar, ela deslizava o dedo pela tela de seu *e-reader*, parava para ler o texto. Claro, ele não podia abrir os braços para ela, demonstrar de forma ruidosa demais sua alegria. Não que fosse inapropriado, mas tanta animação os tiraria do cenário que ele havia projetado para não ir rápido demais. Não fazer amor com ela imediatamente. Ou melhor, fazer de maneira diferente. Partindo de dentro. Como ele havia imaginado, Boya tinha vestido uma roupa casual, como as que usamos para ir a um bar no início da noite. Era perfeita para o que ele havia planejado. Ilunga não conseguiu reprimir um sorriso. Seu olhar deve ter se tornado mais insistente, pois ela ergueu cabeça. As mesmas palavras vieram aos lábios deles:

— Já faz muito tempo que você está aqui?

Ele adorou vê-la desligar o tablet e se levantar de maneira deseducada para ir até ele como se já tivesse costume. Ela se sentia bem na casa dele. Seus olhos nunca passavam pelos objetos, pela decoração, seus dedos não precisavam pousar em lugar nenhum para entender o ambiente. A investigação conduzida pela maioria das pessoas que entravam naqueles aposentos não a interessava. Era o homem que ela queria, não suas coisas, o que ele tinha e que devia defini-lo. Ele, que pensava ter testemunhado o pôr do sol um pouco antes, reencontrou-o sob as vigas de madeira escura de seu interior.

— E então, faz muito tempo que você está aqui?

Ela havia deixado apenas centímetros entre eles, um espaço quase invisível. Ele respondeu:

— Um pouco. Mais de quarenta dias.

Puxando a mulher para si, o homem deu um beijo em sua têmpora e sussurrou:

— Você se importa de tirar as sandálias?

Ela se desculpou por não ter feito isso.

— Não, não é isso. É porque nós vamos sair.

Boya olhou para ele sem entender. Ele a abraçou com mais força para evitar qualquer movimento brusco. A noite havia caído. Era para lá que ele ia levá-la. Para sua noite. Ilunga faria com que a escuridão lhes fosse favorável, naquele dia e no seguinte.

Boya não conseguiria descrever o que estava vivendo. Assim como todo mundo, ela ouvira falar de um talismã que ninguém tinha visto, e muito menos segurado. Muitas coisas eram ditas sobre ele. O famoso amuleto, cujo nome mudava de acordo com a região onde era conhecido, tinha o poder de tornar seu portador invisível. No passado, aqueles que o utilizavam eram caçadores e o prodigioso talismã possibilitava que eles se escondessem dos animais. Como a mente humana não carece de engenhosidade, logo ficou claro que era possível recorrer ao berloque para cometer delitos. Seus detentores não hesitaram em usá-lo. Talvez o lapso em seu uso tivesse apressado seu desaparecimento. Boya tinha visto coisas estranhas demais para duvidar de que o objeto existisse. Mas achava que já era impossível obtê-lo. Além do mais, ela não teria dito que seus corpos tinham se tornado invisíveis. Eles mesmos conseguiam se ver. Será que outros os viam? Ela não tinha certeza. Lembrando-se de como havia percebido a presença de

Ilunga nas duas vezes em que ele se aproximara dela em silêncio, Boya ficou surpresa ao perceber que era possível para ele abrir as portas daquele domínio para ela. Ele não agiu como um portador do amuleto. Ilunga não se isolara, não recitara encantamentos, não invocara nenhuma força. Apenas a dele. Era apenas a força mental do homem que os movia. Ela não sentiu medo. Ficou emocionada com a confiança que ele já demonstrava por ela. Era necessário um grande conforto interior para preferir provar coisas em vez de dizê-las. Era preciso ter certeza de seus sentimentos e do objetivo deles para revelar sua intimidade mais profunda. Então seria assim. Estar juntos os levaria a residir em um lugar além. Eles deviam demonstrar que eram capazes de ficar ali, acima das contingências, dos mal-entendidos, da reprovação que não deixaria de ser expressa. Boya se deixou dominar pelo momento, pelas novas sensações que aquela viagem inesperada lhe fazia descobrir. Eles passeavam pela *kitenta*. Ilunga a abraçava tranquilamente. Ela sentiu que tinha se tornado o núcleo de um cometa do qual ele era a cabeleira. O voo acontecia quase na altura das pessoas sem chamar atenção demais dos primeiros notívagos. O ritmo acelerado da passagem deles não dava tempo para os mais vigilantes entenderem bem o que estavam vendo, ou tinham visto: uma cauda lilás, uma mistura de azul e vermelho na atmosfera.

Ilunga estava em silêncio, mas a pressão de suas mãos, uma pousada nas costas da mulher, a outra na lombar dela, não enfraquecia. Ela foi tomada por uma vontade de fazer comentários. Boya tinha uma alegria falante, mas ficou com medo de perturbar a concentração do companheiro. Logo eles chegaram a um lugar desconhecido, do outro lado do rio. Uma natureza selvagem florescia ali, deixando passar apenas finos raios de sol. Era pouco provável que o lugar fosse habitado, mas eles mantiveram a invisibilidade, iluminando a própria passagem, abrindo caminho à medida que avançavam. Eram minúsculos dentro daquela imensidão que os carregava ao mesmo tempo que eles a levavam dentro de si. Boya foi tomada por uma imagem do relacionamento deles, uma réplica da Po Tolo, a estrela e semente que contém tudo que é vivo. Eles não eram os únicos. A maioria das pessoas não sabia o que as constituía nem por que motivo estavam no mundo. Ilunga desacelerou, deixando os pés descalços roçarem na terra seca que tinha retido o resto do calor do dia. Boya sentiu vibrações subirem das profundezas até ela. Era por isso que as *sangoma*s mais experientes recomendavam que todos caminhassem descalços, pelo menos um pouco

todos os dias, a fim de curar certos males. Às vezes elas defendiam que as pessoas se enterrassem por inteiro. Os resultados eram espetaculares. Ela se deixou invadir e um longo arrepio a percorreu. Ilunga segurou sua mão:
— Tudo bem?

Ela assentiu de maneira animada, como as crianças fazem para dizer: *Superbem*. Aquilo o fez rir. Ao ver tal demonstração de alegria, ela ficou encantada com a textura da voz dele. Um som amplo, rico. Um robe de veludo grosso. O tom grave gracioso da nota azul. Quando ia parar de andar para olhar para ele, a paisagem chamou a atenção dela. A área era um declive fácil de percorrer que terminava em frente a uma passagem oca, uma escavação circular em uma parede de pedra. Depois era preciso subir novamente até uma superfície plana. Naquele ponto, tochas tinham sido acesas, pilares luminosos altos que banhavam o espaço com um brilho azulado. Ela podia ver tendas cujo material prateado brilhava sem ofuscar e, em meio àquele acampamento inusitado, silhuetas esguias se moviam silenciosamente. Sob seus pés, o chão embranquecido pela luz havia perdido a rugosidade, mas retinha o calor. Boya imaginou que atravessava um lado desconhecido da Lua. Quando se aproximaram do grupo, ela observou as mulheres: os seios nus, a roupa de couro brilhante que afinava a cintura, os pés também descalços. Todas usavam anéis ao redor do pescoço e algumas também ostentavam um *iporiyana* de metal enfeitado com miçangas coloridas. Uma delas se aproximou deles, parecendo reconhecer Ilunga. Boya então viu homens vestidos da mesma maneira. Os mais velhos tinham coberto os ombros com uma capa curta de pele de leopardo branco. Eram dignitários. Também eram sábios, domadores do grande felino, e por isso mestres dos mistérios. Ao reconhecer Ilunga, um deles gesticulou na direção de uma adolescente, dispersando com seu cajado uma poeira de estrelas azuis no ar. Uma mulher foi trazida até ele. Alta, magra, ela era idêntica a Ilunga. Abrindo os braços para ele, ela sorriu:
— A gente não sabia que você viria hoje, ainda mais com uma convidada. O homem abraçou a mãe e apresentou a companheira pelo nome completo dela:
— Esta é a Boyadishi.

A anfitriã a beijou:
— Seja bem-vinda à casa, minha filha.

Uma refeição frugal tinha sido preparada, já que ninguém era esperado. Ilunga agradeceu. Eles não iam jantar lá desta vez. Mas voltariam, se Boya quisesse. Ele a levou até o velho que também os cumprimentara. Então pediu para que não se importassem com a presença dele, e ambos se afastaram. O bater surdo de tambores podia ser ouvido, o chamado de um solista e a resposta de um coro misto.

Os dois entraram em uma tenda semelhante às outras, talvez um pouco maior, que incluía três grandes pilares curvos, estabilizados por uma cinta vegetal que fazia as vezes de viga. Era de uma madeira que ela não conseguia identificar. Galhos garantiam a sustentação da estrutura coberta por tecidos costurados de ponta a ponta, formado uma lona completa. O conjunto era muito harmonioso. Ilunga a fez se sentar em almofadas dispostas no centro de um tapete estampado com o mesmo *shoowa* que cobria o chão da residência oficial. A diferença era que aquele, como vários elementos vistos no acampamento, tinha um tonalidade azul-prateada. Sentando-se diante dela, ele anunciou:

— Não vamos ficar muito tempo. Eu queria que você conhecesse minha família.

Enquanto falava, o *mokonzi* acendeu um lanterna, que pousou à sua direita, iluminando assim os dois rostos. Sem dizer mais nada, ele a deixou fazer o que costumava: inclinar a cabeça para o lado e analisar a situação. Mas a análise não levou muito tempo. Boya confiava em sua intuição. Ilunga, como a população do Continente sabia, não tinha vindo de um povo nômade. Suas raízes estavam no coração do Continente, em algum ponto das margens do grande rio que chegava à *kitenta* e traçava uma linha perpendicular com o oceano. E o povo do Katiopa sabia mais sobre a biografia do *mokonzi*. Os pais de Ilunga já tinham morrido. O hábitat deles tinha tomado a forma de um acampamento nômade naquela noite, mas isso não tinha relação com sua existência. A imagem apenas indicava que eles acompanhavam seu filho, que vivia na presença constante de seus ancestrais. Aqueles que tinham lhe dado a vida, aqueles que o haviam precedido. Como era homem, o movimento estava entranhado nele. Pertencer a um território coincidia com a necessidade de conhecer o mundo, e às vezes de conquistá-lo. Aquele era o jeito dos homens.

Ilunga assentiu. Onde quer que estivesse no mundo, ele encontraria uma passagem que lhe permitiria retornar àquele lugar. A intuição de Boya estava certa, mas era mais do que ela imaginava. Aquele lugar que escapava ao tempo e a seus intervalos era a eternidade. Os espíritos que estavam ali sempre tinham andado com sua família e às vezes tinham, entre os vivos, clones cuja trajetória estava atrelada à sua. Eram seres cuja integridade ele tinha o dever de salvaguardar. Quando estavam do outro lado, alguns se esqueciam daquela parceria. Isso, na verdade, acontecia com frequência, e aquelas almas gêmeas podiam se tornar adversárias, já que sua proximidade natural não encontrava nenhuma maneira de se expressar além do confronto. No entanto, ao reconhecer aqueles seres, ele havia aprendido. Sua missão foi revelada naquele local, na primeira vez que ele estivera ali. Na época, ele tinha 22 anos e começava a se interessar pelas artes marciais tradicionais dali e de outros lugares. Sua paixão o levara para longe do Continente, para Bhârat. Às margens do Ganges, determinado a aprender a lutar *kushti*, ele passou semanas tentando ser aceito por um instrutor. No início, a dieta a que os praticantes da arte marcial se submetiam o deixara doente. Vários litros de leite e pelo menos meio quilo de amêndoas por dia era demais para o estômago de um *muntu*. Escondendo a dor para não ser ridicularizado, ele continuou a praticar, mas passou a pular a refeição, pondo a saúde ainda mais em risco. Foi naquele momento que ele foi chamado até ali. Desde então, vinha sempre que era necessário, geralmente por conta própria. Ele nunca havia convidado ninguém a acompanhá-lo.

— Os homens e as mulheres que você viu foram meu pai e minha mãe nesta vida, e foi assim que eles se apresentaram. Quando tivermos que voltar, talvez se apresentem de outra maneira, mas você vai reconhecê-los com um pouco de atenção. Bom, eu achei que você não teria medo.

Não, ela não estava com medo, mas, mesmo assim, era um início muito diferente para um encontro.

— Não se preocupe. Daqui a pouco a gente volta.

A princípio, todos faziam aquilo de maneira um pouco diferente. Primeiro transavam, depois conversavam sobre uma ou duas coisas, raramente o principal. Ele já tinha feito isso. E ela também, desconfiava ele. Se tinha imposto aqueles quarenta dias de silêncio, era porque estava bem-informada sobre certas questões para saber como seriam suas noites. Sua intimidade. Parte dele vivia naquela comunidade. Isso já era verdade antes de ele vir ao mundo sob sua identidade atual. Ele era, ao mesmo tempo, mais novo e mais velho que muitos daqueles que os dois haviam visto, inclusive que seus pais. E para ele, aquela dimensão da existência era de suma importância. Em todo o Katiopa, todos sempre souberam que a união de dois seres também era a união de suas famílias. No entanto, por algumas gerações, as pessoas haviam esquecido que nem todos os parentes do casal residiam na terra dos vivos. Era importante associar os do além. De ambos os lados. Todas as pessoas eram feitas de carne e, nela, a existência terrena acontecia, mas, antes disso, havia o espírito, a energia de cada um, indissociável da energia dos ancestrais. Compartilhar a vida com Ilunga não seria apenas viver ao lado de um chefe de estado, um famoso combatente. Aqueles rótulos não podiam descrevê-lo. Estar ao lado dele significaria viver na companhia de todos os que o habitavam. Seria conhecer e entender o que a mistura de suas forças produzia. Ele queria ter certeza de que ela entendia aquilo antes continuar.

— Pois isso é possível?

Ele riu. Ela estava reagindo bem.

— É sim. Você nunca jantou com os espíritos.

Não daquela maneira, era verdade. Para ela, as coisas eram menos espetaculares. Mais discreta, sua família visitava seus sonhos. Às vezes, ofereciam uma refeição a ela.

— Você está com fome? De comida comum, quero dizer.

Boya declarou, sem baixar os olhos, que preferia comer depois.

— O que foi? Você se impôs quarenta dias de dieta?

Ele riu, dizendo que não acreditava em nada daquilo. Para ele, Boya tinha resolvido todas as suas questões para se apresentar a ele como uma mulher nova.

— Talvez. E você?

Sua situação era tão simples quanto complicada. Seshamani não era uma questão a resolver. Ela existia. Eles tinham se casado ainda jovens, numa época em que nenhum dos dois se conhecia direito. Crescer juntos tinha trazido algumas surpresas que Ilunga contaria a ela depois. Ele não tinha intenção de se separar, nem ela. Os dois haviam enfrentado dificuldades, tido um filho, um menino, que fazia os estudos superiores em uma faculdade de iKapa. Ele e a esposa não dividiam mais a mesma cama. O que ele propunha à mulher que ia ocupar aquele lugar não tinha nada a ver com uma posição secundária. Não podia haver hierarquia nem comparação. Por enquanto, era tudo o que ele queria dizer. Falar de outra mulher à moça que ele queria namorar não parecia uma ideia muito sensata. Boya ouviu com atenção. Não confessou que se interessava pouco pela ideia de se apropriar da pessoa amada, mesmo que isso, às vezes, fizesse as pessoas desconfiarem que ela tratava os relacionamentos com displicência. Ela sentia que a questão não seria colocada naqueles termos naquela situação, o que era uma coisa boa.

No entanto, aquela configuração específica, já que, no fundo, ela não seria a esperada, exigia que apenas indivíduos excepcionais fossem incluídos. Pessoas capazes de fazer ouvidos moucos para o ladrar dos cães enquanto a caravana passasse. Só que os mastins mais raivosos costumavam estar na carroça, não ao longo do caminho. Ilunga era homem. Embora fosse de uma categoria superior a outros de seu sexo, nada o habilitava a conhecer as mulheres. Não era porque ele e a esposa viviam em quartos separados e tinham — talvez — vidas sentimentais diferentes que tudo seria mais fácil. Ela queria conhecer Seshamani. Não para avaliá-la, mas para saber quem ela era. Que mulher. Ao decidir voltar a ver Ilunga, ela se lembrara do discurso que as anciãs faziam ao receber uma recém-chegada à Casa das Mulheres:

— Não é possível prosperar pelo infortúnio alheio.

Ela fizera disso uma regra de vida, sem nunca sacrificar o próprio bem-estar. Àquela pergunta, o homem respondeu sem pestanejar:

— Você vai conhecer. Se ficar.

Ela ficou feliz ao ver que ele não tentara escapar e não ficou surpresa ao ouvi-lo perguntar:

— Você vai tornar isso um pré-requisito?

A mulher sorriu em seu interior e ficou em silêncio por alguns momentos. A diferença entre o pré-requisito e o ultimato era apenas uma questão de perspectiva. Tudo aquilo havia sido abandonado antes que ela tivesse escolhido procurá-lo. A parte frágil de seu ser, há muito tempo compreendida e apaziguada, tinha sido autorizada a tomar uma decisão. E, como havia esgotado rapidamente seus argumentos, essa voz tinha se calado. Apenas as exigências impostas a qualquer relação verdadeira tinham permanecido: naquele espaço, eles só podiam entrar nus. O orgulho não tinha lugar ali. A exclusividade também não. Ela não tinha condições a impor, não era um negócio. Mas não disse nada sobre aquilo. O homem tinha que ouvir aqueles argumentos sem que fosse necessário explicá-los. Boya ouviu a música do lado de fora da tenda, os tambores que tinham se associado aos instrumentos de corda, um contrabaixo, um saxofone que soprava o refrão após a conversa entre as vozes. O timbre grave e potente da solista e a presença maciça do coro se desdobravam em um ar de alegria melancólica. Eles cantavam o amor e a dor, devoção pelas margens do Lualaba, o santuário dos pais, o reino dos filhos, o país de sempre. Rezavam para serem mandados de volta para lá, se fosse preciso renascer entre os humanos. Para lá e nenhum outro lugar. Qualquer outra eventualidade seria um rebaixamento.

A mulher vermelha achou que aquelas manifestações de uma vida paralela à deles eram incongruentes. Eles batiam palmas enquanto davam risadas, como se as palavras, cantadas em um ritmo lento, fossem parte oração e parte brincadeira. Ela teria que visitar aquele lugar de novo para entender o significado daquela adjuração, compreender os motivos daquelas lacunas de alegria em meio à solenidade. Ilunga não havia tirado os olhos dela. O que também não tinha a ver com eles. Tinha sido aquilo que a levara a encontrá-lo, apesar da complexidade que precisava ser resolvida. Boya não sentia nenhuma ansiedade, nenhum incômodo prenunciando problemas a evitar. Ela pensara muito sobre tudo aquilo, tinha parado para examinar seus motivos. Ela podia se deixar cegar por seus sentimentos, aceitar situações degradantes por não conseguir abrir mão de seu desejo. Quantas mulheres tinha visto se jogarem por inteiro no lixo para serem abraçadas, não ter que enfrentar sozinhas as horas que separam o crepúsculo do amanhecer? Boya não achava que era melhor que elas. Mas era mais atenta, e a solidão era uma querida amiga dela.

 A mulher vermelha não costumava se sentir incompleta sem uma presença masculina permanente ao seu lado. Nem estava obcecada por encontrar um companheiro, nem tinha se isolado em um lugar que devia protegê-la da dor. Boya florescia naquela tranquilidade interior quando o sopro azul de Ilunga a envolvera. Era um presente da vida, uma porta aberta para novas experiências. A presença deles naquele lugar improvável, o modo como haviam chegado lá, confirmava isso. A ausência de sombras naquele cenário sem dúvida teria removido um pouco do sabor daquela história. Ela era tanto certa quanto possível, como no grande salto que eles tinham realizando juntos no primeiro sonho em que Ilunga tinha aparecido. Agora era necessário conhecer a natureza do precipício em que já haviam saltado, medir a profundidade dele, saber o que se remexia em seu fundo. Isso, nem o próprio Ilunga poderia dizer. As oposições, porque elas surgiriam, provavelmente não viriam de onde eles imaginavam. E tentar evitá-las era desistir de viver.

 — Então você vai ficar.

Passando a mão sobre a tatuagem dele, Boya puxou a manga larga do abadá que escondia o desenho. A pele dela sobre a do homem fervia.

 — Então vou viver — especificou ela.

Levantando-se, ele estendeu a mão para ela:

 — Venha. Eu não posso tocar em você aqui.

O caminho de volta foi curto. Eles não cruzaram a cidade onde os foliões se amontoavam sob os telhados das praças nem onde os drones dos correios em breve realizariam suas operações, saindo das plataformas da periferia para o centro. A triagem seria feita pelas equipes da noite e as entregas aconteceriam durante o dia. Também não viram as mulheres elegantes de Mbanza agarrarem a mão de seus companheiros para subir ao convés de luxuosas barcaças, a bordo das quais era possível jantar em pequenos grupos após um show. No entanto, a beleza do rio, que àquela hora parecia um enorme espelho, não os deixou indiferentes. Uma luz suave banhava o terraço do *ndabo* de Ilunga, para onde tinham voltado como se nunca o tivessem deixado. Boya havia deixado apenas alguns centímetros entre eles, um espaço quase invisível. Como já estava sem as sandálias, ela estava prestes a tirar a túnica sem se preocupar em ser vista. Após quarenta dias, a semente havia germinado. Ilunga balançou a cabeça. Ele tinha um quarto e propôs que ela o seguisse até lá, se ela não se incomodasse. Enquanto ele a guiava até os aposentos, Boya se livrou do abadá dele, que foi parar no chão. A mulher vermelha tirou a própria roupa no corredor. Não estava usando lingerie. Restou apenas sua *idzila* prateada, dois cordões de miçangas antigas que decoravam sua cintura. Aquilo tinha passado a ser uma joia rara. A cor vermelha, quase impossível de encontrar, valia uma fortuna em joalherias. Aquele refinamento secreto seduziu o homem, que pensou em oferecer a ela, em breve, miçangas azuis, mais clássicas na época de sua introdução no Continente. Logo adotadas, elas haviam se espalhado até se tornarem, tanto quanto certos tecidos, uma das características do Katiopa. A Terra Mãe nunca havia ignorado a beleza e sabia apreciá-la mesmo naqueles que desprezavam a dela. Ainda agora, alguns de seus emblemas estéticos testemunhavam isso. Ele não conseguia pensar em nada para dizer. A ironia escapara do olhar e dos gestos de Boya. O homem achava que sabia por quê. Ele tinha apenas o torso nu, mas o *sokoto* cuidadosamente escolhido destacava o perfil de seu corpo. Sua altura, o comprimento de suas pernas, o leve arco que elas desenhavam e que suavizava os passos dele. Os olhos de Boya também se demoraram em seus ombros, nos detalhes de sua tatuagem, o *ankh* cuja base incluía um *shen*, enquanto um olho de Heru adornava a parte superior. Um *djed* conectava os dois elementos, a parte de cima e a de baixo, mas obviamente nada daquilo interessava a Boya naquele momento. Ela arquejava, o que fazia seu peito se erguer e abaixar suavemente, os seios pesados de aréola escura. De frente, seus quadris estreitos conferiam uma aparência quase comportada à figura dela. Dos mamilos até a ponta do púbis, era possível traçar, na própria pele, um triângulo isósceles regular, uma pirâmide invertida perfeita. Ele sabia tudo sobre a curva dos quadris que não podia ver naquele instante, o que a tornava ainda mais presente. Se cedessem àquela observação, eles acabariam no chão, ofegantes, antes mesmo de se tocarem.

Ilunga queria uma noite com a força de quarenta nas lembranças dos dois. Ou talvez mais, porque quarenta noites e o mesmo número de manhãs haviam passado desde que tinham se encontrado. Pegando Boya pela mão, ele a conduziu até o banheiro e o chuveiro. Ela terminou de despi-lo, balançando a cabeça:

— Você acha que nosso fogo está forte demais.

Na primeira vez, ela costumava ser mais ativa nos gestos, permitindo que o companheiro conhecesse suas preferências. O talento do amante podia ser insuficiente se, por acaso, ele pudesse proceder como bem entendesse. Muitos homens, convencidos da existência de uma mulher genérica, não se preocupavam em estudar o caso particular de quem se apresentava diante deles. No entanto, o olhar franco de Ilunga e sua atenção às reações de seu corpo enquanto ele a tocava embaixo d'água a fez pensar que ele compunha mentalmente uma sinfonia para a voz da mulher que tinha em seus braços. Ela também notou que ele não havia pegado o sabão e que tentava reduzir um pouco a febre sem perder as consequências olfativas de sua conflagração. Uma vez seca, a pele dos dois recuperaria toda a riqueza de sua linguagem. Boya deixou que ele fizesse o que queria. Por isso, eles não trocaram beijos, ainda não, nem carícias mais empolgadas, ainda não. O quarto de Ilunga era um cômodo elegante, com móveis antigos em madeira bruta, paredes cinza-escuro e colcha cuja cor lembrava um céu chuvoso. Ela não teve tempo de apreciar tudo aquilo. Por outro lado, teve a oportunidade de descobrir a habilidade do homem, a longa exploração que ele queria oferecer aos dois. Com os lábios colados nos dela, ele implorou para que Boya contivesse seus gritos, preferisse a implosão à deflagração por um tempo. Era a primeira vez que sugeriam que ela se concentrasse em seu prazer sem exteriorizá-lo, sem se preocupar em estimular o do homem. E também era a primeira vez que cada milímetro de sua pele atingia aquele ponto de incandescência sob as carícias de um amante.

Depois de derramar um pouco de óleo em suas mãos, ele a massageou com delicadeza e precisão, enfiando os dedos entre suas nádegas, em sua fenda. Deitando-se esticado sobre dela, ele não a penetrou, provocando a borda de vulva com a ponta de seu pênis. Algumas vezes, fingiu que ia penetrá-la, mas não chegou ao fundo da cavidade, apenas sugerindo o gesto com a profundidade de seus beijos, as manobras de sua língua na boca de Boya. Quando ela gozou pela segunda vez, ele a virou para que ela o presenteasse com sua bunda. Passou certo tempo acariciando-a, antes de usar seu pênis para voltar a excitar a vagina dela, aproveitando um espetáculo do qual ela foi privada. Apesar disso, a imagem que ela não via se impôs a Boya, aumentando sua excitação. Foi só quando seu corpo cedeu, quando tremores tomaram conta de suas pernas que ele a penetrou. Boya então não conseguiu reprimir um gemido. As vibrações de sua vagina pulsando em torno do pênis de Ilunga aumentaram o prazer que ela acreditava ter chegado no auge. Ilunga manteve os movimentos lentos, pousando beijos, mordiscando a nuca e o pescoço da parceira. A mulher acompanhou seu ritmo com um balanço tranquilo da pelve, do qual ela não teria acreditado ser capaz, tamanha era sua excitação. O gozo de Ilunga se derramou sobre o dela. Eles se tornaram o oceano e seus rugidos, as ondas morrendo na praia.

 Foi uma noite sem cansaço nem descanso, uma noite que teve a força de quarenta, e até mais. O dia fazia as sombras noturnas recuarem suavemente quando eles se lembraram de que não tinham jantado. Boya achava que já teria voltado para casa àquela hora. Ao deixar seu domicílio, ela se vira andando de madrugada pelas ruas de Mbanza, rumo à parada do *baburi* mais próxima. Ela não precisava ir à faculdade, mas sua pesquisa não lhe dava muita folga e a manhã seria dedicada a escrever um capítulo da obra a ser publicada para que pudesse subir de escalão na hierarquia acadêmica. Seria a terceira dela, a que a libertaria de qualquer competição. Não era uma questão negligenciável. Além disso, Boya tinha, no fim da tarde, um encontro de mulheres planejado havia muito tempo. A pergunta feita a ela, sobre o que gostaria de comer, deixou-a um tanto sem saber o que dizer. Claro, Ilunga tinha percebido que ela não havia trazido bagagem nem uma muda de roupa. No entanto, a interpretação que ele havia feito do gesto parecia contrária à realidade.

— Olhe, eu tenho que ir.

Foram as primeiras palavras que vieram à mente dela enquanto estavam parados, como um réptil esperando o momento oportuno. Ilunga a encarou, um leve sorriso nos lábios que logo se tornou uma crise de riso. Quando julgou ter se divertido o suficiente, o homem recuperou a calma:

— Você não vai a lugar nenhum. Não se preocupe, vamos achar alguma coisa para você vestir.

Ele havia pedido para não ser incomodado naquele dia. Se as questões de Estado pudessem dispensar a presença dele, ela podia lhe conceder um dia. Eles falariam sobre as questões relativas à organização material da vida.. O que ela comia de manhã? Boya olhou para o homem, pensando nas coisas simples que gostaria de fazer em sua companhia, como passear pela rua, conversando, pegar o Mobembo para fazer um piquenique sob uma árvore da savana pouco antes do pôr do sol. Passar a noite em uma pousada iluminada à luz de velas como ainda havia em certas regiões. Reclamar porque, no caminho de volta, uma falha de energia na via férrea os havia atrasado, depois se deslumbrar com a beleza da paisagem. Preparar aquele café da manhã em sua casinha no Velho País, levá-lo para ele na cama, revisar suas últimas anotações ou responder sua correspondência enquanto ele comia. Ficar ao lado dele, respirando o mesmo ar. Nada daquilo aconteceria, ou muito pouco. Ela soubera daquilo antes de encontrá-lo no dia anterior.

Ainda assim, sentiu uma leve pontada no coração. Ali, nos aposentos particulares dele, a vida parecia comum. Era uma ilusão. Sem dúvida, alguém esperava um sinal dela para preparar sua primeira refeição, as instruções que daria porque não estava sozinho, e isso provocaria fofocas entre a equipe. Ela não se importava com os boatos. Era o que eles significavam, a intrusão de terceiros em uma história de amor nascente. Boya se lembrou de uma máxima que Abahuza gostava de repetir: *Lembre-se de sempre levar seus filhos a Kemet*, para dizer que era importante proteger o que esperávamos ver florescer. As palavras dos outros não traziam risco em termos de conteúdo, mas se tornavam o veículo de cargas negativas, vibrações nocivas, coisas de que um novo amor não precisava. Só haveria abrigo para eles em sua vontade de estar juntos. Estar. Nem sempre seria fácil. Ela riu de volta, balançando a cabeça para a ideia de que as únicas caminhadas permitidas os levariam a lugares tão improváveis quanto o acampamento visitado no dia anterior. Pelo menos aquilo afastaria o tédio. No entanto, ele mesmo havia dito: os mundos situados em outros planos vibratórios eram pouco auspiciosos para certas atividades que ela adorava.

— Você está rindo de mim?

Encostado na cabeceira da cama, o olhar atento e o corpo relaxado, Ilunga parecia uma divindade observando preguiçosamente a vaidade da inquietação humana.

— Eu estava imaginando seus empregados recolhendo nossas roupas no corredor, antes de se encarregarem da sua primeira refeição.

Ah, ele tinha entendido. As complicações da intimidade com ele. Bem, ninguém viria naquela manhã, ele já havia dito isso. Se Boya quisesse comer alguma coisa, ela teria que se contentar com o que quer que ele preparasse para ela. Quando ele tinha decidido se instalar naquela residência, seus hábitos haviam mudado pouco. Ilunga prezava por sua paz, e a presença constante de criados não lhe parecia necessária. Eles cuidavam da segurança dele, isso era o principal. Enfim, ele mantinha o mínimo necessário para evitar atrair a ira do protocolo que já considerava o jeito dele pouco apropriado.

— Então, você vai cozinhar para a gente?

É, se ela aceitasse que ele emprestasse uma roupa para ela. Ela era quase da mesma altura dele, suas roupas ficariam perfeitas nela.

— Seja como for, você não pode ir embora assim. A gente ainda tem que conversar. Você tem que falar desta vez.

Era verdade. Ilunga havia se aberto com Boya sem fazer nenhuma pergunta. Não sabia nada sobre sua profissão, o local onde vivia sozinha ou com a família, os elementos básicos que costumávamos saber antes de apresentar uma pessoa aos mortos e às almas não nascidas de sua família. Claro, não teria sido difícil para ele obter aquelas informações, mas ele lhe dera liberdade demais, tempo demais para se comportar secretamente como um déspota que queria ficar de olho em tudo. Aquele não era o homem envergonhado pelo zelo de seus agentes no primeiro encontro dos dois. Além disso, ela não via nenhum motivo obscuro para ele estar fingindo. Esquecendo sua nudez, Boya se sentou de pernas cruzadas na frente dele e perguntou o que queria saber sobre ela. Ilunga só conseguiu responder com um sorriso. Fazia muito tempo que ninguém agia com tanta naturalidade na sua presença. Ela era exatamente como ele havia imaginado: animada e sem muito boas maneiras, tudo o que daria pesadelos aos serviços de protocolo e de segurança. Felizmente, eles não precisariam se preocupar com isso tão cedo, já que sua intenção não era apressar as coisas. Pelo contrário, sem deixar isso claro, o homem pretendia agir de maneira diferente do que havia feito em sua união anterior. Ele queria namorá-la pelo tempo que a tradição preconizou antes de anunciar suas núpcias. Então ela estaria pronta, acostumada ao difícil exercício da vida ao seu lado. Teria aprendido a se acomodar às restrições, para preservar a soberania de seu domínio, a não se deixar impressionar pelo mau humor do *kalala* nem pelos comentários do encarregado das Questões da Diáspora. Tudo aconteceria a seu tempo. Como aquele era o assunto que mais importava para ele, Ilunga perguntou sobre os espíritos que a haviam gerado. Ela mantinha com eles um relacionamento duradouro? Sabia como ficar na presença deles se eles não a visitassem em um sonho e fosse necessário que ela os visse? Se ficou surpresa com a pergunta, Boya não demonstrou. Muitas das conversas dos dois seriam daquele tipo — tinha sido assim desde o primeiro instante, antes que tivessem trocado uma palavra. Longe de incomodá-la, aquilo lhe dava uma sensação de liberdade raramente sentida. A espiritualidade ocupava um lugar importante em sua vida. Ela nunca conseguira compartilhar aquilo com um companheiro, tinha sido uma das razões pelas quais havia escolhido uma existência solitária. Ela não queria que o assunto fosse simplesmente tolerado, não queria ouvir risadas quando fosse necessário realizar um ritual no nascimento da Lua nova, não queria reclamações quando fosse necessário que ela passasse três dias na Casa das Mulheres. A espiritualidade e seu trabalho eram o mais importante para ela, as ocupações graças às quais tinha sido possível se elevar, tocar a parte dela que sempre havia se misturado com todos os seres vivos. Com Ilunga, ela não teria que esconder nada, explicar nada. Poderia anunciar um retiro em um bosque sagrado e contar sobre um sonho dizendo o que ele havia sido: uma viagem por sua memória ou uma indicação dos próximos eventos.

O Katiopa era conhecido por sua aceitação da dimensão irracional da vida, seu apego às mensagens do invisível, sua capacidade de se relacionar com tudo aquilo sem tentar transformá-lo. Desde a Primeira *Chimurenga*, pensadores e mestres do esoterismo tinham trabalhado, cada um em seu campo, para acabar com o deslocamento íntimo que havia dilacerado a alma do povo e espalhado os pedaços dela aos quatro ventos. A diversidade de crenças não era o problema para os povos do Continente, que praticavam com desenvoltura o acúmulo e não a seleção, tinham mais bom grado pelo sincretismo que pelo exclusivismo. O problema era que, como nenhuma crença era dominada de forma melhor, aqueles povos sedentos por contato com outros planos vagavam de porta em porta sem encontrar a chave. A sabedoria então ordenara que eles voltassem a si mesmos, à própria experiência quanto àquele assunto. Voltar a amar a si mesmos também exigia confiança em suas práticas ancestrais. Por séculos, aquela certeza tinha sido apenas superficial, já que as concepções dos ancestrais haviam sido relegadas à sombra. Muitas vezes, elas tinham apenas se tornado gestos sem sentido, meros reflexos. Apenas alguns indivíduos, que haviam deixado de ter valor aos olhos das pessoas comuns, ainda podiam falar do sentido místico dos gestos, mostrar o que os ligava àquela verdade que tinha se manifestado dentro de cada grupo humano. Os cultos estrangeiros haviam, por muito tempo, mantido o prestígio conferido a eles pelo fato de terem sido impostos pelos vencedores, inclusive quando ele os desprezava. Pois o Continente testemunhara, não sem certa perplexidade, a rejeição dos nascidos em Pongo à sua fé. Eles pareciam ter esquecido a violência com que seus antepassados a haviam implantado em outros territórios. A divisão das terras do Continente por eles tinha sido ratificada em nome de Deus, mas como aquela época desertara sua memória, eles se apresentavam ao mundo isentos de todos aqueles absurdos, e os que ainda se referiam à religião eram tomados por deficientes mentais. Se ainda mantivessem a disciplina — e recitassem o salmo 50 de seu livro sagrado no quinto dia da semana — ou recorressem ao cilício para fazer penitência e se mortificar, era no mais absoluto segredo. Para eles, Deus não tinha se dado o trabalho de morrer, nunca passara de uma fábula, e eles ficavam irritados pelo fato de os primitivos terem acreditado naquela história. Enfim, eles podiam se atualizar imediatamente, elevar mais o intelecto do que o espírito, todos tinham um modelo a seguir. O objetivo era tornar tudo secular, e o fenômeno devia se espalhar pelo planeta, que corria o risco de se afundar no obscurantismo. Eles haviam sido muitos a mudar de tom na época do Sinistro, quando os seguidores de Oxum ou Oxalá tinham começado a desfilar em longas procissões sob suas janelas, tocando gongos e tambores. Aquilo não trouxera o Cristo de volta, e seu retorno era mais esperado do que nunca.

No Continente, fora o despertar espiritual de parte da diáspora que reabilitara o caminho dos antigos. Ao longo de muitas gerações, os Descendentes constantemente haviam tomado a direção oposta no caminho que os separava de suas raízes. Eles tinham agido de muitas maneiras, reivindicando sua pertença a uma terra que tardava, por sua vez, a reclamar os filhos arrancados dela. Durante a Primeira *Chimurenga*, era comum constatar, nos territórios de deportação, o retorno dos rituais de iniciação ou adivinhação que lentamente caíam em desuso no Continente. O que fora forçado à carne, à alma dos povos do Katiopa não seria tão facilmente extirpado. As coisas estavam mudando aos poucos, os espíritos saíam de regiões obscuras, frequentadas em segredo para visitar somente as sombras. As coisas haviam mudado. O dia a dia, no entanto, continuava carregando a marca do passado. A tentação da modernidade separava o ser humano da natureza da qual ele fazia parte. Muitos acreditavam que, como o conhecimento ancestral havia, no passado, demonstrado sua fraqueza — antes da Maafa e das invasões que se seguiram —, ele não merecia ser reinvestido de poder. Não adiantava adaptar os métodos à vida atual, os círculos iniciáticos nem sempre cumpriam o que prometiam. E embora o proselitismo tivesse sido banido do Katiopa unificado, os cultos coloniais não haviam desaparecido completamente. O sonho de uma coerência teológica absoluta que fortaleceria a consciência coletiva local não seria alcançado pela simples prática de um retorno às fontes metafísicas. Talvez ele nunca fosse realizado, já que a fragmentação estava no centro da experiência humana, assim como a sedução da diferença. O outro não era apenas sistematicamente objeto de desconfiança ou desprezo, mas também de desejo, admiração, em todos os momentos e em todos os lugares. Às vezes os sentimentos se misturavam, a atração convivia com a repulsa. Sem dúvida era necessário optar por concepções superiores que visariam sobretudo à unidade da raça humana, porém, sem subjugá-la aos dogmas de alguns. Acolher todos os rostos da humanidade, aprender a conquistar os seres por dentro. Eles podiam ao menos se felicitar pelo fato de a teosofia tradicional do Continente já não ter que tomar os caminhos sombrios do passado. Uma de suas grandes qualidades — já que não incluía crenças de outros lugares — era não prometer nem Inferno nem Paraíso, não designar nenhum inimigo, aceitar a todos como eram. Ela sabia ouvir, acolher. Essa seria sua força no longo prazo, agora que tinha voltado a ser permitida.

Como os dois eram feitos do mesmo barro, Boya não teve problemas em responder. Ao contrário de Ilunga, não era acessando outros planos vibratórios que ela fazia contato com seus espíritos. Ela não sabia como fazer isso. Por outro lado, quando queria falar com os mortos, mas não podia esperar que entrassem em seus sonhos ou a visitassem por boa vontade, ela ia até a beira do mar. Dependendo do caso, ficava perto da água ou longe dela. Algumas de suas ancestrais então apareciam, mas ela não podia tocá-las nem conversar como todos faziam na terra dos vivos. A conversa passava de uma consciência para a outra. Ilunga concordou com a cabeça. Então era isso que ela estava fazendo naquele dia, quando ele a vira subir até o último andar de um prédio na área desativada. A mulher assentiu.

— Você estava lá o tempo todo?

Ela só havia percebido a presença dele ao caminhar para pegar o *baburi*.

— Tenho a impressão de sempre ter estado lá, em algum lugar, não muito longe, antes daquele instante preciso.

Ele nunca havia se sentido tão profundamente ligado a uma mulher. Ilunga tinha muitas outras perguntas. Não tinha pressa de fazê-las, eles continuariam a conversa comendo.

— Vou ensinar você a encontrar as outras pessoas da sua família.

Segundo ele, elas deviam ter uma ligação especial com o oceano, talvez até morassem nele. Boya confirmou a importância do Atlântico em sua história familiar, especialmente a feminina, do qual se sentia a guardiã. Sua família sempre se lembrava de Inina e Inyemba, irmãs gêmeas capturadas quando tinham ido buscar água, deixando os filhos na aldeia. As duas haviam perdido a vida durante o cativeiro, sem chegar à terra da deportação nem à servidão que lhes fora prometida. Duas gerações tinham se passado, e as circunstâncias de seu desaparecimento continuavam sendo um mistério. Então elas haviam se manifestado. Uma garotinha, descendente delas, pegara o costume de chamá-las enquanto guardava a louça da noite e de lhes oferecer parte dos alimentos consumidos na refeição. Sua alma ficara impressionada com o que era dito sobre elas, o amor poderoso que as unia, a aflição do clã que ficara sem notícias. Foi assim que a família ficou sabendo do que havia acontecido com elas, que tinham perecido durante a travessia, que seus restos mortais repousavam no fundo do mar. A família lhes deu um velório simbólico e enterrou um tronco de bananeira para cada uma, pronunciando as palavras ritualísticas da viagem para o outro mundo. O clã inteiro cantara e dançara sua tristeza, a alegria do reencontro, o apaziguamento enfim obtido. As gêmeas haviam recuperado seu lugar na comunidade e a transmissão de seus nomes era agora possível. Quando era sua vez de deixar aquela vida, as mulheres do clã muitas vezes pediam que seus restos mortais fossem enterrados não muito longe do oceano. Mas aquilo havia acontecido em tempos passados. Desde então, a água engolira a terra, afogando as sepulturas.

O homem assentiu mais uma vez. Então havia uma aldeia sob as ondas, que Boya poderia descobrir em breve. Ele até poderia movê-la e instalá-la no local que melhor lhes conviesse, se os ancestrais aprovassem a escolha dela. Foi assim que ele agiu com sua família, já que ela aceitara segui-lo aonde quer que ele fosse. A decisão havia sido ratificada durante a Segunda *Chimurenga*, aquela que as palavras nunca descreviam, que nunca era mencionada e que precedera a retomada das terras. Fora um período breve, durante o qual Ilunga frequentemente mudara de região. Aquele contato com os espíritos nada devia à intervenção de poderes sobrenaturais. Bastava desenvolver faculdades que todos tinham. Boya era uma excelente candidata àquele aprendizado, uma vez que já tinha os olhos abertos para o além, para a outra margem da vida. Mas, por ora, eles tinham que se vestir, senão não sairiam da cama. Situado junto ao quarto, o closet era uma sala de pé-direito alto. O brilho do novo dia chegava até ele por uma claraboia igual às que apareciam nas construções recentes. Uma porta discreta levava ao banheiro e estava entreaberta, mas Boya não a tinha notado na noite anterior. Eles haviam saído pela entrada principal, que dava no corredor. Ela considerou o arranjo criterioso, pois acrescentava conforto e privacidade ao local. Ilunga ofereceu a ela um abadá preto, rindo ao se desculpar por seu guarda-roupas de cores pouco vivas. Tudo era bastante escuro, a não ser por uma fileira de roupas brancas imaculadas. O resto parecia um campo de carvão de um lado e uma cachoeira azul do outro. Ele não tinha nada daquele amarelo solar que ela parecia adorar. Boya estendeu um dedo falsamente hesitante em direção às roupas azuis, indicando sua preferência por aquela tonalidade.

Ela havia abandonado a ideia de voltar para o Velho País antes da tarde, mas ainda esperava participar da reunião planejada na Casa das Mulheres. Decisões importantes seriam tomadas durante aquela reunião e tinha sido muito difícil acertar uma data entre as participantes. Na cozinha, saboreou a ternura do homem, a maneira que ele tinha de abraçá-la com uma das mãos e deixar a segunda cumprir várias tarefas. De tempos em tempos, ele a beijava na têmpora, no pescoço, sussurrando *Mwasi na ngai*, deixando-a embriagada de doçura enquanto temperava a salada com fonio e ervilhas de Angola. A emoção que se apoderou dela por causa daqueles carinhos inesperados se transformou em loquacidade. Ela contou sobre sua vida, o que ainda não havia dito e que ele tinha que saber. Seu trabalho na universidade, sua pesquisa sobre os Sinistrados. Quando chegou à amiga Abahuza e à excursão inesperada delas até Matuna, ele soltou um assovio.

— Você sabe, claro, que eu a conheço. Nós divulgamos a lista de membros do Conselho, e o nome dela não é comum.

É, ela sabia. Mas não conversava com Abahuza sobre as atividades do Conselho.

— O contrário teria me preocupado. Seja como for, isso é o que chamamos de conexão. Não?

Ela mencionara o relacionamento deles para a amiga?

— Eu disse que havia um homem.

Ilunga quis saber o que ela achava de Matuna, do Grupo de Benkos em geral. Boya deu de ombros. Ela via com benevolência a tentativa deles de fundar uma nova sociedade. Era possível talvez questionar alguns aspectos de sua abordagem, mas a reflexão era outra coisa. Sem formular as coisas assim, sem sequer saber disso provavelmente, o Povo de Benkos estava procurando um meio de devolver ao mundo uma energia feminina por muito tempo desvalorizada. Era assim que ela entendia a busca deles pela horizontalidade. O que apresentavam como uma recusa ao poder era uma oposição à sua expressão masculina. Não era uma questão de não regulamentar nada, as pessoas não podiam fazer o que queriam dentro da comunidade. Eles ansiavam por uma circulação diferente das forças, na esperança de torná-las mais frutíferas. Era possível ver neles lindas inspirações, ver em Matuna um laboratório, um lugar de experimentação. Para ela, eles estavam em sintonia com as necessidades humanas atuais. Se novos equilíbrios estavam se desenhando, se o Katiopa unificado ainda não tinha sido alvo de nenhum ataque militar, não era porque os dois países mais importantes de Mbenge tinham líderes femininas *ojibwa* e *navajo*? Nem todas as ameaças haviam sido exterminadas, mas Pongo tinha perdido aliados preciosos.

O Katiopa era uma terra feminina por seus valores, sua sensibilidade. O Grupo de Benkos comprovava isso à sua maneira. Claro que, se as práticas dele fossem avaliadas apenas em função da tradição, elas podiam parecer excêntricas. Era preciso pensar de forma diferente. Ilunga havia soltado seu abraço, feito com que a mulher se voltasse para ele e dado a ela toda a sua atenção. As pessoas de que ela estava falando eram um incômodo para o Estado, uma fonte potencial de desordem. Ele via o caráter poético da filosofia delas. No entanto, considerava-a inoportuna, já que ainda havia muito a fazer para consolidar o novo país. Se ficassem quietos em suas comunidades, a gestão de sua presença causaria menos problemas. Mas eles saíam, espalhavam pelas cidades um discurso capaz até de perturbar a unidade estabelecida, ainda parcial e frágil. Ilunga, no entanto, admitiu nunca ter se interessado pelo significado mais profundo da iniciativa, o que explica seu surgimento. Ele iria pensar sobre aquilo.

— Você devia ir até Matuna para ter uma ideia da situação.

Boya tinha dito aquilo de maneira bastante espontânea, sem pensar na agitação que uma visita do *mokonzi* causaria. Como ele não podia se locomover sem ser anunciado, tal visita não poderia ser secreta. Os Agentes da Segurança Interna existiam para isso. O *kalala* não apreciaria nem um pouco a ideia. Mas ela já estava percorrendo aquele caminho. Por que não? Ser uma testemunha pública da capacidade do regime de discutir com aqueles que se opunham a ele era uma coisa boa. Isso talvez permitisse que o governo encontrasse um *modus operandi* aceitável para todas as partes. Caso contrário, a repressão seria justificada e a fugitividade revisitada, da qual o Grupo de Benkos tinha se nomeado representante, daria a prova da malignidade dele. Ele não queria que isso acontecesse. No entanto, Ilunga não pretendia mudar de posição tão rápido. Ele queria provas. Fazia anos que não se aproximava daquelas comunidades. Então, sim, por que não?

— Obrigado — disse ele — por abordar essas questões desse ângulo. Falamos demais sobre política, segurança... A concretude está sempre se metendo no nosso caminho.

Aqueles que decidiam o destino do Estado podiam muito bem se preocupar com o significado metafísico de sua missão, mas algumas coisas escapavam a eles. As mais altas instituições tinham mulheres, mas Boya sabia bem que isso não queria dizer nada em relação à energia que os governava. A força, o olhar do feminino, muitas vezes estavam ausentes de suas decisões. Ele era um guerreiro. Um pacificador, mas mesmo assim um combatente, e isso determinava suas ideias. Depois da retomada das terras, o Katiopa unificado tivera que se dedicar à consolidação de seus pontos fortes, a uma convivência harmoniosa entre as diferenças de seus povos. Para conseguir fazer isso, a sensibilidade do combatente tivera que ser um pouco esquecida.

— Viu? Você tem a mesma opinião que a minha — exclamou Boya.

Ele nunca tinha alegado o contrário. O advento de uma era menos belicista não o incomodava em nada. Por que recuperar aquelas terras se eles não fossem trabalhá-las? E essa era uma tarefa atribuída às mulheres.

Antes da salada, eles degustaram frutas, gomos de laranja e pedaços de mamão consumidos em jejum, como recomendado pelos nutricionistas do Continente. Um *sekhew*, uma infusão do oeste do Katiopa que havia sido adotada em todos os cantos do país, encerraria a refeição. A conversa continuou, fluida e descontraída. Boya tinha esquecido como era bom compartilhar aqueles momentos simples. Sem saber ao certo o que havia imaginado, ela se surpreendeu com a tranquilidade que sentia por estar ali, na companhia de um homem que se aproximara dela de maneira tão pouco convencional. Olhando para ele, ela se lembrou de seus sonhos, dos territórios sem nome para os quais eles haviam viajado, assumindo vários rostos, mas sempre se reconhecendo. O primeiro lhe veio à mente, aquele em que os dois tinham atravessado um enorme precipício. Nada do que eles tinham vivido até o momento indicava qualquer perigo. No entanto, a visão tinha sido tão precisa que aceitá-la de maneira leviana teria sido imprudente. Ela decidiu falar sobre o sonho, primeiro explicando como aquelas viagens noturnas tinham sido frequentes. Ilunga respondeu que tinha acontecido a mesma coisa com ele e que atribuíra esse fato ao seu desejo por ela.

— Hum, você estava se segurando para não me ligar, mas vinha me ver de qualquer maneira...

Quando ela evocou aquele sonho específico, o que mostrava o corpo dos dois acima do vazio, Ilunga pousou o garfo em um gesto lento e ficou em silêncio por um tempo. Então explicou que tinha visto a mesma coisa, sobretudo a continuação do que ela estava descrevendo: ambos tinham atravessado o fosso e a mulher estendia o braço para lhe mostrar a beleza da paisagem, antes de dizer: *Viu, não foi tão difícil assim...* Aquelas exatas palavras, embora ele não se lembrasse de ter sentido medo. Ela falara como se tivesse sido necessário convencê-lo a fazer alguma coisa. Nenhum dos dois revelou o sentimento específico que a descoberta do sonho comum provocara. Seu significado seria revelado no momento certo. Talvez estivessem oferecendo a eles uma imagem antecipada do que viveriam juntos. Talvez. Aquele elo privilegiado oferecido a eles não deve ser desperdiçado. O relacionamento deles, agora que tinham um acordo tácito para formá--lo, não se limitaria à união de dois indivíduos com o objetivo de replicar a criatura original e a própria divindade, concebida como masculina e feminina. Já era bom ter consciência do que havia feito mulheres e homens se unirem desde o início dos tempos. Mas ainda era necessário projetar juntos o que a entidade que as duas individualidades formariam produziria no ambiente ao redor deles. O que ela teria para oferecer aos outros? Eles não precisavam se fundir para gerar apenas um corpo, uma pessoa finalmente completa. Na verdade, a totalidade do Ser Supremo residia primeiro em cada um. Mulheres e homens não eram deficientes e sua união, repetida sempre, não compensaria aquela enfermidade. O relacionamento deles geraria alguma coisa. Esse era o objetivo, mesmo quando o produto não era um filho.

Sem precisar pôr aquela ideia em palavras, Boya e Ilunga sabiam que se queriam. Inclusive era por isso que, apesar de estar próxima dos quarenta anos, a mulher achava que podia se dar ao luxo de pedir uma coisa: tempo. Antes de decidir como seria a vida comum deles, pois ela não pretendia evitá-la. O mais importante para ela era inventar, com Ilunga, o jeito de ser dos dois. Era cedo demais para deixar o Velho País. Era impensável desistir de suas tarefas de iniciada ou ser conduzida por um motorista até a beira da praia. Como percebeu que ela ia começar a falar, Ilunga a interrompeu.

— *Mwasi na ngai* — disse, com um sorriso. — Imagino que uma pessoa tão apegada ao *baburi* não tenha a intenção de vir morar sob o meu teto da noite para o dia.

Ela podia ficar calma. Não era aquilo que ele estava propondo. O tom de Ilunga se tornou mais sério. Como ela já havia notado, certa maneira de agir era importante para ele. Tanto porque já havia se casado com uma mulher quanto porque tinha aprendido mais sobre o valor das velhas práticas. Claro, nem todas precisavam ser mantidas. Mas ele achava que algumas mereciam ser respeitadas. Fruto da experiência e do bom senso, a maioria delas visava à proteção, à elevação. Assim, antes do casamento, as pessoas que haviam se prometido uma à outra tinham que passar um período de três anos juntas. Seria apenas no final daquele período que o casamento aconteceria. Ilunga não queria decidir aquilo sozinho, mas queria que ambos concordassem com aquela possibilidade.

— Para agir de acordo com a tradição, teríamos de dividir a mesma casa. Mas não quero impor isso a você. Você tem que ficar à vontade com essa ideia.

Era a vez de Boya falar. Ela exibiu um sorriso, enigmático aos olhos de seu interlocutor. Como explicaria que ele parecia ter lido sua mente? Ela se sentiu tão leve quanto uma pena, muito grata à vida por ter trazido Ilunga para ela no momento certo, o parceiro ideal. Se havia um precipício a atravessar, eles já tinham saltado. Seriam invencíveis. Boya se sentia poderosa. E excitada. Isso foi ouvido no som de sua voz quando ela sussurrou, para responder à proposta de Ilunga:

— *Mobali na ngai*.

E ela pretendia fazê-lo de diversas maneiras, antes mesmo que voltassem para o quarto.

9.

O *kalala* do Katiopa unificado se mantinha em silêncio diante do homem parado à sua frente. Nada escapava a seu olhar atento, ele lia até as profundezas de seu interlocutor. O homem, preocupado por ter sido convocado sem um motivo claro, se mantinha ereto e olhava nos olhos de Igazi. A demonstração de indiferença confirmou sua escolha. Ele precisava de um agente capaz de manter o sangue frio em todas as circunstâncias. Claro, o indivíduo tinha mania de se meter em tudo, mas isso nunca havia atrapalhado seu trabalho. Era um detetive, um homem inteligente e adaptável, um ás da camuflagem. Vários minutos haviam passado, e o silêncio entre eles tinha ganhado peso quando o chefe da Segurança Interna se recostou na cadeira:

— Sente-se, Kabongo.

O agente se acomodou na cadeira dura que o *kalala* reservava para seus visitantes. Era possível aprender muito sobre as pessoas ao colocá-las em situações incômodas. Mais uma vez, Igazi ficou satisfeito. Ele foi direto ao ponto. Sua última conversa com Ilunga havia ficado atravessada em sua garganta. Quando apresentara o resultado de sua investigação em Matuna, sobretudo as imagens filmadas de sua namorada e dos amigos dela, todas haviam sido dispensadas. Ao menos, tinha sido isso que ele havia sentido quando o *mokonzi*, dando de ombros, se contentara em dizer:

— Irmão, me traga informações que eu não saiba...

Naquele dia, ele tinha ido falar com ele como homem, como irmão, dos amores de Ilunga, da prudência necessária a alguém que encarnava o Estado. E, com a maior calma, o outro respondera:

— Eu já tinha previsto a sua reação. Teria ficado decepcionado se você não tentasse me alertar.

Diante de tanta casualidade, tanta confiança inexplicável, Igazi resolvera mostrar o que tinha visto em Matuna. Mas a mulher vermelha não tinha escondido nada, pelo contrário. E a presença de Abahuza, integrante do Conselho, bastava para indicar que não havia malícia naquele fato. Ninguém podia desconfiar que ela estivesse em conluio com inimigos do Estado. Se tivesse outra opinião, o *kalala* teria que submeter elementos mais concretos, provas claras. O que Ilunga sabia sobre aquele passeio em Matuna não o fazia desconfiar das duas mulheres. Quanto ao Sinistrado, seus motivos para se aproximar do Grupo de Benkos eram estritamente particulares.

— Não acho ruim que você mantenha esse homem sob vigilância. Nunca se sabe, já que elas saíram da comunidade sem ele.

Igazi ia trabalhar duro. Sua intenção era — claro — ficar de olho no estrangeiro, mas também espionar a mulher vermelha. Os dois teriam os detetives mais talentosos da Segurança Interna em suas costas. Eles sentiriam o cheiro de seus peidos antes que precisassem soltá-los. O amor, se é que se podia chamar assim o problema, havia cegado Ilunga. O *kalala* seria obrigado a protegê-lo. O corpo do *mokonzi* não pertencia mais a ele. Era propriedade do Estado. Sentir desejo por uma mulher era compreensível, mas era imperativo descartar, imediatamente, todas as que pudessem chegar até seu coração. O agente que tinha chamado no início da noite, quando o escritório estava basicamente deserto, teria a tarefa de seguir a mulher vermelha. Igazi cuidaria de passar a ele os elementos que tinha. A tarefa seria fácil: eles sabiam quem ela era, onde morava e onde trabalhava. O que ele queria era que Kabongo se aproximasse da mulher vermelha, fosse convidado a participar de sua intimidade. Ele suspeitava que a missão não o desagradaria.

— Mas já estou avisando: nada de sentimentos.

Quando passava as instruções, Igazi pensou ter detectado, nos olhos do agente, um brilho envergonhado.

— O que foi?

A princípio, o homem permaneceu em silêncio. Igazi viu as perguntas girarem na cabeça do detetive. Com autoridade, ele repetiu a pergunta. O *kalala* nunca levantava a voz, era inútil. Seu interlocutor respondeu rápido, admitindo que conhecia a mulher. Como sabia o que seu superior estava pensando, ele imediatamente acrescentou:

— Ela é vizinha da minha ex-mulher. Eu às vezes encontro com ela quando deixo as crianças com a mãe.

Igazi não parava de ter surpresas, mas aquela servia a seus propósitos e o fez relaxar. O agente poderia agir tranquilamente, bater na porta da investigada por qualquer pretexto.

— Você tem que entrar na casa dela sempre que possível. Nós nos tornamos especialistas em sistemas de bloqueio, como você sabe. É assim que escapamos dos olhares dos predadores.

O *mokonzi* não deixaria de dar à namorada as ferramentas adequadas e não encarregaria Igazi disso. Ele colocaria o equipamento na frente dela, entregaria à mulher vermelha uma engenhoca portátil que ela teria apenas que deixar na bolsa. Portanto, Kabongo não tinha escolha. A missão exigia intimidade. Se ele conseguisse — e o contrário não podia acontecer —, o fim de uma aventura que certamente seria fonte de problemas se apressaria.

Não apenas o *mokonzi* havia basicamente rido da cara de Igazi, mas também não vira nenhum problema em avisar que queria ir a Matuna. Seria uma visita oficial e ele esperava que as equipes do *kalala* a organizassem. Ele teria algumas semanas para isso. Quando as conversas com o Grupo de Benkos tivessem terminado, a notícia do encontro seria anunciada à população. Era preciso mostrar a vontade do Estado de chegar a uma solução amigável e garantir que um porta-voz dos marginalizados fosse indicado, ou até mesmo um chefe. Seria uma forma de testar o ódio deles à verticalidade. Além disso, todas as comunidades tinham recebido Ilunga durante a instalação do novo regime. Aquilo havia acontecido em escala regional, mas até a menor das aldeias tinha sido representada. No fim das contas, o Grupo de Benkos também era filho do Katiopa. E continuaria sendo. Apesar dos desacordos, era preciso tentar falar com eles.

— Podemos estender uma mão firme para o Grupo. O essencial é fazer o gesto e conseguir uma abertura — continuou o *mokonzi*.

Igazi não tinha ouvido o resto direito. Ilunga esperava que ele pacificasse as relações do Estado com as pessoas que se rebelavam contra a ordem.

A mulher vermelha mal havia entrado na vida de Ilunga e o raciocínio dele já estava vacilando. Se o *mokonzi* tivesse dado a entender que tudo aquilo era apenas uma estratégia para achar um bom motivo para cortar de uma vez por todas as cabeças da hidra, ele teria aceitado a manobra sem nenhuma reserva. Mas não, não era isso. Ilunga estava sendo sincero e desejava, de boa-fé, chegar a um acordo. Bom. Caso falhasse, ele o induziria a se aposentar. Afinal, apesar de ter sido nomeado pelo Conselho e pela Assembleia dos *mikalayi*, Ilunga teria deixado a chefia do Estado a Igazi. Critérios que nenhum deles realmente atendia tinham sido usados para decidir entre eles. Ilunga havia reunido os irmãos e avisado que, para ele, a escolha da Aliança devia prevalecer. Igazi tinha gostado do momento em que eles homenageavam os que tinham arriscado a vida, em que eles se tornavam homens entre seus semelhantes. Tinha se sentido honrado ao recusar a votação proposta. Primeiro, porque ninguém podia recusar aquela responsabilidade e, mesmo que ela tivesse sido dada a ele, não era assim que ele gostaria de recebê-la. Seu poder teria sido reduzido. Portanto, Igazi preferira se tornar *kalala* do Katiopa unificado, responsabilidade que ele queria manter de qualquer maneira. Ninguém seria capaz de supervisionar a constituição das forças militares melhor do que ele. Por muito tempo, aquela tinha sido uma das deficiências mais óbvias do Katiopa. O Continente não tinha defesa digna daquele nome, já que certas nações coloniais haviam preferido se render ao opressor para se proteger. E o setor ainda demonstrava fraqueza, pois nem todas as regiões tinham sido integradas e nem todas que haviam aderido ao Estado tinham avançado muito nesse sentido. A Terra Mãe ainda não tinha criado uma instituição de treinamento de militares, qualquer que fosse sua região de origem. Transmitir práticas, mas também certa iniciativa, fazer do amor pelo Continente uma religião era essencial para invadir os territórios cujos líderes resistiam à união. Igazi não soltou o grito de raiva que lhe queimava o peito, o grito de incompreensão diante da leviandade de quem o cercava. Se tinha que fazer tudo sozinho, bem, então faria.

Primeiro, ele lidaria com aquela mulher vermelha. Abriria entre ela e Ilunga um fosso intransponível.

— Kabongo — disse ele em voz baixa —, seja para aquela mulher o homem com que todas sonham. Encontre uma maneira de afastá-la de *mokonzi*.

Ele teria preferido não contar nada ao agente, mas, no ritmo que as coisas estavam andando, a paixonite de Ilunga logo seria conhecida por todos. O melhor era o agente saber da importância da tarefa que lhe estava sendo pedida. Não seria algo divertido, mas um problema crucial de segurança. Igazi não entrou em detalhes, já tinha sido compreendido. Mencionar Ilunga havia sido suficiente.

— Você vai me entregar um relatório a cada dois dias, a partir de hoje.

Ele queria saber tudo. Até o jeito como a mulher se lavava, e ele não estava brincando.

Kabongo saiu do escritório fechando a porta da sala, deu alguns passos no corredor e só voltou a respirar normalmente na escada. Ele se sentia pesado, tinha a sensação de que um corpo havia muito tempo privado de vida tinha sido colocado sobre o dele. Então era aquilo. Quando pedira que ela *resolvesse aquilo* antes de voltar a falar com ele, era porque desconfiava que ela estava saindo com outra pessoa. Era fácil perceber aquele tipo de coisa. Da última vez que os dois tinham feito amor, Boya não se abandonara como costumava fazer. Tudo tinha estado bem até ele tocar nela. Então, em vez de se juntar a ele, ela lentamente viajara para outro lugar. Seus pensamentos haviam vagado, sem que ela mesma percebesse, para o homem que desejava. Ela tivera que se concentrar nas carícias que ele oferecera e o vai e vem dos quadris dela se tornara mecânico quando ele a penetrara. Era fácil perceber aquele tipo de coisa. Ela gozara como se tivesse se masturbado à toa, num gesto feito sem necessidade, sem desejo. Ele lembrava como se tivesse sido no dia anterior. Desde então, não ouvira nem um pio dela. Normalmente, Kabongo fazia questão de não se apegar, não chegava para ficar. Era ele que caçava, ele que decidia o momento certo de atacar sua presa, devorá-la como ela esperava, deixá-la saciada. E isso sempre dava certo. Ele escapava antes de deixar outras impressões, além das do prazer. Com Boya, tudo havia acontecido de maneira diferente, meio ao contrário. Claro, ele não estava tão atento quanto costumava ser porque estava com os filhos e, com eles, sua vulnerabilidade se expressava mais. Só tinha se casado para tê-los, as crianças eram tudo para ele. E seu trabalho às vezes o obrigava a ficar longe deles por muito tempo. Por isso, os momentos vividos ao lado deles eram preciosos.

    A mulher que o *kalala* chamava de *vermelha* havia aparecido em um daqueles momentos tranquilos em que, segurando a mão do menino, ele se entregava à ternura. Ela havia falado com ele, mas, sobretudo, olhado para ele. Os olhos daquela estranha o haviam dominado tanto, a íris dourada, incomparável, que Kabongo tivera a impressão de ser visto pela primeira vez. A cor acobreada de sua pele os ressaltava. Ele havia se perdido em seu brilho, mergulhado na forma amendoada de seus olhos, enquanto seu coração batia cada vez mais lento. A mulher tinha jogado todo seu charme para ele, juntando as pontas de sua capa, uma peça da moda inspirada na velha *nguba*, que ostentava sobre um *bùbá* em forma de longa túnica. O sol tinha se refletido nas miçangas do *amacubi* fino com que se coroara. Ele nunca tinha visto um igual, todo em metal precioso. Ao voltar ao presente, ao lugar, aos filhos, passara suas informações de contato a ela. Claro, os dias seguintes haviam sido tomados pela angústia de não receber um telefonema, uma emoção totalmente nova para ele. Desde o início, ele havia ficado preso na armadilha. Kabongo realmente não medira a extensão dos danos do dia em que, ansioso por estar com a mulher, deixou uma mensagem preocupada para ela. Ela imediatamente entendera o significado, não se apressara em respondê-lo. Boya o havia chamado, ele fora correndo, e não era ele que ela queria. Kabongo não sabia explicar direito o motivo que a levara a chamá-lo naquela noite. Talvez ela estivesse tentando saber qual dos dois escolheria. Não ele. O *mokonzi*. Nada menos do que isso. Um homem que, ao passar, fazia mulheres desmaiarem. Ela também, visivelmente. O *kalala* não podia esperar que ele a tomasse do melhor dos homens. Ele mesmo não acreditava nisso. Um escândalo seria suficiente para causar a separação dos pombinhos. Afinal, eles não chegariam à eliminação física.

Ele não encontrou ninguém ao sair do prédio da Segurança Interior, que partilhava o terreno com o Estado-Maior, localizado em frente a ele. O *kalala* se revezava entre os dois. A presença de alguns funcionários zelosos só podia ser notada graças à luz visível através das janelas de seus escritórios. Sem fazer esforço, sua mente registrou a localização deles, se lembrou de quem ocupava aquelas salas. A vigilância mecânica o tranquilizava, ele não estava totalmente perdido. Mas o que lhe pediram era impossível. Ele não podia revelar ao chefe seu caso com Boya. Isso complicaria as coisas. Assim que a havia reconhecido nas fotos, claras capturas de tela, a pequena rachadura em seu peito havia reaberto. Era por ali que sua alma escapava pouco a pouco desde a última noite dos dois. Não havia sido nem uma noite inteira. E agora ele teria que seduzi-la a todo custo. Mas como? Havia algo diferente entre eles — pelo menos era o que Kabongo pensava. Agora ele só conseguia pensar que ela nem o havia chupado. As mulheres daquela região do Continente não eram levianas quanto à aplicação daquela carícia. Ela era um sinal de intimidade profunda, a expressão de um sentimento que dispensava palavras. Eram elas que deviam tomar a iniciativa. O tipo de relacionamento que os dois mantinham, em que não falavam nada sobre as próprias vidas e jantavam em silêncio depois do amor, pedia aquele gesto. Para demonstrar que era diferente das outras... A imagem de seu pênis na boca de Boya o perseguia. Ele se via interrompendo a mulher enquanto ainda podia segurar a ejaculação, invadindo-a e devastando-a para responder sua mensagem de maneira clara: para ele, o relacionamento dos dois também não era como os outros. Entrar em sua carne como a lâmina que busca a semente da fruta, tocá-la naquele lugar específico. Fazer amor de tal modo que as palavras que expressavam aquilo nunca mais fossem necessárias.

No fim da *nzela* que levava ao bulevar Rei Amador, que Kabongo pretendia percorrer a pé, ele se perguntou até que ponto teria que chegar para realizar sua missão. Por alguns segundos, imaginou-se duelando com o *mokonzi*. Mas aquilo não o fez rir. As crianças já deviam estar na cama. Ao entender que ele não ia voltar, sua irmã, que morava no segundo andar da casa herdada de seus pais enquanto ele ocupava o primeiro, também iria dormir. O bairro era seguro, o local bem vigiado. Ele podia se permitir um desvio. Seu primeiro relatório era esperado dali a dois dias. No entanto, Kabongo não tinha nem um esboço de plano para se aproximar de Boya. Não seria difícil traçar estratégias, mas aquilo o incomodava. Dadas as circunstâncias de sua separação, ele teria que implorar pela atenção dela, quando era Boya que devia procurá-lo. Era a primeira vez que ele se confrontava com uma colisão tão forte entre o trabalho e a vida privada. Os dois universos nunca haviam se esbarrado. E, nesse caso, eles se interpenetravam tanto que o deixavam zonzo. Mesmo que a coisa fosse tecnicamente possível, ele não voltaria a fazer amor com Boya para extrair informações dela. Ela notaria uma mudança em sua atitude, apreciaria muito pouco aquelas tentativas de intrusão em seu jardim secreto. Até ali, eles haviam tomado o cuidado de não oferecer nada além de seus corpos. Ela não sabia onde ele trabalhava, não o questionara sobre isso e só havia descoberto sua relação com Zanele por acaso. Ele agora conhecia detalhes que ela não havia revelado, mas aquilo não mudava muita coisa. Kabongo precisaria de paciência, de muito mais tempo que seu superior poderia tolerar. E eles não seriam mais dois, e sim três naquela história. Já não havia mais espaço para ele. Uma luta teimosa seria necessária para que ele conquistasse o seu de volta. Kabongo tentou esquecer aquelas suposições.

Transeuntes com pressa se acotovelavam ao longo do bulevar Rei Amador, onde ele vagava, os olhos fixos no chão em que as lâmpadas dos postes desenhavam círculos alaranjados. Não havia nenhuma atração no bairro, uma área administrativa com edifícios austeros e estruturas arredondadas em forma de disco que caracterizavam os edifícios de função pública. Janelas ovais se abriam aqui e ali nas paredes, parecendo formar mil rostos tomados de espanto. Não havia nenhum espaço naquela região, nenhum lugar para se reunir, já que a ideia era evitar as multidões. Kabongo não usou a passarela mecânica que iluminava as andanças dos funcionários públicos que seguiam para o centro da cidade. Caminhar lhe fazia bem. Ele iria até a Praça Mmanthatisi e, de lá, pegaria o primeiro *baburi* para a periferia oriental da *kitenta*. Ele chegaria mais rápido de bicicleta, já que o município de Mbanza oferecia uma assinatura e havia uma estação de aluguel a cerca de quatrocentos metros dali, mas não. Ele preferia se livrar um pouco da raiva que enchia seus pulmões, encarar friamente sua amargura. Era porque ela não o queria que ele estava se sentindo tão mal? Era por isso que estava tão obcecado por ela? Ele não estava acostumado com a indiferença das mulheres. Assim que se aproximava delas, todas começavam a desejar loucamente um homem que não tinham notado. Kabongo sabia que seu guarda-roupa civil não destacava seus pontos fortes. Ele permitia que o agente se misturasse à multidão, estivesse presente sem estar, visse, ouvisse.

Quando se despia, as mulheres descobriam um segredo bem guardado que esperavam não ter que compartilhar. Ele tinha visto aquele brilho nos olhos de Boya, na primeira vez. Desde então, ela nunca se privara de aproveitar o espetáculo. Ele então entendeu a diferença dela em relação às outras. Ela o vira, sim, antes mesmo que ele tivesse se despido. No fim das contas, apenas ela saberia dizer o que chamara sua atenção, o que agora ela deixava de precisar. Ela nunca havia contado a ele. Para Kabongo, Boya continuava sendo um segredo, nunca revelava nada além do que sua casa podia indicar: os móveis escolhidos, a cor das cortinas, o estilo das esculturas. Eles passavam pouco tempo no *ndabo*. Quando a fome os dominava depois do amor, ela trazia uma bandeja para a cama, uma refeição fria preparada antes, um copo de pomula ou licor de amarula. Ele então ia embora. Ela gostava de dormir sozinha. Recuperar seu espaço, sua vida. Às vezes, quando a porta da casa se fechava, ele via a luz do *ndabo* se acender, o local onde Boya tinha uma escrivaninha. Ele mal saía e ela já começava a trabalhar. Será que trocava os lençóis? Ou tolerava seu perfume impregnado neles? Kabongo não se lembrava de nenhuma ocasião em que a mulher vermelha o havia recebido mal. Ele sabia que lhe dava prazer, essa não era a questão. Entre eles, era bom, até melhor que isso. E aquilo tinha que significar alguma coisa. Ele não perguntava nada sobre o assunto. Aquilo encerraria uma conversa apenas iniciada. O homem precisaria de tempo para realizar uma missão que interferia em seus desejos. Ele pararia para anunciar sua chegada, para ter certeza de não encontrar a porta fechada.

Três passarelas mecânicas derramavam sua parcela de pedestres na Praça Mmanthatisi. Uma das estações mais importantes de bicicletas elétricas recebia inscritos que tinham verificado por meio de um aplicativo que podiam deixar o veículo ali. Normalmente era isso que as pessoas faziam antes de pegar o *baburi* — quase todas as linhas daquele meio de transporte convergiam para aquele lugar, o coração da cidade. Os drones dos correios começavam seu balé, sua jornada de uma plataforma para outra. Ninguém prestava muita atenção neles. Eles atravessavam o espaço como grandes pássaros, voando baixo, mas alto o suficiente para evitar colisões. Programados para localizar e contornar qualquer obstáculo, eles não colidiam e, uma vez em seu destino, depositavam seus pacotes. Então, robôs equipados para ler os códigos de barras presentes em encomendas e cartas realizavam a triagem com tal cadência e precisão que tinham se tornado essenciais. Os funcionários humanos garantiam o bom andamento das operações, sinalizavam eventuais avarias e cuidavam das raras correspondências manuscritas. A Praça Mmanthatisi fervilhava. Era o lugar mais movimentado da cidade, mesmo tarde da noite. E também o mais bem vigiado. Os incidentes eram pouco frequentes ali. Kabongo deixou alguns trens passarem antes de pegar o seu. Como havia muitos assentos, ele se sentou nos fundos do vagão, escolhendo um assento localizado no centro da fileira. A viagem durou cerca de 45 minutos. Ele tentou deixá-los passar sem pensar demais. Quando chegou ao destino, a densa folhagem das grandes árvores que circundavam o lugar acentuava a escuridão. Não era tão tarde, mas as sombras haviam tomado conta do bairro.

 O homem pôs os óculos de visão noturna e térmica, equipamentos que tinham que ser adquiridos por quem frequentava o lugar batizado de *Mfundu*. Ele havia tomado o cuidado de anunciar sua ida. A construção, escondida no coração de uma área reconstruída em seu estado original, abria as portas apenas algumas noites por mês e para um público seleto. O resto do tempo, parecia uma vila antiga, uma ruína isolada nos fundos do que poderia ter sido um jardim imaculadamente planejado. A *nzela* em que Kabongo andava podia ser um vestígio daquela época, hoje devorada por galhos e ervas daninhas. Um perfume de natureza selvagem flutuava no ar e o acalmou. O olho mágico se abriu quando Kabongo bateu na porta. Ele foi reconhecido, cruzou a soleira e entrou em outro universo. Nu como no dia em que havia nascido, o segurança o abraçou. Uma luz áspera iluminava o espaço, eliminando violentamente a escuridão furiosa do exterior. Uma música lânguida emanava da sala principal, de onde brotavam risadas e trechos de conversas. Kabongo andou a passos largos até o vestiário, despiu-se e se juntou ao grupo. No *ndabo*, um bufê tinha sido montado, atrás do qual garçons ocupados serviam carnes assadas e peixes grelhados. Os convidados, cerca de cinquenta pessoas, se sentavam, depois de se servirem, em almofadas dispostas sobre grandes esteiras de ráfia. Alguns compartilhavam namoradeiras baixas e de encosto alto, que ofereciam mais privacidade. Kabongo gostava da atmosfera ousada daquelas reuniões.

As pessoas iam até lá para relaxar, voltar a se sentir à vontade com o próprio corpo. O fato de andar nu por uma sala aguçava o pensamento. Ele sentia que estava navegando por alguns dos subterrâneos da sociedade que devia proteger para consolidar sua autonomia e ganhar força. Para isso, era preciso percorrer os aspectos que o Continente ignorava — características que ele reprovava, mas das quais não conseguia se livrar, pois elas o constituíam. Em dado momento, alguns homens, como ele, tinham parado de ser circuncidados, e suas famílias passaram a ver o ato como uma mutilação. Minoria naquela parte do Continente, eles às vezes tinham dificuldade de se manter naquele estado específico. Um deles havia criado o *Mfundu*, uma fraternidade de um novo estilo. O *Mfundu* não tinha rituais de iniciação propriamente ditos. Para ser admitido, bastava encontrar a porta. Então era preciso se apresentar aos outros, explicar que necessidade a pessoa tinha de frequentar o grupo. Todos eram ouvidos com muito boa vontade. Kabongo observou os libertos do *Mfundu* conversando alegremente. Mais tarde, naquela mesma noite, um espetáculo seria apresentado. Eles nunca sabiam o que veriam, mas nunca voltavam para casa decepcionados. Da última vez que ele tinha ido até lá, o grupo havia escutado uma interpretação de *Ostrich*, o famoso solo de Asadata Dafora. O entretenimento proposto sempre tinha a particularidade de misturar o antigo e o contemporâneo, a beleza do Katiopa ancestral e de outras regiões do mundo.

O que o *Mfundu* praticava não era o naturismo dos malucos de Pongo. Era mais uma saudação desinibida aos antepassados cuja forma de estar no mundo era menos celebrada. Alguns acabavam retomando a espiritualidade deles, voltando a valorizar seus penteados, mas a relação que tinham com o corpo não era mais admitida na sociedade atual. Ela era vista como primitiva, e alguns chegavam a ver, nas imagens que tinham, cenários coloniais. Os cultos estrangeiros tinham deixado sua marca. Muitos entendiam mal os antepassados que viam a pele como nossa primeira vestimenta. Eles às vezes a escondiam muito pouco, não vendo nela nenhum valor erótico. Os frequentadores do *Mfundu* vinham retomar aquela visão de si e dos outros.

Eles também iam homenagear outros antepassados: os do Outro Lado, que a memória do Katiopa agora reconhecia. Eles tinham sobrevivido com o prepúcio e não demonstravam ser homens piores por causa disso. Nada muito extravagante ocorria entre os frequentadores do *Mfundu*. Eles eram simplesmente nus e não circuncidados.

Kabongo estava sem fome, por isso se contentou com um copo de *sodabi*. O álcool de palma, no qual frutas e ervas tinham sido maceradas, era servido sem gelo. Ele se sentou sozinho em um canto, sem muita vontade de puxar conversa naquela noite. Seu mal-estar se dissiparia sem isso — bastaria que ficasse entre os homens ali reunidos. As festas do *Mfundu* tinham se tornado uma instituição, e todos os que precisavam acabavam por descobrir o lugar. A única concessão feita à atualidade tinha sido o abandono do tapa-sexo, da meia sobre o pênis, ferramentas que eles podiam dispensar ao se reunir. O amor entre pessoas do mesmo sexo era expresso em outros lugares, lugares onde as pessoas se cobriam pelas razões habituais. Ele não gostava muito daquilo — preferia cantinhos discretos onde pessoas não binárias praticavam um sexo oral delicioso. Todas aquelas modalidades alternativas de sexualidade tinham com o *Mfundu* o gozo a portas fechadas. Mas, naquela noite, ele não queria nada daquilo. Nem os lábios mais experientes substituiriam os de Boya. O *Mfundu* o ajudava a disciplinar sua libido, a mantê-la em uma rédea curta. Aquele era o reino da virgindade, da inocência. Kabongo bebericava enquanto ouvia diversas discussões sem tentar apreender cada palavra delas. Seus pensamentos viajavam calmamente para as perguntas que tinha que confrontar. Dois imperativos se impuseram a ele no fim das contas: ele tinha que cumprir a missão e tentar reconquistar Boya para si. Não tinha escolha. A vida havia ligado os dois e ele lidaria com isso. Imaginando o *mokonzi* deitado nas almofadas do *Mfundu*, viu nele apenas um homem que se tornara chefe de Estado. Ilunga tivera a sorte de vir ao mundo mais cedo, de pertencer à geração que unificaria o Katiopa. Mas não faltavam recursos a Kabongo, e ele poderia muito bem ter participado da lenda da *Chimurenga*. Ele o desafiaria, de homem para homem. Por enquanto, Kabongo estava em vantagem: o *mokonzi* não sabia nada sobre o rival, e a mulher cobiçada não suspeitava de nada. Ele tomou outro gole de *sodabi*, balançando a cabeça ao som do *ngoma* de oito cordas que respondiam às de um baixo.

10.

Boya havia dado um jeito para que sua vida não se perdesse em um turbilhão, mas tinha sido impossível evitar transformações importantes. Como esperado, tinha sido indispensável abrir portas e janelas para que Ilunga e as peculiaridades induzidas pelo relacionamento dele entrassem. Ela ia continuar no Velho País, nisso eles concordaram. A mulher vermelha se recusou a ficar com um veículo com motorista e a ser acompanhada de maneira ostensiva por guarda-costas. E, se seu amado quisesse encontrá-la em casa, ele não podia ir até lá com uma comitiva imponente. Mas ela queria que ele fosse, e se esconder não fazia o estilo de Ilunga. Naqueles encontros, ele não queria recorrer a nenhum método que permitisse camuflar sua passagem. Afinal, aquele conhecimento devia ser usado com sabedoria. Por isso, passou a visitá-la e, querendo ou não, os habitantes do Velho País acabaram por notar o sedã de vidros fumê que ficava estacionado na estrada principal, com os emblemas oficiais na placa de identificação e os três caracteres katiopianos que significavam *mokonzi*. Na primeira vez que ele foi visto saindo do carro, na hora em que as famílias se sentavam para o jantar, foi sobretudo sua elegância que atraiu a atenção. Ilunga vestia um conjunto discreto, mas a qualidade do tecido e seu porte natural o distinguiam. Muitos observaram a chegada pela porta entreaberta de casa, depois de pôr a cabeça para fora para chamar as crianças atrasadas por causa de suas brincadeiras, e arregalaram os olhos. Ninguém tinha se beliscado, isso não era comum, mas todos tinham ficado parados, imóveis, de boca aberta. O homem os cumprimentara com um aceno de cabeça, como qualquer um teria feito, e seguira seu caminho na maior calma. Alguma coisa em sua atitude impedia que se aproximassem dele, enunciassem qualquer palavra que ele não tivesse solicitado. As próprias crianças, que no geral não ficavam impressionadas com nada, tinha parado de rir, provocar-se e brincar de imperador do velho Katiopa. Todos observavam o visitante e o homem que caminhava ao seu lado, enquanto o veículo, deixado para trás, brilhavam à luz das lâmpadas dos postes de iluminação. O Velho País era todo feito para pedestres, como a maioria das áreas residenciais de Mbanza. Mas, ao contrário de outras, ele não tinha uma estação de bicicleta — a mais próxima ficava a três quilômetros de distância. Aquela política da cidade garantia a prosperidade dos artesãos e pequenos comerciantes: todos faziam compras no próprio bairro. Os dois homens logo haviam sumido da vista dos habitantes, já que o pátio em comum onde ficava a casa de Boya era próximo da entrada do bairro. Zanele, apoiada na janela, tinha sido a única a ver, naquela noite, que casa os recebera. Assim que Ilunga entrou, seu companheiro se postou em frente à porta, onde uma cadeira de vigia havia sido instalada vários dias antes. Kabeya tinha recusado educadamente a refeição oferecida pela anfitriã, já que raramente comia à noite.

Quando era ela que ia até a casa dele, Boya sabia que os guardas designados para sua segurança diária a seguiam na rua, no *baburi*, e às vezes até nos corredores da universidade — nunca visíveis o suficiente para perturbá-la, nunca discretos o bastante para que sua presença fosse ignorada. Eles com certeza sabiam ser mais ponderados, mas queriam que ela pudesse indicar, se a pergunta lhe fosse feita, que tinha se sentido protegida. Era a primeira vez que eles eram convocados a zelar por uma personalidade daquele tipo: a amiga do *mokonzi*. Ela não era chamada de concubina, não era aquele o caso. Também não era uma amante, já que o relacionamento era mantido às claras. *Amiga* era o adjetivo que mais convinha enquanto uma união não fosse celebrada. Ninguém tinha ficado sabendo que o *mokonzi* procurara os pais da mulher vermelha para pedir sua mão de acordo com as regras, levar os presentes habituais, pronunciar as fórmulas exigidas. Eles nem sabiam se a mulher tinha família, mas a cidade e o mundo sabiam do novo relacionamento do *mokonzi*. No grande auditório ou a bordo de uma barcaça-restaurante, o homem era visto de braço dado com a namorada, cujo gosto por roupas casuais, bijuterias antigas e sapatos sem salto havia sido notado. E, como ele se mostrava ao lado dela, todos tinham entendido que não era uma aventura. Nenhum dos dois concedeu entrevistas à imprensa — isso seria feito na hora certa. A guarda pessoal de Ilunga se encarregava do comando dos drones lançados atrás deles por revistas em busca de imagens escandalosas. Boya se acostumou à situação com bastante facilidade. O mais importante na relação deles era indescritível, e ela não perdia tempo negando informações errôneas. Só tinha se manifestado uma vez, quando alguns de seus alunos haviam sido entrevistados. E mesmo naquela ocasião, ela não havia entrado em contato com a mídia, e sim falado com os jovens que recebiam seus ensinamentos. Eles tiveram a decência de não fazer as perguntas que ardiam em seus lábios e, desde então, rejeitaram qualquer um que os importunasse. Tudo estava bem. Assim que as portas se fechavam, que ficavam sozinhos, o relacionamento dos dois recuperava a simplicidade original. Ela esquecia que ele havia insistido em instalar sistemas de bloqueio em sua casa, colocando-os discretamente sob os móveis mais pesados. Com isso, ninguém podia ver nem ouvir o que acontecia na casa de Boya, mesmo se Ilunga não estivesse lá. A vizinha dela era uma jornalista independente, eles não podiam se esquecer disso. Seu trabalho, o fato de ela o exercer em relativa precariedade, a encorajava a ser curiosa.

Ilunga ficava à vontade na casa da mulher, que, por sua vez, gostava de sentir a presença dele ali. O fato de ele a deixar pouco antes do escurecer, na hora em que sua partida podia ser vista, às vezes a entristecia. A mulher tinha sido a primeira a ficar surpresa, já que dormir sozinha havia sido por muito tempo um imperativo para ela. Para o homem era uma questão de princípios: ele não queria desonrá-la. Recebê-la na casa dele a qualquer momento não tinha o mesmo significado que o contrário. Deixá-la passar a noite em sua companhia, sob seu teto, revelava o status que ele já havia concedido a ela. Era importante que a mensagem fosse compreendida por todos. Se eles estivessem cumprindo a tradição, ela iria morar na casa dele por três anos antes do casamento. Os passeios de mãos dadas pelas ruas de Mbanza não eram possíveis, mas ela tivera direito a um jantar na savana. Kabeya e os guardas haviam conseguido se fazer esquecer, e a rusticidade da pousada que tinha acolhido as relações deles satisfizera seus desejos. Fazer amor com Ilunga sempre era intenso. Toda vez que acontecia, e mesmo quando eles repetiam o ato, Boya era levada para uma nova jornada. E, ao prazer carnal, era adicionado um êxtase de outro tipo. Como nos sonhos que tivera com ele, a mulher trocava de pele, de natureza. Ela atravessava territórios inexplorados, países sem nome. Noites escuras surgiam em plena tarde. Eles ouviam as sementes enterradas estalarem e as plantas crescerem. Vários sóis dividiam o céu. Ele gostava de tomá-la de lado, ver tanto sua bunda quanto seu rosto. Depois de certo tempo, ela não conseguia dizer nada a não ser as três sílabas que formavam o nome de Ilunga, o que o fazia rir:

— Parece que você está me procurando. Estou aqui...

O homem não ria por muito tempo, o chamado de Boya despertava uma resposta espasmódica dele. Ele gostava de cavalgá-la em silêncio, os olhos fixos nos dela enquanto massageava seus seios, seus quadris. Quando ela se virava de repente e ele tinha que se agarrar aos ombros dela como um náufrago em sua jangada, ele segurava os pulsos de Boya com firmeza. Então, ela mantinha a postura ereta, enquanto o homem se deleitava com a emoção que a dominava. O prazer fazia seus olhos brilharem, arrancava rosnados dela. Eles adormeciam suados, respirando o ar um do outro, certos de ter nascido apenas para se conhecerem.

Às vezes, Boya se perguntava sobre como seria a situação deles às vésperas do quarto ano, se seria possível que tudo aquilo os deixasse, escapasse deles, de modo que não fossem mais do que um casal razoável. Foi com base em suas observações que os ancestrais elaboraram os hábitos comunitários. O período de três anos que eles haviam estabelecido para preceder as núpcias oficiais não tinha sido decidido por acaso. Era depois daquele período que a história começava ou terminava. Quando um casal reafirmava a vontade de ficar junto, o homem, cuja morada abrigava os noivos, realizava um ritual de proteção. Sempre que dúvidas sobre o futuro das coisas a dominavam, ela examinava mentalmente a história dos dois, rastreando falhas e sinais de fragilidade. Mas não havia nada, o pior que podia acontecer com eles era se tornarem um casal sem problemas, pessoas felizes. Naquele dia, seis meses depois de terem se conhecido, ela ia almoçar com Seshamani. Ela havia chegado primeiro ao *Forges d'Alkebulan*, um lugar que o salário a proibia de frequentar. Tinham decidido que o encontro seria realizado em local público. Assim, dois coelhos seriam mortos com apenas uma cajadada. As duas mulheres se conheceriam e todos ficariam sabendo que não havia animosidade entre elas. Sentada na pequena sala do restaurante para onde fora levada, longe da outra em que pessoas da boa sociedade se aglomeravam ao redor de suas mesas, Boya lia o cardápio.

O *Forges* servia uma culinária descrita como global, porque procurava seus sabores em todo o Continente e tomava emprestadas as tradições culinárias dos Descendentes. Os pratos eram revisitados, tornando-se muitas vezes mais leves em termos de gordura e carnes. Ela decidiu pedir uma *bundiga*, um prato *garifuna* que nunca havia provado e cujo sabor original não conhecia. A sala só tinha três outras mesas, todas arrumadas, mas ainda desocupadas. Ela e Seshamani provavelmente comeriam sozinhas ali, os garçons as espionariam à vontade, e todos as veriam deixar o lugar juntas. Tudo havia sido planejado. Só faltava saber o que diriam uma à outra, como se dariam. Ilunga não voltara a falar com Boya sobre sua esposa. Ela não o havia questionado. Os detalhes não interessavam muito. Boya tinha certeza de que queria ficar com ele. No entanto, não sabia o essencial sobre Seshamani: que tipo de mulher ela era? Apenas a resposta para aquela pergunta a preocupava. Muitas coisas dependiam disso. A natureza atual do relacionamento que unia Ilunga àquela mulher só seria comprovada naquele encontro. O fato de Boya estar agora em sua vida talvez atiçasse o desejo de Seshamani. Muita gente se tornava repentinamente possessiva em certas circunstâncias. Voltava a ver charme no homem cuja pele pensava não amar mais. Ela teve que confessar que estava um pouco apreensiva. O problema, se houvesse um, não seria insolúvel, mas Ilunga mesmo dissera: a questão não seria resolvida, ela continuaria lá. Aquelas palavras não a haviam incomodado. Ele teria perdido alguns pontos se fosse do tipo que abandonava seus compromissos. Ela também gostava do fato de ele ser capaz de assumir vários relacionamentos, porque isso acontecia. Era a vida. Não era possível recomeçá-la.

Um garçom deslizou, mais do que caminhou, em sua direção, sussurrou mais do que falou. Ela entendeu que ele queria lhe oferecer um aperitivo e não se ofendeu. Boya optou por um coquetel de frutas. Era chamado de *improvisação do dia*, uma mistura pensada de acordo com o humor do barman. Ela veria o que sairia. Uma música instrumental tocava na surdina do *Forges*. Ela pensou ter reconhecido o estilo de uma dupla de percussionistas que já havia passado de seu apogeu. Pesadas cortinas tinham sido erguidas, formando uma espécie de sanfona de veludo que cercava o teto. A cor, um roxo escuro, não lhe parecia de muito bom gosto, mas aquele excesso de originalidade a fez rir. Boya fixou a atenção no jardim, contou as árvores e rastreou as espécies animais, já que vários grupos de pássaros conviviam ali. Concentrada naquela observação, ela levou um susto quando um tornado rosa e perfumado tomou posse do local.

— Aí está ela! Boyadishi, não é?

Boya se levantou para cumprimentar Seshamani, que recuou para examiná-la. Sentando-se, a retardatária pendurou a bolsa amarela brilhante na parte de trás da cadeira e sussurrou:

— Que desperdício...

A esposa não passava despercebida. Uma única trança, adornada com búzios de ouro, corria por sua cabeça raspada. Ela vestia um macacão de couro fúcsia, uma roupa mais comum em antigos filmes futuristas de Pongo do que no dia a dia. Os scarpins cor de platina pareciam impulsioná-la de um lugar a outro sem que ela tivesse que fazer nenhum esforço. Em suas aparições públicas, ela usava roupas mais comuns, feitas por artesãos do Continente. Boya nunca a vira brilhar daquela maneira, mas não ficou realmente surpresa. Todos sabiam que Seshamani vinha de uma família de dignitários que forneciam ao Continente vários altos funcionários do Estado havia cerca de um século. Sua excentricidade vinha daquele poder constantemente repetido. O fato de ela guardá-la para passeios privados como aquele podia demonstrar a cultura da duplicidade transmitida em seu ambiente. O *Forges* era, para aquelas pessoas, uma extensão de sua casa, uma espécie de clube privativo. Os funcionários eram formados em discrição: todos sabiam o quanto custaria evocar o que tinham visto e ouvido.

Entre os clientes do restaurante, Seshamani não havia sido a única a se livrar dos códigos de vestimenta, mas as roupas dela superavam todas as outras pela audácia. Boya a imaginou saindo de seu veículo, passando pela porta da frente e cumprimentando casualmente alguns conhecidos enquanto ia em direção à sala onde era esperada. Não podia parar, apenas acenar com a cabeça, ou talvez a mão, enquanto avançava. As pessoas haviam erguido o olhar, trocado algumas palavras em voz baixa, sorrido para ela sem ver nada demais naquilo. Os poderosos protegiam seus privilégios, mas não tinham a menor gentileza uns com os outros. Ao entrar em seu covil, Boya tinha imediatamente se sentido julgada: não havia por que ela estar ali. O fato de a imprensa ter se interessado recentemente por ela não mudava nada. Ela também acreditava naquilo e prometera a si mesma nunca mais voltar ao restaurante. Por sorte, Ilunga tinha gostos elegantes, logo, simples. O clima dos lugares a que ele a havia levado era mais caloroso. A indelicadeza soberba da fauna acostumada ao *Forges d'Alkebulan* não era vista nele. A *improvisação do dia* lhe foi servida, o que permitiu que Boya se recuperasse um pouco. Ela agradeceu e voltou a se sentar novamente, enquanto Seshamani ordenava:

— Onyeka, você pode desligar um pouco a música? Não dá para ouvir nada aqui.

Aquele lugar era sua casa, mas sua atitude traduzia outras coisas. Não havia necessidade de marcar território, era inútil. Por outro lado, havia, sem dúvida, uma dificuldade de iniciar a conversa. Elas não iam dizer uma à outra: *E aí? Como está o seu relacionamento com esse homem?* Nem *Eu queria conhecer você para descobrir que tipo de mulher você é.* No entanto, Boya decidiu simplificar as coisas, orientar a conversa. Enquanto elas conversassem, os gestos e olhares da interlocutora responderiam às perguntas não ditas. Fingindo ir direto ao ponto de maneira um pouco deselegante, já que aquela não era sua verdadeira preocupação, ela repetiu o que Ilunga havia dito sobre seu relacionamento com a esposa. Que não havia nada entre eles que se assemelhasse à intimidade de um casal, mas que ele não pretendia se divorciar por razões que não explicara direito. O que Seshamani tinha a dizer? Após aquelas palavras, ela molhou os lábios cautelosos na *improvisação do dia*. Não era ruim, mas era impossível detectar os ingredientes. Era necessário beber com um pouco mais de empolgação. Mas ela não tinha pressa. Com os olhos fixos em Seshamani, baixou o copo e adiou a análise gustativa para outro instante. A mulher diante dela parecia surpresa, mas não por muito tempo. A moça tinha reações rápidas. Estalando os dedos no ar, chamou o garçom e pediu sua bebida habitual. Boya admirou a habilidade, a elegância usada para não se deixar desestabilizar, para se expressar apenas quando estivesse pronta. Olhando para a porta de correr pela qual o garçom havia desaparecido, Seshamani perguntou:

— O que foi que ele disse exatamente?

Boya não pôde conter o riso:

— Exatamente o que eu falei.

Seshamani não procrastinou. Ilunga e ela tinham simplesmente errado de história. Às vezes se toma por amor, por aquele amor, algo muito diferente. Especialmente na idade deles na época. Muito apegado a princípios e mais romântico do que ela, Ilunga, no entanto, se opusera a uma separação. O casamento era sagrado aos seus olhos e a união não podia ser desfeita sem que um ou outro tivesse cometido um ato grave, o que não era o caso. O fato de ela ter se apaixonado por uma mulher o confortava: permanecer casado seria a maneira mais segura de proteger Seshamani e a família.

Boya sabia que o amor entre pessoas do mesmo sexo continuava sendo malvisto no Continente. Claro, ninguém considerava aquilo uma abominação nem acusava os colonos abertamente de terem espalhado seu vício, mas aquilo ainda era percebido como um desvio. Era um erro da natureza, já que ela nunca criava nada que se recusasse a engendrar, a perpetuar a espécie. Por isso, os amores de Seshamani eram mantidos em segredo. Não era muito difícil: raramente duas mulheres eram vistas como mais que amigas, e a sexualidade que podiam praticar não era realmente sexualidade para a maioria das pessoas. Somente algumas pessoas conheciam a situação. Nada havia vazado até ali. Quando Ilunga foi escolhido para administrar o Estado, um andar da residência havia sido preparado para sua esposa. Era lá que ela recebia suas amigas, que passavam por mulheres que tinham ido se oferecer ao *mokonzi*. Eles tinham deixado o boato se espalhar. O balé incessante de conquistas dela podia chamar a atenção. Seshamani havia sido uma destruidora de corações por muito tempo, uma amante tão instável quanto insaciável. Mas, um dia, superando as outras, uma mulher a havia encantado, capturado. Elas podiam ter ficado na residência, mas sua companheira não se sentia à vontade lá. Seshamani passara a vir pouco até a mansão, em suas raras visitas a Mbanza, quando eventos oficiais exigiam isso. Era na região sul do Continente que ela havia se estabelecido. Seu filho estudava lá, então ninguém questionava a decisão.

— É isso, querida Boya. Você só vai ter que dividi-lo no papel. Porque ele insiste e eu devo isso a ele.

Em outras palavras, Seshamani permaneceria esposa de Ilunga para não o ferir. Parecia mais um gesto humanitário do que um sentimento. Ela não mencionou nenhum apego ao homem, apenas os valores aos quais ele era fiel, nada que dissesse respeito diretamente a ela. Boya tomou um gole de sua *improvisação*, questionou com o olhar o aspecto *moiré* do copo, semicerrou os olhos por causa da acidez, reabriu-os por causa do frescor, saboreou a nota doce que pontuava tudo. Não conseguiu identificar a composição da bebida, mas não se preocupou muito com aquilo. Parecia a Boya, e ela não hesitou em expressá-lo, que havia outro caminho possível. Como Seshamani não tinha nenhum interesse pessoal em continuar sendo esposa daquele homem, não seria melhor resolver aquela situação? Ninguém devia ficar com alguém para agradá-lo, aquilo não fazia sentido. Ao aceitar que ele entrasse em sua vida, sua intenção não era possuir Ilunga, já que aquela não era sua concepção das relações humanas em geral, e muito menos naquele caso.

No entanto, Boya nunca poderia ter imaginado o que acabara de ser revelado a ela. Agora ela sabia quem eram as mulheres que moravam em uma ala da residência, o que as tinha conduzido até lá, o que esperavam.

Uma esperança fora deixada para elas. Seshamani não revelara que havia começado a morar com alguém. Será que alguém imaginava o que o rancor de pessoas que ainda aspiravam a ser amadas podia causar? Elas eram duas. Quem tinha sido a primeira e quem já tinha, de certo modo, vivido a perda? Ela se lembrou do grito comovente de Folasade. A pressa de Zama para falar com ela deve ter tido por objetivo explicar que a mulher vermelha não era uma rival, mais uma conquista que fora esperar por Seshamani. Como havia dedicado parte da sua vida ao bem-estar das mulheres, preocupada com sua elevação e sua capacidade de assumir a liberdade dada a todo ser humano, aquelas revelações a deixaram perplexa. E o que mais a incomodou foi um mal-estar súbito, a certeza de que algo nela recusava a amizade daquela mulher e lhe concedia pouca indulgência. Ela não gostara da pessoa que a encarava, a considerava inadequada para um homem como Ilunga. Superficial, ancorada no mundo material, até em sua maneira de amar. Seshamani não dava nada, ela tomava. Nada de diferente havia sido ensinado a ela. Boya se irritou por tê-la julgado daquela maneira, mas não conseguiu se impedir de fazê-lo. Ikapa, onde morava a esposa do *mokonzi*, era conhecida por ter autorizado uniões entre pessoas do mesmo sexo no passado. As autoridades tinham tomado o cuidado de manter aquele direito — não tinham sugerido que ele fosse ampliado para outras regiões, mas o *mikalayi* nomeado naquela região haviam sido instruído a não punir casais já unidos. A institucionalização do desvio era vista com maus olhos, mas as pessoas deviam ser respeitadas. Era, portanto, o lugar mais tolerante para abrigar os amores proibidos de Seshamani. Sua companheira e ela não se expunham, mas não corriam nenhum grande risco. Aquele aspecto das coisas não influenciou o humor de Boya. Ela não confiava em Seshamani. Sem expressar isso de forma alguma, a esposa de Ilunga era apegada a seu estado civil. Ele não era apenas uma proteção. Era um bem, uma posse. Caso contrário, ela teria deixado o homem, que não tinha nenhuma parceira oficial. Até aquele momento. Ele carregava tudo em seus ombros. Porque ela havia lhe dado um filho? Aquilo não era o suficiente. O radar interior dela disparou. Uma intuição avisava que Seshamani seria um problema. Ela queria alguma coisa, manter a atenção de Ilunga. Enquanto ela vivia como bem entendia, ele se encarregava de manter as aparências. As amantes de sua esposa viviam sob seu teto, e era a ele que as fofocas se referiam: aquelas mulheres tinham se oferecido ao vencedor da *Chimurenga* da retomada das terras.

O garçom chamado Onyeka voltou a se apresentar sem que elas o vissem se aproximar. Boya se esforçou para não olhar para os pés do garçom e se certificar de que eles estavam tocando o chão. Ela se concentrou na estampa de seu uniforme: bordados de um branco imaculado sobre o tecido preto do abadá de cetim. Em um sussurro, ele perguntou se elas haviam escolhidos seus pratos. Não havia cardápio do dia, o menu era à la carte e os preços não estavam listados. Ambas as mulheres sabiam o que queriam pedir — uma conhecia o cardápio de cor e a outra havia se dedicado a estudá-lo. O garçom deslizou de volta para o mistério escondido pelo painel de madeira esculpida, enquanto Seshamani, recostando-se na cadeira, baixava alguns centímetros do zíper de seu macacão. Ela insistiu, lamentando de maneira mais explícita o fato de Boya não se interessar por mulheres.

— Que desperdício...

A mulher vermelha esboçou um sorriso educado. Claramente, Seshamani tinha uma visão bastante flexível sobre compromisso. A mulher que compartilhava a vida com ela devia, pela própria paz emocional, ser incapaz de sentir ciúme. Na verdade, disse Seshamani com um tom de confidência, ela chegara a pensar em usar sua posição social para acabar com o ostracismo infligido a casais como o dela. Tinha pensado nisso diante da insistência de sua parceira, que queria levar uma vida normal. Mas Seshamani renunciara àquele ativismo. Não por gostar do segredo nem porque agradar o marido fosse um problema. A verdade era muito mais simples do que tudo aquilo. Sim, ela desejava o corpo e a companhia de mulheres, mas via aquilo como uma transgressão. Para ela, era mais agradável viver à margem do que o senso comum considerava uma lei natural. Não alterar a regra para ter o prazer de desrespeitá-la. A militância que ela supostamente faria corria o risco de tirar toda a emoção de seus relacionamentos românticos. A companheira e ela não passariam de um casal quase comum. Seshamani gostava especialmente de suscitar, em Igazi, o poderoso *kalala* do Estado, um muxoxo tão crítico quanto silencioso. Se tudo fosse revelado, o desprezo de Igazi seria direto. Ele não se proibiria mais de falar e outros seguiriam seu exemplo.

Não, ela não se sentia tentada a sacrificar sua liberdade. Sem dúvida teria também que desistir de suas atividades públicas, já que o Estado não lhe confiaria mais aquelas tarefas. Para convencê-la, muitos haviam tentado fazer com que ela se preocupasse com as adolescentes que, ao descobrir seu desejo por outras garotas, se consideravam monstros. Elas precisavam de modelos, figuras de mulheres que permitiriam que elas se aceitassem. Seshamani deu de ombros, admitindo que aquilo não a havia abalado. A vida era uma estrada solitária e cada um fazia a sua. A angústia das moças passaria, e elas, por sua vez, aprenderiam a enganar a sociedade. As mais ousadas encontrariam um espaço nos círculos frequentados por aqueles que haviam optado por revelar seu rosto de lobisomem mesmo quando a Lua não estava cheia. O Katiopa unificado estava sendo consolidado. Tais questões não eram prioritárias e ela deixaria a responsabilidade para as gerações futuras. Boya tomou outro gole de sua *improvisação* e pousou o copo. A mulher que dividia a mesa com ela era linda, voltada para si mesma como um sol que guarda para si o brilho, o calor de seus raios. Sem que ele tivesse que dizer a ela, Boya entendeu que Ilunga protegia também a esposa dela mesma. Aquilo a fez amá-lo ainda mais. Seshamani não se permitiria esquecer. Ela também não seria amiga de Boya, alguém com quem ela poderia conversar sobre Ilunga, rir de anedotas relacionadas à juventude dele. Era possível esperar alguns caprichos dela. Acima de tudo, seu conforto não podia ser abalado, suas prerrogativas não podiam ser questionadas. Boya não tinha dúvidas de que a sua vontade de visitar a residência do *mokonzi* aumentaria.

Durante o almoço, a conversa foi leve. Boya fez questão de deixar Seshamani falar de si mesma até se embriagar. Ela ouviu a história da época em que Ilunga e sua esposa tinham se conhecido, a escola de ensino médio em Sankuru que eles haviam frequentado. Era um estabelecimento famoso, e seus alunos, dos quatro cantos do Continente, eram selecionados pelas notas. Boya perguntou se ela havia entrado na Casa das Mulheres naquela época, já que era na adolescência que se praticava o rito. Seshamani deu de ombros. Nem seus pais nem ela haviam se reconectado com as tradições do passado. Os mistérios, o espírito dos mortos não significavam nada para ela. Por outro lado, eram muito importantes para Ilunga e os membros da Aliança. A maioria tinha sido criada em famílias para as quais essas coisas importavam, então eles as haviam incluído no processo político. Considerando que as forças que agiam para atormentar o Continente também tinham a ver com a energia oculta do caos, eles tinham se dedicado muito àquela análise. Cada aspecto da vida concreta tinha seu lado oculto, sua dimensão metafísica. Ela confessou que mantinha distância de tudo aquilo, que Ilunga e ela não mencionavam aquelas questões. O relacionamento deles tinha se baseado em outra coisa. Ela trouxera uma futilidade necessária à existência já muito séria do jovem que ele era então. Ele também gostava da erudição, do estímulo intelectual que ela lhe oferecia. Os dois deviam ter sido apenas amigos. Agora, as atribuições que lhe eram conferidas pela posição de esposa do *mokonzi* convinham a ela. Não que gostasse muito de visitar os feridos deixados por algumas fases da última *Chimurenga* nem de se envolver na organização das festividades de San Kura na casa do mokonzi, como tivera que fazer aquele ano, mas, quanto mais visível ela era naquele papel, menos as pessoas se perguntavam sobre sua vida privada. Enquanto falava, Seshamani cuidava de sua postura, levava a comida à boca num gesto ensaiado. Seus lábios carmesins então pareceram aspirá-los, ela sugava mais que mastigava, seu rosto mal parecia se mexer. Às vezes, ela casualmente apoiava os cotovelos na mesa, de maneira breve, mas o gesto tinha apenas o objetivo de expor os anéis que envolviam seus dedos anelares. Boya se concentrou na comida e constatou que nenhuma pergunta foi feita, que a outra não estava tentando descobrir quem ela era. Será que já havia se informado? Ela imaginou que não. O assunto realmente não a interessava. O olhar de Seshamani se demorava em seu rosto, imaginava a pele sob suas roupas. Boya percebeu, mas não deu importância — era apenas um reflexo da conquistadora de mulheres. Eles se despediram na frente do restaurante. A alguns metros dos luxuosos carros particulares que os clientes do *Forges d'Alkebulan* usavam, um sedã de cor marinho esperava. As duas mulheres se despediram. Uma se dirigiu a seu veículo com motorista e a outra adorou a chance de tomar um pouco de ar.

Durante alguns dias, Boya evitou a residência. A partir daquele dia, toda vez que ia até lá, a presença das amantes de Seshamani, reclusas na chamada ala feminina, a perturbava. Ele sentiu vontade de falar com elas, sacudi-las, gritar que não havia ninguém para esperar. Não entendia o que havia feito nascer aquele desejo de fazer uma justiça que ninguém pedia. O autocuidado mais básico devia ter empurrado Folasade e Nozuko para fora daquela casa que não era delas, da qual elas viam apenas os quartos destinados ao prazer de Seshamani. Aquelas mulheres eram adultas. Nada devia esperar por elas em lugar nenhum, as duas não deviam ter vida própria para permanecer ali, esquecidas de si mesmas, danificadas em um vazio interior que a expectativa não preencheria. Aquilo não era culpa da esposa do *mokonzi*, que aproveitava a moderada importância que suas conquistas davam a si mesmas. Por mais que a mulherenga fosse uma predadora experiente, capaz, portanto, de sentir o cheiro de sangue à distância, de atacar apenas presas feridas, ainda assim as vítimas haviam tido todas as oportunidades para se recuperarem. Será que eram mulheres pobres que o conforto da prisão dourada contentava? Eram fruto de uma venda, pelo menos uma delas? Seshamani sabia fisgar, na hora certa, sua presa graças a substitutos para o amor? Havia, no desequilíbrio daquelas relações, um mistério insondável para ela, mas que as justificava? Na verdade, não cabia a ela decidir. Nozuko não parecia ser uma vítima. Quanto a Folasade, sua ansiedade não parecia se basear em uma paixão ilusória. De fora, era impossível saber. Tudo o que Boya sabia era que um mal-estar permanente tinha passado a incomodá-la.

 Ilunga não fazia perguntas. Quando ela ia até a mansão, como de costume, ou se recusava a visitá-lo sob um ou outro pretexto, o homem expressava seu afeto com a mesma constância. Nem um dia passava sem que ele mandasse um recado a ela, e aquele cuidado era suficiente para expressar seus sentimentos, dada a sua ocupação. Seu amor era expresso com generosidade, dispensando fórmulas consagradas. Por exemplo, ele não passava o tempo todo escrevendo *eu te amo*, parecia não saber nada sobre símbolos gráficos que retratavam emoções, como corações, flores e rostos sorridentes que eram inseridos na correspondência. O homem só usava uma linguagem, palavras, em sua forma de nudez mais extrema, sem o cabotinismo que divertia a princípio, mas cansava rápido, sem a grandiloquência dos homens que se embriagavam com as próprias palavras. Uma manhã, quando acordou, ela havia encontrado em seu tablet uma frase, apenas uma: *Eu não podia mais esperar por você*. Boya passara aquele dia em um estado de levitação. Quando pensava nele, durante pelo menos trinta segundos de cada minuto, uma alegria silenciosa a invadia, como uma doçura fluida que irrigava seu corpo e sua alma. Ele estava em toda parte, sem deixá-la febril. A mulher descobria a paixão sem amargura, o sabor da fruta colhida madura. E de repente, algo passara a se formar em sua mente, uma confusão que logo ficaria entre eles se nada fosse feito. Ela não gostara da esposa dele, o que era mesquinho demais para quem frequentava a Casa das Mulheres. No entanto, Boya tinha que admitir: toda benevolência a abandonava assim que ela se lembrava do rosto de Seshamani. Era uma aversão incontrolável, uma necessidade quase primária de mantê-la afastada, uma repulsão física. Marcar o território, delimitá-lo para que a fronteira não fosse mais um ponto de passagem, e sim um limite definitivo.

Boya sofria com a intensidade daquele sentimento, a onda de rejeição que a dominava de maneira inesperada, parasitando sua felicidade de amar e de se saber amada. Aquelas interferências tinham um nome, ela sabia qual e não se felicitava por vê-lo se impor com tanta clareza. Uma simples menção àquela mulher que, a princípio, não constituía nenhuma ameaça, fazia piscar todas as suas luzes vermelhas brilhantes, gritar suas sirenes de alerta. Boya já tinha passado da idade de competir. Não tinha que pedir que a escolhessem, muito menos naquele caso. Nada tinha sido escondido dela. Boya tivera tempo para pensar. Nenhuma regra lhe fora imposta. Ela esperava ter pelo menos certa estima pela esposa, se sentir um ser realizado, capaz de amar sem possuir. Ela ainda queria aquilo. No entanto, se recusar a fazer do casamento uma prisão para o homem não implicava que ela quisesse se expor à entrada de terceiros na relação. Boya tinha certeza de que Seshamani podia resolver retomar o caminho da cama de Ilunga. Nem ele nem ninguém podia negar a ela suas prerrogativas. Seria um erro de Ilunga, uma falha que, antigamente, justificaria uma reunião da comunidade, onde a requerente apresentaria suas queixas e solicitaria que fosse nomeado um substituto. A satisfação sexual da esposa era uma obrigação. Em nenhum momento fora indicado que a atração de Seshamani por mulheres estava relacionada a uma execração do corpo masculino. Podia ser uma preferência, mais do que uma orientação. Afinal, o filho deles não tinha nascido por obra de um santo espírito. A esposa, que tinha composto uma imagem para os eventos oficiais, exibia características diferentes em particular. Ela gostava de abrigar opostos, praticar formas de dissimulação que beiram a falsidade. A verdade era apenas uma questão de circunstâncias para aquela jogadora.

Nunca as pessoas que haviam visto reportagens sobre a inauguração de bibliotecas escolares em bairros desfavorecidos ou visitas a um novo centro teatral da *kitenta* a imaginariam toda vestida de fúcsia, a carne moldada por um macacão digno dos astronautas imaginários do passado. Ao trocar de roupa, ela se metamorfoseava completamente, e todas as suas identidades continham uma parte de verdade. Ela era as duas coisas. A esposa honrada e o espírito livre que pouco se importava com o modo como sua família lidava com os ciclones desencadeados por sua passagem. A presença de um elemento inesperado podia muito bem inspirá-la a viver mais de um lado do que do outro. Reencontrar a mulher sob a máscara social de esposa, exercer sua legitimidade. Era isso que incomodava Boya, mais do que tudo. A ideia de ser necessário, de repente, esperar sua vez. De alienarem seu direito de reclamar porque ela havia aceitado a situação. Ilunga tinha feito as coisas da maneira certa. Não tinha tocado nela antes que os dois conversassem, método utilizado por aqueles que se certificavam de que não perderiam o caminho: morder pelo menos uma vez a polpa da fruta para descobrir seu sabor antes de resolver, se necessário, manter apenas as sementes — que rapidamente eram semeadas pelo caminho que levava a novas colheitas.

Ela suspirou, imaginando que palavras podia usar para dizer, sem baixar os olhos, que eles haviam superestimado sua força. Que o constrangimento seria, no longo prazo, um problema. Que, ao final de três anos, ela não teria desvanecido, muito pelo contrário. Ela sabia disso. Portanto, Seshamani era uma questão, e era urgente resolvê-la. Boya não sabia direito como expressar suas preocupações. Ninguém podia dizer que ser íntima de Ilunga era como se atirar no lixo. Boya não era do tipo de mulher que teria abraçado a mais sombria das figuras para não ter que sofrer com a solidão. Ela sentia que estava em uma situação instável em relação a seus princípios, à visão que tivera até ali daquela história de amor. Por enquanto, seu instinto dizia que ela não devia ceder a uma reflexão irritada, que era melhor evitar o acúmulo do sentimento que prometia se transformar em amargura. Eles não tinham planejado, mas ela precisava ver Ilunga, mesmo que ainda não pudesse confessar nada a ele. Pegando seu tablet, ela abriu o programa criptografado através do qual ele havia enviado os recados daquele dia, duas vezes. Ela não tinha respondido. Era a primeira vez. Boya não queria que o dia acabasse daquela maneira. O crepúsculo espalhava suas cores pelo pátio comum, um feixe de tons lilás se infiltrava pelas persianas. Uma vizinha chamava os filhos para tomar banho. Na verdade, gritava com eles, ameaçando-os com os piores castigos se a forçassem a ir atrás deles. Alguém ria das ameaças. A vida que agitava o pátio comum revigorou Boya. Ela estava criando um problema. Claro que bastava que os dois se vissem, estivessem juntos no mesmo cômodo para sentir a força do vínculo deles. Era disso que ela mais precisava. A conversa viria na hora certa, quando as palavras tivessem amadurecido. Boya perguntou a Ilunga se ele toparia vê-la naquela noite, naquele instante, mesmo que os dois não tivessem combinado. A resposta do homem não demorou a chegar: *Venha.* Por que Boya tinha enfiado aquilo na cabeça? Ela se censurou por ter deixado sua imaginação vagar, perdido vários dias cultivando seu mau humor. Ela não queria demorar a vê-lo. Fez duas grandes tranças simples, apenas para prender o cabelo. Foi até o quarto procurar um lenço que combinasse com o conjunto confortável que tinha vestido. Sua costureira sempre preparava um, em forma de turbante, para completar os conjuntos antigos. Com a pressa que estava, aquele tipo de "chapéu", pronto para usar, era muito prático. Não era como a *kitambala* que às vezes também gostava de usar, mas que levava mais tempo para amarrar, não era fácil, exigia formas complicadas de elegância.

Ilunga insistira para que ela deixasse roupas na casa dele, para que não tivesse que ficar carregando malas quando fosse para lá. Boya tinha escolhido tecidos e cortes e indicado o endereço de Kasanji, sua costureira, que conhecia suas medidas. Quando as peças ficaram prontas, a modelista fora até a residência do *mokonzi* deixar suas obras com uma solenidade que tinha dado o que falar. Zama a havia recebido, mas até o menor dos insetos, ocupado em sorver o néctar das flores do jardim, devia ter prestado atenção nela. Suas observações introdutórias, oferecidas às sentinelas, haviam sido passadas para Boya. Depois de informar seu nome, ela recitara toda sua genealogia, até o ancestral fundador de um antigo povoado costeiro, e anunciara que a terra deles havia sido engolida pelas ondas, mas que a comunidade continuava vivendo através dela e de outros. E viveria até a eternidade. Quando finalmente concordara em indicar os motivos de sua visita, ela disse:

— Eu trouxe as roupas da *mokonzi*.

A denominação não costumava ser ouvida no feminino. Além disso, Boya não tinha título nenhum, mas, segundo tinham explicado a ela, a expressão no rosto da costureira proibira a todos de corrigi-la. Os guardas deviam ter percebido a habilidade oratória dela, o talento para o contra-ataque das nativas da *kitenta*, mulheres conscientes da autoridade incontestável que o simples fato de terem vindo ao mundo lhes conferia. Elas eram poderosas e sabiam disso. Estranhamente, era em sua vida afetiva que a dissolução acontecia. Aquelas divindades então se tornavam as que esperavam, cuidavam, carregavam. As que se assustavam com a aproximação de outras, se preparavam para trucidá-las, sentiam-se despojadas antes que qualquer coisa acontecesse.

Ilunga instalara aparelhos de bloqueio discretos na casa de Boya, para protegê-la de possíveis invasões da Segurança Interior. O argumento seria de que eles precisavam proteger o *mokonzi*, mas isso não tornaria as invasões menos irritantes. Por isso, ele havia instalado detectores de microfone e bloqueadores de câmeras sofisticados, equipamentos em miniatura, fáceis de ignorar. Aquilo também tinha a vantagem de protegê-la de jornalistas que fariam de tudo para conhecer a intimidade da amiga do *mokonzi*. Por causa disso, toda vez que passava na frente da coleção de bonecas *ashanti* dispostas na estante, ela pensava nele, lembrando que o chapéu de uma delas continha um daqueles dispositivos. Quando limpava a casa, tinha que ser delicada para não o estragar. Ela se lembrou de Ilunga naquele dia, da postura que gostaria de poder mostrar a todos. Ninguém nunca o via descontraído daquela maneira, como um vizinho que fazia um favor enquanto ouvia raps antigos e não desdenhava de um bom *ngai ngai ya musaka* acompanhado de um *kwanga* como recompensa por seu esforço. Ele não podia ser incomodado entre aquelas paredes, os negócios do Estado só podiam ser relatados a ele por Kabeya em caso de emergência. Mas, até então, nada parecido havia acontecido. Boya imaginava que o guarda-costas às vezes fosse mais do que isso. Por isso, ele sabia a quem perturbar se não fosse absolutamente essencial incomodar o descanso de Ilunga. Ela bateu a porta, ouviu o assovio curto do sistema de segurança e se deixou envolver pela noite nascente.

A mulher vermelha desceu do *baburi* perto da avenida Menelique II, saudou as sentinelas postadas na entrada da *nzela* que conduzia à residência e se submeteu a uma rápida verificação de identidade. Os guardas só se impunham a tarefa porque sabiam que eram sempre filmados. Do jardim, ela pensou ter notado mais movimento do que o normal na ala feminina, cujas janelas davam para ele, o que a deixou um pouco tensa. Afugentando aquele sentimento ruim, ela correu para dentro da mansão. Ao vê-la, Kabeya assentiu, mas não sorriu, o que teria sido descortês da parte dele. No entanto, ela notou a tranquilidade do guarda-costas ao abrir a porta para levá-la ao *ndabo* do *mokonzi*, a suavidade de seu gesto. Para ela, aquele homem era um enigma. Ela se perguntava se ele tinha uma família, uma vida própria. Parecia que um pacto secreto o ligava a Ilunga. Era raro que fosse substituído. E Boya nunca sabia o motivo da substituição, quando ela acontecia. Ilunga não estava na sala de estar, mas devia ter visto a mulher vermelha chegar, porque gritou:

— *Mwasi*, estou no escritório.

Ela retirava as sandálias quando ouvira a voz do homem. Como ele a havia ouvido? A sala de onde ele tinha gritado ficava muito longe da entrada do enorme *ndabo*. Ilunga tinha deixado a porta do escritório aberta.

Ele fez sinal para que ela se aproximasse e retomou a conversa com um interlocutor cuja identidade ela descobriu, ao ver seu rosto. Após aceitar o cumprimento educado de Tshibanda, o filho de Ilunga, ela se sentou em uma poltrona que ficava fora do campo de visão da câmera. O jovem e ela ainda não se conheciam pessoalmente, mas não era a primeira vez que ela o via daquele jeito: através de uma tela que revelava um dormitório arrumado demais. Tshibanda devia passar o dia arrumando o quarto antes de ligar para o pai, a menos que os funcionários do campus contribuíssem com a limpeza do local. Ele logo se despediu de Ilunga, que se levantou para ir até Boya. Ela imitou o gesto dele.

Os dois imediatamente se abraçaram — Boya estava basicamente agarrada a Ilunga. Ele sussurrou:

— A gente tem que conversar primeiro. Não pegue o costume de resolver os problemas dessa maneira.

Eles tinham se visto pouco naqueles últimos dias. E, quando ela ia até lá, poucas palavras eram ditas. Ela o agarrara, puxando-o mais do que se entregando a ele, numa fúria quase desesperada que o preocupava. Aquela paixão escondia silêncios cujo peso logo os abalaria. E a origem dela tinha sido o almoço com Seshamani, sobre o qual Boya não havia dito nada de significativo. Ilunga faria amor com raiva se fosse preciso para satisfazê-la, mas queria ter certeza de que era amor. Boya o soltou e olhou em seus olhos.

— Não diga que eu demorei. E também não diga que você não escondeu nada de mim. As coisas não são tão simples assim.

Ela falou sobre tudo que trazia no coração, surpresa com a fluidez das próprias palavras, mas também por estar conseguindo reconhecer que não só a esposa de Ilunga não havia lhe agradado, mas que, além do óbvio, ela ficava muito contrariada só de pensar naquela mulher. Ela mesma tinha ficado surpresa com aquilo, odiava a vulnerabilidade que aquele sentimento revelava. Em relação a ele, ela não tinha do que se queixar.

— Mas você está se questionando. Está duvidando de mim.

Boya não baixou a cabeça. Ela não via a situação daquela maneira. Só sentia que Ilunga não poderia se recusar a atender às demandas da esposa. Ele não tinha aquele direito.

— Boya... Eu não quero me adiantar demais, mas será que você não está apaixonada?

Ele queria falar desse desarranjo da razão que não decorria do apego pelo outro, mas da persistência do desejo. Se não estivesse enganado, na verdade a notícia o deixava feliz. Ele também não queria que outro homem a tocasse, nem pensar que outro pudesse ter feito isso antes dele, embora fosse óbvio.

— Você não está dizendo que seria impossível, que isso nunca aconteceria — declarou ela.

De pé no meio da sala, Boya e Ilunga se encaravam sem dizer nada. Era a primeira briga deles, um incêndio que ambos faziam questão de conter, mesmo deixando claras suas preocupações. O homem disse que se recusava a tranquilizá-la, ele não tinha tempo a perder. Por outro lado, talvez fosse melhor ele falar diretamente com Seshamani? Ela estava lá naquela noite, na ala feminina. Era ali que ela se hospedava quando ia a Mbanza. E era, como Boya sabia, um lugar que ele não frequentava. Só tinha feito isso uma vez, quando a levara de volta, e mal se aventurara além do vestíbulo. Quando Boya afirmou que aquilo não queria dizer que a mulher dele ia se abster de procurá-lo nos aposentos dele, Ilunga suspirou. Os dois ficaram calados, olhando um para o outro com um olhar irritado. Foi ele quem falou primeiro:

— Se eu não entendesse o que está acontecendo com você, minha reação seria diferente. Não nos rebaixe tanto, não foi aí que começamos.

Ele adorava aquele aspecto do relacionamento dos dois porque eles gostavam de seus corpos e, por isso, sempre haveria uma dimensão carnal na história deles. Ao menos era isso que ele esperava, que nunca se cansassem da pele um do outro. Mas eles tinham se prometido algo maior, e aquela era sua convicção e sua visão. Na verdade, Boya não estava falando deles, mas de questões paralelas que de repente tinham se tornado insuperáveis. Onde estava a mulher que atravessava precipícios ao lado dele? Para reencontrá-la, ele aceitaria ajudá-la a saltar a pequena poça de lama que havia surgido no caminho. Como ela aparentemente não sabia o que fazer, ele sussurrou uma ideia para ela:

— Assuma o seu lugar.

Ele deixaria que ela escolhesse o melhor método, já tinha deixado aquilo claro. A angústia de Boya tinha apenas uma causa e ele podia descrevê-la facilmente. Tudo estava acontecendo rápido demais e ela se sentia desestabilizada, já que ainda não se situara. Ela estava usando a abordagem errada, não era uma espécie de campeonato. E, se fosse, ela não teria rival, não precisaria correr contra si mesma para se ultrapassar.

— Agora é com você.

Ele esperaria que ela se decidisse.

Em todo caso, Ilunga não queria fazer amor naquelas condições. Ele estava tão loucamente apaixonado por Boya que tinha mergulhado completamente nela e corria o risco de se perder caso a mulher se afastasse. Para ele, nunca havia existido ninguém antes dela. Cabia a Boya entender aquilo, ter tanto a certeza quanto as provas que tinham imposto a eles. Até ali, eles tinham apenas obedecido àquela força. Boya tinha se afastado por quarenta dias, mas ainda não dera um nome ao que eles deviam ser. Não apenas um para o outro, mas um com o outro. O que eles deviam projetar para a sociedade, o mundo? Já tinham passado da idade dos amores narcísicos cujo objetivo era se valorizar, se curar de velhas feridas. As de Boya estavam entre eles naquele momento, as mentiras, as traições dos outros, provavelmente. Não tinha a ver com a história deles. E eles não iam explorar até os confins do território do sexo para se certificar de que haviam ultrapassado tantos limites que não haveria mais retorno possível. O amor não era uma associação de criminosos forçados a comprometer uns aos outros para impedir que um deles escapasse. Aquela não era a história deles. Boya ouviu atentamente. Não queria admitir, mas Ilunga tinha razão. Os três anos que tinham estabelecido não deviam ser dedicados à procrastinação. Seria naquele período que os alicerces do edifício da vida deles seriam estabelecidos. Eles tinham uma matéria-prima a moldar, a polir. E até ali, ela não havia permitido que seu cotidiano fosse modificado demais. Era sempre a mulher que devia abandonar o que era importante para ela para ocupar um lugar no universo do homem, ao qual talvez pudessem dar um pouco de cor. Por mais que não confessasse isso, tinha sido também por não querer adotar aquele padrão antigo de submissão que ela havia feito de tudo para preservar seus hábitos.

No entanto, aquele não era o maior problema, supondo que eles devessem ver tudo aquilo dessa maneira. Em vez de se opor ao que parecia ser uma energia externa que tentava dominá-la, era preciso abraçar aquela força, fazer dela uma aliada. Ocupar seu lugar e se tornar companheira de um homem com o qual não poderia pegar um *baburi*, nem andar pela rua de braço dado. Na verdade, ela não teria que sacrificar nada. Era preciso habitar plenamente sua nova casa. Então ela poderia decidir a ordem das coisas. Era isso o que sua razão lhe dizia, mas os tremores do coração não cessavam. Algo nela, de uma violência de que ela não gostara, preferia que Seshamani pudesse ser afastada dali. E por ele. Ela queria ser escolhida.

Sempre que mulheres iam pedir conselhos das iniciadas e relatavam contratempos, a dor de não ser a única para o homem amado, ela respondia a mesma coisa. Os grandes princípios que ela transmitia, ao falar de um amor verdadeiro, do fato de o outro não ser um bem cujo gozo podia ser exclusivo, era um bálsamo aplicado à alma ferida que ela já havia sido. Quando era mais nova, antes de encontrar o caminho da Casa das Mulheres, ela havia sido uma pessoa pouco confiante, insegura, que muitas vezes havia tentado buscar amor onde ele não podia estar. Ela então o criava do zero, se esforçava para fazê-lo crescer na terra mais árida possível, e sua cegueira a fazia contemplar uma falsa florada. Era uma época em que as carências tinham que ser resolvidas a todo custo, onde a negligência e a condescendência eram apenas convites para que ela se esforçasse ainda mais para merecer a atenção do sapo que pensava ser um príncipe. E, quanto mais ela tentava agradar, não exigir nada, menos eles achavam que ela estava envolvida, apaixonada. Aquelas histórias de não amor normalmente terminavam mal, deixando apenas uma pergunta: por que ela havia se envolvido naquilo? Tudo aquilo parecia distante, não tinha mais a ver com ela. Mas, de repente, percebeu um fato: tinha criado um esquema para se proteger das tristezas do amor, havia se convencido de que não precisava dele. Boya havia se dividido meticulosamente em duas: uma parte de seu ser se destacava nos campos materiais e outra se apoiava em sua necessidade de se realizar espiritualmente. Aquilo tinha permitido que ela se convencesse, acreditasse nos méritos de sua solidão. Os homens tinham se tornado apenas passageiros, uma preocupação menor, e ela não se apegava a eles. Sua vida era perfeita e qualquer ameaça emocional era mantida à distância. Ilunga tinha acabado com seu sistema de proteção sem fazer esforço. Ele havia penetrado nela porque aquele era seu lugar, e ela o havia acolhido com toda a boa-vontade. Não tinha pressa para se livrar da menina sem pai abordada cedo demais por homens, a menina que, por sua vez, procurara a companhia deles para tentar domar o perigo. A jovem que tinha caminhado pela vida sem a imagem de um casal unido. Ela sabia o que uma boa relação era, o que tinha que ser, mas apenas em teoria. Na hora de passar para o lado prático das coisas, Boya hesitava, não se considerava mais tão certa de sua força, transferia seu desconforto para a presença de outra mulher.

Ela havia se aberto com a amiga Abahuza, com uma descontração que tentava esconder sua preocupação. Tudo era perfeito, mas o homem era casado, e Boya tinha dois problemas a enfrentar: o risco de fazer mal a uma mulher e a pouca consideração que teria por um homem capaz de voltar atrás em suas promessas. Abahuza tinha respondido como ela esperava. A mulher tinha lembrado a origem da poligamia naquela parte do Continente. Seu objetivo não havia sido o de promover o consumo de mulheres pelos homens, nem de incentivá-los a formar um rebanho de mulheres trabalhadoras, fosse para a agricultura ou a procriação. Pelo contrário, ela havia sido instituída para preservar a honra da mulher tocada quando o homem já estava comprometido com outra. A poligamia revelava uma falha e podia ser vista, em alguns casos, como uma sanção para o homem. Reabilitada, a mulher que se tornava a segunda esposa, no entanto, nunca podia substituir a primeira. Ela não tinha nada a exigir já que a justiça havia sido feita. Um status havia sido dado a ela. E o homem tinha obrigações para com ela. Abahuza havia acrescentado:

— Isso é o que manda a tradição neste lado do Katiopa. E, como você sabe, essas leis não regem os movimentos do coração.

A mais velha achava que, ainda assim, a infâmia extirpada favorecia os homens, que podia ser difícil para suas companheiras conterem a dor da partilha. Uma rivalidade entre as mulheres se instalava, uma insegurança emocional constante. Mesmo quando decidiam conviver bem, elas tinham que receber provas de amor o tempo todo, arrancar do marido comum a promessa de se limitar às mulheres para as quais já distribuía seu afeto. O fato de ele jurar pelos grandes deuses que não olharia para nenhuma outra não as tranquilizava, e o próprio homem logo se sentia oprimido pelo juramento. Um homem daqueles nunca parava de desrespeitar os votos que havia feito, tanto em pensamento quanto em ação. Traindo a honra para manter as aparências da promessa, ele não se casava mais, mas continuava se apaixonando e copulando com a mesma frequência. Abahuza não recomendava que ninguém escolhesse conscientemente participar de uma organização onerada pela própria ideia de gozo. Além disso, Boya não tinha perfil para ser segunda esposa. Não era uma questão de mérito, mas de natureza. Por fim, era preciso lembrar que as próprias divindades, que podiam se isentar das regras impostas aos humanos, formavam, segundo a crença do Continente, casais monogâmicos: uma mulher para cada homem, uma deusa para cada deus. Aliás, as relações que elas tinham também eram classificadas como adúlteras nos textos religiosos. Não havia exceção: a segunda sempre seria uma amante inocentada do perjúrio que encarnava. E era assim que ela considerava suas concorrentes.

Boya tivera o cuidado de não dizer que sua situação era diferente. Que ela não seria a mulher das sombras, condenada a buscar uma luz que nunca era brilhante o suficiente para seu gosto. Ela não havia declarado que Ilunga não era um daqueles homens mal-informados sobre os comportamentos adequados, o valor dos gestos a serem feitos, que ele respeitava sua moral. Teria sido impossível afirmar aquilo na época, já que a discussão tinha ocorrido durante o afastamento de quarenta dias. Naquele período, ela só conhecia Ilunga através de sua intuição, da lembrança do calor que havia sido transmitido durante o encontro deles. Agora ela sabia que estava certa. Bastava apenas deixar de lado o desconforto que a dominara desde que ela havia conhecido Seshamani. Um período de tranquilidade havia precedido aquele momento. Boya não havia se preocupado com a impressão que o trio podia causar. A imprensa, inclusive, ainda não tinha se aventurado naquele terreno pantanoso, já que o respeito inspirado por Ilunga proibia aquilo. Além disso, ele era um homem. Seus apetites eram sinal de boa saúde física e emocional. Todos haviam ficado encantados, desejado o melhor ao lado de sua amiga vermelha, e já esperavam o anúncio do casamento. Mas aquilo não impediria os murmúrios caluniosos que explodiriam na menor das oportunidades. Seria isso que aconteceria se ela não respondesse àquele alerta: *Assuma o seu lugar*. Dispensando os quarenta dias de reflexão, Boya informou a Ilunga que, dali a uma semana, ela deixaria sua casa no Velho País e ocuparia a ala feminina, que devia ser liberada. Eles combinariam mais tarde como iriam reconstruí-la. Durante os três anos que precederiam a união oficial, Boya queria ter um lugar para ela. Seria preciso se planejar para que fosse recebido ali, três vezes por mês, um grupo de meninas sem família. Seria bom também que as assembleias de iniciadas pudessem ser realizadas ali, quando necessário. Ilunga assentiu e abriu os braços para ela.

O homem a levou até um banheiro, onde abriu a porta do que parecia ser um simples armário. O móvel continha um altar com dois castiçais, um contendo uma vela azul, o outro, uma vermelha, que cercavam um pratinho de pedra. Ele pousou folhas secas sobre o prato e as cobriu com um quadrado de resina vegetal, que foi aceso. Reconhecendo o cheiro da mistura feita para afugentar as energias nocivas, Boya se emocionou com a atenção demonstrada pelo gesto de Ilunga. Ela o viu preencher a banheira com água quente e derramar nela uma mistura de óleos essenciais com as mesmas virtudes do incenso. Ele tinha mergulhado a mão na água para verificar a temperatura quando pediu que ela tirasse a roupa. Sentado na beira da banheira, ele começou a esfregar suavemente a pele de Boya, usando a mão nua como ela teria feito se tomasse um banho purificador. Enquanto a massageava, Ilunga disse que tinha previsto aquele momento alguns dias antes, quando notara a mudança no comportamento dela. Tinha percebido a confusão de Boya. Por isso, ele mesmo havia plantado, no jardim da residência, as duas palmeiras cujos galhos seriam trançados no dia do casamento. Depois pensara naquele banho purificante e calmante. Para acabar com a angústia. O fato de se sentirem feitos um para o outro não os permitia pular certas etapas. Era o preço a pagar para que o vínculo dos dois se fortalecesse e as faíscas dessem à luz em breve as chamas de uma lareira. Eles tinham que conversar, mas, acima de tudo, criar um espaço, um santuário onde pudessem se conhecer e se nutrir. O homem não quisera fazer recomendações, avisar nada a ela antes do almoço com sua esposa. Boya tinha que ter toda a liberdade para formar uma opinião. Se tivesse voltado encantada, ele teria ficado surpreso, talvez até preocupado. Agora que Seshamani não era mais uma abstração, uma fase difícil começaria para Boya. Claro, ele ficaria ao lado dela, mas ela não podia se deixar abalar. Muitos queriam reduzi-la ao nível de concubina, ou até a algo inferior. Isso aconteceria nas ruas, e as cortesãs seriam as primeiras a espalhar aqueles boatos. Ali, entre os muros da residência e em suas vidas privadas, a mudança da função da ala feminina teria consequências claras. Ele mesmo não sabia dizer o que ela podia esperar exatamente, mas ele não se deixaria desestabilizar. Tinha esperado muito tempo para encontrar a mulher com quem compartilharia sua vida, tanto de dia quanto à noite.

— *Mwasi na ngai* — disse ele —, não é hora de vacilar. Não vamos falar da nossa vida para todo mundo, explicar por que não vamos nos casar agora ou daqui a seis meses. Isso é da nossa conta.

Era provável que ele tivesse que responder a algumas perguntas se a nova organização da ala feminina despertasse um pouco de rancor. Mas só aceitaria prestar contas ao Conselho, e ela iria à reunião com ele. Eles só revelariam os passos que dariam aos anciãos. Enquanto proferia aquelas palavras, Ilunga se despiu de suas roupas e se juntou a ela na banheira. Os dois ficaram ali em silêncio, ela entre as pernas dele, as costas encostadas em seu peito. Quando propôs que saíssemos dali, o homem deixou claro que queria saber qual era a outra parte do problema, as razões pelas quais ela não havia se aberto e que explicavam seu comportamento. Eles se deitaram, abraçados, em uma das grandes almofadas do *ndabo*, ela por acima e ele

por baixo, para beliscar um prato frio, ouvindo as rimas de Dead Prez. O rapper explicou como funcionava seu *Mind Sex* e depois declamou sua ode à rosa negra. Boya sussurrou que gostaria que ele mantivesse Zama na ala feminina, já que a governanta a havia acolhido bem. Aquilo fez Ilunga rir:
— Eu não a havia incluído nos danos colaterais do Big Bang.

Zama havia, por assim dizer, criado seu filho. A família dele não tinha ninguém mais dedicado a seu serviço.

Naquela noite, pela primeira vez, Boya expôs os detalhes de sua vida anterior, a história de uma criança faminta por amor. Fazia muitos anos que ela não a via, sombra frágil, mas tenaz, emergindo das profundezas de sua memória. Ela havia conversado com a menina por um bom tempo daqueles quarenta dias e pensara tê-la apaziguado. A adolescente dizia querer ser abraçada pela mãe, ouvir de sua boca os motivos para a ausência do pai, para a solidão seca a que se resignara a mulher que a trouxera ao mundo. Elas nunca haviam mencionado a vida das mulheres, o que elas eram, a maneira como alguém se tornava uma. Isso Boya só havia aprendido ao entrar na escola de iniciação. Tinha sido então que suas antepassadas tinham se manifestado: algumas em seus sonhos, outras através de sinais diversos. O espírito de sua mãe nunca a havia visitado. Ela ficara lá, do outro lado, não tinha nada a dizer além do que contara durante sua passagem entre os vivos. Mas não era aquilo que a incomodava. Com o tempo, Boya tinha aprendido a ouvir os silêncios, a adivinhar o que não era dito. Mais do que um amor preso no fundo da sua garganta, que só sabia se expressar em broncas, críticas mordazes e ameaças de expulsão *caso você resolva voltar para casa grávida*, o silêncio materno escondia amarguras requentadas. Já adulta, Boya entendeu que os baldes de fel lançados não eram para ela. Eram para quem os lançava, para a mulher que se via nas feições da filha. A mulher que se culpava por ter engravidado cedo demais, por não ter terminado os estudos, não ter tido nenhum vínculo duradouro com nenhum homem quando tinha ficado sozinha com a criança. Boya nada sabia das causas daquilo, só vislumbrara os efeitos: relacionamentos que trocavam a paixão pelo desespero, que culminavam em explosões de raiva e imprecações homicidas, mergulhos em águas turbulentas dos quais ela só se recuperava depois de uma dieta emocional de três ou quatro anos. Aquele era o ciclo. Antes de parar de namorar, sua mãe se apegava a homens que só passavam para vê-la durante parte da noite ou da semana, que sem dúvida prometiam se casar com ela, deixar a outra. Alguns, ao descobrir a adolescente sob o teto da mãe, deixavam o olhar se demorar sobre ela, deixavam suas mãos vagarem. Acusações e a reprovação então recaíam sobre Boya. Era ela que tentava chamar a atenção deles porque...

— Você se acha tão especial com o seu tom vermelho e esse nome que veio da nossa antepassada... Eu devia ter ignorado essa profecia maluca ou pelo menos não dito nada sobre isso. Isso subiu à sua cabeça, você se considera uma mente brilhante...

O fel. Naquelas condições, não era possível reclamar dos atos dos amantes de sua mãe. Quando um deles tentou forçá-la, seu maior medo foi de que ele conseguisse e ela acabasse grávida. Não tinha acontecido.

Boya se interrompeu naquele ponto. Não achou necessário falar da longa amenorreia de quase um ano que concretizara o medo da fertilização não desejada. E também não teve vontade de explicar que, por muito tempo, tinha visto a gravidez como o depósito de algo torpe em seu corpo. A imundície da qual um homem se livrava antes se enrolar em um casaco e evaporar. As revelações sobre suas vulnerabilidades podiam incluir certo pudor. Ilunga não era nem seu psicanalista nem seu confessor. E, por não ser mulher, não era sensato incomodá-lo com certas questões. Só as adolescentes imaginavam que o homem se tornava o melhor amigo da companheira, que não fazia sentido esconder seus absorventes deles, que era melhor passar para ele a lista de seus antecessores porque ele com certeza gostaria de saber o quanto havíamos praticado antes de conhecê-lo. Boya sabia onde parar. A natureza emotiva das mulheres só era igualada pela sentimental dos homens. Então ela não revelou que tinha guardado seu coração, que nunca havia entregado nada além de seu corpo a um amante com um arrendamento não renovável, que tinha vivido assim até aqueles famosos quarenta dias. Por outro lado, ficou feliz ao relembrar em voz alta a descoberta da Casa das Mulheres às vésperas de seu vigésimo primeiro aniversário. O lugar havia feito com que ela se reconciliasse com a vida. Foi Abahuza, a única amiga que sua mãe havia mantido depois do ensino médio, quem a levou até lá. Naquele dia, as iniciadas tinham apresentado suas atividades a uma assembleia de moças. Ela não havia passado pela *tuba*, o ritual no qual o hímen das recém-chegadas é oferecido às idosas. Gostaria de ter perdido a virgindade daquela maneira. No entanto, as iniciadas haviam oferecido a ela um ritual de cura, uma restauração simbólica a seu estado anterior, para que seu corpo lhe fosse restituído. Ela havia sido objeto de cuidados, de atenções até então desconhecidas. A Casa das

Mulheres tinha se tornado seu lar, o lugar onde a energia feminina se desenvolvia de maneira luminosa. Nela, as mães não eram adversárias e as filhas não eram rivais.

Deitada sobre Ilunga, que a abraçava com força, Boya inspirava o cheiro do companheiro, deixava-se embalar pela vibração de sua voz. Ele passava lentamente a mão sobre suas costas, reiterando a oferta para ajudá-la a encontrar os espíritos que a atraíram para a beira do mar. Boya precisava falar com sua mãe, que, por sua vez, simplesmente não sabia o que fazer. Era isso que ele pensava. Frequentar o outro lado da vida lhe parecia necessário para se conhecer completamente. Saber de onde eles vinham, como se realizar de verdade. Enquanto falava, ele depositava beijos em suas têmporas. Como tinha acabado de revelar suas falhas para ele, Boya perguntou quais eram as do homem. Não os defeitos mais óbvios, isso ela via claramente, mas os que o assombravam e de que talvez ele não se orgulhasse. Ilunga respondeu que nada em sua vida o fazia sentir vergonha. Ele se arrependia de erros da juventude, mas, se fosse sincero, não muito. Tinha assumido as consequências, das quais falaria depois, já que aquela noite já tinha sido rica o suficiente em emoções. O que ele podia dizer era que a Aliança o havia agarrado antes que ele tivesse conhecido o corpo de uma mulher, e que aquela descoberta tinha provocado certos exageros. Ele queria saber. Experimentar. Infringir certas leis, quando não pudesse fazer isso. Mas tinha se perdoado por aqueles erros compreensíveis de um jovem com a vida já muito bem regulamentada. Boya e Ilunga não fizeram amor, mas adormeceram de mãos dadas, prontos para atravessar abismos juntos, tanto de dia quanto à noite.

11.

Kabongo foi pego de surpresa pela mudança de Boya. Até então, os relatórios entregues ao *kalala* não haviam apresentado a escala esperada, longe disso, e aquilo não fora recebido com silêncio. Ele estava prestes a perder a confiança de seu superior, o que colocaria em risco seu futuro dentro do departamento. O *mokonzi* em pessoa tinha instalado bloqueadores de microfone na casa da namorada, e nenhuma oportunidade de entrar na residência havia se apresentado. Ao vê-la sair naquela noite, ele pensara que aquela era sua chance. Nenhum sistema de vigilância havia sido instalado, ele talvez pudesse tentar entrar na casa, localizar os bloqueadores, desativá-los, revistar um pouco as coisas. Nunca se sabe. O problema era que a residência ficava nos fundos de um pátio comum e a porta de entrada sempre podia ser vista. Alguém da vizinhança podia muito bem sofrer de insônia no exato momento em que ele tentasse abrir o mecanismo da fechadura digital, o que levaria tempo. Zanele podia ser a insone incômoda, o que o faria acabar no fundo de um buraco negro. Era verdade que ele havia pensado em contornar o problema e usar uma visita dos filhos à mãe. Ele os teria deixados ocupados, como costumava fazer, ficado por perto sob um pretexto qualquer, fugido para o jardim depois de certo tempo, aproveitado a oportunidade para passar para o jardim de Boya e ido até uma das janelas da cozinha que ela sempre deixava semiaberta... A ideia o deixara zonzo, já que Zanele nem sempre permitia que ele entrasse na casa dela. O humor dela no momento determinava que atitude teria em relação a ele, e os olhares questionadores dos filhos não a impressionavam nem um pouco. Tinha sido assim desde o momento em que ela o vira sair da casa de Boya. Os dois nunca haviam falado sobre aquilo, não havia nada a dizer. Agora que Boya tinha liberado a casa para morar na residência do *mokonzi*, um dos locais mais bem guardados do Continente, qualquer operação de vigilância estava descartada. Boya tinha saído ao anoitecer, enquanto ele vagava pelo entorno de um bar próximo dali, e apenas passado rapidamente em casa de manhã. Alguns dias depois, uma equipe tinha vindo pegar seus pertences, móveis, roupas, tudo. Até a louça, que ela usaria a princípio. A Segurança Interna vigiava suas idas e vindas quando ela saía de casa. Ele tinha sido encarregado de investigar a intimidade dela justamente porque a tarefa não era simples.

Desde então, ele não saíra de perto dela, às vezes trabalhando em dupla com outros colegas. Aquilo o poupava de perguntar se eles haviam descoberto alguma coisa. Eles não podiam saber sua missão. Então, no dia em que Boya tinha ido ao *Forges d'Alkebulan* para encontrar a esposa oficial do *mokonzi*, depois que o *kalala* o avisara da reunião, ele conseguiu ser contratado como temporário. O restaurante esperava receber mais clientes do que de costume, devido a alguma celebração específica do microcosmo da elite. Talvez a data tivesse sido escolhida de propósito, já que o evento permitiria que as duas mulheres fossem vistas juntas e em paz. Kabongo foi, portanto, contratado para a equipe de trabalhadores de limpeza temporários. Ele aproveitou para instalar uma escuta embaixo de cada uma das mesas da pequena sala que costumava receber a esposa do *mokonzi*. Normalmente, quando Seshamani almoçava lá, o espaço era reservado para ela, mas ele não sabia onde ela se sentaria quando chegou, de madrugada. Ele havia removido os microfones apenas no meio da noite. Quando estava vazio, o restaurante era um lugar sombrio, um incentivo a se jogar pelas janelas, cobertas com suas pesadas cortinas roxas, o mogno brega do mobiliário, um estilo chique ultrapassado que dava às pessoas importantes daquele mundo uma sensação de eternidade: eles foram, eram e seriam. E isso tinha que ser visto, de uma maneira ou de outra.

Ele ouviu a conversa enquanto ela acontecia, tentando esquecer o que sabia sobre Boya, concentrando-se em suas palavras para que ela fosse apenas uma voz. Na realidade, ele nunca a havia ouvido tanto. De repente, percebeu como suas conversas haviam sido breves, o que justificava que ela tivesse tão pouca consideração por ele. Ela não o conhecia. Não era porque eles se davam bem na cama que ela se apegaria à sua personalidade — apesar de achar que o fato de combinarem devia significar alguma coisa. Também era preciso conversar com as mulheres. Às vezes era assim que tudo começava. A linguagem fazia com que se destrancassem, levava-os a abrir portas que antes desconheciam. Não era uma área em que ele se destacava. Ele geralmente tinha pouco tempo para se dedicar à conquista. Lançava olhares ardentes, logo encontrava uma maneira para esbarrar no corpo da mulher, tocava nela assim que podia. Isso evitava que tivesse que contar, prometer. Tudo passava pelo corpo. Com Zanele ele também não tinha falado muito. Ele a havia capturado do nada, quase de repente, porque queria filhos e ela não sabia o que queria. Kabongo não conseguira reprimir uma pontada no coração quando Boya pedira detalhes sobre o relacionamento de Ilunga e sua esposa. Não tinha gostado de vê-la tão preocupada em encontrar seu espaço na vida de um homem casado. Não importava como eles analisassem o caso, era isso que a relação era. E se o encontro entre as duas mulheres estava acontecendo, era porque ele não ia expulsar a legítima. No entanto, nada no tom de Boya havia indicado que ela se sentia em uma posição mais fraca. O *mokonzi* devia ter virado a cabeça dela, mas a situação em que ela se preparava para entrar não era gloriosa. Ao contrário dele, ela descobrira as inclinações pouco ortodoxas da interlocutora, um segredo aberto para os funcionários da Segurança Interna da qual ele fazia parte. Talvez a novidade a tivesse deixado mais tranquila em relação à exclusividade do amor do chefe de Estado, pelo menos em termos sexuais, o que devia ser importante para ela. Depois de certo tempo, um monólogo tinha substituído a conversa e Boya deixara a oradora se atordoar com as próprias palavras, parabenizar-se pelas passagens de sua biografia que queria reviver durante aquele encontro.

Enquanto as duas se despediam, Kabongo teve uma ideia e se dedicou a ela. Como tinha percebido desde o início, a vigilância direta de Boya demoraria a dar frutos. Ele não sabia dizer quanto tempo passaria antes que pudesse abordá-la. Sua intenção era provocar o reencontro, mas ele queria se preparar para a situação. Aí seria fácil encontrá-la por acaso, convidá-la para tomar alguma coisa. Ele provavelmente tinha adiado a operação por mais tempo do que o necessário, mas não havia por que desistir. Agora que ela morava na casa do *mokonzi*, havia algo ainda mais emocionante nela. Por enquanto, rendendo-se às recomendações de seu instinto, Kabongo decidiu se dedicar a Seshamani, pois pressentia que ela não se ausentaria da paisagem. Ela podia ser um bom ângulo para observar o terreno, talvez um meio de acessar seu objetivo, uma arma para atingir o alvo. Depois de falar sobre a atração que sentia por mulheres, as inflexões de sua voz não haviam parado de indicar que a moça com quem compartilhava a refeição não seria uma exceção. Quando a vira sair do *Forges d'Alkebulan*, a silhueta esbelta moldada pelo macacão fúcsia, ele decidiu segui-la. Ela estava só de passagem pela *kitenta*. Seu motorista a conduzira ao aeroporto, onde ela pegou um voo para o extremo sul do Continente. Ele pegou o Mobembo que, felizmente, seguia para lá. Algumas localidades tinham recusado a passagem para preservar sua fauna e sua flora. Por isso, o Mobembo fazia, por vezes, desvios curiosos na linha que seguia para o sul.

No comboio de alta velocidade, Kabongo tinha escutado a conversa gravada no banco público onde estava sentado, em um dos jardins comunitários próximos ao restaurante. Discreto, seu equipamento parecia um simples tablet no qual ele podia ler um livro, passear pelos corredores de um museu ou assistir a um filme. O aparelho não chamava a atenção. As pessoas apressavam os passos para cultivar sua horta, colher frutos maduros, arrancar ervas daninhas, e não notavam sua presença. Por sorte, a horta comunitária não tinha sido invadida pelos pequenos macacos que a volta da vegetação ao coração da cidade atraíra. Eles apareciam em bandos em áreas plantadas com certas essências, e o caminhante aventureiro sofria com suas travessuras às vezes agressivas, o som estridente de seus gritos. Ficou grato por ter sido poupado daqueles inconvenientes. Depois de decorar cada palavra da conversa, ele digitara o endereço da esposa do *mokonzi*, ampliara as imagens de sua casa encontradas no banco de dados do serviço e observara o entorno. Por fim, se interessara pela companheira da mulher, mas não vira nada de extraordinário nela à primeira vista. Era uma jovem de formas generosas, uma mãe arquetípica, o que fazia com que fosse difícil imaginá-la saciando sua sede na vulva de outra. A mulher tinha trinta e poucos anos e gerenciava uma joalheria voltada para a burguesia local. Pelo que ele havia entendido, ela mesma criava as joias e só usava pedras preciosas, encontradas em abundância na região, mas que ainda assim eram caras demais para as pessoas comuns. As peças, únicas, eram oferecidas por valores obscenos. Mas ela as vendia como *kwangas* comuns em bairros populosos, tanto que a loja só atendia com hora marcada, o que aumentava a sensação de exclusividade de seus clientes ricos.

A abolição da propriedade sobre as terras não havia determinado o fim dos privilégios de classe. As sociedades do Katiopa não tinham promovido muito a igualdade, pelo contrário, e ninguém realmente a exigia. A casta superior tinha deveres para com as massas que dificilmente eram contestados. Desde que assumisse suas responsabilidades, que cuidasse daqueles que tinham que cuidar, ninguém era criticado por ter um estilo de vida grandioso. A exibição de alguns sinais exteriores de riqueza demonstrava um poder que se refletia naqueles que se beneficiavam de sua generosidade. A política social implementada desde a fundação do Katiopa unificado não afetara muito os reflexos arcaicos. Os fundadores do Estado sabiam que seria inútil considerar mudanças naquela área, e não fazia muito sentido tentar impô-las. Eles haviam acabado com a possibilidade de particulares se apropriarem da terra, mas tinham mantido as obrigações comunitárias dos ricos. Estes, por sua vez, podiam valorizar suas realizações através da afixação de placas com o seu nome, das quais não se privavam. O Katiopa nunca se poupara em termos de prestígio, era assim desde os tempos antigos. Em algumas áreas, os ricos eram autorizados a ter Mubenga Cars, os únicos carros permitidos dentro das fronteiras do país. A utilização daqueles veículos a hidrogênio era fortemente tributada, embora eles não fossem poluentes e respeitassem os critérios determinados. O que devia ser pago era o prazer individual obtido com eles. E, quando alguém se interessava pela fabricação dos componentes deles, percebia que não havia indústria absolutamente limpa e, sem dúvida, um imposto adicional era aplicado. Somente os imensamente ricos podiam então desfrutar do automóvel pessoal, pois também era necessário manter, revisar, abastecê-lo com hidrogênio. Para continuar a viver nas residências opulentas que queriam preservar, os burgueses pagavam um direito de ocupação. Os valores, destinados à reabilitação de zonas desfavorecidas, constituíam uma espécie de imposto sobre fortunas. Ou eles pagavam de bom grado — o governo não brincava com aquilo — ou tinham que desocupar o local. Até ali, o sistema estava funcionando. Nenhum *mikalayi* havia sido condenado por desvio de verbas, nenhum membro da alta sociedade tinha tentado se isentar da contribuição. Como as contas regionais tinham passado a ser públicas, as pessoas cuja importância era assim atestada batiam no peito para assumi-la.

Seshamani e sua amante faziam parte daquela casta superior, na qual era possível entrar não apenas pela obtenção de patrimônio material, mas também por sua ancestralidade. A grandeza era transmitida pelo sangue. Como conheciam as regras da decência, as duas mulheres não moravam oficialmente na mesma casa. Eles ocupavam propriedades vizinhas no terreno dourado de uma residência elegante, que abrigava apenas duas outras casas. Uma, raramente ocupada, era usada apenas para estadas breves de uma atriz renomada. A outra era o retiro de uma senhora idosa que já não saía muito. Elas tinham empregados que cuidavam de toda a propriedade, pessoas cujos emolumentos deviam incentivá-las ao silêncio. A equipe era toda feminina. Aquilo lhe saltou aos olhos. O melhor caminho para evitar indiscrições era dar emprego a outros violadores das leis da natureza. Portanto, o local era, de certo modo, um covil de divergentes. Kabongo não tinha aversão à delinquência sexual, longe disso. Só o prazer contava e, para conhecê-lo de verdade, era preciso não ter medo de nenhum de seus rostos. Por outro lado, a ideia de se apegar a uma pessoa do mesmo sexo, num nível estritamente sentimental, deixava-o perplexo. Sua reflexão trouxe de volta a figura do *mokonzi*. Que homem ele poderia ser, no fundo, se a mulher que tinha carregado seu filho — e que ele tinha, portanto, tocado — preferia uma de suas pares? Ele mudou de ideia ao associar o rosto do herói da *Chimurenga* e o de Boya. Ela não perderia tempo com um homem desprovido de qualidades, especialmente se ele já fosse comprometido. Kabongo tinha chegado ao final da viagem, em Ikapa, no extremo sul do Continente. A noite nascente dava todo o seu apoio para caminhar com total tranquilidade pelas ruas daquela cidade cuja fisionomia conservava feridas da era colonial, quando também havia sido, durante décadas, um destino popular para os grandes apostadores de Pongo. Ali eles haviam reproduzido seu universo, desenvolvido atividades enraizadas num estilo de vida hedonista com o objetivo de libertá-los de uma vez por todas da morosidade da vida adulta. Nenhuma cidade no mundo teria se recuperado facilmente depois de ter se dedicado à futilidade por tanto tempo. Contudo, ele ficou feliz ao caminhar naquele ambiente diferente da *kitenta*, admirando o elegante *umbhaco* que era usado nas roupas femininas, a imponente *iqhiya* que usavam nos cabelos.

    Toda aquela parte do Continente era conhecida por seus ornamentos feitos de miçangas tão pequenas que muitos se perguntavam como podiam manipulá-las. Homens e mulheres os usavam, e elas também eram encontradas em objetos do cotidiano. Ele ficou tranquilo ao ver que não era o único a se destacar por suas roupas. Como muitas metrópoles do Continente, aquela tinha um caráter cultural marcado, mas também uma abertura às diversas sensibilidades do Katiopa, que ali se misturavam. Tinha sido necessário aplicar um protecionismo continental severo para conseguir aquela mistura. Agora, quando as pessoas se cansavam de seu comum, apenas outras criações do Katiopa estavam disponíveis. Kabongo pulou para o lado para deixar um carro passar. Ele havia perdido o hábito de ver tantos circulando. A vontade de alugar um o dominou por um instante, mas a Segurança Interna não o reembolsaria por aqueles custos inesperados. O orçamento do Estado não podia ser desperdiçado, nem mesmo no contexto de uma missão que exigia certa improvisação. Como ainda não havia passado nenhuma informação consistente ao *kalala*, o mínimo que podia dizer era que preferia agir em silêncio. Ele voltou a atenção para a tela de seu tablet, que mostrava um mapa da cidade, e foi até a primeira parada do *baburi*. Ali, o trem urbano atendia apenas os bairros centrais. Ele ficou feliz por não ter que fazer de bicicleta a viagem até Jabulani, a área residencial em que a esposa do *mokonzi* morava. Sua casa era a única iluminada quando ele chegou nos arredores. Kabongo manteve distância da cerca, aproveitando a cobertura oferecida por uma sebe de arbustos na entrada do parque localizado do outro lado da rua. Não era hora de chamar a atenção. Não havia vigias na porta. Tinha sido necessário agradar a mulher que queria viver *da maneira mais normal possível* — como ela havia especificado em uma nota —, mas a vigilância era permanente. Ela era realizada remotamente, a partir das instalações de uma empresa especializada em segurança de pessoas importantes. Havia muitos instrumentos eletrônicos, alarmes que não deixariam de sinalizar uma invasão, câmeras que filmariam sua sombra quando ele se aproximasse, holofotes que se acenderiam e fixariam sua luz laranja nele. Kabongo não tinha a intenção de entrar na residência naquele instante. Da posição em que estava, ele esperava detectar movimentos, visitas noturnas, talvez uma saída. Ele realmente não sabia o que esperar, mas esse era o princípio das tocaias. A noite podia ser decepcionante. As árvores dos arredores eram pequenas demais para suportar seu peso se ele resolvesse subir nos galhos. Situada à esquerda do terreno, mas meio na diagonal, a casa ficava um pouco escondida pelo muro. Apenas o piso superior e o terraço coberto ficavam à vista. Vários cômodos estavam iluminados, mas ele não viu ninguém, nenhuma silhueta passando de um para outro. Ficou tentado a recuar um pouco, a procurar um local melhor para observar de mais longe, quando o portão automático se abriu. Os dois lados se afastaram lentamente, o suficiente para lhe dar tempo de reconhecer a motorista e a passageira, o suficiente para ele pensar em dar um passo para a frente. Quando o veículo estava completamente fora do terreno e já havia virado à esquerda, Kabongo lançou seu espião, um dispositivo do tamanho de um uma porca que se fixou silenciosamente no para-choque do sedã. Deixando as duas mulheres se afastarem, ele caminhou a passos tranquilos até a parada do *baburi*.

Foi diante do *Sinqunu*, um clube que dava festas particulares, que ele encontrou o carro. Naquele tipo de local, as regras impunham o uso de chapelaria aos clientes. Todos os aparelhos eletrônicos tinham que ser entregues na entrada, assim como bolsas e carteiras. No início do dia, ele havia notado a grande bolsa amarela de Seshamani. Ele a reconheceria. Sua decisão foi tomada rapidamente. Ele obviamente não estava vestido para entrar ali. Era provável que a festa exigisse convite ou que apenas frequentadores regulares fossem admitidos. Aproximando-se do segurança, mostrou discretamente um crachá da polícia, alegando ter sido enviado para uma verificação de rotina, sem uniforme para não causar desconforto às pessoas importantes que ali se reuniam. O pedido não foi negado. Entrando no salão, que observou rapidamente, disse para si mesmo que a proteção das pessoas importantes daquele mundo deixava a desejar. Os guardas deviam ter verificado a identidade na delegacia do setor, onde sem dúvida tinham um contato designado. Nem que fosse apenas por causa da presença da esposa do *mokonzi*. No vestiário, ele pediu para ficar sozinho. Quando pegou a bolsa, esvaziou-a com cuidado, guardando a ordem em que as coisas tinham sido postas nele. O que interessava era um comunicador, que ele desmontou completamente até grampeá-lo. Sentindo-se vingado por ter falhado com Boya até ali, Kabongo deixou o *Sinqunu*, pronto para passar a noite na estação se tivesse perdido o último Mobembo para a *kitenta*.

Desde então, ele havia ouvido conversas de todo tipo, até conseguir ouvir a que interessava. Primeiro, ficou surpreso por Seshamani não usar o programa criptografado para aquele tipo de mensagem. Então o conteúdo o fez entender. Uma mulher na situação dela precisava falar. A mudança de Boya para a residência do *mokonzi* não incomodava apenas a ele. Feita de maneira improvisada, ela havia abalado uma organização bem-feita e questionado antigos equilíbrios. Da noite para o dia, por assim dizer, tinha sido necessário liberar um local chamado de *ala feminina*. Isso provocara a onda cujo apaziguamento não seria imediato. A esposa esbravejava, aquele descrédito brutal não fazia sentido. Nada justificava aquela precipitação, os aposentos do *mokonzi* eram suficientemente espaçosos para acomodar uma família. Então por quê? Ele queria expulsá-la dali? Ilunga estava pedindo o divórcio sem dizer nada? As convidadas dela haviam sido alojadas em um hotel da *kitenta*. Estavam esperando que ela chegasse, segundo Zama.

Então ela tivera que ir até lá. Aquele era o jeito correto de tratar as pessoas? O chefe do Estado mal respondeu. Deixando a mulher gritar, ele marcara uma reunião com ela. Ao ar livre. Kabongo assentiu. O *mokonzi* não queria correr o risco de ser ouvido. Ele praticava os velhos métodos da Aliança, adotados por todos na época em que as casas dos ativistas e os locais onde realizavam reuniões tinham sido grampeados. Por isso, as conversas importantes aconteciam ao ar livre, depois que todos haviam se livrado do celular. O que ele e a esposa diriam um ao outro não seria ouvido por ninguém. Ele não cogitava levar Seshamani até a residência, nem mesmo ao distrito administrativo. Quatro paredes não conseguiriam conter sua fúria, mas um espaço aberto, que ela não pudesse dominar, diminuiria o seu alcance se ele não a desarmasse. Foram dadas ordens para que as pessoas presentes nos jardins dedicados à memória dos veneráveis ancestrais fossem evacuadas por uma hora. Kabongo não precisou sair do escritório que tinha em casa, onde seus filhos e sua irmã pensavam que ele estava ocupado fazendo trabalhos de contabilidade para comerciantes daqui e dali. Recostando-se na cadeira, ele ajustou os fones de ouvido e começou a escutar.

*

Sentado no banco de trás de seu sedã, Ilunga viu Seshamani chegar. Ela pilotava uma motocicleta elétrica e usava um capacete equipado com óculos de realidade aumentada que ampliavam o campo visual do motorista, ofereciam um assistente de navegação e protegiam contra choques e intempéries. Como a segurança do dispositivo prevenia quedas, o capacete era utilizado principalmente para navegar e evitar obstáculos. Ele a viu estacionar, lenta e irritada, sob os galhos dos jacarandás em flor. Tinha posto um vestido curto de couro macio, de cor rosa, que lhe dava o aspecto de uma grande planta venenosa. Fingindo não ter notado sua presença, ela entrou no parque. Ele se juntou a ela sem pressa, deixando para trás Kabeya, que havia substituído seu motorista habitual. A emoção que um dia ele havia sentido ao ver aquela mulher havia desaparecido, o que o deixava triste. Ele teria preferido sentir alguma coisa, até uma pitada de aborrecimento. Tinha sido ela que havia ido embora. Ele esperara seu retorno, a possibilidade de dar algo a ela, mesmo que aquilo não pudesse restaurar o que ela pensava ter perdido. O que tomavam por uma história de amor tinha sumido antes de ser nomeado. Eles tinham se juntado para participar de coisas proibidas e um alimentara no outro uma necessidade de transgressão. Quando ela engravidara, os dois tinham despertado. Ele acreditava que seria possível criar algo com ela, que acabariam se amando, mesmo sem a empolgação óbvia. Que se instauraria entre os dois uma vontade de ver o outro crescer, de apoiá-lo, uma espécie de parceria. A vida parecia ter moldado o relacionamento deles, estendendo-o para além deles mesmos desde que seu filho havia nascido. Ela teve uma gravidez difícil, afastara-se do bebê o mais rápido possível. Na maternidade, entregou o bebê a ele dizendo:

— Tome, é com você que ele se parece.

Desde então, eles estavam naquela situação. Bem, não exatamente. As coisas iam bem enquanto Seshamani achava que estava fazendo Ilunga pagar pelo que ela e sua família viam como um casamento desigual. Ele ainda não era o *mokonzi* do Katiopa unificado, e ninguém sabia o que aconteceria com ele. Por muito tempo, Seshamani tinha rido do sonho de unidade, do delírio que pretendia unir as populações do Continente. Não era porque os estrangeiros de Pongo tinham inventado a raça negra que isso significava alguma coisa. Na imensidão do Katiopa, os próprios povos tinham outra percepção. As histórias que contavam para celebrar sua existência e comemorar a de seus antepassados eram mais antigas que o primeiro habitante das grutas de Pongo. A ideia de ver apenas um povo em todos os habitantes do Continente era um capricho de pessoas isoladas de si mesmas, que não sabiam encontrar um caminho de volta, nem como inventar um. Aquilo não se baseava em nada do Continente, e as pessoas que tinham se considerado promotoras no Continente não haviam conseguido a adesão das populações, que de modo algum queriam ser lançadas num grande todo que devoraria os rostos, os nomes que constituíam suas linhagens. Vendo que ela não conseguia entender, ele havia se resignado a não explicar mais. Os habitantes do Continente também tinham sido obrigados a se recriar. A unidade não seria construída sobre feridas passadas, pelo contrário: queria transcendê-las. Ela não era uma negação das culturas, mas a abertura de umas às outras, a matriz da um mundo onde os ancestrais de alguns conheceriam os de outros. Era tão espiritual quanto político, duas áreas que não interessavam a Seshamani e que eram, para ele, o sentido da vida. Mas bom... Eles tinham tido um filho.

Ilunga fazia questão de não a desonrar ainda mais, se isso fosse possível. Casar-se com aquele jovem que não era da classe dela já tinha sido um enorme fracasso. Os pais de Seshamani, furiosos por descobrirem que sua filhinha chamava meninos para casa assim que eles viravam as costas, e que, portanto, ela não era mais virgem como sua nobreza exigia, não tinham lhe dado escolha. Ele ainda podia ouvir o pai dela, quando pediu para encontrá-lo para assumir a responsabilidade. Seus princípios o proibiam de dar fim a uma vida. Caso contrário, ele teria mandado a filha abortar. Se a tragédia tivesse acontecido entre burgueses, eles teriam tido menos problemas em aceitá-la, era necessário reconhecer. Mas, desde que ele havia sido designado *mokonzi*, ela e seu clã vinham recebendo o que lhe era devido. Visitas oficiais, encontros com jornalistas, veículos com motoristas e proteção constante permitiam que eles esquecessem o erro. O mal causado à imagem, à reputação de uma garota de uma família importante. Ilunga caminhou atrás de Seshamani, mantendo um ritmo próprio, deixando-a diminuir a velocidade, parar e se virar, exasperada. Ele nem estava com raiva. Quando se aproximou, ela passou o polegar sob a alça da bolsa, gesto que refletia um intenso nervosismo de sua parte. Ela então cruzou os braços sobre o peito. Não queria abraços nem beijos.

— Estou ouvindo — disse ele, simplesmente.

Tinha ido até ali para isso e só falaria quando ela achasse que havia terminado. Ela abriu as pernas, como um cowboy pronto para sacar a arma. O silêncio de Ilunga a desarmou.

O que tanto incomodava Seshamani — ela girava em torno de si mesma enquanto dizia isso — era não ter planejado nada para as duas mulheres que aguardavam suas visitas furtivas numa ala da residência. Ela estava convencida de que uma delas, a tal Nozuko, não sairia de lá sem ser indenizada. Talvez ela acabasse sendo chantageada. Será que Ilunga percebia o problema que estava na cara deles? O que as pessoas diriam? Quanto à outra, Folasade, cujos sentimentos eram tão fortes quanto sufocantes, ela podia tomar uma decisão extrema.

— A gente podia ter conversado sobre isso antes, preparado tudo isso. Eu não fiz nenhum drama quando você me pediu para conhecer sua amiga. Corri o risco de revelar nosso acordo. Então, por que essa urgência toda? Imagine se elas lerem os jornais... Elas poderão desmentir tudo.

Olhando para ela, Ilunga se conteve. Não foi fácil, mas ela ainda tinha coisas a dizer. Ele queria evitar que a conversa se tornasse uma discussão, que eles acabassem dizendo coisas que não podiam ser esquecidas. Seshamani era especialista no assunto e nunca perdia uma oportunidade.

— Vejo — continuou ela — que você me julga por esse estilo de vida. No fundo, você nunca conseguiu se acostumar.

Mesmo assim, ela insistia em lembrar como tudo havia começado. Tinha sido ele que tivera a ideia. Fora por causa dele que ela havia feito amor com uma mulher pela primeira vez. Antes, ela não temia ultrapassar limites. Nem ele, aliás. Mas sua imaginação não a havia levado até aquele ponto. Como a maioria das pessoas, ela não considerava aquilo e sempre preferira a companhia de meninos. Não era culpa dela se não conseguia voltar atrás, se o gosto pelos homens tinha passado. A Aliança mantinha Ilunga muito ocupado, sua vida sentimental nunca havia sido um problema para eles. Ela repetiu a pergunta:

— Você pretende se divorciar?

O homem respondeu que não. Ela sabia o que ele pensava sobre aquilo, e isso não havia mudado. Não estava preocupado com o que a mídia publicaria, com o que as pessoas diriam. Fazia anos que ele estava pronto, meses que ele implorava que ela libertasse as mulheres que permaneciam na casa dele, onde ela não morava. Era ela que devia pensar no modo como devia se comportar com as pessoas. Seshamani tinha passado muito tempo acostumada que o mundo se curvasse aos seus caprichos —inclusive ele, especialmente ele. Os dois já não tinham mais idade para aquelas fricções constantes que nem sequer pareciam mais um apego viciado, e sim uma distância intransponível. Como ela insistia nisso, ele estava disposto a assumir a responsabilidade por tê-la deixado cansada dos homens. Mas, pelo que ele lembrava, quatro pessoas estavam lá naquela tarde e até a manhã seguinte. Dois homens e duas mulheres, que tinham trocado de parceiros antes de voltarem ao objeto de seu amor.

No meio da noite, Seshamani havia se separado dele, mas aquilo não o havia incomodado. Pelo contrário. Ele tinha visto na relação entre duas mulheres algo quase místico, que o havia abalado. Ele e Kabeya tinham saído da cama e se sentado lado a lado em um canto da sala, emocionados com o espetáculo que lhes era oferecido. Ele não via problema no fato de ela estar buscando o prazer que queria, aquilo não o chocava e ele não achava que seria o suficiente para separá-los. Tinha sido ela que havia se descoberto na época, ela que tinha passado a viver apenas de um lado de sua energia, ela que havia se afastado. Ele achava que as coisas teriam sido diferentes se ela não tivesse engravidado. Por muito tempo, ela nem tinha sido uma companheira social. Fazia apenas cinco anos que sua atitude tinha melhorado, quando ele de repente se tornara apresentável. Kabeya não havia perdido seu amor da época. O que tinha acontecido naquela noite não a havia afastado dele, pelo contrário. Para ela, tinha sido apenas uma diversão juvenil, uma prática permitida aos adolescentes em certas tradições. Ela se tornara esposa de Kabeya e dividira as lutas e também a intimidade com ele. Somente a morte a havia tirado de perto dele, durante um retiro da Aliança em que ela havia sofrido uma queda feia. Ele nunca a havia substituído. Mas aquela não era a história deles. Eles nunca haviam sido ligados por um sentimento daquela envergadura. Os dois tinham adorado a ideia de estar juntos, a impressão que geravam porque eram elegantes, os boatos que despertavam porque seus universos não tinham sido feitos para se encontrarem. E o sexo. O que havia nele de menos ortodoxo e que era feito sem a participação do coração. E isso havia durado apenas um ano universitário. Os dois haviam descoberto a gravidez logo depois de Ilunga voltar do primeiro ano em Bhârat. Agora, eles iam colocar um pouco de ordem em suas vidas, demonstrar respeito um ao outro. Enfim, era o que ele ia fazer.

— Mas onde você a conheceu? Você não sabe de nada além dos assuntos de Estado, das reuniões da Aliança e do seu...

Ele a interrompeu:

— Essa não é a questão.

Ela quis saber se ele pretendia se casar outra vez. Se fosse esse o caso, a primeira esposa deveria ter sido consultada. Esse era o costume. Era incrível que ele precisasse ser lembrado disso. E aquela brutalidade não era típica dele. Só podia vir daquela mulher. Mesmo que esquecesse o fato de tê-la deixado constrangida ao pôr suas amantes na rua, impor uma nova configuração à ala feminina era um pouco demais. Ele quis informar que não era a ele, e sim a Boya, que ela devia o fato de ainda ter aposentos no palácio.

— Nada de importante vai ser tirado de você, você sabe disso. A conversa terminou, Seshamani.

Ilunga deu meia-volta, deixando para trás cerca de 25 anos de teatro, prometendo a si mesmo não esconder nada que fosse necessário explicar. Ele não se censurava por tê-la protegido nem por estar exigindo que ela tomasse as rédeas da própria vida. Se Seshamani escolhesse a transparência, ele a apoiaria. Ela não podia duvidar disso.

Kabeya ligou o sedã, que desceu a calçada. Sem olhar para a cidade que ele adorava atravessar, Ilunga se concentrou na programação do dia.

A assembleia dos *mikalayi* seria realizada no fim da manhã. Antes de submetê-la outra vez ao Conselho, ele queria discutir com eles a questão dos Sinistrados. Em seguida, teria um breve encontro com o presidente de Zhōnghuá, que ameaçava acabar com as relações acadêmicas e comerciais se seu país não pudesse se estabelecer nos portos do Estado unificado. Ele se mostraria firme. Não permitiria que um ritmo fosse imposto, as autoridades de Bhârat e Hanguk haviam entendido bem isso. Eles enfrentavam seus problemas com paciência, sabendo que melhores oportunidades lhes seriam garantidas mais tarde. O país saberia recompensar seus amigos. Ilunga não estava muito preocupado. Zhōnghuá tinha começado a traçar uma nova Rota da Seda na época da Primeira *Chimurenga*, com o objetivo de cercar Pongo e dominá-lo. Era preciso se vingar dos tratados desiguais e de muitas outras humilhações. O Katiopa não tinha nada a ver com isso. E não só eles tinham outros parceiros, como os jovens do Continente podiam beneficiar de formações melhores no próprio território deles. Os estudantes eram enviados para o exterior apenas para conhecer o mundo, familiarizar-se com outros estilos de vida, preparar-se para o futuro. Zhōnghuá era conhecido por sua mania de espionar até o ar que eles respiravam. Quando seus cidadãos fossem novamente admitidos em solo katiopiano, os aparatos necessários já teriam sido criados. Ele não se expressaria naqueles termos, mas saberia se fazer entender pelo colega do país que precisava dos produtos agrícolas fornecidos pelo Katiopa unificado.

Após aquela conversa, Ilunga honraria um compromisso acertado havia muito tempo com os administradores da Casa da Moeda. Eles conversariam sobre a moeda central. A instituição não tinha sido fácil de criar. O *mokonzi* cuidava pessoalmente de cada um dos seus avanços. Quando o Katiopa unificado se abrisse ao mundo, ele teria consolidado suas competências naquele setor. Depois, no meio da tarde, tinha sido planejada uma videoconferência com a seção da Aliança estabelecida em território *ingrisi*. Muito antes do surgimento do Katiopa unificado, ela havia sido convertida em partido político e apresentara candidatos nas eleições gerais. O diretor concorria ao cargo de primeiro-ministro e tinha excelentes chances de ganhar. Ilunga saudava o compromisso daqueles irmãos estabelecidos às margens do Tâmisa, que podiam ter posto fim a seu exílio. Preocupados em garantir a segurança do Continente e preservar seus interesses, eles entendiam que a tarefa não seria concluída tão cedo. Oferecer ajuda financeira à campanha deles fazia todo o sentido. Qualquer que fosse o resultado da votação, seria um excelente investimento, uma recompensa e um meio de manter a lealdade. Ilunga suspirou. A seção da organização sediada na terra *fulasi* se distinguia pelo estabelecimento de redes comunitárias que sabiam influenciar os resultados eleitorais de um lado ou de outro, mas ela não queria assumir responsabilidades políticas. As questões de representação, em toda a sua variedade, sempre tinham mobilizado mais aquela seção. Às vezes, Ilunga achava que os irmãos do país *fulasi* tinham sido contaminados pelo modo de vida hedonista que arruinara as antigas potências coloniais. Eles haviam promovido um prazer sem trégua nem impedimento, que levara a uma forma sutil de emasculação. Eles se castravam de forma diligente, sem sequer notar. Dissipavam-se alegremente, convencidos de terem escalado todos os degraus da emancipação. O convívio dos *fulasi* com os povos do Continente sempre produzira resultados bastante medíocres. Para se convencer disso, bastava fazer algumas comparações rápidas. As conclusões eram visíveis a olho nu.

12.

Com um *mswaki* preso entre os dentes, Igazi rosnou. Ele estava de mau humor. Ninguém trouxera a cabeça daquela mulher vermelha para ele em uma bandeja. Em vez disso, seu melhor detetive parecia estar se perdendo em desvios sem sentido. Tudo bem a esposa do chefe do Estado querer fazer valer seu título, a anterioridade de sua presença na terra, mas ele não entendia onde aquilo ia parar. A mulher vermelha estava morando na residência do *mokonzi*. Sua intimidade estava tão preservada quanto a do próprio Ilunga. Agora ela raramente pegava o *baburi* e parecia estar sobrevivendo àquela mudança também. Quem desdenhava do conforto dos veículos do Estado? Ele não sabia o que seu agente tinha feito para ouvir a conversa de Ilunga e Seshamani, mas, para dizer a verdade, aquilo não o impressionava muito. Afinal, tinha escolhido Kabongo porque achava que ele era capaz de realizar proezas. O destino estava contra ele, mas ainda não era hora de classificar aquilo como perseguição. Ele pretendia se encarregar de impedir que aquela mulher provocasse algum problema e, daquela vez, não usaria a sedução para isso. Os meios para atingir seus objetivos lhe escapavam no momento, mas se tranquilizava pensando que ele, ao contrário de Kabongo, poderia entrar na casa do *mokonzi*. Era, sem dúvida, ali dentro que ele precisava de um aliado. Uma pessoa que não chamasse atenção e que estivesse sempre lá. Uma pessoa que tivesse algo a perder ou a ganhar. Levaria tempo, ele não tinha apenas aquilo para fazer. Por enquanto, tinha que continuar as negociações com o Grupo de Benkos. Ilunga não tinha desistido da ideia maluca de conhecê-los. Como o pedido não tinha vindo deles, eles haviam enfiado na cabeça que tinham que estabelecer condições, determinar as modalidades de encontro, os lugares de Matuna que eles tornariam acessíveis, os que, por outro lado, não poderiam ser frequentados, a maneira pela qual seria preciso chegar — nenhum veículo motorizado, mesmo elétrico, o número de pessoas que comporia a delegação, a hora em que ele seria esperado... Já era muito, mas por que parar no meio do caminho tão bem determinado?

O Grupo de Benkos, que eles tiveram o cuidado de limitar à área de que tinham se apropriado, exigia uma autorização de passagem. Ou seja, queriam que lhes fosse fornecido um documento que evitasse fiscalizações e prisões. Eles não contribuíam concretamente para a construção do Estado cujos princípios contestavam, mas exigiam gozar do direito a ir e vir por toda a extensão do território. Aquilo obviamente estava fora de cogitação. Igazi estava prestes a desistir. Ele não entendia por que seus agentes tinham que dedicar seus dias àquelas discussões. A situação fazia o *kalala* se sentir como um daqueles adultos inconsequentes que viram como sinal de abertura de espírito negociar com seus filhos por um sim ou um não. Comportar-se daquela maneira era ceder um pouco de poder. Era uma estratégia perdedora. O exato contrário de uma política de poder cujos efeitos deviam sobretudo ser sentidos no Continente. Quem eles impressionariam no futuro, quem obrigariam a ouvi-los, se não fossem capazes de se tornar donos de si? Ele sentiu falta da época não tão distante em que Ilunga, afastado das questões sentimentais, se apegara aos objetivos da Aliança, que tinham se tornado sua bússola. Desde que a Vermelha entrara em sua vida — e Igazi não parava de se perguntar como —, aquele que havia sido escolhido, o homem escolhido para presidir os destinos de uma parte vasta do Continente, considerava-se uma réplica de Ausar que havia encontrado sua Aset. Embora se vissem todos os dias, já que moravam sob o mesmo teto, os pombinhos continuavam a sair com o mesmo prazer. Em breve, e antes que suas núpcias fossem celebradas, Ilunga ia querer atribuir à sua bela alguma função oficial, para que ela nunca saísse do seu lado. Por sorte, dois obstáculos estariam em seu caminho: primeiro, sua esposa era responsável pelas obras sociais e, embora só estivesse querendo aparecer, ela gostava demais se exibir para abrir mão de seu espaço. Além disso, seria necessário que a decisão fosse aprovada pelo Conselho e pela Assembleia de *Mikalayi*, já que aquilo envolveria todo o Estado.

Igazi interrompeu a mensagem de voz de seu agente, que podia muito bem esperar. O incapaz nem tivera coragem de se apresentar diante dele, nem em uma conversa por vídeo, apesar de Igazi preferir um cara a cara. Os longos anos passados dentro da Aliança, cujo braço armado tinha sido clandestino por muito tempo, deixaram-no desconfiado de ferramentas sem as quais os jovens pareciam incapazes de trabalhar. Ele teria esperado que seu agente reservasse um tempo para encontrá-lo pessoalmente. O fato de ele estar longe do escritório não mudava nada. A missão confiada a Kabongo exigia que ele se deslocasse para vê-lo. Os meios para fazer aquilo tinham sido disponibilizados, coisa que seus colegas nem sempre podiam dizer. Já era possível fazer uma viagem de ida e volta entre Mbanza e os arredores de Fako em um dia. Uma das linhas do Mobembo permitia isso, e eles haviam lutado para concluí-la em três anos. O *kalala* soltou um suspiro exasperado. Em breve, ele deixaria o quartel para supervisionar os exercícios dos novos recrutas, os primeiros naquela localidade. Eles finalmente tinham aberto a escola militar que o regime estabeleceria em todas as suas regiões. A profissão militar seria ensinada nelas, mas isso não seria tudo. As pessoas poderiam se formar em outras disciplinas, para que os militares fossem capazes de pensar e principalmente de governar, se porventura uma crise surgisse. Ali, todos teriam, portanto, diversas competências, como acontecia na Aliança. Sua presença não era obrigatória naquele dia, mas ele aceitava alegremente a oportunidade para escapar do clima moroso dos edifícios da Segurança Interna ou do Estado-Maior. Não seria mantendo os olhos grudados em telas nem pedindo relatórios de vigilância que eles administrariam aquele imenso Estado da melhor maneira possível. O seu domínio, sobretudo, exigia proximidade com o campo, uma verdadeira relação com as equipes implantadas aqui e ali. A equipe que ele veria naquela manhã teria a tarefa de reforçar os contingentes alocados no limite norte do Estado. Era a fronteira terrestre mais longa e agitada, atravessada pelos emigrantes retardatários, aqueles que tinham hesitado em regressar ao Continente. Entre todos, ele desconfiava dos que haviam se estabelecido em Pongo. Entre eles é que seriam encontrados os espiões, os irmãos contaminados. E, como os Sinistrados se apegavam à sua nacionalidade ancestral, também pegavam aquela rota para chegar aos territórios do Continente que margeavam o Mediterrâneo. Ali ficavam as representações diplomáticas do país cujo nome eles cantavam em vão, já que não tinham nada para oferecer a ele além daquela serenata. Ele não contestava o fato de não fazerem parte daquele país. Mas a necessidade que tinham de ir registrar seus nascimentos ou renovar seus documentos de identidade dava mais trabalho às suas tropas. Antes de sair, Igazi queria terminar de ler os outros relatórios que lhe tinham sido enviados. Havia um vídeo, já que ele tinha dito que não aceitaria mais nada sem um. Um sinal em seu comunicador indicava que o vídeo havia sido enviado naquela manhã.

Ele leu primeiro as poucas linhas que introduziam a coisa toda, ergueu uma sobrancelha intrigada e ajustou os fones de ouvido. Igazi lembrou que os melhores agentes não eram necessariamente aqueles que se distinguiam por registros de serviço impecáveis. Ele havia dado o caso Du Pluvinage a uma jovem ainda inexperiente. Nandi ou Ntombi, ele não tinha certeza se tinha gravado seu nome. Não faltava inteligência à moça, mas ela era mais intelectual do que combatente, uma daquelas que tinha percebido sua vocação lendo romances policiais. Não tinha sido difícil de registrar as idas e vindas do indivíduo e elaborar uma lista de pessoas que ele havia encontrado. Mas a moça havia feito coisa melhor. Não só a sua apresentação escrita tinha sido muito clara, mas ela conseguira filmar imagens mais do que interessantes. Com som. Sem dúvida com ajuda de um daqueles drones em miniatura que podia pousar como um pássaro nos galhos de uma árvore. Não era novidade, mas continuava sendo eficaz. O aperfeiçoamento técnico estava na forma do dispositivo, na qualidade da gravação de som e na extrema discrição. A máquina fazia tanto barulho quanto um peido de formiga. Nandi, ou talvez Ntombi, tinha se lembrado de inserir legendas para ele, pois sabia que ele não falava *fulasi*. Em sua região natal, ainda era o *ingrisi* que percorria as ruas, e ele, como todo mundo, havia aprendido algumas frases.

O filme mostrava o Sinistrado, de boné, e seu filho sentados na varanda de casa, de frente para o jardim já banhado de sol. O jovem tinha ido buscar algumas coisas. Ao menos aquela havia sido a desculpa que ele dera a Mawena, sua namorada, para escapar da comunidade do Grupo de Benkos e conversar tranquilamente com o pai. *Escapar*. O uso daquele termo era intrigante, mas o que se seguiu foi ainda mais surpreendente, já que a prole já era uma víbora singularmente mal-intencionada. Quando o pai perguntara que mosca o havia picado, como ele podia se comprometer com uma *das filhas dele* e manchar o brilho de seu sobrenome, o menino balançou a cabeça e se manteve em silêncio. Então, com um tom calmo, explicou que apenas o pragmatismo norteava suas ações. Ele não tinha nenhuma antipatia particular por Mawena, mas não estava apaixonado. Era fácil estar com ela, coisa que não acontecia com as meninas de sua comunidade, que ele conhecia desde a infância. A maneira como ela se empolgava com a cor de seus olhos e de sua pele tinha algo de emocionante. A diferença era atraente. Eles se davam bem, o que era bom para seu projeto. Como os Sinistrados não voltariam ao país *fulasi*, que tinha passado para outras mãos, o bom senso exigia que adquirissem ali, no Katiopa, o máximo de vantagens possíveis. Caso contrário, eles nunca melhorariam sua condição, sem falar em virar a maré e recuperar o controle que eles tiveram no passado. E não fazia tanto tempo assim. Em vez de continuar a vegetar como lhes era imposto, era preciso preparar o futuro. Outras gerações nasceriam naquele solo. O dever daqueles que os precediam era lhes garantir uma vida melhor. Dadas as forças presentes, eles não podiam fugir do sacrifício. O isolamento era seu primeiro calcanhar de Aquiles. Ninguém se importava com eles, ninguém defendia seus direitos mais básicos. Às vezes, claro, as almas caridosas tinham pena deles, demonstravam um pouco de simpatia, mas a legislação em vigor era rigorosa e ninguém a questionava. O Grupo de Benkos podia ser interessante para eles porque sua aldeia acolhia qualquer pessoa que desse as costas às normas estabelecidas. Contudo, ele esperava persuadir Mawena a morar com ele em algum lugar de Mbanza. Ele evocaria a importância que aquilo teria para sua carreira musical. Para atingir seus objetivos, os Sinistrados precisavam de aliados mais bem encaixados na sociedade do que o Grupo de Benkos. No entanto, eles não tinham nada a oferecer, nada a colocar na balança, exceto seus corpos. Aquele era o único capital com que podiam contar, já que tinham sido roubados de seus bens. Defendiam uma cultura considerada exótica, uma peça de museu um tanto estranha, que fazia sorrir ou causava perplexidade. As atuais populações do Continente não os haviam visto em seu auge e já não demonstravam o medo de que haviam falado os antepassados conquistadores, a sensação de não ser nada que os levava a murchar assim que pupilas claras tocavam sua epiderme escura. Agora, eles eram motivo de chacota entre os alunos. E, para piorar, muitos bebês começavam a chorar só de ver a pele deles, por causa de sua cor. Era preciso se aproximar, criar uma espécie de intimidade com aquelas pessoas. Seria através de um movimento voluntário e visível em direção a elas que eles recuperariam o terreno.

O pai parecia estar começando a entender e se engasgou:

— Então sua ideia é se casar para se integrar?

A pequena cobra assentiu:

— Pode pensar assim, mas não pretendo deixar Mawena depois de envolvê-la nisso tudo. Quem vai querer ficar com ela depois que...

Ou seja, ele ia aproveitar um vazio legal para solicitar a cidadania katiopiana. Para falar a verdade, ele duvidava que ela fosse concedida de imediato, mas a questão apareceria, criaria um debate e, sobretudo, a criança que nascesse de sua união com Mawena não poderia ter seus direitos negados. Assim como eles, os katiopianos atribuíam um valor inestimável ao sangue e à linhagem. Eles não poderiam rejeitar os próprios descendentes. Além disso, não designavam seus irmãos com base no fenótipo, mas através do pertencimento a uma comunidade. Ter nascido entre eles, crescido entre eles, ter sido adotado por eles. No passado, certos Descendentes tinham sido estrangeiros para eles. Era preciso ser erudito e interessado em política para vê-los como irmãos, e a unidade tinha inicialmente sido uma ideia vinda de fora. O sonho de pessoas desenraizadas que, sem saber a quem se apegar, tinham se apropriado de todo o Continente. Entre os ancestrais dos Sinistrados, muitos haviam sido iniciados nas espiritualidades do Continente, nos seus segredos mais profundos. Eles haviam sido aceitos pelas comunidades, não como convidados, mas como membros plenos. O povo do Katiopa desconhecia a irmandade da cor. Aquela visão das coisas não os abandonara, o filhote de víbora estava convencido disso. Era importante lembrá-los disso sem demora, ativar aquela alavanca para sair do que prometia em breve se tornar um abismo, o lado esquecido da história. Quando o Katiopa unificado acertasse o sistema que estava tentando estabelecer, a tarefa seria mais difícil, as mentes seriam transformadas. Era nas falhas, nas fendas daquele mundo ainda em formação que era necessário se infiltrar.

— Eu entendo que tudo isso deixe você incomodado, mas não temos escolha.

Ele havia conversado com outros jovens da sua idade, meninas e meninos, um grupo ainda pequeno. Eles seriam os batedores. Seu exemplo seria imitado. Seu caso seria o mais divulgado: ao tornar-se uma estrela, Mawena seria, à sua maneira, uma pessoa influente. Tinha chegado a hora de sair do buraco, estar naquele mundo para trazer de volta o outro, aquele que eles valorizavam e que queriam ver florescer.

— Sim, vai haver certa ruptura no início. Vamos perder alguns elementos, os mais fracos.

Como eles não poderiam revelar os detalhes a todos, alguns pensariam que deveriam se integrar de corpo e alma. Eles ficariam encantados por não ter mais que viver como haviam feito seus antecessores. Não definhar mais nas margens. Entrar na dança. Receber sua parcela de bem-estar.

Então aconteceria o despertar, pois teriam se aventurado fora da jaula. Eles recuperariam a confiança, se sentiriam autorizados a pedir mais, a lutar por isso. Até lá, o Katiopa unificado, pensando ter atingido uma velocidade de cruzeiro, ia querer exibir sua grandeza em céus maiores, se tornar conhecido e admirado pelo mundo. Ele passaria a atrair olhares, elogios, mas também críticas. Eles podiam se aproveitar daquele último aspecto, contar que os oprimidos de ontem tinham apenas invertido papéis, e não mudado o mundo. Era só uma questão de tempo, eles tinham que estar prontos. O jovem sorriu:

— Eles vão querer participar da Copa do Mundo de futebol...

Nenhum governo poderia frear permanentemente aquele desejo. Talvez eles voltassem a testemunhar novas ondas de migração, apenas por aquele motivo: para estar no mundo, e não ao lado dele.

O pai, por sua vez, balançou a cabeça. O plano friamente elaborado ainda parecia elucubrado demais. Eles nunca pesariam muito no Continente, a demografia do Katiopa trabalhava contra eles.

— Mas quem está falando do Continente? Vamos apenas seguir nosso caminho, sair dessa reserva que não quer dizer nada. Um quarto ou a metade de uma região, e isso, pensando grande, seria mais do que suficiente para a nossa felicidade.

O animal não estava errado. A menor delas era maior do que todo o país *fulasi* e um ou dois de seus vizinhos. Se aquele projeto delirante fosse concretizado, o Katiopa unificado se veria confrontado com uma situação impensável: uma das suas partes poderia cair nas mãos de um *mikalayi* de ancestralidade sinistrada, que participaria da Assembleia. Ele seria minoria, certas medidas em vigor em todo o Estado se imporiam a ele, mas um grande número de políticas era determinado localmente, com base nas expectativas populares. Igazi imaginou aquilo com horror. Primeiro, bandos de pequenos mestiços aos quais ninguém teria coragem de recusar acesso à escola. Depois, as mesmas pessoas que, depois de crescidas, fariam concursos administrativos, ingressariam no serviço público. Em seu exército. Em todos os lugares. E então, em todos aqueles ambientes antes preservados, eles relembrariam sem perceber a senioridade de sua presença naquelas terras — vários séculos —, a injustiça que era escondê-los, recusar que o país algum dia se reconhecesse em suas feições. Aquelas pessoas... queriam ser vistas em filmes da televisão pública porque não teriam recursos para produzir os seus. Elas exigiriam que seus escritores fossem levados em consideração, incluídos no currículo escolar. Militariam para que seus exploradores e médicos coloniais fossem homenageados com placas, bustos no centro das rotatórias, que seu nome fosse posto na fachada dos edifícios para que todos recordassem os efeitos positivos da missão civilizadora, os laços indeléveis que tinham se atado através dela. Ninguém sabia até onde aquilo podia ir. Igazi voltou a ouvir e não ficou decepcionado.

Definitivamente cheio de recursos, o tal Amaury Du Pluvinage acrescentou ao caso uma prova importante, algo que ajudaria em seu plano. Seu pai se lembrava que uma mulher, uma acadêmica, havia encontrado várias vezes sua tia-avó e os filhos da família? Ela havia gravado as conversas com eles. Bem, aquela pessoa levara alguns membros da comunidade à Praça Mmanthatisi, para as festividades do San Kura. Ela ficara tocada com o fato de as crianças não serem admitidas na escola, de estarem isoladas de outras crianças de sua idade. Eles podiam, sem dúvida, contar com o seu apoio. Ao ler um jornal que dedicara um artigo a Mawena, ele tinha se deparado com uma fotografia daquela senhora de braço dado com o *mokonzi*. A mulher tinha conexões em altos cargos e sua profissão a fazia conviver com uma juventude que ficaria comovida com a situação dos Sinistrados, já que era sempre fácil atiçar o fogo do protesto entre os estudantes. O pai pareceu pensativo por um momento, então voltou a falar, escolhendo bem as palavras. Ele entendia que a situação deles desse origem a atos desesperados. No entanto, segundo ele, a comunidade tinha mais a perder do que a ganhar com aquela operação. Primeiro, para conseguir tudo aquilo, seria preciso falar a língua regional. Claro, as famílias continuariam a transmitir a língua deles, mas, quando as crianças e depois os adolescentes tivessem que passar mais tempo fora do complexo, não veriam mais a necessidade de dominar aquele idioma estrangeiro. Não seria útil para eles. Com a língua, seriam as ideias, o próprio caráter da cultura que seria perdido. O ser desapareceria.

Supondo que um dia eles assumissem a liderança de uma região do Continente, isso não aconteceria antes que fossem reduzidos a balbuciar mal o *fulasi*. Somente a sua tez os distinguiria dos demais habitantes da localidade. E ela também se apagaria, através da miscigenação. Eles se tornariam habitantes comuns do Continente, já que, se ele tinha entendido corretamente, várias uniões interétnicas aconteceriam. Seria uma jornada só de ida para a dissolução. Ele pediu ao filho que reconsiderasse sua posição. Será que aqueles que outrora tinham civilizado o planeta, nomeado os territórios e até as plantas que ali cresciam, dado uma identidade a quem lá vivia, conseguiriam aceitar isso? Jogar pérolas aos porcos nunca tinha constituído uma política válida. Ninguém agradeceria por um sacrifício que passaria por uma rendição completamente natural. O jovem voltou a protestar, desta vez com uma veemência mais pronunciada, seus longos cabelos amarelos chicoteando suas bochechas. Ele estava em casa no Continente, tinha nascido ali. A metamorfose, declarou ele, era inevitável, já que eles mesmos tinham se extirpado do solo natural. Ficar no Katiopa por tanto tempo tornara a maior parte de seu povo inapta à vida em outro lugar. Eles não haviam se estabelecido nas regiões mais temperadas do Continente. O inverno era para eles um flagelo felizmente encarcerado nas páginas do dicionário, uma imagem mantida a distância pelos filmes antigos que eram exibidos, mas que as pessoas não podiam sentir. Eles ainda estavam relutantes em se estabelecer na parte norte do Katiopa, onde o país deles, no entanto, tinha serviços diplomáticos e diversas atividades. Eles seriam afogados num oceano de minaretes, se tornariam uma população de infiéis desprovidos de poder e forçados, lá também, a aprender outro idioma. Invadida por metecos, sua terra natal não era mais a potência que tinha sido. Aqueles eram os fatos, em sua insuportável crueldade. O que podiam fazer então? Ele exortou o pai a relembrar as razões que tinham levado os mais velhos a zarparem, a dor do exílio, a violência da realidade da época: a pátria lhes havia sido arrancada. Os nativos que ainda estavam lá eram *cidadãos do mundo*, segundo a fórmula consagrada, seres sem elos, sem cor nem fronteiras, desprovidos de pele, desumanizados. Em muitos aspectos eles eram degenerados:

— Eu não preciso desenhar...

As pessoas que haviam fundado a comunidade um pouco mais de um século antes não eram apenas aposentados atraídos pela perspectiva de passar dias tranquilos ao sol, de construir uma *villa* a um custo moderado. Havia alguns, mais jovens, ansiosos por se ajoelhar diante da cruz sem ter que pedir desculpas por não se verem envolvidos, contra a própria vontade, na morte anunciada do *Homo sapiens*, para não serem um dia humanos aumentados, libertos da carne. Pessoas que queriam dizer *mulher grávida* e não *pessoa grávida*, sob o pretexto de que a procriação tinha sido aberta ao terceiro gênero, que precederia outros, ninguém sabia quais e quantos, nem tinha pressa de descobrir. Seus antepassados tinham ficado inconsoláveis ao ver Seine-Saint-Denis ter o seu estilo incluído na Constituição — especialmente o uso do *soninke* e da *darija* —, obter uma grande autonomia, se tornar um território perdido para sempre. Eles tinham ido para lá para adquirir terras, abrir negócios, construir escolas em que seus filhos seriam educados como eles tinham sido. Porque fazia calor ali, as pessoas conheciam a língua deles, o olhar voltado para eles não era de desdém. Eles tinham vindo porque a promessa de reencontrar uma humanidade que respeitava aquilo que eles defendiam seria mantida. E ela foi, continuava a ser. Como o que eles haviam construído ali tinha sido tirado deles, por sua comunidade ser pequena, o campo de possibilidades não parava de ser reduzido. A sobrevivência, a boa saúde do grupo, no sentido estrito, dependeria também das uniões que o pai desaprovava.

— Você sabe que estou certo. Nós os trataríamos da mesma maneira se estivessem na nossa casa. Pediríamos que eles vivessem do nosso jeito. Comessem como a gente. Conhecessem nossa língua.

Aliás, não era para chegar a uma média entre os dois estilos de vida que o pai Du Pluvinage usava um *kèmbè*, para grande desgosto de sua tia Charlotte? O velho deu de ombros. O *kèmbè* caía bem em seu corpo, só isso, e ele os encomendava na comunidade.

— Também não precisa exagerar. É uma calça como qualquer outra... Você diz que íamos tratá-los da mesma maneira... Foi porque falhamos que tivemos que ir embora. Havia mais deles no nosso país do que poderia haver de nós aqui.

Igazi parou o vídeo, ele já tinha ouvido o suficiente por enquanto. Sua atenção se fixou em uma das aeronaves que as Forças Armadas usavam para movimentar tropas ou transportar equipamentos. Maravilhas tecnológicas construídas em Noque-Ifé. Eles planejavam disponibilizá-las para uso civil, o que poderia, por exemplo, complementar os serviços prestados pelo Mobembo. A questão estava sendo estudada. Mais uma vez, ele ficou impressionado com as habilidades do aparelho, com seu silêncio. Claro, como tudo o que é criado no Estado, o baixo impacto do dispositivo no ambiente norteara a escolha. Depois que a nave passou, ele voltou a pensar. Em vez de sair, como havia planejado, apoiou os cotovelos sobre a mesa, a testa na palma das mãos unidas, e começou a pensar. O presidente Mukwetu, fundador da Federação Moyindo, planejara organizar o repatriamento de estrangeiros estabelecidos naquela parte do Continente. Na época, as populações locais, que não tinham aderido nem à tomada de poder nem aos seus métodos absolutistas, tinham auxiliado os Sinistrados. Não que tivessem militado pela manutenção de predadores que haviam se apoderado de tudo o que existia de valor nas antigas nações coloniais, mas o processo — uma declaração televisionada que seria acompanhada por gestos alguns dias depois — parecera muito brutal. O programa, mal elaborado como muitas das medidas tomadas por aquele regime, fora adiado pela *Chimurenga* da retomada das terras. A Aliança lutara contra Mukwetu por vários meses e o derrubara para fazer do ex-FM um exemplo do que a união seria. Depois de sete anos, ela havia tomado, numa noite, as regiões do Continente agora reunidas dentro das fronteiras do Katiopa unificado. Desde então, outras prioridades haviam surgido e eles haviam preferido não avançar em relação à questão dos indesejáveis. Sua situação atual não era resultado de um desejo de prejudicar, mas da rápida aplicação da legislação fundiária e relativa ao trabalho ou à educação. Aquelas regras protegiam os nativos.

No entanto, os Sinistrados exigiam um outro lugar, não falavam as línguas regionais, não queriam que seus filhos fossem educados nas escolas do Estado. Eles haviam sido realocados para a periferia da *kitenta*, onde antes ocupavam bairros nobres. Como seus ativos não podiam mais ser vendidos, sua fortuna tinha mais uma existência memorial. Alguns truques haviam sido tentados para manter moedas que eles poderiam ter negociado nos países ao norte do Katiopa, com os quais o país negociava. Mas eles tinham sido revistados na fronteira e despojados das moedas proibidas antes de deixarem o território. Agora, cultivavam a terra para se alimentar, depois de ter trocado móveis e objetos por animais. Alguns tinham penhorado joias para obter um dinheiro que eles não seriam capazes de pagar tão cedo. Sem autorização para trabalhar, o comércio lhes era proibido. Os empregos eram reservados aos katiopianos, a menos que nenhum tivesse as habilidades necessárias para o cargo, o que não acontecia. Não havia nenhum bom motivo para aquelas pessoas miseráveis permanecerem no Continente. Nos cinco anos anteriores, ocupados com tarefas mais urgentes, eles haviam se contentado em identificá-los e em lhes conceder um visto de residência renovável. O erro, Igazi percebeu de repente, tinha sido fazê-los manter aquela autorização se podiam apresentar uma carteira de identidade válida. Aquilo não fazia sentido, já que a nacionalidade deles, a princípio, não era conhecida. A maneira como um espertinho como aquele Amaury podia tirar vantagem do descuido dos serviços administrativos lhe saltou aos olhos: se eles não tinham vindo de lugar nenhum, para onde o Katiopa pretendia mandá-los? Eles podiam, através de um acordo tácito com sua nação de origem, garantir que ela se recusasse a reconhecê-los e, assim, a aceitá-los de volta. Seria algo sem precedentes, mas a raiz do problema nem era aquela. Já que não existiam laços diplomáticos entre o Katiopa unificado e o país *fulasi*, era inconcebível exigir que alguém ficasse com aqueles Sinistrados. Ele deu um suspiro exasperado. A Segurança Interna estivera ocupada demais para levar aqueles detalhes em consideração. Ele viu uma solução pouco ortodoxa e estava preparado para implementá-la sem recorrer a nenhuma outra instância. Mas outros colocariam obstáculos em seu caminho.

Além daquela que acabara de ficar clara para ele, outras dificuldades já complicavam a expulsão dos Sinistrados. Assim como seus colegas, o *mikalayi* da região em que eles viviam só podia aplicar a política da Aliança se cedesse a determinados pedidos da população. Quando o assunto tinha sido levantado, suas equipes tornaram as pessoas ainda mais reticentes em relação às expulsões em massa. Aquilo lembrava como os mais velhos tinham sido tratados durante as migrações para Pongo, antes da *Chimurenga* da retomada e um pouco depois. O novo Katiopa que o *mokonzi* e os seus companheiros diziam estar construindo não devia se comprometer e provocar uma humilhação pela própria humilhação. Depois dos grandes discursos sobre o lugar que o Continente restituído a ele mesmo devia ocupar no mundo, depois de ter insistido que era a alma humana que eles queriam curar, que a ambição deles era propor, por meio do exemplo, um outro caminho, era inimaginável maltratar os pobres. Todos queriam ser livres sem oprimir ninguém. A justiça havia sido feita, uma vez que os Sinistrados, despojados de seu poder material, tinham voltado a ser humanos entre seus semelhantes. Era o suficiente. Eles estavam satisfeitos. Alguém tinha até proposto instaurar um parentesco de brincadeira entre eles, o que devia ser possível, já que eles tinham acertado as contas. E o Conselho estava quase adotando a mesma posição. Com base em critérios diferentes, seus membros argumentavam que a cegueira dos próprios Sinistrados não podia servir como desculpa. Nenhum ser humano pagara ao Criador pela terra em que ele morava e ninguém era dono dela. Como os direitos de ocupação tinham sido devolvidos aos primeiros moradores das comunidades, aquelas que haviam aceitado a presença de Sinistrados em seu território não podiam ser desautorizadas. No estado em que estavam os *fulasi*, mandá-los de volta para um país que eles não conheciam seria uma manifestação de fraqueza. Significaria que um poder particular lhes era atribuído, que os katiopianos não estavam convencidos de que poderiam se reconstruir enquanto eles respirassem o mesmo ar que eles.

— É ridículo — proclamara Ndabezitha, insistindo que todos entendessem o tema de maneira concreta. Quantos eram aqueles estrangeiros que podiam ser considerados filhos do Katiopa, já que muitos haviam nascido ali? — Deixem que eles terminem de se civilizar, de se humanizar de novo entre nós. Aliás, ouvi dizer que eles tinham vindo para cá em busca disso, horrorizados com os desequilíbrios de seu mundo. Daqui a pouco, eles não terão outra escolha a não ser se misturar a nós para não perecerem. E nós não teremos dificuldade de incorporá-los. Se preferirem ficar isolados, a desintegração vai aguardá-los no fim do caminho. Mas, nos dois casos, não corremos nenhum risco.

Os Sinistrados não podiam se tornar a principal preocupação do Estado. Eles não eram nem mesmo uma pedra no sapato. Mas, depois do que tinha ouvido, Igazi não tinha tanta certeza. Ele achava que um simples cisco no olho devia ser removido. Uma infecção letal começava como algo simples, até que era preciso amputar membros ou lamentar a morte.

Enquanto eles trabalhavam para promover o encontro entre as culturas do Continente que tinham se ignorado por muito tempo, aquela presença estrangeira não era bem-vinda. Ela distorcia os resultados, mesmo considerando o desaparecimento por fagocitose da raça sinistrada. Bastava um pouco de pimenta no molho para alterar o sabor. E se, por desatenção, ele fosse queimado, o preparo se tornava indigesto. A conclusão de Igazi era simples: um pequeno número de Sinistrados já era demais. Eles não podiam incorporar aquelas pessoas, como dizia Ndabezitha, sem serem transformados por elas. Tinha sido preciso se fechar por um tempo às influências externas, reencontrar dentro de si o poder há muito perdido de vista porque, antes disso, os ancestrais daquelas pessoas tinham desembarcado no Continente como aves de rapina famintas. As reuniões da seção da Aliança que ele havia frequentado na juventude voltaram à sua memória, os anos de preparação para a retomada das terras. Na época, eles se diziam: *Isizwe Abamnyama, todo o resto é um retrocesso*. Era com aquelas palavras que eles se incentivavam, que inscreviam em sua mente as razões pelas quais a união era crucial. Aquela máxima continuava a guiar seus passos. Para ele, era a única verdade. Libertar a terra era libertar a si mesmo, voltar a se colocar no mundo. E aquilo não seria obtido por meio de negociações com aqueles que tinham que sair de lá. Igazi tinha vindo da parte sul do

Continente, a da segregação racial e do *Project Coast*. Qualquer pessoa que tivesse alguma coisa a ver com Pongo estava associada àqueles crimes. O ódio dele não fazia distinção. Quando os cidadãos do Katiopa foram espalhados pelo mundo, reduzidos à escravidão, ninguém havia mencionado sua singularidade. Eles eram apenas pretos sem alma, e os ferros suavizariam sua danação. Igazi não entendia por que tinha que fazer aquela separação: entre os colonos e seus herdeiros, entre os conquistadores do passado e os miseráveis do presente. Que fossem embora ou morressem, aquilo não era problema dele. O que ele queria era que o Continente fosse das pessoas que o haviam perdido por tanto tempo, que tinham sido apenas habitantes precários, enquanto os carniceiros multinacionais se refestelavam com sua carne. Eles iam realizar os objetivos pelos quais haviam lutado, pelos quais trabalhavam sem parar, sem poupar forças. Aquela mulher vermelha, que seria mais que um inconveniente, como ele havia previsto desde o início, tinha que ser neutralizada. O filhote de serpente mencionara a empatia dela pelos Sinistrados, o fato de ela já ter chegado perto deles o suficiente para convidá-los para as celebrações do San Kura. Ele não sabia disso. Contudo, a Segurança Interna patrulhava a *kitenta*. Um grupo de Sinistrados participando das festividades do ano novo devia ter sido notado. Ele já não podia mais procurar quem devia ser castigado, mas deixaria sua opinião clara e daria suas ordens. Claro, ele apontaria a questão legal que tinha sido negligenciada.

Enquanto as instituições envolvidas debatessem o assunto, ele executaria seu plano de neutralização. Sempre que os Sinistrados saíssem do Estado para renovar suas identidades, eles não voltariam a ser admitidos. Encontrariam pretextos para aquilo. Ele ainda não sabia quais, mas, com um pouco de má-fé e sangue-frio, aquilo poderia ser feito sem causar problemas. Eles poderiam até acelerar o processo ajudando-os a perder aqueles documentos essenciais ou danificando-os de maneira acidental. Seria preciso diversificar as práticas para evitar suspeitas, não dar instruções coletivas às equipes de Segurança Interna. Escolher alguns integrantes confiáveis. Assim, obteriam bons resultados. Seria uma gota d'água por enquanto, mas aquela maneira de agir daria frutos. Por exemplo, o tal Amaury precisaria substituir seus documentos, que perderia em breve. Isso poderia acontecer durante uma discussão, uma briga de rua com bêbados, que o atacariam. Levando em conta as fiscalizações aleatórias a que eram submetidos sempre que se aventuravam fora de sua comunidade, os Sinistrados sempre tinham com eles os documentos a serem apresentados. Seria fácil. Uma questão de minutos para agentes treinados. Mawena, desconsolada, sem dúvida faria um pouco de barulho, mas rapidamente se cansaria e voltaria às suas canções. Quanto à mulher vermelha, ela havia se tornado um problema que ele resolveria pessoalmente.

Depois de tomar aquelas decisões, Igazi se levantou, espreguiçou-se e bocejou longamente. Por enquanto ele não precisaria recorrer a meios ocultos, mas não excluía aquela possibilidade. Cuidar do caso da mulher vermelha talvez exigisse isso. Ao entrar na vida do *mokonzi*, ela havia sido inserida na intimidade do Estado. Ilunga costumava se esquecer disso, mas ele não pertencia a si mesmo. Ele teria que ser lembrado daquilo uma última vez. Entre irmãos, era preciso ser franco. Igazi deixou o quartel para se juntar à tropa que o instrutor tinha reunido no campo de treinamento. Já alto no céu, o sol dava à areia ocre um brilho dourado. Margeando o caminho, imensas palmeiras pareciam oferecer ao caminhante seus frutos vermelhos. O *kalala* do Katiopa unificado parou por um instante para contemplar aquela beleza. A terra. A vegetação. O que não era visível e tinha vivido ali. Ele lembrou que aquela região do Monte Fako ficava próxima das Cataratas de Ekom. Cerca de 133 quilômetros, se a memória não lhe falhava. Aquela cachoeira havia abrigado os corpos de combatentes da independência condenados à morte pelos colonos. Décadas mais tarde, um filme havia sido rodado ali, uma versão de *Tarzan* que ficou famosa. Porque aquelas pessoas eram assim. Elas não tinham respeito.

Igazi adoraria acreditar que a raça humana era igual em todos os lugares, que apenas os códigos culturais e sociais variavam, que, se uma essência existia, ela era única e universal. Mas não era o que os fatos demonstravam. A espécie humana tinha se dividido em raças distintas, e cada uma se singularizava em seu território com o passar do tempo. Um estudo que pouco explorava a história dos homens provava que apenas uma categoria de indivíduos tinha se conduzido como os habitantes de Pongo. Aqueles caras tinham sido os únicos a se locomover, apenas para encher o saco dos outros em todos os lugares em que haviam pisado. A atividade era tão antiga quanto a vida na Terra, mas geralmente era praticada em casa. Só que não por eles. Eles tinham feito aquilo em casa, na casa dos outros, na Lua, e o universo tinha se alimentado com a merda deles por gerações. Todos tinham esquecido que era possível viver de maneira diferente. A tal ponto que, muitas vezes, aqueles que os haviam combatido só tinham encontrado refúgio no seio do inimigo. Quantos dos sobreviventes dos massacres de Ekom ou outros lugares haviam se exilado no país *fulasi* quando, depois de roubarem sua independência, o poder tinha sido entregue aos comparsas dos colonos? Eles tinham feito aquilo sem compreender a gravidade do seu ato, sem sequer se interrogar, contentando-se em deixar os filhos nascerem na casa de seus algozes. Ndabezitha avaliava mal a situação e a nocividade daquela presença sinistra. Ele não censurava sua confiança na capacidade do Continente, mas seu dever era evitar o perigo. Eliminá-lo antes que ele tomasse forma. O problema não era o número de Sinistrados, mas o que eles eram no fundo, e o fato de não se encaixarem em nada. Um organismo vivo cuja ação era corromper tudo que tocava, deixá-lo revirado ou fora de si, literalmente. Que fossem assim apesar de não quererem não era problema dele.

Enquanto o Katiopa unificado punha ordem na psiquê crivada de horrores dos habitantes daquela parte do mundo, enquanto trabalhava para curar suas almas feridas, os Sinistrados não podiam ser tolerados. Era fundamental que a renovação ocorresse no seio da família. O que ele ouviu reforçava sua desconfiança. O Katiopa não podia se dar o luxo de oferecer a outra face. Acolher, incorporar, deixar-se desviar mais uma vez de seu verdadeiro caminho. Além disso, Igazi, que vivia apenas para aquela defesa militar que faltava ao Continente, já tinha em mente um fato importante: por muitos anos, Pongo vivera das reservas de recursos minerais. Elas não eram eternas e alguns daqueles minérios eram encontrados apenas no Continente. Erguer aquela nova residência era, portanto, também se preparar para a guerra, porque o inimigo em breve precisaria se reabastecer em termos de materiais vitais. Eles se recusariam a vendê-los para ele. Então ele atacaria, movido pela necessidade natural de permanecer vivo. Ao contrário de Ilunga, o *kalala* não achava que seria apenas necessário se apresentar ao mundo regenerado e dono de si mesmo para manter uma relação melhor — mesmo que só comercial — com predadores atávicos. Quando estivessem desesperados, as feras de Pongo fariam como sempre fazem nesses casos, e a própria diáspora poderia mudar de lado para preservar seu modo de vida. Aqueles que não haviam optado pelo retorno à Terra Mãe eram, aos seus olhos, filhos perdidos, viciados. Eles podiam ser úteis a distância, já que sua presença enfraquecia a de Pongo, por mais que não a destruísse. Mas Igazi lutaria contra eles, se necessário.

Tinha sido uma guerra desde o início, seria uma guerra ainda por bom um tempo. Naquelas condições, era preciso seguir uma lógica elementar, até primária, uma palavra que não o ofendia: ser dono da casa, zelar pelos seus. O *kalala* voltou a andar, convencido de que as árvores, a terra, os espíritos dos mortos insepultos das Cataratas de Ekom aprovavam suas ideias. Eles tinham feito tudo. Haviam cedido até o que não sabiam que tinham. Não era mais hora disso. Uma brisa quente penetrou por sob seu abadá curto, acariciando sua pele. Ele puxou a abertura da roupa para acomodar um pouco mais daquele sopro, acreditando que a alma do lugar estivesse falando com ele. Pondo a mão no bolso direito do *sokoto* militar, pegou o comunicador e ligou para Nandi, ou Ntombi, pouco importava, para parabenizá-la pelo seu trabalho. A jovem teve o bom senso de poupá-lo dos gritos de alegria, o que o fez apreciá-la ainda mais. Depois, entrou em contato com Kabongo e lhe pediu que montasse uma armadilha. Era preciso pegar aquele Amaury antes que ele voltasse a se esconder no Grupo de Benkos.

— Esta missão é simples demais para você, mas uma volta às origens não faz mal. Tem que agir hoje. Não deixe o indivíduo escapar.

Ele enviou a Kabongo as imagens recebidas, o documento completo com as coordenadas de Du Pluvinage. Depois de comunicar suas ordens, Igazi acelerou o passo, saudou a equipe de limpeza com um aceno de cabeça e ajustou os fones de ouvido. Quando os irmãos Gibb começaram a cantar *Tragedy*, ele viu com ainda maior clareza por que estava lutando, por que nenhuma hesitação era possível.

13.

Boya se acostumava à nova vida. A ala feminina, agora dividida em dois grandes apartamentos localizados dos dois lados do corredor que ligava o vestíbulo a um jardim interno, tinha, aos poucos, se tornado familiar. Ela havia proposto projetos, que um arquiteto havia melhorado. Além do principal, cada aposento tinha dois quartos. Era possível preparar refeições neles ou fazê-las em uma cozinha comum situada abaixo do jardim interno, perto de um terraço usado como sala de jantar compartilhada. Nele, uma grande janela dava para o jardim mineral da residência. Uma abertura para o exterior lhe parecera essencial para não se sentir confinada. Ela gostou do resultado. Seus móveis tinham sido levados para lá, mas ocupavam apenas uma pequena parte do espaço, quase como lembranças de outra vida que as pessoas mantinham sem deixar que influenciassem muito a que estava apenas começando. Às vezes, ela sentia falta do *bukaru* de sua casinha e do fato de poder sair direto para o pátio, de poder simplesmente abrir a porta para encontrar o mundo. Agora, quando suas pequenas órfãs iam vê-la — e aquilo já tinha acontecido duas vezes —, elas imediatamente corriam para o terraço. E, depois de devorar o lanche, precisavam sair da mansão. Ela as seguia, como sempre, feliz em compartilhar a alegria crua de suas brincadeiras. Boya não substituía a mãe que nenhuma delas havia voltado a ver e sobre as quais às vezes ela nada sabia. Apenas dava um pouco do que lhes faltava: cuidado, escuta, alegria. As menininhas não a questionaram quando ela as pegou de carro. Não disseram nada quando as sentinelas da residência, informadas sobre sua chegada, pediram seus nomes, coletaram impressões digitais e registraram dados biométricos. A operação provocou risadas abafadas delas. Então, elas entraram na ala feminina e descobriram o que era apenas a nova casa de Boya. Ilunga não havia encontrado com elas. Ele não interferia naqueles assuntos sem ser convidado. Além disso, os problemas de Estado o deixavam muito ocupado e o obrigavam a se ausentar da *kitenta* por vários dias seguidos. Ele queria estar em todos os lugares em que sua presença permitisse que as pessoas conversassem e encontrassem soluções. Naqueles tempos, uma determinada região vinha exigindo muito dele. Assim como em outros casos, sua constituição unira várias nações coloniais, mas uma de suas partes era um antigo reino cuja soberania, embora perturbada pela presença de invasores, não havia sido perdida. A Aliança sabia que não seria possível alcançar a unidade com estados-nação, já que a questão do poder se colocaria em termos desfavoráveis. Ela também não ignorava que uma revisão das estruturas estatais devia proteger as soberanias ancestrais que a História não tivesse varrido. Sua Majestade Sukuta, atual soberano dos suazi, conseguira manter seu título e muitas de suas prerrogativas. Toda vez que fazia uma nova exigência, e elas não eram poucas, ele pegava o caminho da secessão para que ela fosse aceita. Por isso, Ilunga viajara pessoalmente para encontrá-lo e dedicara vários dias a ele. Ele tinha saído de Mbanza suspirando — a situação ficaria mais tranquila quando o velho fosse substituído. Toda aquela agitação acabaria inspirando outros.

Boya às vezes tinha a impressão de vê-lo com menos frequência desde que tinha se mudado para lá. Era sozinha que ela se acostumava à casa, aos novos contornos de sua existência. Daquela vez, ela não tinha tentado ajustar a realidade, adiar o prazo final da transformação, o risco de ter se mudado à toa apenas para um dia ter que deixar aquele homem. Ela não podia tentar se preservar da própria vida. Então, pegava o *baburi* com menos frequência e nunca fazia todo o trajeto, o que significava que menos homens da guarda tinham que ser mobilizados para sua proteção. Localizada no Velho País, a Casa das Mulheres agora ficava longe de seu domicílio. Ela dava um jeito, como as iniciadas que, por não morarem no bairro, tinham uma vida familiar e um emprego fora dali. As mulheres sempre haviam tido aquelas duas obrigações, fossem elas esposas e mães ou não. Elas eram ativas e ajudavam seus entes queridos. Boya insistira em manter suas responsabilidades para que a organização da Casa das Mulheres não fosse perturbada. Até ali, tudo estava dando certo. Os olhares mudariam quando fosse a sua vez de receber o grupo para jantar, o que acontecia uma vez por trimestre. Nessa ocasião, as iniciadas depositavam num fundo comum uma quantia que seria destinada às necessidades da comunidade. Também era o momento em que elas programavam certas ações. A própria Casa das Mulheres era dedicada ao trabalho espiritual.

    Antes de se instalar na residência, ela passara no santuário os três dias que haviam encerrado sua última semana no Velho País. Mas sua intenção também não havia sido tentar repelir energias ruins. Boya tinha se libertado de toda a ansiedade, animada por uma necessidade de contemplação. Foi lá que ela pensou sobre a reforma daquela parte da residência que devia continuar sendo a ala feminina, dizendo a si mesma que a princípio não cabia a ela fazer aquilo, mas que a mulher que devia tê-la recebido não morava lá. Não era possível ver aquilo do exterior e ninguém precisava saber, mas Ilunga havia falado a verdade. A esposa dele não era sua mulher, nem mesmo sua companheira. Ele fizera a gentileza de não expressar nada de negativo em relação a ela, e até mesmo de protegê-la. Quaisquer que fossem os detalhes da história deles, ela era a mãe de seu único filho, a mulher com quem achou que criaria um lar. Ele devia respeito a ela. Boya agradecia o fato de ele não ter expressado nenhuma objeção. Ele poderia ter feito isso, argumentado que não poderiam mudar tudo sem avisar Seshamani. Como ele havia cedido à necessidade dela de se sentir escolhida, ela prometera a si mesma nunca mais colocá-lo naquela situação. Porque, embora ele não tivesse admitido nada, aquela transformação devia ter causado certa tensão. Como seria a vida daquele homem se precisasse ser sempre um amortecedor entre fúrias femininas?

    Sozinha no santuário nos primeiros dois dias de estada, Boya havia pensado em como gostaria de viver ao lado dele. Não queria tirar dele o que ele já oferecia com prazer e que atendia às suas expectativas, mas tentar identificar as necessidades do homem. As que ele demonstrava, as que mantinha em silêncio, as de que ele não tinha consciência. Ela sabia muito do que as pessoas costumavam descobrir apenas após conviverem por muito tempo, porque ele havia contado imediatamente. Restava entendê-lo em um nível mais trivial, gostar de estar com ele de maneira concreta, em terra firme. No dia a dia. Era agora que tudo começaria. Naquela imensa residência, em que os escritórios coexistiam com espaços de habitação. Boya adorava o fato de os dois poderem continuar a se convidar um para a casa do outro, mesmo que houvesse apenas um elevador entre eles, alguns metros para percorrer. Gostava do fato de ele se juntar a ela entre suas quatro paredes, em sua cama, e de ir para os aposentos dele, onde tudo era diferente. Aquilo poderia ser assim para sempre, a ideia não a incomodava, longe disso. Por enquanto, Seshamani não tinha ido até lá. Ninguém falara com ela sobre isso, e ela não fizera nenhuma pergunta. Se ela tivesse que saber de alguma coisa, Ilunga a avisaria. Durante o terceiro dia no santuário, Boya pedira que outras iniciadas fossem até lá. Três anciãs que ela havia deixado sob a tutela de Abahuza, que quisera acompanhá-la naquela transição. Sempre que elas se viam, durante todos aqueles anos, Boya era atormentada por uma pergunta. Um mistério envolvia os laços que uniam a grande artista e sua mãe. Parecia-lhe que uma era o inverso da outra. No entanto, uma amizade sincera as unia. Elas tinham se conhecido no ensino médio e nunca mais se separado. Uma nunca deixara de abrir as asas enquanto a outra murchara, mas as visitas de Abahuza reacendiam a chama bruxuleante, fazendo uma mulher desconhecida aparecer diante de Boya. A mulher que sua mãe devia ter sido. Aquela que desaparecia assim que a amiga ia embora.

Foi escutando a conversa das duas que ela descobriu a erudição de sua mãe, a vivacidade de sua mente, seu humor seco. Na casa insignificante das duas, ela não lia mais, principalmente nos últimos anos, nem jornal, nem livro, nada além de publicações de algum tipo de igreja. Depois dos sermões, das ameaças, apenas os mandamentos de um deus distante e surdo tinham sido ouvidos. Foi Abahuza quem lhe contou sobre aquela mulher. Foi ela quem expôs sua dor silenciosa: ter sido a mais brilhante de todas, não ter concluído os estudos por querer viver cedo, rápido. Deixar a casa fria dos pais, comprar vestidos coloridos, floridos, fazer viagens, amar homens. Sempre aqueles que não a mereciam, porque uma espécie de desvantagem a impedia de avaliá-los, porque os mais vazios eram também os mais brilhantes e as mulheres sempre veem apenas eles. A luz que tanto faltara na casa do pai. Tinha sido assim até o nascimento de Boya, cedo demais, como todo o resto. Jogar-se no mundo sem ter aprendido nada sobre si mesma. Depois de certo tempo, consciente de que sempre escolhia mal, concentrar-se apenas nos cônjuges de outras, naqueles que outras haviam testado. Aquilo terminava da única maneira imaginável, o rosto na poeira, mas o coração nunca seco demais para que a tristeza fosse abolida. Naquele terceiro dia no santuário, as anciãs, Abahuza e as outras, tinham se contentado em apenas cuidar daquela que ingressaria na residência de um homem. Fora somente durante a massagem que Boya entendera o que Abahuza havia tentado dizer, quando ela tinha ido vê-la:

— Não faça como a sua mãe. Lembre-se de como ela era infeliz.

Será que as meninas só sabiam tomar caminhos diferentes para acabarem, apesar de tudo, seguindo os passos de suas mães? Cometer os mesmos erros, esquecer a própria identidade contanto que um homem olhasse para elas e as nomeasse: *mwasi, mulher*, tornando-as reais. As anciãs a obrigaram a vestir uma roupa nova na manhã de sua partida. Tinham tomado o cuidado de queimar a roupa usada ao longo daqueles três dias. Boya enterrara as cinzas no lugar que não frequentaria mais: o jardim de sua casinha, perto do *bukaru*. Abahuza não fez nenhuma crítica. Foi pela imprensa que ela descobriu a quem Boya pretendia entregar a vida. As anciãs haviam cantado, abençoado.

Quando não estava trabalhando em seus aposentos, Boya gostava de passear pelo jardim. Muitas vezes, percorria descalça as trilhas e se sentava perto do açude para não pensar em nada em particular. Já não via as sentinelas, já não notava a troca da guarda ao entardecer. Ela não se aproximava da ala administrativa, que incluía, além do gabinete do *mokonzi*, o escritório do *kwambi* — o porta-voz do governo —, o setor das Questões da Diáspora e outro dos serviços do *kakona*, o responsável pelas finanças. Foi para preparar a abertura que as extensões dos dois departamentos foram instaladas ali. O departamento de Questões da Diáspora desenvolvia as futuras relações externas do Estado e consolidava as que já existiam. As Finanças, por sua vez, haviam criado um escritório cuja tarefa era planejar possíveis aproximações com instituições internacionais. A Defesa tinha, em princípio, uma área permanente naquela ala da residência, mas ela seguia desocupada, já que o *kalala* preferia ir até lá apenas quando precisava encontrar o chefe do Estado, na maioria das vezes em seus aposentos privados. Boya não tinha por que ir para aquele lado da propriedade e mantinha distância de lá. A solidão não lhe era mais pesada do que no Velho País. Ela se sentia bem ali, naquela residência temporária que não era realmente deles. Enquanto Ilunga fosse o *mokonzi* do Katiopa unificado, eles não teriam casa própria. Aquilo era bom na situação deles. Mais tarde, eles se lembrariam daquele lugar como o local que os havia abrigado enquanto aprendiam a viver juntos.

O Velho País ficava longe, ela não voltaria a morar lá. Às vezes sentia saudade do ritmo de lá, das brincadeiras barulhentas das crianças, da vida das pessoas comuns. De Zama, a governanta cujos dias haviam se tornado mais tranquilos, ela gostava da companhia, da conversa. Às vezes elas faziam as refeições juntas, depois da insistência da mulher vermelha. Boya não conseguia tratá-la como empregada. A vida não a havia acostumado a ter pessoas a seu serviço. Zama era calada, de uma discrição à toda prova. E aquilo não tinha nada a ver com o fato de ser muda. Ela gostava de conversar, contanto que não tivesse que falar dela mesma nem revelar o que sabia sobre a família de Ilunga. Zama tinha opinião sobre tudo: a estrutura do Estado, a composição do Conselho, o grupo de Benkos — que a incomodava menos do que os Sinistrados, sobre os quais ela nada queria ouvir. Segundo ela, não se devia esperar que eles se dissolvessem no formidável caldo de culturas que era o Katiopa. O motivo era simples: eles deixariam alguma coisa ali e ninguém sabia bem o quê, não poderiam escolher. Quando tinham abordado aquele assunto pela primeira vez, Zama havia se deixado empolgar um pouco, sinalizado a toda velocidade para dizer: *Supondo que essas pessoas tenham nos trazido algo de útil — para mim, elas apenas nos distanciaram de nós mesmos, mas vamos deixar isso de lado, já que permitimos que isso acontecesse —, sua condição atual as torna nefastas. O que você quer que façamos com essas larvas?* Em vez de fugir, aqueles *fulasi* deviam ter se comportado como teria feito qualquer povo sensato. Se eles se sentiam colonizados, vítimas de um genocídio por substituição, como diziam, faria sentido que opusessem a isso todas as defesas necessárias. Que todos ficassem em casa, que todos cuidassem da sua civilização, tanto se quisessem preservar a do passado ou moldar uma nova, como era o objetivo do Katiopa unificado. Boya não achara necessário prosseguir com aquele debate, não vira urgência em defender os Sinistrados, como podia ter feito. Tinha preferido mudar de assunto, levar as duas para um terreno mais calmo, a arquitetura urbana do país, os grandes jardins da *kitenta*. E aquilo lhe proporcionara uma oportunidade de agendar um passeio.

 Desde a chegada de Ilunga naquela residência, Zama mal tinha visto as ruas de Mbanza. Ela se deixou emparedar para cuidar dos amores proibidos da esposa do *mokonzi*. Boya se perguntava por que ela concordara com aquilo. Por que não havia retomado sua vida. Quanto mais a observava, mais lhe parecia que o papel de governanta não tinha sido uma vocação, que havia algo mais nela. Mas não adiantava apressá-la, tudo se revelaria aos poucos. Naquela noite, ela teve uma ideia e informou a Ilunga — que fez o necessário para que elas fossem acompanhadas em sua ausência. Elas teriam sido de qualquer maneira, mas ele quisera se encarregar disso e lamentara o fato de Kabeya não estar lá. Boya riu. Aquela não era a primeira vez que ela saía da residência, ele não precisava se preocupar.

— Não, mas Zama não sai há algum tempo.

Ela se rendeu à vontade dele. Então a equipe de guarda foi ampliada, seis agentes foram designados para sua proteção, apesar de elas simplesmente terem planejado ir ao teatro e depois ao restaurante. Um deles seria o motorista. O rosto do homem demonstrou todo o seu desânimo quando Boya indicara, depois do jantar, que queria caminhar um pouco pela cidade, dar um pequeno passeio sob o jardim suspenso das *Estelas da Maafa*.

— É muito perto — acrescentara ela. — É só você estacionar o carro em frente ao monumento.

E ela arrastara Zama, pegando sua mão enquanto soltava uma risada. Vestida com sua roupa de dormir, a *kitenta* estava em clima de festa. A constante mobilização de forças da ordem no centro agora fazia parte da decoração. Os notívagos falavam alto demais enquanto esperavam o *baburi* e as passarelas elétricas não paravam de piscar, se acendendo quando alguém caminhava sobre elas e se apagando quando estavam desertas. Cobertas pelos telhados de vidro das praças, as plantas balançavam suavemente ao leve sopro do vento. A iluminação suave dava aos abrigos um ar de alcova pronta para acolher sussurros. Ali, a tranquilidade reinava mais do que nas paradas do *baburi*, e as pessoas se abraçavam — não como durante o dia, quando iam até lá esperar, antes ir para outro lugar, ou se encontravam ali para se distrair. A luz alaranjada dos postes de iluminação desenhava círculos fosforescentes no chão, estrelas que visitavam os humanos.

A mulher vermelha se sentia bem. Ela havia recentemente recuperado a vitalidade habitual, a energia reduzida pelo encontro com Seshamani. Aquilo tinha se dissipado, ela não estava nem perto de voltar a ser vítima de um ciúme tão intenso, tão feroz. Teria muitas outras primeiras vezes com aquele homem, estava convencida disso. Aquela seria sua nova casa, aquele amor cujas diferentes faces nunca deixavam de aparecer. De mãos dadas com Zama, ela avançava num passo tranquilo, aproveitando para olhar ao redor dela, a beleza das pessoas, a simplicidade da vida. As duas mulheres pegaram uma passarela, precedidas por um grupo de adolescentes que devia ter fugido para ainda estar fora, apesar do adiantado da hora. Elas usavam a *bùbá* como recomendava a tendência da época, sem nada por baixo. Um pouco mais longa do que costumava ser, a roupa, cortada em tecido leve, parecia uma túnica vaporosa. Boya pensou em uma questão prática: como alguém pode se sentar com aquilo? Elas tinham a idade em que era tão emocionante habitar um corpo de mulher que era preciso desvendá-lo, vê-lo constantemente, mostrá-lo a todos. Ser uma presença marcante.

No passado, naquela parte do Continente, elas também caminhariam com os seios à mostra. Ela e Zama as ultrapassaram, as meninas agora tinham coisas a dizer umas às outras. Elas caminhavam mais devagar, sussurrando algo que as fizera rir. Era melhor aproveitar aquela oportunidade. Ninguém sabia o que ia acontecer quando tivessem que voltar para casa, entrar pela porta na ponta dos pés, assobiar para o irmão mais novo, acenar para que ele abrisse a janela.

Daquele local, a partir daquela passarela específica, era possível descer um pequeno lance de degraus de granito preto que se estendia em uma *nzela* revestida com o mesmo material rochoso. Ela levava à entrada principal do *Estrelas da Maafa*. O monumento podia ser acessado pelos quatro lados, mas o primeiro, maior, era o centro dele. Era naquele local que o visitante podia ler a lista dos povos enlutados pela Deportação Transatlântica. Em seguida, ele passava por baixo do jardim suspenso, onde flores e folhas compridas desciam em direção ao visitante, às vezes roçando seu crânio, sua bochecha ou seu ombro, dependendo do caso. A ideia tinha sido homenagear assim os estranhos frutos que tinham gerado choupos, para que florescessem o ano todo no túmulo dos torturados. No centro da parte inferior da construção, uma piscina fazia as vezes de oceano. Ali também a vida triunfava sobre o horror. Ali cresciam plantas aquáticas com propriedades purificadoras, que ofereciam suas flores à superfície da água ou se erguiam por um dos lados, como se surgissem de sepulturas marinhas que séculos não haviam erodido. Não era ali que as pessoas iam confrontar as correntes, a representação dos corpos mutilados e a morte. Isso era proposto em outros lugares, na maioria das vezes museus onde as pessoas podiam ouvir a história dos sequestros e da resistência, da escravidão e das lutas. Boya e Zama estavam chegando à primeira estátua quando um grito atraiu sua atenção. Uma pequena reunião tinha se formado, o que não podia acontecer naquele local, dada a vigilância constante no centro da cidade.

Normalmente, os espectadores teriam sido imediatamente dispersados. A imagem de um agente uniformizado os teria dissuadido de brigar ali, eles teriam se afastado. As duas mulheres pararam no mesmo instante e esticaram o pescoço. Boya soltou a mão de Zama e correu gritando em direção ao grupo. Ela notara, nas mãos de dois agressores, um jovem sinistrado que não teria chance de se safar. Ele tinha acabado de cair no chão. Vestido com uma camisa branca provavelmente feita de cambraia e calça azul-marinho, ele estava agarrado a uma bolsa esportiva e enterrava o rosto nela para evitar os golpes. Boya logo estava perto do imprudente, que não devia estar ali — coisa que ela disse a ele enquanto afastava o homem que o havia derrubado.

— E, além disso, você está sozinho — acrescentou ela.

A mulher vermelha falou rápido, dirigindo-se a todos, passando de uma língua a outra, buscando entender o que o jovem havia feito. Seus agressores deram um passo para trás. Um deles parecia tê-la reconhecido. Procurando Zama, ela a viu chegar e se postar ao seu lado, entre os agressores e a vítima. Nem aquilo os fez irem embora. Sem se preocupar com uma possível intervenção de seus guarda-costas, eles esperaram em silêncio, prontos para atacar a presa assim que elas dessem as costas. Boya os observou. Nada os marcava como bandidos. Se fossem mesmo, outros bairros de Mbanza seriam melhores para eles. Uma voz masculina foi ouvida, perguntando se estava tudo bem. Primeiro, os agressores fixaram os olhos naquele que havia falado. Então baixaram a cabeça e se retiraram.

O desconhecido se aproximou, estendeu a mão para ajudar o Sinistrado.

— Kabongo — sussurrou a mulher vermelha.

— Boa noite, Boya — respondeu ele no mesmo tom, assentindo.

Era a primeira vez que eles se encontravam na cidade. Quantas vezes ela havia passeado por aquele bairro, a todas as horas do dia e da noite, quantas vezes já havia pegado o *baburi* ou simplesmente feito compras em grandes lojas? Ela nunca o tinha visto fora de sua casa. A situação lhe pareceu estranha sem que ela pudesse dizer por quê. E era apenas aquilo, uma impressão engraçada de que algo gelado invadia suas veias. Era o nível mais alto que seus sinais de alerta podiam alcançar, o anúncio de um perigo fatal. Ela devolveu o aceno de cabeça, mas falou com o menino:

— Meu carro está perto daqui. Podemos levar você de volta. Você não devia estar andando pelas ruas de Mbanza a esta hora.

Os habitantes da cidade não eram violentos em geral, mas bastava que abusassem do *sodabi* para perder o controle. O menino aceitou a oferta da mulher vermelha e agradeceu. Sua intenção inicial era pegar o *baburi* 22 para chegar à estação central, onde pegaria o Mobembo, contanto que chegasse na hora. Depois do que havia acontecido e que o havia atrasado, seria ótimo se pudessem deixá-lo lá.

— Claro, se isso não exigir que a senhora dê uma volta muito grande.

Boya respondeu que o mínimo que podia fazer era não o deixar ali. Procurando o sedã que não devia estar muito longe, ela viu o motorista se aproximar. Aparecendo do nada, seus colegas se juntaram a eles na esplanada em granito. Eles mantinham a distância, mas não veriam problema em intervir caso alguma coisa acontecesse. A mulher vermelha seguiu para o veículo sem se despedir de Kabongo. Sua aparição repentina a perturbara. Por um instante, ela pensou em ligar mais tarde para ele, mas mudou de ideia. A notícia da sua relação com o *mokonzi* certamente chegara até ele. Talvez ele não soubesse que ela havia deixado o Velho País, já que os dois não tinham mais conversado, mas ele logo saberia da novidade. Um dia, passaria para deixar os filhos com a mãe. Então veria que outra pessoa estava ocupando a casa. Ela não tinha que se separar dele, eles nunca haviam estado juntos. No entanto, o desconforto que a dominara persistia. Ele precisaria analisar aquilo depois, revisar mentalmente os acontecimentos daquela noite, o que pensara ter visto nos olhos dele, embora de maneira furtiva.

Diante do sedã, o jovem pareceu envergonhado, sem saber onde se sentar. O motorista apontou para o banco do passageiro e esperou as instruções de Boya. Um silêncio pesado reinou no interior do carro, o desconforto era evidente. A mulher vermelha sabia que cabia a ela falar, fazer as palavras circularem. Ela não teve pressa de fazê-lo, preferindo tentar ouvir o que não podia ser dito, mas que deixava o clima pesado. Um pouco antes, ela havia sentido os músculos de Zama tensionarem, todo o seu corpo enrijecer. Parecia que a governanta não havia juntado forças para enfrentar os agressores, mas para se proteger do agredido. A aversão que ela sentia pelos Sinistrados era visceral, e Boya achou que havia algo ali além do habitual desprezo dos humanos pelos povos derrotados. O motorista, que era agente da guarda pessoal do *mokonzi*, desconfiava abertamente dos estrangeiros e não parava de observar o que estava ali.. Tinha sido por isso que ele o convidara a se sentar perto dele, onde seria fácil controlá-lo, se necessário. Passando frequentemente a mão pelos cachos louros e abraçando com força a bolsa de que não queria se separar, o menino fixou os olhos na rua. Estava quase deserta, já que era raro que os moradores da cidade alugassem bicicletas àquela hora e não havia muitos outros veículos. A grande estação para onde ele estava indo era próxima do centro da cidade, e cinco ou seis paradas de *baburi* a separavam do *Estrelas da Maafa*.

Ela perguntou o nome dele. Era um início válido para uma conversa. Ele respondeu e também explicou que a conhecia. Ele não apenas a vira na imprensa, mas sua tia-avó lhe contara sobre suas visitas. Boya não respondeu, apenas perguntou para onde o Mobembo o levaria. Quando ele mencionou Matuna, ela não ficou tão surpresa. Abahuza e ela haviam deixado a comunidade do Grupo de Benkos sem tê-lo encontrado, e deixado seu pai lá. O destino colocara aquela família em seu caminho. Talvez fosse por meio dos Du Pluvinage que ela conseguiria promover a causa da juventude sinistrada, que apenas pedia para abraçar a cultura local. Ela se lembrava que o jovem estava apaixonado por uma mulher que sua comunidade não aceitaria. Para viver seu amor, ele havia abandonado seus entes queridos. E, claro, o Grupo de Benkos os receberia de bom grado. Na aldeia de Matuna, o casal não chamaria atenção, mas era triste ver que jovens teriam uma escolha tão limitada. A determinação dos dois de ficarem juntos seria igual à solidão que lhe era prometida fora da comunidade rebelde.

    A mulher vermelha mais uma vez se sentiu incomodada com o fato de aquelas crianças não terem outra terra senão a do Katiopa. A questão não era oferecer carinho a elas, por mais que isso não fosse nem um pouco repreensível. Livrar-se de uma vez por todas da dominação colonial também era rejeitar aquela visão em todas as áreas, livrar-se da raiva. Boya sabia que seria difícil afirmar aquele ponto de vista sem antecipar os argumentos que seriam usados. Ela poderia, inclusive, concordar com alguns deles. No entanto, as soluções apresentadas desonravam o Katiopa, fazendo-o também perder de vista dois elementos cruciais: ele se privaria de forças que serviriam à sua grandeza quando eles se abrissem ao mundo, e as raízes tinham que ser renovadas para que a planta pudesse viver. O Katiopa unificado dizia que bebia das fontes antigas de suas tradições e inventava o que elas já não eram capazes de oferecer. Ele havia aceitado manter certas contribuições estrangeiras porque eram compatíveis com as suas ambições, mas também porque tinha visto sua evolução. Algumas cicatrizes eram indeléveis. Havia algo a investigar ali. Ela havia esquecido que seus companheiros não falavam *fulasi*. Eles haviam chegado à estação quando ela se desculpou por excluí-los involuntariamente da conversa. Amaury Du Pluvinage agradeceu na língua da região. O Mobembo só sairia dali a vinte minutos, ele o pegaria a tempo. O jovem não tinha nem um cisco de sotaque, sua elocução era tão fluida quanto na língua de seus pais. Além disso, ele dominava as formas antigas com uma educação que já não era usada, falava como os velhos que morriam lentamente nas aldeias. Uma linguagem sutil e poética. Mascarando seu espanto, a mulher vermelha saiu do carro para cumprimentá-lo. Sem saber direito o que faria com aquilo, Boya pediu que ele lhe desse uma maneira de contatá-lo. Ele tinha um comunicador de terceira mão cujas coordenadas deu a ela. Ela o viu se afastar, desaparecer atrás das grandes portas de vidro que deslizaram por engoli-lo. Não tivera nada a ver com aquilo, mas a agressão que ele havia sofrido a deixara envergonhada.

No caminho de volta, enquanto o sedã deslizava pelas ruas de Mbanza, a mulher vermelha pensou naquele jovem sinistrado que desafiara os costumes do seu povo apenas para se deparar com a rejeição do mundo que ele queria abraçar. Ela viu uma espécie de elegância naquelas roupas estranhas, um poder discreto, mas resoluto. Jogado ao chão por seus agressores, espancado, ele não tinha soltado nenhum grito, nem perguntado por que, nem implorado que parassem. Com as costas curvadas, tinha apenas protegido a bolsa que devia conter seus pertences, provavelmente poucos, nada que tivesse valor para alguém além dele. De sua resistência inativa, uma força emanara, alimentada do interior, nutrida pelo que ele acreditava ser. O jovem não tinha tentado se explicar, não dissera: *Minha namorada é igual a você,* o tipo de comentário estúpido feito por pessoas que não tinham a consciência tão leve quanto fingiam ter. Sua maneira de se vestir e seu comportamento indicavam que ele não pretendia abrir mão do que o constituía. O fato de conhecer tão bem a língua do país e apenas revelar aquilo ao chegar à estação acentuava aquela afirmação: ele tentava ir ao encontro das pessoas, mas seria preciso aceitá-lo como ele era. Ele não pedia nada. Quantos anos podia ter? Vinte anos, menos de vinte e cinco, em todo caso. Ela lamentou que o Grupo de Benkos não a tivesse ajudado a encontrá-lo quando elas haviam ido a Matuna, na esperança de vê-lo. Lá ela teria conversado mais com ele. Assim como seu pai, ele era diferente dos Sinistrados que ela havia conhecido até ali, mas sua rebelião não era mera aparência. O processo acontecia no fundo dele, na cabeça, no coração, onde os humanos podem se unir quando querem. Ela ficou surpresa por nunca o ter visto, mas suas visitas sempre aconteciam no meio da tarde, quando as crianças mais velhas estavam ocupadas com tarefas de interesse do grupo ou passeavam pela *kitenta* se tivessem coragem. Eles nunca se aventuraram longe demais, preferindo não tentar o Diabo que, depois de tê-los expropriado, se apressara para relegá-los à periferia da cidade. O rosto de Kabongo se impôs de repente, e a imagem a fez estremecer. Ela nunca tinha visto aquele olhar. Não era frio, era mais ausente, como se ele quisesse esconder tudo, afugentar todas as emoções. Ele não havia sorrido para ela, tinha sido a primeira vez. Usava um conjunto de cor escura, como se quisesse desaparecer em meio à noite, ele que a havia acostumado a tons pastéis delicados demais para sua fisionomia. Por que Boya tinha a impressão de que ele não estava lá por acaso? Ela estremeceu. Não sabia nada sobre aquele homem.

*

Kabongo esbravejava com uma raiva fria. Como ele podia ter imaginado que ela ia aparecer naquele momento? Boya tinha surgido de repente na esplanada, tão leve e saltitante quanto uma garotinha entre transeuntes atrasados. Então tinha parado, observado, corrido como uma vigilante alada. De longe, ele a havia visto erguer a parte inferior de seu *iro* com uma das mãos, liberar as pernas para correr e afastar um homem com um chute rápido e preciso. Tudo havia acontecido rapidamente. A operação transcorria conforme o planejado. De seu monitor, ele tinha uma visão perfeita de todo o local. Seus homens seguiam o plano, sua vivacidade e habilidade eram suficientes para deixá-lo otimista. O balé deles era tão bem ensaiado que ele os teria aplaudido. Seria uma questão de minutos: empurrar o garoto, vasculhar seus bolsos, roubar sua bolsa. A equipe que ele havia escolhido, uma dupla, era formada por jovens ansiosos por agradar os superiores. Sem a intervenção dela, eles teriam concluído a manobra, não teriam tido problemas. Tinham sido treinados para aquilo, para obedecer às ordens custasse o que custasse, não largar a presa até que ela estivesse derrotada. Boya podia ter se machucado, eles não a teriam poupado. Dedicados à tarefa, já não olhavam para ele, não tinham visto seus gestos, o que o obrigara a se expor. Por isso ele havia se aproximado. Claro, a namorada do *mokonzi* estava cercada de agentes, ele os havia visto antes mesmo que ela os visse. Aquilo tinha piorado sua situação. Como ele, eles haviam aprendido a fotografar com um olhar as pessoas que se apresentavam a eles, a não esquecer um rosto. Ele não podia entregar mais um relatório insatisfatório. O *kalala* acabaria com ele. Por sorte, ele ouvira uma palavra da conversa em *fulasi* entre Boya e o Sinistrado: Mobembo. Seguindo sua intuição, ele tranquilizou seus homens e os mandou para casa. Entrando no veículo que tinha usado para conduzi-los até o local, Kabongo tinha pegado um atalho. Já estava na estação quando Amaury Du Pluvinage desceu de um sedã azul-marinho com placas oficiais. Quando as portas de vidro deslizaram diante do jovem e ele deu alguns passos à frente para ler os sinais e saber de que plataforma seu trem partiria, o salão foi mergulhado na escuridão.

O agente sabia que a interrupção duraria exatamente dois minutos e trinta segundos, que a pane que tinha acabado de causar era apenas uma distração. O sistema informático da companhia ferroviária a detectaria rapidamente. Dois minutos e pouco era mais tempo do que ele precisava. Kabongo tinha seguido o jovem assim que ele havia entrado no local. Como já havia colocado os óculos de visão térmica, ele se inclinou em direção ao alvo, soprou, viu o menino dar um tapinha no pescoço. Ele pareceu sentir uma dor repentina, uma coceira aguda. Por isso, se sentou lentamente. Kabongo evitou sua queda, tomou sua mala, o pegou pelo ombro e o levou para fora da estação. Como suas pernas não o sustentavam mais, ele balançou a cabeça e logo fechou os olhos. As poucas pessoas na praça não notaram o par estranho, em que um deles parecia ter bebido demais. As câmeras de vigilância filmariam, apenas por alguns segundos, duas silhuetas de costas, que desapareceram na esquina da rua, fora do campo de visão. Amaury Du Pluvinage não viu o veículo da Segurança Interna que o levou para longe da estação. Não percebeu que haviam levado sua preciosa bolsa, que tinham achado sua carteira de identidade e dirigido quase uma hora para deixá-lo onde ninguém passava naquela hora, onde ele certamente nunca tinha posto os pés. Kabongo havia agido sem emoção, com a concentração extrema daqueles que se dedicam a um exercício perigoso. Era mesmo o caso. Tinha sido necessário se posicionar de forma a evitar as câmeras de vigilância, das quais a estação era repleta. Fingindo conhecer o indivíduo, falar com ele quando estava inconsciente e colocá-lo no banco traseiro de um veículo como teria feito com um bêbado a caminho da cela. Depois, Kabongo regressara ao quartel da Segurança Interna, estacionara ali o carro como previsto, caminhara tranquilamente pelo bulevar Rei Amador, pegara uma bicicleta e o *baburi* mais adiante.

Ele havia esperado voltar para casa para pensar de novo em Boya. Tinha visto nela uma nova confiança, uma espécie de autoridade. Ela não sorrira para ele, tinha sido a primeira vez. Em seus olhos, não havia nada. Apenas a surpresa, e logo a desconfiança. Quantas vezes ele havia andado pelas ruas da *kitenta* a todas as horas do dia e da noite sem nunca se encontrar com ela? Aquele reencontro tão esperado tinha que acontecer assim, justamente naquela noite? O que ela havia pensado exatamente? Será que tinha acreditado que havia sido uma coincidência? Aquilo não tinha importância, ela não o desejava mais. Ele se aproximou, abraçou-a, e ela ficou gelada. O magnetismo que lhes permitia dispensar palavras não existia mais, seu corpo agora era estranho ao de Boya. E muitas coisas tinham mudado sem que ela tivesse prestado atenção. Aquela mulher de cobre não era mais apenas sua obsessão inconfessável, mas uma questão de Estado. Ela havia se introduzido como um grão de areia em um mecanismo que acabaria por destruí-la, e ele não seria capaz de protegê-la. O próprio *mokonzi* não conseguiria. Quando o *kalala* enfiava na cabeça que ia acabar com alguém, nada o impedia. O homem só obedecia à própria lei, desde que o Estado estivesse seguro. Ele ainda não havia pedido que alguém se livrasse de Boya, mas não demoraria muito. Kabongo teria que contar que tinha visto a mulher naquela noite, descrever suas ações. Ele não tinha pressa de passar aquela informação, mas não se via exigindo silêncio de sua equipe. Os caras a haviam reconhecido. Ele, que não se apegava a ninguém, notou que se importava com ela. Kabongo tinha certeza de que não estava apaixonado, o que ele sentia não tinha nada a ver com isso. Mas não ficaria indiferente caso algo de ruim acontecesse a ela.

No bulevar Rei Amador e depois no transporte público, ele havia esperado uma mensagem dela aparecer em seu comunicador. Uma palavra. Que ela tivesse dito que não podia falar com ele ali, que não era um bom lugar, que havia pessoas demais. Que já havia sido um exagero ter sussurrado seu nome, que alguém pudesse tê-lo ouvido pronunciar o dela. Kabongo enfrentou sua insônia em silêncio, deixando-se invadir pelo desejo teimoso que sentia por aquela mulher, mas sem fazer nada para aliviá-lo. Nas primeiras horas do dia, ele desceu até o quarto compartilhado por Samory e Thulani, seus filhos, abriu a porta e os deixou aproveitar os últimos momentos de sono. Indo em direção à cozinha, tentou se lembrar de quando havia sido a última vez que se abandonara ao descanso noturno. Naquela manhã, sua profissão lhe desagradava. A duplicidade, a dissimulação, as sombras permanentes. Ele queria ser apenas um contador, o mais comum possível. Um cara que não teria que jogar corpos de jovens no mato perto da saída da cidade. Um cara que podia falar sobre como seu dia havia realmente sido. Adiando o momento de consultar as mensagens do serviço, que diriam que um Sinistrado havia sido encontrado longe de sua comunidade e sem documentação, que não era possível extrair informações dele porque ele parecia amnésico, Kabongo começou a preparar o café da manhã. Cortar as frutas em cubos quase o relaxou, mas seria necessário mais para acalmá-lo completamente e colocá-lo de volta em órbita. Ele ia fazer *womi* para a refeição dos meninos, que adoravam aquelas panquecas de milho. Seu segredo era adicionar um pouco de farinha de arroz à mistura, acrescentar uma fava de baunilha. Ele procurou em um armário os moldes de barro que gostava de usar e os lavou. Kabongo esperou ter arrumado a mesa, apresentado as comidas e bebidas quentes para ler os comunicados enviados aos agentes. Ele primeiro passou os olhos por todos, sem dar importância a nada além dos títulos dos parágrafos, depois os leu com mais atenção. Amaury Du Pluvinage não aparecia em lugar nenhum. Ele tinha certeza de ter pegado seu comunicador — um dispositivo antiquado em muito mau estado. A princípio, ele devia ter sido encontrado enlameado, perambulando por um bairro em que não devia estar, onde ninguém devia saber nada sobre ele. Kabongo tinha certeza de que não havia sido visto. Existia apenas uma possível explicação. Alguém havia ajudado o garoto.

A ideia daquela reviravolta do destino dissipou o cansaço que tinha tomado conta dele. Ele não temia nada, o garoto não podia identificá-lo, a ordem não havia sido para eliminá-lo, mas a verificação de sua identidade fazia parte do plano original. O chefe havia lhe enviado as gravações de Nandi, as ideias que faziam daquele jovem um inimigo do Estado. Normalmente, ninguém se importava com os Sinistrados. Eles não eram considerados santos pelas autoridades, mas elas se limitavam a fazer verificações inoportunas. Aquelas inspeções aleatórias bastavam para confirmar a ilegitimidade da sua presença, para lhes incutir um desconforto permanente. Mas Amaury Du Pluvinage era de outra espécie, já que nada daquilo tinha minado seus recursos interiores. Era um rebelde e um conquistador. O interesse de Boya pelo jovem fazia dele um prêmio, um troféu que apenas Kabongo daria ao *kalala*, morto ou vivo. Porque, se fizesse aquilo, ele voltaria a ser designado para vigiar Boya. Ela também não escaparia dele. Preferia que a missão de segui-la recaísse sobre ele oficialmente, mas dispensaria a autorização. A mulher vermelha era problema dele. Samory, seu filho mais velho, foi o primeiro a se juntar a ele na cozinha. A cara ainda amassada do filho o emocionou. Tomando-o nos braços, fez cócegas em sua barriga e cobriu seu rosto de beijos.

14.

Diante da situação, Kasanji não soubera quem contatar. Ela não parava de contar os acontecimentos, do início ao fim, diante de uma Boya atenta. Aquilo não acontecia com frequência, seu trabalho a ocupava muito, a concorrência feroz opunha as modistas de Mbanza, e quem ia ao vento perdia o assento. Além disso, ela raramente visitava a irmã. Também era preciso dizer que a casa dela não ficava perto dali, aquele buraco perdido para onde o marido dela a havia arrastado. Eles moravam em Makulu, ou melhor, nas profundezas da estratosfera. Kasanji levava quase duas horas para chegar lá. Era preciso pegar o *baburi* 35, que parava em uma rodoviária, fazendo todos lembrarem que a pré-história não havia sido ficção, então era necessário esperar que o ônibus lotasse. Antes que isso acontecesse, o motorista tinha todo o tipo de tarefa. Mas o que ela podia dizer? Sentia falta da irmã. Por isso, no dia anterior, antes que o sol tivesse se convencido da necessidade de gratificar os vivos com um raio de luz, Kasanji começara a viagem. Como sempre, ao chegar em Makulu, seu mau humor havia desaparecido. Ela e a irmã tinham voltado à infância. E, depois, tiveram que se despedir. Elas caminharam juntas pela grama alta, chegando à estrada e andando na direção da rodoviária, onde Kasanji teria que pegar o primeiro trem a todo custo. Tinha sido ela, obviamente, que o encontrara. Um jovem sinistrado que ela, a princípio, acreditara estar morto. Kasanji havia soltado um grito, ele tinha aberto os olhos vazios para ela e sua irmã havia recuado. Então, com o máximo de cuidado possível, com uma perna pronta para correr caso algo acontecesse, as duas tinham se aproximado e se curvado, antes de se levantarem ao mesmo tempo.

— É o filho de outra pessoa.

Aquelas tinham sido as palavras que elas haviam dito, porque ele era jovem o suficiente para ainda ter mãe e porque todo mundo tinha uma, de qualquer maneira. A situação lhes parecera anormal, tanto que elas não o haviam levado para casa nem mesmo tocado nele. O caso não era simples. Como elas se perguntavam o que deviam fazer, Kasanji tivera a ideia de mandar uma mensagem para Boya com a foto do Sinistrado.

— Sinto muito por incomodar você. A ideia de chamar uma ambulância nem passou pela minha cabeça.

Tinha sido Boya quem havia sugerido que ela fizesse isso, guardando para si mesma a identidade do jovem, o fato de já tê-lo encontrado. Depois de avisar a seus alunos que se atrasaria, ela fora ao hospital encontrar Kasanji. O jovem sinistrado não tinha consigo nenhum documento de identificação. Sua condição era preocupante. Ele estava consciente, mas não conseguia dizer o que havia acontecido com ele nem como se chamava.

A cena da agressão voltou à sua mente, as palavras trocadas encobrindo as frases alarmadas da costureira.

— Vá para casa, Kasanji. Você fez bem. Não se preocupe com nada. Eu dou notícias.

Sozinha perto da maca em que o jovem estava deitado, enquanto um número maior de pessoas corria pela emergência, Boya se sentou em uma banqueta. Os lacaios de Igazi com certeza a haviam visto, mas naquele momento era a menor de suas preocupações. Suas mensagens eram criptografadas, os homens da guarda nunca estavam longe, e não foi ela quem levou o jovem sinistrado até ali. Se perguntas lhe fossem feitas, ela saberia o que dizer. De todo modo, ninguém podia negar que a vida de Amaury Du Pluvinage fosse particularmente agitada. Seriam necessárias horas antes que ele fosse atendido por um médico, mas ele seria, Boya tinha garantido isso. Convencida de uma ligação entre o que ela havia testemunhado e a agressão do dia anterior, pareceu-lhe sensato informar à comunidade Sinistrada que um dos seus estava no Hospital Mukwege. Quando ligou para Charlotte Du Pluvinage, ela simplesmente anunciou que um jovem havia sido descoberto sem nada que pudesse ajudar a identificá-lo. A matriarca não tinha um aparelho equipado para receber imagens. Seus netos já tinham implorado para que ela adquirisse um comunicador para sua casa. Ela escolhera um modelo básico pelo qual tivera que trocar uma velha caixa de música, já que os comerciantes de Mbanza nunca descansavam quando era necessário extrair objetos dos Sinistrados. A velha Du Pluvinage tinha reclamado por semanas, depois que havia se rebaixado a obter o aparelho. Aos seus olhos, aquele tipo de tecnologia materializava a fissura ontológica de seus antepassados, essa força com a qual haviam se embebedado sem saber mais parar. Acreditando que ela estava a seu serviço, eles tinham se tornado escravos dela, acelerado o próprio fim. Naquele dia, a mulher vermelha viu uma oportunidade no tradicionalismo exacerbado. Ela convidou a velha a realizar uma investigação para descobrir quem estava desaparecido, a despachar alguém até a emergência do Hospital Mukwege, cuja localização ela indicou. O hospital ficava longe do centro da cidade e, aparentemente, era a primeira vez em décadas que um *fulasi* era internado ali.

Quando saiu do hospital para ir até o campus, Boya disse a si mesma que sua existência estava definitivamente tomando um rumo inesperado e um tanto frenético. Durante o trajeto, ela só via os olhos de Kabongo, aquele olhar que ela não conhecia e que trazia de volta o mal-estar da noite anterior. Com as pálpebras fechadas, ela se concentrou em suas lembranças, isolando cada momento desde que vira a agressão. Ela gritara e correra, quase imediatamente. Vira apenas o jovem e seus dois agressores, talvez tivesse visto um homem correndo em direção à passarela atrás dela, um garoto rico parando ali seu mini-skate elétrico e guardando-o de volta na bolsa porque não podia andar com ele ali. Também lhe veio à mente a imagem de três homens, veteranos das forças armadas da FM, empurrando suas caixas em direção à passarela mecânica. Aqueles que ainda tinham aquele equipamento muitas vezes haviam tido as duas pernas amputadas e se movimentavam com a ajuda de um cubo eletrificado graças a painéis solares. A FM não era capaz de fornecer a todos próteses de última geração, nem nenhuma outra, aliás, já que elas não eram fabricadas no país na época. O presidente Mukwetu, não se deixando abater por nada, agarrara-se à oportunidade de demonstrar o gênio científico com o qual os deficientes se beneficiariam no governo dele: o ser humano seria reparado, até mesmo aumentado, de acordo com a ética *moyindo*. Porque havia uma... Boya voltou às reminiscências do dia anterior. Agentes das forças de segurança deviam estar patrulhando, alguns levitando nas placas que usavam apenas para impressionar os transeuntes. Eles só eram encontrados perto dos monumentos da *kitenta*, cuja prefeita adorava todo tipo de futilidade. O fascínio dela por aparelhos eletrônicos só podia ser comparado à sua obstinação em ver, no espaço público, um local onde fosse possível dar asas à sua imaginação. Boya tinha argumentos mais ou menos válidos para isso, relacionados às pegadas de carbono das atividades — ninguém tinha se preocupado com aquilo — e ao prestígio de Mbanza. Uma petição havia sido feita para a remoção dos agentes voadores, que incomodavam mais do que ajudavam, especialmente quando os drones postais percorriam a área. A máquina também limitava muito a capacidade de ação deles, já que tinham que esperar até aterrissar para agir em caso de problema. Eram sempre os seus colegas postados no chão que faziam o trabalho. Enfim, eles não estavam lá e a esplanada não estava sendo vigiada: uma anomalia, tão tarde da noite.

Viajando por todos os cantos de sua memória, ela não viu Kabongo em lugar nenhum. Voltou a ouvir a voz dele, *Está todo mundo bem aqui?*, palavras que poderiam ter sido dirigidas a crianças que brincavam com empolgação demais. O tom tinha sido calmo, as palavras não o comprometiam, ele estava apenas de passagem, e era isso que a perturbava. Onde ele podia estar? Estava lá desde o início? Por que sua presença a deixara mais preocupada do que tranquila? Ele obviamente não ia fazer um escândalo em público, exigir explicações que ela não devia a ele. Não ia abraçá-la, dizer que sentia falta dela, sugerir um encontro. Fazia tempo que ele sabia o que não tinha sido dito, que ela não ligaria, *aquilo* não seria resolvido rapidamente. Ela, portanto, não precisava temer nenhum drama de sua parte. Uma cor mais cintilante podia ter sido dada àquele momento, devia ter sido possível fazer isso sem esforço. Eles haviam compartilhado momentos agradáveis sem prometer nada um ao outro, sem constranger um ao outro. Será que ela devia ter dito a ele que não o veria mais? Ela achava que não, embora ele tivesse mostrado, recentemente, sinais inesperados de apego. Mas aquilo, de qualquer modo, não tinha nada a ver com o fato de ele ter aparecido com aquele terno escuro e de corte perfeito. Era quase um disfarce, uma roupa camuflada para se misturar ao granito preto da esplanada e ao muro que circundava o *Estrelas da Maafa*. O memorial de guerra ficava à direita, de frente para ela. O ataque ocorrera um pouco mais à esquerda. Mais adiante ficava o quiosque de informações, fechado naquele horário, uma estrutura cujo material pedregoso evocava os rochedos da costa atlântica. Ele só podia ter vindo de lá e, se fosse o caso, não tinha um bom motivo para estar sozinho perto do guichê fechado. Se estivesse acompanhado, a pessoa o teria seguido, mesmo que se mantivesse a certa distância. Boya resolveu parar de pensar naquilo, que não trazia mais nada à mensagem de seus sentidos, à onda de gelo que tomara suas veias quando ela o havia reconhecido. A relação que eles haviam tido não era do tipo que contamos para um companheiro. Ela não conseguia se imaginar dizendo a Ilunga: *Até pouco tempo atrás, eu me encontrava com um homem, mas não sabia nada dele, era só uma coisa de pele.* Em primeiro lugar, a pele não devia ser ignorada. Era o primeiro limite orgânico a ultrapassar para conhecer um ser, e aquele avanço levava direto às profundezas. Era por isso que ela só saía com um homem de cada vez e se recusava a tratar seus amantes como objetos. Kabongo não se tornara um amigo, um confidente, mas ela sentia uma intimidade natural entre eles. Eles só tinham falado com o corpo, mantido um diálogo gentil e selvagem pontuado por uma lânguida gratidão. Ela sempre servia uma refeição a ele depois, frugal mas saborosa, às vezes um copo de bebida alcoólica. Eles jantavam em um silêncio caloroso, se despediam um do outro com um adeus intenso demais para fazer discursos longos demais. Na última vez em que se viram, os dois não tinham trocado aquele cumprimento final que lhes levava de volta à vida quotidiana até a próxima vez. Boya sabia que teria que falar sobre isso, mas não sabia como, o que teria que ser dito para ser compreendida. Não havia sido à toa que a vida lhe impusera aquele encontro, que estava apenas suspenso até então. Eles iam se ver de novo, era apenas questão de dias.

Pela primeira vez desde o fim de seus anos de estudos, Boya não teve vontade de ir para a universidade. No entanto, ela sempre havia se sentido protegida ali, assim como na Casa das Mulheres. As duas eram necessárias para o seu equilíbrio. Esses espaços representavam dois universos complementares, um que se baseava em práticas racionais e outro que exigia a aceitação do incognoscível, do inexplicável. Naquela manhã, ela quis o que nunca lhe pareceu desejável, que a oscilação terminasse, que sua alma tivesse apenas uma morada, a caverna de paredes esponjosas onde se aninhavam os mistérios da vida. Ela queria estar apenas na matriz de todas as coisas, na caverna de antes da marcha dos humanos sob a luz do sol. Não questionou o que dera origem àquela necessidade, o que causara, no momento em que a ideia tinha lhe ocorrido, a visão da própria Boya atravessando uma extensão de terra vermelha sob um céu coberto de água. Ela se viu ali, com o oceano tranquilo sobre sua cabeça como uma tempestade imóvel, avançando nua, os braços carregados de flores com pétalas vermelhas. Uma oferenda. Para quem era destinada? Boya tinha uma ideia do que representavam as imagens que lhe chegavam. Ilunga sempre cumpria o que prometia e nunca adiava o que tinha se comprometido a fazer. Ele havia começado a guiá-la no caminho que conduzia àquelas a que chamava das profundezas do Atlântico. As mulheres cujo espírito às vezes vinha visitá-la em sonhos ou através de outras manifestações, mas que ela não sabia como encontrar. Ilunga dizia que elas eram mais que antepassadas, que a composição da linhagem podia surpreender por sua complexidade.

— Eu poderia revelar as coisas para você, mas é melhor que você as descubra por si mesma, que você entenda...

Eles voltariam para a noite dele quando ela tivesse vivido a dela. Então ela veria de maneira diferente os rostos que tinha visto da primeira vez. Ela conheceria todos além de sua aparência e saberia que almas caminharam com ele no mundo dos vivos, para o bem e para o mal. Ela também descobriria o Continente sob uma nova luz e certas conversas entre eles seriam então supérfluas.

Desde então, eles tinham se aproximado apenas alguns pequenos passos da noite que formara os dias de Boya, a gênese de sua existência e sua razão de ser. Quando chegassem ao limiar dela, ela o cruzaria sozinha. Mas eles já haviam descoberto, sem ainda ter penetrado, que aquele lugar tinha a cor vermelha que indicava sua natureza. O azul de Ilunga, que representava a parte inviolada da alma humana, conferindo a quem dela vinha a verdade e a paz, era contrastado pelo escarlate de Boya, ligado à força vital, à capacidade de transcender toda a dor e de se reinventar constantemente. Ilunga sabia que sua missão era trazer o povo do Katiopa de volta à própria verdade e trazer a paz ao Continente. Aqueles tinham sido os objetivos de suas batalhas. Ele nunca havia lutado com o ódio no coração, não tinha gosto por sangue e o desejo de vingança lhe era estranho.

— Já você — acrescentara ele — tem uma noção de qual é a sua missão sem conhecê-la realmente.

Quando fosse possível, ela habitaria permanentemente sua força, saberia exercer seu poder. Ao contrário de outros que viviam em dissonância com a força que lhes fora dada, a mulher vermelha procurava a harmonia. Ela estava alcançando seu objetivo. Ilunga estava ansioso para que ela se visse como ele a via.

— Você vai rir das suas dúvidas.

Naquele dia, quando tinham voltado a si, o homem a abraçara e a apertara contra ele. Ainda com ela em seus braços, ele falou, com a boca sobre a têmpora dela, expressando a sensação de ter sido criado para ela:

— Não só para amar você. Isso é fácil...

Era àquele homem que ela precisava contar agora que tivera um amante, um cara meio estranho, talvez perigoso. Ela preferia não demorar muito, para que isso fosse feito e eles se preparassem para o que ia acontecer depois. Ilunga ainda estava no território *wazi*. Ela não queria incomodá-lo, mas lhe parecia impossível correr até o *kalala* e inoportuno conversar com Kabeya. A questão era apenas aquele jovem sinistrado do qual os homens da guarda já deviam ter falado.

O motorista a deixou, como sempre, na esquina da rua, perto do campus universitário, onde moravam principalmente estudantes bolsistas ou de outras regiões do Estado. Com um aceno, Boya cumprimentou a jardineira que, empoleirada em seu cortador de grama, fazia um feitiço para que a grama voltasse a crescer. Manobrar a máquina exigia delicadeza e firmeza para evitar arbustos de flores e raízes expostas de grandes árvores centenárias. Boya ficou mais uma vez maravilhada com sua destreza e bom humor. A mulher vermelha caminhou até a entrada do prédio em que dava aulas. Só era possível entrar nele após passar por uma câmera de segurança, frequentemente avariada, o que exigia que todos passassem pela revista manual feita por seguranças sobrecarregados. Tão ocupados quanto as cortes de apelação, eles puniam o menor sinal de agitação com um retorno ao fim da fila, lá longe, na calçada, onde os recém-chegados não paravam de chegar. Todos murmuravam com os dentes cerrados que tinham coisa melhor para fazer, que estavam com pressa. Também era o caso dela. A passada no hospital a havia atrasado. Boya teve que esperar até o final da segunda aula para ficar sozinha em seu escritório. Já no início da primeira, diante de alunos que entregavam trabalhos sobre os Descendentes do século anterior, ela havia esquecido tudo. Uma das apresentações falava da relação que as diásporas do Outro Lado haviam mantido com o Continente e, sobretudo, de seu interesse por figuras de poder. A aluna que havia escolhido o tema questionou muito a máxima anotada em artigos, filmes e peças musicais: *Viemos de reis e rainhas*, lembrando que a ascendência real por meio da qual as pessoas queriam se valorizar tinha sido muitas vezes escravista. Exemplos contrários eram raros.

— Com isso — concluíra a estudante —, os Descendentes adotavam uma atitude comum entre as populações continentais do passado, que prefeririam reivindicar ancestrais poderosos em vez de seus súditos. O desejo de se representar como livres e gloriosos, portanto, caminhava secretamente com um sonho de dominação em vez de justiça...

A breve conferência dera origem a um debate animado e Boya não tinha visto o tempo passar. Na segunda aula, o tema havia sido as marginalidades genealógicas. Ela e seus alunos tinham se debruçado sobre como a condição servil tinha sido transmitida de geração em geração, escondida pelas famílias. Suas estruturas não eram as mesmas da escravidão colonial praticada nos territórios de deportação. No entanto, eles se baseavam em uma hierarquia que nem as maiores vitórias sociais conseguiam abolir. Um caso específico tinha sido analisado para ilustrar isso. A população examinada tinha vivido não muito longe de Fako, às margens de um rio que desaguava no Atlântico. Ali, como em outros lugares do Continente, servos oriundos de outras comunidades eram integrados no clã do seu proprietário. Tinha sido ao observar a configuração das concessões familiares que a manutenção de todos em seus lugares fora revelada. Saber quem era quem continuava sendo crucial.

A manhã tinha sido rica. Boya havia mergulhado nas discussões, esquecendo o que antes a incomodava. Apenas o interesse por aqueles assuntos a motivava, a paixão por transmitir, afiar o pensamento crítico dos jovens. Ela passou em frente à biblioteca da Faculdade de Ciências Humanas, cujo ambiente acolhedor adorava: a madeira fosca das mesas compridas, as grandes janelas que davam para o jardim, as paredes altas que desapareciam atrás de estantes de livros... Em outros lugares, tais equipamentos pareciam obsoletos, mas uma das particularidades do Continente sempre fora habitar diferentes temporalidades. Ali, o presente era uma combinação visível do ontem e do amanhã, era isso que todos sentiam. O futuro, no Katiopa unificado, não teria a cara que outros, em outros lugares, queriam dar a ele. Também havia sido para não ser forçado a fazê-lo que eles tinham optado por uma ruptura. Outro futuro, além do anunciado, estava sendo escrito. Agora que tinha parado para pensar sobre aquilo, Boya achou a ideia estimulante, imaginar que o mundo ainda precisava ser feito, que não havia um caminho claro, nem o dos antepassados, nem o dos colonos de antigamente. Todos os carregavam dentro de si de uma certa maneira, mas a definição que formulariam de seu ser só podia escapar-lhes.

O Katiopa unificado não exigia reparações de Pongo. Eles já haviam se deixado comprar o bastante, de uma maneira ou de outra. Boya gostava do fato de eles terem preferido se manter à beira do próprio penhasco em vez de serem admitidos no porão de uma residência estrangeira. Era essa aposta feita sobre eles mesmos que causava suspeitas em relação aos Sinistrados. Ninguém sabia o que fazer com a presença deles enquanto se demonstrassem relutantes em abraçar o movimento da vida katiopiana, aquele impulso em direção ao mundo a ser feito. Imersos em lamentos sobre as perdas irremediáveis que não podiam ser atribuídas a ninguém no Continente, eles giravam em torno de suas sombras, apenas erguendo a cabeça para os outros para exigir reconhecimento. Era preciso dizer o quanto lhes era devido por terem abolido a selvageria, acabado com a mosca tsé-tsé, interpretado os hieróglifos que agora eram tatuados no peito, revelado o verdadeiro nome de Deus. Isso, só para começar, já que, na realidade, tudo lhes era devido. Que lembrança delas mesmas as populações tinham que não haviam sido descobertas nos cadernos de seus exploradores, missionários ou comerciantes? Precisamente aquela que estavam escrevendo naquele momento, mas eles não ouviam isso. Seu sistema superaqueceria com aquela simples ideia. Ela se lembrou das observações feitas pela velha Charlotte, seu desprezo pelas decisões do novo regime em termos culturais e espirituais, sua recusa em ir até a igreja quando os cultos não eram reservados a sua comunidade. Aqueles locais de culto, que tinham se tornado raros no Continente onde outrora abundavam, no entanto, eram os mais importantes dos poucos espaços compartilhados da *kitenta*. Fora das ruas, onde eles apenas se esbarravam, era ali que os Sinistrados e as populações locais podiam se aproximar. Boya se perguntou onde Amaury e Mawena tinham se conhecido, como o amor deles florescera. Em todo caso, o jovem sinistrado lhe parecia um antídoto perfeito para evitar a necrose que aquela coagulação da amargura produziria. Ela estaria na alma dos Sinistrados e na do Katiopa, já que os dois não eram nem podiam mais ser desarticulados. Os ancestrais dos *fulasi* atuais tinham espontaneamente se voltado para o único lugar no mundo onde seriam reconhecidos sem esforço. Onde a língua deles ainda não era estrangeira, onde sobrevivia uma zona monetária que eles haviam concebido para manter seu domínio sobre espaços que haviam sido, a princípio, descolonizados. Era, por assim dizer, um lugar singular na Terra, onde muitos ainda relutavam em humilhá-los porque seriam degradados por seu declínio. Agora, apesar de terem superado aquela deferência doentia, as populações locais relutavam em permitir que os estrangeiros fossem brutalizados. Ela queria conversar sobre isso com Ilunga, dar uma cara àquela comunidade. Fazer com que as pessoas entendessem que a juventude sempre era uma oportunidade, que seria errado afastar-se dela, especialmente quando ela se oferecia de boa vontade. Eles discutiriam aquilo cara a cara. Fechando a porta de seu escritório, uma sala um tanto apertada de cuja sobriedade ela gostava, Boya não conseguiu evitar tirar o pó da mesa e retirar as flores murchas do vaso, deixando apenas um bico de papagaio que ainda resistia. Ilunga veria apenas a pequena janela através da qual um ramo de flamboyant às vezes entrava, mas ela gostava de se preparar para ele. Ele imediatamente respondeu:

— Que loucura, eu ia ligar para você.

A mulher vermelha começou a rir, chamando a si mesma de boba. Tinha transformado um cisco em um grande problema. Claro que ela podia falar com ele.

15.

Escondido à sombra de um arbusto frondoso, no fundo do jardim, Igazi ficou surpreso por não ter pensado naquilo antes. Ele sempre soubera que ela estava lá. Ela não tentava chamar atenção, sua posição exigia discrição. Já fazia muito tempo que ela exercia a profissão, nas sombras, em silêncio. Ao contrário das outras pessoas, ele não só sabia de sua presença, mas também conhecia a história que a havia levado até lá. Os dois nunca tinham conversado. Mas ele sabia que uma região perto da ponta de Ikapa tinha gerado os dois, que eles eram da mesma geração. Os nomes que tinham, incomuns em sua comunidade, atestavam a época que os vira nascer. Eles falavam de sofrimento, de violência. Naquela época, o arco-íris cuja curva devia iluminar a nação colonial em que eles viviam estava se desintegrando. Tinha sido construído com base em ódios recuperados, em injustiças difíceis de reparar e em desigualdades gritantes. Incapazes de atuar como os guias que deviam ter sido, os antigos haviam apenas se comprometido, servido de disfarce para um sistema que eles diziam combater, alimentado as novas encarnações dele. Eles tinham preparado a implosão. E ela havia acontecido de maneira muito maior do que a mente podia considerar. A Aliança o havia tirado das águas salobras da delinquência. Ele havia encontrado nela uma família, um ideal. Sua sorte tinha sido conhecer muito cedo a organização. Aos 15 anos, ele sentia raiva a qualquer hora do dia ou da noite, e já representava um perigo para si e para os outros. Mas alguém o tinha visto, tinha lido nele aquela necessidade de estrutura, de disciplina, de uma causa também. Observando aquela mulher que devia ter cinquenta anos, quatro anos a mais que ele, viu que esquecera por que estava escondido atrás de uma cerca-viva em seu jardim àquela hora. Ela não tinha consciência de sua beleza, nem pensava naquilo, o que a tornava ainda mais deslumbrante. Suntuosa, a parte inferior de seu corpo despertava no homem emoções inesperadas, a vontade de abrir lentamente as pernas dela, enterrar a cabeça no espaço criado, descobrir o formato de seus lábios, observar o tremor do clitóris. Ela devia ter um longo gineceu sensível entre pétalas carnudas. Seus gestos eram comedidos, testemunhando sua gentileza e o hábito que adquirira de não incomodar. Uma força emanava dela, como a água parada que causaria estragos na menor oportunidade. Ela a continha sem saber onde usá-la, duvidando que ainda tivesse tempo para isso. Depois de pousar a bandeja de comida sobre uma mesa, ela se sentou na banqueta disposta ali e contemplou por muito tempo o pôr do sol, as cores do céu, a escuridão que de repente caía. Ele pensou tê-la visto suspirar, já que a expiração levantara um pouco o peito opulento e tão flexível quanto a polpa de uma fruta madura. Imaginou seus seios, duas dunas de barro mole a serem moldadas, entre as quais poderia se atordoar. Quando a escuridão envolveu o mundo, ela levou à boca um alimento que ele não distinguiu. Não puxou a corda da lâmpada que funcionava por gravidade pendurada perto dela, deixando-se dominar pela sombra. Já era a terceira noite que Igazi ia espiá-la.

No dia anterior, ao voltar para casa, ele aproveitara seu sono para andar pelo *ndabo*, usando um bloqueador de sinais para não ser perturbado pelo alarme, o sofisticado mecanismo de segurança que devia protegê-la. Ele não se autorizou a entrar em seu quarto. Para isso, esperaria ser convidado. No apartamento, ele apenas dera alguns passos, dizendo a si mesmo que aquilo também lhe deveria ser permitido: descobrir o conteúdo das gavetas, saber o que os objetos queriam dizer. Ele tinha entrado para testá-la, para saber se ela seria a aliada esperada. Ela adorava verde e roxo, e as cores dominavam o interior dos cômodos. Iam do mais claro ao mais escuro, o que dava a sensação de estar no corpo de uma flor, folhas, caule, sépalas, pétalas. Mas não havia raízes. Tons de terra e madeira estavam ausentes. Os móveis e os bibelôs eram feitos de metal. Aquilo havia chamado sua atenção. Naquelas linhas afiadas, Igazi viu lâminas, pontas de adagas enterradas no frescor acolhedor da planta. Ele a havia observado enquanto ela fazia ginástica, alongamentos e movimentos de flexibilidade que preparavam seu corpo para batalhas ainda desconhecidas, treinando para as guerras que ele concebia para ela. Sua agilidade e sua leveza o fizeram imaginar transas dignas de titãs. Um leve perfume flutuava no ar de *ndabo*, uma fragrância de adolescência, a idade do coração que suas formas maduras escondiam. Ao vê-la, quem não sabia olhar ficava sem dúvida impressionado com a estatura, a presença, a autoridade que ela emanava. A mulher era tudo isso e lhe seria útil, mas o que ele ainda não sabia o fazia desejá-la como há muitos anos não desejava ninguém.

Ela lhe parecia um ideal raramente alcançado. A suavidade de seu corpo inspirava uma ternura inefável e, se a agudeza de sua mente fosse a mesma que os elementos metálicos da decoração lhe permitiam imaginar, ela era uma rainha guerreira que havia voltado àquele mundo. Uma mulher maiúscula. Para agradá-la, ele se disporia a recuperar o tesouro de Amanishakheto, a cobri-la de joias. Naquela noite, enquanto ela comia algo que tinha no prato, ele resolveu se revelar. Dar a ela a escolha em relação a tudo. Ela devia se entregar a ele de boa vontade, então concordar em fazer o que ele pediria. A princípio, ele havia pensado em coagi-la, em usar ameaças para que ela participasse do projeto dele. Tinha pensado nisso na primeira noite. Depois ele a havia observado. Em seu escritório e em outros lugares, ela não o deixara mais. Ele tinha lido toda a ficha dela, bancado o voyeur. Agora, queria que ela ficasse com ele e fosse dele. A mulher se submeteria, era óbvio. No entanto, sua rendição tinha que ser consentida: ela escolheria seu mestre. Ele esperava ganhar aquela eleição. Igazi não deixou sua mente repetir aquela ideia. Em menos tempo do que havia levado para considerar aquela possibilidade, deixou seu esconderijo e foi até a sala, cuja organização conhecia perfeitamente. Quando terminou a refeição, a dona do apartamento entrou na sala. A silhueta que viu instalada no sofá baixo não a assustou. Ou talvez ela não tivesse deixado nada transparecer e simplesmente olhado nos olhos do homem por um momento antes de ir até a mesa pousar sua bandeja. Seu rosto não traiu nenhuma emoção, o que deixou Igazi satisfeito, cada vez mais convencido de que havia batido na porta certa.

Ele se dirigiu a ela na língua falada a poucos quilômetros de Ikapá:
— *Sawubona owesifazane*, boa noite, mulher.

Com isso, um brilho fugaz cruzou seus olhos. Fazia muito tempo que ela não ouvia a música daquelas palavras. Curvando-se um pouco, ela retribuiu a saudação com sinais:
— *Sawubona impi*, boa noite, guerreiro.

Igazi pediu desculpas pela pouca habilidade na linguagem de sinais. Ele não tinha talento para executar os gestos, mas entendia bem seu significado. Assim, eles não teriam dificuldade para conversar.

— Estou vendo — disse — que você me reconheceu. Também notei que você não se intimidou com a minha presença.

A mulher deu de ombros. Todo mundo sabia quem ele era. Ela acrescentou que se deixar abalar por uma visita inesperada seria um erro para quem trabalhava a serviço do *mokonzi*. Igazi sorriu, convidando-a, com um gesto, a ocupar um lugar perto dele. Sem tirar os olhos dele, ela apertou as laterais do tecido que tinha amarrado sob as axilas, passou mecanicamente a mão sob as nádegas como as mulheres faziam para evitar o tecido amassasse e se sentou em uma poltrona com almofadas magenta escuras. Igazi teria ficado desapontado se, deixando-se influenciar pelo título do homem que a encarava, ela tivesse esquecido as regras elementares do decoro. Aquela modéstia era para ele uma marca de elegância. Ele não pôde deixar de passar os olhos pelo corpo dela, da ponta dos pés descalços até os ombros nus, sem saber por onde começar. Claro, ele sabia que intenções o haviam levado até lá, mas não tivera tempo de pôr ordem em suas ideias, antecipar um pouco a conversa. Como ela era toda ouvidos e seu silêncio a havia acostumado à escuta, ele se recostou e começou a falar. Ela não era burra, ele a teria desrespeitado se tivesse exigido segredo, prometido o pior caso ela falasse. Igazi deixou de lado a questão de Estado em um primeiro momento. Aquela parte da história estaria subordinada à outra, não o contrário. Não daria no mesmo contar a outra primeiro.

Como havia ido até lá sem avisar, Igazi perguntou se ela teria tempo para atendê-lo. Sua anfitriã assentiu para convidá-lo a continuar. Assim, o *kalala* do Katiopa unificado fez o que os homens faziam quando conheciam mulheres. Bom, segundo ele. Na verdade, era a primeira vez que ele falava sobre si mesmo, não sobre seu trabalho, não sobre o que era. Atenta, sua interlocutora não pareceu se surpreender com a situação. Ela estava calma, as mãos pousadas na parte superior das coxas, e mal piscava. Ele começou a rir, primeiro em voz baixa, depois claramente, pouco se importando em ser ouvido pelas sentinelas que fariam suas rondas por ali.

— *Owesifazane*, eu provavelmente devia ter começado de outro jeito. Olha, as coisas são simples...

Ele viera por razões precisas, por motivos mais políticos, digamos, mas se vira preso em sua própria armadilha e ela não ajudara muito. Sem perder a compostura, a mulher perguntou:

— *Indoba*, o que posso fazer para aliviar seu constrangimento?

Como ela havia acabado de dizer *homem* em vez de *guerreiro*, como seus outros comentários indicavam uma compreensão clara de sua parte do que estava testemunhando e porque pupilas travessas iluminavam as feições imóveis de seu rosto, Igazi não fez rodeios. Ela não o conhecia direito ainda, mas gostava dele? Se esse não fosse o caso, ele prometeu não a incomodar outra vez. Ela poderia responder sem medo. Dando de ombros mais uma vez, a mulher explicou que ver o chefe do Estado-Maior do Katiopa unificado passar uma cantada nela sob seu teto a surpreendera demais para ela ser capaz de dar à pergunta dele uma resposta sensata. Estava descobrindo nele uma espécie de benevolência que contradizia sua reputação de homem cruel, e sua consideração a deixara emocionada. Era tudo isso que ela podia dizer. Igazi quis tranquilizá-la: ele não tinha nenhuma pena dos inimigos de Estado, cuja defesa era para ele uma questão pessoal. Eram preocupações daquela natureza que o haviam levado até ela, mas, ao vê-la, algo nele havia acontecido. Sem dúvida, o fato de se abrir assim não era a melhor estratégia. No entanto, como ele não havia aprendido sobre aquelas questões da mesma maneira que tinha aprendido sobre a profissão das armas, ele avançava tateando um pouco. Levantando-se lentamente, a mulher levou a discussão para uma direção diferente:

— *Indoba*, não estou fazendo meu dever. É porque nunca recebo ninguém aqui... O que você gostaria de beber?

Ela listou as bebidas disponíveis, ele escolheu uma. Pegando a bandeja deixada em cima da mesa, ela foi até a cozinha.

Uma vez sozinha, Zama suspirou profundamente. Ficara sem fôlego durante toda a conversa com o *kalala*. Obviamente não era a primeira vez que ela o via, mas ele nunca havia notado sua presença. O dia passado em um tédio enorme quase a fizera sentir falta de Folasade e Nozuko. A vida a serviço das amigas de Seshamani não era fácil, mas ocupava suas horas. Com Boya, de quem se tornara dama de companhia, nada de notável acontecia. Ela era respeitada de uma maneira que não acontecia desde uma época que nem se lembrava, mas não havia nada para fazer. A companheira do *mokonzi* não veria problema se elas se tornassem amigas. Zama ainda hesitava um pouco, achava aquilo estranho. O que aconteceria se o casamento não acontecesse, se os dois decidissem, depois de certo tempo, que nenhuma história ia começar, que não seriam um casal? Ela ficaria na família Ilunga, já que não tinha para onde ir. Alguns dias antes, Boya a convencera a sair, a ver uma peça, jantar em um restaurante. Tinha sido como convidá-la a explorar um planeta desconhecido. Não que as ruas da *kitenta* lhe fossem estranhas. Ela não tinha posto os pés fora da mansão desde a chegada de Ilunga ao posto de *mokonzi*, mas às vezes caminhava por lá. Por outro lado, ficava envergonhada ao ir a lugares em que estranhos se reuniam. O bom humor de Boya tinha vencido sua resistência. E então viera aquele incidente, quando as duas tinham chegado ao *Estrelas da Maafa*. Claro, a ânsia de Boya para socorrer o jovem atacado era louvável e confirmava que ela tinha a empatia necessária para desempenhar bem seu papel junto ao *mokonzi*, caso eles se casassem. No entanto, Zama não havia conseguido evitar o incômodo que a invadira quando a mulher vermelha começou a falar *fulasi*, estabelecendo entre ela e o estranho uma conivência descabida. Desde então, tinha evitado a companhia dela sob todos os pretextos imagináveis, procurando as palavras para perguntar sobre a proximidade da moça com aquelas pessoas. Para Zama, aqueles rostos pálidos eram uma cria do mal e, de humano, só tinham a aparência. Comprometida há muitos anos com o serviço à família de Ilunga, ela ouvira certa noite membros da Aliança dizerem todas as coisas ruins que pensavam, especialmente dos cidadãos do país *fulasi*. Ninguém mais havia prestado atenção em sua presença quando, depois de servir a mesa, ela recuara de um passo, esperando em silêncio ser solicitada outra vez. Zama tinha ouvido, gravado. Aquilo não havia acontecido. Muitas vezes a Aliança cultivava o sigilo e era costume não compartilhar nada sobre suas atividades dentro da organização, inclusive com entes queridos. A conversa que ela havia ouvido naquela noite, embora evocada em poucas palavras e rapidamente varrida por outras, a deixara bastante tranquila. Quando alguém havia se lembrado dela, pediram que ela saísse. Aquela tinha sido a primeira vez que vira Igazi de perto. Ele ainda não era o *kalala*, o próprio Estado unificado ainda era um projeto. Parada atrás dele, ela ficara encantada com o espetáculo da curva de suas costas nuas. Ele usava apenas um kèmbè e um colar de pérolas naquela estação quente. Decoradas com búzios de um branco imaculado, as pontas de suas tranças acariciavam sua nuca, o que chamava ainda mais atenção para a pele escura e as omoplatas salientes. De acordo com a distribuição tradicional de papéis, ele tomava a palavra depois dos demais, alternando com Ilunga a posição de autoridade.

    Aquele homem havia sido preparado para ser o *mokonzi*. O Conselho e a Assembleia dos *Mikalayi* tinha eleito Ilunga. A responsabilidade não era solicitada nem recusada. Todos diziam que tinha sido melhor assim, que ninguém melhor que Ilunga para ter aquela visão de conjunto necessária para a missão suprema; que ninguém melhor do que Igazi poderia ter assumido o papel de defensor do Continente. Hoje, ele estava em seu *ndabo*, depois de entrar sem pedir licença, e o que havia dito a ela a surpreendera. Zama não quis olhar para o próprio reflexo, não valia a pena. Ela sabia que estava desgrenhada, pouco elegante era o mínimo que podiam dizer. E, mesmo quando estava arrumada, ver alguém cortejá-la a teria feito rir. A mulher que havia sido governanta da ala feminina se lembrou da carne abundante de suas coxas e de seu traseiro, dos seios cuja suavidade ela guardava em roupas íntimas de giganta. Como homens não eram cegos, longe disso, aquele tinha medido bem a escala do desastre itinerante que ela sabia ser. Em seus olhos, ela não vira nenhum vestígio de zombaria, hipocrisia, nada que indicasse que fosse uma piada de mau gosto ou algum esquema para usá-la. O que era então? O que ela devia pensar da saúde mental de um homem que se deixava seduzir pela mulher menos atraente de todas? Relutantemente, ela imaginou os dois, ainda não embaixo dos lençóis, mas simplesmente de pé. Embora tivesse uma boa constituição, Igazi não tinha a altura colossal que teria sido necessária para dominá-la. O máximo que conseguiria seria encostar o queixo no pescoço de Zama. Aquilo não traria dificuldades técnicas durante o amor, mas a vida não acontecia na cama. Além disso, suas fantasias, da época em que ela se autorizava a divagar daquela maneira, continham um casal clássico: um homem mais velho, mais alto, mais bem estabelecido socialmente. O *kalala* apenas respondia à terceira condição. Enquanto preparava o suco de frutas que Igazi havia escolhido, ela se perguntou se o achava atraente. Talvez. O que mais lhe atraía não era tanto a massa de músculos que ela imaginava que ficavam sob o *sokoto* e o abadá, a tez escura do povo de sua região. Mais massivo que Ilunga, o *kalala* parecia uma árvore antiga, imagem que o penteado acentuava: os dreadlocks cresciam densamente de seu crânio, como galhos resistentes a qualquer iniciativa.

    O que a afetava talvez fosse o contraste entre a figura impressionante e a delicadeza de seus modos. Não lhe faltava humor também. Mas o que ele realmente queria? Ela sabia que existiam pervertidos cujo desejo só era despertado diante de corpos não convencionais. Ela certamente não era a mulher mais gorda, daquelas cujos corpos eram apenas um monte de banha e que, para evitar torturar ainda mais seus esqueletos, moviam-se a bordo de cadeiras de rodas, quando as tinham. No entanto, ela não se considerava bonita e não achava que tinha nenhuma qualidade que pudesse atrair um homem que nada soubesse sobre seu caráter, seus gostos, sua sensibilidade. A necessidade de ser abraçada, mimada, às vezes a dominava. Ela podia ser tão imperiosa que a solidão lhe parecia intransponível. Depois passava. Ela cauterizava a ferida interna com a ajuda de pratos habilmente cozinhados, ingeridos de maneira consciente, nunca regurgitados. Não era possível viver sozinho e sem prazer. Se por acaso ela cedesse àquele homem, não seria para enganar uma dor que se tornaria mais aguda assim que Igazi fosse procurar outra? Ele tivera uma esposa, uma mulher que havia vivido apenas para dar à luz dois filhos — o nascimento do segundo coincidira com seu regresso aos antepassados. Ele não devia ver aqueles meninos com frequência. Se, como ele havia declarado, outro motivo que não aquela paquera inesperada o levara até ela, por que ele não havia confiado a um agente a tarefa de encontrá-la? Zama estremeceu, pensando que não o vira entrar em sua casa. Era impossível ir até ali sem ser notado. Mesmo depois de encontrar as sentinelas. A única abertura direta para o lado de fora era o terraço que se estendia até o jardim. Cercado, não se comunicava nem com o jardim da residência nem com a *nzela* que corria além dele, em direção à avenida Menelique II. Para entrar em seu covil, era necessário escalar o muro alto ou passar pelo vestíbulo da ala feminina e pegar o elevador, mas apenas algumas pessoas conseguiriam acionar o mecanismo. Zama suspirou novamente. Era o *kalala* do Katiopa unificado, um membro proeminente da Aliança. Ele tinha mais de um truque na manga.

Ela estava prestes a levar a bandeja, sobre a qual havia uma jarra cheia do mais cremoso suco de graviola e dois copos, quando seus olhos encontraram os de Igazi. Como ela não voltava, ele achou que ela estivesse precisando de ajuda. Talvez fosse necessário tirar as sementes das frutas, cortar a polpa e esmagá-la.

— Me arrependi de ter dado tanto trabalho, *owesifazane*.

O homem tinha se levantado para se juntar a ela. Estava parado à porta, ocupando o espaço que os separava do *ndabo*. A poucos metros dele, Zama não conseguia tirar os olhos do vazio, que, acima da cabeça do homem, oferecia-lhe uma perspectiva clara do cômodo vizinho. Vê-lo porque ela era maior, grande demais, a envergonhou tanto que voltou os olhos para o chão. Ela não quis sinalizar que estava tudo pronto e que ele podia segui-la. Então, Zama se contentou em pegar a bandeja e dar um passo para a frente para que ele se virasse e a precedesse até o *ndabo*. O homem continuou parado. Com uma expressão repentinamente séria, ele disse:

— Você é sublime. Olhe, eu *sei* que não é fácil... — Um homem como ele, cuja profissão era a guerra, que todos sabiam que havia matado ou mandado matar, que não hesitaria em fazê-lo novamente. Ele imaginava que ela não estivesse entendendo e aquilo era normal. — Estou mais do que disposto a responder suas perguntas. Mas primeiro, eu vou fazer uma.

Caso houvesse uma chance de Zama gostar dele, caso gostasse dele, apesar do que ela sabia sobre ele, ela gostaria de saber primeiro as razões profissionais da presença dele ou preferia conhecê-lo? Zama ficou parada por um instante. Depois de pousar a bandeja, respondeu:

— *Indoba*, nestas circunstâncias, como em outras, seria difícil para mim trabalhar para você caso não o conhecesse.

Igazi enfatizou que ele não havia falado que lhe daria uma tarefa.

— Eu sei — aceitou a mulher —, mas por que você veio pessoalmente?

E, já que estavam falando disso, ela adoraria saber como ele tinha entrado. Ele riu:

— Você sabe a resposta. Se não sabe, tem uma ideia.

Igazi pediu desculpas por ter usado um método pouco cortês. Era um problema causado pelo hábito. No entanto, se fosse autorizado a vê-la outra vez, ele preferia proceder da mesma maneira. Não conseguia se imaginar se apresentando às sentinelas, revelando sua identidade, informando às pessoas quem esperava por ele.

— Por outro lado, você será avisada da minha visita, obviamente.

Zama serviu o suco de frutas, voltou para sua poltrona e assentiu. Pareceu pensativa por um instante. Negar a estranheza e o caráter preocupante da situação teria sido de uma inconsequência absurda. Mas não era assim que o destino escolhia operar, especialmente quando desejávamos alguma coisa? Sua existência lhe parecia vazia, ela queria fazer alguma coisa, mobilizar sua energia para um propósito específico, sentir-se ocupada. Embora fosse essencial que ela soubesse com quem estava lidando antes de se comprometer, Zama disse a si mesma que o *kalala* só podia ser movido por desígnios nobres. Ela não achava que as ações tomadas fossem sempre as mais amigáveis, nem que fossem guiadas pela moralidade comum. A ação era impura, como afirmavam alguns dentro da Aliança. Para ela, servir a família Ilunga era e continuava sendo uma maneira de participar da construção do Katiopa unificado. Criar o filho de um combatente, proteger as amantes de sua esposa, era tranquilizar o homem que devia dedicar sua força ao advento da unidade. Se tivesse sido necessário, Zama teria feito mais. Agora que um torpor ameaçava dominar seus dias, a vida talvez estivesse lhe oferecendo uma oportunidade. Ao reservar um tempo para o encontro — que, entre dois seres, poderia exigir uma duração indefinida —, não havia o risco de atrasar uma operação urgente? Ela quis garantir que isso não aconteceria. Daquela vez, foi Igazi que deu de ombros. Nada que preocupasse o Estado podia realmente ser adiado, especialmente na área da segurança pela qual ele era responsável. Ele tivera mesmo a intenção de solicitar a ajuda dela naquele sentido.

— Mas eu não gostaria de misturar tudo — explicou ele — nem apressar você.

A missão deveria, portanto, ser adiada. Só Zama lhe parecia capaz de realizá-la, era um assunto delicado.

A mulher não disse o que havia entendido através daquelas palavras: que sua posição a tornava indispensável porque ela morava na casa do *mokonzi*. Igazi não devia ter a intenção de mandá-la seguir alguém pelas ruas de Mbanza. Ela era capaz disso, prestaria o melhor serviço e ninguém suspeitaria dela por nada. Seu trabalho havia feito com que ela tivesse se acostumado a se misturar à decoração, a criar uma sombra onde não havia, a fazer de sua presença uma ausência. Misturando a necessidade dela de agir e seu ideal político, a curiosidade começou a torturá-la. Como retomar o assunto agora? Tinha sido ela que havia definido, sem qualquer constrangimento, a ordem de prioridade deles. Mudar de ideia teria a desvantagem de fazê-la parecer uma pessoa indecisa e pouco confiável. Zama examinou o terreno, procurando um caminho seguro para evitar os desvios em que poderia se perder. Pensando tê-lo encontrado, ela recorreu à língua de sinais da região sul do Continente, a da conversa com seu visitante desde o início. Seus gestos traçaram curvas no ar, *port de bras* de uma precisão elegante, um enunciado ao qual o silêncio dava um tom inconfundível:

— *Indoba*, vamos fazer o seguinte. Venha me ver por três noites seguidas, na hora do jantar.

Ele contaria sua história em todos os detalhes. Assim, Zama saberia tanto quanto ele que devia ter consultado sua ficha. A mulher sabia que o Estado tinha uma documentação exaustiva sobre todas as pessoas que, como ela, viviam em torno do *mokonzi*. Como ele não a havia convocado ao quartel da Segurança Interna, nem estabelecido um vínculo de subordinação que tornaria o seu pedido extravagante, ela se sentia no direito de fazê-lo. Depois daquelas três noites, Zama diria se queria saber o objetivo da missão.

Igazi não explicou que ele já havia passado algum tempo observando Zama, que lhe dedicara três fins de tarde e até uma noite durante as quais, caminhando por seu *ndabo*, tentara descobrir sobre sua personalidade. Ele tinha que trabalhar um pouco para conquistá-la. O homem levou o suco de graviola aos lábios, deliciou-se com o sabor levemente cítrico e pousou o copo. Numa casa comum, teria procurado a janela, a vista de uma área cuja imensidão podia ser incorporada com um simples olhar, de modo a se sentir um pouco livre. Mas, ali, a única abertura era a porta de correr que dava acesso ao terraço e que ele mal conseguia ver na escuridão. Apenas a cozinha estava iluminada, e dela vinha uma impressão luminosa, uma vaga ideia que absorvia o corredor entre os dois quartos. Como eles iam usar parte daquela primeira noite, Igazi preferia acender uma lâmpada, e recomendou isso. Por sorte, ele dormia pouco e não gostava de jantar. Sem pedir licença, os olhos fixos na mulher que esperava seduzir, Igazi mergulhou em sua lembrança mais antiga. Fazia muito tempo que não fazia aquilo, e talvez a missão fosse um completo fracasso, já que Zama não lhe prometera nada. Ele não sentiu vontade de comandar e apostou que exerceria um tipo de dominação completamente diferente se aquela mulher fosse destinada a ele. Quando começou a falar, Igazi não deu ouvidos às palavras que lhe vieram, concentrando-se mais nas que ele não podia dizer. Sua voz interior, sua intuição. O que ele ouviu o tranquilizou. Já fazia muito tempo que uma mulher não o atraía tanto, então ele não podia falhar. Por sua vez, Zama, que se mostrava cautelosa, acabou entreabrindo a porta mais do que deveria, expondo-se a ponto de não poder mais fechá-la.

Como combinado, ele foi até ela na hora do pôr do sol e do apaziguamento do calor extremo que, durante todo o dia, oprimia os habitantes da *kitenta*. Eles estavam na longa estação seca e, naquela região antes protegida do clima abafado, muitos acabavam suando. Os movimentos dos citadinos se tornavam mais lentos, todos saíam mais cedo de casa para não ter pressa, para não chegar ao trabalho ou à escola atordoados pelo calor. O *baburi* vivia cheio de passageiros, já que todos os outros meios de transporte exigiam um esforço que eles não podiam admitir. Assim que possível, os jardins eram invadidos e os vendedores de sorvete ganhavam uma fortuna. O final do dia convinha a Igazi. Zama e ele se sentaram no terraço, e ela serviu uma refeição para dois que ele aceitou de bom grado, apesar de não ter o costume de fazê-lo. Sabendo que ela cozinharia, ele se impôs um jejum cuja ruptura, bem-vinda, somava-se ao prazer que a companhia de Zama lhe proporcionava. Na manhã da segunda visita, ele pensara em Ilunga e entendera um pouco do que devia ter acontecido com ele. Aquele fenômeno que fazia com que os níveis de testosterona caíssem. Uma aparição na trilha do dever e da dedicação que lembrava que a vida também existia fora dali. Que a alma exigia uma parte de beleza, de leveza, e que aqueles momentos podiam ser vividos ao entardecer, enquanto eles contavam a história de uma existência tumultuada. Mas a mulher vermelha de Ilunga não tinha nada a ver com a rainha de Igazi. A Vermelha era uma força conturbada, uma deusa da desordem, e Zama era o exato contrário. Quanto mais ele olhava para ela, mais se convencia de que juntos os dois seriam uma réplica do casal original. Sim, seriam eles o casal que faria o Universo renascer. Os membros da Aliança tinham uma leitura esotérica segundo a qual o *mokonzi* e sua companheira deviam formar, para o Katiopa unificado, a representação mais perfeita das divindades primárias. Até ali, todos concordavam que aquele era o ponto fraco de Ilunga: a esposa inadequada. E ele escolhera errado outra vez. Errar duas vezes naquele sentido não era revelador? Igazi não sabia dizer exatamente o que era, mas uma ideia começava a se formar em sua mente. Ele não tentou esquecê-la e deixou que ela tomasse forma aos poucos.

Ele e Ilunga eram irmãos de armas, uma lealdade infalível os unia. Os dois viam algumas coisas de maneira diferente, mas um sabia o valor do outro e sua dedicação à grandeza do Katiopa. Ele não faria nada que fosse contra a lealdade que os membros da Aliança deviam uns aos outros. Sua ação devia, portanto, ser noturna, o que lhe permitiria manter as atuais atribuições, funções que nenhum outro ocuparia melhor do que ele. Igazi deixaria a luz do dia de bom grado para Ilunga. Zama e ele constituiriam uma arma secreta. Na hora certa, eles sem dúvida teriam que se apresentar às autoridades competentes, mas ainda havia tempo. Igazi se controlou, pôs fim àquelas especulações. O que importava agora era se livrar daquela mulher vermelha. Ilunga não daria ouvidos à razão naquele momento. Assim que a situação fosse esclarecida, eles conversariam. Se os membros da Aliança tivessem a mesma opinião sobre aquele assunto, o Conselho teria apenas que confirmar sua decisão. A vida do Estado se desenvolvia em vários níveis, e a reconquista das terras tinha sido um sucesso porque todas as dimensões haviam sido levadas em conta. Mais do que isso, eles se associaram, restabelecendo o equilíbrio das forças. Quando a Aliança, numa única noite, derrubara os últimos regimes da era colonial, o mundo ficara sem palavras. O Continente tinha sido objeto de tamanha operação que revertê-la parecia inimaginável. Claro, todos sabiam que a Aliança existia, mas era para eles uma organização um tanto estranha: um partido político aqui, uma simples associação com objetivos educacionais em outros lugares. O nome da Aliança só era conhecido por aqueles que faziam parte dela. A vitrine, seu nome mais folclórico, não chamava muita atenção. Nem mesmo quando ela havia se estabelecido em todos os lugares, na Terra Mãe e do Outro Lado. Em seu desprezo, os poderosos de antes tinham visto nela um resultado quando, aos olhos dos combatentes, ela era apenas o começo.

A batalha, a verdadeira, era a que eles estavam travando agora. Todas as outras, a guerra contra Mukwetu para assumir o controle da FM, a luta feroz contra os fanáticos adoradores da Lua, tinham sido apenas etapas. Igazi se lembrava daquela época, não sem orgulho. Enquanto a mídia tinha os olhos voltados para o que era descrito como uma desordem adicional no coração do Continente decididamente negro, eles haviam se aproveitado para aplicar, em outros territórios, alguns ataques direcionados, a fim de enfraquecer estruturas estrangeiras. Aqueles atos, não reivindicados — porque não fazia sentido conversar com aquelas pessoas nem respeitar suas regras —, tinham surpreendido as pessoas importantes daquele mundo. Elas estavam acostumadas a uma polidez extrema e singular: era preciso destruir apenas o próprio povo, matar uns aos outros, nunca tocar em ninguém que não fosse da família. Em muitos casos, os acontecimentos tinham se passado por acidentes. Quanta arrogância... Eram viciados nos próprios delírios, como em uma droga. Igazi se sentia orgulhoso por ter explodido sozinho uma embaixada. Tinha começado a trabalhar nela como assistente administrativo vários meses antes, tornara-se indispensável e decorara os horários, a programação de quem ali trabalhava. Quando o edifício virou cinzas, ele estava a milhares de quilômetros de distância, lutando com a guarda de Mukwetu. Não houvera vítimas, não daquela vez. Todos os homens da Aliança tinham sido encarregados de uma operação semelhante, executada em uma região específica do Continente. Elas tinham afetado as sedes das multinacionais, instituições diversas, os sinais exteriores do prestígio colonial ou neocolonial. Em uma daquelas ofensivas, Ilunga, Kabeya e ele tinham agido juntos. Naquela, eles haviam tirado vidas, em grande número. Não se tratava apenas de arriscar a vida por uma causa. Aquela possibilidade estava ao alcance da primeira pessoa iluminada que havia aparecido. Homens como eles sabiam que morrer de verdade era concordar em matar. Sujar a alma. O Katiopa merecia aquele sacrifício. Ainda hoje eles evitavam falar sobre aquilo, mas tal iniciativa se revelara decisiva para fazer as populações entenderem que a maré virava em sua direção. E quem tinha entendido havia se esforçado para manter o silêncio.

Igazi não via nenhum problema naquele *modus operandi* clandestino, no fato de não assumirem os atos praticados. A assimetria das forças presentes lhes impunha aquela tática. Tinha sido a tomada da FM que revelara o braço armado da Aliança. Seus guerreiros tinham se infiltrado nas tropas de Mukwetu, inclusive na guarda particular dele. Demorara um pouco, mas eles não eram estranhos à paciência. Depois que o líder da FM tinha sido derrotado, eles não o tinham matado, apenas deixado que ele se estabelecesse em seu vilarejo natal enquanto seus homens juravam lealdade aos recém-chegados. Nenhum deles havia se arrependido. Nem os outros chefes de Estado, que nunca o haviam reconhecido, nem as pessoas obrigadas por ele a viver um pesadelo a cada instante. Ele era louco, Igazi não o culpava. Muitas patologias mentais pairavam sobre os homens do Continente há muito tempo. Ser um deles se tornara até uma doença: durante séculos, eles tinham sido os únicos no mundo que a história havia privado de território por tanto tempo. Mukwetu tinha sido simplesmente dominado pela ânsia de recuperar aquele bem que não era material. E, uma vez que o obtivera, só conseguira se comportar como um homem faminto diante de uma montanha da comida mais saborosa. Suas principais obras, especialmente a construção da primeira linha de Mobembo, tinham sido realizadas sobre pilhas de cadáveres. Seu desejo de provar o valor das ciências do Continente o levara a gastar fortunas em experimentos extravagantes dos quais não sobrara muita coisa além dos cubos eletrificados que os aleijados de seu exército usavam. Eles eram seus homens aumentados. Por vezes, eram vistos em Mbanza, o busto acima da caixa metálica que alguns, por vaidade, cobriam com um tecido colorido. Como ainda lhe deviam muito, os líderes do Katiopa unificado tinham decidido pagar uma mesada a Mukwetu. Em sua residência vigiada, o homem se deixara envelhecer de repente. Diziam que ele havia criado um culto barroco cujos serviços eram realizados sob seu teto, o que não incomodava ninguém. Ele profetizava toda a sua embriaguez, parecendo não se lembrar de seus atos passados. Igazi sabia que o *mokonzi* o visitara algumas vezes. Daquele homem, ele não receberia nenhuma recomendação. No entanto, à sua maneira, ele encarnava a profundidade das feridas que eles queriam curar.

Igazi deixou aquelas lembranças se evaporarem para se concentrar outra vez em Zama. Foi ela quem o fez pensar em outro destino. Ou melhor, sem nem tocar nela, Zama lhe dava a sensação de poder assumir a vida que devia ter sido sua. Um elemento havia pesado na balança quando o Conselho se reunira para escolher o *mokonzi*. Os mais velhos haviam se juntado depois dos *mikalayi*, que não tinham conseguido escolher entre Ilunga e Igazi. Eles tinham se baseado em critérios ligados ao equilíbrio das forças, na vida íntima dos candidatos. Um deles tinha uma esposa, que, sim, era imperfeita, mas estava viva. Também tinham levado em consideração o fato de um dos dois não ter expressado o desejo de ocupar a função. Igazi não via aquilo com raiva, o título de *mokonzi* não era um troféu, e sim um fardo. Para assumi-lo da melhor maneira possível, talvez fosse necessário desejá-lo um pouco, o que não era o caso de Ilunga. Ele havia aceitado a função, guiado mais pelo dever do que pelo desejo. Igazi achava que os dois eram necessários. Zama ergueu uma das sobrancelhas ao vê-lo rir. Ela havia dito algo engraçado? Igazi respondeu que não, que era dele mesmo que ria, das divagações que sua mente fazia desde que os dois haviam se encontrado.

— Eu nem toquei em você ainda e você já está me deixando louco. E então, *Indlovokazi*, o que vamos fazer?

Zama voltou o olhar para baixo, perturbada não pelo motivo do desejo daquele homem, de quem ela já não duvidava muito, mas porque ele acabara de coroá-la com suas palavras. *Indlovokazi* significava "rainha" e ele pronunciara a palavra com uma naturalidade envolvente. Por um momento, ela ficou quase feliz por não ser capaz de pronunciar frases longas sem ter que amadurecê-las primeiro. Ela precisava se abrir àquele homem sem ir longe demais, sem se rebaixar. Não expor suas dúvidas, seus complexos, o incômodo que sentia ao se ver desejada. Ninguém a via, ela estava acostumada com isso. Zama cuidava muito bem de sua aparência quando ia trabalhar. Também fazia isso para receber Igazi, para que ele não voltasse a surpreendê-la com a roupa desleixada da primeira noite. Assim ficava decente, mais que isso, majestosa. Ela sabia vestir sua formidável estatura de maneira a impressionar mais pela altura do que pela gordura. Depois de passar uma hora naqueles conjuntos elegantes, ela habitava outra pele, se sentia à vontade nela. Mas, apesar de tudo, era apenas um disfarce, pois só revelava uma pequena parte de sua personalidade. A fleuma, a autoridade silenciosa. Ninguém sabia nem suspeitava da fragilidade, da gentileza, do coração de menina que batia sob as espessas camadas de carne. Tantas outras coisas. Ela só poderia ser amada por uma pessoa capaz de perceber aquilo. Não para que ela se entregasse àqueles aspectos de seu temperamento, mas para que se autorizasse a revelá-los. Queria que alguém, às vezes, ficasse feliz em segurar sua mão. Ela não inspirava isso. Seu corpo maciço saturava o espaço. Ela aprendera a gerar apenas uma sombra, a iluminá-la brevemente. Seu mutismo ajudava Zama a fazer com que sua presença fosse esquecida e até a desaparecer. Ela se mantinha no canto dos quartos, como uma estátua ali esquecida séculos antes. As pessoas só se lembravam dela quando era necessário. O único que se aproximara das diferentes facetas de seu ser tinha sido Tshibanda, que ela havia criado. Para o filho daquele que ainda não era o *mokonzi*, ela fizera travessuras, preparara *beignets*, lançara seu corpo em corridas intermináveis. Durante suas visitas, raras desde que ele havia entrado na universidade, ela às vezes voltava a ser aquela outra pessoa. Ele não via seu tamanho, não avaliava seu peso, fazia sinais rápidos para falar com ela, já que a língua era natural para ele.

Zama obviamente tinha pensado em Igazi, no que os dois podiam ser um para o outro. Ou ao menos havia tentado fazer isso com afinco. Será que gostava dele? Sim, mas aquilo não podia ser tudo. Mesmo naquele instante, para ela, ele era uma imagem a ser contemplada de longe. Ela não conseguia se ver entregando a ele sua carne amolecida, a flacidez de seus seios. Quase não tivera homens. O que havia acontecido com ela naquela área não era nada romântico e não devia ser contado a outros. Zama era uma daquelas jovens que os homens tomavam como que por descuido, antes de adormecer, depois que ela havia dado as costas para eles. Sob a tenda comum durante um passeio na floresta, depois de ter bebido um pouco. No quarto de estudante, em uma noite de tempestade, porque não podiam ir para casa e ela havia feito a besteira de abrir a porta, de ceder aos lamentos. Aquele havia esperado que ela adormecesse. Claro, ninguém guardava lembrança nenhuma do que havia acontecido. Ela era, de qualquer modo, aquela montanha em movimento que não podia falar. O encontro com Ilunga a tinha salvado de uma vida desinteressante. Ela cozinhava em um restaurante de bairro frequentado por ele e Kabeya, na região de KwaKangela. Simpáticos, eles participavam dos debates acalorados que davam ritmo à vida do lugar, aproveitando para divulgar pontos de vista inusitados, propor uma educação orgânica, até selvagem. O homem que ninguém sabia que um dia seria o *mokonzi* do Katiopa unificado havia notado sua discrição, sua pressa em sumir atrás do fogão assim que a garçonete levava os pratos. Ele começou a abordá-la, primeiro agradecendo assim que a refeição terminava. Depois, passara a levar os pratos vazios para ela e a entrar furtivamente na cozinha para conversar um pouco. A princípio incomodada, ela foi relaxando aos poucos, feliz por conhecer alguém que soubesse a língua de sinais. Uma noite, depois de seu turno, ele a havia esperado. Desde então, ela nunca mais o havia deixado. Tshibanda tinha apenas um mês na época. Era um recém-nascido gordinho e inquieto, a oitava maravilha do mundo. Seus pais eram recém-casados cujo amor não resistira ao seu nascimento. O casal morava longe da família Ilunga. A de Seshamani recusara a ajuda, já que a filha deles tinha sido considerada culpada pela aliança ruim. O clima entre os dois era gelado, a tal ponto que ela se perguntava como a criança tinha conseguido vir à luz. Seshamani sofria de depressão pós-parto e não fazia a menor questão de cuidar do filho, passando a maior parte do tempo se alongando e contraindo a região do períneo. Era essencial para ela assegurar que sua silhueta não guardasse vestígios da desventura, que o fato de ter sido dotada de um útero não tirasse sua individualidade, a liberdade a que queria se entregar, de ser mais do que uma mulher ou qualquer outra coisa, se necessário. Ela não havia nem olhado para Zama no primeiro dia, mas o longo suspiro que exalara ao apontar o berço do filho tinha sido muito explícito. Desde então, Zama os seguira sempre que Ilunga e a família se mudaram por conta da Aliança.

    Ela havia se tornado a governanta. Um membro da família, pessoa confiável, discreta, qualificada para cuidar de crianças, que amava literatura e sabia cozinhar. Era mais do que ela podia esperar. Tinha começado a praticar artes marciais e tiro com Tshibanda, mas não havia ousado andar a cavalo: a pobre criatura teria que rebocá-la, teria sido como uma tortura medieval no país *fulasi*. Ela havia viajado por todo o Continente nas férias em família e descoberto também o Outro Lado, a Ilha dos *Ingrisi* e os templos de Bhârat. A companhia deles a consolara um pouco pela morte da avó. Sem o amor e a determinação da velha, ela nunca teria posto os pés na escola. Será que ela a via de onde estava? Aos olhos da avó, Zama era uma criatura divina, uma beleza. Alguém que não teria a existência das pessoas comuns, mas sim um destino, daquelas histórias que eram passadas de geração em geração. Ela elogiava sua altura, seu traseiro proeminente, seus dentes bons e o tom marrom de sua pele. Os homens, porém, não tinham para as mulheres o olhar que as avós pousavam sobre as netas. Com o passar dos anos, ela havia entendido que os elogios eram usados para acabar com o desânimo e dar coragem à velha que cuidava sozinha de uma criança singular. Zama se lembrava do dia em que havia parado de se olhar no espelho. Antes disso, ela às vezes se achava magnífica quando não estava vestida. Então a adolescência recaíra sobre ela como um avião de carga no cume da montanha, fazendo sobressair seus seios e seus quadris, enfiando debaixo de seus braços um cheiro forte que alertava a todos da iminência de sua passagem. Os meninos, que sempre havia sido menores, tinham se reduzido ainda mais. Eles preferiam moças magras e falantes, não se importavam com o fato de algumas serem capazes de arrancar a cabeça deles com tapas nem de quererem conhecer o sabor de todos os seus amigos. Elas eram meninas. Mas ninguém sabia direito o que Zama podia ser. Suas boas notas a poupavam do declínio absoluto, mas ela exigia uma remuneração para fazer os deveres dos outros. Nunca havia permitido que tivessem pena dela.

Foi dela mesma que o desdém viera certa tarde, quando, sozinha em seu quarto, ela dançava sucessos da moda. Ao se deparar com o reflexo de seu corpo em movimento no espelho, ela fora atingida, literalmente, pelo contraste entre a criatura que ali se movia e seu ser interior. No fundo dela, Zama não se sentia daquela maneira, não era aquela pessoa, não queria mais se infligir aquela imagem. O momento tinha ficado impresso em sua memória. A imagem às vezes voltava a atacá-la de repente, como um criminoso que emerge da sombra para aplicar uma surra regular antes de desaparecer, levando consigo a serenidade. Ela sofria mais por aquilo do que por ter sido privada da fala. A voz de Igazi, mais gentil do que da primeira vez, repetiu então as palavras que a haviam emocionado:

— E então, *Indlovokazi*, o que vamos fazer?

Zama não soube o que responder. Ela não se ouviu dizendo as palavras que suas mãos traçaram no ar, uma reflexão sobre o fato de as mulheres de sua idade, para certos povos daquela região, serem consideradas homens. Ele soltou uma grande gargalhada.

— Bom, nesse caso, não há nada que você não possa me dizer.

Ele sabia a idade dela e achava que ela estava exagerando um pouco. Uma resposta simples à pergunta dele não iria ofendê-lo. Zama olhou no fundo dos olhos do homem e confidenciou o que não podia ser contado, sem omitir nenhum detalhe. Datas, horários, cores, cheiros. Os pensamentos, os sentimentos, a solidão, a dúvida.

O que ela não confessou não podia ser confessado. Curiosamente, era mais fácil divulgar informações íntimas do que confessar o constrangimento causado por uma pequena diferença de tamanho, pela ideia que tinha de um casal apresentável. Além disso, quando Igazi prometeu doçura e delicadeza, jurou que ela apenas teria que fazer um gesto para rejeitá-lo se não apreciasse alguma coisa, Zama não soube o que dizer para se opor a seu pedido. E isso foi bom para ela, porque naquela noite ela recebeu seu primeiro beijo de verdade e notou que as mãos de Igazi continham maravilhosamente as partes de seu corpo que acreditava serem imensuráveis. Ele também sabia pôr seus seios flácidos na boca, abrir as pernas dela com uma mão ágil, com a mesma facilidade que faria aquilo com galhos e arbustos baixos demais em uma floresta. E quando aquele homem enterrou a cabeça entre as coxas dela, Zama também aprendeu que o prazer tinha a força de certos ritmos que levavam os corpos mais rígidos a dançar. Ela não soube quando aconteceu, mas o sono tomou posse de seu ser como nunca antes. O dia já havia nascido há muitas horas quando ela abriu os olhos. Igazi tinha ido embora. Sozinha em seu quarto, Zama quis se ver no espelho, vestir uma roupa mais justa do que as que tinha no guarda-roupa, ser tocada novamente. O dia fluiria mais uma vez sem obrigações. Talvez Boya quisesse passar algum tempo na companhia dela. Ela encontraria um pretexto, uma desculpa para manter os traços de felicidade no rosto. O demônio da dúvida tentou se insinuar em sua mente, mas ela não o deixou ficar, descartando a possibilidade de que aquilo fosse uma armadilha de Igazi: de que quisesse fazer dela sua escrava sexual antes de pedir a ela algo perigoso. Ela o havia observado o bastante para não acreditar naquilo e pensava ter adivinhado o que ele esperava. Ela estava disposta a fazer aquilo. Não para garantir que ele voltasse a lhe dar prazer, mas porque seu compromisso com o Katiopa não estava em questão. O que ele queria era justo. Sim, Zama estava bastante disposta a relatar ao chefe da Segurança Interna o que ele queria saber sobre a companheira do *mokonzi*. Ela gravaria as palavras, descobriria os segredos. Quando questionava suas motivações profundas, a solidão que a fragilizara e a deixara à mercê do primeiro que se interessara por ela, Zama afastava aquelas ideias inoportunas. Aquilo não tinha nada a ver com a situação. A prova era a firmeza com que rejeitara o encarregado das Questões da Diáspora quando ele, que a havia convocado para decidir sobre o San Kura dos estudantes estrangeiros, tinha se permitido usar palavras e gestos inapropriados. Ela não havia sentido nenhuma vontade de receber em sua casa aquela mamba negra prepotente e cheia de maneirismos. Ela gostava de Igazi. Igazi era firme, ela compartilhava de seu ódio pelos Sinistrados, de sua desaprovação pela leviandade com que Boya os tratava. Como podia ter deixado um deles entrar no sedã do chefe de Estado? Zama gravaria as palavras, descobriria os segredos e se tornaria, se preciso fosse, confidente da mulher vermelha.

16.

Ilunga esperava a resposta de Boya. O que ela achava das imagens que tinham acabado de ver? A questão do amante não os ocupara por muito tempo. Ilunga se contentara em brincar com o assunto, dizendo que teria notado se o equipamento de Boya estivesse enferrujado. Como ela devia ter imaginado, os agentes responsáveis pela sua segurança não haviam deixado escapar nada. Enquanto ela cuidava da defesa do jovem sinistrado, eles haviam se aproximado, e um deles fez imagens da cena com um pequeno equipamento portátil.

— Não se preocupe — dissera Ilunga. — Suas atitudes e seus gestos não são filmados constantemente.

No entanto, a situação daquela noite e o número de desconhecidos envolvidos exigiam que eles pudessem fazer algumas investigações. Boya sabia agora que Kabongo tinha todos os motivos para estar estranho. Por outro lado, a razão da sua presença não havia sido elucidada.

— Na minha opinião — sussurrara Ilunga —, foi uma série de circunstâncias.

Na verdade, ninguém havia sido informado do desejo repentino que a amiga do *mokonzi* tivera de caminhar até o *Estrelas da Maafa*. No vídeo, era possível ver Kabongo sair do quiosque e andar em direção ao centro da esplanada. Seus passos eram lentos, seus olhos pareciam buscar os dos agressores. Foi somente depois de não conseguir estabelecer o primeiro contato visual com eles que ele falou. Ilunga imaginava que eles haviam combinado aquilo, sem entender o que um Sinistrado recém-saído da adolescência podia representar. Então, novas informações lhe foram trazidas. Primeiro, ele soubera que os agressores eram jovens recrutas da Segurança Interna. Ele não questionara seu *kalala*, preferindo pedir ajuda para Kabeya, a melhor pessoa para investigar os subterrâneos do Estado. Foi assim que aquela gravação, copiada do comunicador de Kabongo, chegara até ele. Boya admitiu que os comentários feitos pelo jovem lhe pareceram surpreendentes. Desde a agressão, a lembrança que tinha era de um ser indefeso cuja memória continuava parcialmente perdida. Ele havia acordado, mas qualquer vestígio dos acontecimentos que o levaram ao hospital tinha sido apagado. Os exames de sangue revelaram a presença de uma conhecida toxina dos *sangoma* antigos. Injetaram-lhe uma dose ínfima, mas o produto, obtido de uma casca ralada antes ser ingerida, tinha entrado diretamente no sangue. Ele poderia ter enlouquecido totalmente.

O filme que tinham acabado de ver mostrava Amaury Du Pluvinage algumas horas antes, sentado ao lado de seu pai em um terraço que Boya conhecia de vista. Ele ficava de frente para o de Charlotte, que dividia a casa com uma de suas filhas e sete ou oito de seus netos. Boya havia cumprimentado os habitantes da residência vizinha algumas vezes, mas nunca havia pisado do outro lado do gramado. Suas visitas eram discretas, em horários impostos pela matriarca, sempre escolhidos com cuidado. O que a surpreendeu foi o cinismo do jovem. Parecia muito diferente do menino que ela havia ajudado. Ela encontrou um homem elegante e orgulhoso, uma pessoa que não parecia ter nem um pouco de malícia. Aquela história não fazia sentido, mas o que mais ela podia pensar? Sua decepção foi imensa. Amaury não encarnaria, como ela esperava, a integração dos Sinistrados com a população local. Outra pessoa deveria desempenhar aquele papel, mas seria preciso esperar, e ela não sabia se encontraria alguém que tivesse as mesmas características. As coisas não estavam acontecendo como ela esperava. No entanto, ela continuava convencida de que os jovens sinistrados queriam se libertar dos grilhões identitários em que viviam sufocados. Havia muitos deles. Abandoná-los à sua sorte seria uma heresia. Amaury tinha mencionado um grupo que compartilhava seus objetivos e estava pronto para se dedicar àquele incrível projeto. Sem ele, o grupo pensaria duas vezes. Além disso, uma vez que a iniciativa havia sido descoberta, medidas adequadas seriam tomadas. Apesar do que parecia, a situação tinha se mantido igual: era preciso assimilar as novas gerações de Sinistrados, torná-los filhos do Katiopa, até a medula dos ossos. Não foi à toa que o pai Du Pluvinage fora cauteloso ao ouvir o plano.

Boya explicou seu ponto de vista. Ilunga ouviu pacientemente antes de responder. Sua vontade, mais do que nunca, era devolver aqueles estrangeiros ao território que haviam abandonado, obrigá-los a fazer isso, já que era necessário levar uma vida honrada ou morrer com dignidade, o que dava no mesmo. Se eles se tornassem adversários, inimigos declarados, ao menos poderiam demonstrar algum respeito por eles. Ele não sentia ódio daquelas pessoas. Mas os problemas de que sofriam não podiam ser incorporados pelo Katiopa e ele não ia tirar os filhos deles sob o pretexto de que queriam pertencem àquela terra, amá-la, protegê-la. Precisamente porque eram crianças, eles se adaptariam rapidamente ao novo ambiente. Quanto mais eles demoravam, mais complicada se tornava a tarefa. Bastaria que o Conselho fosse informado dos acontecimentos para que os sábios revissem sua posição e aceitassem a realização de um programa de expulsão. O Katiopa não tinha relações diplomáticas com o país *fulasi*, mas os Sinistrados proclamavam essa pertença em voz alta o suficiente para que ela não pudesse ser negada. E eles tinham documentos de identidade para atestar isso. Aquelas pessoas podiam, portanto, ser entregues a uma das representações de seu país no norte do Continente. Por mais generoso que fosse, o Katiopa não precisava abrigar o mundo inteiro. Como saíra dela para povoar o planeta, a humanidade não podia exigir que a Terra Mãe se tornasse o sepulcro onde todas as desolações seriam enterradas. Os Sinistrados não trabalhavam, não pagavam nenhum imposto. Um dispensário os acolhia quando eles se dispunham a ir até lá. Os cuidados dispensados a eles eram responsabilidade da comunidade, assim como para todos os necessitados.

Alguém bateu à porta do escritório, o que interrompeu Ilunga. Reconhecendo imediatamente o toque de Kabeya, ele saiu da cadeira para abrir a porta. Embora tivesse sido convidado a entrar na sala, seu irmão preferiu ficar na entrada. Era assim que agia na presença de Boya, uma demonstração discreta de consideração, especialmente quando tinha que descer até a ala feminina. Qualquer que pudesse ter sido o teor da conversa entre o *mokonzi* e ela, Kabeya via aquilo como um momento de intimidade e se sentia envergonhado por ter que incomodá-lo. Então ele esperava ser autorizado pela mulher vermelha a entrar no local, que ela dissesse:

— *Semeki ya mobali*, junte-se a nós.

Naquela tarde, mais do que em todas as outras, a polidez era justificada. O que ele tinha a dizer envolvia Boya. O homem avançou até o centro da sala, deixando a porta aberta atrás dele. Então, informou que duas jovens estavam na entrada da *nzela* pedindo para falar com a amiga do *mokonzi*. Aquelas haviam sido as palavras delas. Como não queriam cometer nenhuma indiscrição, as sentinelas haviam pedido que elas aguardassem. Normalmente elas as teriam mandado embora, mas a vida havia mudado muito na residência. Boya disse que não tinha nenhuma visita prevista e não sabia quem viria procurá-la ali além da modista. Ela havia passado a lista de suas possíveis convidadas e nunca recebia ninguém sem antes avisar a segurança. Kabeya respondeu que, segundo elas mesmas, as mulheres não haviam sido convidadas. Mas uma delas insistira em conversar com ela, dizendo que seu nome era Funeka. A mulher vermelha quis ver a pessoa em questão.

Kabeya não perdeu tempo para satisfazer seu desejo. Ele tinha acesso às câmeras de segurança da residência e estava equipado com uma tela. A mulher assentiu, era mesmo a Funeka que havia sido recentemente iniciada na Casa das Mulheres. Em voz baixa, como sempre, Kabeya indicou que havia investigado as duas mulheres. A que não havia se identificado era uma cantora cuja notoriedade vinha crescendo. Os três decidiram que ela não as encontraria dentro da residência. Foi marcado um ponto de encontro bastante próximo, um café pouco frequentado àquela hora, localizado a poucas estações do *baburi*. Quando chegou lá, Boya se arrependeu de ter ido sozinha ouvir o que elas contaram. Ela não tivera a presença de espírito de gravar a conversa, mas daria um jeito de confirmar as informações passadas. A luz deslumbrante da tarde já havia diminuído quando ela voltara a encontrar Ilunga. A questão era mais complexa do que parecia, mas ela insistiu em revelar todos os detalhes. Em primeiro lugar, Funeka e Mawena eram parentes próximas e não tinham segredos uma com a outra. A nova iniciada na Casa das Mulheres revelara, portanto, a identidade de sua instrutora. Quando certas coisas tinham acontecido, Mawena se lembrara daquele detalhe.

— Implorei à Funeka para que me trouxesse até você. Desculpe a minha audácia, mas não tenho outra alternativa.

Boya a deixara falar e ouvira com atenção. A artista tinha se juntado ao Grupo de Benkos havia pouco tempo, para viver em paz uma história de amor que sua família desaprovava. Esconder-se em Matuna não ajudaria sua carreira, mas ali ela se sentia protegida. Pelo menos até que achassem um lugar que pudesse acolher o casal. Mas não seria fácil, ninguém queria andar com os Sinistrados.

— O Amaury acha que meu status vai nos proteger, mas não tenho tanta certeza. Eu preferiria que a gente saísse do Continente...

Ela havia esboçado um gesto para ilustrar a fuga. O problema era que o rapaz havia desaparecido e ela não tinha mais notícias dele. Mas aquilo não fazia o estilo dele. Ele tinha ido à casa dos pais para pegar algumas de suas coisas e aproveitaria para falar com o pai.

— A gente não queria ter que brigar com todo mundo.

Amaury era que havia tido a ideia de fazer o pai acreditar que eles celebrariam um *casamento de fachada*. Mawena desconhecia até a existência do termo.

A mentira era enorme, ela reconhecia, mas Amaury achava que era a única maneira de convencer a família dele. Era impensável revelar que, por trás do seu grande projeto de infiltração, de posse de um pedaço do território, escondia-se o desejo de se misturar. Ele sentia que era do país, não sabia nada sobre o outro, não queria ir para nenhum outro lugar. Como outros jovens da sua idade, ele sofria com a distância que o separava da população local, por não poder frequentar as mesmas escolas, participar das mesmas festividades, curvar-se diante da memória dos mesmos heróis. Para Amaury, a raça não tinha importância. Ele se identificava de maneira espontânea com aqueles que, no Continente e no Outro Lado, tinham lutado por sua dignidade. Estava mais do lado da justiça do que do poder, e se definia apenas como um ser humano. O anúncio feito a seu pai seria, sem dúvida, pouco crível nesse sentido, uma vez que ele o tranquilizaria em relação à veneração que sempre dedicaria aos conquistadores ancestrais, à fé a que haviam renunciado por seus atos. No entanto, ele não vira outra solução para se libertar: dar a entender que a memória dos colonos seria salvaguardada, que eles se orgulhariam para sempre de seu trabalho civilizador, da bênção excepcional que tinham trazido a um mundo que então vivia sob o império do obscurantismo. O culto àqueles antepassados era praticado com tal fervor dentro da comunidade sinistrada que só uma ideia extravagante poderia combatê-lo.

A angústia torturava Mawena. A manobra devia ter dado errado e talvez os Du Pluvinage tivessem sequestrado o filho. Podiam ter imposto a ele um isolamento até que pudessem convencê-lo. Seu medo era nunca mais vê-lo.

— Como você o conheceu?

Boya fizera a pergunta que de repente lhe ocorrera. Era a primeira vez que aquele fato lhe saltava aos olhos, a ousadia que um Sinistrado tivera que demonstrar para namorar uma garota local. Baixando a cabeça, a jovem explicou que parte de sua família morava perto da comunidade *fulasi*.

Ela sempre ia até lá nas férias de verão. A família dela, ao contrário de outras, não tinha meios para viajar pelo Continente, ir visitar o Outro Lado. Por isso, seus irmãos e suas irmãs eram mandados para lá, para cerca de 20 quilômetros do centro da *kitenta*. Amaury e ela se conheciam desde a mudança dos Sinistrados para a localidade. Eles tinham se conhecido em um dia em que ela havia se aventurado para muito longe da casa, depois de discutir com os primos. Ele a havia levado de volta. Conhecia todas as estradas locais, mesmo quando não haviam sido formadas por um traço preciso e deviam sua existência apenas às antigas andanças dos habitantes. Combinaram de se encontrar logo depois. Curioso com tudo e atento ao que o cercava, ele já conhecia algumas palavras da língua local, que agora dominava com perfeição. A partir dali, ele não quisera mais se esconder. Ela estava certa de que ele a teria encontrado em Matuna, a menos que um imprevisto tivesse acontecido. Algo sério o suficiente para ela não receber nenhuma mensagem, nenhum recado.

A mulher vermelha perguntara por que ela a havia procurado. Àquela pergunta, a jovem deu uma resposta simples, formulada em tom de obviedade, como se toda a *kitenta* conhecesse suas pesquisas universitárias, suas entrevistas com os Sinistrados. Aquilo permitiria que ela fosse até os *fulasi* e, talvez, descobrisse o que tinha acontecido. Assentindo, Boya ficou em silêncio por um momento. Pelo menos ela não estava pedindo que a mulher vermelha usasse seus contatos no governo, o que teria sido embaraçoso, especialmente vindo de Funeka. Claro, ela não havia excluído a possibilidade de sua nova posição despertar esperanças, mesmo que inconscientes. Que os meios do Estado fossem usados para encontrar o garoto desaparecido. Que movessem céus e terra e arrancassem o garoto sequestrado de seus pais de cabeça tão pouco aberta. Boya entendeu. Em outras circunstâncias, sua emoção teria sido expressa de maneira enfática. O fogo interior que a animava não havia sido extinto, mas a vida ao lado de Ilunga lhe ensinava a temperança todos os dias. Os acontecimentos daquele período ainda trariam outras surpresas. Ninguém sabia ainda como aquele garoto tinha sido encontrado onde Kasanji e sua irmã o haviam descoberto. Não sabiam quem administrara o produto que o deixara em um estado que ninguém tinha pressa de comunicar à namorada dele. Por enquanto, haveria mais perguntas do que respostas a formular. Evocar a agressão não lhe pareceu a melhor ideia. Tomando as mãos de Mawena entre as suas, ela agradeceu à moça a confiança depositada. Sem prometer ir até a família Du Pluvinage para libertar Amaury de seus parentes — não havia necessidade de mentir —, ela chamou a garçonete e pediu a conta. Boya avisaria assim que tivesse notícias, entraria em contato com Funeka para fazê-lo.

Quando voltou à residência, Boya se sentiu mais à vontade. Já com uma ideia clara do que havia acontecido, ela se parabenizou por não ter se adiantado, por ter sabido ficar quieta. Acima de tudo, ela precisava saber a opinião de Ilunga sobre as revelações que lhe tinham sido feitas. Não sabia o que pensar. O vídeo que mostrava o pai e o filho Du Pluvinage era mais do que convincente. O jovem tinha lhe causado uma boa impressão na esplanada, depois de ser atacado. Ele não parecia capaz de atuar tanto... Se tinha mentido, fora ao pai ou a Mawena? Aquela foi a pergunta que Ilunga fez quando, depois de encontrá-lo no escritório, Boya relatou as palavras da jovem.

— *Mwasi* — disse —, vamos precisar de um pouco de tempo para desatar esse nó.

A proteção de Boya havia sido confiada a guardas que não obedeciam ao *kalala*, e sim a Kabeya. No entanto, Igazi também podia estar de olho nela. A única certeza que tinham era de que ordens haviam sido dadas a Kabongo, precisamente por causa da gravação copiada de seu comunicador. No entanto, Igazi não tivera pressa de falar com ele sobre isso. Ele fora vê-lo após sua visita ao Grupo de Benkos, mas, naquele caso, não havia comunicado nada. Nunca Ilunga tivera que deplorar a deslealdade de seu *kalala*. O respeito que tinham um pelo outro nunca havia sido afetado por suas divergências e, se críticas precisavam ser feitas, Igazi não hesitava em fazê-las. No entanto, algo o incomodava, mas ele não sabia dizer o quê. Boya assentiu. Era isso que ela estava sentindo também. As coisas estavam acontecendo rápido demais. A primeira decisão que deviam tomar naquelas circunstâncias era parar, não se deixar levar.

O que ela pensava do destino reservado aos Sinistrados não mudaria. Havia poucas chances de aquilo mudar, o assunto já lhe era familiar havia muito tempo. No entanto, ela preferia conter seu entusiasmo, dar a si mesma tempo para examinar o significado de tudo aquilo. Como costumava fazer quando se sentavam um de frente para o outro, Ilunga fez um sinal para que ela se aproximasse. Sua visita ao rei da Suazilândia o deixara cansado. O velho monarca tinha reiterado a chantagem da secessão. Mas, daquela vez, não queria apenas poder não fazer nada, ele esperava obter do Estado benefícios que não podiam ser concedidos a ele. Era, sem dúvida, uma questão de autoridade sobre seus súditos, de manter sua grandeza.

Normalmente o encarregado das Relações Internas era enviado com a missão de garantir a consolidação da união. Nas regiões em que a Aliança nomeara um *mikalayi* sem raízes locais porque tinha apenas seções sociais na região, certas pessoas acabavam por demonstrar irritação com a situação. Pouco numerosas, aquelas localidades muitas vezes tinham se juntado ao Katiopa unificado por lucidez. Tinha sido o caso do soberano da Suazilândia. Ilunga tivera que usar de toda a sua paciência para conversar com ele, para lembrar por que ele havia pedido para se juntar ao grande Estado. A união só trazia vantagens, já que seu reino, localizado no interior de uma das regiões mais importantes, vivia, de certo modo, cercado. Sozinha, a Suazilândia se tornaria uma pequena área sem litoral. Ele sempre poderia tentar negociar com os estrangeiros, mas isso se tornaria impossível. Para acessar seu território, seria necessário passar por outros, que não permitiriam isso. Pedir ajuda aos tribunais internacionais seria um esforço inútil, uma vez que aqueles organismos não gozavam de nenhuma autoridade ali. Além disso, como os suazi viviam tanto no reino como em territórios vizinhos, onde tinham se estabelecido havia várias décadas, aquilo privaria parte da sua população das suas terras ancestrais, o que seria uma contradição. Era por ser parte integrante do Katiopa unificado que a Suazilândia havia estendido sua influência e até mesmo sua superfície, se cada indivíduo fosse considerado parte do reino. O velho sabia de tudo aquilo. O que no fundo ele queria, sem que aquela exigência se baseasse em nada tangível, era conseguir instalar um centro industrial em seu território. Contudo, os mais importantes ficavam em regiões que tinham adquirido um know-how e um domínio de técnicas avançadas ao longo dos anos.

— Enfim — disse Ilunga —, vamos ver o que podemos oferecer a ele em outra área, mas tentaremos evitar exageros. A ideia ainda é não distribuir subornos para manter a coesão...

O homem suspirou, ele se encarregaria daqueles assuntos mais tarde. Por enquanto, o que ele queria era saber onde os dois iam passar a noite. Na casa de Boya ou na casa dele? Não tinha parado de pensar nela naqueles três dias que estivera fora. Eles tinham se falado muito pouco, e ele sentira falta dela. Passando os dedos pelas partes do crânio expostas pelo *amasunzu* de Ilunga, Boya respondeu que, por ela, tanto fazia. Não estava muito a fim de ir se deitar, tinha que pensar no que estava acontecendo. Mais do que isso, sentia a necessidade de reorientar as coisas, de captar a mensagem do tumulto emergente, porque apostava que outras surpresas estavam a caminho. Eles tinham que estar prontos para recebê-las. Ele não sentia aquilo também?

Ilunga assentiu, sim, claro, mas já havia decidido o que fazer. Como nenhum dos dois pretendia mudar sua opinião em relação aos Sinistrados, ele queria que Boya explicasse um meio de atingir dois objetivos, quando encontrasse um: primeiro, que a força do Katiopa não fosse enfraquecida pela presença de uma comunidade sofredora; depois, que a solução mais adequada para as crianças com que ela tanto se preocupava fosse aplicada. Em suma, a mulher tinha que dizer como eles poderiam garantir que os dois ficassem satisfeitos. Uma vez que eles agiriam respeitando o interesse do Estado, ela conseguiria conciliar os pontos de vista de ambos. Surpresa, Boya perguntou:

— Isso é um teste? Tenho a impressão de que você já tem uma ideia.

— Eu acho — retrucou Ilunga — que vamos voltar a ser confrontados com esse tipo de situação.

Para ele, a questão não era apenas política. Se fosse, ele não achava que seria necessário envolvê-la. Tinha bons assessores para isso. Porém, de uma maneira estranha, Boya estava ligada aos Sinistrados. A segunda vez que ele a havia visto, ela estava com eles. Seus trabalhos acadêmicos atuais falavam sobre eles. A visita a Matuna tinha sido feita para ajudar um deles. Enquanto estava andando pela cidade, tinha sido ela que havia socorrido um jovem sinistrado que não devia estar ali. E fora mais uma vez contatada quando ele havia sido descoberto na grama alta de uma estrada rural. Ela também devia ter notado tudo aquilo, aquela convergência de tantos caminhos Sinistrados para ela. E o que podiam dizer da família cujos membros não paravam de cruzar seu caminho? Ilunga podia facilmente imaginar a leitura que uma pessoa como seu *kalala*, por exemplo, faria daqueles elementos. Talvez ele, inclusive, tivesse tirado conclusões sobre isso, o que explicaria por que não o havia informado sobre o resultado da tocaia sobre o Sinistrado de boné. Igazi não o informaria imediatamente se tivesse sua companheira na mira. Ele ia querer, primeiro, ter provas irrefutáveis, que ele analisaria antes de anunciar imediatamente as medidas que deviam ser implementadas. Aquilo dava algum tempo a eles, mas, como ela sugerira, os dois não podiam se deixar abalar.

— Considere isso um aprendizado, um modo de ver como nossas energias funcionam juntas — concluiu ele.

Seria necessário que eles não precisassem mais conversar um com o outro para se entenderem, para que ela soubesse, mesmo na ausência dele, o que ele teria dito ou feito. Era o primeiro fosso que eles iam saltar. As dificuldades surgidas após o encontro de Boya e Seshamani tinham sido, como ele havia pensado, apenas uma pequena poça de lama. Agora mais pessoas seriam afetadas. A decisão tomada teria consequências para a sociedade. Ilunga se recostou na cadeira e abraçou Boya ainda mais.

— Mas não precisa ter pressa. Talvez a gente possa jantar. Estou com fome.

Ela não estava, para ser sincera.

A sequência de fatos que ele havia lembrado pouco antes não lhe parecia tão clara. Ela quase chegara a se perguntar o que a levara a escolher aquele entre os vários grupos sociais marginalizados. Tinha levado meses para se aproximar dos *fulasi*. Mas não havia desanimado em momento algum, muito pelo contrário. Como não ousava ir à comunidade sem ter sido convidada, Boya, que não acreditava em Cristo, tinha começado a frequentar assiduamente a igreja em que os Sinistrados rezavam. Tinha sido lá, na saída de uma missa, que a aparência distinta de Charlotte Du Pluvinage havia chamado sua atenção. Ela era a mais velha e sabia mais. Uma força que seus compatriotas pareciam ter perdido emanava dela. Todos demonstravam uma óbvia deferência a ela e se aproximavam da senhora como peregrinos perdidos durante a noite. Era com aquela mulher farol que ela precisava conversar, tinha imediatamente se convencido disso. Seu ar severo, o orgulho com o qual se enfeitava apesar de ser obrigada a usara a mesma calçada que os moradores locais, podiam ter afastado Boya. De qualquer modo, nada lhe havia feito pensar que, em um domingo aparentemente comum, a queda de uma menininha dos degraus da capela permitiria que ela se aproximasse da velha. Sem dúvida seria difícil repreendê-la, já que deviam ir embora na paz do Crucificado. A senhora havia agradecido gentilmente por Boya ter ajudado a pequena a se levantar, por ter acalmado suas lágrimas. A primeira missa a que haviam assistido, a das sete horas, tinha sido rezada por um sacerdote *fulasi* conhecido por ter se tropicalizado alegremente. O padre, que não partilhava nem compreendia a melancolia dos Sinistrados, era o único recurso deles. O povo que havia se estabelecido no Katiopa, trazendo sua fé sobre os ombros e em todos os outros lugares, não conseguira arrastar com ele um abade. Ele não teria a permissão de se reproduzir, mas talvez sua presença tivesse despertado vocações na comunidade. Só lhes restava aquele, que havia chegado ao Continente ainda jovem e com uma vocação definida: era a concretização da declaração conciliar *Nostra Aetate*. Eles sabiam que o capelão adorava as vigílias das aldeias e as reuniões dos círculos iniciáticos — um deles o havia inclusive acolhido em seu seio, depois de batizá-lo com um nome banto. Ele se sentia honrado e proclamava a todos a sua katiopianidade, o desejo de que seus restos mortais, quando chegasse o dia, fossem enterrados sob a terra vermelha dos arredores de Matuna. Era lá que sua existência acontecia em constante êxtase, uma espécie de bem-aventurança terrestre. Ele usava permanentemente um *odigba ifa* e uma cruz de ouro. O sol do Katiopa bronzeara sua pele e tostara suas palavras. As palavras do *fulasi* ondulavam em sua boca, imitando, com seu rodopiar, os quadris das lânguidas dançarinas que eletrificavam as noites de Mbanza. Quando terminava aquela primeira missa, ele descansava um pouco e se apresentava duas horas depois para rezar missa para um público mais colorido e animado, ao qual se dirigia em um idioma civilizado. O padre, que também saía pela porta principal da igreja, seguia em direção a elas quando a criança havia caído. Ágil apesar da idade, segurando com uma das mãos a barra de sua batina branca, sob a qual havia vestido um *kèmbè* vermelho — da cor do Espírito Santo —, ele se juntou a elas. Boya tinha levantado a menina, enxugado suas lágrimas, e se preparava para devolvê-la à sua bisavó. Talvez aquela tivesse sido a causa da atitude cordial da matriarca para com ela. Tinha sido assim que ela havia sido convidada para visitá-la. Como havia se permitido assistir à missa destinada aos Sinistrados e conhecia bem a língua *fulasi*, sua identidade a tornara objeto de especulações e, em seguida, de conclusões um tanto precipitadas.

Boya deixara as perguntas sobre sua ancestralidade no ar. Os Sinistrados queriam ver em sua tez a marca de uma mistura, a consequência de um ato certamente repreensível, mas que a elevava acima dos selvagens comuns. Ela não escondera nada sobre seus objetivos. Sua pesquisa, as entrevistas que lhe haviam sido concedidas, tinham sido vistas como um meio de ela conhecer a civilização superior que os *fulasi* haviam criado. Charlotte Du Pluvinage não ficara insatisfeita por ser ouvida. Recitar os versos de um poeta esquecido a enchia de felicidade. Ela se transformava, os braços erguidos no ar. Partia para outro lugar à medida que a escansão se elevava:

De que excesso de amor me fizeste presa!
Por que não me disse: "Infeliz princesa,
Onde vai se comprometer e qual é a sua esperança?
Não dê um coração que ficará apenas na lembrança."

Chegando ao final do verso, a velha abaixou a cabeça como se quisesse saudar a si mesma, prestando um esclarecimento necessário:
— Isso é *Berenice*, de Jean Racine. Com certeza você leu.

Boya assentiu, prometendo a si mesma que o leria para tentar entender o que despertava tamanha emoção naquela melodia monótona e trazia de volta ao sangue da velha a memória de seus antepassados. Falar sobre o país perdido, o país onde ela nunca havia posto os pés, dava-lhe uma alegria indescritível. Suas emoções dificilmente eram explosivas. Era no brilho repentinamente mais ardente de seus olhos que elas apareciam, em sua insistência para que ela pegasse mais um crepe, um pedaço de bolo inglês. Quando Boya chegava à casa dela, a mais velha dos Du Pluvinage e da comunidade sinistrada acordava de seu cochilo, a mente tranquila, a língua pronta para explodir. Ela se sentava em sua poltrona de estofado um pouco desgastado e pedia que um lanche fosse servido por uma de suas filhas, que em seguida a deixava. Para que o sol não bronzeasse sua pele, dando-lhe a aparência estrangeira ostentada por alguns, Charlotte Du Pluvinage nunca se sentava no terraço. As duas mulheres ficavam no *ndabo*, ao abrigo dos temidos raios de sol e dos olhares curiosos. Encontros quinzenais vinham acontecendo havia vários meses. Tempo suficiente havia passado para que suas visitas, quando notadas, não despertassem mais preocupação. Ela não via os adolescentes, jovens adultos como Amaury, e não conhecia todo mundo. Mas as crianças da casa e seus amiguinhos às vezes conversavam com ela, queriam brincar. Se tinham conseguido levar um grupo à Praça Mmanthatisi no dia do San Kura, é porque as duas haviam consolidado um relacionamento.

Não era uma amizade, mas a desconfiança havia se dissipado rapidamente. A cortesia prevalecia, e o desprezo da anciã pelo povo do Katiopa não era expresso com tanta veemência porque não era contestado por Boya. Ela fazia perguntas, retomava a conversa, tomando cuidado para não se contradizer. Era normal que *um anjo passasse*, segundo a expressão *fulasi* consagrada, quando a velha evocava as duas faces do Sinistro: a aniquilação identitária e a inversão de valores. Tinha sido diante daquelas calamidades que seu pai e outros haviam tido que capitular, abandonar a terra amada. Eles não haviam se rendido sem lutar, mas certas formas de violência tinham passado a repeli-los, e a ideia de ter que massacrar intrusos lhes dava pesadelos. Primeiro, eles haviam pensado em transformar sua dissidência em comunidades nas quais nasceriam os combatentes do futuro.

Eles gerariam cavaleiros de um novo tempo que, cingidos de suas raízes cristãs, armados com aquela civilização cuja grandeza outrora subjugara os humanos de oeste a leste, trariam a humanidade de volta ao caminho certo. Mas, como o príncipe daquele mundo tinha continuado a enfrentá-los, o projeto havia sido destruído. Do sul do Saara, a fertilidade das mulheres derramara sobre Pongo jovens determinados a residir no país. Antes que alguém notasse, eles haviam transplantado para o solo suas culturas, que tinham se associado à nascida no concreto das cidades periféricas e tornara o país *fulasi* um lugar infernal. A anciã dos Sinistrados tinha mais dificuldade de evocar o segundo pilar sobre o qual repousava a desgraça do seu povo, o ódio ao divino e ao próprio humano, o sacrifício da obra de seus pais no altar do capitalismo. Sobre aquele assunto, ela era evasiva, contentando-se em dizer que o peixe apodrecia pela cabeça. Então ela murmurava um verso tirado do Eclesiastes, sempre o mesmo:

— Ai de ti, ó terra, cujo rei é criança...

Algumas pessoas esclarecidas, cuja decrepitude limitava de certo modo suas ambições, tinham decidido ficar no país porque aquela era uma verdade irrefutável e multissecular. Outras, não vendo nada naquele destino de vestígio humano que pudesse ser usado para sua regeneração, fizeram uma escolha diferente. Tinha sido assim que o êxodo havia começado. Os Montes Urais tinham se tornado um farol naquela escuridão, e eles haviam seguido para o leste. Quando não se sentiam capazes de enfrentar o clima nem de forçar em seu ser as línguas um tanto abrasivas, optaram pelas possessões *fulasi* do Caribe, mas sobretudo pelo Katiopa, onde ninguém exigia reparação nenhuma. Aquilo já parecia absurdo, mas exatamente na época em que o Continente exportava suas forças vitais e em virtude das causas daquela hemorragia, ele era, para aqueles que se diziam vítimas de uma colonização migratória, o lugar mais hospitaleiro do mundo. A única salvação. E como tinham provado os pioneiros de Orânia, era possível fundar ali um Éden imaculado. Charlotte Du Pluvinage tinha chegado ao Katiopa na barriga de uma mãe grávida de seis meses, que descreveu o desembarque nos seguintes termos: "Estava chovendo como em Gravelotte, mas nossa chegada foi maravilhosa. As pessoas sabiam quem éramos e queriam nos agradar a todo custo. Elas conheciam seu lugar no mundo e reverenciavam o nosso. No carro que nos levou até a vila, pedi ao motorista que dirigisse mais devagar. As ruas ainda traziam os nomes dos nossos grandes oficiais, havia um monumento aos nossos falecidos ali, edifícios erguidos por nossos valentes anciãos. Foi emocionante. Nada havia sido destruído porque as pessoas daqui sabem, no fundo, que nossa ação foi positiva. Compartilhamos com eles a consciência de ser humano e as leis da higiene...". A velha Du Pluvinage tinha vivido os anos prósperos, a vida confortável, a escola *fulasi* no coração de bairros lindos, a deferência do povo, a dedicação dos empregados domésticos. Um tempo onde eles eram chamados de *mindele*, sem nenhum tom agressivo e em voz baixa, mas certamente não de *Sinistrados*. Sua amargura era ainda mais intensa que a dos mais jovens, incompreensível para as crianças de sua comunidade, que só conheciam as casas baixas tropicais que se encaravam, a maioria delas feita de tábuas, algumas de pedra. Os homens as haviam erguido com as próprias mãos, como seus ancestrais em campos antigos, lá no país perdido. Eles tinham trabalhado bem, e a concessão dos Sinistrados não dava nenhuma pena. Ela surpreendia pela fisionomia, mas também era possível notar o arranjo bem feito, o cuidado constante que conferia uma espécie de manutenção ao conjunto modesto. Um lavatório de concreto ladeava cada uma das casas. Varais marcavam aqui e ali o espaço, e o contorno dos jardins era muito claro.

Nas primeiras vezes em que tinha ido até lá, Boya havia filmado o lugar de fora, de um ângulo diferente em cada ocasião, chegando antes do horário marcado para fazer isso. Agora dizia a si mesma que a coincidência só existia para quem não sabia ou não queria ver. Havia entre os seres, entre os povos, laços por vezes incômodos, mas difíceis de romper. Seria esse o caso ali? A mulher vermelha não sentia que um fenômeno de reconhecimento havia sido gerado entre ela e a anciã dos Sinistrados. Boya não sentia nenhuma proximidade particular com aquele grupo. Por outro lado, a curiosidade do início dera lugar a um sentimento de responsabilidade, a um compromisso que ela não manifestava por outras pessoas desfavorecidas da sociedade.

— Eu acho — respondeu Ilunga, com um suspiro — que não vamos jantar tão cedo.

Ele não havia imaginado que ela fosse querer caminhar pelo *kubakisi* na noite de sua volta, mas essa era a mensagem que ele estava ouvindo em suas palavras. Ela queria pensar de maneira ativa. Não estava errada, era assim que era preciso agir. No entanto, ele queria relaxar um pouco. O soberano dos *suázis*, que conseguira fazê-lo ir até ele, se esforçara para atordoá-lo com desfiles, cantos e danças de seu povo. Aquilo havia levado um tempo interminável. Ele parecia ainda ouvir o barulho dos tambores.

— *Mobali makasi*, homem poderoso — disse a mulher brincando —, um passeio rápido não vai aumentar seu cansaço. Além disso, amanhã é dia de folga. A gente pode dormir até tarde antes de assistir à encenação da Turuban. Eu sei que você quer ir.

Selando os lábios dele com os dela, Boya o impediu de responder. Ela não se preocupava com o protocolo quando eles entravam na noite dele. Não queria se elevar acima da *kitenta*, se tornar a mesma estrela cadente, pousar subitamente os pés na terra seca, para depois penetrar do outro lado. Ela abraçava Ilunga, o mundo ao redor deles escurecia, e qualquer pessoa que entrasse no quarto os encontraria dormindo nos braços um do outro. Felizmente, ninguém tinha assistido àquele espetáculo ainda.

17.

Kabongo tinha acabado de retirar seu *bùbá*. Ia ao banheiro para deixá-lo no cesto de roupa suja quando recebeu a ordem de não dar mais nenhum passo. Como sempre, ele não tinha se preocupado em acender a luz. A escuridão o fazia relaxar após seus dias agitados. Agora, ela lhe trazia pouca satisfação. Kabongo não tinha encontrado o Sinistrado. Vivo ou morto, ninguém o havia visto. Ele o havia deixado propositadamente em uma área que as câmeras de Segurança Interna não cobriam, mesmo que parcialmente, como era o caso de alguns bairros da *kitenta*. Voltara para casa naquela noite se censurando por ainda não ter visitado os hospitais, mas outras tarefas o haviam ocupado. Seu chefe estava obviamente fora de si, a fiscalização que teria obrigado o indivíduo a deixar o território não tinha acontecido. O agente tirou essas preocupações da cabeça, tentou fixar sua atenção na voz que ele não conhecia. Era preciso audácia, mais do que segurança, para entrar em sua casa, esperar calmamente em seu quarto e ordenar que ele fizesse isso e aquilo. Ele não se mexeu, se interrogando mentalmente sobre o lugar que o desconhecido ocupava, sobre sua posição. Ele estava sentado ou de pé? Felizmente, Samory e Thulani, seus filhos, estavam na casa da mãe naquela noite. Ela os levaria no dia seguinte à Praça, onde o município organizava, todos os anos naquela época, uma reconstituição histórica. Os estudantes da *kitenta* tinham lugar de honra durante aquelas manifestações que atraíam um grande público. Naquele ano, a batalha de Kansala seria encenada, chamada de Turuban Kello pelos mandingas. Seus filhos haviam perdido o sono de tão animados com a proximidade do grande dia. Claro, ambos queriam estar do lado dos *gaabunke* e não do lado dos invasores *pulaar*, embora os últimos tivessem ganhado a guerra. Como ainda tinham idade para leituras românticas da história, eles se emocionavam com a resistência dos *gaabu* diante da irredutibilidade de seus vizinhos. Eles viajavam em sua imaginação para Kansala, a *kitenta* mítica do reino derrotado.

Kabongo conseguiu se concentrar. Já fazia quase dez anos que ele exercia sua profissão. Primeiro para a nação colonial da qual ele havia sido cidadão, apesar de tudo; depois na Segurança Interna do Katiopa unificado, que ele se sentia honrado em defender. Para ele, que não havia participado da *Chimurenga* de retomada de terras, o sucesso no trabalho era a única compensação válida. Aos 35 anos, tinha orgulho de nunca ter cometido erros, de tornar o contrário sua especialidade: antecipar as expectativas dos superiores. Tinha sido assim que um lugar especial lhe fora atribuído no círculo fechado dos homens de confiança do *kalala*. Obviamente, ele não o merecia mais. Mas o momento não era para lamentações, nem mesmo para perguntas. Ele esperou. O estranho pediu que ele se virasse lentamente, queria ver seu rosto. Quando se virou, Kabongo teve que parar. Apenas uma sombra se oferecia à sua visão. Ele não poderia ter descrito o homem sentado no banco próximo à janela. Dali, era possível ver bem a rua, a mercearia, a creche e as casas de bairro. Todos os detalhes eram interessantes para ele, que decorara tudo sobre os moradores do bairro, notava os acontecimentos de suas vidas, a passagem de rostos novos. A vigilância, e a escuta se necessário, tinha se tornado uma segunda natureza para ele. Mas aquilo não o havia ajudado muito nos últimos tempos, ele tinha que admitir. Kabongo manteve a calma, fixando a figura à sua frente, que ocupava sua poltrona favorita. Nenhum movimento brusco lhe escaparia.

— Eu não estou armado — declarou o estranho, um sorriso em sua voz. — Pelo menos, não da maneira que você imagina. Só vim falar com você, nada mais.

Kabongo só conseguia ver o brilho de um *iporiyana*, talvez usado sob uma longa *ibora* que escondia as laterais dele. Não conhecia ninguém que usasse aquele ornamento e, na verdade, tinha apenas uma vaga certeza sobre o que estava vendo. Acostumados à escuridão, seus olhos só conseguiam distinguir formas vagas.

Ele reprimiu a vontade de se aproximar do homem, preferindo manter uma distância suficiente entre eles para correr, se necessário. O homem à sua frente voltou a sorrir, explicando que Kabongo não teria a oportunidade de pular em seu pescoço. Ao contrário dele, ele tomava precauções antes agir.

— Vou direto ao ponto, o que vai nos poupar um tempo precioso. Você grampeou a esposa do *mokonzi*. Quantos de nós sabemos disso?

Kabongo se pegou respondendo aquela pergunta calmamente. As palavras escaparam de sua garganta sem que ele pudesse fazer nada. Ele pensava uma coisa, mas fazia o exato inverso. Duas entidades o habitavam, uma que queria se calar, e outra que tinha pressa de confessar não apenas o que lhe fora pedido, mas também todo o resto. Ele tinha sido dominado por um entorpecimento, paralisado em uma posição de atenção diante do inquisidor. O homem devia ter assentido porque seu *iporiyana* se moveu de maneira imperceptível, antes de brilhar intensamente. O magnetismo do ornamento imobilizou Kabongo e extraiu todas as informações dele. Ele indicou que seu comunicador estava no bolso direito de seu *kèmbè* e teve a impressão de ver apenas o peitoral luminoso se mover em sua direção. O desconhecido apreendeu o aparelho, dedicou certo tempo a excluir as gravações feitas e se perguntou como o grampo era controlado. Depois de garantir que Kabongo não tinha mais acesso às conversas telefônicas de Seshamani, se afastou, dando passos para trás. Olhou para ele por mais um instante e lhe alertou, por garantia:

— Vai ser a sua vida que vou tirar se a gente tiver que se ver de novo.

Kabongo se sentiu relaxar, o corpo se tornar esponjoso. Seus pensamentos giravam a toda velocidade, como se estivessem desconectados da carne dominada pela inércia. O desconhecido devia ter limpado seu computador e o comunicador da esposa do *mokonzi* seria substituído. Ele ainda não havia tido a oportunidade de explorar as informações recolhidas. Será que aquele plano valeria a pena? Quando Kabongo conseguiu se levantar, o visitante havia saído do local pela porta e seus passos ecoavam pela escada.

*

Boya e Ilunga caminhavam juntos por uma trilha de terra vermelha. O céu acima de suas cabeças parecia uma tempestade imóvel. O homem lembrou que eles tinham que ser rápidos. Ele não temia nada, mas a posição em que seus corpos haviam sido deixados não lhe parecia das melhores.

— Você precisa dominar um pouco melhor o processo.

Ela aprendia rápido e bem, mas pouco se importava com a segurança deles. Ninguém além de Kabeya entrava no escritório dele, *a priori*. Então o problema não era tão grave, aparentemente. A mulher vermelha afastou aquelas observações com um gesto indiferente, a mão desenhando suavemente um arco no ar, como se quisesse afugentar, sem sequer olhar, um inseto indesejável. Ilunga não se ofendeu. Ela sempre agia daquela maneira quando eles entravam no espaço do qual, por muito tempo, ela vira apenas os contornos, adivinhando-o através de sonhos ou intuições. Quando eles se aventuravam por lá, o ambiente a cativava. Apenas o fato de ter deixado seu corpo a preservava do transe, permitindo-lhe manter plena consciência do que estava vivendo. As conversas entre eles não eram proibidas, mas eram breves. Era na volta que conversavam mais detalhadamente sobre os ensinamentos recebidos. Ao contrário dele, Boya ainda não frequentava aquele lado da vida como fazia com o outro. Ela não dissera aquilo, mas ele sabia que apenas o encontro com sua mãe lhe permitiria fazer isso. Ela se sentia pronta e, daquela vez, os dois não se contentariam em se aproximar da porta da casa. Boya ia conhecer sua noite, as almas que a povoavam, aquelas que a acompanhavam na Terra desde o início dos tempos. Ela havia compreendido a natureza do lugar. Era propriedade da força feminina. Aqueles que viviam nela manifestavam aquela energia em sua existência carnal. Ilunga não sabia se teria permissão para cruzar a soleira com ela. Se esse não fosse o caso, ele seria paciente. Em volta deles, uma vegetação de algas marrons florescia, poríferas amarelas formavam pequenos arbustos aqui e ali. Não, nenhum ruído, e o próprio oceano, cuja massa os cobria, tinha escolhido o silêncio. Eles estavam sendo observados, ambos sentiam isso. Logo chegaram a rochas grandes e planas, dispostas numa encosta descendente. Na hora de subir aqueles degraus, Boya o pegou pela mão. O homem viu que ela arfava, mas a mulher vermelha não tremia. Olhando para o brilho laranja que iluminava a parte inferior da escada, ela o arrastou sem dizer uma palavra. Ilunga se perguntou se ela sentia como ele a aspereza macia da pedra sob as solas dos pés, o calor que de repente os rodeava. Um clima morno de fim de tarde, a hora carinhosa em que encontrávamos nossas mães após a escola, o momento feliz em que íamos armados com algumas moedas fazer a fila diante do vendedor de *beignets*. Quando chegaram ao fim da escada, havia uma fogueira acesa em meio a três pedras, uma lareira como as que havia nas cozinhas antigas. Uma mulher estava sentada ali. Eles a viam de costas, os cabelos trançados correndo em ondas sobre sua cabeça. Com a cintura envolta por um pano carmesim e o torso nu, ela cantarolava uma canção infantil. Suas mãos esboçavam gestos animados, mergulhando em algum lugar entre suas pernas antes de lançar sementes pouco visíveis. Outra mulher veio em sua direção e a encarou com um sorriso, pegou a cabaça presa entre os joelhos e apontou para os recém-chegados. A primeira não se mexeu, apenas assentiu:

— Eu vi nossa filha. Ela ainda não me cumprimentou.

A outra riu:

— Talvez porque ela também seja nossa mãe e seja nossa responsabilidade homenageá-la?

Colocando o recipiente no chão, ela ajudou a companheira a se levantar e depois fez com que ela se virasse.

Foi então que as duas mulheres, réplicas perfeitas uma da outra, se inclinaram ligeiramente. As chamas da lareira realçavam sua tez acobreada. Elas se apresentaram:

— Eu sou Inina. E eu, Inyemba. Bem-vinda ao seu lar, à casa que você nos deu.

Boya entendeu que, vários séculos antes, ela havia sido a menina que, por ter repetido constantemente os nomes das gêmeas desaparecidas, as chamara de volta à casa da família. Ela logo conheceria todas as identidades que havia assumido ao longo do tempo, as mais luminosas, as menos gloriosas. As ancestrais a beijaram, cercando-a antes de levá-la para o lugar de onde Inina tinha vindo. Foi Inyemba quem se lembrou de pedir a Ilunga para se sentar, alguém viria buscá-lo. As três desapareceram, deixando-o ali. Olhando com mais cuidado o que o cercava, o homem notou que estava em um pátio de aparência comum. Havia cabanas aninhadas na sombra, a certa distância dele, dispostas em arco ao redor do local. Havia, sem dúvida, outras, atrás delas, escondidas. Os membros mais importantes da comunidade deviam morar ali, protegidos dos olhos, e as casas do primeiro andar formavam um escudo. A guarda sempre ficava à frente de todos. Também podiam ser, como o que víamos entre os vivos, as casas de pessoas de posição inferior, embora a hierarquia não tivesse valor semelhante entre os espíritos. Não havia ali nenhuma condição servil da qual as gerações deviam preservar a memória, para que todos soubessem sempre o seu lugar nas assembleias. O objetivo era marcar a idade, a experiência, a quantidade de conhecimento acumulado. Também era possível escolher aquela posição, a de sentinela, vigia. Tudo aquilo era simbólico, uma maneira de os seres demonstrarem afeição. Fazer alguma coisa uns pelos outros. Era assim que acontecia em sua família. Ele estava ansioso para voltar a visitá-la com Boya, para mostrar o que ela não pudera ver, pessoas cuja vibração ela reconheceria. Seus rostos muitas vezes seriam diferentes daqueles exibidos na vida cotidiana, mas ela saberia. Ele não precisaria mais responder à pergunta que só surgia em silêncio. Respeitosa em relação a certos princípios, Boya tinha aceitado as circunstâncias, mas precisava compreendê-las. Fazer com que mente e coração ficassem em harmonia.

Nem um nem outro havia voltado a pronunciar o nome de Seshamani. Ele enfrentava sozinho os ataques da esposa, que, até então, tinha tido a elegância de não fazer um escândalo na casa dele. Por outro lado, ela não admitia a derrota e usava Tshibanda, o filho deles, para transmitir os seus protestos, habilmente formulados como se ela fosse uma vítima: tinha sido expulsa do dia para a noite porque Ilunga estava namorando alguém. O menino, que tinha sofrido com o moderado interesse que sua mãe tivera por ele, prontamente vestira o traje de justiceiro para defender a mulher desprezada. Sua situação não era trivial: sentira falta dela a vida inteira, apesar de ela estar ali, muito perto. Estava compensando os anos perdidos ao aceitar as reclamações dela. Nunca mãe e filho haviam conversado tanto. Agindo como pais tradicionais, eles não haviam explicado a ele suas dificuldades. As crianças não precisavam saber daquelas coisas, mas Tshibanda agora era um homem. Ele podia entender. Também instalada em Ikapa, Seshamani o via pouco, preferindo sair com a companheira quando ele ia à casa dela no fim de semana ou nas férias. O jovem havia chegado à idade em que nos consolamos rápido pela ausência dos pais, em que o espaço vago é facilmente ocupado por amigos. Tinha sido assim também para ele na época das viagens, tanto que a *villa*, propositadamente aninhada num enclave feminino, continuava sendo sobretudo o refúgio dos amores secretos de Seshamani. O filho deles não fazia ideia da relação que unia sua mãe e aquela que era, para ele, apenas uma amiga próxima. Ele provavelmente levaria um susto. Enfim, Ilunga preferia não acreditar demais em sua opinião, já que era a visão que um jovem podia ter do mundo hoje. Eles veriam. Ele tinha aprendido a manter a calma em todas as circunstâncias, especialmente quando não havia nada que pudesse fazer além de esperar. Sua atenção voltou ao ambiente em que estava. A depressão em que tinham entrado ao descer aqueles degraus de pedra parecia uma caverna. As paredes não eram visíveis, mas, como em outros lugares, havia limites, nas laterais e no fundo, e a abertura era o local por onde as mulheres haviam passado. A abóbada que os cobrira com sua impassibilidade tinha perdido a coloração tempestuosa, tomando ali o aspecto de um material acobreado. Contra todas as expectativas, aquilo acentuava a doçura do local, ele se sentia bem ali. Mas nada impedia que sua noite tivesse transcorrido de modo igualmente pacífico em outro contexto, diante de uma refeição. Ali ele não sentia fome, mas a ideia de ter sido atormentado por ela durante boa parte do dia persistia. O pensamento, ao contrário do verbo, continha um poder performativo do qual ele logo não poderia escapar. Ele se deixou levar pela contemplação, banindo de sua mente a preocupação que os Sinistrados estavam causando. O que explicava a constância de sua presença em torno de Boya seria em breve revelado, ele não duvidava. E, mesmo sem aquilo, eles ainda teriam que completar a jornada para conhecer as outras figuras dela mesma. Ela teria que conhecê-las outra vez, de maneira consciente e admitida, para assumir com tranquilidade o estado e a função de esposa do *mokonzi*. E aquela conversa também não havia acontecido, aquelas questões tinham que ser entendidas sem palavras.

O Conselho e a Assembleia de *mikalayi* tinham elogiado seus méritos, seu temperamento, mas também o haviam escolhido porque, dos dois candidatos, apenas ele tinha esposa. O *mokonzi* deve ter uma vida de homem, em todas as suas dimensões. O relacionamento dele era muito imperfeito, todos sabiam disso, mas a imagem apresentada às populações mantinha sua importância. As palavras de Ndabezitha, a integrante mais velha do Conselho, voltaram à sua mente. Não se privando de levantar a voz na grande *toguna* que acolhia as discussões anteriores à votação dos sábios, a anciã havia declarado:

— Filho, não é a sua intimidade que julgamos, porque você é pai. Se não fosse, teríamos de implementar o quadro tradicional de verificação das suas capacidades. Seu filho é parecido demais com você para insultá-lo assim. O que nos preocupa é a relação energética... A imagem do divino deve estar refletida no chefe de Estado. Talvez você devesse considerar uma segunda esposa? Você tem uma esposa, ninguém vai discordar. Mas a força masculina está presente demais nela. É por isso que ela não consegue conter essa inclinação que distancia vocês um do outro.

O que havia sido dito a ele naquela noite não era uma surpresa. Ilunga chegara àquela conclusão vários anos antes, quando, ao descobrir as almas que partilhavam sua origem, ele havia compreendido simultaneamente que todas eram de essência viril e que Seshamani era uma delas. Quando a conhecera, aqueles que deviam ter feito isso ainda não o tinham instruído sobre como ele devia escolher uma companheira: nunca alguém de dentro de sua comunidade, era assim desde os tempos imemoriais, e por bons motivos. Ele deu de ombros. Será que teria ouvido os mais velhos? Se não tinham falado com ele, era porque suas atividades dentro da Aliança pareciam monopolizá-lo. Ele quase não tinha outra vida, por assim dizer, e os próprios estudos eram vistos como parte de sua formação em nome da organização. Ninguém sabia o que ele se tornaria, quais seriam suas responsabilidades, mas todos achavam que ele teria um futuro brilhante. Foi quando ele se sentira mal em Bhârat, durante sua iniciação ao *kushti*, que seu erro lhe foi revelado. Entre a vida e a morte, segundo os médicos responsáveis pelo seu tratamento, ele havia encontrado o próprio povo pela primeira vez. Não era a hora dele, tinham dito. Isso e muitas outras coisas. Ele havia retornado ao seu corpo, voltado a seu país. Seshamani então carregava seu filho. Seshamani era o seu fardo, o erro que todos cometem um dia ou outro e que deixa rastros. Se ocorresse um rompimento, Ilunga não o causaria. Ele poderia ter feito isso muitas vezes, antes de sua elevação pelo Conselho e mesmo naquele momento.

Recusando-se a se curvar às leis metafísicas que regiam seu novo estatuto, Seshamani não o acompanhara ao santuário em que o *mokonzi* devia passar algumas semanas antes de tomar posse. Sua presença era obrigatória, alguns dos rituais mais importantes eram dirigidos ao casal. Sempre pé no chão e desconfiada dele, ela lhe dissera:

— Você acha mesmo que sou idiota. Vai me hipnotizar ou fazer qualquer outra coisa para me colocar de volta no caminho certo.

Mas fazia anos que ele não tentava mais tocar nela. Ele havia olhado para ela por um longo tempo, imaginando o quanto podia tê-la ferido no passado. Será que tinha alguma coisa a ver com o que causava tanta dor a ela? Ela mantivera os hábitos de sua família, a incapacidade de confessar, de resolver situações difíceis através de palavras. Em nenhum momento tinha mencionado uma separação. Passava a vida tentando provar que ele não era o dono dela. Era a prova mais profunda de apego de que ela era capaz, e ele a via como tal. Ela os libertaria um dia, se o bom senso finalmente fosse maior. Mas, para isso, seria necessário que ela se acalmasse e se aceitasse. Ele ficaria feliz com isso. Um lagarto de cabeça ruiva e corpo dourado passou por entre suas pernas. Algum espírito amotinado se divertia usando aquela forma. Talvez uma criança, uma alma jovem. Ele sabia disso, tudo ao seu redor era vivo e habitado. O lagarto se perdeu entre os galhos de um dos pequenos arbustos amarelos que ele e Boya tinham visto antes, revelando apenas sua cabeça entre dois galhos. Não havia sol para aproveitar o calor, mas também não havia lua, e ele supunha que aquelas criaturas apreciassem sua radiação mais temperada. Ilunga riu:

— Espírito — disse. — Eu não sei quem você é, mas você ainda não entende a outra vida e as leis dela...

Observando o lagarto, Ilunga achou que talvez fosse uma sentinela, alguém que tinha que estar ali para ficar de olho no estranho. Ou talvez quisessem que ele tivesse companhia. Todos o haviam visto chegar, vibrações negativas teriam sido percebidas. Ele não teria chegado ao lugar em que estava sentado.

Foi Inina ou Inyemba quem veio buscá-lo? A última a respirar o ar do mundo no dia do seu nascimento era a mais velha, segundo a tradição, mas eram tão parecidas quanto duas gotas d'água. Sem dizer nada, de rosto sério, a antepassada pediu que ele se aproximasse. Enquanto ele se levantava para se juntar a ela, a mulher olhou para os pés dele e acenou com a cabeça. Era preciso tirar os sapatos para pisar em solo sagrado, para se ligar à terra. Ilunga caminhou atrás da mulher, ao longo de uma *nzela* que atravessava o campo. As plantas que ali cresciam, ainda muito baixas, não se pareciam com nada do que ele conhecia, mas as culturas eram cuidadosamente mantidas. Uma obra do feminino. Ilunga teria entendido se a comunidade não lhe fosse apresentada naquela noite, apesar de não ser sua primeira visita. Na vez anterior, eles haviam parado antes de chegar à entrada do vilarejo. Como a emoção de Boya tinha sido muito forte, inúmeras visões a haviam atacado. No entanto, eles já haviam entrado na tempestade. Ele já não era completamente desconhecido. À medida que ele e sua guia avançavam, as casas ficavam mais visíveis. Tochas fixadas nas fachadas revelavam o ocre das paredes, a forma cônica de um grande *tengade* incrustado na terra. Algumas daquelas residências eram decoradas com frisos na parte inferior, um detalhe que o fez sorrir. Uma cabana, que podia ser um *kiobo*, caixa onde eram guardadas máscaras e objetos rituais, apareceu à direita, um pouco mais longe das casas. Ilunga se sentiu comovido com a ideia de estar exatamente ali, onde devia ter se apresentado, muitos anos antes, para pedir a mão de uma mulher. Aquela que o havia arrastado com ela, arrebatado, sem ter a menor ideia do que fazia. Enquanto caminhava atrás dela na zona abandonada de Mbanza, movido apenas por seu instinto, ele não tinha pensado em mais nada.

Ilunga imaginou um momento posterior não muito distante, em que as famílias caminhariam uma em direção à outra para entregar seus filhos.

Era quase infantil da parte dele querer misturar o romantismo e o sagrado. Parecia-lhe que estava cruzando apenas agora a fase da vida que geralmente se oferece aos jovens adultos. Para ele, era naquele momento, aos 45 anos. Se Boya tivesse passado por ele alguns anos antes, ele não a teria visto. Talvez aquilo tivesse acontecido. No final da *nzela*, a antepassada se virou para ele e o fez passar na frente dela. Havia outro lugar ali, onde mulheres, homens e crianças estavam reunidos, todos cercando Boya. Uma menina albina segurava sua mão esquerda e uma mulher de meia-idade havia pegado a direita. A criança correu em direção a ele, um largo sorriso nos lábios. Pousando os olhos na pequena, ele a achou conhecida, deixou-se arrastar em direção ao grupo.

Ao contrário da sua, em que as pessoas tinham uma pele bastante escura, a família de Boya exibia todas as cores do Katiopa. O tom acobreado marcava presença, e a matiz avermelhada das roupas femininas realçava o brilho. Não foi Boya quem se dirigiu a ele, mas a mulher mais velha que segurava a mão dela, a mãe que não havia visitado seus sonhos. Mas elas estavam ali, numa atitude não apenas serena, mas terna, acessando naquele lugar o que não havia ficado evidente em sua vida na Terra. Ir ao encontro das almas da sua linhagem era abolir o ressentimento. Assim que ultrapassavam o limiar da casa original, as emoções ligadas ao mundo material se desintegravam e davam lugar apenas à verdade. Boya não precisara questionar a mãe para entender seu silêncio, a dificuldade que tinha sido sua companhia do outro lado da vida. As duas mulheres sorriram quando a mais velha o cumprimentou:

— Bem-vindo, filho. Saudamos também aquela que te deu à luz. Podemos ver você e Boyadishi daqui, mas mal podíamos esperar para conhecer você de verdade.

Como as outras antepassadas do grupo, ela ostentava um *khat* sóbrio, sem bordados, cortado em tecido esvoaçante. O volume de seu cabelo sob aquele antigo chapéu a fazia parecer a rainha Tiyi. Ilunga se curvou, agradeceu, demonstrou seu prazer e gratidão em ser recebido ali. Seu olhar se fixou nos homens, cuja atitude ainda era modesta. Todos tinham se postado à esquerda de uma mulher e meio passo atrás dela, e alguns também traziam um *kalengula*, um escudo de madeira reconhecível pela máscara esculpida em seu centro. Era uma parte da guarda armada. De cabeça e torso nus, um *kèmbè* de tecido em tons de coral, eles traziam nos ombros um *ibora* vermelho-fogo cuja abertura revelava colares de contas de bronze. As mulheres usavam o mesmo, além de uma *idzila* cujas espirais circundavam seus antebraços. Eram elas que detinham a autoridade. Ilunga concluiu que aquilo era o correto, dada a natureza do lugar, o fato de ele estar colocado sob os auspícios do feminino.

Quando as saudações terminaram, o grupo partiu, deixando Boya e Ilunga no centro. De pé no espaço vazio, eles encararam aquela que devia ser a pessoa mais importante da comunidade. Sentada a poucos metros de distância, numa poltrona de encosto largo e arredondado que a cercava como uma auréola âmbar, ela pousara um mata-moscas nos joelhos. Do outro lado, havia um rabo de égua obtido a preço de ouro devido à sua raridade. Os longos cabelos ruivos distinguiam os indivíduos mais importantes. Com um gesto da mão, ela pediu que se aproximassem. Em volta do pescoço, um *menat* vermelho e dourado fazia as vezes de gola para o grande *bùbá* que a cobria do busto aos pés. Quando se aproximaram dela, ela olhou nos olhos de Ilunga, que a identificou em silêncio. Não ficara exatamente surpreso por encontrá-la ali. Talvez Boya tivesse ficado, já que ainda não havia descoberto quem, entre os vivos, pertencia àquela outra parte da sua existência. A idosa, cujo rosto era diferente ali, desamarrou o colar para entregá-lo à mulher vermelha. Mas, enquanto esboçava o gesto, ela examinava Ilunga em silêncio, com um olhar que parecia examinar cada etapa de sua jornada desde que sua alma havia deixado a matriz original da humanidade. Ela disse a ele:

— Eu saúdo você, homem. Meu nome é Mampuya, sou a mãe e o ar de todos aqui. Nada que envolva minha família me escapa. Especialmente quando se trata de Boyadishi. Também vi que você plantou duas palmeiras reais em seu jardim. Então você aprende com seus erros. No entanto, a mulher que você deseja deve ser elevada ao posto que lhe convém. Não conte com a nossa clemência se algo diferente acontecer.

Ilunga assentiu, aquela era a vontade dele também. A velha continuou, passando a mão pelos cabelos ruivos marcados por mechas grisalhas:

— Então você nos autoriza a defendê-la se ela for atacada.

Sem esperar pela resposta dele, ela acrescentou que Boya iria sozinha nas próximas três visitas. Ela agora sabia o que fazer. Elas estavam gratas por ele ter rompido as últimas barreiras que atrasavam a conclusão da educação da mulher vermelha. Naquela noite, Boya tinha recebido informações necessárias ao seu desenvolvimento, respostas às suas perguntas mais urgentes.

— Eu a batizei, várias gerações antes de seu nascimento. Ela agora sabe a origem de seu nome e os deveres que ele impõe para trazer o Universo de volta ao mundo. Voltem agora. Vamos nos ver de novo.

Ela ergueu os braços como se quisesse afugentar um enxame de gafanhotos.

Eles foram projetados para fora do céu tempestuoso, mal tiveram tempo de ver, abaixo deles, o oceano que margeava a *kitenta*, e abriram os olhos no escritório da mulher vermelha, do qual haviam saído rapidamente. Não falaram do vilarejo dos antepassados dela. Boya estava exausta. Seu corpo parecia pesado sobre o de Ilunga e ela lutava para manter as pálpebras abertas. Se fosse jantar naquela noite, seria sozinho. Ilunga não se incomodou. A última vez que ele havia esperado desfrutar de uma refeição preparada por ela, Boya, ocupada em seu trabalho, o tinha mandado passear:

— Está na hora de ir caçar. Até lá, devo ter terminado. Vamos grelhar o animal que você tiver matado.

Ele cozinhara um ovo, deixando a mulher vermelha corrigindo uma tarefa relacionada às *ahosi*, guerreiras do reino fon que haviam se tornado personagens míticos. O anacronismo e o estrangeirismo das concepções feministas que alguns aplicavam à análise daquelas figuras até no fim da Primeira *Chimurenga* estavam ultrapassados. Boya fizera com que seus alunos se concentrassem no caráter marginal daquelas mulheres. No fato de aquele batalhão não ter tido equivalente e ter sido composto por pessoas que não eram donas de si. Entrar em guerra nem sempre havia sido uma escolha, e sim, mais frequentemente, uma condição para a sua sobrevivência. Talvez fosse possível ver, em sua bravura e implacabilidade no combate, a expressão do desespero acuado em silêncio. Sobre elas, havia muitas histórias. Os alunos haviam tido que analisá-las, cruzá-las, tentar trazer à luz a verdade sobre aquelas musas. Seus perfis diferentes as tornavam excluídas. Segundo diziam, algumas haviam sido esposas indóceis de quem os homens se livravam mandando-as para a guerra, já que elas achavam que eram capazes de lutar. Outras, sabia-se, eram prisioneiras arrancadas de vizinhos vencidos. Outras ainda, afirmava-se, eram servas, virgens que dedicariam suas vidas e sua feminilidade ao serviço do soberano. Seu status de combatente as distanciava da vida quotidiana. Elas não eram abraçadas, não tinham filhos. As prerrogativas femininas dentro da comunidade eram tiradas delas. Para as *ahosi*, que não eram mais homens nem mulheres, viver era morrer. O que elas haviam ajudado a celebrar, ao longo dos tempos, quando o povo do Katiopa, no Continente e além, tentara inventar referências gloriosas para si mesmo? Outros tinham feito isso e fariam novamente. Os *fulasi* ilustravam maravilhosamente bem aquela característica comum aos grupos humanos feridos.

Naquela noite, depois de aceitar fazer um intervalo, Boya encontrara facilmente o caminho para a cozinha particular de Ilunga. Ela se sentara sem cerimônia e não desprezara a omelete proposta, apenas pedira que o seu companheiro adicionasse ao preparo rodelas finas de batata-doce. Ele a ouvira falar sobre aquelas ancestrais que não podiam ter a imagem manchada.

— Eu acho — dissera ela, enquanto enchia a boca — que homenageá-las é aceitar toda essa complexidade. A ideia do sofrimento.

Nenhum cemitério *ahosi* havia sido descoberto. E as pessoas que as valorizaram mais tarde não tinham erguido nenhum monumento em homenagem a elas.

— Isso é um pedido? — perguntara Ilunga.

A mulher vermelha sorriu. Explorar as margens da História a fascinava. Não, ela não estava pedindo nada. Cabia à comunidade em questão tomar uma decisão em relação à memória daquelas mulheres. Os *mikalayi* podiam receber aqueles pedidos. Ali, em seus braços, Boya tinha o ar angelical de uma menina vencida pelo cansaço depois de atormentar as pessoas próximas com brincadeiras tão barulhentas quanto animadas. Ilunga se levantou um pouco para suportar melhor seu peso e contemplá-la melhor também. Sentindo-o se mover, ela quase acordou. Ilunga aproveitou a oportunidade para pedir que ela se levantasse, o que ela fez, cambaleando um pouco. Quando estava de pé, teve energia suficiente para dizer:

— Você não vai acreditar, mas encontrei Kabongo entre os homens. O que usava o penteado dos *moran saburu*. Claro, não era o rosto dele, mas... Bem, você me entendeu. E vi que você reconheceu Mampuya.

Ilunga pegou Boya pela mão para conduzi-la até o quarto, onde a ajudou a se despir.

— Está falando do cara com argila seca no cabelo?

Era exatamente dele que ela estava falando. Ela percebeu que ele sabia exatamente como era o estilo de penteado que os *moran saburu* usavam. Ilunga respondeu que ela não podia se deitar depois de contar aquilo a ele. Ele ia preparar um café para ela imediatamente; uma conversa mais significativa era necessária. Boya protestou. Não só o *jebena buna* que Ilunga apreciava exigia toda uma cerimônia, mas também era forte demais.

Pensar nele já a deixava com palpitações. Ela não entendia o apreço dele por aquela bebida. O povo que criara a tradição tinha desdenhado claramente o Katiopa unificado e seus *negus* divinizados tinham se associado aos imperialistas estrangeiros. A mulher vermelha queria ter a chance de fechar os olhos ao final da discussão. Então ela se esforçaria para não adormecer imediatamente. Indo em direção ao closet, o homem voltou com um pano, entregou a ela e a chamou para se juntar a ele no terraço. Eles não iam ficar no quarto, onde, atraída pela cama, ela relaxaria. Ele caminhou na frente dela. Quando ela o encontrou, Ilunga lhe indicou a banqueta. Tinha se sentado em uma cadeira para poder encará-la. Enquanto ela se sentava, ele perguntou:

— E então?

Ilunga não queria saber detalhes sobre a visita de Boya aos espíritos de sua linhagem. No entanto, o que ela sabia sobre o fato de o homem chamado Kabongo fazer parte daquele grupo interessava a ele. Ele e a mulher que se apresentara com o nome de Mampuya. A mulher vermelha abriu um sorriso maroto ao ver aquele olhar de inquisidor que ele exibiu ao ouvi-la. Era assim que ela mesma agia com seus alunos. No entanto, eles não estavam exatamente naquele contexto. O que o preocupava não tinha muito a ver com a experiência que tinha acabado de ter. Para ela, ele queria saber se ela entendia as implicações no caso dele. Na verdade, o fato de ter encontrado clones de pessoas conhecidas no mundo dos vivos significava que o mesmo havia acontecido com Ilunga. Bem, ela não apenas havia entendido isso, mas também suspeitava que sua relutância em se separar da esposa podia ter aquilo como explicação. O respeito pelo compromisso assumido muito tempo antes, quando eram jovens sem cérebro, não era o único motivo. Ele não queria ferir uma alma irmã, mesmo que o vínculo entre eles não devesse ser amoroso naquela vida.

— Eu entendo a sua preocupação. Embora Kabongo não me tenha reconhecido, espero que nenhum mal aconteça a ele. Não é culpa dele termos entendido errado a história, interpretado mal o que nos trouxe um ao outro.

Assim como Seshamani, o agente não era um ser espiritual. Sua falta de conhecimento sobre aqueles assuntos o isolava de seu outro lado. Ilunga ouviu em silêncio, constatando que aquele primeiro mergulho em suas profundezas já tinha permitido que Boya fizesse avanços significativos. A mulher vermelha já estava preparada para aquilo havia muito tempo. Ele apenas a ajudara a abrir a porta para a qual já havia encontrado uma das chaves: o mar. Inclinando-se na direção dele, ela pegou suas mãos e concluiu:

— Achamos que ele estivesse em outro lugar e talvez não estivéssemos errados, mas, na minha opinião, o abismo a ultrapassar é este.

Era preciso encontrar a distância certa em relação àquelas pessoas. Seria mais fácil para ela. Para ele, a situação era diferente.

Ele estava certo em não repudiar a esposa. Cabia a Seshamani romper com ele. Sem saber, Boya já tinha feito sua parte do trabalho. O ciúme que a havia dominado tinha ajudado nisso. Ela agradeceu por ele ter aceitado seu pedido, não tinha sido seu gesto mais elegante. Lembrando-se daquele período, ela ficou um pouco tensa, ouviu no fundo dela o eco daqueles alertas. Tivera uma reação animal, contrária a seus valores. Ela teria preferido gostar daquela mulher, entender que Ilunga era apegado a ela. Eles não teriam precisado mais falar sobre aquilo nem evitar o assunto, como vinha acontecendo desde então. O que devia ser declarado seria declarado. Ela, inclusive, convidaria Tshibanda e a mãe dele para passar alguns dias na residência e acalmar a situação. Os quatro poderiam aproveitar para sair juntos. Ela faria o possível para não causar ainda mais tensão. E, se Seshamani não conseguisse aceitar a separação, eles lidariam com isso.

— *Mwasi*, acho que sua mente está mais aguçada do que nunca para quem está dormindo em pé...

Ilunga brincava quando ficava comovido. Aquilo fez a mulher vermelha rir. Sim, o cansaço tinha ido embora. Ela contaria mais tarde o que os espíritos lhe haviam ensinado.

— Você viu que Mampuya não estava feliz com nosso estilo de vida. Ela também não está nesta dimensão. Para ela, que me batizou antes do meu nascimento para que eu pudesse realizar o trabalho de Nana Buruku, a imagem da nossa relação não se adequa a esta aspiração. E nós concordamos com isso. Temos que provar que as aparências enganam...

E não era só isso. Enquanto estava sozinha com Mampuya, a mulher vermelha teve uma visão estranha. Tinha se visto entrar em um cômodo desconhecido da residência. Na pressa, não havia percebido a ausência de chão sob seus pés. Sem saber direito por que, olhou para baixo e uma mão poderosa a puxara para trás. Alguém cuja presença ela não tinha notado caíra em seu lugar.

— Tudo o que posso dizer é que era uma mulher.

Mampuya, que praticava pela filha um ritual de entrada na casa ancestral, vira aquilo como um anúncio de perigo iminente. Por esse motivo quisera avisar o homem. Como nada que viviam juntos corroborava com as preocupações da ancestral, Boya tentara argumentar, sugerira que as imagens podiam ter valor simbólico, que não deviam ser interpretadas literalmente. Mampuya balançara a cabeça. Da sua cabana, tudo o que tinha a ver com o outro lado aparecia de maneira concreta. Os espíritos não precisavam de metáforas, tinham acesso direto ao subtexto.

Enfim, eles conversariam sobre aquilo mais tarde. Se ele aceitasse, o mais importante era tomar uma decisão sobre os Sinistrados. Era sobre isso que estavam conversando quando ela sentiu a necessidade de sair, de ir até suas ancestrais em busca de respostas. Ela entendia a situação agora. O argumento de Ilunga era o certo, e ela era da mesma opinião. Era a maneira de resolver o problema que diferia. O Katiopa unificado não ganharia nada se abrigasse aquela população. No entanto, a expulsão de todos, sem aviso prévio, lhe parecia um erro.

— Você não pode planejar isso sem tentar falar com eles antes.

Era o que ela recomendava e que ainda não havia sido feito. Ninguém tivera a ideia de falar com a comunidade. Mas era o melhor modo de reconhecê-los e de fazê-los se confrontarem com suas responsabilidades. Afinal, as pessoas que tinham se estabelecido no Continente várias gerações antes haviam resolvido fazer isso porque se consideravam vítimas de uma expropriação territorial. O Katiopa não estava sendo ameaçado, mas os Sinistrados deviam entender muito bem que eles se recusariam a acolher no país uma população tão ardentemente refratária à assimilação. Seriam os primeiros a admitir que o status de refugiado identitário não deveria ser criado. Ilunga se recostou na cadeira, estreitou um pouco os olhos e esperou a surpresa. Achou que já havia entendido o que Boya tinha em mente, como pretendia lidar com aquele julgamento. Ia cortar a maçã ao meio com a espada, deixando que cada parte cuidasse de suas obrigações. Quando ela falou, ele perguntou:

— Por quê?

Convidando Ilunga a se sentar ao seu lado no banco, a mulher vermelha massageou suavemente o pescoço dele, demorando-se sobre as clavículas. A ameaça feita por Mampuya estava lá, ainda invisível a olho nu. Quando fosse revelada, apareceria sob a forma de uma tatuagem, um talismã incrustado em sua carne.

— Porque — explicou ela — nosso desafio é também fazer as pazes com a parte de nós que os *fulasi* representam. Vamos conseguir se agirmos sem ódio nem desprezo em relação a eles. Vamos dar a eles uma escolha. Entre duas opções claras.

Quando, através da voz de seu *mokonzi*, o Estado declarasse: *Ame o Katiopa ou deixe-o*, quando as provas aceitáveis de amor fossem explicadas, os Sinistrados teriam que tomar uma decisão. Surgiriam divergências, o que levaria rapidamente à divisão. Aquele não era o objetivo, mas seria útil para levar aqueles que quisessem a pedir sua integração, o que não aconteceria sem assimilação.

— Sugiro que você informe o Conselho disso. Os sábios não vão poder se opor a esta proposta.

Quando os anciãos estivessem do lado dele, Ilunga poderia fazer o anúncio sem consultar nenhuma outra instância. Eles não podiam perder tempo. O *kalala* tinha sido colocado em pé de guerra, eles sentiam isso. Ele não havia pedido a agressão contra um Sinistrado? Se não havia feito isso, as ordens dadas a seu agente tinham favorecido o acontecimento. Mas eles não podiam atacar a integridade física das pessoas, aquilo enfraqueceria o Estado. Sentado ao lado dela, que tinha se apoiado nele, Ilunga repetiu em voz baixa:

— Ame o Katiopa ou deixe-o.

Parecia bom e eles efetivamente tinham os meios para aplicar aquela política. Boya estava falando a verdade. O Conselho não poderia criar nenhuma objeção, nem a população, muito pelo contrário. Ele mesmo escreveria o discurso. Por lealdade aos irmãos da Aliança reunidos no governo, ele os informaria individualmente, evitando assim ter que programar longos debates. Como chefe do Estado, ele podia tomar tal decisão sozinho, já que os anciãos, que representavam os ancestrais, não se oporiam. Os irmãos ficariam surpresos, mas a maioria perceberia rapidamente a vantagem da medida. Ele ligaria para Igazi por último para que ele não tivesse liberdade para semear dúvidas entre outros. Ilunga suspirou de alívio:

— Do jeito que as coisas estão indo, logo você vai tomar o meu lugar. Só vou ter que executar suas decisões.

O homem sentiu que seu interesse pelo trabalho realizado à frente do Estado se renovava. Ele finalmente estava entrando nessa outra fase que ainda não havia conseguido explorar. Boya trazia o que faltava aos que o rodeavam, às próprias instituições, qualquer que fosse sua composição.

Era àquela força feminina que ele esperava se associar, àquela outra forma de resolver problemas, de lutar, de vencer. Os Sinistrados não poderiam reclamar que haviam sido rejeitados. Nem poderiam afirmar que o Katiopa unificado havia se recusado a incorporá-los. Seria o exato contrário. Aquele método seria muito mais formidável que tudo que o *kalala* podia ter imaginado. Relembrando um pedaço de sua caminhada noturna, Ilunga quis saber sobre a identidade da menina:

— Sabe, a menina albina que veio até mim.

Com uma casualidade que o deixou sem palavras, Boya respondeu:

— Lá, ela se chama Lusamba. Ela disse que nos escolheu para sermos seus pais. Mas, bom, *Mobali na ngai*, minhas órfãs já atendem meus desejos maternos e nós dois temos outras coisas a fazer...

Aliás, se a criança se apresentasse com aquela aparência, os detratores de Boya logo apontariam a aparência de Sinistrada nela. Pois ela não tinha nenhuma dúvida sobre isso: as flechas que ainda não tivessem sido apontadas seriam no momento em que o *mokonzi* fizesse a declaração aos estrangeiros vindos do país *fulasi*.

18.

Igazi se preparava para ir à casa de Zama, como passara a fazer duas noites em cada três. Ele não podia mais viver sem ela. Umdali havia massageado os lábios e o clitóris dela, tornando o sexo daquela mulher um lugar que o homem nunca se cansaria de explorar. Mas não era apenas seu corpo, o cheiro de sua pele e o abandono a que se entregava durante o amor lhe davam a impressão de estar vivo outra vez. De ter uma vida. Zama era a mulher ideal, aquela que sabia seguir os passos do homem. Quando ia explicar uma ideia, uma possível objeção, sempre fazia aquilo de um jeito tranquilo. Igazi achava que havia tocado seu coração. Tudo estava acontecendo de maneira rápida entre eles, mas, pela primeira vez, ele caminhava sem desconfiança por aquele caminho há muito abandonado. Grandes conquistas estavam ao seu alcance. Ele ainda não tinha falado com ela sobre o outro universo que eles habitariam, de onde seus poderes combinados governariam secretamente o Katiopa unificado. À luz do dia, Zama seria, para todos, apenas uma mulher portadora de uma deficiência, incapaz de representar o Estado. Na sombra cuja beleza ele lhe daria a conhecer, ela se descobriria outra, ouviria o som verdadeiro de sua voz, se veria como era por dentro. Aquilo não só lhe traria confiança, mas ela se sentiria legítima para exercer o poder que ele compartilharia com ela. A situação do *mokonzi* era problemática. Sua esposa não conseguia desempenhar o papel esperado, por mais que soubesse mentir muito bem e conseguisse enganar o povo. Sua parceria atual tinha apenas status de concubina e, quando eles se casassem, se aquilo acontecesse, não poderia tirar as prerrogativas da primeira esposa. Se não mudasse de opinião, Ilunga nunca deixaria Seshamani. Era um comportamento vulgar e egoísta demais para uma alma tão nobre. Por outro lado, ela não o abandonaria, já que havia se acostumado a viver seus amores não naturais sob as asas protetoras do marido. Igazi tinha espaço para constituir o que imaginava como uma espécie de governo paralelo. O caráter oculto da operação exigia que ele encontrasse uma designação mais apropriada para o projeto, mas sua concentração ia de Zama à comunicação pública do *mokonzi*, que seria transmitida dali a pouco. Ele só ficara sabendo sobre ela de manhã, e não fora o único. Ilunga havia telefonado para ele pessoalmente para perguntar sobre o monitoramento dos Sinistrados. Ele foi evasivo, disse que estavam avançando. Foi então que Ilunga explicou seu plano. Como o Conselho havia aprovado a manobra, ninguém podia fazer objeção nenhuma. Com isso, o *mokonzi* ia falar diretamente com os Sinistrados. Ignorando a cooperação que sempre havia prevalecido no seio do Aliança, Ilunga de algum modo apresentara a seus irmãos um fato consumado. Ele havia tomado o cuidado de ligar para cada um, mas a realidade era aquela: eles não tinham decidido aquilo juntos.

Ficara claro que as hostilidades haviam começado. Aquela maneira de proceder refletia uma perda de confiança no grupo — no que Igazi não acreditava muito — ou a influência prejudicial da Vermelha. Quem mais podia ter sugerido aquilo? Em relação àquela questão precisa, Ilunga e ele ainda não haviam precisado, até então, combinar suas opiniões. Os estrangeiros ainda não tinham sido forçados a deixar o território, não por causa das lacunas legais que ele havia detectado no sistema que governava sua presença, mas sobretudo devido à relutância dos sábios. Ilunga estava perdendo o norte, e aquela noção de orientação defeituosa tinha a marca da mulher. Era ela. A Vermelha. Igazi olhou a hora e tirou os fones de ouvido. Aumentou o volume da televisão, recostou-se na cadeira e não perdeu uma palavra do discurso. Podia ter assistido a tudo aquilo em um tablet ou mesmo em seu comunicador, mas queria contemplar o grande espetáculo. O incrível passo em falso do primeiro *mokonzi* do Katiopa unificado. Ele ouviu sem vacilar a proposta estranha, a escolha oferecida aos Sinistrados: a assimilação ou a partida. O tom havia sido firme e depois acolhedor, dependendo das palavras usadas. Ilunga expressara sua preocupação com a geração mais jovem, que devia se beneficiar de todas as facilidades oferecidas às crianças do Katiopa. Se era verdade que todos pertenciam à terra de sua infância, o Estado estaria disposto a reconhecê-los, a se encarregar deles, como fazia com os outros. Inclusive, sem desrespeitar a autoridade de seus pais. Eles fariam questão de ouvi-los, especialmente os adolescentes e jovens adultos que já haviam saído há muito tempo da infância. Os Sinistrados podiam dar sua resposta aos *mikalayi* que os governam. O Katiopa unificado estava estendendo a mão a eles. Eles fariam sua escolha com base na própria consciência.

A manobra era linda. Mas criava um problema ao permitir que aquela poluição humana se enraizasse no solo da Terra Mãe. O *mokonzi* não sabia o que as últimas tocaias tinham revelado, mas, precisamente, devia ter exigido um resultado antes de se expressar como acabara de fazer. A princípio, não havia urgência para fazer aquele convite. Depois de ouvir o filhote de víbora revelar seu plano de batalha, Igazi já imaginava como seus cúmplices usariam a oferta do *mokonzi* em benefício próprio. Eles fingiriam almejar a assimilação e iriam atrás do objetivo de recuperar um pedaço do território. Mesmo aqueles que não haviam pensado naquilo, já que a condição atual deles não permitia que nutrissem tal ambição, acabariam pensando. A nova tranquilidade, a fluidez das relações com as populações locais e a possibilidade de viajar por todo o Katiopa unificado lhes dariam ideias. Sua natureza profunda despertaria, mas seria tarde demais para recuperar o que havia sido tão generosamente concedido. Portanto, não era assim que era preciso agir com aquela raça de inteligência destrutiva. Igazi conhecia a história das populações. Conhecia bem demais para saber que ela era obra dos homens, de como se relacionavam com o que os rodeava. Os invernos rigorosos e a escassez não haviam causado os mesmos efeitos sobre todos, longe disso. Para se convencer disso, bastava analisar como os tripulantes do *Mayflr* tinham se conduzido com seus anfitriões, que também viviam em uma região de clima temperado. Os coitados não haviam sido selvagens o suficiente para acabar com os invasores. Havia, por assim dizer, diferentes humanidades. Era necessário se precaver a todo custo daquela, e ponto-final. O rosto do jovem sinistrado lhe veio à mente mais uma vez. Ele havia desaparecido. A agressão armada pelo agente Kabongo não tivera final feliz, a operação havia sido interrompida. A amiga vermelha do *mokonzi* aparecera do nada para ajudar o garoto. Ele soubera daquilo por um dos agentes recrutados para se fingir de agressor.

Da última vez que tinham visto o jovem, ele estava entrando em um sedã com placa reconhecível. Ele havia passado um sabão em Kabongo, que não dissera nada para se defender nem mencionara a chegada inesperada da mulher. Conhecendo seu agente, o *kalala* achava que ele estava procurando uma maneira de consertar as coisas e por isso ainda não havia apresentado seu relatório. Era tarde demais. Kabongo nunca tinha dado motivo para que ele reclamasse, até o momento em que ficara responsável por seduzir a mulher vermelha. Ela escapara dele para aparecer, do nada, no local de uma ofensiva planejada por ele. Era impensável que aquela encrenqueira tivesse chegado ao ponto de hospedar um Sinistrado na residência do chefe do Estado. Onde o havia deixado? Será que o colocara sob proteção da guarda pessoal do *mokonzi*? Não. Kabeya e seus homens tinham coisa melhor a fazer. E ele saberia se um intruso tivesse sido admitido dentro dos muros da residência. Eles voltariam a pegar o moleque, não havia dúvida disso. O problema, por outro lado, era a Vermelha. A Segurança Interna ainda a vigiava, mas suspeitava que Kabeya e o próprio Ilunga protegiam a mulher por meios pouco ortodoxos. Ela era vista, então desaparecia. Chegara a hora de explicar a Zama o motivo que o fizera espioná-la por três noites seguidas antes de falar com ela. Dado o rumo dos acontecimentos, medidas mais radicais seriam necessárias.

A conversa entre homens, entre irmãos, que ele havia imaginado ter com Ilunga, lhe parecia agora supérflua. O *mokonzi* havia deixado as coisas claras ao fazer o discurso aos Sinistrados. Era a primeira vez desde eles se conheciam que um dos membros mais eminentes da Aliança se tornava culpado por tais ações. Igazi tinha confiança de que conseguiria reunir um grupo que aprovaria sua decisão de eliminar a mulher que, por reinar no coração do *mokonzi*, lhe roubara a razão. As realizações de Ilunga, a maneira como conduzira os assuntos do Estado até ali não permitiriam uma deposição rápida nem a aplicação de sanções contra ele. Mas eles teriam menos escrúpulos em relação à sua concubina. Igazi sabia quem contatar quando chegasse a hora. Antes disso, seria necessário reunir provas para compor um dossiê contra ela. O fato de a mulher ter bancado a justiceira nas ruas da *kitenta* não seria suficiente para convencer ninguém. Ele encontraria algo para garantir a sentença dela. O caminho da Vermelha frequentemente cruzava o dos Sinistrados. Além das forças policiais encarregadas de fiscalizar os documentos deles, ninguém se aproximava da comunidade com tanta frequência. Ele a havia visto em Matuna, na companhia de um deles — que, como ele descobriu depois, era o pai do desaparecido. Ele então ficara sabendo que ela frequentava a comunidade *fulasi* e gravava entrevistas com eles. Era preciso obter aquelas gravações. Se não provassem que a mulher vermelha sabia de uma conspiração contra o Estado, elas ilustrariam o ódio que os estrangeiros nutriam pelo Katiopa. Disso, Igazi estava convencido. Ela era inimiga do Estado muito antes de entrar na vida daquele que havia sido escolhido.

Qualquer um que tivesse ouvido as propostas venenosas dos Sinistrados os teria denunciado à Segurança Interna. Não teria sido uma delação, mas um gesto de amor em relação ao país. A mulher vermelha não tinha feito nada a respeito. Ela continuara a coletar depoimentos e quem sabe o que mais. Mais uma vez, ele se perguntou onde o *mokonzi* havia conhecido aquela pessoa e por que sua visão estava prejudicada em relação a ela. Depois de cinco anos quase sem nuvens, o céu de repente se fechava. Quem teria imaginado que uma mulher obscureceria daquela maneira o novo dia que nascia? A simples existência dela provocava aquilo, porque ela não estava onde devia. Igazi não acreditava em coincidências. Aquilo tudo eram pistas, e ele havia entendido perfeitamente a mensagem. O homem se levantou. Pegando o controle remoto, desligou a televisão e saiu do escritório.

*

Kabongo abriu a porta. Seus filhos entraram em casa como uma praga que destrói a Criação. A reconstituição da batalha de Kansala não os privara de forças, e o dia prometia ser longo. Os dois não ficaram surpresos ao encontrá-lo ali, não perceberam que ele usava um velho abadá de *aso oke*, sua roupa preferida para dias ruins. Zanele, que os trouxera de volta, entendeu. Ela perguntou se ele estava bem, algo que não fazia desde a separação, quando passara a responder apenas com saudações frias. Ele não teve coragem de fingir alegria, respondeu que ia ficar tudo bem, que não estava muito a fim de falar sobre aquilo. Não era como se os dois trocassem confidências. Ela insistiu sem motivo aparente, ele não estava na melhor das formas, mas também não achava que estava agonizando. Ele não quis brigar mais, ela acabaria indo embora. A casa a fazia lembrar da vida deles juntos, ela não ia querer entrar. Deixando-a entrar pela porta, ele ofereceu um *kinkeliba* que tinha acabado de fazer. Na cozinha, de onde os gritos da guerra que continuavam entre o povo de Gaabu e de Peuhls os alcançavam, a menos que fosse de Kirina em busca do trono de Mandé, Kabongo entendeu o que sua ex-mulher estava fazendo ali. Com um pedaço da bunda apoiado na borda de um dos bancos altos que cercavam a mesa, Zanele não tinha dado nem um gole da bebida quando perguntou:

— Você acha que pode conseguir que a companheira do chefe de Estado fale comigo?

Boya ainda não tinha concedido entrevista à imprensa. Seria uma grande vitória para ela. Patrocinadores maiores podiam apoiar o programa que ela passara a apresentar em uma rádio digital. Kabongo achou a pergunta incongruente. Era óbvio que a amiga do chefe de Estado não convivia mais com seus antigos amantes e que suas entrevistas e discursos eram decididos pelos altos cargos. Quando ela quisesse falar com a mídia, eles saberiam. Enquanto dava aquela resposta pouco satisfatória, mas bem fundamentada em todos os sentidos, Kabongo teve uma ideia que o animou, devolveu suas forças, quase o fez sorrir.

— Não sei o que você queria perguntar a ela, mas talvez pudesse convidar a esposa dele? Acho que seria mais simples, e ela deve ter algo a dizer sobre a nova vida da família. Enfim, é você quem decide...

Ele engoliu o *kinkeliba* quente de uma vez, observando Zanele para ver se havia acertado o alvo. Na mosca.

Com os olhos fixos acima da xícara, como se observasse a oscilação de um pêndulo, Zanele pensava a toda velocidade. Ela já concatenava as perguntas venenosas, o que seria necessário perguntar para atrair mais ouvintes e anunciantes de melhor reputação. Ela nem tocou na infusão, apenas se levantou e se despediu. Zanele já estava à porta da casa quando se virou e fez a pergunta que ecoou na sala por vários minutos após sua saída:

— Falando nisso, você ouviu o discurso do *mokonzi*? Eu me pergunto o que deu nele para fazer aquela proposta aos Sinistrados. Ele disse a eles: "Ame o Katiopa ou deixe-o".

Toda Mbanza só falava daquilo. Convencido de que Zanele seria o instrumento de que precisava para trazer Seshamani para o jogo e semear a discórdia sob o teto do *mokonzi*, Kabongo foi para o escritório, onde pegou seu tablet. Não havia tocado no aparelho desde a noite anterior, mas uma energia positiva tinha voltado a fluir nele. Kabongo não havia sido iniciado em nenhum tipo de conhecimento oculto nem tinha um *iporiyana* de magnetismo paralisante, mas não se sentia desprovido de qualquer poder. A vontade de provar sua força o dominava. Era uma sensação agradável. Notícias apareceram, resumindo as palavras daquele que havia sido escolhido. Ele não podia admitir a derrota. O estranho que o visitara devia frequentar a casa de Ilunga. Além disso, ele não voltaria a espionar a esposa legítima imediatamente. Ela usava mensagens criptografadas, bem protegidas contra possíveis hackers. Inserir um microfone em seu comunicador era a maneira mais fácil de chegar nela, mas aquilo envolvia riscos que não deviam ser assumidos naquele momento. Para completar, ele já sabia o suficiente. Ela estava esperando uma oportunidade de se vingar por ter sido expulsa. Não resistiria à solicitação de Zanele, ele estava convencido disso. A esposa desprezada não hesitaria em violar o dever de manter a privacidade, com toda a elegância que uma pessoa da alta sociedade era capaz de fazer. Ela diria coisas como se não fosse sua intenção, faria insinuações fortes, esconderia a irritação sob camadas de senso de dever e abnegação. Claro, ela não falaria sobre seus amores secretos, sobre o nojo dos homens, sobre a maneira como ela o descobrira. O *mokonzi* não tinha a intenção de repudiá-la, como poderia ter feito dadas as circunstâncias. Certa disso, ela não pouparia esforços para expulsar a mulher que havia perturbado seu universo. Umas das tarefas que o *kalala* lhe dera seria assim realizada.

Boya não correria até ele para se consolar, mas ele também não desistiria dela. A mulher vermelha se mostrara bastante fria na esplanada, o que não o surpreendera muito. Os homens de sua guarda a cercavam. Em outro contexto, as coisas podiam ter sido diferentes. A prioridade era encontrar o jovem sinistrado que deveria ter sido detido sem identidade durante uma fiscalização trivial. Ao abandonar seu corpo desmaiado em um matagal, ele não tinha soado o alarme para indicar o lugar em que deviam procurá-lo. Aquilo deveria ter sido feito com toda a tranquilidade. Na manhã seguinte, eles teriam anunciado a prisão de um Sinistrado em mau estado e sem documentos. A notícia chegaria ao canal da Segurança Interna sem que ele tivesse que mover um dedo. Seu trabalho era feito nas sombras. Apesar do modo como os últimos acontecimentos tinham ocorrido, Kabongo queria provar que não tinha perdido seu talento. As crianças brincavam como se suas vidas dependessem daquilo, fazendo um barulho infernal. Estavam felizes, e o bom humor que ele recuperara o incitava a passar um tempo com elas. Sua irmã voltaria, como sempre, no início da noite. Então ele sairia para visitar todos os hospitais de Mbanza e dos arredores. A investigação seria cautelosa. Ele ficaria feliz, ia adorar despistar os homens que certamente tinham sido postos em seu encalço. Podiam levitar ou atravessar paredes — ele prometeu a si mesmo que escaparia deles. Se pudessem resolver os problemas do Estado com truques de prestidigitação, todos saberiam. Alguém o ameaçara de morte. Isso lhe dera energia, fizera sua força aumentar dez vezes. Kabongo sempre trabalhava melhor na presença de perigo.

O garoto estava vivo, ele não havia administrado uma dose letal de toxina. No máximo, ele ficaria com a cabeça zonza por alguns dias antes que a memória voltasse aos poucos. Ele então falaria, mas não seria capaz de descrever o homem que o havia atacado na estação. Se o indivíduo tivesse sido levado ao hospital por um transeunte que não fora capaz de conter sua solicitude, ele faria todo o possível para tirá-lo de lá. O *mokonzi* acabara de fazer uma proposta sem precedentes aos Sinistrados. Mas, para ele, nada havia mudado. Eles não tinham sido informados de que os fugitivos do país *fulasi* estavam autorizados a circular sem documentos. Era preciso respeitar a lei, que não sofreria modificações significativas por certo tempo — isso se sofresse. *Ame o Katiopa ou deixe-o.* Eles tinham elementos concretos para confirmar que o jovem Du Pluvinage não tinha aquela terra no coração.

19.

Boya fechou o comunicador e deu alguns passos em direção à pequena janela de seu escritório no campus da universidade. A comunidade sinistrada não sabia de nenhum desaparecimento nem imaginava quem podia ser o jovem internado no Hospital Mukwege. Eles haviam falado com as famílias e não, ninguém sabia quem podia ser. Aquelas tinham sido as palavras da anciã dos *fulasi*. Logo, ninguém iria até o hospital. A mulher vermelha não sabia direito o que fazer. Será que devia revelar o que sabia? Convencida de que ele estava em Matuna, a família não procurava o filho. Ela hesitara em pedir que fossem colocados homens à porta do quarto, mas Kabeya não havia esperado um pedido. Depois de descobrir a gravação que o *kalala* não mencionara a ninguém, ele enviara dois dos guardas que seguiam suas ordens até o hospital. Os oficiais haviam sido instruídos a não serem notados. Era melhor não incitar multidões. Aquilo era bom para ela, tinha que pensar no assunto. O sacerdote dos Sinistrados havia traduzido a mensagem do *mokonzi*. Ao que parecia, eles estavam desolados. A proposta de Ilunga não seria nem discutida, não haveria negociação possível. Os *fulasi* haviam percebido que o Katiopa unificado não precisava deles. Seria difícil se impor, a menos que aceitassem a assimilação que os faria perder a identidade, no fim das contas. Eles teriam que aceitar a sociedade que os recebera e se misturar sem causar escândalos, ou fazer as malas. Os mais radicais acabariam partindo em busca de restos do país perdido. Aqueles que não quisessem voltar de jeito nenhum provavelmente partiriam para os Montes Urais, rumo a terras onde seu orgulho racial poderia ser manifestado. A marcha em direção ao leste lhes permitiria descobrir países preservados por não terem desejado se apropriar do mundo. A diversidade da humanidade tinha, sobretudo, entrado nas casas daqueles que, um dia, haviam considerado oportuno atacar países mais distantes. E eles haviam tomado aquelas terras desconhecidas. Era algo viril e razoável. Era preciso ter a decência de impedir uma sedimentação da selvageria, da ignorância, da incapacidade. Mas aquelas regiões do globo eram povoadas, sua principal característica era essa. Elas não haviam parado de fornecer provas disso ao longo dos tempos.

No Katiopa, sobretudo, tinha sido possível observar a teimosia das populações em conceber novas gerações, em fazê-las nascer sem trégua, apesar dos mil rostos entregues à morte para fazê-los se cansarem de existirem. Eles tinham morrido com mais frequência do que haviam nascido, do seu jeito sempre espetacular, mas não tinham sido destruídos. Havia uma tecnologia da qual apenas eles conheciam o segredo, uma capacidade frenética de mandar que todos se fodessem, de fazer ouvidos moucos às injunções dos seus irmãos humanos, assustados com aquela proliferação. O corpo deles havia se tornado a arma mais formidável que existia, indispensável ao trabalho dos outros, hostil à sua hegemonia por seu simples poder de vida. As guerras bacteriológicas tinham falhado com o passar do tempo, com a invasão das fronteiras com ou sem permissão. Tinha ficado claro que aquelas pessoas sempre existiram, que nunca estariam sem eles em lugar nenhum, porque eles haviam descoberto seu talento na vida: o de nascer incansavelmente. Muitos tinham pensado que era o ritmo, a dança, o riso, e sem dúvida tinham certa razão. Tudo aquilo gerava aquela habilidade inata, contribuía para aperfeiçoá-la, favorecia sua recorrência: cadência, ondulações e retificações, plenitude posterior após o derramamento de fluidos, aquelas etapas se ordenavam para criar uma maneira de existir. O século anterior havia chegado à metade quando, confirmando as palavras dos oráculos, uma multidão deixara a Terra Mãe para se estabelecer em Pongo, levando um colorido mais intenso às antigas potências coloniais. Aquelas massas tinham representado apenas uma pequena porcentagem de viajantes do Katiopa, daqueles sonhadores ávidos por descobertas. Mas tinha sido o suficiente para transformar o universo dos poderosos. Agora a comunidade *fulasi* residente no Katiopa unificado devia decidir seu destino. Ela não podia se beneficiar da terrível metamorfose do seu país para não voltar para lá.

Debates acalorados deviam estar ocorrendo naquele momento. Boya se perguntou o que a sra. Du Pluvinage decidiria. Ela havia passado da idade das grandes viagens. Para os jovens da comunidade, aqueles que haviam ficado encantados ao participarem das festividades do San Kura, a declaração do *mokonzi* continha promessas de plenitude. Será que ousariam enfrentar os pais? Esses últimos provavelmente também não chegariam facilmente a uma conclusão. Era preciso esperar. Logo o *mikalayi* deles ouviria cada um. Boya não se preocupava muito com o plano talvez projetado pelo jovem Amaury. Se tinha exposto o que realmente pensava, se era verdade que outros de sua geração o seguiriam de bom grado naquela aventura, as cartas tinham acabado de ser embaralhadas. Alguns dos Sinistrados escolheriam partir, outros se submeteriam à perda de identidade. A única dúvida era quantos fariam o quê. A mulher vermelha imaginou a festa do San Kura seguinte. Seria possível receber na residência alguns jovens sinistrados que teriam se tornado filhos do Katiopa. E também criar um programa de integração, de promoção da diversidade social para pôr fim à vida comunitária dos Sinistrados. Mais tarde, ela faria uma lista de medidas a serem tomadas. Por enquanto, queria saber que clima reinava nas casas da comunidade. Decidiu fazer uma visita a Charlotte para lhe mostrar uma foto do desconhecido que estava sendo tratado no Hospital Mukwege. Se reconhecesse o sobrinho-neto, a velha o levaria de volta para perto da família. Mas, primeiro, seria prudente saber mais sobre o jovem. Será que se lembraria da agressão e de suas consequências? Saberia dizer o que havia acontecido com ele depois que o haviam deixado na estação? Boya não temia nada. Seria fácil explicar seu silêncio. Se ele tivesse recuperado a memória, ela simplesmente diria:

— Eu não queria falar sobre tudo isso com sua tia-avó. Você mesmo pode contar a ela.

O jovem não teria nada de negativo a dizer. Ela o havia socorrido, acompanhado até a estação para que ele não perdesse o trem. Diria o mesmo a Mawena. Aquilo partira seu coração, mas ela havia se recusado a deixá-la preocupada, já que ainda não sabia se o namorado se recuperaria da estranha doença que o acometera. Depois de ficar tão preocupada, Mawena não ia aguentar enfrentar a amnésia de Amaury. Tudo aquilo era verdade. Mais tranquila, a mulher vermelha se sentou à mesa para examinar os projetos de pesquisa que haviam sido apresentados. Os alunos tinham que escolher temas e obter a validação dela. Alguns, que não estavam matriculados em seus cursos, ainda assim queriam ser orientados por ela. Em teoria, era possível, mas ela preferia evitar brigas com colegas, o espírito de competição que não devia existir dentro do Katiopa unificado. Às vezes aqueles jovens eram encaminhados a ela pelos professores, uma situação mais confortável quando o assunto lhe interessava. Era o caso do trabalho que tinha nas mãos, mas ele não estava acompanhado por nenhuma carta de recomendação. Portanto, era uma inciativa espontânea. Uma jovem se propunha a responder à pergunta: *O que ganhou o nome de Hiperbórea?* Boya ergueu uma das sobrancelhas ao ler o título. A partir de documentos de natureza diversa, que cobriam parte do século passado até o período contemporâneo, a aluna queria questionar as patologias identitárias de certas populações de Pongo. Na verdade, era fácil observar, sobretudo entre os *fulasi*, um desejo de regressar às suas fontes, de se reconectar com seus antepassados pagãos. Aquela abordagem, cujo início coincidira com o período do Sinistro e do que eles viam como uma colonização migratória, os havia levado a reverenciar Hiperbórea. Tinha sido, afirmavam eles, daquele território mítico que seus ancestrais haviam vindo, e o Katiopa não era o berço de sua humanidade loura. Boya pulou alguns parágrafos para examinar o plano proposto. Não era ruim. Talvez estivesse faltando alguma coisa, mas era por isso que os alunos procuravam uma orientadora. Ela voltou a ler algumas linhas, assentindo algumas vezes, se impressionando em outros momentos pelas ousadias conceituais da autora, que não se esquivou da invenção de neologismos:

> *Se algumas das partes interessadas descreveram como* carlismo *um espírito predominante em seu tempo, fustigando assim uma perda de sentido em uma sociedade que defendia a liberdade de expressão enquanto criminalizava a enunciação das ideias deles ou se assustava com o espetáculo de pelúcias e balões brandidos em sinal de grande luto, não hesitemos em propor o nome de* sessenta e oitismo *para designar o conjunto de práticas discursivas e comportamentais dos quais eles faziam questão de se distanciar: é fácil notar, na verdade, que os proponentes de um novo conservadorismo demonstravam uma gratidão bem moderada em relação a seus antecessores, acusados de egoísmo e, sobretudo, de irresponsabilidade em muitas áreas, da importação em massa de imigrantes pós-coloniais, sem ter em conta os danos causados por aquela presença estrangeira à identidade nacional — que incluíam, do ponto de vista deles, aspectos genéticos que não deviam ser subestimados, uma vez que também se tratava de preservar a qualidade superior do genoma* fulasi*, algo que estava longe de ser menos importante, porque, para eles, isso acabaria por produzir apenas uma casta de pessoas desenraizadas, um grupo de pessoas alimentadas por uma fúria e um ressentimento que não caberiam em uma nação considerada assassina, dado que tinham surgido*

como uma continuação da aventura colonial, do caos que tinha sido, segundo o que lhes ditara uma má-fé vingativa, que ignorava...

As frases eram intermináveis. Era comum que os estudantes as compusessem como se todas, por serem a última, devessem conter a totalidade de suas ideias. Era cansativo. Ela parou de ler para examinar alguns elementos anexados ao arquivo. Os Sinistrados realmente a seguiam por todos os cantos, já que o objetivo ali era investigar a gênese da discussão. A mulher vermelha queria saber como aquele trabalho hiperbóreo tinha chegado até ela, e também duas ou três coisas sobre a autora. A aluna dispunha de documentos raros, impossíveis de conseguir no Continente. Pegando o comunicador, ela ligou para a estudante. A voz que atendeu quase imediatamente podia ser de uma garotinha, não fosse pela certeza e determinação detectada nela. Sem se deixar emocionar pela ligação que não esperava, a jovem forneceu as informações desejadas, explicou que o orientador designado a ela parara de pesquisar o assunto. Tinha sido ao conversar com uma amiga matriculada na aula de Estudos Culturais que a estudante tinha ouvido falar de Boya. Segundo ela, Hiperbórea se encaixava no questionamento sobre os marginalizados, visto que os Sinistrados estavam presentes na região. Se necessário, ela poderia dedicar um capítulo a eles. A jovem havia respondido tudo, inclusive às perguntas ainda não feitas. Quando Boya perguntara como ela havia conseguido os documentos que alimentavam suas reflexões, a menina respondeu:

— Passei alguns anos no país *fulasi*. Meus pais decidiram voltar ao Continente quando o *mokonzi* chamou os imigrantes. Eu os acompanhei. Foi meu pai que reuniu essa documentação para os artigos que pretendia escrever. Digamos que ele passou essa obsessão para mim.

Boya se despediu sem indicar sua decisão, já que ainda não a havia tomado.

Ela se recostou na cadeira e virou-a para a claraboia que servia de janela naquele cômodo apertado. Era fácil esquecer que muitos katiopianos tinham morado no exterior, que alguns deles conheciam Pongo, que tinham sido vistos como causadores do Sinistro. A persistência do tema em sua vida recente fez com que ela decidisse ir até a comunidade *fulasi*, como havia considerado. Boya guardou os arquivos recebidos em uma pasta e foi até o Hospital Mukwege. Não ligou para o motorista, preferindo ir sozinha, para não ser notada. A maioria dos residentes de Mbanza utilizava transportes públicos. O sedã e sua placa particular rapidamente chamavam a atenção, e não era a hora de isso acontecer. Ela levaria uma bronca por causa daquilo, mas, assim que entrou no *baburi* e que o trem partiu para o outro lado da cidade, a mulher vermelha recuperou uma tranquilidade esquecida e se deixou levar. Claro, alguém sempre a seguia, mas ela não pensou naquilo. A recepcionista se lembrou de sua visita anterior sem que ela precisasse dizer nada, e ela foi autorizada a ver Amaury.

O menino parecia bem. A seu pedido, ele havia recebido coisas para ler, o que ocupava seus dias. Ele não se lembrava de Boya e ainda não conseguia dizer o que tinha acontecido. O mais preocupante em sua condição não era tanto a amnésia, mas outro fato: a única língua em que conseguia se expressar não era o *fulasi*, e sim o idioma oficial da região, cujas palavras ele rolava entre os lábios com a destreza de um malabarista. Claro, ele não se questionava em relação àquilo. Ele ainda sabia que sua cor o distinguia? De qualquer modo, tinha se dado um nome, *Mubiala*, que significava *o impróprio* em uma das outras línguas do país. Ele se expressava obviamente sem sotaque e quem quer que o ouvisse não podia duvidar que as palavras emanavam do mais profundo do seu ser. Quem era ele, qual era a sua verdade? Boya mal reconhecia o jovem que ela havia defendido, muito menos aquele que prometia em breve se tornar um veneno na água do Katiopa unificado. O garoto que ocupava aquele quarto de hospital, vestido com o grande *bùbá* vermelho dos doentes, podia ser o jovem que só Mawena sabia quem era, uma criança local que conhecia as estradas rurais melhor do que qualquer um. A mulher vermelha se sentou na poltrona em frente à cama, lutando para não deixar transparecer sua confusão. Como a família dele reagiria? Será que ela podia ir até a comunidade sinistrada apenas para que o identificassem por meio de um documento visual? Será que seria com aquelas pessoas que ele ficaria mais à vontade? Uma imagem a dominou: a da anciã dos Sinistrados armada com um machado, levantando os braços para matar o herdeiro perdido, contaminado para sempre. A mulher vermelha se absteve de fechar os olhos, lutou contra a tensão de seus músculos. Se ele conseguia se expressar apenas daquela maneira, seu povo não o acolheria e prescindiria dos cavalos para se reservar a alegria de esquartejá-lo com as próprias mãos. Seria demais para eles, especialmente naquele momento em que estavam prestes a se misturar ao Katiopa ou desocupar o lugar.

A bela energia que a dominara alguns segundos antes praticamente a deixou. A ideia de que ele não conseguiria conceber nenhuma trama destrutiva em uma língua diferente da de seus pais a tranquilizou por um instante. Então, Boya se perguntou de quem Mubiala era filho, o que lhe deu uma espécie de vertigem. Ela conversou com ele sobre tudo e sobre nada, tentando resolver a situação. O mais simples seria provavelmente fazer com que Mawena soubesse que ele estava ali, que ela tivesse coragem de tirá-lo de lá e até de levá-lo inicialmente ao Grupo de Benkos. Ela teria apenas que dizer que o Hospital Mukwege lhe avisara sobre a presença de um Sinistrado. O amor seria o melhor remédio e, como a família dele não estava procurando pelo jovem, ele poderia convalescer com tranquilidade. Boya optou por aquela solução, que implementaria um pouco mais tarde. O jovem insistiu que queria sair do hospital, implorou para que ela interviesse nesse sentido junto aos médicos. Ele não sabia para onde iria, mas não aguentava mais aquelas quatro paredes e não estava convencido de que poderia pagar pelo tratamento. As ruas não lhe causavam medo, ele estava pronto para ir embora. Boya logo voltou ao ar livre, sozinha. Afastando-se do hospital, ela planejava pegar o *baburi*, combinar um encontro com o motorista em algum lugar da cidade. Não adiantava fazer os guardas que a seguiam correrem, aqueles que não se aproximavam dela por respeito. Ao vê-la com o motorista, um deles, todos ficariam tranquilos e seguiriam para seu posto com o espírito em paz. Ela apressou o passo, querendo logo falar com Ilunga. As conversas deles sempre lhe permitiam ver as coisas com mais clareza. Era a hora do rush, todos corriam para pegar o trem da cidade, para não ter que esperar pelo próximo. Ela resolveu não entrar de imediato e se afastou um pouco da multidão para não ser reconhecida. Os guardas viriam em seu socorro se necessário, mas seus novos reflexos se formavam pouco a pouco, tanto que ela espontaneamente atravessou a rua para se isolar. Teria que esperar apenas cinco ou seis minutos. Quando estava do outro lado e o *baburi* saiu da estação, ela reconheceu o último passageiro que havia descido. Ele estava de costas, ela podia estar enganada, mas aquele conjunto verde pastel estivera por vezes demais no chão de seu quarto no Velho País. Aquela maneira de pôr o pé no chão, de passar a mão pela cabeça a encantara muitas vezes. Kabongo ia até o Hospital Mukwege. Sem procrastinar nem saber o que faria, a mulher vermelha o seguiu.

20.

Naquele dia, Zama esperou a saída da Vermelha, observando-a enquanto fingia supervisionar, àquela hora da manhã, a organização da ala feminina. Felizmente, tinha permissão para estar no vestíbulo, na sala de jantar que em breve receberia uma série de pequenas visitantes. Também era a hora em que a primeira refeição de Boya era servida e, embora ela sempre recusasse o convite da mulher vermelha para partilhá-la, sua presença discreta permanecia justificada. Era ela a responsável por supervisionar as equipes da residência em todos aqueles serviços. Aliás, era compreensível que ela dedicasse mais tempo e esforço àquilo, já que suas outras atribuições tinham sido extinguidas. Por isso, a sombra daquela que não era mais a governanta da ala feminina tinha deslizado ao longo das paredes, se aninhado nos cantos, se estendido sobre as largas portas de madeira, sobre a superfície de vidro das janelas que deviam ser abertas para que entrassem o brilho do dia e o ar ainda não carregado de humores humanos. Quando ela assumira o cargo de espiã, os últimos espíritos da noite ainda estavam por perto, o que não a comovera nem um pouco. Concentrada em seu objetivo, Zama não se deixara distrair por nenhuma aparição, nem se perturbar por nenhum sussurro. Não questionara a verdadeira natureza do pássaro aventureiro cujo pânico transtornara um pouco a calma do pátio. Tinha simplesmente erguido os braços grandes, transformando-se em uma árvore animada, perseguido o pássaro com passos lentos até pegá-lo e soltá-lo com muito cuidado no jardim. Nenhum dos movimentos da Vermelha lhe havia escapado. Quando tinha se dirigido para a saída, Zama estava no mezanino da residência e uma das varandas daquele andar tinha vista direta para o portão. Ela viu Boya entrar no sedã e o veículo seguir para o exterior da propriedade. Então, sem pressa, ela subira os poucos degraus que levavam à ala feminina, entrara nos apartamentos onde ouro e carmim dominavam, felizmente suavizados por beges. Os cômodos vastos tinham permitido que os decoradores aplicassem seu talento. Apesar das cores muito marcadas, eles haviam conseguido fazer com que a elegância triunfasse. As linhas sóbrias dos móveis de madeira, as lajes de terra crua, a ráfia dos revestimentos, convidavam ao descanso.

Como a residência era vigiada constantemente, Boya não tinha considerado útil que um dispositivo de segurança especial fosse colocado na porta. Também não havia câmeras em seu quarto, já que a privacidade do local devia ser preservada. Zama tinha, portanto, apenas que deslizar a porta para entrar no quarto que conhecia bem, por ter sido frequentemente convidada a entrar. Ela sabia aonde ir e como proceder, tinha se preparado para a intrusão, que não devia deixar vestígios. Aquilo havia se tornado uma especialidade com o passar dos anos. Ninguém superava aquela mulher imponente em termos de delicadeza, ninguém sabia melhor do que ela vasculhar o fundo das gavetas sem que ninguém pudesse desconfiar de qualquer toque. Tinha operado friamente, ouvindo sem enfraquecer os batimentos do próprio coração, recusando-se a abandonar a dança que eles tentavam impor, a dança do frenesi, do remorso. Zama não se arrependia de nada. Claro, tinha sido necessário que Igazi pedisse para que ela pensasse em fazer aquilo, mas ela via tudo como bom senso. Primeiro, na noite em que a mulher vermelha tinha ajudado um Sinistrado, permitindo que ele fosse transportado em veículo do Estado, demonstrando familiaridade com ele, Zama fora tomada por um desconforto profundo. A lembrança daqueles momentos provocava nela um aperto, uma rejeição, e ela teria tido um desgosto se termos daquela natureza, palavras com um peso de investimento emocional, não tivessem sido banidos de seu vocabulário havia muito tempo. Por isso, ela não falaria daquela maneira, mas suas ideias se desviavam menos.

O episódio tornara Boya muito menos simpática a seus olhos. Por isso, ela abreviava os encontros das duas sempre que possível, para que seus olhos não acabassem traindo o que a calorosa educação tentava esconder. Ninguém se importava com as opiniões políticas de Zama. Além de Igazi, ninguém achava que ela as tinha. No entanto, sua paixão por aquelas questões era igual ao peso de seus silêncios. A Vermelha talvez tivesse desconfiado disso na vez em que haviam conversado sobre os Sinistrados, mas, desde então, suas raras conversas não envolviam mais aquelas questões. Com a missão na cabeça, Zama voltara a ser a dedicada governanta da primeira noite, quando a Vermelha, raptada pelos homens da guarda, tinha sido levada para a residência. Claro, ela fazia o possível para que a companheira do *mokonzi* não tivesse do que reclamar e não imaginasse a impossibilidade categórica de uma amizade. Não lhe era difícil silenciar seu acentuado interesse pela vida do Estado, da qual não participava. Contudo, o tempo passado na residência de um dos membros mais eminentes da Aliança havia alimentado sua curiosidade. Zama habilmente mantinha os ouvidos abertos, se divertia cruzando as informações parciais que colhia, observava muito. Orgulhava-se de nunca ter feito a menor pergunta, de, apesar de tudo, ter descoberto as peças que faltavam nos quebra-cabeças que tinha que reconstruir mentalmente. O Katiopa unificado era uma paixão. Não havia nada de excepcional naquilo. Como os da geração de Ilunga, como aqueles que os haviam precedido naquele território desde a então época colonial, ela fora embalada pelo sonho de unidade. A Aliança a concretizaria. Tanto quanto possível, ela acompanhara as etapas do processo, mas não tivera a coragem de pedir para ser admitida na organização. Uma recusa a teria deixado arrasada: aposentada por mutismo e excesso de peso. Desde que havia conhecido Igazi, notado a atenção que ele dava à sua opinião, às vezes ela dizia a si mesma que talvez a Aliança a tivesse aceitado. Antes. Aquilo não a teria impedido de cuidar de Tshibanda, e as duas tarefas teriam se complementado harmoniosamente. Igazi sempre tomava as decisões finais, indicava o procedimento a seguir, mas ouvia. Apenas aquilo já era suficiente para satisfazê-la. Queria muito conseguir, merecer a confiança dele. Ilunga também lhe agradeceria, mais tarde, quando o luto pela morte da Vermelha tivesse passado. O Katiopa unificado vinha antes de tudo e o *mokonzi* sabia disso.

Naquela manhã, a ideia de ingressar no movimento fortaleceu seus gestos e aguçou seu olhar. Ela havia deixado os aposentos de Boya equipada com peças que seriam úteis para Igazi. Claro, a Vermelha andava com certa quantidade de documentos registrados em ferramentas digitais, que utilizava diariamente. Mas mantinha em casa, no escritório, elementos suficientes para satisfazer o *kalala*. Eles não tinham conseguido acesso a seus escritos sobre os Sinistrados, o que era lamentável, já que seria justamente nessas notas que a cumplicidade apareceria. Mas não era tão grave, porque ela havia deixado gravações. Zama se dera o trabalho de consultar algumas para garantir o valor do dossiê criado durante a revista. A maioria lhe era inacessível porque ela não conhecia a língua *fulasi*. Mas, além daqueles materiais sonoros, ela havia conseguido um vídeo e o copiado em seu tablet para gerar legendas, usando um software muito útil. Então, não ficara decepcionada. Ela ouvira os comentários mais abjetos sobre o Katiopa, sobre seu povo. Um discurso odioso fluía sem restrições; torrentes de desprezo transmitido de geração em geração. Seria possível imaginar que alguém se estabeleceria no país de pessoas com tão poucas qualidades, viria morar em terras ensanguentadas por seus ancestrais, sem ter nenhum projeto nefasto? Aqueles *fulasi* eram completamente loucos, e as pessoas que lhes abriam a porta também estavam enlouquecendo. Nenhum tipo de moralidade podia ser aplicada ao tratamento de sua presença ali, e tentar procurar indivíduos que podiam ser salvos entre eles era um erro. Sempre existiam pessoas de valor nas comunidades, rostos aos quais podiam se apegar para continuar confiando na raça humana, imaginá-la como uma grande família. Mas aquele sentimentalismo não cabia quando o objetivo era resolver problemas importantes. Argumentar a partir de casos excepcionais não fazia sentido. Os Sinistrados tinham conscientemente se construído à margem de uma sociedade pela qual não tinham respeito. As pessoas entre eles que podiam não compartilhar da visão do grupo, no entanto, não haviam saído dele. Aqueles que ainda tinham uma vaga ideia de honra tinham ido embora quando o Katiopa unificado fora fundado e divulgara sua política. Era apenas isso que era preciso saber. Isso e o comportamento indescritível dos primeiros deles que haviam se estabelecido no Continente, deixado sua herança ancestral nas mãos de outros para ir até lá se lamentar pela perda. Era sem dúvida o que Zama mais desprezava, aquela deserção. Quando contavam sua história, era preciso mencionar um passado distante para não enfrentar as incapacidades atuais, a inanidade de sua presença no mundo. Ter sido não significava que seriam de novo. Era mais provável que o contrário ocorresse. Se o Katiopa um dia decidisse acolher povos estrangeiros, teria que tomar cuidado para que não fossem daquela natureza. Para que tivessem algo para compartilhar, além de um luto sem fim de si mesmo, um retorno impossível a um passado que se fora.

Com certeza, era difícil para os Sinistrados, na situação em que estavam, sonhar com algum tipo de hegemonia. Não houve mais a violência armada que tinham que temer deles. Também lhes era impossível regressar à antiga Doutrina da Descoberta, usada anteriormente para se conceder o direito de invadir as terras infiéis a um Cristo que ninguém conhecia na época. No entanto, eles não renunciavam a um envenenamento das almas, o que também tinha sido previsto. No passado, as bulas papais ditavam a conduta a tomar diante dos povos a subjugar e os convidavam a penetrar naquelas mentes vazias. O fato de o país deles ter se secularizado não tinha apagado a marca daquele culto. Restara, portanto, entre eles, assim como entre todos os seus pares, a certeza de ser dono da verdade. Eles nunca poderiam confiar naquelas pessoas. O Katiopa unificado não podia abrigar uma população com a qual seria necessário contar de uma maneira ou de outra, sem nunca poder se apoiar nela. Aquelas pessoas eram parasitas, e da pior espécie, porque não só devoravam o seu hospedeiro, mas também tinham que envená-lo. A falta de consideração delas pelas pessoas que as cercavam, assim como sua arrogância, eram tóxicas. Era absurdo e perigoso manter pessoas cujo descontentamento por si mesmas atingia aquele nível de intensidade. E o futuro não traria nenhum motivo de orgulho pelo país ter tido a fraqueza de aumentar uma irreverência que, por confiar em suas possibilidades, em breve assumiria uma forma mais nociva. A coisa era quase certa, já que o *mokonzi* se obrigava a dar uma declaração convidando aqueles estrangeiros a atravessar a distância que os separava da coletividade. Talvez ele estivesse apostando na absorção da comunidade pela população local. Para Zama, aquele era o problema: todo corpo era alterado por aquilo que ingeria, e nem sempre para melhor. Os Sinistrados seriam transformados, e o Katiopa não seria capaz de evitar ser. A ideia de seleção, ou mesmo de discriminação, não desanimava Zama. Embora ela tivesse se perguntado o que podiam esperar daquelas pessoas, a governanta não conseguia chegar a uma resposta. Pela primeira vez desde que o havia conhecido, ela discordou de Ilunga e lamentou que ele não tivesse pedido a opinião de Igazi, cujo julgamento sobre os *fulasi* lhe parecia mais certo. Ao contrário do chefe de Estado, Igazi não tinha nascido em uma região antes colonizada por aqueles estrangeiros, um lugar onde a sua língua tinha sido difundida, onde por muito tempo os habitantes haviam aceitado receber deles a moeda que usavam. Era daí que vinha a generosidade do *mokonzi* para com eles? Será que era fruto de um apego tão culpável quanto imprudente? Zama mal podia acreditar, já que nunca havia ouvido Ilunga louvar os *fulasi*, muito pelo contrário. Até recentemente, sua vontade era expulsá-los do território. As provas então se impunham: *a Vermelha*. Ela devia ter contado alguma história para ele, ninguém sabia qual, mas estava claro que ele havia acreditado. O suficiente para distorcer a unidade, o grande projeto que apenas começava a florescer, depois de séculos de germinação.

Nascidos na região de KwaKangela, no sul do Continente, ela e Igazi conheceram os restos mortais de um mundo traumatizado por uma invasão vinda de Pongo para semear terror e morte. Eles podiam contar sobre a existência de uma pós-humanidade anterior aos delírios transumanistas, porque tinha sido necessário extirpar a raça dos homens para fazê-los suportar tanta violência e injustiça. Falando-lhe dos *fulasi*, sobretudo, que ela não conhecia tão bem, simplesmente os assimilando com todos aqueles que compartilhavam de seu fenótipo, Igazi a havia convencido de que não existia, para o espírito do Katiopa, nenhuma presença mais prejudicial. O maior combatente da resistência abandonara o campo de batalha para lançar, do exterior, seus chamados para o combate.

— Você sabia que foi aqui, em nossas terras — tinha acrescentado Igazi —, que este homem achou uma *kitenta* e parte da tropa sem a qual a sua derrota teria sido ainda mais pesada?

Ele também havia mencionado que aquelas pessoas tinham escavado os túmulos de seus reis, uma gigantesca profanação que havia criado a República deles, o fato de terem deixado sua loucura culminar a esse ponto os havia privado de substância. Zama tinha escutado atônita, imaginando rituais macabros cuja imagem só podia chocar. No fim das contas, não era tanto a pobreza espiritual dos Sinistrados que representava um problema para ele. Era o fato de terem vindo de Pongo, de onde emanara a desgraça do Continente, e só terem um futuro com base na boa vontade de outros.

O Katiopa já passara por sua cota de sofrimento. Ele não seria mais o depósito de lixo do mundo. A hospitalidade ancestral tinha sobrevivido e, quando o grande Estado estivesse pronto para ser aberto, apenas indivíduos que tivessem demonstrado que eram os melhores de sua espécie poderiam entrar. Indivíduos, não grupos, e certamente não comunidades. Eles poderiam passar aos poucos e só seriam realmente acolhidos no caso extremo e muito improvável de deterem conhecimentos que não podiam ser encontrados no Continente. Zama também desconfiava dos imigrantes, especialmente os de longa data, que tinham preferido permanecer entre os torturadores do passado. Talvez os imigrantes a enojassem ainda mais. Como entendê-los? Eles eram, à sua maneira, Sinistrados, seres desorientados. Zama imaginava os países de Pongo como asilos a céu aberto. Ela via ali reinos de degeneração onde os descendentes decadentes dos colonos se acasalavam com os igualmente perturbados dos colonizados. Às vezes, eles se apoiavam uns nos outros, mas permaneciam inseparáveis, embalados em uma dança fúnebre, um baile que acontecia numa sala forrada de cadáveres. Se era verdade que todos carregavam em seus genes a memória de seus antepassados, a ideia de um dia inverter os papéis era uma questão impossível, e a do apaziguamento era uma quimera: uma alucinação monstruosa. O caráter insalubre daquela associação seria óbvio para o público menos informado. Enquanto aquelas ideias se agitavam lentamente em sua mente, todas carregando inúmeras ilustrações que confirmavam a perversão daquele binômio, Zama tinha copiado todos os arquivos sonoros e visuais relativos aos Sinistrados. Ela havia saído da ala feminina antes da segunda refeição e esperara chegar ao terraço de seu apartamento para enviar uma mensagem codificada para Igazi. O homem fora encontrá-la assim que pudera, no final do dia.

Igazi fazia questão de não se ausentar à toa, já que os serviços pelos quais era responsável eram constituídos por pessoas treinadas para ficar de olho em tudo. A atividade profissional deles fazia parte de sua personalidade, e eles a exerciam constantemente, registrando os detalhes mais insignificantes, guardando na memória os horários, a cor das roupas, o ritmo de uma caminhada. Sem dúvida alguém já havia notado que, em certas noites, a porta do seu escritório era trancada com duas voltas da chave, e que ele reaparecia no dia seguinte, impecável em seu uniforme, mas ninguém se lembrava de tê-lo visto sair do local no dia anterior. Claro, ele sempre esperava que sua assistente se despedisse, além de uma boa meia hora após sua partida, garantindo que ninguém mais chegasse para falar com ele. Isso não impediria que alguns agentes mais ousados tentassem a sorte, embora aquela parte do edifício fosse muito segura, especialmente porque a recepção e a secretaria estavam vazias. Entre os agentes ansiosos para serem notados, sempre havia um que considerava essencial falar com Igazi pessoalmente. Era o que o *kalala* dizia. Naquela noite, ele tinha chegado pouco antes do pôr do sol, ansioso para saber o que ela havia encontrado. Ele não dominava o *fulasi*, mas, antes de traduzir as gravações, fizera questão de assistir a todos os filmes. Solicitar uma tradução significava envolver uma terceira pessoa naquele caso, ao menos para verificar a tradução realizada pelo software. Era, primeiro, necessário saber se o gesto traria algo de bom.

Zama o recebeu como sempre, com muita calma e talvez com certa seriedade. Primeiro ele quisera saber sobre o progresso da operação. A grandiloquência da pergunta quase fizera a mulher sorrir, mas ela havia se controlado diante do olhar sério de seu anfitrião. Ela relatou tudo nos mínimos detalhes e recebeu os parabéns sem uma alegria excessiva. Igazi sabia bem dividir sua existência em vários fragmentos, ser o *kalala* do Katiopa unificado por duas horas e buscar elementos para acabar com uma ameaça. Depois, isso acabava e ele voltava a ser o homem cujo desejo a havia deixado envergonhada de início, o homem que fizera nascer em sua mente a imagem de uma montanha sendo atacada por uma formiga. Tinha sido um exagero. Ele não era tão pequeno assim, longe disso, e não havia se aproximado dela para dominá-la. Por muito tempo, Zama havia imaginado que o ato sexual perfeito era uma batalha da qual os combatentes emergiam tão derrotados quanto vitoriosos. O saque a um território e a ereção de uma construção gloriosa a partir do mesmo barro. Mas não era exatamente como as coisas aconteciam. Ele não morria. Igazi a fazia atravessar todas as dimensões, mas não cedia à explosão que os livros mencionavam, que os filmes mostravam. Seu corpo nunca era dominado pelos choques que o deixavam vazio e satisfeito, como ela. No começo, ele não a penetrava, deliciando-se com o prazer que suas carícias proporcionavam. Até que, uma noite, sentindo que tinha uma abertura vasta demais para não ser preenchida, Zama implorou para que ele entrasse, para que ficasse dentro dela. Ela achava que havia se ouvido gritar, apesar dos defeitos de sua laringe, e o homem perguntara em um sussurro, antes de infligir nela uma ardência, de fazer surgir nela a umidade que a acalmaria, de jorrar o líquido que poria fim ao incêndio:

— *Indlovokazi*, tem certeza?

Ele tinha contido sua explosão, saboreando, à luz do quarto, o espetáculo que a mulher destruída oferecia. E a coisa havia acontecido daquela maneira até que, no meio de uma noite, ela se atrevera a perguntar por quê. Na verdade, tinha sido necessário questionar o homem que, por muito tempo, gozara com o orgasmo despertado pela lenta intromissão de seu punho no sexo de Zama. Ele havia primeiro inserido um dedo, depois dois, os olhos fixos nos lábios carnudos que pareciam se alimentar de sua carne, falando apenas para enfatizar a beleza daquele sexo moldado pela mão de Umdali, o deus criador. Sua voz, que a emoção tornara sepulcral, respondia aos gemidos abafados da mulher, feliz por fazê-la conhecer aquela alegria. Com a outra mão, ele provocava o clitóris dela com habilidade, sorrindo ao vê-lo se contorcer. Tinha sido ela que, com um gesto, mais uma vez havia solicitado uma penetração mais comum, sem a qual a relação lhe parecia incompleta. Respondendo de bom grado ao chamado dela, ele, no entanto, contivera o transbordamento de seu prazer. Por isso, Zama quisera investigar as razões pelas quais ele fazia aquilo. Ela mal havia praticado a coisa, seu sexo inativo havia recuperado uma rigidez quase virginal, mas a mulher sabia que era bem informada. Se Igazi não gozava em sua barriga nem em sua pele, será que não sentia nenhum prazer? Zama podia acreditar na possibilidade, por mais que tudo na atitude do amante contradissesse aquela hipótese. Igazi a tranquilizara, passando a palma da mão pelas nádegas abastadas da mulher, que nunca se cansava de acariciar. Seu prazer, dissera ele, era profundo e inesgotável. Ele só a tomava por prazer, não para semear algo nela. Aquela outra energia era usada nas missões do *kalala*, coisa que ele não era nos braços de Zama. As palavras a haviam deixado emocionada. A mulher ouvira nelas uma expressão modesta de amor e logo esquecera seus complexos, passara a aproveitar concretamente a flexibilidade adquirida através exercícios, a achar sua nudez graciosa. Às vezes, quando os dois conversavam sobre as questões de Estado, ela se pegava a vagar, a despir com o olhar o homem, que fingia não notar nada. Às vezes, porque não podia deixar de pensar na possibilidade, porque continuava a considerar o relacionamento deles estranho, Zama se preocupava com as consequências daquela história. Um homem como Igazi precisava de uma companheira, ou até de uma esposa. Incapaz de ocupar aquela posição, ela preferia tomar a iniciativa, não se deixar abandonar.

 Ela teria ficado feliz se pudesse ter tocado no assunto naquela noite, dito que entenderia se ele se apegasse a outra mulher, mas não era o momento certo. Igazi só pensava no que era preciso fazer com as gravações, se perguntava a quem confiá-las. Sua escolha deveria ser um membro da Aliança próximo a ele, para que a informação não fosse divulgada. Não era tanto o conteúdo dos áudios que o preocupava, e sim ter que explicar como ele os havia obtido. Por enquanto, ele não tinha pressa de distribuir aqueles documentos audiovisuais na organização. Em alguns deles, a mulher vermelha aparecia. Em todos, era possível ouvir sua voz, as perguntas que ela fazia. Contudo, se o *kalala* era respeitado na Aliança, Ilunga também era, e o prestígio de seu cargo chamava atenção. Alguém podia ficar com a consciência pesada, e o *mokonzi* ficaria sabendo do assunto. A Aliança era uma fraternidade que não podia ser destruída sem que alguém tivesse bons motivos para isso. Com várias décadas de existência, ela nunca havia sido exposta a uma situação como aquela. Enquanto eles preparavam a união, a retomada das terras, a coesão tinha sido impecável. Agora que tinham fundado o Katiopa unificado, o sonho de muitas gerações, os irmãos voltariam a ser homens. Suas rivalidades não serviriam mais para aumentar talentos que punham a serviço do movimento, para realizar o plano mais impressionante em nome da Aliança. Elas se tornariam lutas pelo poder e, uma vez iniciado esse processo, o retorno à harmonia seria impensável. Com o discurso aos Sinistrados, Ilunga abrira uma primeira rachadura numa das paredes do edifício, mas, ao conversar com cada integrante do núcleo da Aliança, ele poupara as fundações. Como *mokonzi*, ele não era obrigado a notificar ninguém, já que o Conselho havia aprovado a iniciativa. Como irmão, porém, ele desrespeitara um juramento mais velho do que ele mesmo, já que a Aliança vinha em primeiro lugar para seus integrantes. Havia um Conselho porque os pais da organização haviam considerado a existência dele boa.

Igazi não se sentia obrigado a fazer nada por Ilunga naquele momento. De seu ponto de vista, o *mokonzi* devia ficar sob tutela enquanto não tivesse se libertado da influência prejudicial da Vermelha. Era isso que teria que explicar aos irmãos para não se tornar o membro da Aliança que havia desrespeitado o pacto. Era preciso evitar qualquer comentário negativo contra Ilunga, fazer o possível para apontar apenas a mulher vermelha, a influência que ela exercia sobre um homem que dedicara tantos anos à luta. Igazi seria muito mais persuasivo porque essa visão dos fatos concordava com o que ele pensava. Ele tinha certeza de que aquela situação não faria Ilunga virar a casaca, mas também achava que o amor havia subido à cabeça dele. Era preciso convencer os irmãos disso, o que talvez não fosse tão simples. Além da questão dos Sinistrados, que ainda começava a ganhar dimensão pública, Ilunga não tinha cometido erro nenhum. Ele só tinha sido visto saindo, divertindo-se um pouco, nada de mais. Ele nunca havia faltado com seus deveres. Antes da declaração aos *fulasi*, apenas Igazi tinha ficado preocupado com aquela questão, apenas ele vira a importância que ela havia ganhado. Para os outros, não era um assunto importante, só uma presença prejudicial que eles sabiam conter. As informações que ele tinha virariam o jogo. As propostas de Amaury Du Pluvinage deixariam qualquer um que as ouvisse paralisado. Aliás, ninguém entenderia por que ele ainda não havia sido neutralizado, por que a Segurança Interna não o havia prendido. Por isso também era importante incluir no arquivo os documentos fornecidos por Zama. Eles desviariam a atenção, mas dariam uma indicação clara da extensão do problema: a concubina do *mokonzi* frequentava inimigos do Estado e não informava ninguém sobre suas descobertas. O modo como seu caminho cruzava o dos Sinistrados não podia ser acidental. Pelo contrário. Ninguém sabia como ela havia conhecido Ilunga. Fazia sentido acreditar que o encontro não devesse nada ao acaso. É, era isso, ele tinha o argumento certo. A perturbação do *mokonzi* não se devia ao cansaço do combatente, e sim a uma manobra oculta daquela mulher. E, claro, seus serviços iam cuidar disso.

Pensando em voz alta, ele foi se tranquilizando sobre sua capacidade de semear, no espírito de seus irmãos, uma dúvida mais que razoável. Ele tinha relaxado, até esboçado um leve sorriso. Não havia necessidade de se preocupar tanto com a tradução daqueles documentos. Ele encontraria as habilidades necessárias dentro da Aliança. E, como o objetivo era acabar com uma ameaça que pesava sobre o homem que encarnava o Estado, sua atitude era louvável. Quando tudo aquilo acabasse, Ilunga voltaria a se dedicar às prioridades certas. Seu cargo não seria contestado: ele continuaria sendo a imagem do Katiopa unificado, uma das figuras que a memória de gerações teria o prazer de sacralizar. Todos continuariam a aplaudir o homem que havia encarado o mundo para anunciar que o Katiopa ia retomar o controle de seu destino, não para confrontar os outros, mas para melhor servi-los. Igazi riu, lembrando-se daquele momento, a primeira grande declaração de Ilunga. Naquele dia, eles tinham se colocado de acordo. Sua opinião não havia mudado. Para ele, o objetivo, na época e agora, era arrancar o continente de seus predadores históricos e nunca mais ter que lidar com eles. Nenhum serviço podia ser mantido — cada um seguiria o próprio caminho, até o final. A influência do Continente não lhe interessava. Ele se preocupava apenas com seu desenvolvimento. O resto do mundo nunca se importara com isso. Ele não havia sido ouvido, mas tudo bem. Enquanto Ilunga continuaria a polir a aparência do Estado, a fim de torná-lo desejável àqueles que ainda não havia se juntado à Aliança, Igazi agiria de maneira clandestina. Ele só precisaria de uma pequena equipe, que a eliminação da Vermelha fortaleceria. Os participantes dela seriam escolhidos entre os irmãos que serviam ao Governo e à Assembleia dos *mikalayi*. Ele teria assim um pé em duas das mais importantes instituições, o ideal para preparar o resto. O *kalala* havia considerado depor Ilunga. Mudara de ideia, mas passara a acreditar que garantir a vitória equivalia a se lançar em um futuro cujos contornos ninguém via ainda. Decidir quem substituiria Ilunga quando chegasse a hora, dali a cinco anos no máximo. Ninguém havia definido uma duração para o governo, mas ele apostava que Ilunga não iria querer permanecer no poder depois de certo tempo. Ele passaria o cargo e os irmãos teriam que fazer uma escolha. Eles haviam tido que nomear os *mikalayi*, que não pertenciam a Aliança, mas, por certo tempo, isso não voltaria a acontecer. As populações não reclamavam de seus representantes atuais, e eles não manifestavam o desejo de serem substituídos. Obviamente um caso de força maior poderia surgir. Seria então necessário agir imediatamente. Ele teria que se preparar para isso.

Zama tinha visto o homem, satisfeito com a conclusão de sua estratégia, relaxar, deixar seu corpo afundar nas almofadas do sofá e esticar as pernas. Um sorriso se estendera por seus lábios e seu olhar indicara que seu cérebro se despedia aos poucos do Estado. Esperando que ele a convidasse a se sentar ao lado dele, ficou surpresa ao vê-lo fazer uma proposta bem diferente:

— *Indlovokazi*— disse —, eu sei que você se interessa pouco pelo outro lado das coisas visíveis.

Claro, Zama se mostrava curiosa e metódica em seu aprendizado, mas a dimensão oculta da existência não a atraía. O que alguns chamavam de esoterismo para manter a discrição, quando ele simplesmente falava de ciências ocultas. Havia, naquele universo, muitas descobertas que a encantariam. Ele continha um espaço em que a imagem de uma pessoa era formada pela ideia dela sobre si mesma, em que tínhamos a aparência de nossa alma. Um lugar onde ela ouviria a própria voz, onde seria, se quisesse, leve como uma pluma. Igazi não precisava levá-la até lá para desejá-la, já que a magnitude de seu corpo o deixava sem palavras e, aos olhos dele, ela era o ser vivo mais adorável do mundo. Mas ele ficaria feliz em vê-la realizada, consciente de seu esplendor e de sua força.

— *Indlovokazi*, se você não gostar, não precisamos voltar, não vou falar mais sobre isso. Mas quer ir comigo pelo menos uma vez?

Zama aceitou visitar aquele mundo extraordinário, imaginando que se aproximaria mais uma vez de um dos mistérios da Aliança. Não era porque ela sempre havia sido tão sozinha, por tanto tempo, que aquele homem conseguiria convencê-la de maneira tão fácil. Aliás, para provar isso, bastava lembrar o modo seco e direto como Zama tinha rejeitado os avanços do encarregado das Questões da Diáspora...

21.

Ilunga abriu os olhos diante do teto ocre, em que vigas de ébano se cruzavam, e se levantou devagar, enquanto as últimas visões se dissipavam. Sentada a poucos metros de distância, em um canto do grande cômodo, Ndabezitha murmurava encantamentos, pontuando cada frase com um gesto firme. Nas brasas da fogueira disposta diante dela, a velha *sangoma* jogava punhados de folhas secas que imediatamente pegavam fogo, exalando um cheiro pungente e um pouco de fumaça. O lugar estava escuro e os dois estavam sozinhos. A velha estava sentada em um banco perto da porta, o pequeno corpo coberto por um grande *bùbá* branco e os cabelos por um *kitambala* escarlate. O homem, no meio de um círculo traçado no chão com pó de caulim, que também havia sido aplicado em seu peito e em seu rosto, trazia um *kèmbè* imaculado. Tinha o peito e os pés nus. À sua frente, havia uma grande bacia de barro na qual a velha o havia banhado. Atrás da bacia ficava uma mesa onde Ndabezitha deixava garrafas de óleo e álcool, várias plantas e sementes. Acima dela, na parede, pendiam diversas sacolas de lona cujo formato indicava se estavam mais ou menos cheias. Abaixo dela, sobre um tapete de ráfia, havia potes com unguentos, preparados que só a anfitriã podia identificar. Das duas pontas da parede, tochas lançavam uma luz fraca sobre a sala. Depois de olhar fixamente para esses objetos por um instante, o homem se virou para a velha, a expressão preocupada, sem dizer nada. Foi ela quem tomou a palavra:

— Você ficou mais tempo fora desta vez, mas era necessário. Sua atenção deve estar sempre voltada para os quatro pontos cardeais. Você deve ver tudo, para guiar e proteger. Provavelmente deveríamos ter feito isso mais cedo este ano, mas nada está perdido, já que você foi informado. O que pretende fazer, *Nkozi*?

Ela o chamava assim apenas nas situações sérias, lembrando seu cargo, sua função, o estado particular que se tornara o dele. Recorrendo à sua língua materna, uma das faladas na região sul, a velha *sangoma* convocava, naquela única palavra, os deveres que o poder impunha àqueles que o exerciam. E o termo também não era uma das múltiplas denominações do divino? O homem respondeu que já tinha uma ideia, mas queria ouvir as recomendações da anciã. O problema era sério, uma ameaça pesava sobre a Aliança, e sua casa havia deixado de ser um lugar seguro. Por mais que pensasse, não conseguia se ressentir de Zama. Ele repreendia a si mesmo por não ter zelado pelo bem-estar da governanta em todas as áreas. O apreço que sempre tivera por ela não o fizera se preocupar com as necessidades emocionais dela. E, como não devia ter ficado sabendo da situação, ele não poderia avisá-la. Aliás, era tarde demais para isso. A sorte estava lançada. Ndabezitha assentiu.

— Você não vai ser capaz de protegê-la. Nós sempre temos uma escolha. Zama não veio procurar você. Ela não contou nada.

Por isso, ela, de certo modo, afastara-se dele antes mesmo de ser abordada por Igazi. Uma porta tinha se aberto nela, e Igazi quase nem precisara empurrá-la. Quanto ao *kalala*, será que eles podiam realmente ficar surpresos? Havia muito que todos conheciam sua visão das coisas, as decisões que ele teria tomado, a maneira como ele as teria implementado. Ele também tivera a oportunidade de falar com Ilunga e não fizera nada.

— Não é você que está rompendo a Aliança. Você agiu de acordo com suas prerrogativas e com o nosso apoio. Você conversou com seus irmãos antes de proferir qualquer palavra para o público, sem ser forçado a fazê-lo. A maioria deles aprovou a sua abordagem, mesmo quando ficaram surpresos com ela. Igazi parece ter esquecido que você também frequenta o outro lado. E imagina que algum tipo de feitiço pode estar fazendo você adormecer, apesar da minha presença.

As palavras foram ditas em voz baixa, quase num sussurro. Ilunga esboçou um leve sorriso. A fúria silenciosa de Ndabezitha o tranquilizou e o fez rir. Ela não tolerava falta de respeito. O fato de alguém ter esquecido tanto o que era um *mokonzi* quanto quem era a *sangoma* oficial dele exigia sanções que ela não deixaria de aplicar. Vendo-se rir, Ilunga respondeu que, pelo que havia visto, Igazi não o acordaria caso ele tivesse a infelicidade de cair no sono. Pelo contrário.

— É por isso, *Nkozi*, que quero saber quais são as suas intenções.

A velha se levantou, caminhou na direção de Ilunga a passos pequenos como sempre fazia, segurando com uma das mãos a ponta da longa *bùbá* e, com a outra, um ramo de folhas verdes cujas nervuras circundavam os caules. Quando se aproximou dele, Ndabezitha pousou o afasta-moscas vegetal no chão e começou a massagear as têmporas, a cabeça e o pescoço do *mokonzi*. A cabeça do Ilunga brilhava em alguns pontos por causa do óleo com o qual ela o havia ungido depois do banho, fazendo-o depois segurar o *kèmbè* sobre o qual ele havia se deitado, no solo em que a *sangoma* havia passado caulim em seu peito. Ela limpou a terra ainda grudada na pele de Ilunga, esperando em silêncio por uma resposta à sua pergunta. Ilunga se levantou sem cruzar a linha traçada no chão. A *sangoma* pegou o maço de folhas de volta e o usou para apagar o círculo, que percorreu lentamente. O homem pôde então se movimentar pela sala fechada, paredes de terra sem qualquer abertura que não a porta perto da qual a velha havia se sentado. Caminhar permitia que ele organizasse suas ideias, expresse-as com maior calma.

Boya não corria perigo fora da residência, pois os homens da guarda não saíam de perto dela. Ela os fazia correr um pouco sempre que tinha vontade de fazer algo inesperado, mas aquele era o trabalho deles. Eles o faziam bem. Qualquer que fosse o objetivo dele, Igazi não correria o risco de atacá-la na rua, já que o mandante do ataque seria descoberto rapidamente. Ilunga também não temia o fato de ela ter visto seu ex-amante. Não era dele que ela precisava ser protegida.

— Eu sei que as ancestrais de Boya cuidam dela, mas vou levá-la para minha família. E, se você permitir, viremos falar com você.

Ndabezitha aprovou a ideia, assentindo. Ela sugeriu:

— *Nkozi*, vi que você plantou palmeiras, mas... Você deveria antecipar a data do casamento. É isso que vamos preparar quando vocês vierem. Não demorem muito.

O homem assentiu. Pensando no outro aspecto da questão, na ameaça concreta que suas visões haviam revelado, Ilunga se restringiu a algumas palavras:

— Vou cuidar disso.

Com passos rápidos, o homem foi até a porta.

Ele abriu os olhos sobre as almofadas do chão do seu *ndabo*. Ao descobrir a estratégia do *kalala*, Ilunga não ficara surpreso nem decepcionado. Aquele dia ia chegar. Nem ele nem Igazi poderiam tê-lo evitado. Durante anos, eles tinham evitado aquele duelo, mesmo sabendo que as circunstâncias o provocariam. Como o momento havia chegado, ele não se intimidaria. Tinham ido procurá-lo na casa dele. Se sua intuição estivesse certa, a armadilha também seria armada ali. Talvez pudessem pensar na universidade, aonde Boya ia com frequência, ou na Casa das Mulheres. No entanto, uma voz dentro de Ilunga sugeria outra coisa. A residência do *mokonzi*. O lugar mais bem guardado do Estado, aquele em que ninguém ousaria se aventurar para atacá-la, e cuja equipe era a mais impecável. Seria lá que tentariam atingi-la, mesmo que ele ainda não soubesse como.

O que o chateava era saber que Zama estava envolvida no assunto. Ele tentaria não a magoar, mas talvez não conseguisse impedir isso. Ela havia acompanhado Igazi até a noite dele, e não tinha nada de comum. O *kalala* não queria manter uma relação com seus antepassados — seu interesse pelo invisível se caracterizava por outras buscas. O que Igazi sentia por Zama podia até ser sincero, mas ele não se preocuparia em apresentá-la a um mundo onde nada era oferecido sem contrapartida. Pelo contrário: quanto mais estivesse apegado a ela, mais ia querer conduzi-la àqueles vales obscuros, fazê-la saborear os frutos proibidos. E, quando ela tivesse provado o poder prometido, quando se sentisse completa e magnífica, teria que voltar a experimentar aquilo. Seria uma necessidade. A existência noturna tomaria precedência sobre a outra. Sem que percebesse, já que teria consentido, Zama se tornaria tanto companheira de Igazi naquela outra dimensão quanto sua oferenda às forças que a governavam. Ela seria a princesa sequestrada por um soberano sombrio que soubera superar suas dúvidas e hesitações. Ele se ouviu dizer a Boya que sua família nunca tivera ninguém mais dedicado ao serviço deles. Era verdade, mas a vida mudara muito desde então. Tshibanda tinha crescido, Seshamani, ido morar longe de casa. Ilunga suspirou. Não era a primeira vez que aquilo acontecia. Raros porque ele não se deixava seduzir facilmente, todos os amores de Igazi tiveram fins trágicos. As mulheres descobriam um homem encantador, porque ele lhes revelava aquela parte: sua descontração, sua risada calorosa, sua capacidade de ouvir o que elas não tinham dito. Tomadas de gratidão em relação ao ser fabuloso que se dignara a olhar para elas, todas se tornavam, nas mãos de Igazi, massa de manobra, de modelagem. Ele não precisava fazer nada para obter o consentimento delas. Bastava procurá-las, já que elas não esperavam mais ser olhadas. Ele sempre escolhia mulheres um pouco mais velhas, como as que o haviam apresentado à sexualidade na juventude. Na época, ele tinha idade para fazer tudo o que os adultos mandavam, especialmente em dias de escassez. Mesmo sombria, uma iniciação mantinha o seu valor e, sobretudo, sua influência. Ela marcava os indivíduos, determinava seus gostos. E as pessoas podiam lutar contra aquilo a vida toda ou abraçar aquelas preferências. Em ambos os casos, só havia ela, aquela primeira vez indelével. Ilunga não sentia nenhuma hostilidade específica em relação àquele fenômeno. Era a vida, sua complexidade, suas arestas. Cada um lidava com ela como podia. Ele conhecia bem Igazi e entendia o que estava acontecendo mais uma vez. A questão é que não era hora para aquilo, e ele teria preferido que Igazi escolhesse outra parceira para suas armações.

Mesmo nas sombras, certas leis se mantinham em vigor. Igazi precisava se associar a uma força feminina. Ele ficava feliz quando ela se incorporava de maneira convencional. O *kalala* preferia corpos maciços, nos quais via arquétipos, mulheres originais, tanto matrizes quanto abismos. Terras generosas das quais podiam tirar proveito à vontade, sem precisar semeá-las. Quando havia feito isso, após ceder aos apelos de sua esposa, que queria sobretudo lhe dar filhos, a mulher havia perdido a vida. Por dois anos seguidos, ela acrescentara a gravidez ao excesso de peso, atormentando a carne e desprezando o tempo. Na verdade, ela havia excedido um pouco a idade permitida para o parto. O último a havia levado. Aqueles que sabiam observar os outros notaram a tristeza de Igazi, o aumento da violência, a incapacidade de assumir o papel de pai. Nada faltava a seus filhos, mas ele raramente os via. Ele parecia ter renunciado ao grande amor que incorporava a divindade entre os vivos, parecia ter esquecido a ideia de buscar a força que apenas a união do masculino e do feminino produz. Até Zama, que ele devia ter procurado com um propósito específico.

Como sua natureza conquistadora nunca o guiara para vitórias fáceis, Igazi adorava aquelas mulheres-montanhas, que não seriam apenas picos a serem escalados, mas abrigariam um espírito que seria uma honra subjugar. Ele sabia reconhecê-las, conversar com elas, esperá-las quando necessário. Além da presença imponente, e por vezes por causa disso, elas tinham em comum o fato de terem sido pouco cortejadas, de não se sentirem desejáveis. Nesse sentido, Zama era sem dúvida mais frágil do que as outras, por causa do distúrbio de fala que apenas uma prótese externa compensava. Ela não gostava de usá-la, o som de sua voz lhe era doloroso. Desde que Tshibanda saíra de casa e fora para o campus universitário, Ilunga tinha esquecido que Zama sabia rir, era uma pessoa terna e calorosa, que lia enciclopédias e dicionários com prazer e poderia ter sido uma atiradora de elite. Era uma pessoa maravilhosa. Igazi devia ter percebido isso rapidamente. As visões que Ilunga tivera com Ndabezitha o haviam deixado com pouca esperança. No entanto, Ilunga se recusava a desistir de Zama sem tentar nada. Tinha sido ele que havia ido procurá-la, muitos anos antes. Fora ele que ela havia seguido, e tinha sido a ele que ela havia sido fiel em um primeiro instante. Ele tinha que procurá-la.

Deixando as grandes almofadas sobre as quais havia se deitado como se fosse tirar uma soneca, Ilunga foi até o terraço. O sol logo começaria a se pôr. Será que era a esta hora que Igazi ia até a casa da governanta? Provavelmente um pouco mais tarde. Quantas vezes ele a havia procurado até conseguir convencer Zama a revistar os aposentos de Boya? Aquelas questões não tinham mais uma grande importância. Agora era preciso eliminar os problemas, um a um. No dia de sua última visita ao jovem sinistrado, Boya ia impedir o agente do *kalala* de pôr as mãos no menino, mas um dos guardas designados para sua segurança havia sido mais rápido. Todos receberam a descrição do suspeito, todos sabiam que Kabeya estava tornando aquilo um assunto pessoal. Ele estava sendo seguido, e eles já sabiam que estava vasculhando os hospitais da região. Ninguém sabia o que ele havia feito para deixar o menino naquele estado, mas com certeza estava envolvido naquilo. Ninguém o criticava por ter obedecido ordens, tentado acertar as contas com uma pessoa mal-intencionada. Naquela tarde, o homem que seguira o agente se aproximara de Boya e sussurrara que ela não precisava se preocupar, que ele e o colega já estavam cuidando de tudo:

— *Mwasi ya mokonzi*, a senhora deveria ir para casa. Vamos fazer nosso trabalho.

Voltando sua atenção para o homem que havia seguido, o enviado de Kabeya não tivera a audácia de exigir que Boya o obedecesse. Por isso, a havia obrigado a retribuir o respeito. Ela tinha ido embora sem se aproximar de Kabongo, que, no fim das contas, era apenas um problema secundário. Ele era apenas o executor de Igazi, que mantivera sua estratégia em segredo porque tinha uma ideia na cabeça. Era o melhor *kalala* que o Estado teria em muitos anos. Um oficial merecedor e dedicado, incansável e determinado. Igazi se sentia à vontade tanto em campo quanto nos escritórios em que a atividade das forças armadas ganhava uma forma mais abstrata. Ele gostava tanto do combate quanto da estratégia, sabia liderar os homens e impor a sua autoridade sem fazer grandes demonstrações. Não tentava ser amado pelas equipes, preferia o respeito delas. Porém, sabia ouvir, zelar pelo conforto das tropas e transmitir conhecimentos com paciência. Seu ódio pelo período em que o Katiopa vivera indefeso havia se tornado o sangue que irrigava seu corpo. Todo o seu ser vivia apenas para a proteção do território e da população. Por vezes, ele mesmo inspecionava as fronteiras, realizava fiscalizações não planejadas. Não era fácil acessar o Estado, já que basicamente todas as regiões costeiras haviam aderido a ele. E se alguém pensasse em entrar pelos países ainda reticentes, logo encontraria as fronteiras que os separavam do Katiopa unificado. Nelas, um destacamento massivo de soldados fazia as vezes de comitê de recepção. Bloqueadores de sinais digitais eficazes também se encarregavam de radares satélite ou terrestres, assim como sistemas aéreos.

O Estado tinha comprado três porta-aviões construídos nas oficinas de Noque-Ifé, por engenheiros formados em Bhârat e Zhōnghuá. Igazi queria que o país tivesse pelo menos mais um navio para garantir uma presença forte no mar durante as operações de manutenção. Para Ilunga, aquelas embarcações caras tinham, sobretudo, função política, quase exibicionista. Eles haviam trabalhado juntos em tudo aquilo, muito antes de serem capazes de implementar as estratégias de maneira concreta. Também tinham concebido a estrutura da escola militar, a Academia Sankara, que estava começando a ser instalada nas diversas regiões. E tinham lutado pela Aliança, assumindo suas responsabilidades durante a Segunda *Chimurenga*, formada em grande parte por atentados e outras operações necessárias no âmbito da uma guerra assimétrica, sem a qual a recuperação de terras teria continuado sendo apenas um desejo. A queda da FM não havia sinalizado o fim da Segunda *Chimurenga*. Ela os ajudara a ter os meios para fundar um Estado e permitira a erradicação do fanatismo dos *adoradores da lua*, como eram chamados nos arredores de Mbanza. Igazi e ele nunca haviam discordado naquela época. Os objetivos eram claros, assim como os meios para alcançá-los. Eles haviam posto a vida em risco, sujado as mãos e a alma, porque o objetivo valia o sacrifício. Morreriam duas vezes, como diziam entre eles, porque tirar vidas humanas era condenar a si mesmo.

E pronto. O Katiopa unificado surgira. Alguns dos homens que haviam realizado aquilo se comportariam como caçadores que tinham capturado uma presa valiosa em sua armadilha. O que iam fazer agora? Engordar o animal ou esfolá-lo antes de dividir seus pedaços? A resposta dada àquela pergunta determinaria os homens que escolheriam o lado de Igazi. Pensando levar o Estado a um destino ainda mais glorioso, eles o deixariam em pedaços. Porque bastaria uma revolta, uma mudança de rumo, para despertar as divergências que espreitavam em seus corações. As tensões meticulosamente resolvidas seriam reatiçadas, e a união se desfaria por não ter sido consolidada. Na melhor das hipóteses, as regiões se separariam, continuariam como haviam ficado depois da *Chimurenga* anterior e manteriam as estruturas criadas, como a pesa, a moeda do Estado. Na pior das hipóteses, tudo teria que ser refeito e isso não seria possível. O Katiopa unificado devia ter à sua frente um pacificador, um homem com vontade de unir. A partir dali, isso não seria mais feito apenas em torno de uma causa. Seria preciso aprovar um homem e seu projeto. Ilunga examinou sem complacência as ações tomadas até ali, antecipando as críticas e até as censuras. Ele não via erro nem na declaração feita aos Sinistrados. Ela seguia as decisões tomadas e permitia livrar o Katiopa de um antagonismo absurdo que fermentava dentro dele. E se porventura uma situação grave e inesperada se apresentasse, nada impedia que fosse corrigida. Igazi não poderia usar aquilo contra ele.

Ilunga deu de ombros. A batalha não o deixava com medo. Voltando ao *ndabo*, ele deu alguns passos em direção à porta, mas não a alcançou. Kabeya entrou na sala e a fechou, com uma pergunta nos olhos.

— Avise aos *bandeko* que quero vê-los — disse Ilunga. — Todos. No Nyerere Hall.

Kabeya indicou que seriam necessários alguns dias para que todos se liberassem, já que os *bandeko* formavam o Governo, a Assembleia dos *Mikalayi* e chefiavam as várias seções da diáspora. Para os últimos, talvez fosse melhor pedir a participação por videoconferência, dada a urgência, mas o fuso horário teria que ser levado em conta. Não seria fácil. O homem acrescentou que seria obrigatório anunciar a agenda.

— Você tem 72 horas. O motivo? Quero falar com eles e ouvi-los. Me avise amanhã de manhã como tudo vai ser organizado.

Kabeya não insistiu. A convocação também era válida para ele. Simplesmente estava sendo o primeiro a recebê-la. Ainda bem que não seria preciso reunir toda a família.

Sozinho mais uma vez, Ilunga foi ao banheiro. Depois ele vestiria uma roupa decente. Quando estivesse pronto, proporia que Zama jantasse com ele no dia seguinte, para não dar a impressão de que estava à disposição dela. Já fazia muito tempo que eles não faziam isso, seria uma oportunidade de conversar com ela. Ele não pretendia revelar nada, apenas dar à governanta a chance de dizer o que estava passando por sua cabeça. Ela poderia dar um passo na direção dele ou se recusar a fazer isso. Ele teria apenas que observá-la para entender a mensagem. Antes disso, precisava falar com Boya urgentemente. Ilunga olhou para o relógio, imaginou que ela já tivesse voltado e decidiu ligar. A mulher vermelha respondeu imediatamente. Ela havia saído do campus, mas estava indo até o complexo dos Sinistrados. Os dois haviam conversado sobre o assunto sem chegar a um acordo, mas, para ela, o melhor seria que Mawena fosse informada da situação de Amaury. Ele ainda seria mantido no hospital por certo tempo, era mais fácil cuidar dele lá. Com isso, ele não ficaria mais sozinho. Sua namorada ia querer ajudá-lo o máximo que pudesse, e a presença dela talvez despertasse as memórias do garoto. Os pombinhos não poderiam ir para a área do Grupo de Benkos nem decidir a própria sorte enquanto o jovem não se recuperasse. Boya também achava que a família dele deveria saber do estado de Amaury e planejava aproveitar uma visita a Charlotte Du Pluvinage para mostrar uma foto do jovem *fulasi* que tinha sido internado no Hospital Mukwege.

— É o filho deles — disse ela. — Eles têm que saber.

Ilunga suspirou. Boya tinha razão, mas a família não ia querer conhecer Mawena naquelas circunstâncias.

— Além disso, eles vão se perguntar quem a avisou. Você vai se expor à toa.

Boya parou de responder por um instante. Estava mandando mensagens escritas para não ser ouvida pelo motorista enquanto falava com Ilunga. Ela continuou, digitando as palavras a toda velocidade. Para ela, era difícil escolher entre os laços de sangue e os do coração. Não parava de pensar na situação e sentia certa responsabilidade. Charlotte Du Pluvinage não era sua amiga, mas também não era uma desconhecida e abrira as portas de sua casa para ela. Tratar bem as pessoas era importante. Ela não sabia nada sobre Mawena, mas a moça tinha pedido sua ajuda e confidenciado sua história a ela. As duas mulheres eram legítimas. Ilunga leu a última mensagem de Boya e respondeu dizendo que ela nunca havia encontrado o jovem em suas visitas à anciã dos Sinistrados, que ela não sabia nada sobre o relacionamento deles. De qualquer modo, as coisas haviam mudado e os novos acontecimentos tinham que ser levados em consideração.

Ele queria que ela desistisse do plano e o encontrasse em casa. Não era um bom momento para ser vista com os *fulasi*, nem para avisar nada a Mawena. Ela precisava se isolar da situação. Ilunga esperava que isso não a deixasse abalada e propôs outra solução para tranquilizá-la.

— Vamos fazer isso de um jeito diferente — sugeriu ele.

O pessoal do hospital faria uma declaração à mídia e relataria que um estrangeiro estava internado lá. As pessoas veriam algumas imagens do jovem. A informação seria amplamente divulgada para que os parentes dele, quem quer que fossem, o procurassem imediatamente.

— Isso vai puxar o tapete de quem está querendo atacá-lo, e os homens da guarda vão se manter nos postos deles. Você, Boya, não vai fazer nada.

Ilunga nunca a chamava pelo primeiro nome. A mulher vermelha pediu ao motorista para trocar o itinerário:

— Vamos voltar para casa.

Ela se sentiu livre de um peso. Fazia semanas que a situação de Amaury Du Pluvinage a perturbava. Boya quase se sentia culpada, achava que podia ter evitado o drama se simplesmente tivesse entrado com ele na estação, ficado ali até que Amaury pegasse o trem. Podia ter confiado a tarefa ao motorista, a qualquer um. Sempre havia alguém. Afinal, o garoto tinha acabado de ser atacado. Mesmo sem saber que tinha sido uma armação, ela podia ter ficado mais atenta. Ela o havia largado na calçada e deixado que ele se afastasse. Talvez alguma coisa tivesse acontecido com ele ali, atrás das portas de vidro da estação, assim que ela dera as costas. E o que havia acontecido exatamente? Que violência, que envenenamento, que trauma havia sido aplicado para que ele ficasse isolado de parte de si mesmo, intimado a escolher entre os universos que o haviam criado para sobreviver? Mais do que nunca, ele encarnava os problemas do mundo que o cercavam, aquele em que os seres, habitados por forças que se diziam irreconciliáveis, tinham que encontrar uma harmonia. Escolher, naquele caso, não era apenas negligenciar, nem mesmo se privar — era perecer. O jovem que pedia para ser chamado de Mubiala e só se expressava em uma das línguas da grande família bantu não era mais Amaury. Era seu rosto oculto, a face proibida imposta à sua vida. Para ser plenamente ele mesmo, o garoto precisava de tudo: do país real, do país dos sonhos e do país que devia ser criado para que os outros dois finalmente ocupassem seu devido lugar.

No fundo, Boya não conseguia ver no jovem um mestre do cinismo que alimentava projetos obscuros, um criminoso em potencial. O que Mawena lhe dissera podia parecer absurdo, mas sua intuição pendia para aquele lado. Como uma grave ameaça pesava sobre sua vida e ele não tinha nenhum recurso, a alma de Amaury se refugiara no Katiopa, a parte dele que não seria atacada. Era assim que ela explicava o apagamento da língua ancestral, a preponderância do discurso do país. Para ele, não havia outro solo além daquela região do Continente. Boya ficaria sabendo pela imprensa o que os Sinistrados decidiriam. Talvez o *mikalayi* da região tivesse até começado a ouvi-los em audiências preliminares, antes de recebê-los. Se todos se submetessem ao procedimento, ele levaria algum tempo. Havia milhares deles, e os dias do *mikalayi* tinham sempre o mesmo número de horas, que também teriam que ser dedicadas a outras ocupações. A declaração de Ilunga pegara todos de surpresa. E isso era bom: agitar um pouco as pessoas, fazer a situação avançar. A mulher vermelha se permitiu relaxar. Afinal, não havia motivo para Charlotte Du Pluvinage se proibir de entrar em contato com ela. Se ela decidisse sair do Estado sem voltar a ver Boya, a pesquisa da mulher vermelha apenas tomaria outro rumo. Ela havia passado muito tempo tentando entender aquela mulher e, por meio da história dela, a de sua comunidade. O destino de Charlotte importava para Boya, mas a consideração que tinha por ela não precisava se transformar em carinho. Era hora de recuperar um pouco a serenidade. O pedido de Ilunga tinha sido feito na hora certa.

Boya pediu ao motorista que ligasse o rádio. Talvez houvesse uma emissão interessante, algum programa cultural que a distraísse. Não, ela não tinha uma estação favorita, não no momento. E a viagem não seria muito longa.

— Vamos ouvir a que você gosta, Ikemba.

Assim, ela passaria a conhecer o gosto do motorista. O homem abriu um leve sorriso. Era a primeira vez que se deixava levar assim. Como todos os homens sob o comando de Kabeya, ele costumava demonstrar uma deferência distante e a chamava apenas de *Mwasi ya mokonzi* para se lembrar do abismo que os separava. Assim como seus colegas, ele não a olhava nos olhos. Isso não seria apropriado, uma intrusão na propriedade do *mokonzi*. Certos hábitos antigos tinham sobrevivido aos séculos. Além disso, os homens sabiam observar as mulheres evitando qualquer olhar direto, que podia ser ambíguo. Sobretudo a companheira do chefe deles. Os dois ouviram a apresentação do programa, a voz de um famoso barítono da região de Noque-Ifé, um artista particularmente apreciado pelas elites cultas. Em seguida, a apresentadora o substituiu, cumprimentando os ouvintes, apresentando em poucas palavras a fórmula da entrevista, que passaria a ser transmitida a cada 15 dias. O convidado era uma personalidade proeminente. A conversa teria um caráter intimista. Um ouvinte poderia fazer uma pergunta alguns minutos antes do final.

— Sejam todos bem-vindos. Vocês estão ouvindo "O Ritmo do Coração", na web rádio Quilombola.

Ela pensou ter reconhecido a voz e viu que era verdade quando, após o anúncio, a apresentadora anunciou seu nome e cargo, antes de expressar a grande felicidade que sentia por estar sendo ouvida e a imensa honra de receber uma pessoa tão rara em um programa de rádio.

— Vocês a conhecem, vocês a conhecem muito bem. Nascida em uma família conceituada da região de KwaKangela, onde inclusive mora durante parte do ano, se nossa informação estiver correta, e ela vai esclarecer isso, a mulher que vou ter o privilégio de entrevistar neste fim de tarde é defensora de obras sociais e culturais. Talvez ela não saiba, mas a homenageada do dia inspira muitas mulheres por sua elegância e beleza. Obviamente, algumas a invejam por compartilhar há tanto tempo da intimidade de um dos mais ilustres combatentes da última *Chimurenga*.

A apresentadora riu, indicando que, em princípio, todos já deviam ter adivinhado a identidade da convidada. E, se isso não tivesse acontecido, em breve ele seria revelado. Ela pediu que Seshamani dissesse seu nome. A mulher do *mokonzi* o sussurrou e uma primeira música foi tocada. Ela explicaria por que a havia escolhido ao final da canção. Boya viu o gesto de Ikemba, o motorista, que estava prestes a mudar para outra estação.

— Não, deixe — pediu Boya.

Assentindo, ele pegou a primeira à esquerda para voltar ao centro da cidade e chegar à residência oficial o mais rápido possível. Compreendendo a intenção do motorista, Boya deixou. Quando passaram pelos portões do parque chamado de *jardim de nossas mães*, fechado naquele horário, ela pediu que Ikemba estacionasse o veículo. Não queria que nada a distraísse. No entanto, tanto no carro quanto no *baburi*, talvez pelo movimento, sua concentração escapava de vez em quando. Boya não saberia explicar, mas tinha a sensação de que algo na conversa entre Zanele e Seshamani a teria como alvo. O fato de as duas estarem juntas dava a ela a sensação de que o destino lhe dava um tapa na cara e dizia:

— Estou só começando a me ocupar de você.

Até ali, elas tinham apenas começado, se analisado, provado dos aperitivos com a ponta da língua, feito perguntas sem importância: infância, família e *O que você sonhava ser quando criança?* Era possível ouvir o sorriso de Seshamani em sua voz, e todos puderam imaginar seu olhar emocionado pela lembrança da menina que ela fora.

— Quando pequena — revelou ela —, eu queria viajar. Queria atravessar o mundo e fazer imagens dele.

Suas leituras na época a faziam imaginar passeios pelas paisagens de todo o mundo, mas tudo aquilo sem dúvida podia ser feito agora utilizando outros meios. Zanele acrescentou:

— Uma artista itinerante... Você é motociclista?

A convidada assentiu:

— Você fez bem a sua pesquisa.

Ela inclusive tinha cruzado o Katiopa de moto, de leste a oeste. Uma aventura memorável. O Continente, suas paisagens, seus povos, eram de uma beleza incomparável.

Logo as duas mulheres estavam prontas para provar o prato principal. *O Ritmo do Coração*. O que estava acontecendo na vida afetiva. Elas não iam fazer aquilo de maneira displicente, claro. Era a esposa do *mokonzi*. Era impensável pedir que ela listasse seus ex-amantes, se os tivesse, ou que falasse sobre sua primeira noite de amor. Ainda assim, Seshamani mencionou um colega de escola que, quando ela tinha sete anos, dominava seus sonhos silenciosos. Ele não a enxergava, pois preferia garotas mais delicadas, com um jeito de falar menos incisivo.

— Esqueça, ele não merecia você...

Zanele fazia muito bem seu papel, rindo alto na hora certa, sabendo deixar passar os pratos que todos provariam com prazer. Seshamani, que não tinha ido até lá à toa, estava esperando a oportunidade de explicar sua presença na web rádio Quilombola. Além disso, tomava o cuidado de se proteger das consequências. Boya imaginou que não tinha sido fácil abordar a esposa e obter uma entrevista exclusiva com ela. Suas aparições na mídia eram planejadas e apenas relacionadas às obras sociais pelas quais era responsável. Ela havia respondido a perguntas pessoais de vez em quando, no início, quando Ilunga e sua família precisavam ser conhecidos e apreciados. Aquelas eram apenas especulações. Boya não sabia de nada, mas aquilo lhe parecia plausível. Só uma coisa era certa: se entrevistas como aquela já tinham acontecido, elas haviam sido preparadas e outro meio de transmissão tinha sido preferido, uma emissora mais bem estabelecida, mais consensual. A vida privada da esposa era e continuaria sendo segredo para o público. Tinha sido por isso que Boya parara para ouvir. O ritmo do coração que Seshamani queria que fosse ouvido não revelaria nada da existência que só podia ser saboreada com uma discrição cuidadosamente mantida. O motorista de Boya teve a delicadeza de deixá-la sozinha. Preocupado com sua segurança, ele tinha se apoiado na porta, os olhos voltados para a área que cercava o carro. A rua estava deserta e poucas pessoas passavam por ela àquela hora. Havia apenas, alguns metros à frente do sedã, a silhueta de uma mulher elegante, que ajustara a *nguba* antes de virar a esquina e desaparecer. Os olhos da mulher vermelha se fixaram na flor escarlate de uma eritrina plantada no parque, perto de um dos quiosques. Naquele instante, ela ainda não sentia nada de específico, ao menos nada que pudesse ser verbalizado.

Logo foi feita a única pergunta válida, aquela que justificava a conversa. Com muito tato.

— Bom, todos nós já sabemos que sua família se expandiu. Não digo que se recompôs, não é bem isso, mas um novo elemento surgiu.

A frase não tinha ponto de interrogação, era apenas uma afirmação suspensa, que exigia uma resposta. Seshamani tossiu e se calou. Depois que seu silêncio pairou com todo o peso pelo estúdio e pela casa dos ouvintes, onde quer que eles estivessem, ela respondeu com uma palavra hesitante, seguida por outra, igualmente trêmula. Era verdade. O *mokonzi*, um homem na flor da idade, estava namorando uma pessoa. Para ser sincera, ela não tinha nenhum detalhe a contar sobre aquele assunto, nada que o público já não soubesse. Um encontro tinha acontecido, era tudo que ela sabia dizer. Zanele aceitara o passe com habilidade:

— Isso nos surpreende um pouco. A primeira esposa... Enfim, a mulher que vai ocupar esse lugar caso o homem se case com outra, costuma ser informada. Às vezes é até ela quem escolhe... Bom, eu interrompi você, por favor, me perdoe.

Boya imaginou o aceno de cabeça pedindo que ela continuasse, a expressão levemente chorosa da esposa, o esforço para manter uma postura digna de sua posição. Bem, ela e o *mokonzi* eram, por assim dizer, um casal velho. Eles tinham se conhecido no fim da adolescência. As mulheres que ouviam entenderam bem o que ela queria dizer.

— Quando nosso filho, Tshibanda, entrou na universidade, achei por bem acompanhá-lo, pelo menos no primeiro ano. Desde então, costumo ficar em Ikapa, onde ele estuda. Sabe, não importa o quanto eles cresçam, achamos que nossos filhos precisam de nós.

As mães que estavam ouvindo não teriam dificuldade em compreendê-la. Boya pôde apreciar o talento de Zanele, que não fez a interlocutora voltar a falar imediatamente. Todos podiam imaginar a situação. O desgaste de um relacionamento antigo, a ausência da mulher, que deixava o homem à mercê de necessidades naturais, a desconhecida que se aproveitara das circunstâncias. Ilunga não seria o primeiro. Mas ninguém podia ignorar que ele era casado, nem com quem.

— Mas... — apressou-se em acrescentar Seshamani, com uma risadinha. — Como você disse, a família agora está se ampliando.

Nada mais. As relações eram boas, não havia problema entre ela e a amiga do *mokonzi*. Ela, inclusive, sabia como era fácil se apaixonar por aquele homem. Seshamani não tinha sido a primeira a fazer isso, e muito antes de ele se tornar o líder do Estado? Ela não continuava a apreciá-lo como no primeiro dia?

Zanele perguntou sobre a divisão de tarefas entre as duas mulheres que haviam passado a compartilhar a intimidade do chefe do Estado — no que dizia respeito à vida pública, por exemplo. A pergunta era, naturalmente, o objetivo do programa de rádio, o auge do espetáculo. A implicação era óbvia. Como o domínio privado era a contrapartida do outro, bastaria levantar o problema da distribuição de atribuições para que o público fizesse a equivalência, o que logo o levaria à cama do *mokonzi*. Boya se perguntou como Seshamani estava vestida. Sem dúvida ostentava uma das *mishananas* modernizadas, que estavam na moda desde que as mulheres elegantes do Estado as haviam descoberto com ela. Cortadas em tecidos sedosos e esvoaçantes, deixando à mostra um dos ombros, elas favoreciam mulheres de silhueta longilínea. Davam graça e suavidade ao movimento e não tinham nada em comum com os macacões de couro que ela podia usar nos banquetes do *Forges d'Alkebulan*. Seshamani adorava a cor rosa, que realçava sua tez escura e suavizava a personalidade de seu corte de cabelo. E foi com suavidade que ela respondeu, talvez com um leve dar de ombros, que tudo aquilo seria combinado sem dificuldade. Seria uma questão de bom senso, tudo seria feito de acordo com a disponibilidade de cada uma, com seus interesses, com suas habilidades.

— Foi também para reorganizar tudo isso que voltei a Mbanza.

O nome de Boya não havia sido dito em nenhum momento. Ela só havia sido mencionada de duas maneiras: a princípio, tinha aparecido como a outra mulher que tinha tomado o espaço vago da legítima; depois, como um elemento disruptivo que geraria mudanças em um sistema bem regulado. A máquina sobreviveria a isso, ela já havia passado por outros problemas. A própria Seshamani pretendia lubrificar as engrenagens. Ela voltara para a *kitenta* justamente por causa disso. Era a manchete do dia e o motivo de sua participação naquele programa. Boya deu menos atenção ao que se seguiu. As duas oradoras sabiam que tinham fechado um bom acordo. Ambas tinham obtido o que queriam. Bastava agora retomar o *pas de deux* dos primeiros minutos de programa, desta vez de mãos dadas, porque já se conheciam. Zanele não tinha dúvidas de que Tshibanda agora seria capaz de viver sem a mãe, ele tinha idade para isso.

— Antes de pormos um ouvinte no ar, diga qual foi a música. Você quis que ouvíssemos *Raise the flag*, do grupo... X-Clan.

Seshamani confirmou. O marido dela estava ouvindo aquilo na primeira vez que os dois tinham conversado. Ele era fã daquele estilo musical antigo. Por isso, o ritmo havia embalado a vida deles.

— Parece que sente saudade do início do relacionamento de vocês?

Seshamani não respondeu, deixando os ouvintes chegarem à conclusão de que a melancolia estava ligada a uma época em que eles eram dois, à época anterior à expansão.

Uma vírgula sonora foi posta, um jingle que anunciava que alguém teria o privilégio de fazer uma pergunta à convidada de *Ritmo do Coração*. Era uma espécie de explosão, um ruído metálico, mecânico, que combinava com a época. Depois, saberíamos que várias centenas de pessoas ainda tentavam falar com a rádio, mas que não adiantava mais. A escolhida expressou sua alegria e certa emoção na voz fez tremer algumas das sílabas pronunciadas. Ela também demonstrou sua admiração pela esposa do *mokonzi*, que tanto fazia pelos desfavorecidos, pelos jovens, pelos artistas. Naquela noite, ela havia se colocado ao alcance dos habitantes mais modestos, especialmente das mulheres, e muitas com certeza haviam se reconhecido nela. A ouvinte, que se chamava Mwambi, confessou que estava com certa vergonha de fazer a pergunta que lhe ocorrera. Porém, sabia que muitas pessoas compartilhavam de sua curiosidade, por isso Seshamani não devia se ofender. Isso não foi garantido a ela, já que a entrevistada preferia ser prudente e ouvir primeiro a pergunta.

— Bem — disse a ouvinte —, sabemos que o *mokonzi* tem uma namorada e o perfil dela inclusive surpreendeu as observadoras. Mas ouvimos falar de outras mulheres, de várias regiões do Estado, que morariam num harém, dentro da residência... A minha pergunta é dupla: o que vai acontecer com elas com essa nova composição familiar? A namorada do *mokonzi* não estaria ocupando o espaço de pelo menos uma das concubinas, que viria da mesma região cultural?

Mwambi agradeceu antecipadamente os esclarecimentos que ela pudesse dar. Boya disse a si mesma que Seshamani definitivamente não tinha ido até lá à toa. Ela teria que encenar a peça até o fim, não poderia dizer nada que se assemelhasse remotamente à verdade. De acordo com sua resposta, a imagem de Ilunga ficaria mais ou menos danificada. A esposa não se intimidou: deixou escapar uma risada cristalina da garganta, quase incontrolável porque a piada era muito engraçada. Então, recompondo-se como sabia fazer, exalou um longo suspiro e disse:

— Não acredite em todos os boatos. O coração dos homens é vasto, mas ainda não a esse ponto. A residência do *mokonzi* não tem nenhum harém e duvido que isso um dia aconteça.

Ela parou por ali. Zanele também se limitou a citar os nomes de seus colaboradores, a lembrar a data da próxima edição de *Ritmo do Coração*, a desejar a todos uma boa noite, e que continuassem ouvindo programas de rádio, ao vivo ou gravados.

Boya examinou silenciosamente suas emoções e não encontrou nenhum tipo de excitação. No entanto, uma forte irritação coloria o conjunto. Ela se lembrou das palavras da esposa: *Você só vai ter que dividi-lo no papel*. Por isso, Boya ficou curiosa para saber como seria aquele retorno ao teto conjugal. Aposentos confortáveis tinham sido preparados para Seshamani, era o mínimo que podiam fazer. Por isso, ela podia ficar na residência oficial quando precisasse, pelo tempo que quisesse. Boya convidara Seshamani e o filho para passar alguns dias em Mbanza. Problemas de agenda haviam sido usados como desculpa, eles estavam sobrecarregados, responderiam depois. E tinham respondido, naquela noite, através de um programa de rádio ouvido acidentalmente. Claro, a esposa sabia que suas observações seriam analisadas pela imprensa, dissecadas, lidas nas entrelinhas, sujeitas a todo tipo de extrapolação. A questão das amantes rejeitadas devia ter sido resolvida de maneira definitiva para que ela se permitisse evocar o suposto harém daquele modo. Ela havia se assegurado de que suas amantes manteriam o silêncio. A menos que fosse aventureira o suficiente para se jogar naquele terreno sem marcos definidos. Boya não se importava muito com aquela questão. Não era nem a volta de Seshamani, para falar a verdade, que a incomodava. A ideia não era das mais felizes, mas ela havia se preparado para as visitas da mulher do *mokonzi* por já imaginar que Seshamani iria querer proteger seus recursos e fortalecer os laços que a uniam a Ilunga. O que a incomodava era o processo implementado, a maneira de esfaqueá-lo pelas costas. Ela deu de ombros. Sem dúvida, a atitude dela era vista daquela maneira, já que, sem avisar, havia se instalado na residência, delimitado os espaços da ala das mulheres e reorganizado o lugar sem consultar ninguém. Ela precisara agir daquela maneira por motivos que uma inteligência limitada poderia conceber, mas não podia esperar que a pessoa que se sentira brutalizada a entendesse. Isso exigia um recuo moral e um conforto interior que faltavam a Seshamani. Especialmente porque Ilunga havia apoiado a mulher vermelha, já que ele deixara aquilo acontecer. Eles não tinham conversado sobre aquilo, mas a atitude devia ter causado certo amargor. Com o convite, Boya quisera estender a mão, tentar uma pacificação. Mas isso podia ter sido interpretado como um gesto de autoridade: a dona da casa convidava a excluída a contemplar o domínio conquistado. Não havia um jeito certo de se comportar naquela situação, já que o caso era atípico. A etiqueta tinha que ser inventada. Seshamani não apoiaria a situação de bom grado, tinha acabado de demonstrar isso. A mulher vermelha decidiu agir como se nada tivesse acontecido. Ela não queria falar sobre a esposa naquela noite. O momento certo para aquela conversa seria ao amanhecer, quando os primeiros raios de sol tivessem despontado.

Boya lembrou que o retorno anunciado podia estar ocorrendo naquele momento, enquanto ela estava parada perto do *jardim de nossas mães*, os olhos fixos nas flores vermelhas de eritrina agora iluminadas pelo brilho alaranjado de um poste. A manobra se tornaria mais incômoda depois que os jornais assumissem o controle do caso, que espalhariam por todos os lábios. Naquelas condições, Ilunga não receberia bem a esposa. Se preferisse ficar na ala feminina, Seshamani não teria que enfrentar a raiva de Ilunga antes mesmo de ter entrado na residência. Seria o que Boya faria no lugar dela. Mas sua adversária — não adiantava mais tentar se enganar — talvez optasse por uma entrada estrondosa. Talvez quisesse agir de maneira viril, provocar um confronto. Bater usando os membros superiores, e não os inferiores como acabara de fazer, colocando em jogo sua força feminina. A ideia de renovar a rivalidade eterna entre as mulheres não a encantava, mas Boya tinha que reconhecer que também era culpada do rumo que as coisas haviam tomado. Era preciso ter o cuidado de não atacar, mas sempre revidar.

Deixar tudo nas mãos de Ilunga seria mais do que uma admissão de derrota. Significaria que ela não estava à altura dele, que ele estava errado sobre ela. Ilunga havia pedido que ela voltasse para a residência. Ela detectara uma preocupação no tom de sua voz, coisas que não podiam ser ditas em um comunicador, mesmo criptografado. A mulher vermelha baixou o vidro e pediu que o motorista se juntasse a ela. Eles já haviam perdido tempo suficiente. As luzes de Mbanza brilhavam quando eles seguiram viagem. Boya deixou o olhar passear pela cidade, por suas praças, passarelas, estações de bicicletas, a cor ocre dos edifícios, os espaços verdes que se tornavam azuis sob a iluminação noturna. Contemplou também as pessoas, aquelas para quem o dia havia terminado e aquelas para quem outro começava. Mas, na verdade, não foi isso que ela viu. Boya viu desfilar diante dela o sonho de várias gerações, a criação de um mundo inesperado, por muito tempo impossível, já que os séculos haviam desviado o espírito do Katiopa. Mas ele havia acordado. Pela primeira vez, a mulher vermelha disse a si mesma que queria contribuir para aquilo. Até então, ela dava aulas mantendo distância de uma prática política mais concreta, satisfazendo-se em formar mentes perspicazes, em ensiná-las a ler nas entrelinhas. Ela com certeza podia fazer mais. Teria que pensar sobre isso. A questão de suas atribuições tinha sido levantada no programa da rádio Quilombola. Para não interferir nas boas obras da esposa, seria sensato seguir outro caminho. A guerra entre as mulheres do *mokonzi* não aconteceria. Não daquele jeito. Seshamani não teria rival em seu setor de atuação. *Assuma seu lugar*, sugerira Ilunga. Seria necessário também inventá-lo. Boya ia parar de tatear seu caminho e se ver de maneira clara. Uma luz não apenas havia se acendido, mas a mulher vermelha aceitara sem dificuldade o que havia encontrado ali. A ambição, o ódio resoluto e a ferocidade latente que tinha em si. Saber disso era preciso para ela. Boya se sentiu completa, realizada.

O sedã saiu do bulevar Chivambo Mondlane, virou na rua Mangaliso Sobukwe, cuja inclinação fazia a alegria dos corredores de manhã, e entrou na avenida Menelique II. Boya não sentiu nenhuma apreensão maior ao se aproximar da residência. Para ela, o lugar havia se tornado sua casa. As sentinelas postadas na entrada da *nzela* se inclinaram por reflexo para ver de perto os rostos dos ocupantes do veículo. Ao reconhecê-los, contentaram-se em assentir, um gesto que tinha tanto valor de saudação quanto de autorização. Logo, os guardas de ambos os lados da cerca também fariam sinal para eles, enquanto os portões, decorados no centro com um *oudjat* estilizado, se afastariam para deixar o carro passar. Como sempre, Boya preferiu sair do carro antes de o motorista chegar à garagem. Ela gostava de passar sob as arcadas que margeavam parte do jardim mineral, observar de longe o lago cujas águas espelhavam a luz, acenar para os homens da guarda que faziam a ronda, erguer a cabeça para admirar as gravuras do teto da passagem. Sua caminhada a levava até a entrada principal da residência, que dava à mulher vermelha acesso ao saguão. No lado esquerdo de quem entrava na casa, havia um pequeno auditório com capacidade para 150 pessoas. À direita ficava a escada perto da qual fora instalada uma chapelaria para guardar os casacos dos visitantes. As esculturas em relevo que dominavam a porta do vestiário sempre a impressionavam por sua delicadeza. Ali, ela subia a escada que levava ao mezanino — onde ficava o grande salão de festas, separado do refeitório dos funcionários, contíguo à cozinha, por uma galeria e um jardim de inverno. A escada levava também ao primeiro andar, onde ficava a ala das mulheres. Quando ela entrou no vestíbulo, tudo pareceu igual, tranquilo e acolhedor graças à nova disposição dos cômodos. Boya abriu a porta de seus aposentos, tirou as sandálias, entrou no escritório para deixar suas coisas e saiu imediatamente para pegar o elevador. Normalmente, ela tomava banho antes de encontrar Ilunga. Naquela noite, deixaria aquilo para mais tarde. Ela não ouviu nada do quarto oposto ao dela, os aposentos que ela havia mandado redecorar respeitando as cores e o estilo de Seshamani. Boya tinha se inspirado no quarto anterior da primeira esposa e apenas o ampliara. A violência das emoções que sentia não a impedira de prestar atenção em certas coisas, e agora se felicitava por isso. Boya estava descalça quando se apresentou diante de Kabeya, que a levou até os aposentos de Ilunga.

Será que havia imaginado que encontraria Seshamani lá? Apenas Ilunga estava ali, parado no terraço com vista para o jardim vegetal e o rio ao longe. Ela o viu primeiro de costas, de comunicador na mão e fones nos ouvidos, para preservar a confidencialidade da conversa. Ele fazia pouco uso das funções visuais do dispositivo, não gostava de projetar hologramas diante dos interlocutores para dar a ilusão de uma presença física. Como sempre que estava perto dele, Boya sentiu os aborrecimentos desaparecerem. Ao se virar, ele a viu, se despediu do interlocutor e andou até ela. Decidida a não dizer nada sobre o programa de rádio, para não antecipar a febre midiática do dia seguinte, a mulher vermelha se deixou abraçar.

— Achei que você fosse chegar mais cedo — disse o homem, lembrando que engarrafamentos eram raros na *kitenta*.

Boya explicou que tinha precisado parar no caminho, pensar em várias coisas.

— Você queria falar comigo? Parecia preocupado antes.

Ilunga admitiu que não sabia por onde começar. Os acontecimentos estavam se acumulando e as notícias não eram nada agradáveis. Ela sugeriu começar pela notícia menos alarmante, só para dar tempo de eles se acomodarem. Ele a levou até a cozinha. Os dois podiam petiscar enquanto conversavam. Ilunga parou para servir uma bebida, sugerir um cardápio e começar a cortar tomates em rodelas enquanto ela amassava alho em um pilão pequeno.

— A Seshamani deu entrevista no rádio. Foi bastante pessoal. E...

Boya o interrompeu.

— Eu não queria incomodar você com isso hoje.

O homem enxugou as mãos no avental e se virou para ela. A mulher vermelha explicou que tinha se deparado por acaso com o programa transmitido na web rádio Quilombola e parado no caminho para ouvir tudo, o que causara seu atraso.

— Pedi ao Ikemba para estacionar o carro perto do *jardim de nossas mães*. Ele ficou do lado de fora, mas ouviu a convidada se apresentar.

Ilunga comentou:

— E ainda assim você voltou para casa.

A mulher assentiu. Era lá que ela morava, e eles sabiam que algo assim aconteceria. Ela inclusive achava que encontraria a esposa na residência em que aposentos haviam sido reservados para ela. Supunha que a informação seria publicada assim que amanhecesse em todas as mídias imagináveis e que, mais cedo ou mais tarde, a mulher que anunciara a iminência de seu retorno apareceria. O melhor que eles podiam fazer era enfrentar aquilo juntos. Ele assentiu e acrescentou que a esposa já estava em Mbanza.

— Ela parou no Uhuru Palace. Você sabe que a cadeia pertence a um dos irmãos dela. Foi lá que a entrevista foi gravada no fim da manhã.

Por isso, eles não deviam mesmo ficar surpresos se ela aparecesse ali de repente. Seshamani tinha talento para causar espetáculos, como Boya pudera notar. No entanto, Ilunga não achava que sua primeira mulher ia ficar na residência por muito tempo. Seshamani tinha uma companheira e não pensaria em se separar apenas para preservar seu lugar como primeira esposa.

— Talvez, mas ela quer alguma coisa. Logo vamos descobrir o que é.

Ilunga disse que estava aliviado com a reação de Boya. Ele precisava que nada perturbasse a harmonia do casal, por causa do que ia contar a ela.

Enquanto comiam, Ilunga relatou a ela o que havia descoberto e as recomendações da *sangoma*. Como ela podia constatar, a vida os estava pressionando. Eles só estavam juntos havia um ano, aliás nem isso, menos de um terço do tempo que tinham acertado.

— Tudo está acontecendo muito rápido — concluiu ele —, mas tenho a sensação de que sabemos em que ponto estamos. Em relação um ao outro.

A mulher vermelha, que olhava fixamente para ele, pediu que ele falasse de maneira clara. Ele a estava pedindo em casamento? Ilunga riu. Só estava reiterando sua proposta e esperava que ela confirmasse a resposta que dera antes:

— Você concordou em se casar depois de três anos. Quero saber se você faria isso depois de apenas um.

Boya achou que ele estava seguro demais de si, o que Ilunga negou veementemente. Era o amor dela por ele que não gerava dúvidas. Ela não tinha voltado para casa naquela noite, pronta para lidar com as dificuldades que aparecessem? A mulher ficou surpresa por ele estar brincando daquela maneira. O motivo pelo qual os planos deles estavam sendo alterados teria perturbado qualquer um. Ela não sabia se tinha assimilado direito o significado da informação recebida. Além disso, a duplicidade de Zama a deixava nervosa. Igazi a estava controlando ou ela ainda mantinha o livre arbítrio? Como eles iam morar com ela agora?

— Não vamos mudar nada. Nada de fechadura digital nem de câmera de vigilância.

Ilunga achava que Zama logo perceberia se equipamentos daquele tipo aparecessem de repente.

— Seja como for, acho que eles já têm o que precisam. Não se preocupe, vamos cuidar disso.

Ela não estava ansiosa. A escala do problema era tamanha que sentir qualquer tipo de ansiedade seria ridículo.

— Mas o que ele quer exatamente? O *kalala*?

Boya estava assustada com a ideia de que toda aquela armação era essencialmente para afastá-la de Ilunga. Era sério, ela não conseguia acreditar. Os Sinistrados não representavam um perigo tão grande assim para o Estado e, antes de chegar àquelas operações de espionagem, por que o *kalala* não havia exigido que ela fosse interrogada pela Segurança Interna? Boya não tinha nada a esconder. Ilunga pediu que ela se concentrasse nas prioridades. Eles podiam anunciar o casamento logo? A sugestão dele era que isso fosse feito no Dia do San Kura. Se ela concordasse. Aquilo também tiraria o tapete das pessoas que se permitiam falar dela de maneira depreciativa. Seshamani já havia causado danos suficientes.

Não era o momento romântico com o qual ela havia sonhado. Os dois estavam conversando sobre sua união como se ela fosse um problema ligado à segurança do Estado, uma maneira de salvar suas vidas. Ilunga não havia mencionado ameaças de morte, apenas uma manobra do *kalala* para separá-los. No entanto, a exigência da *sangoma* parecia se basear em razões bastante claras. A urgência da realização dos ritos a convenceu da natureza dos riscos que os dois já estavam correndo. Ela se sentiu despojada de sua intimidade com Ilunga, obrigada a admitir que, a partir dali, isso seria corriqueiro. Sua primeira reação era recusar, ao menos para tentar ganhar tempo, não se deixar levar pelas circunstâncias. Ela não queria deixá-lo, mas eles mal haviam construído sua casa e diversas infiltrações já a ameaçavam. Por isso, eles seriam forçados a recuar até um canto, enquanto esperavam consertá-las ou impediam que o teto caísse sobre suas cabeças. A princípio, não havia nada de muito agradável nisso.

Ela não satisfez a curiosidade de Ilunga de imediato. Primeiro, quis saber se ele tinha ouvido *Ritmo do Coração*. Ilunga respondeu que sim.

— Posso então dar uma ideia sobre a distribuição de tarefas?

O homem sorriu.

— *Mwasi*, talvez você pudesse dizer: "Sim, eu quero", e depois me informar sobre os seus objetivos políticos. Que tal se a gente fizer isso nessa ordem?

Ele via que ela tinha um projeto claro, do tipo que deixaria Igazi, o protocolo e as fofoqueiras encantados. Eliminar a questão mais simples fazia sentido, já que o resto teria de ser negociado. Foi a vez de Boya rir. Ela notara nos olhos de Ilunga um brilho ganancioso, uma impaciência que não tinha nada a ver com os assuntos discutidos. Dando a volta na ilha no meio da cozinha, ele tinha se aproximado e se preparava para abraçá-la quando ela fingiu se ofender:

— O que deu em você? Achei que não íamos resolver os problemas assim.

Ela não tinha nada a temer, ele esperaria a resposta antes de tocar nela, mas queria garantir que ia ouvi-la. Porque ela aparentemente estava com dificuldade de se expressar em voz alta. Ilunga retomou a proposta, reiterou o pedido. Se ela aceitasse, o anúncio seria feito em algumas semanas, no Dia do San Kura. O casamento aconteceria o mais rápido possível, assim que tivessem tempo para preparar as festividades e permitir que todos se liberassem para participar delas. Antes disso, suas famílias iam se conhecer. Era um pré-requisito. E então? O que ela achava?

— Acho que você não mencionou nossa lua de mel. Localização e duração?

O homem recuou meio passo. A viagem que jovens noivos faziam era uma tradição estrangeira. Ela ia exigir que eles trocassem alianças? Isso também não era costume. Talvez, mas já que nada seguia as regras naquela história, por que se privar de um pouco de fantasia? Ela nunca tinha visto as Cataratas de Maletsunyane nem o Kilimanjaro. Ficaria feliz se pudesse conhecê-los junto com ele. Claro, o casamento teria que acontecer no próximo período de férias dela. Não no recesso após as festas de ano novo, que estava muito próximo. Teria que ser no seguinte, o da *Chimurenga*. Seria no trimestre seguinte e tinha a vantagem de ser mais longo, cerca de três semanas, durante as quais festivais e eventos celebravam as lutas que haviam levado à unidade.

— Podemos esquecer as alianças. Isso não importa — concluiu ela.

O homem assentiu. Mas não estava totalmente satisfeito.

— Você não disse...

— Sim — interrompeu ela gentilmente. — Acabei de concordar em me casar com você. Mas como não vai acontecer como planejamos, eu queria ter uma lua de mel. Um momento um pouco menos político.

Ilunga suspirou aliviado. Então eles teriam uma lua de mel, e a imprensa e todo mundo só falaria disso. Seria mais uma prova de que ele comia na mão dela. Igazi gritaria para quem quisesse ouvir que os costumes sinistrados tinham se instalado sob o teto do *mokonzi*— resumindo, seria o caos. A mulher vermelha o recompensou com um beicinho. Aquilo não a assustava. Na situação em que estavam, o *kalala* podia dizer o que quisesse. Ela estava convencida de que a prática estrangeira e colonialista seduziria as mulheres do Continente. Todos os jovens amantes iam querer conhecer o local que acolheria o amor dos dois e os casais mais velhos iriam até lá para renovar os votos.

— Temos que escolher bem. O turismo vai crescer na região.

Seria, sem dúvida, necessário prever outras viagens. Sem isso, o chefe do Estado seria acusado de favoritismo. Ilunga soltou um assovio.

— Mas você é mais política do que eu. Achei que quisesse justamente escapar disso?

Ela riu.

— Foi você que me corrompeu.

Se aquilo era resultado da influência dele, Ilunga não ia reclamar — muito pelo contrário. Ele inclusive tinha a intenção de suborná-la ainda mais, e logo. A mulher vermelha achou que era uma boa hora para lembrar que tinha uma ideia para a distribuição de papéis dentro do harém do *mokonzi*.

— Se sua grandeza ainda puder me conceder um instante.

O homem confirmou que tinha muitos instantes para dedicar a ela, mas para outro tipo de conversa. Na verdade, eles iam, sim, falar sobre suas atribuições...

22.

Kabongo não acreditava muito em espíritos, mas algo estava pondo obstáculos em seu caminho. Desde aquela visita noturna, ele sabia que estava sendo seguido, constantemente espionado, embora nenhum dispositivo de monitoramento tivesse sido detectado em sua casa. Normalmente, ele conseguia facilmente esconder seus rastros, misturar-se à paisagem urbana, desaparecer no meio da multidão e reaparecer muito tempo depois. Usar o transporte público era uma vantagem. Ele pulava de um trem urbano para uma bicicleta, de repente subia em uma motocicleta elétrica depois de ter perambulado a pé por 45 minutos. Em geral, ninguém era melhor do que ele para identificar quem o seguia, independentemente do talento. Via de regra, suas investigações não duravam tanto tempo, especialmente quando precisava apenas vasculhar um perímetro restrito para pôr as mãos em um jovem doente. Ele não tinha conseguido entrar no Hospital Mukwege conforme planejado naquela tarde. Mal saíra do *baburi* e, enquanto seguia em direção ao posto de saúde, notara a presença de dois homens: um caminhava em direção a ele e o outro atravessava a rua para segui-lo. Uma troca de olhares entre eles tinha chamado sua atenção. Eles iam encurralá-lo, talvez até sequestrá-lo. Kabongo logo entendeu que os homens não eram bandidos, e sim emissários de seu visitante noturno. O tipo tinha senso de humor. Devia saber alguma coisa sobre a armação na esplanada. Tinha sido pouco depois daquilo que ele havia aparecido na casa de Kabongo. *Vai ser a sua vida que vou tirar se a gente tiver que se ver de novo.* As palavras haviam ecoado em sua mente, incutindo nele a energia necessária para derrubar o homem que se aproximara por trás dele correndo em direção ao trem cujo ruído sinalizava a parada iminente. Kabongo agora achava que, se tivesse corrido na direção oposta, podia ter alcançado seu destino inicial, conduzindo os capangas para um local seguro. Mas a distância a percorrer era maior daquele lado. Sua escolha espontânea tinha sido a mais pragmática. Eles não o haviam seguido, tinham se contentado em observar sua fuga. Kabongo não sabia por que, mas aquele encontro o deixara convencido de que estava no caminho certo. O jovem sinistrado estava nesse hospital. Kabongo deixara passar alguns dias antes de fazer uma nova tentativa. Naquele dia, usaria uma estratégia elaborada e não esconderia sua chegada. Ele se apresentaria no Mukwege como representante da Segurança Interna, brandiria o distintivo, faria perguntas em alto e bom som, veria o garoto e o levaria sob custódia. O simples fato de usar o uniforme do serviço o tornava irreconhecível. Ele melhoraria o disfarce com pequenos detalhes: bigode, peruca de mechas sintéticas. Havia algumas muito boas, que ele facilmente fixaria sobre a cabeça raspada. Enfim, ele veria. E faria isso apenas para sair do prédio da Segurança Interna. Chegaria ao escritório pelo bulevar Rei Amador como sempre, à paisana. Então, depois de passar pelo vestiário, sairia do prédio pelo estacionamento subterrâneo que dava para a Praça Amina de Zaria. O homem planejou agir no dia seguinte, bem cedo.

Na noite anterior, ouvir *Ritmo do Coração*, na web rádio Quilombola, trouxe de volta seu bom humor. Zanele tinha se saído muito bem, e ele não esperava menos dela. Quando ela havia ligado para saber se ele tinha uma ideia de como ela podia encontrar a esposa do *mokonzi*, ele tinha dito casualmente:

— Ah, eu não sei direito. Dizem que ela mora no sul, mas Mbanza costuma ter a honra de recebê-la. Eu mesmo a vi no Uhuru Palace na semana passada, durante uma reunião com um cliente. Pelo que entendi ela vai muito lá, porque a rede é de um dos irmãos dela.

O que Kabongo sabia era que Seshamani passara a ir ao hotel uma ou duas vezes por semana desde que suas amantes tinham sido despejadas da residência do *mokonzi*. Será que Seshamani teria habilidade suficiente para manter aquele estilo de vida por mais um tempo ou acabaria montando um harém em sua residência em Ikapa? De todo modo, ela fora perfeita durante o programa, dizendo apenas o suficiente para incomodar o marido e criar uma imagem pouco simpática para Boya. Ela ganhara todas as ouvintes. E aquela seria apenas a primeira rajada de tiros, já que havia anunciado que voltaria a Mbanza. A mensagem havia sido destinada, obviamente, à imprensa, que, naquela manhã, já dominava o assunto. Ninguém ousava incriminar o *mokonzi*, cujo comportamento, aos olhos da maioria, era de um homem comum. No máximo, fora salientado, com certa discrição, que a escolhida de seu coração poderia ter sido mais jovem. Uma mulher de quarenta anos não lhe daria filhos. No entanto, esse era o esperado nessas uniões. Todos lembravam que a segunda mulher tinha por missão alegrar a vida do homem, em todos os sentidos. Por fim, a notícia do retorno da esposa dera origem a muitas especulações. Ela não pararia por ali. Boya acabaria por se cansar daquela agitação e tentaria voltar a uma existência mais convencional. Mesmo apaixonada, ela era, sobretudo, uma mulher livre. Ele não conseguia vê-la largando o emprego para se dedicar a obras de caridade.

Kabongo abriu um dos armários da cozinha, tirou um pacote de bananas da terra fritas, esvaziou-o numa tigela e entrou no *ndabo*. Os meninos só voltariam dali a uma hora, e sua irmã, um pouco mais tarde. Ele desabou na *chaise longue* que completava o grande sofá que os filhos adoravam e fez como os dois faziam ao se aconchegar ali. Enfiando um punhado de bananas fritas na boca, apontou o controle remoto para a televisão e passou por vários canais. A sorte era que o Katiopa unificado não recebia mais programas de todo o mundo. As produzidas no Continente já eram muitas. Como sempre, Kabongo voltou aos canais já conhecidos, os mais antigos da região, e optou pelo primeiro, o do Estado. Uma peça de teatro clássico estava sendo exibida, uma obra sobre a resistência à Deportação Transatlântica. Não era um assunto dos mais divertidos. Kabongo consultou a hora e pressionou o botão que lhe dava acesso ao resto da programação. A peça logo terminaria e daria lugar a um programa de variedades. Antes disso, eles exibiriam o noticiário local, depois o noticiário noturno. Seus filhos voltariam meia hora depois do início do programa. Mas isso não importava, ele estava apenas tentando se distrair, nada mais. As crianças já contribuiriam para isso. A peça terminou com um monólogo soporífico, um discurso sobre a honra dos vivos e a memória dos mortos. Um daqueles sermões destinados a provocar a estagnação do pensamento, a hipertrofia do sentimento. O homem abafou um bocejo. Ninguém sentia falta da época em que aqueles textos haviam sido escritos. A ideia que todos tinham da poesia deixava a desejar. A *Chimurenga* do imaginário produzira muita falação até ganhar profundidade. Algumas das escolhas do canal público eram surpreendentes. Eles pareciam emanar de um desejo declarado de levar as coitadas das pessoas ao suicídio, tão acentuada era sua austeridade. Quando o assunto era a arte, a criação, um intelectualismo frenético impunha seu furor. Os responsáveis pela cultura acreditavam que sua missão era desintoxicar a população de sua propensão à alegria e à sensualidade. Eles pretendiam curá-los do temperamento caloroso que os tornara seres emotivos, perfeitos para divertir a plateia e se empanturrar de doces, literal e figurativamente. Iam pôr todo mundo de volta no lugar certo. Quando o Katiopa unificado se abrisse ao mundo para deslumbrá-lo com seu brilho, ele apresentaria povos consideravelmente mais frios e metalizados. Não poderia haver outra explicação. O noticiário regional logo o livrou do sofrimento. Ele abriu os olhos e atentou os ouvidos.

Kabongo quase esmagou as bananas fritas quando viu o rosto de Amaury Du Pluvinage. Filmado em um quarto do hospital, o jovem tinha o olhar desperto e a fala fluida. Ele havia vestido um *bùbá* vermelho que não combinava com sua pele, mas que todos os pacientes eram obrigados a usar. Era ele mesmo, apesar de estar dizendo que se chamava Mubiala e só falar na língua da região. Ao ser entrevistada, a médica responsável pelo seu caso pediu que quem quer que o conhecesse fosse até o hospital. Ele só podia ser um Sinistrado cujos ancestrais tinham vindo do país *fulasi*, embora não soubesse mais o idioma de sua comunidade. Ela não podia dar nenhuma explicação sobre aquilo, apenas uma hipótese: o jovem se relacionava com falantes da língua. Enfim, talvez uma visita de entes queridos causasse um choque positivo. Ela não revelou o que ele tinha, mas respondeu, relutante, quando o jornalista perguntou como o paciente havia chegado até ali. Ele havia sido descoberto em uma estrada rural, inconsciente. As pessoas que tinham encontrado o corpo imóvel correram para chamar uma ambulância. Ela não divulgou a identidade daquelas pessoas, preferindo dar mais informações sobre outro assunto. Quando perguntaram se ela ficara surpresa por ter que cuidar de um Sinistrado, a médica respondeu:

— Não, claro que não.

Não era como se o Continente tivesse acabado de descobrir os cidadãos do país *fulasi*. O Katiopa unificado tinha apenas cinco anos de idade, e muitos de seus habitantes haviam tido a oportunidade de visitar o território de Pongo. Além disso, com o apoio de doadores, o município de Mbanza instalara um dispensário na área habitada pelos Sinistrados. Eles eram tratados lá, seus filhos nasciam lá...

— Merda — sussurrou Kabongo.

Uma informação tão incomum se espalharia rapidamente pela cidade. Ela chegaria ao *kalala* em menos tempo do que o necessário para pensar na situação. O que ele devia fazer? Pegar o garoto, prendê-lo como planejado? Nenhuma identidade seria encontrada com ele. As imagens filmadas por Nandi não poderiam ser usadas como parte de um processo regular. Elas haviam sido obtidas sem o aval de uma autoridade judicial. Assim que tinham sido entregues, o *kalala* deveria ter informado o magistrado do setor. Mas o chefe da Segurança Interna tinha uma ideia em mente, cuja concretização o levara a esquecer as regras. Era preciso reconhecer que os objetivos da operação não se enquadravam no âmbito da lei. Nada proibia ninguém de sonhar com vitórias quase impossíveis. O discurso de Amaury Du Pluvinage podia ser facilmente percebido como um capricho, uma fantasia que o ajudava a suportar uma vida muito pouco satisfatória. No estado dele, aquela estranha patologia que o levara a falar apenas a língua regional e a se apresentar sob o nome de Mubiala, o Sinistrado não confirmaria sua identidade. Seria difícil descobri-la. Talvez eles pudessem esperar que sua família o traísse ao procurá-lo. Mas era possível que ela o renegasse, ou que ele não a reconhecesse. O produto que Kabongo havia usado era conhecido pelos efeitos no cérebro, mas era a primeira vez que um fenômeno semelhante era observado. O garoto dominava o idioma tão bem que todos eram forçados a supor que ele o praticava havia vários anos, regularmente. Aquele simples fato já merecia certa reflexão. A autarquia identitária em que viviam os Sinistrados não permitia que ninguém imaginasse aquilo. O caso de Amaury Du Pluvinage era excepcional? Resultado do namoro com uma garota da região? Ela não deixaria de ir até o hospital. Ao vê-la, o jovem voltaria ao seu estado normal? Sua imersão na cultura local era compatível com um projeto nefasto para o Estado? Kabongo se levantou, pousou a tigela de bananas fritas na mesinha de centro, desligou a TV e foi buscar alguma coisa para recolher as migalhas que espalhara.

Esta não era hora de se distrair com conjecturas. A imprensa sensacionalista, sempre em busca de histórias emocionantes, já devia estar na porta do Mukwege. Ela não demoraria a receber reforços das principais cidades do Estado. Os jornalistas não seriam autorizados a entrar no local. Mas isso não importava: eles acampariam do lado de fora, demonstrariam paciência para obter da equipe qualquer informação que pudesse ser destacada, se atirariam sobre os visitantes para extrair impressões e até suspiros. Os mais ousados não hesitariam em subornar o pessoal da limpeza, em lhes fornecer o equipamento necessário para fazer imagens, gravar conversas. E talvez nem tivessem que fazer isso, já que os funcionários do hospital eram plenamente capazes de identificar sozinhos algo que poderia beneficiá-los naquela situação. Naqueles tempos, todo mundo tinha as ferramentas certas. Ou seja, em breve toda a cidade estaria perto daquele paciente singular. Claro, alguém havia ordenado a transmissão da reportagem vista no noticiário. Ele não achava que a direção do hospital assumiria aquela responsabilidade sozinho. Afinal, ela teria comunicado o problema mais cedo, assim que o jovem tivesse chegado ao local. Kabongo imaginou um cenário em que Boya tinha chamado a ambulância e a esperado ao lado do jovem inconsciente. Mas era impossível. Ela não podia tê-lo encontrado, não onde ele havia sido deixado. Outra pessoa havia passado pela área, provavelmente um morador da região. E isso podia ter acontecido logo depois de Kabongo ter ido embora. Boya ficaria sabendo da notícia do mesmo modo que os moradores de Mbanza. Ele não tinha mais o controle da situação. Uma leve apreensão o dominou. Sua vida parecia ter ganhado tons de absurdo desde o dia em que o *kalala* lhe confiara a missão de se infiltrar na intimidade da mulher vermelha. Ele havia perdido tempo demais elaborando a melhor abordagem possível. Desde então, Kabongo chegara a pensar que lhe faltava consciência profissional. A ética devia tê-lo levado a confessar tudo ao chefe. Como ele poderia ter apresentado a situação? O fato de terem sido amantes teria sido visto como uma vantagem. Ele não teria conseguido olhar nos olhos de seu superior e explicado: *Estou convencido de que ela tem outro amante. Da última vez que nos vimos, pedi que ela resolvesse o problema. Não posso entrar em contato tão rápido, ela ia questionar isso. De qualquer maneira, eu ia acabar passando vergonha.*

Ele teria que dar um jeito de ser substituído. Seu erro tinha sido aceitar a missão sabendo que seria difícil realizá-la.

O fato de ele estar disposto a enfrentar o *mokonzi* de homem para homem para conquistar uma mulher não mudava a realidade: em termos profissionais, ele tinha se colocado em apuros. Por sentir que Boya escapava dele, tinha imaginado que a teria um pouco enquanto tivesse que vigiá-la. Fora essa fraqueza — a palavra veio imediatamente a ele — que desencadeara a série de acontecimentos desagradáveis que tinham se seguido. Um enorme fracasso. E o auge daquela catástrofe acabara de aparecer diante de seus olhos. A presença de Boya na esplanada do *Estrelas da Maafa*, inviabilizando uma operação crucial, não havia sido o suficiente. O desaparecimento do Sinistrado, inconsciente, do local afastado em que ele o havia deixado não havia sido o suficiente. O fato de um estranho sem rosto ter invadido sua casa e o neutralizado, antes de apagar gravações valiosas de seu comunicador, certamente devia ser visto como uma pequena desventura. Por isso, a vida julgara necessário enfiar o dedo na ferida e servir a Kabongo a imagem de um Amaury Du Pluvinage que se tornara Mubiala e não falava mais *fulasi*. Boya. Estava na hora de encerrar o assunto, de se livrar daquilo de uma vez por todas. Caso contrário, haveria uma tragédia, ele perderia o emprego. A entrada repentina dos filhos o fez parar de pensar no assunto. Era o fim do dia para os dois, mas eles ainda transbordavam com a energia quase sobrenatural que as crianças têm quando não queremos cuidar delas. Era naquele momento que elas mais exigiam atenção. Kabongo se deixou ser beijado, levado pelo furacão, puxado para o interior do ciclone. Retomando o controle aos poucos, ele quis ver os cadernos dos filhos para saber que dever de casa teriam e a programação para os dias seguintes, e a agenda caso a professora tivesse deixado um recado para ele. Os alunos do ensino fundamental eram formados como os mais velhos haviam sido, com lápis e papel, giz e lousas. Quando tinham comunicadores, os pais restringiam suas funções. Por isso, os aparelhos não podiam ter outra função além de contatá-los em caso de urgência — e, a princípio, a escola, onde as crianças deviam passar o dia, se encarregava disso. Portanto, elas não precisavam daquele tipo de aparelho. Os filhos de Kabongo não tinham e nunca havia pedido um. Terminada a inspeção, ele pediu que fossem para o banheiro, coisa que fizeram sem protestar. Assim que tivessem feito a lição e jantado, iam poder brincar. Eles se entregariam às brincadeiras com o frenesi das noites sem amanhã. Kabongo sinalizaria o fim do jogo e os poria na cama para lhes contar uma história, que interromperia antes do fim. Como costumava acontecer, os meninos teriam apagado, sem perceberem.

As coisas aconteceram como ele havia imaginado. Biuma, sua irmã, pôs a cabeça para dentro do quarto dos pequenos enquanto eles colocavam o pijama. A presença dela foi para eles a oportunidade de gritar, de pular em todas as direções. A alegria daqueles reencontros diários jamais podia ser reduzida, a começar pela elegância e pelas boas maneiras. Ela não se ofendia. Biuma tinha pelos sobrinhos um amor de avó mais do que de tia, e aceitava quase tudo que fizessem. Tinha sido assim desde que Kabongo e Zanele haviam se separado e eles haviam tido que se adaptar a uma nova vida familiar. O jantar foi um momento de muita alegria, como costumava acontecer quando os quatro estavam juntos. No entanto, Kabongo não esqueceu nada do que o atormentava. Ele sabia fingir, aquilo não exigia muito esforço. Ele e a irmã achavam muito natural unir suas solidões na casa em que havia crescido, a fim de recriar a harmonia de antes. E aquilo tinha acontecido naturalmente. Ele estava se divorciando, e ela, voltando para Mbanza depois de anos na região de Kiri Nyaga, não muito longe do lago Turkana. Para ela, o fogo do casamento também já havia acabado, mas ele não se contentara em reduzir a cinzas as promessas de romance e gozo ininterruptos. Biuma também tivera que se despedir do salário obtido com o emprego que tinha na época, de divulgação do trabalho do companheiro, uma espécie de tocador de tambor que se apresentava sozinho no palco. Ela recebia parte dos honorários pagos ao músico e se contentava com isso, já que a nobreza de seus sentimentos a impedia de exigir que parte dos direitos autorais lhe fosse repassada. No entanto, esse era o normal e teria sido o justo: ela não suportava diariamente aquele ruído que tentava se passar por música? Kabongo estava convencido de que nem o amor podia ter provocado a surdez dela. Por causa daquela situação, Biuma havia elaborado, para conseguir acesso à imprensa e às casas de show, um discurso sem nenhuma referência à arte. Ela mencionava apenas ancestrais, rituais, transes, uma palavra que emanava das profundezas dos tempos e da terra. As pessoas iam ver uma performance, que fazia certo sucesso. Infelizmente, o marido via as coisas de maneira diferente e queria que seu talento como compositor fosse reconhecido. Não, ele não era dominado pela influência de seus ancestrais. Só havia ele, seu gênio musical. Sempre tentando satisfazê-lo, Biuma tivera a ideia de chamar uma balafonista para acompanhá-lo em algumas músicas do novo repertório, que supostamente consagraria o talento do artista. E, apesar de ser surdo, o idiota não sofria de cegueira. A tocadora de balafom era jovem, bonita e disponível...Quando Biuma voltara para a cidade em que havia crescido, apenas ele e os meninos moravam na casa.

O Estado tinha abolido a propriedade e devolvido os territórios às comunidades. No papel, o princípio era muito nobre e atendia a demandas antigas de grupos expropriados. Por outro lado, os fatos demonstravam o estado complexo dos grupos humanos do Continente. Certas populações tinham passado a existir apenas nas páginas de obras que tinham sofrido tanto com a força do tempo que era difícil abri-las sem reduzi-las a pó. Isso era frequente nos grandes centros urbanos, já que o destino das metrópoles era ser de todos e não pertencer a ninguém. Os povos que a memória havia registrado como os primeiros a se estabelecerem naquelas áreas, antes da dominação estrangeira e das alterações identitárias que ela muitas vezes gerara, logo haviam percebido que eram minoria nas cidades. Depois, eles haviam sido silenciosamente extintos e tinham levado com eles sua gênese e sua genealogia. Quando esse não era o caso, era necessário garantir a legitimidade dos pretendentes a autóctones. Os colonos haviam sempre indicado e destituído reis, nomeando donos para os territórios de acordo com seus interesses. Depois deles, os regimes neocolonialistas haviam mantido aquela estratégia e fabricado autoridades tradicionais, que haviam entrado com facilidade no jogo. O Katiopa unificado resolvera o imbróglio dando aos *mikalayi* a tarefa de administrar as terras em litígio. Depois, fora necessário resolver a questão dos descendentes dos refugiados: a era colonial obrigara muitos a pegar a estrada, muitas vezes para reprimir revoltas. Certas vezes, aquelas populações não haviam retornado ao território ancestral, e ninguém viera convidá-las a voltar. Elas haviam se fixado na terra imposta, regado-a com seu suor e nutrido com seus restos mortais. A história do pertencimento a um território e todas as outras só tinham em comum o fato de terem um início. E casos parecidos valiam como exemplo. Até onde era apropriado recuperar o fluxo das migrações humanas para legitimar a presença de um grupo em um território? Para dar uma resposta definitiva àquela pergunta, a Assembleia dos *Mikalayi* adotara medidas que agora eram aplicadas em todos os lugares em que povos diziam ser mais originais do que outros, cuja linhagem vivia e morria na área havia menos de trezentos anos.

As comunidades tinham sido, portanto, reabilitadas, e o seu direito ao uso da terra, restaurado. Elas tinham sido ampliadas para incluir os refugiados mais recentes: dos tempos coloniais, das migrações pós-coloniais, aqueles cuja presença havia sido aceita há muito tempo e que tinham se misturado a elas. Eles não podiam voltar no tempo, os humanos nunca haviam parado de percorrer as terras do Katiopa. Quanto aos bens imobiliários, os *mikalayi* tinham agido de maneira diferente, dependendo da região. Ali na *kitenta* e nos arredores dela, as comunidades tinham ficado responsáveis por arbitrar divergências familiares. Quando elas não existiam, como no caso de Kabongo e Biuma, os herdeiros haviam mantido a plena propriedade das residências herdadas de seus antepassados. Alugá-las a terceiros não era muito bem visto, mas todos fechavam os olhos para isso. A maioria das pessoas tinha se mudado para suas casas, uma vez que morar em Mbanza estava cada vez mais caro. Os proprietários de imóveis davam preferência ao Estado, que instalava nelas seus agentes e seus serviços. Isso lhes rendia vantagens fiscais — perdidas quando eles cediam os imóveis a estabelecimentos comerciais. Mas ninguém perdia ao fazer aquela escolha, que muitas vezes era mais lucrativa. A *kitenta* tinha passado por um período um pouco agitado, quando fora preciso implementar aqueles novos procedimentos. Eles ainda estavam entalados na garganta de alguns, mas ninguém ousara demonstrar saudade dos séculos de capitalismo desenfreado, da época em que muitos acumulavam com fervor, dos anos febris de insegurança imobiliária em que certas relações permitiam a espoliação frequente. Kabongo e Biuma partilhavam a casa que o avô paterno deles construíra. Seus pais haviam tido a boa ideia de adicionar um andar, o que facilitava a convivência deles. A construção ficava em uma zona residencial bastante familiar. Os meninos andavam por ela sem medo, curtindo as brincadeiras no jardim municipal em companhia dos amigos. Os moradores da região se conheciam e cuidavam uns dos outros. Depois que as crianças já estavam na cama, Kabongo conversou um pouco com a irmã. Ela então foi para seus aposentos. Ele tomou banho, pôs uma roupa escura e foi para o *One Love*.

No *baburi* que o levava até a beira do mar, uma área abandonada onde ainda existiam blocos de concreto que espalhavam poluição pelo ar, Kabongo apreciou a sorte que tinha por morar com sua irmã. Ela havia encontrado um emprego em uma agência de comunicação, mas ainda preferia morar ali. Biuma não tivera filhos e gostava daquela maternidade em regime parcial que os sobrinhos proporcionavam. Eles já eram grandes o bastante para não precisar ser monitorados o tempo todo e era possível ter conversas inteligentes com eles. As noites em que seu irmão se ausentava não eram raras, mas ela não reclamava. Ao lado do aspirante a musicista, ela tivera uma vida agitada e incerta em muitos aspectos. A história dos dois terminara com o caos habitual das traições previsíveis. Ao dar as costas para nunca mais voltar, Biuma deixara para trás um grande amor e pelo menos três quartos da confiança que era razoável conceder a um homem. Ela raramente tinha contato com ele, na maioria das vezes durante o dia, sempre fora de casa. Por motivos diferentes, o irmão e a irmã tinham renunciado ao companheirismo arcaico entre homens e mulheres e lidavam muito bem com isso. Bastava escutar os outros, os incontáveis que perpetuavam a tradição, para se felicitar por não terem seguido o exemplo deles. Além disso, por terem experiência no assunto, eles conheciam de perto o que os repelia e valorizavam as noites sozinhos em sua cama. Kabongo desceu do *baburi* e percorreu o resto do caminho a pé. A noite ainda balbuciava, mas logo ela se dedicaria a falar uma linguagem grosseira. Era disso que ele precisava. De um tipo de introspecção ativa que o libertaria, ao amanhecer, da aflição da perda da mulher vermelha. Tinha chegado a hora de ser claro, de admitir que ela não seria dele. Kabongo pretendia se entregar inteiramente ao que considerava uma prática purificadora. Claro, não seria um ritual ancestral nem uma cerimônia religiosa, já que todo aquele intangível não o emocionava. No entanto, extirpar Boya de sua pele era como se libertar de um feitiço. A mulher proliferava em seu ser, contaminando até a menor célula, coisa que nunca havia acontecido. Usando a missão como pretexto, ele lia os artigos a respeito dela, tinha que se forçar para não se demorar nas novas fotografias publicadas. Um exorcismo era necessário. Ele ia agir da maneira mais profana possível, mas o que queria era, no fundo, da mesma ordem: que ela deixasse seu corpo, que sua alma lhe fosse devolvida. Caso contrário, ele perderia mais do que o apreço do *kalala* e não poderia mais exercer sua profissão. E o que faria então? Seu disfarce de contador não havia sido escolhido por acaso, ele era formado na área, conhecia o jargão do setor, sempre lia as publicações destinadas aos profissionais, pagava regularmente a mensalidade de uma das suas associações e pagava os impostos necessários para praticá-la. O disfarce havia sido suficientemente criado para que ele pudesse trabalhar. No entanto, era impossível considerar um retorno. Ele era um agente da inteligência, um dos homens secretos graças a quem o Katiopa unificado podia sonhar em ser forte. Ele fazia parte da vigilância, outros eram espancadores e até assassinos. Ele sabia que o *kalala* mantinha um grupo de *barbuzes*, sobretudo formado por ex-soldados. Orgulhosos de servir o Estado, eles trabalhavam nas sombras e aceitavam ser engolidos por elas. Se a missão deles desse errado, nada seria feito para resgatá-los. Ninguém os conhecia, ninguém demonstraria nenhuma gratidão por eles. Kabongo não sentia um pingo de desprezo por eles, muito pelo contrário. Qualquer nação digna desse nome, qualquer Estado deve ter aquelas figuras a seu serviço, indivíduos prontos tanto para tirar vidas quanto para sacrificar as suas. Se ele não pusesse a vida de volta nos trilhos o mais rápido possível, nem teria a honra de se juntar àquele exército das sombras, àqueles mercenários do poder. Com alguma sorte, ele acabaria sendo demitido. Um agente como ele com certeza não receberia agradecimentos, não voltaria à vida normal. Ele sabia demais.

Ele logo chegou ao coração da área abandonada, que o município mal iluminava. O local havia sido evacuado, já que a erosão costeira fazia com que frequentar o local fosse perigoso. O mar às vezes ainda lançava sua fúria ali e obrigava as pessoas sem consciência que se aventuravam pelo local a subir até os andares mais altos dos edifícios. Como sempre, Kabongo consultara a previsão marítima para evitar uma surpresa desagradável. A equipe do *One Love* agia assim, e os imprevidentes acabavam dando de cara com portas fechadas. Mas não seria o caso naquela noite. Ele ainda não tinha encontrado ninguém, no máximo vira silhuetas furtivas se bifurcarem na esquina de uma *nzela*. Antes de se aproximar dele, eles tentavam confirmar se já o haviam visto na região ou cercá-lo bem o suficiente para controlá-lo, se necessário. Então ele seria roubado. Ao seu redor, atrás de vidraças maculadas pela poeira, quando não quebradas, pequenos pontos de luz indicavam uma presença humana. Ele não se demorou sobre a laje que separava dois edifícios em ruínas. No passado, quem mandara construir aqueles prédios fizera questão de preservar a vista do céu e do mar. Era o que queriam os veranistas de Pongo que se reuniam ali, ansiosos por humanizar a cor de sua pele. O piso de concreto que ele acabara de deixar para trás devia ter sido muito diferente no passado. Talvez tivesse arbustos em vasos, um jardim de pedras, um lago com uma fonte no centro. Elegância. Alegria. Ele não se lembrava de ter passado por lá no passado, já que aquela parte da praia era reservada aos estrangeiros ricos. Era a única área em que era possível encontrar empregados e fornecedores habituais de gêneros alimentícios diversos, perecíveis ou não. Já o povo tinha que se satisfazer com espaços menos bem cuidados, cheios de lixo e pouco seguros ao cair da noite. Era aquela face do mundo que ele frequentava na juventude. Ele não se arrependia de nada. Festas memoráveis haviam acontecido na parte da praia destinada aos pobres. Kabongo passou pela porta aberta de um prédio de três andares cuja estrutura era surpreendente. A finura extrema da base contrastava com a largura do último andar. Parecia que o edifício havia crescido entre dois outros, que o comprimiam, até que, ao recuperar a liberdade, ele posicionara seu cume acima de seus torturadores, ignorando-os e cobrindo-os. Em todas as suas visitas, Kabongo questionava o que norteara o arquiteto que desenhara a planta do edifício e sobretudo por que o *One Love* tinha ido se instalar nele. A discrição era reverenciada ali. O térreo era deserto. Não somente não havia ninguém para receber o visitante, mas o espaço era vazio. Uma escada de degraus de granito, sem corrimão, ocupava quase toda a superfície e convidava as pessoas a subirem. Ou a saírem dali, dependendo da sensibilidade delas. Ele a pegou, passou pelo primeiro andar, marcado também pela forte presença do vazio, pelas paredes cor de rubi e pelo teto azul-marinho. Um silêncio pesado acompanhava seus passos, mas alguém o via, alguém o observava. Kabongo sabia que o *One Love* era protegido de fora e monitorado de dentro. Para falar a verdade, ele não sabia como. Simplesmente constatara que os visitantes nunca se encontravam. O balé deles devia ser orquestrado de uma maneira ou de outra. Mas Kabongo não queria saber de tudo, não ali. Ele tivera a oportunidade de conhecer mais detalhes e conscientemente preferira se manter à margem de certos mistérios. Ele se demorou na escada. Não precisava se apressar. Era melhor estender a espera, chegar com o melhor humor possível. Ali ele encontraria o remédio adequado para a alienação que prometia arruinar sua vida. Só naquele lugar ele poderia se libertar das imagens mentais e das sensações fantasmas que o atormentavam, quebrar as barras da cela que o desejo pela mulher vermelha havia criado. Ela precisava resolver o problema e ligar para ele logo depois. Algo dentro dele insistia em esperar. Ele não teria exigido explicação. Bastaria que ela o chamasse. A mulher que ele havia conhecido em um parque não costumava dispensar as pessoas sem dizer nada. Mas Boya havia se mudado sem dizer nada. Desde então, ele não tocara em ninguém, não tinha nem desejado ninguém. Resumindo, era como se ele tivesse se deixado morrer.

No terceiro andar, o vermelho-escuro das paredes ganhava um tom mais brilhante. Era como se a pintura tivesse sido refeita recentemente. A porta, coberta pela mesma cor e embutida na parede, só podia ser identificada pelo contorno. Não havia placa para confirmar que a pessoa havia chegado ao lugar certo, código para inserir, campainha para apertar nem sistema de reconhecimento digital ou facial. Kabongo sorriu. Pelo que podia ver, nada havia mudado. A porta de entrada ficava aberta, mas apenas os iniciados entravam no andar de cima, fechado para os intrusos. Ele se lembrou de quando havia descoberto o lugar, muitos anos antes. Na época, a Federação Moyindo dava seu último suspiro, mesmo sem ter consciência disso. Tinha sido doze anos antes, quando ele era um jovem que queria servir nas forças armadas. No entanto, o regime de Mukwetu o repelia — Kabongo não conseguia se imaginar servindo aquele déspota que sofria de demência. Por isso, continuava frequentando aulas da faculdade de Economia, fingia se especializar em gestão. Na verdade, foi uma época em que seu corpo dormia, entediado, o dia todo, e acordava ao anoitecer. Só então ele passava a se interessar tanto pelas coisas quanto pelos seres. Com a mente repentinamente atenta quando a noite caía sobre Mbanza, ele percorria as fendas, as fissuras da cidade. Kabongo mantinha uma espécie de diário, no sentido estrito do termo, um registro mental de suas explorações, como se precisasse guardar os contornos do afresco nebuloso que se oferecia a ele. A capacidade de se lembrar de nomes, rostos, lugares, perfumes se aguçara durante aqueles exercícios. E, claro, como a ausculta do avesso do mundo frequentemente exigia, Kabongo investia nele seus bens sensuais, pagava com a própria pele por muitas revelações. Quando o Katiopa unificado foi formado em sua primeira versão, aquela que abrangeria, sete anos depois, grande parte das antigas nações coloniais do Continente, o homem estava pronto. Ele conhecia o ambiente em que vivia e sabia o essencial sobre si mesmo. Da última vez em que ele havia vindo ao *One Love*, Samory, seu filho mais velho, tinha acabado de nascer. Eufórico, Kabongo quisera sentir um gozo impossível de ser partilhado com Zanele. Fazia tempo, mas aquele lugar único não parecia ter mudado. Ele se encostou na parede contrária à porta, um pouco inclinada, início de um corredor que conduzia a outra escada, a que dava acesso ao terraço. Depois de alguns minutos, a porta se abriu. Kabongo entrou e parou diante do balcão da recepção, enquanto a porta se fechava lentamente.

Um furacão azul avançou na direção dele. Acompanhada pelos aromas fervorosos de um perfume apimentado, a pessoa, que pedia para ser chamada de Ehema, usava sandálias de salto plataforma, que davam ao seu andar um equilíbrio delicado. Pendurando-se no pescoço de Kabongo e encostando as duas maçãs do rosto coradas nas bochechas dele, ela emitiu dois breves ruídos estridentes, que desapareceram no ar. O reencontro parou por ali. Ela o soltou e deu um passo para trás. Da última vez que tinha vindo, havia tempo demais segundo ela, Kabongo queria comemorar. Tinha o mesmo objetivo naquela noite? O que eles podiam fazer para agradá-lo e impedir que anos se passassem antes que eles voltassem a se ver? Enquanto falava com ele, ela o convidou a se sentar em uma das poltronas que cercavam uma mesa de centro e se instalou à sua direita. Kabongo não tinha nada para comemorar, pelo contrário. Ele foi direto ao formular seu pedido, sabendo que ele seria realizado. O *One Love* tinha a particularidade de poder atender às expectativas mais surpreendentes possíveis, e a sua era simples. Kabongo sabia que o lugar tinha várias representantes da fisionomia que lhe interessava em seu catálogo. Mas apenas um perfil motivara sua visita. A única questão válida no momento era a da disponibilidade. Ao ouvi-lo, a pessoa assentiu e fez desfilar, na tela que ocupava o centro da mesa, as modelos ainda disponíveis naquela noite. Restavam exatamente nove. A que o interessava apareceu por último. Quando Kabongo pousou um indicador determinado sobre ela, a pessoa ergueu uma sobrancelha intrigada.

— A Kioni? Olhe, ela não é muito novinha. Além disso, ela às vezes recebe, digamos... espíritos. Isso incomoda algumas pessoas.

Ehema sugeriu que ele visse Makena. Era mais nova, mas não dava a impressão de ter acabado de sair infância, e tinha o visual desejado: cintura alta, quadris estreitos e um traseiro proeminente que parecia fazer um discurso. Ele balançou a cabeça. Queria Kioni. Tinha vindo por causa dela. A pessoa deu de ombros. Tudo bem. Ele queria que ela tivesse um nome específico quando eles se encontrassem? A voz de Kabongo soou firme ao fazer a exigência e a ouvinte a recebeu sem vacilar. O homem riu sozinho, imaginando que não era o primeiro a pedir aquilo.

O furacão azul, que tinha se tornado uma leve brisa, pediu que ele esperasse. Apesar de ter todos os recursos para realizar aquela performance e o que se seguiria, Kioni precisaria se preparar. Teria que ser criativa, não sabia do que precisaria para elaborar tudo aquilo, teria que improvisar. Kabongo interrompeu as afirmações preocupadas. Não, ele não precisava que nada de especial fosse feito. O penteado da moça e o cenário em que ela estaria deviam ser comuns, mas não pobres. Algo simples e vivo. A pessoa relaxou. Se era apenas isso que queria, ele podia confiar no *One Love*. A espera seria mais curta. Ela desapareceu, os babados azuis elétricos da saia açoitando a curva das panturrilhas acobreadas. A tez de tom cobre, antes vista como uma anomalia, era o que tornava o *One Love* diferente. As pessoas iam até lá em busca de seres do terceiro tipo, cuja pele avermelhada acentuava a estranheza, para criar uma situação que lhes permitisse ultrapassar seus limites e, assim, conhecer seu ser profundo. Ele já fizera isso, várias vezes. Fazia certo tempo que não abria a porta escarlate do lugar porque a introspecção dera frutos. Naquela noite, a exploração das próprias profundezas não lhe ensinaria nada sobre si mesmo. Sua intenção não era se descobrir, e sim realizar uma limpeza meticulosa da área infectada. Porque Boya estava envenenando sua alma. Ele não tinha outras palavras para designar a ação nociva da mulher vermelha nem para nomear a parte corrompida de seu ser. A alma. Uma noção que, para ele, combinava o cérebro e o coração. Os dois formavam a concepção que ele tinha da alma.

Ele logo foi informado de que podia se juntar a Kioni. Foi levado à direção contrária ao balcão da recepção, por um corredor tomado por um silêncio tão intenso que qualquer um pensaria estar longe do mundo. Não era o silêncio pesado que se abatia sobre os grandes constrangimentos, nem o ameaçador que anunciava desastres devastadores, nem o emocionado das alegrias febris demais para serem descritas, nem mesmo o dos instantes mudos em que não havia nada a dizer. Aquele silêncio parecia vir de outra esfera, tanto pela opacidade quanto pela magnitude. O tempo e o clima eram abolidos por ele. Andar por aquele corredor de várias portas fechadas, atrás das quais aconteciam coisas que ninguém saberia, era mergulhar naquele silêncio que despia qualquer pessoa. Ainda não o suficiente, porque o que era tomado era a relação com o mundo exterior — que devia ser esquecido antes que entrasse no mundo que se abriria. O silêncio não dominava a passagem: era o caminho, uma câmara de descompressão. Ele se interrompeu por um segundo diante da porta marcada com o número 18. Então a abriu. Quando entrou, um sibilo foi ouvido atrás dele, indicando que a vigilância havia sido ligada. Eles não seriam incomodados até o final da sessão, e ela só acabaria quando ele quisesse. No entanto, faltava uma etapa, em que ele não decidiria nada. Antes de encontrar Kioni, Kabongo tinha que se sentar em uma poltrona e observar, através de uma câmera, o que acontecia do outro lado da sala. Era lá que a cena havia sido montada e que sua anfitriã se mostraria antes ser tocada. O espetáculo tinha dois objetivos precisos: permitir que a pessoa que encomendara o serviço aprovasse o cenário e obter seu consentimento quanto ao figurino da pessoa que passaria a noite com ela. No braço do assento que o acolheu, havia uma caixa com três botões. Por meio deles, Kabongo podia avisar que tudo estava perfeito, que os detalhes precisavam ser revisados ou que ele havia desistido de participar.

Quando Kioni apareceu, vestida com um *bùbá* amarelo e um *iro* perfeitamente ajustado, ele ficou sem fôlego. A semelhança era perturbadora. Era uma sósia de Boya, ou ao menos da imagem publicada na imprensa sensacionalista no início de seu relacionamento com o *mokonzi*. Quando chegasse a hora, será que ele se atreveria a dizer o nome da mulher vermelha? Enunciá-lo para não mais se agarrar a ele com tanta força. Para que não fosse mais um segredo tão bem guardado que dominava todos os seus pensamentos. Para arrancar dela as carícias pelas quais estava obcecado, submetê-la a atos que os dois não haviam imaginado. Para fazer dela uma atriz de uma peça depois de alojar sua identidade no corpo ambivalente de Kioni. Para pagá-la no final e dar as costas para ela. Kabongo voltou a atenção para a cena que se desenrolava de acordo com seus pedidos. A dona de um quarto que podia ser de qualquer mulher de classe média — e incluía uma cômoda, uma lâmpada à gravidade e uma cama de casal — tirava a roupa para amarrar um pano vermelho sob as axilas. Ela se virara para apresentar à câmera as nádegas redondas que se destacavam no quadril estreito. Seus gestos eram lentos e bem pensados, uma dança oferecida ao olhar do homem cuja presença ela fingia ignorar. Kabongo não pôde deixar de se perguntar por que as pessoas do chamado terceiro tipo — embora tivessem escolhido vários nomes ao longo do tempo e espaço — vinham ao mundo em corpos masculinos. Fossem elas as *hijras* do Bhârat ou as *muxhes* de Oaxaca, a parteira nunca os colocava nos braços da mãe dizendo: *É uma menina.* A reflexão o levou a se inclinar para a frente para pedir que a pessoa que estava à sua frente dissesse alguma coisa. Ele havia se esquecido de mencionar aquele detalhe de importância crucial: o som da voz. Kioni sorriu e o convidou a se juntar a ela. Kabongo exalou um suspiro de alívio. O *One Love* demonstrava um profissionalismo incomparável. Eles pensavam em tudo. Em apenas alguns momentos, tinham criado o personagem ideal. Kabongo seria capaz de blasfemar à vontade seu desejo pela mulher vermelha e pôr a cabeça no lugar. O homem se lembrou das palavras de uma canção antiga, ouvida em um dos números do *Mfundu*:

> *You go to my head with a smile*
> *That makes my temperature rise*
> *Like a summer with a thousand Julys*
> *You intoxicate my soul with your eyes*[1]

Era disso que ele esperava se curar. De uma inflamação. Uma intoxicação. Ele se levantou e foi para o outro lado da sala.

---

[1] Você sobe à minha cabeça com um sorriso
Que faz minha temperatura subir
Como um verão com mil meses de julho
Você intoxica minha alma com seus olhos

23.

Seshamani cruzou as pernas e se calou. Seus interlocutores não conseguiam acreditar no que estavam ouvindo. Os três estavam sentados no *ndabo* de Ilunga e uma refeição havia sido servida. Ninguém tocara nela. Boya fazia o possível para conter sua raiva. Com uma voz que esperava soar calma, a mulher vermelha rompeu o silêncio:

— Você é maluca.

O pedido da esposa era obviamente inadmissível. Não que o ato em si fosse repulsivo, não era esse o caso. Contudo, a proposta que acabara de ser feita tinha sido formulada apenas com a intenção de ferir, de humilhar. Por isso, jamais seria aceita. Boya cruzou os braços e se calou. As duas mulheres se encararam. Nem um piscar de olhos sugeria a possibilidade de uma trégua. Nem uma nem outra baixaria a guarda. As armas estavam apontadas, a destruição mútua era garantida e nada restaria do mundo após a batalha. Quando se viraram para ele por um segundo, Ilunga pensou que seria a primeira vítima daquela guerra. Era o que aconteceria se ele não tomasse uma decisão radical. O homem abriu lentamente os olhos. As cenas vistas em sonhos se mantiveram por um instante e depois se dissiparam. Ao lado dele, Boya dormia profundamente, naquela postura de tranquilidade que nunca deixava de abalá-lo. Parecia convencida de que o dia nunca mais nasceria simplesmente porque estava ao seu lado. Assim como ele, ela estava nua embaixo dos lençóis. Ele quis voltar a entrar nela, ficar ali, mas preferiu deixá-la dormir. A presença de Seshamani na ala das mulheres não havia afetado o amor deles. Mas nem sempre seria assim. No longo prazo, a situação se tornaria insustentável. Se seu último sonho tivesse sido mesmo uma premonição, Boya o abandonaria. Ela não esperaria que novas provocações — que não faltariam — acabassem com sua boa vontade. Nunca ia querer fazer de seus dias uma briga permanente, o que envenenaria o amor deles. E quem a culparia? Ele se levantou e foi até o banheiro na ponta dos pés. Tinha pensado nos muitos possíveis caprichos de Seshamani, nas exigências extravagantes que ela poderia formular para não ser esquecida. Em muitas, mas não naquela. Ilunga relembrou a conversa que, até ali, só havia acontecido em outra realidade. Seshamani relatara fatos antigos à sua maneira, censurando-o por tê-la iniciado nas perversões que os haviam afastado um do outro. Não era justo que Boya mantivesse sua pureza. Como seus direitos de esposa tinham sido violados, e ela não pudera dar sua opinião como devia, Seshamani exigia que a namorada do *mokonzi*, por sua vez, também fosse corrompida. E por ela, enquanto o homem assistiria ao espetáculo. Sua clemência poderia ser até elogiada: ela exigia apenas uma única noite. Para ela, seria o suficiente. Uma noite para fazer dela outra mulher. Na realidade onírica, Ilunga havia se mantido em silêncio, atordoado tanto pela audácia de Seshamani quanto pelo pedido. Nesta, ele tinha que falar com a esposa o mais rápido possível. Dizer a ela, sem entrar em detalhes, que sabia o que ela tinha em mente, esperar que se revelasse. E ela faria isso, com veemência. Ele então poderia perguntar sobre as possíveis represálias, o que ela pretendia fazer se sua exigência não fosse atendida. Para dizer a verdade, ele não imaginava quais seriam. Ela deixaria Boya abalada, mas teria que se contentar com isso. Era muito improvável que convocasse uma coletiva de imprensa para revelar o que tivera tanto cuidado de esconder. Aquilo mancharia a imagem de Ilunga, mas, para ela, não haveria outra solução a não ser um exílio definitivo. Não fazia sentido, portanto, ter medo. Por outro lado, talvez fosse melhor se adiantar. Era provável que o único objetivo de Seshamani fosse empurrar Boya na direção da porta. Ilunga tinha que lhe informar que não haveria resultado favorável para ela. Seshamani não continuaria sendo sua esposa. Uma retratação da parte dele com certeza seria um escândalo, mas ele estava sendo levado ao limite.

No chuveiro, Ilunga tentou determinar o melhor momento para ter aquela conversa com Seshamani. Desde que chegara à residência dois dias antes, ela estava escondida em seus aposentos na ala das mulheres e só falara com Zama. Queria aumentar a pressão. Ilunga já não recusava mais a ideia de um divórcio. Ele pensava na possibilidade sem muita emoção, como um ato de legítima defesa. Se fosse forçado a fazer uma escolha ainda mais assertiva, ele a faria. Aos seus olhos, a noção de dever era um valor fundamental, que gerava obrigações para consigo mesmo. Seshamani não tinha entendido nada da postura dele. Sem dúvida imaginava que ele a mantinha por uma culpa que Ilunga estava longe de sentir. Ele nunca havia pensado que a havia corrompido, pervertido nem obrigado a praticar desvios. Ela, aliás, só o havia acusado disso recentemente. Ele saiu do chuveiro, começou a se secar e não conseguiu reprimir um suspiro. A discussão só poderia ocorrer no dia seguinte. Naquela manhã ele iria ao Nyerere Hall. Seria um longo dia. Alguns dos irmãos presentes queriam falar com ele depois da reunião. Seria impossível escapar daquelas conversas. Ele estava prestes a sair do banheiro quando Boya apareceu, ainda enrugada de sono, vestida com as reminiscências da noite deles. Nada o deixava mais emocionado do que vê-la daquele jeito. Ele não quis pedir para que ela evitasse Seshamani em sua ausência e deixá-la preocupada. Recebendo seu beijo, o homem simplesmente perguntou:

— Você vai para a universidade hoje?

Ela respondeu que sim, que ficaria parte do dia lá. Depois iria até o Velho País. Uma das iniciadas mais velhas estava doente. Por isso, ela passaria certo tempo ao lado dela e voltaria tarde. Fazia vários dias que elas se revezavam para ficar ao lado da senhora. Naquela tarde, de acordo com o calendário estabelecido, ela era a responsável por velar pela iniciada. Achavam que ela não chegaria ao fim do mês. Relutante, Ilunga saiu do banheiro. Terminando de se arrumar, ele se concentrou nos eventos da manhã. Desde que havia se tornado o *mokonzi* do Katiopa unificado, reuniões como aquela haviam acontecido com pouca frequência. Todas tinham sido organizadas para debater questões importantes: o fim da retomada de terras, a integração de espaços do Outro Lado ou as missões das seções da Aliança estabelecidas em Pongo. Assuntos dos quais o Governo só se encarregava por decisão dos irmãos. Para os membros, por mais que respeitassem as instituições de Estado, a Aliança vinha primeiro. Sem seu trabalho, o Katiopa unificado não existiria. Um longo caminho tinha sido percorrido. Eles podiam se parabenizar pelo que haviam conseguido.

No entanto, a discórdia estava lentamente tomando conta da residência que mal acabara de ser construída. Ninguém sabia dos acontecimentos obscuros que vinham ocorrendo, e ele não poderia revelá-los. Pelo menos não agora. Mas aquele início bastaria para que surgissem legiões que rapidamente prejudicariam o trabalho realizado. Na melhor das hipóteses, a união resistiria nas formações regionais mais ou menos extensas, como havia acontecido com a Federação Moyindo quando ela havia sido dominada. Se o pior acontecesse, tudo teria que ser refeito e as chances de sucesso seriam mínimas. E esse único fracasso da união, depois de todos os sacrifícios feitos para a sua criação, a desqualificaria definitivamente. O Continente nunca seria um polo de poder, continuaria atrasado em relação ao mundo, obrigado a avançar em marcha forçada por um caminho traçado por outras pessoas. A Aliança, de onde o Estado tirara os *mikalayi* e os membros do Governo, era composta por humanos excepcionais. No entanto, nem os próprios deuses, tal como haviam sido criados, estavam livres de fraquezas. Acima de tudo, a Aliança não funcionava mais de maneira isolada. Confrontada pelas populações, logo por uma realidade mutante, ela tivera que implementar políticas elaboradas de maneira teórica ou testadas em pequena escala. Por enquanto, os *mikalayi* ainda tinham uma forte presença regional, mas logo oposições ainda secretas se afirmariam se a organização se mostrasse enfraquecida. Elas demorariam a fazê-la vacilar, a arrancar suas rédeas. Mas só seria possível contê-las se a Aliança demonstrasse uma autoridade forte, que não excluía o uso da violência. Seria uma derrota voltar a ter uma guerra entre os povos do Continente. E isso também seria um caminho sem volta. O equilíbrio alcançado até então ainda era precário. O Katiopa unificado tinha escolhido um tipo de democracia que se tornara incomum, diferente dos métodos aos quais as nações coloniais estavam acostumadas. Sua concepção se inspirara em práticas antigas, familiares a certas comunidades e estranhas a outras. Isto havia sido feito em vários aspectos da vida coletiva, suscitando muitas vezes a irritação daqueles que não tinham sido incluídos nas tradições. Porém, para determinadas regiões, mesmo depois de tentar fazer uma distribuição equilibrada das terras, a variedade identitária era tal que sempre havia alguém que podia reclamar de ter sido desfavorecido. As chefaturas locais tinham sido desmanteladas em todos os lugares em que os chefes haviam usurpado o título, a fim de reabilitar os proprietários verdadeiros. Isso também se revelara um vetor de ressentimento, já que a indenização paga tinha sido apenas simbólica. Ilunga sabia disso, o Katiopa unificado, mesmo depois de apenas cinco anos de existência, já avançava em um campo minado.

Ele encontrou Kabeya na entrada de seu *ndabo*. Os dois caminharam em silêncio em direção à garagem. O *mokonzi* não conversara sobre o objetivo da reunião nem com seu amigo mais próximo. Ele queria guardar as palavras dentro de si, pronunciá-las apenas uma vez. A questão dos Sinistrados tinha sido apenas um catalisador. Aquele momento teria chegado de qualquer maneira. Ele e Igazi incorporaram duas visões irreconciliáveis de futuro. Os dois cedo ou tarde se enfrentariam e ambos tinham chance de vitória. Por enquanto, Ilunga gozava do prestígio ligado aos seus méritos e ao fato de o Conselho tê-lo escolhido para liderar o Estado. Mas o homem que nunca deixara de ser seu rival também era respeitado. Se eles tinham que se enfrentar, Ilunga esperava que houvesse nobreza na disputa, que as coisas acontecessem à luz do dia. E, sobretudo, que sua vida privada não fosse usada como pretexto para ataques que, em última análise, visavam apenas a ele. O *kalala* só estava convencido do perigo que a mulher vermelha representava por um motivo: a rejeição do Conselho deixara um gosto amargo em sua boca e ele não conseguia admitir isso. E, enquanto não aceitasse, seus ataques seriam sempre indiretos. Ele podia até considerar a formação de um governo fantasma, uma estrutura paralela cuja tarefa seria realizar o que a instituição oficial não faria. Ilunga, que o conhecia bem, sabia do apreço do *kalala* por tudo que era secreto. Sempre havia sido assim. Enquanto ele e Kabeya entravam no elevador que os levaria ao porão onde se situava a garagem, o *mokonzi* se lembrou de seu primeiro encontro com Igazi. Eles tinham cerca de 22 anos. Os pais da Aliança estavam reunindo os jovens mais promissores no que ainda não era a região de Noque-Ifé, mas já era uma das mais importantes nações coloniais, a oeste do Continente. Eles esperavam que os participantes daquela reunião se tornassem os líderes da organização. Todos tinham que se conhecer e se preparar para trabalhar juntos. Aquele suposto acampamento de verão era, na realidade, uma etapa crucial de sua formação. O olhar atento dos mais velhos, quase permanente, pretendia encontrar o *primus inter pares* da geração deles. Eles haviam sido submetidos a testes físicos e intelectuais. Seu comportamento fora observado, e as habilidades de líder e construtor, detectadas. O talento como lutador e conciliador havia sido julgado. A lealdade, a noção de honra e sacrifício tinham sido testadas. Claro, os jovens, que não eram burros, sabiam da seleção. Até a maneira de respirar ou pôr o pé no chão estava sendo examinada. Além disso, por conhecerem os princípios da Aliança e o que ela esperava de seus membros, todos estavam ansiosos para se mostrar da melhor maneira possível. Para quem estava lá, deixar os veteranos felizes era essencial. No entanto, era difícil esconder a própria natureza por vários dias. Não adiantava estar acostumado à vida em grupo, já que acampamentos como aquele eram realizados em todas as regiões em que a Aliança se implantara. Aquela região, que reunia um maior número de indivíduos, era toda uma outra história. O olhar experiente dos veteranos sabia ver além das posturas arrogantes ou taciturnas. Eles descobriam os vícios ocultos, as inteligências tortuosas e as disciplinas de fachada. Os clãs — tinha sido assim que os mais velhos haviam decidido chamar as equipes — reuniam jovens que não se conheciam. Ele e Igazi tinham sido nomeados líderes de clãs rivais. O objetivo era conquistar um espaço, adquirir recursos, proteger o próprio território e ampliá-lo. A última fase era a mais violenta, já que a expansão, na maioria das vezes, exigia a submissão dos adversários.

Quando restavam apenas dois clãs, o de Ilunga e o de Igazi, a ferocidade da batalha forçara os mais velhos a interrompê-la. Um empate havia sido declarado. Os líderes dos dois clãs tinham sido castigados: a limpeza do acampamento lhes fora imposta. Eles também tiveram que ficar na mesma tenda até o final do acampamento. Foi assim que eles começaram a conversar — um parabenizando o outro por sua bravura, seu senso de estratégia, sua persistência. Durante suas conversas noturnas, já naquela época, Igazi era obcecado por saberes ocultos, que via como as armas mais úteis para se opor "às forças que nos oprimem". Ele gostava do fato de a Aliança ser uma espécie de sociedade secreta, de parte de seus ensinamentos ser esotérica. Durante o jantar, que comiam longe do grupo, Igazi era prolixo ao falar de táticas de guerra. Ele conhecia todas, isso fazia parte dos ensinos da Aliança. Quando lavavam a louça de todo o acampamento juntos, Igazi distraía Ilunga contando histórias. Ilunga se lembrava bem de uma delas, que tinha o Fako como cenário. A anedota ficara em sua memória porque seu companheiro fizera dela um exemplo para que todos entendessem o poder dos colonizadores *fulasi* nos territórios de que haviam se apropriado. Uma noite, um parlamentar *fulasi* que tinha a particularidade de ser um descendente de um grão-mestre de uma loja maçônica, tinha participado, junto com as autoridades tradicionais da região, de um ritual que pretendia selar o destino de dois países: o dele e o da nação colonial que abrigava o Fako. Um juramento foi feito, registrado por escrito, e o documento foi enterrado sob as raízes da uma árvore à qual eram atribuídas virtudes místicas. Ele também foi regado com hemoglobina de ovelhas, e todos beberam daquele sangue. A ingestão da bebida uniu os participantes. Eles não trairiam o pacto, viveriam para defendê-lo. Na região, o acontecimento, a princípio secreto, era do conhecimento de todos. Quando, muitos anos depois, alguém teve a coragem de pôr fogo na árvore, o colosso vegetal sobreviveu e continuou crescendo. Seu crescimento só se igualara à estagnação da nação colonial. Para Igazi, aquelas cerimônias, que muitos pensariam que só serviam para impressionar as pessoas, tinham efeitos reais.

— Imagine — perguntava ele, entusiasmado — se eles repetiram a operação nos catorze países que formam o território?

Aos seus olhos, aquilo era óbvio. Não havia explicação mais racional para o modo como os governantes das nações coloniais haviam se atrelado aos senhores de antes, autorizando-os a cunhar dinheiro em seu lugar, assinando com eles acordos comerciais ou de defesa, investindo neles parte essencial da fortuna roubada às populações imersas na miséria. E claro, aquelas pessoas, aqueles colonizadores *fulasi*, que tinham nos lábios apenas discursos de integridade e boa governança, nunca haviam reclamado do fato de as somas desviadas terem sido usadas para comprar imóveis de luxo nos belos bairros da *kitenta*. As histórias contadas por Igazi, que fundamentavam suas crenças em relação aos estrangeiros de Pongo, eram bem conhecidas em todo o Continente. Elas haviam sido rapidamente espalhadas à boca pequena, acrescidas de detalhes, sussurradas ainda mais. Ilunga sabia que elas tinham um fundo de verdade, mas não conseguia acreditar nas análises geopolíticas feitas a partir delas.

Naquela época, ele e Igazi haviam se tornado irmãos. Não amigos. E era aquela fraternidade que ele queria salvar. Ela os havia precedido e tinha que sobreviver a eles. Dependendo da postura do *kalala* naquele dia, Ilunga decidiria o que fazer. Não havia lei que determinasse que a preservação da fraternidade precisava incluir todos os membros dela. Kabeya tomou seu lugar ao lado do motorista enquanto Ilunga se sentava no banco de trás do sedã. Num dia como aquele, ele tinha que assumir sua função de responsável pela segurança pessoal do *mokonzi*. Tinha trocado o *kèmbè* por um conjunto de cor preta. A *iporinyana* que nunca tirava aparecia sob a gola do abadá. Os dois não conversaram no veículo. Durante a viagem, Ilunga manteve o olhar fixo na *kitenta*. Ele adorava a arquitetura dela, as construções de barro — as mais antigas com cem anos de idade —, as casas dos bairros residenciais que misturavam argila, pedra e madeira, o clima tradicional da populosa cidade velha, cujos muros em *pisé* seriam em breve reformados. Os jardins e as praças, com muros cobertos de vegetação que convocavam a natureza para o coração da cidade, o encantavam. As passarelas elétricas que atravessavam a cidade pareciam serpentes de metal, representações animadas e quase vivas da divindade imaginada por certos povos. O *baburi* dava outro rosto à cidade, mais colorido, mais terrestre, mais vivo. E havia as pessoas, a multidão colorida e muitas vezes elegante daquela metrópole que se tornara vitrine do Estado. Ele adorava passear entre elas sem ser visto, ouvir as conversas, a língua urbana que havia sido inventada por jovens que tinham misturado vários dos principais idiomas do Katiopa unificado. Seu único arrependimento, quando conseguia ir aos bairros da classe trabalhadora, era não poder saborear os pratos oferecidos pelos vendedores ambulantes. A atividade deles estava regulamentada: eles obtinham uma licença e eram submetidos à fiscalização da vigilância sanitária. No entanto, o governo considerara necessário preservar um comércio sem o qual Mbanza teria perdido a alma. Empoleirada em uma das motocicletas elétricas alugadas a preço de ouro pela cidade, uma mulher ultrapassou o sedã. A postura e a cor rosa de sua roupa fizeram Ilunga se lembrar de Seshamani. Tinha sido ao viajar pelo Continente de moto que ela havia conhecido a companheira. Ele se perguntou o que a mulher estava pensando da situação, o que Seshamani havia lhe contado.

Antes daquela relação, que havia sido um marco na vida amorosa da esposa, ele achava que havia entendido um dos mistérios da sensibilidade dela. Para Ilunga, as paixões femininas de Seshamani eram carnais, mas, em termos de sentimentos, ela só se apegava a homens. Em sua cegueira e talvez por uma ferida narcisista, ele quisera acreditar, durante todos aqueles anos, que ela sentia por ele uma espécie de amor torto. Que era por isso que continuava ao lado dele. Com certeza, tinha sido necessário ver as coisas daquela maneira para suportar o sacrifício que a situação exigia. Mas Ilunga havia entendido o quanto estava errado quando ela foi morar com uma de suas conquistas. Seshamani amava apenas a si mesma e a vida confortável que tinha. Estava disposta a fazer qualquer coisa para não perder nada do que considerava seu. E o esposo fazia parte dos bens, das propriedades da esposa. Ponto-final. Era preciso admitir que duas almas, mesmo ligadas como as deles eram, não viviam em sintonia. Não apenas ter consciência disso — reconhecer e aceitar as consequências. A esplanada do Nyerere Hall se estendia diante do sedã quando Ilunga chegou a essa conclusão. Ele se sentiu livre de um peso, percebeu que tinha a mente alerta o suficiente para enfrentar o que o esperava naquela manhã. Observando todo o conjunto da praça, ele fixou o olhar nas estátuas de bronze que adornavam o lado direito dela. Todas tinham um rosto, um nome. Eram representações de soldados da liberdade, homens e mulheres que haviam dedicado a vida à luta pela justiça. *A Quintessência*— aquele era o nome do monumento — recebia muitas visitas de estudantes e atraía turistas. Uma emoção repentina o dominou e suas ideias clarearam. Encomendada a um coletivo de escultores, aquela obra simbolizava o ideal do Katiopa unificado. O objetivo da Aliança ao longo dos anos, o que ela queria criar, era aquilo: justiça. A fidelidade a eles mesmos e a autorreinvenção eram o meio, não o fim. O espetáculo daqueles duzentos colossos de bronze reforçou a visão que ele planejava compartilhar com seus irmãos. Depois de margear o prédio, o motorista o contornou para acessar a entrada de veículos motorizados. Ele diminuiu a velocidade diante dos guardas e abriu a janela. A fiscalização durou apenas alguns segundos. O sedã entrou na garagem subterrânea do Nyerere Hall.

*

Boya não quisera falar sobre aquilo. Naquela manhã, Ilunga reuniria os membros mais importantes da Aliança no Nyerere Hall. Ela ignorava o motivo da reunião, mas sabia que era suficientemente decisivo para que as questões domésticas fossem deixadas para mais tarde. Ela decidira ver as coisas por aquele ângulo. Seu sono tinha sido perturbado por um sonho estranho e específico demais para que ela desse importância a ele. Como sempre que passava a noite no apartamento de Ilunga, a mulher vermelha se vestiu no closet, onde roupas novas haviam sido deixadas para ela vários meses antes. Quando saiu dele, um dos homens da guarda havia assumido o lugar de Kabeya. Ela o cumprimentou com um aceno de cabeça e seguiu em direção ao elevador que a levaria à ala feminina. Boya tinha cerca de duas horas até a primeira aula da manhã. Como o trânsito nunca era muito pesado na *kitenta*, ela chegaria à universidade rapidamente. Aquilo lhe dava certo tempo para bater com insistência na porta de Seshamani, como estava fazendo naquele momento, chamá-la em voz alta, insistir. A esposa, que estava escondida desde que chegara na residência, não teve outra escolha a não ser abrir a porta para não parecer inconveniente. Afinal, tal atitude prejudicaria seus esforços. Como ela havia optado por se abster de um ataque frontal depois da ofensiva radiofônica, era bom manter um ar de tranquilidade. Boya decifrou isso na expressão confusa da mulher, que cerrava sobre sua longa silhueta um robe de seda roxo. Sem esperar ser convidada, a mulher vermelha entrou na sala, dirigiu-se às portas-janelas e abriu energicamente as cortinas para deixar entrar a luz do dia. Depois, sentando-se numa poltrona, fez sinal para que Seshamani também se sentasse. Preferindo permanecer de pé, ela cruzou os braços. Boya se lembrou vividamente do sonho em que ela havia feito aquele gesto. Decidiu se manter sentada. Olhando nos olhos da esposa, declarou:

— O direito à primeira noite não vai ser concedido a você. Também não pretendo me separar de Ilunga. Aconteça o que acontecer.

A mulher que ouviu a afirmação arregalou os olhos e bufou:

— Você é doida!

A mulher vermelha deu de ombros.

— Talvez.

Ela sempre havia recusado a ideia de confrontar uma mulher, por qualquer motivo que fosse. No entanto, não tinha outra opção. Depois do programa de rádio, a esposa já estava pensando em algum plano nocivo. Se tudo aquilo não ameaçasse a serenidade de Ilunga, ela teria ficado encantada em capitular para que a adversária saboreasse a vitória. Mas que custo teria aquele triunfo? Boya expressou seu espanto e sua decepção. Seshamani nem tinha a desculpa de um amor frustrado. Protegida pela pessoa que mais prejudicaria, ela passava a vida feliz com a amante. Tinha a garantia de que manteria o status, o cargo, as prerrogativas valiosas para ela. Mas não tinha sido suficiente. Só porque ela havia sido um pouco afetada, forçada a limpar a bagunça criada pelo abandono de suas amantes sob o teto do *mokonzi*, precisara se vingar publicamente.

— Escolher uma emissora de rádio para reclamar de ter que aceitar um fato consumado... Imagine se todos nós fizéssemos isso no futuro. O que você ganharia com isso? Até agora, ninguém realmente enfrentou você. Pode acreditar que eu vou mudar isso.

Sugerindo que Seshamani pensasse no que era mais importante para ela, Boya se levantou e lhe desejou um bom dia.

— Por falar nisso — acrescentou, se virando —, seria ótimo se você saísse do quarto de vez em quando. Os funcionários não têm obrigação de aguentar o seu mau humor.

Fechando a porta que ela, de certo modo, abrira à força, Boya se parabenizou por ter formulado aquele aviso com autoridade. Naquele momento em que o *kalala* e seus coleguinhas ameaçavam sua vida, ela não tinha um pingo de paciência para os caprichos da esposa. Acreditou que tinha sido clara: quem estava procurando briga, a arranjaria. A mulher vermelha exalou um longo suspiro. Tudo podia ter sido diferente. Ela não tinha pedido desculpas pela expulsão de Folasade e Nozuko— apenas se limitara a reconhecer a violência do processo. Mas, apesar disso, não havia atacado as muralhas que abrigavam a incapacidade de Seshamani se aceitar. Ela havia feito um favor à mulher. Não podia expor a esposa se ela não quisesse, mas seu ato, por mais brutal que tivesse sido, tinha dado uma chance à esposa, um novo começo. Seshamani estava num momento decisivo de sua vida. Ela tinha a oportunidade de escrever novos capítulos maravilhosos. Ao passar por seus aposentos para pegar suas coisas antes de ir para o campus, Boya voltou a suspirar. Tinha expressado bem o que estava pensando. No entanto, parte do que estava em seu coração não havia sido declarado. E, infelizmente, era o essencial. A mulher vermelha saiu da residência se perguntando por que não havia conseguido dizer: *Não vou compartilhar Ilunga, nem no papel nem de outra maneira. Peça o divórcio.*

No fundo, em uma das regiões mais remotas de seu ser, onde a longa reparação das verdades cruas demais para serem enfrentadas acontecia, era isso que ela sentia. Que ela realmente queria dizer. Será que tinha sido para não revelar uma falha que ela havia contido aquelas palavras? Talvez. Mas a garantia de ter encontrado o homem destinado a ela, de ser a companheira designada para ele, não era de modo algum uma fraqueza. Um amor tão grande não seria abalado pela presença de parasitas. Mas a coesão da Aliança estava em perigo. Ilunga não precisava lidar, sob seu teto, com outros confrontos. Até ali, eles haviam conseguido se preservar, mas a segurança do refúgio deles nem sempre estaria garantida. Era desagradável para ela perceber que não havia alcançado as esferas elevadas em que as pessoas riam das paixões comuns. Mas não havia nada de degradante em ser uma mulher apaixonada, em viver a alternância entre a felicidade e os problemas. Boya ia conversar com Ilunga sobre aquilo. Antes de anunciar o casamento, eles iam ter que resolver o caso Seshamani.

*

Nyerere Hall era a sede oficial do governo. Oito dos nove departamentos oficiais tinham escritórios ali — a única exceção eram os serviços sob a autoridade do *kalala*. A necessidade de a inteligência e as forças armadas constituírem um polo único parecia óbvia para todos. O fato de elas precisarem ocupar um local separado e distante dos demais também havia sido aprovado. Localizado na ala administrativa da residência oficial, o escritório do *mokonzi* não tinha sido concebido como parte do Governo — assim como as Questões da Diáspora ou a Energia, por exemplo. O *mokonzi* era obviamente o chefe do Governo, mas mantinha discussões com o Conselho que o havia elegido. Isso o fazia manter os pés firmes nas duas instâncias: o Governo e o Conselho de Anciãos. Os edifícios do Nyerere Hall formavam um eneágono em torno de um jardim. O primeiro deles — batizado de *A cúpula* devido a seu formato arredondado — tinha a fachada voltada para *A Quintessência* e abrigava a *toguna* dedicada aos debates entre os três polos do Estado, quando eles se reuniam. Era também nele que os membros do Conselho se encontravam quando suas obrigações os obrigavam a comparecer à *kitenta*, especialmente nos casos em que suas decisões tinham que ser públicas. Em *A Cúpula,* os conselheiros tinham um santuário, um restaurante e apartamentos e, nesses aposentos privados, os anciãos podiam receber, em audiências individuais, os dignitários da Estado. *A cúpula* era um domínio consagrado, o lugar em que as questões do país eram examinadas sob o ângulo espiritual e onde ninguém se arriscava a mentir. Havia poder ali. Todos sabiam que os membros do Conselho haviam realizado muitos ritos e invocações em *A Cúpula*. Os membros tinham convocado seus espíritos guardiões, seus guias, os ancestrais que os ouviam. Tinha sido naquela sala de reuniões que Ilunga decidira se reunir com os representantes mais importantes da Aliança. Ele sabia que alguns não poderiam estar presentes fisicamente, mas seriam ouvidos por videoconferência. Incluindo eles, haveria 27 membros reunidos. Ilunga estava esperando na biblioteca. Kabeya, que ficara do lado de fora, ia avisá-lo quando todos tivessem ocupado seus lugares na *toguna*. A parte da construção que ganhava aquele nome ocupava o último andar. Conforme a tradição, a sala tinha teto baixo. Grandes portas-janelas garantiam a vista para o exterior. Ela devia ter sido montada no térreo para privilegiar o contato com a terra, mas a Aliança havia desistido daquele projeto por recomendação do *kalala*. A proteção dos espíritos não permitia que fossem negligentes, muito pelo contrário. Naquela época, era impensável se expor aos diversos olhares, a possíveis ataques. Aquela *toguna* não era a única do país. Menos conhecidas pelo público, as outras tinham uma estrutura mais convencional. E às vezes a *toguna* era simplesmente o local onde o *mokonzi* encontrava todo o Conselho.

A biblioteca era dedicada às crenças e às práticas medicinais do Continente. Ela também conservava textos literários que retratavam aqueles aspectos das experiências dos katiopianos ao longo dos tempos, obras que falavam das relações entre as atividades criativas e a espiritualidade, e até tratados filosóficos. Talvez ainda houvesse outros tipos de texto, mas Ilunga não sabia. Havia muitos documentos e ele não tinha muitas oportunidades de frequentar o local. Os anciãos haviam pedido que *A cúpula* ficasse parcialmente aberta ao público, sob certas condições. Uma gliptoteca, que continha objetos antigos, recebia visitantes diariamente. Nela ficavam as peças por muito tempo perdidas para os museus e as coleções particulares de Pongo. O *mokonzi* tinha certa preferência pelas máscaras, silenciadas tanto tempo antes: o elegante e pacífico *okuyi*, o majestoso *kifwebe* — chamado de *kimule* em sua versão masculina e de *kikashi* quando era usado por mulheres. Os objetos funerários mexiam com ele. Especialmente aqueles enigmáticos guardiões de relicários arrancados de seu suporte. Separadas dos restos mortais que deviam vigiar, aquelas figuras eram prova da profanação que muitas vezes acompanhava a dominação.

A cúpula abria, duas vezes por semana, a biblioteca para acadêmicos especialistas nas áreas que o acervo de obras raras incluía. Um dia também era reservado aos terapeutas reconhecidos, e um último para o público em geral. O número de admitidos nunca podia ultrapassar 20 pessoas, e os textos não podiam ser retirados dali nem copiados. Ilunga se sentia bem entre aquelas paredes, entre os livros e os computadores que permitiam consultar documentos digitalizados. A equipe havia sido liberada de manhã. Apenas os funcionários do restaurante viriam trabalhar, mas um pouco mais tarde. No interior do edifício, a guarda do *mokonzi* garantia a segurança e os agentes costumeiros haviam ficado encarregados de vigiar o exterior e as outras construções. Kabeya tinha contido seu desejo de retirar dali todos os homens que não estivessem sob seu comando. Não era hora de provocar o *kalala* — ainda não, nem daquela maneira. Por isso Ilunga não havia revelado nem para o melhor amigo o que havia descoberto na última sessão com a *sangoma*. Diante de situações graves, e até alarmantes, ele sempre mantinha uma expressão impassível e as examinava como se estivesse lendo um mapa pousado sobre uma mesa. Os detalhes enfatizados ficavam gravados em sua memória, tanto que era desnecessário voltar a consultar o mapa. A Aliança havia treinado Ilunga para enfrentar o perigo. Era o que ele pretendia fazer. Quando Kabeya bateu na porta conforme combinado, o *mokonzi* do Katiopa unificado se levantou. Os dois atravessaram o salão — de onde era possível ver as primeiras filas de *A Quintessência* —, passaram pela escada rolante que descia até o subsolo, onde ficava o santuário dos anciãos, margearam a gliptoteca e pararam diante do elevador que os levaria até a *toguna*. Ela ocupava pouco mais de cem metros quadrados do centro do último andar do edifício — coberto por um telhado de vidro que a protegia. Fixadas em seus pilares, grandes portas-janelas se abriam para os arredores da construção e para uma vista panorâmica da *kitenta*, embora *A Cúpula* fosse a mais baixa das construções do Nyerere Hall. Um dos lados dela dava para o jardim e para os outros edifícios, que ficavam a uma distância suficiente para não provocar incômodos. Eles formavam uma meia-lua nos fundos de *A Cúpula* — que parecia uma joia bem guardada, tanto pelas árvores altas do jardim quanto pelos edifícios do Hall. As estátuas de bronze de *A Quintessência* lhe serviam de escudo ou vigia, dependendo de como o observador via o conjunto.

Ilunga entrou na *toguna* pela porta leste. Apesar do teto baixo — de um pouco menos de dois metros —, os homens que estavam esperando se levantaram, inclinaram-se para cumprimentá-lo e pronunciaram em uníssono as frases costumeiras. Aqueles que não eram altos o bastante para se expor a uma intimidade maior com o teto também curvaram a espinha e baixaram os olhos. Ilunga saudou a todos da mesma maneira e caminhou em silêncio em direção ao assento vago à frente do grupo. Quando se sentou, todos fizeram o mesmo e Kabeya foi para o fundo da sala, onde se instalou sozinho, com os braços cruzados. O *mokonzi* não tomou a palavra imediatamente. Primeiro, fixou o olhar sobre a plateia, e aquele olhar imóvel se apegou aos mínimos detalhes. Ele havia pedido que, ao contrário do que era feito nas reuniões habituais, os assentos não fossem demarcados. Os convidados se instalariam de acordo com suas preferências, sem dúvida conforme suas afinidades. Ele as conhecia, mas as demonstradas de maneira mais espontânea seriam as menos prejudiciais. Os homens que fossem culpados de algo tentariam esconder suas intenções e evitariam ser vistos juntos. Igazi tinha seus seguidores e outros podiam se juntar a ele. Ilunga já havia escolhido o espião que se infiltraria no campo adversário. Kabundi seria excelente para a posição. Era um diplomata nato, o cara que sabia ficar à vontade em qualquer ambiente, brincar com espontaneidade, prometer apoio enquanto se preparava para matar o requerente, jurar o contrário do que havia decidido fazer antes de prometer algo. Para Igazi, seria uma grande conquista. No entanto, Ilunga sabia que o encarregado das Questões da Diáspora nunca colocaria nada acima da Aliança. A fraternidade concebida pelos fundadores, cujos nomes estavam gravados nos pilares da *toguna*, era a única causa pela qual ele sacrificaria a vida. O homem saberia enganar o *kalala* com facilidade. Sua única fraqueza era o apreço pelas mulheres, sobretudo quando elas resistiam ou simplesmente não se maravilhavam com a beleza dele. Enfim, por não ser casado e não fazer investidas em terras alheias, ele causava apenas pequenos danos nesse sentido. Naquele dia, sua elegância ocupava o lugar entre Gbayara, o *kakona* do Katiopa unificado, e Bankole, o *kadima*. Um era responsável pelo Orçamento e pelas questões econômicas em geral. O outro tinha ficado encarregado da Agricultura. À direita do primeiro, mantendo-se no limite da hilaridade, já que os debates ainda não tinham começado, estava Yohanseh, o *mwambi* do Governo, cuja missão era responder à imprensa, às comunidades e ao público, explicar as decisões tomadas, as ações em andamento. Era ele que todos procuravam antes de falar com um dos responsáveis pelos departamentos. Sua tarefa exigia uma versatilidade rara, um domínio sobre as questões de diversas áreas. O título de *mwambi*, ou seja, de porta-voz, podia parecer inadequado para o único membro do Governo cujas responsabilidades exigiam uma transversalidade quase total. Os outros eram especialistas, ele, onisciente. Todos abriam as portas de seus domínios para ele. Todos, com exceção do *kalala*, que comunicava as coisas quando queria e só falava com o *mokonzi* ou o Governo como um todo. Kabundi, Gbayara, Bankole e Yohanseh não importunavam à toa, mas, em outras circunstâncias, não teriam se privado disso. Naqueles quatro, Ilunga confiava, assim como em alguns outros. Seu olhar não cruzou o de Igazi, mas ele o viu, relutantemente sentado em uma das pontas da mesa em forma de U. Um metro e meio os separavam. Como sempre, o *kalala* se sentara de maneira a não se sentir espremido. Ele precisava de ar, de espaço para facilitar seus movimentos. Do outro lado da mesa estava Botshelo, uma das seis mulheres presentes. Era cerca de dez anos mais velha do que eles, coisa que ninguém adivinharia pelo frescor de suas feições. Conhecida pela inteligência afiada e mordaz, ela era a *mikalayi* de KwaKangela. Sua fé fervorosa na raça como noção válida e operante só era comparável à sua misoginia. Botshelo não seria benevolente com Boya nem com os Sinistrados. Ela e Igazi pareciam não estar de acordo, o que exigia a implementação de estratégias de afastamento particularmente elaboradas. Os dois ainda não haviam sentido necessidade de unir forças, mas isso não tardaria a acontecer.

Depois de analisar toda a plateia, Ilunga fez um gesto na direção de Kabeya. Telas fixadas em ambos os lados da sala, em pilares laterais, foram ligadas, mostrando o rosto das pessoas que não haviam conseguido se deslocar até lá. Ilunga esperou até ver Katakyie, o responsável pela Aliança no país *ingrisi*, e Thiam, que ocupava o mesmo cargo no território *fulasi*. O bom funcionamento do equipamento audiovisual foi verificado. As avaliações foram rápidas, já que os aparelhos haviam sido testados um pouco mais cedo, pela manhã. Quando todos estavam presentes e a atenção de todos estava voltada para ele, Ilunga voltou a cumprimentar os *bandeko* e agradeceu por terem se liberado para participar daquela reunião, cujo motivo eles não conheciam. Ele brincou:

— Se eu não conhecesse todos vocês, ficaria surpreso que pessoas ocupadas com a recriação do mundo tivessem tempo para isso...

Imaginando que já havia acalmado os mais ansiosos, o *mokonzi* do Katiopa unificado foi direto:

— Como vocês sabem, fiz um discurso para os estrangeiros do país *fulasi*. Os membros do Governo foram informados um a um. No entanto, nós não discutimos esse assunto. Eu me limitei a informar que minhas observações diriam respeito ao futuro deles dentro do Estado... E percebi que minha abordagem e meu discurso acabaram causando desconforto...

Ilunga não perdeu tempo lembrando que tinha agido de acordo com suas prerrogativas. Sua função lhe conferia uma autonomia que nem mesmo a fraternidade podia contestar. Pelo contrário: ela sempre esperara que um líder exercesse sua autoridade, assumisse seu status e, claro, as consequências de seus atos. Isso seria exigido daquele que havia se tornado o primeiro *mokonzi* do Katiopa unificado, assim como era dos líderes dos clãs formados nos campos do Aliança. Por isso a escolha daquele homem não pudera incluir as populações de um estado tão diverso. Menos de 30 anos antes, aquelas multidões sentimentais enchiam as chamadas igrejas ditas "da revelação", colocando-se à mercê de mágicos falsos movidos pela ganância e por um forte gosto pelo abuso de poder. Elas, aliás, nunca haviam exigido aquele tipo de democracia que, nos países em que havia prosperado, tornara-se a maior aliada das forças da desordem. Quando isso não acontecia, os governantes das nações sempre contornavam as próprias leis, atropelando o chamado ideal para agir como quisessem. Portanto, tinha sido sem angústia nem vergonha que o Katiopa unificado havia optado por outra modalidade de democracia. E, apesar de os fundadores da Aliança terem se inspirado em figuras antigas para inventar o cargo, o *mokonzi* não era um daqueles líderes com mais prestígio do que poder, que apenas faziam figura enquanto outras autoridades reinavam por eles. O Katiopa unificado preferira mais verticalidade, mas, claro, criara certas proteções. Até o discurso aos Sinistrados, Ilunga nunca havia tomado nenhuma decisão realmente solitária. Ele achava que isso ainda não havia acontecido, mas entendia que seu método podia ter dado a impressão inversa. O Conselho tinha sido avisado, mas ele não era a Aliança. Os irmãos que ocupavam cargos no Governo tinham sido todos notificados, mas, quando não estavam todos juntos, não havia Aliança.

Então, sem se deter em nenhum daqueles aspectos, Ilunga explicou o motivo para o encontro. Sua importância justificava a reunião do núcleo central da Aliança naquela manhã. Ilunga continuou:

— Bom, não gosto de saber que minhas decisões causaram inconvenientes, especialmente quando não as debatemos como sempre fizemos para resolver nossos problemas. Não podemos permitir uma falta de coesão nesta etapa da nossa jornada. Por isso, peço que vocês renovem ou não sua confiança em mim no final desta reunião. Antes, sugiro esclarecermos as questões controversas. Então votaremos de acordo com nossas convenções.

Aquelas palavras significavam apenas uma coisa: as discussões que aconteceriam sob a *toguna* não seriam divulgadas em lugar nenhum, nem discutidas entre eles fora daquele espaço. A opinião de cada um seria conhecida por todos, já que o voto não era secreto. Diante do olhar ultrajado de alguns, que se preparavam para protestar — porque, claro, confiavam nele e viam em Ilunga legitimidade para exercer a função de *mokonzi* —, ele fez um gesto de apaziguamento. Não apenas o grupo discutiria tópicos polêmicos ou possivelmente controversos, mas ele colocaria seu cargo em risco.

— Duas coisas — esclareceu ele. — Vamos nos ater ao problema com os *fulasi*, já que foi a partir dele que surgiram os mal-entendidos. E vocês têm permissão para mencionar minha companheira. Pelo que entendi, ela foi responsabilizada pelo que alguns consideram uma falta de perspicácia minha.

Ilunga se calou. Sem revelar a fonte das informações, ele acabara de sobrepujar Igazi. Ele não pararia por ali, mas o que quer que fizesse contra Ilunga, não teria o apoio da maioria. Porque Ilunga não achava que seria retirado do cargo. Essa possibilidade ainda demoraria a surgir. O *kalala* se manteve estoico. Já tinha recebido a mensagem. Ilunga descobriria, a partir de seu comportamento, quais eram seus planos sombrios. Se ele já tivesse reunido um grupo dissidente, mesmo sem saber da agenda e determinar o rumo a seguir, Igazi correria risco se votasse por último. Ele demonstraria sua desconfiança. Se ainda não tivesse constituído uma facção contrária ao Governo, teria que pelo menos revelar suas dúvidas, ou até sua animosidade, deixar claro àqueles que partilhavam de sua opinião que a oposição teria um líder. Ou seja, eles não estavam isolados. Neste caso, Igazi se absteria de julgar o *mokonzi* até organizar a rebelião, que, de início, seria secreta. Nenhum sussurro foi ouvido na *toguna*, nenhum ruído soou durante vários longos minutos. Os membros da Aliança podiam ser combatentes experientes, mas não haviam tido muitas oportunidades de participar de justas daquele tipo. Eles tinham que dar sua opinião sobre a lealdade do chefe do Estado e, para dizer a verdade, ninguém suspeitava de que ele tivesse cometido um crime. Ninguém sabia por que ele decidiria repentinamente agir contra os interesses do país. Não de maneira consciente, não ele, era impossível. Então será que alguém ousaria afirmar, e diante de testemunhas, que tinha atribuído à mulher vermelha uma influência prejudicial sobre a pessoa com quem ela compartilhava a vida? Sem pôr em causa a fidelidade de Ilunga à Aliança, a alegação equivaleria a questionar seu julgamento e, concretamente, a legitimidade da posição dele. Ou seja, eles tinham sido convidados a andar descalços sobre brasas. Ninguém estava com pressa. Era preciso escolher bem as palavras porque era impensável não dizer nada e todos deviam deixar sua opinião clara.

Enquanto um estendia a mão em direção ao pote de nozes-de-cola e outro se servia de uma bebida, Botshelo rompeu o silêncio:

— Já que temos que debater antes de fazer o que você está exigindo, Nkozi, e já que está nos autorizando a mencionar a sua... amiga, você poderia nos explicar qual é a relação dela com os Sinistrados? Eu nunca recebi informação nenhuma sobre esse assunto. Mas, se alguns de nós a censuram pela generosidade que demonstrou em relação a eles, é provável que isso se baseie em elementos tangíveis. Sem querer ofender, Nkozi.

Ela falara com a voz doce que todos conheciam, tendo o cuidado de mostrar uma atitude modesta enquanto ia direto ao ponto. Porque a questão dos Sinistrados era apenas um detalhe. Ela só havia sido elevada à categoria de questão de Estado depois da entrada da mulher vermelha na vida do *mokonzi* — e quem sabia somar um mais um havia notado isso. Antes de conhecer a mulher, Ilunga era favorável à expulsão dos *fulasi* e procurava um meio de convencer o Conselho de que tal medida era relevante. Os olhares se fixaram no rosto do *mokonzi*. O homem não se intimidou. De modo casual, Ilunga aproveitou a oportunidade para explicar sua relação com Boya de maneira adequada, anunciando que o casamento dos dois aconteceria em breve e que ele informaria a população durante as festividades do San Kura. Por isso, aos seus olhos, a mulher vermelha não era uma concubina, e sim sua futura esposa. Quanto à relação dela com os Sinistrados, ela era acima de tudo intelectual, uma vez que parte da pesquisa universitária de Boya se concentrava naquela categoria social. Como parte de seu trabalho, ela havia sido levada a conversar com estrangeiros do país *fulasi*, um número limitado deles, e não havia nada de pessoal naquilo.

— Nkozi — acrescentou Botshelo —, não quero monopolizar a discussão. Nossos irmãos têm coisas a dizer. Então, serei breve: qual poderia ser a importância desse trabalho de pesquisa, especialmente se ele a levou a frequentar os *fulasi*? Aquelas pessoas não são do nosso povo, e foi acordado que esta primeira etapa da jornada do Estado tinha que ser dedicada a voltarmos a nos conhecer...

Ilunga já esperava ouvir aquilo. As palavras representavam perfeitamente suas antigas concepções, e ele estava preparado para respondê-las. O problema era exatamente aquele *nós*. Quem eram eles afinal? Os estudos da presença sinistrada, do estilo de vida daquela comunidade e especialmente de sua visão de mundo eram tão válidos quanto os relativos a qualquer outro grupo humano que habitava o país. Eles haviam errado ao não usar aquela estratégia, ao se limitar a vigiá-los. Claro, tinham motivo para isso e os próprios Sinistrados haviam relutado em se relacionar com outros povos. Mas ele havia refletido após ouvir as declarações do Conselho, que recomendara o relacionamento com os estrangeiros. Todos ali se lembravam disso.

Ele tinha ido além dos anciãos, que haviam recomendado um método orgânico por meio do qual a comunidade *fulasi*, absorvida pela população da região onde havia se estabelecido, desapareceria sem deixar vestígios. Agora bastava esperar. Os Sinistrados acabariam com seu isolamento para garantir a própria sobrevivência. Então, eles se misturariam aos outros, seriam fagocitados. Levaria no máximo duas gerações. E, se eles não aceitassem isso, teriam o mesmo destino das ruínas, que tinham a particularidade de ser exportadas para um lugar em que eram silenciadas para sempre, privadas de sentido. Seria ainda pior do que continuar fluindo no sangue das famílias katiopianas, em sua memória e em seu futuro. Por fim, Ilunga analisou sua abordagem em relação à questão sinistrada. Ele continuava convencido de que o Katiopa unificado não ganhava nada ao alimentar uma população obstinadamente voltada para um lugar distante e mitologizado. No entanto, será que todos os Sinistrados cultivavam aquela fantasia? Se aquele não era o caso, não seria uma injustiça rejeitar quem teria se entregado voluntariamente ao Katiopa?

— Eu achei — declarou ele — que estender a mão a todos que queriam segurá-la nos honraria e nos fortaleceria. Isso está de acordo com nosso projeto.

O problema criado pelos Sinistrados não tinha relação com a origem deles. Por outro lado, tinha tudo a ver com a atitude deles. Alguém pigarreou. Ilunga imaginou que a interrupção viria de Igazi, já que o *kalala* não conseguiria deixar de salientar que a origem dos seres influenciava a natureza deles e, por sua vez, orientava seu comportamento. Mas foi Horo, o *mikalayi* de Grand Faso, que usou aqueles argumentos, observando também que os Sinistrados eram orgulhosos o suficiente para preferir a morte em isolamento a uma mistura forçada.

— Eu nem entendo — sibilou ele — por que estamos nos questionando em relação a isso. As pessoas que não concordam com essa visão não deixaram o grupo. Logo, para eles, isso é mais importante do que tudo.

Um sussurro de aprovação percorreu parte da plateia. Ilunga aceitou a afirmação. E, justamente, se ela tivesse a solidez que eles imaginavam, o caso teria um desfecho rápido: os Sinistrados deixariam o território. Mas, se houvesse entre eles um único indivíduo que desejasse se juntar ao Katiopa unificado, a porta estaria aberta para ele.

— Devo dizer — acrescentou o *mokonzi* — que essas palavras me surpreendem. A Assembleia dos *Mikalayi*, na qual você trabalha, se opôs à volta dos Sinistrados às terras deles. Por isso também não consultei vocês antes de fazer o anúncio. Vocês já haviam se pronunciado sobre o caso.

Horo assentiu antes explicar o que havia norteado a decisão da Assembleia. Tinha sido necessário levar em conta a emoção da população, a necessidade inconsciente que as pessoas tinham de se vingar da história enquanto fingiam fazer o contrário. Elas se recusavam a deixar os estrangeiros serem repatriados de maneira forçada, mas ficavam felizes ao vê-los serem humilhados, tratados como inferiores, invisíveis, mudos. Não era o comportamento mais caridoso, mas a verdade era que o passado havia deixado rastros. Ninguém admitia, mas eles ficavam encantados ao ver os mestres do mundo antigo serem reduzidos à mais simples expressão humana, passarem do primeiro ao último lugar. Aquela pequena vingança ainda não havia durado o suficiente para satisfazer ninguém. O *mokonzi* devia levar aquilo em conta. De norte a sul do Estado, todos sabiam o que havia sido a *Chimurenga*, as diversas formas que ela havia tomado ao longo dos tempos para que o Katiopa unificado pudesse surgir. O advento da unidade, obtida a duras penas, continha ou domava a amargura dos katiopianos a que ela havia sido imposta. Todos os presentes sabiam que aquela calma não era garantida, que ainda levaria muito tempo para que o fosse e, por isso, não podiam se permitir nenhuma distração.

— Nessas condições, ninguém pode ficar surpreso se a mão que você estendeu aos Sinistrados privar nosso povo de recursos, por assim dizer, ainda necessários ao desenvolvimento deles. Ver subordinados se tornarem iguais nunca é uma perspectiva alegre. Permita que eu faça este alerta, irmão — finalizou Horo.

Poderiam surgir problemas, que obrigariam as forças do Estado a agirem à toa.

Ilunga teria mentido se dissesse que havia considerado alguns dos elementos apresentados pelo *mikalayi* do Grand Faso. Ele havia pensado na possibilidade, mas não naqueles termos. Por isso, foi ele que estendeu a mão para as nozes-de-cola dispostas à sua frente, que parou para se servir de um copo de água. Não, nem todos os katiopianos veriam com bons olhos as transformações trazidas pela integração dos Sinistrados. Mas alguns ficariam felizes com isso, ainda que pelos motivos errados. O processo tinha que ser acompanhado. As questões que tinham sido levantadas não eram o cerne do problema e não o incentivariam a mudar sua decisão. O problema, e ele pretendia explicá-lo de maneira clara, era saber quem era aquele *nós* em nome do qual eles se mostravam cautelosos, e até relutantes, em acolher aqueles *fulasi* que queriam se tornar katiopianos. O raciocínio que fizera sobre aquele assunto era o mais importante a transmitir. Depois que o expressasse, o voto de confiança já não pareceria tão fantasioso. Desde o início, duas concepções teóricas — uma delas secreta — corriam pela Aliança. A questão sinistrada favorecia o confronto entre elas. Era preciso mencioná-las, e o *mokonzi* não tinha medo de ser derrotado. Ele havia estabelecido os limites dos debates, mas ninguém da plateia tomaria uma decisão sem levar em conta a ação dele de maneira geral. Suas conquistas lhe davam força, assim como o apoio do Conselho. O homem esvaziou lentamente o copo e o pousou. Estava prestes a responder a Horo quando Botshelo pediu para falar outra vez. Ela parecia ter tido uma ideia brilhante, isso podia ser visto em seu rosto. A pergunta que ela fez despertou a primeira reação notável de Igazi, que não pôde deixar de lhe dar toda a atenção quando ela perguntou:

— Durante as entrevistas que fez com os estrangeiros, sua futura esposa deve ter obtido informações de interesse de diversos serviços do Estado. Da Segurança Interna, por exemplo. Se esse foi o caso, ela divulgou as descobertas que fez?

Igazi e Botshelo se olharam. Então, o *kalala* se virou para Ilunga. A mulher vermelha nunca havia procurado a Segurança Interna, ele podia atestar isso. Ilunga deu de ombros. Será que uma acadêmica perceberia esse tipo de coisa? E, se porventura quisessem prejudicar o Estado, a sociedade, nem os *fulasi* seriam estúpidos o bastante para revelar isso. Além disso, eles eram muito bem vigiados. Ou seja, a Segurança Interna conhecia os katiopianos que visitavam regularmente a comunidade, já que aquelas idas e vindas não eram comuns. Se algo de suspeito tivesse acontecido, os serviços de inteligência teriam notado. No entanto, nada lhe havia sido relatado em relação às entrevistas realizadas pela companheira dele durante um longo período, muito antes dos dois se conhecerem.

— Boyadishi nunca entrou em contato com a Segurança Interna — acrescentou ele, olhando para Igazi. — Mas o serviço também nunca se preocupou com ela. Então acredito que a gente possa encerrar esse assunto.

Aquele encontro sob a *toguna* era, para Ilunga, uma conversa com seu velho rival. Aquele era seu único objetivo, apesar de o *mokonzi* saber que podia usá-lo para obter a lealdade da maioria dos membros importantes da Aliança. Os membros do Governo tinham sido informados sobre a decisão dele em relação aos Sinistrados. Durante a conversa, eles haviam comunicado suas opiniões e até suas críticas. A maioria concordara com Ilunga assim que ele os fizera entender as vantagens do *Ame o Katiopa ou deixe-o*: livrar-se dos radicais, absorver os integracionistas. A segunda categoria seria a menor e basicamente composta por jovens. Seriam indivíduos ainda maleáveis, movidos por um desejo concreto de pertencimento. Logo eles se tornariam katiopianos, estavam prontos, era tudo que queriam. Sem esperar uma resposta do *kalala*, Ilunga continuou. Segundo ele, as perguntas feitas eram questões paralelas. Era preciso voltar àquele *nós* que devia ser protegido dos Sinistrados. Ele não estava ignorando as ressalvas dos *mikalayi*, também já as havia feito. Na verdade, parecia-lhe agora, como dissera o Conselho através da voz de Ndabezitha, que a política de poder a que haviam se dedicado não podia se resumir ao medo dos Sinistrados.

A desconfiança que todos tinham deles, apesar da condição miserável do grupo, era motivada por um passado muito antigo. Eles não tinham como repetir os crimes de seus ancestrais. E, mesmo que concebessem aquele projeto fantasioso, seria fácil subjugá-los. Portanto, não constituíam um problema propriamente dito, mas traziam uma questão à tona.

— E, na verdade, é sobre isso que precisamos conversar.

Ilunga esperava resolver, durante aquela reunião, que parte daquele *nós* representava os Sinistrados. Se respondesse aquilo com o máximo de clareza possível, eles poderiam determinar a política apropriada.

— Foi isso que acho que fiz antes de agir.

Na parte do Continente em que moravam, os estrangeiros do país *fulasi* haviam criado elos com as populações locais tão emocionais quanto políticos. Aquela história, que misturava — da parte de ambos — sedução e aversão, amor e ódio, trazia muitas respostas, desde que concordássemos em ler tudo, sem pular uma única linha. Naquele momento, a assimetria da relação deles beneficiava o Katiopa, tanto no Continente quanto no país *fulasi*, onde o ostracismo havia surgido. Do que eles podiam reclamar e o que tinham a temer? Ilunga não acreditava que uma essência *fulasi*, transmitida através de gerações, tornasse aquelas pessoas um perigo permanente para o Estado.

— Não acho que esteja exagerando quando digo que eles não foram dotados de nenhum poder sobrenatural e que nos tornamos senhores de nossas terras...

Por isso, ele queria insistir que o assunto que devia ser discutido não era o de uma possível ameaça *fulasi*. A questão era saber se eles tinham feito as pazes com a parte *fulasi* e, por extensão, de Pongo que tinham dentro deles mesmos.

— Acredito que este seja o problema: nossa capacidade de aceitar que esse famoso *nós*, que devemos defender e elevar, tenha sido formado pelo contato com os agressores do passado, pelo longo atrito entre peles e culturas.

Ao tomar o poder, a Aliança dera um novo nome ao Continente para mostrar que tinha recuperado a consciência de si. Ela implementou, em todas as áreas, uma série de medidas para ilustrar isso, estabeleceu novas práticas para que aquela atitude penetrasse no dia a dia dos katiopianos. No entanto, eles não podiam se iludir. O trabalho que tinham começado a fazer ao dominar a Federação Moyindo pretendia inventar um futuro sem negar completamente o passado. Esculpidas para homenagear os heróis que eles reivindicavam, as estátuas de *A Quintessência* representavam imortais para os quais aquela região do mundo muitas vezes tivera apenas um nome, o colonial. Eles não haviam pertencido ao Katiopa unificado por um único motivo: o mundo de onde tinham vindo dera origem ao atual.

— Será que devo lembrar que todos nós aqui nascemos quando aquele outro ambiente morria, e que foi por isso que conseguimos conceber um novo?

Ilunga queria chegar a um ponto tão preciso quanto incontestável: reconhecer o mundo antigo como matriz era admitir uma herança extracontinental. Os estrangeiros de Pongo tinham batizado o espaço habitado pelos ancestrais, que não haviam rejeitado aquele nome. Ele havia formado sonhos, feito nascer utopias, alimentado radicalismos. Mas quem podia nomear, se não o criador? Quem, se não os antepassados? A escolha de um novo nome não havia sido suficiente para apagar os fatos: aquele *nós* ainda era composto por uma parte significativa de Pongo. A forma como os imigrantes do país *fulasi* eram tratados revelava a tranquilidade ou a ansiedade que eles sentiam ao enfrentar uma verdade: eles eram membros da família. O fato de os Sinistrados negarem isso ou não saberem daquele fato não mudava a realidade. Ilunga se calou e apreciou o silêncio que tinha se abatido sob a *toguna*. Alguns meses antes, tal análise o teria deixado desconcertado. No entanto, ele não teria se furtado de concordar com a validade dela. O *mokonzi* se serviu de um pouco de água e deixou suas palavras penetrarem na mente dos membros da Aliança. Claro, alguém podia dizer que os estrangeiros não queriam aquela fraternidade moldada no caos da história. Ele responderia que aquela havia sido a origem do Sinistro: a recusa de outra presença dentro deles mesmos, a resistência às transformações que tinham acontecido assim que eles haviam visto o outro, antes mesmo de tocá-lo. Ao incentivar que deixassem o Katiopa caso não o amassem, eles não teriam que curar os Sinistrados que ainda eram atormentados pela antiga doença. Não perderiam tempo. Todos podiam fazer uma leitura política e friamente realista do que ele acabara de dizer. Mas, por enquanto, o *mokonzi* do Katiopa unificado guardaria aqueles argumentos para si. Eles permitiriam que Ilunga mantivesse a discussão depois, quando todos tivessem falado. Então ele defenderia mais uma vez sua estratégia e a apresentaria como tal. Recordaria aqueles elementos esquecidos com frequência, que ele mesmo preferia não lembrar. O país não estava vinculado a nenhum tribunal internacional, mas o Estado tinha leis. Se fossem espertos, os Sinistrados recorreriam a um advogado. Este não teria problemas em detectar aquela falha e explorá-la. Ele demonstraria que era impossível expulsar pessoas para um país sem representação local, sem nenhum laço com a comunidade. Seus clientes não teriam dinheiro para pagá-lo, mas um processo da comunidade *fulasi* contra o Katiopa unificado causaria muito barulho. Se houvesse um tribunal ousado o suficiente para atacar o Estado, os *fulasi* permaneceriam no território. A força teria que ser usada para misturá-los à população. Seria um mau começo para quem planejava se tornar importante. Ilunga estava convencido de que sua proposta era a mais razoável. Ele pousou o copo e esperou. Os debates iam começar.

*

Aquele dia estava destinado a não ser dos mais relaxantes. Quando Boya finalmente passou pela segurança da universidade e chegou à porta de sua sala, ela parou. Não só a porta havia sido aberta sem sua autorização — desconsiderando os procedimentos de segurança mais básicos —, mas alguém deixara que uma pessoa entrasse no local. A princípio, ela pensou em dar meia-volta e só entrar na sala acompanhada por um dos seguranças contratados pela universidade. Depois, tomando o cuidado de manter as pernas prontas para correr, se fosse necessário, ela se aproximou e pôs a cabeça com cuidado dentro da sala. Para convencer um dos guardas a deixar seu posto e acompanhá-la, seria melhor fornecer informações concretas. Algo mais sério do que uma porta aberta, embora aquilo já fosse motivo de preocupação. Sua ansiedade começou a se dissipar quando ela reconheceu, pelas costas, os cabelos grisalhos e grossos de Abahuza. Em silêncio, Boya avançou em direção à amiga, que estava inclinada para frente, como se estivesse lendo ou mexendo na bolsa. O fato de tê-la identificado não fez Boya começar a falar nem ser calorosa. Tudo aquilo era muito estranho. Abahuza não precisava vir ao campus para encontrá-la. A mulher vermelha tinha que ver o rosto da visitante antes de soltar o fôlego e parar de andar na ponta dos pés. A perplexidade fez Boya levantar uma das sobrancelhas quando, ao se aproximar, viu um bebê nos braços da idosa. Aquele espetáculo voltou a deixá-la paralisada. Tudo naquela cena lhe pareceu extraordinário e extremamente sério, sem que ela soubesse dizer por quê. Depois de um longo silêncio, quando as duas olharam nos olhos uma da outra, Abahuza falou:

— Eu disse aos guardas que era uma tia do interior. Não é mentira... Não se preocupe, eles não me reconheceram. Uma integrante do Conselho não teria por que vir até aqui.

Enquanto sua amiga falava, o olhar de Boya passou do rosto dela para o da criança. Um novo ser, um pintinho, mal saído da casca. A palidez da pele, a completa falta de cabelos, o silêncio impressionante que a criança mantinha, mesmo acordada, tinham algo de perturbador. Abahuza voltou a falar, disse apenas algumas palavras e entregou uma carta a Boya.

— Alguém mandou isto para você — disse ela.

Incapaz de tirar os olhos do recém-nascido, Boya perguntou:

— É uma menina?

Não era essa a pergunta que queria fazer, mas a outra lhe escapara, já que a resposta parecia óbvia.

— É, é uma menininha — confirmou Abahuza, antes de acrescentar: — E foi confiada a você.

Foi só então que a mulher vermelha se deu o trabalho de ler a carta, escrita na língua *fulasi*. Tinha sido redigida com uma mão confiante, sem dúvida à caneta. As palavras refletiam uma decisão cuidadosamente considerada.

Senhora,

Estou esperando um filho e a senhora vai ser a mãe dele. Por não o querer e nunca ter tido nenhuma relação com o progenitor, que eu não saberia identificar, poderia ter entregado meu fardo a alguma instituição. Mas não consigo fazer isso. Embora seja doloroso para mim admitir, a criança vai carregar um pedaço de mim.

Por causa disso, tenho que recorrer a alguém que conheça minha língua e minha cultura assim como as deste país. Pelo que saiba, ninguém além da senhora atende a esses critérios. E preciso também de uma mulher que ainda seja jovem. Como não sabia como entrar em contato com a senhora, pedi à sra. Abahuza B. que gentilmente agisse como minha intermediária. Eu sei que vocês são próximas e confio na gentileza dela...

Aglaé Du Pluvinage assinava a carta. Depois de terminar de ler, Boya olhou no fundo do envelope. Sentiu o peso de um objeto e também uma leve protuberância em sua mão. Além da carta, o envelope continha um pen drive que podia ser conectado a um dispositivo de leitura. A mulher vermelha imaginou que seria um vídeo, um documento que ela não estava ansiosa para assistir. Foi fechar a porta que ficara aberta. A passos lentos, caminhou em direção à sua mesa de trabalho, passou por trás dela e abriu a claraboia que dava para o exterior — através do qual não via nada além um ramo de flamboyant cada vez mais determinado a lhe fazer companhia. Naquela manhã, a amorosa ostentação da árvore não conseguiu entretê-la. A mulher vermelha tentou entender o que estava acontecendo com ela. Sentada na cadeira destinada aos visitantes, Abahuza embalava suavemente o bebê, que não fazia barulho. Mal era possível ouvir a criança respirar. A garotinha era apenas uma bolinha embrulhada em panos de cor pastel. No entanto, emanava uma força que incomodava Boya. A situação era surreal, mas havia outra questão ali. Ela só não sabia qual.

— Explique — pediu ela.

Sua amiga deu de ombros imperceptivelmente. A história toda podia ser resumida em poucas palavras. A carta contava tudo. Ela a havia lido, claro, já que o envelope não estava lacrado.

— E eu tinha que entender. Ou pelo menos tentar.

No dia anterior, de manhã cedo, alguém tocara a campainha com bastante insistência e a tirara de um sono profundo. Ela não costumava ficar desconfiada, mas seu primeiro impulso tinha sido olhar pela janela. Era culpa da hora. Noite e dia ainda brigavam pelo céu, era cedo demais para visitas. As que aconteciam no início da manhã raramente eram de cortesia. Era a hora de alertas, crises, más notícias transmitidas tarde demais. Nem ela tinha pressa de enfrentar o infortúnio do mundo. Abahuza, portanto, tinha olhado pelo olho mágico. Na varanda, vira seu vizinho mais próximo. O homem voltava de sua corrida matinal quando havia notado a cestinha no último degrau da pequena escada. Por isso ele a havia alertado. Não sabia por quê: nenhum som emanava da cesta, nenhum movimento era perceptível da rua. O homem apenas tivera um pressentimento. Abahuza admitiu que, àquela altura, não tinha nem pensado em mandar o vizinho embora — já que, normalmente, ele era muito discreto e tinha pouca intuição. Por isso, fora em sua presença que ela havia aberto o envelope com seu nome, deixado sobre o pano que cobria a criança. A idosa era conhecida naquela cidade do interior. Era comum que vários problemas fossem levados até ela. No entanto, nunca havia imaginado que uma criança pudesse ser trazida até ela daquela maneira. Ela havia se recuperado do susto depois de ler a nota que mencionava Boya.

— Era uma mensagem para mim, escrita por Mama Namibi, a matrona do Velho País que você conhece. Ela explicava a situação e pedia desculpas por não ter ido até minha casa. Tinha só mandado uma de suas filhas.

Abahuza presumira que a emissária da parteira observava a cena e que não sairia do local até garantir que a criança fosse encontrada pela pessoa certa.

— Ela poderia ter me entregado a menina diretamente. Não sei o que os jovens têm na cabeça hoje em dia...

A velha tinha tranquilizado o vizinho, pegado a cestinha e fechado a porta. Sozinha, ela havia vasculhado entre os cobertores, chocalhos e fraldas extras até encontrar a carta destinada a Boya. Nunca se sabia, podia ser uma piada de mau gosto ou a atitude de um maluco. Ao ler aquela mensagem, talvez mais bem redigida que a que ela mesma havia recebido, Abahuza achou que tinha entendido melhor a situação. A carta continha alguns detalhes sobre as circunstâncias que haviam levado a mãe a abandonar a recém-nascida, os motivos pelos quais Boya havia sido escolhida. A mulher vermelha ouvia, pensando na primeira aula da manhã, imaginando o que ela faria com um bebê, naquele momento e mais tarde. Então percebeu que as perguntas que lhe surgiam eram de ordem prática, como se algo dentro dela já tivesse consentido aquela maternidade inesperada. Porque tinha sido isso que havia acontecido.

Aglaé Du Pluvinage, cujas feições não lhe vinham à memória e que ela não tinha certeza de ter conhecido, implorava para que Boya adotasse a pequena Amarante, que viera ao mundo havia cerca de uma semana. Para a criança que ela não podia criar, Aglaé havia escolhido um nome. A voz de Abahuza continuava a ecoar pela sala, enquanto a mulher vermelha tentava pensar. Seu dia seria cheio, ela não poderia voltar para a residência para entregar a criança a Zama. E talvez não fosse a melhor ideia, já que a governanta podia não se dispor a cuidar do que podia parecer uma sinistrada. Quando Boya fosse para o Velho País, teria que dedicar sua atenção a Mama Luvuma. Ela não teria tempo para cuidar da pequena.

— Desde que me foi entregue, ela não chorou nenhuma vez. Mas, com a idade que tem, ainda deve estar mamando — acrescentou Abahuza com um tom calmo.

Boya olhou para ela e viu que não era mais a amiga de longa data que a encarava. Era a primeira vez que ela ia até a universidade. Desde que elas haviam se conhecido. A primeira vez. Boya percebeu que não precisava se preocupar com a passagem do tempo, nem com o conforto da criança. Ela poderia dar sua aula na hora marcada, e a pequena Amarante estaria em boas mãos.

— Eu não podia contar tudo isso de longe nem tentar falar com você na residência — finalizou a visitante.

A mulher vermelha se recostou em seu assento. Em voz calma, disse:
— Você fez uma longa viagem.

O vizinho de Abahuza poderia testemunhar, se necessário, caso precisassem explicar como Amarante tinha entrado na vida de Boya. A carta de Aglaé Du Pluvinage confirmaria seu desejo de ver a mulher vermelha tomar conta da filha dela. Mas havia uma verdade que estava além daqueles acontecimentos. Boya observou sua interlocutora assentir. Ela havia feito uma longa viagem, era verdade. Tinha atravessado a porta que separava dois mundos para encontrá-la, para fazê-la segurar sua filha. Boya perguntou se podia segurar o bebê. Combinando gesto e palavra, a mulher vermelha se levantou, deu alguns passos para chegar ao outro lado da mesa e estendeu os braços. Voltando os olhos para a criança, não foram os traços de um bebê *fulasi* que ela viu. Boya se perguntou se Ilunga também reconheceria a alma que havia se alojado naquele corpo frágil, se ele aceitaria aquela nova reviravolta, pouco antes do anúncio de suas núpcias. Em voz alta, ela disse:
— Tenho que falar com Ilunga sobre isso.

A visitante respondeu em silêncio, mas Boya ouviu a outra voz dela, aquela que vinha do lugar do qual a criança havia escapado. A pequena Amarante tinha sido destinada a eles, mesmo que os dois não a tivessem gerado. Ambos sabiam disso. E, acima de tudo, o clã acreditava que Boya deveria ser acompanhada, observada e, para isso, era necessário que um membro de sua família morasse com ela. Ninguém suspeitaria de uma criança.

Com a menina nos braços, Boya teve a impressão de ver o sorriso travesso de uma garota albina cheia de confiança e vitalidade se formar em novos lábios. Ela impunha uma autoridade silenciosa, recordava uma ordem das coisas que podia ser considerada arcaica, mas não podia ser destruída. Ela estava lá, como as partes do corpo humano que a evolução não havia deslocado ao longo de milênios, eras geológicas e migrações esquecidas. Assim, a alma que ia nascer escolhia seus pais, e eles não podiam dizer nada. Eles podiam não ter se amado, não ter se conhecido realmente, não se lembrar do momento da concepção porque seus corpos estavam aninhados na inconsciência de uma noite de bebedeira — não faria diferença. A alma se hospedava onde queria. Se não mudasse de ideia e deixasse ao lado da progenitora o corpo sem vida de uma criança ou fugisse muito antes do final da gestação, o bebê nasceria. Era mais raro, porém, que o novo ser chamasse tanta atenção. Aquilo, sim, era uma entrada teatral. A mulher vermelha não pôde deixar de sorrir e balançar a cabeça. Ela nunca havia imaginado que seria mãe. A dela lhe faltara demais, o relacionamento delas tinha sido excessivamente caótico para que ela quisesse consertá-lo dando à luz. Além disso, ela não se interessava muito por recém-nascidos. A escala de suas necessidades e seu modo de comunicação a deixavam zonza. Era também para tentar transcender aquela aversão que ela mantinha uma relação com meninas sem família. No fim das contas, ela as via muito pouco, recebia notícias delas, pagava para que fossem bem cuidadas. Era, aos seus olhos, o mais alto grau de maternidade, mais do que um extremo, um além. Para ela, até aquele momento, nada além daquilo podia acontecer. O número de meninas, o fato de sempre as ver reunidas permitia que ela não se apegasse a nenhuma em particular. A mulher vermelha não questionava seus sentimentos em relação àquelas crianças infelizes. Apreciava a companhia delas, gostava de brincar com elas, receber suas confidências, dar-lhes vestidos e sapatos, levá-las a shows. Ela adorava conversar com seus professores, saber como eram seus dias no orfanato. Mas era uma espécie de tutoria, um compromisso de meio período parecido com o que tinha com seus alunos. Seu relacionamento com as meninas tinha a vantagem de atender a uma necessidade pessoal e confirmar, aos olhos de alguns, a utilidade da presença dela no mundo. Ela era uma mulher e era responsável por crianças. A forma não importava, apenas a substância era levada em consideração. Aquela aparência de maternidade social não lhe custava nada.

 O abismo das expectativas decepcionadas de sua juventude a levava a pensar que as crianças esperavam mais de uma mãe. Será que ela seria capaz de dar o que lhe faltara? E ia conseguir definir isso naquele dia? Simplesmente havia nela uma espécie de fenda. O encontro com sua mãe havia eliminado sua periculosidade, mas ela não havia sido preenchida. O reencontro das duas tinha sido muito recente. A mulher vermelha ainda precisava aprender, no mundo dos vivos, a fazer os recursos adquiridos na outra dimensão darem frutos. Talvez quisessem forçá-la a avançar naquele sentido... As palavras de Mampuya, cuja voz dominara a de Abahuza, e a atitude da própria criança a fizeram entender que a questão já não se colocava. *E ela foi confiada a você*, tinha dito dela. Boya não sabia explicar a emoção que a dominava, um tipo de pânico tão intenso que ela ficou paralisada. Por isso, exibiu a postura mais fleumática possível, enquanto lembranças amargas surgiam dentro dela, a promessa que havia feito de nunca procriar. Ela a havia cumprido. Na relação que queria ter com Ilunga, o amor não se materializaria daquela forma. Eles já haviam acertado que queriam apenas um ao outro. Quando haviam retornado da última visita aos ancestrais da mulher vermelha, onde tinham conhecido uma menininha albina encantada por ter escolhido seus pais, os dois haviam mencionado a possibilidade em poucas palavras. Nem tinha sido uma questão. A mulher vermelha ainda tinha Amarante nos braços quando, voltando-se a sentar, perguntou baixinho:

— Por que ela precisava ter essa fisionomia?

A pergunta fútil não perturbou a visitante, que deu de ombros:

— O pai é um homem daqui. Ela deve escurecer um pouco, mas o legado materno não vai desaparecer. Não é nada sério, estamos falando apenas da aparência dela aqui. Você e eu sabemos quem é sua filha...

A pergunta foi respondida no silêncio que se seguiu. Boya queria saber por que havia sido necessário que ela recebesse a filha daquela maneira, mas não conseguia formular a pergunta. Se ela aceitasse aquela nova obrigação, se aquela criança fosse criada na casa do *mokonzi*, as pessoas que a acusavam de ter um acordo com os Sinistrados teriam mais um argumento. Aquilo podia prejudicar Ilunga. E, para falar a verdade, a situação não fazia sentido. A carta mencionava um genitor, era possível entender a decisão de Aglaé, mas ela podia ter recorrido a um orfanato, apelado aos valores cristãos de sua comunidade. Nada estava acontecendo de modo racional, porque a história envolvia muito mais do que os aparentes protagonistas. Por isso, a conversa passara a ser feita em silêncio, e as duas não estavam mais nem no escritório nem no campus.

A mulher que não era mais Abahuza, a amiga de longa data, e sim Mampuya, a ancestral que havia revelado à mulher vermelha o significado de seu nome, lembrado que aquilo não havia sido um sonho. Quando tinha exigido que uma de suas descendentes fosse batizada com um nome desconhecido, forjado pela apropriação de uma língua estrangeira, da figura de uma mulher antiga, ela estava se preparando para aquele momento. E não estava falando daquele exato instante, mas da época, do tempo em que os katiopianos deveriam fazer as pazes com uma parte odiada deles mesmos. Embora o respeito devido aos humanos tivesse sido dado a eles desde o início, os próprios Sinistrados não valiam nada, mas o que demonstravam sobre o ser profundo do Katiopa, sim. Na verdade, a questão não era apenas aquela comunidade *fulasi*, cujo isolamento beirava a caricatura e não merecia tanta atenção. O problema, no fundo — e os Sinistrados ilustravam isso bem — era a relação que o país teria com Pongo. Para ser mais precisa, Mampuya acrescentou que ela não se referia ao outro Continente próximo do Katiopa, mas a uma região do ser katiopiano. Quanto mais eles brutalizavam os estrangeiros, mais afirmavam a própria fragilidade diante do passado que unia os dois povos. Afinal, a história do encontro, por mais dolorosa que tivesse sido, tinha feito com que um penetrasse no corpo do outro de maneira concreta. Além disso, ao dizer que estavam acertando as contas com os poderosos de antigamente, era contra eles mesmos que os katiopianos estavam lutando. E, se fossem sinceros, veriam que sempre saíam derrotados. Não havia vitória possível naquele confronto. O assunto não era geopolítico, não tinha nada ou muito pouco a ver com a Segurança Interna... Era uma questão espiritual. Os habitantes de Pongo provavelmente a chamariam de *psicológica* para não se entregar a raciocínios metafísicos e manter uma distância segura das superstições apreciadas pelos povos atrasados. Boya entendeu que ela não ia lhe explicar todos os detalhes. Não fora à toa que ela havia se interessado pelos *fulasi*, apesar de a sociedade ter outros grupos marginalizados. Não fora por acaso que seu caminho havia cruzado o de vários membros de uma mesma família. Os Du Pluvinage formavam uma microssociedade cheia de contrastes e complexidades. Eles eram, de certo modo, importantes em sua comunidade, marcos. Mas, antes disso, eram indivíduos, seres singulares. O fato de suas trajetórias terem se encontrado naquele grupo de pessoas unidas por laços de sangue salientava uma verdade válida para todos, para os humanos. Eles eram obrigados a olhar, observar, compreender cada pessoa. Amaury tinha se apaixonado por Mawena e, por ela, tinha mergulhado na cultura local. Aquilo podia acontecer, não havia parado de ocorrer ao longo dos séculos. As ideologias, as tradições nunca haviam afetado muito os sentimentos e os desejos. Amaury estava vivendo uma aventura antiga, a odisseia do homem e da mulher. Uma questão sem cor nem território, porque incluía, atravessava todos eles. Para Aglaé tinha sido bem diferente, mas seu azar também tinha raízes no início dos tempos. A vida lhe dera um papel em um dos muitos episódios de violência, uma tragédia vista por vezes demais: a loucura de quem queria ser o mais forte, a grande ilusão da dominação.

Grávida de um filho gerado por um estranho, que a havia atacado enquanto ela voltava de um passeio, a jovem havia sido abandonada pelo noivo. Ferida pelo estupro e pela rejeição do futuro marido, ela não havia se confiado a ninguém. Sua fé cristã, a importância que os *fulasi* davam à procriação, tinha impedido que ela desse fim à gestação. Ela a passara isolada, incapaz de dizer algo para se proteger, de reunir a comunidade para defender sua causa. Aglaé havia deixado que as pessoas falassem, que a olhassem de cima, enquanto se tornava assuntos das fofocas. Em sua solidão, ela não havia parado de pensar no assunto. Quem era aquele homem? Era um dos que às vezes provocava os jovens da comunidade, principalmente as meninas? Eles gritavam: *Basiya Orania, Mulheres de Orania*, às gargalhadas. Deviam ter a mesma idade delas. Orania havia sido arrasada durante a Segunda *Chimurenga*, aquela da qual ninguém falava, aquela durante a qual a Aliança demonstrara não ter pudor nenhum. Aquele havia sido o sentido dado aos assassinatos, aos atentados que tiveram por alvo os descendentes dos colonos antigos. Tinha sido o ato de libertação suprema, aquele que ninguém ousara cometer até ali: matar os antigos poderosos. Aglaé não viu o rosto do indivíduo. Ele a atacara por trás, tapando seus lábios com uma mão firme, torcendo seu braço e a puxando para fora da trilha. Ela tivera medo demais para tentar resistir, para pensar em lutar. Ele a havia arrastado para o matagal que margeava a estrada. Ninguém passava por ali àquela hora. Apenas ela, em certas noites em que precisava arejar a cabeça. E o homem sabia disso. Ele havia planejado tudo. O pano jogado no chão impediria que as roupas de Aglaé guardassem vestígios, — mesmo um pouco de grama, um grão de poeira. Mantê-la de bruços impediria que ela o identificasse. Será que ela já havia olhado nos olhos dele? O que havia visto neles? Será que ele se sentira autorizado a agarrá-la, convidado a sussurrar *Mwasiya Orania* enquanto a violava? O que havia acontecido? Ele havia dito outras palavras em sua língua, que ela entendia mal, como uma saudação, um agradecimento, antes de deixá-la ali, de bruços, com os cabelos desgrenhados e o coração em farrapos. Tinha gemido enquanto desfazia o coque dela, depois deslizado os dedos pelas longas mechas, quase atordoado pelo contato. *Mwasiya Orania*, ele murmurava sem parar, como se cantarolasse um louvor desesperado. Por muito tempo ela não soubera dizer o que a levara a se levantar, arrumar a roupa e voltar para a comunidade. Um mês depois, tinha percebido o resultado. Quase nem se surpreendera. Enquanto o desconhecido a atacava, Aglaé sentira uma invasão total de seu ser, uma penetração cujos vestígios nunca poderiam ser apagados. Ela havia anunciado a gravidez e seu noivado fora imediatamente rompido, antes mesmo que fosse possível explicar a situação. A jovem passara a sair de seu quarto apenas em raras ocasiões. O humor volúvel fora atribuído à separação. Ninguém ficara surpreso quando nenhum homem da comunidade tinha se declarado, assumido suas responsabilidades de pai. Os descendentes dos exilados do país *fulasi* davam as costas ao igualitarismo antinatural que conferia às mulheres direitos equivalentes aos usufruídos pelos homens. Elas só podiam conhecer um homem intimamente depois de terem se casado. Cabia a elas preservar seu hímen. Aquilo era proibido para as mulheres, e todas sabiam disso.

Aglaé estava sozinha quando sua bolsa estourou. Sem dizer nada a ninguém, ela saiu como antigamente, antes da melancolia, da vergonha e da solidão. Ninguém lhe perguntou nada, mal a haviam cumprimentado com um discreto aceno de cabeça. Era cedo, poucas pessoas a viram. A jovem não tinha ido até o dispensário. Ela não havia acompanhado a gravidez, apenas se confiado ao Todo-Poderoso. Naquela manhã, enquanto o intervalo das contrações diminuía e elas lhe reviravam as entranhas, ela caminhou, lenta e rígida, até a primeira parada do *baburi*, para seguir até um local conhecido pelas mulheres da região. Pretendia dar à luz a criança ali. O trem tinha parado e ela havia percorrido o resto do caminho a pé. Aglaé havia escrito a carta antes e se agarrara a ela durante todo o caminho, amassando o envelope um pouco mais a cada contração. Imaginara que a vida escorreria de seu corpo ao dar à luz a criança que ela não poderia amar. Era uma grande possibilidade, dado o estado deplorável de sua saúde. A segunda opção era apostar em sua sobrevivência.

— A intenção dela era dar à luz e passar alguns dias lá, antes de voltar como havia saído: sozinha.

Então ela conversaria com a família, coisa que havia adiado até ali. A caminhada a levara até o pátio de uma doula famosa no Velho País. Mulheres ansiosas para dar à luz os filhos em um ambiente tradicional se reuniam ali. Aglaé mal deu um passo antes de desabar no pátio comum do terreno em que a parteira morava. Ela estava desnutrida, seu corpo havia voltado a ser o de uma pré-adolescente. O fato de ter chegado até ali tinha sido uma espécie de milagre. Antes de agonizar, ela havia encontrado forças para dizer seu nome, o que queria dar ao bebê, caso fosse uma menina, e o da mulher vermelha, que deveria acolhê-lo. Aglaé havia pedido que repetissem suas palavras, jurassem pelo que havia de mais sagrado. A jovem se dera o trabalho de explicar o que havia escrito, de fazê-lo diante de uma testemunha. Por considerar aquilo insuficiente, a parteira tivera a presença de espírito de registrar os últimos desejos de Aglaé. Após chamar uma de suas filhas, ela havia pedido que a moça filmasse os momentos finais do parto da jovem. Ou seja, havia obtido um documento visual, uma declaração indiscutível. Era isso que o pen drive continha. A comunidade *fulasi* havia sido informada da morte de Aglaé. Muitos dias tinham passado antes que eles se dignassem a responder, a se apresentar, a recuperar os restos mortais. Ninguém perguntou sobre a criança. Boya voltou sua atenção para a pequena Amarante. Não pôde deixar de rir. Sua vida era uma loucura. O melhor mesmo era não se estressar. Proteger-se de maneira sistemática atrairia dificuldades inimagináveis. Tudo que teria pela frente, ao seu redor, se combinaria com a rigidez indesejada. Tudo enrijeceria em resposta à firmeza que supostamente a protegeria. Entre dois acessos de franca hilaridade, ela disse:

— Bom, ainda tenho que conversar com Ilunga sobre isso... Você pode ficar com ela por mais alguns dias?

Quando Boya voltou à residência do *mokonzi*, já havia transcorrido metade de noite. Ela estava chateada por ter exigido que Ikemba ficasse até tão tarde com ela. O motorista teria que dormir na casa e só veria a família no dia seguinte. Kabeya estava ativando o sistema de vigilância que lhe permitiria descansar algumas horas quando Boya chegou. Um minuto depois, o acesso aos aposentos de Ilunga teria sido proibido a ela. A regra era rigorosa e Kabeya a aplicava sem vacilar. A mulher vermelha imaginou que Ilunga devia estar dormindo, mas isso não teria importância. Ela tinha que contar a ele coisas importantes demais para não esperar que ele pudesse dar toda atenção a ela. No entanto, ele estava acordado, sentado em uma das grandes almofadas do chão, na penumbra do *ndabo*. Tinha vestido uma calça de pijama que raramente mantinha sob os lençóis. Boya tirou as sandálias, se aproximou e se sentou ao lado dele.

— E como foi o seu dia? — perguntou ela, em um sussurro.

Dando os ombros, ele contou os acontecimentos aos poucos, de maneira desconexa, começando pelo final. Aquilo fez Boya perceber a exaustão dele. Quando aquela mente perspicaz, aquele coração sereno, começavam a perder o fio da meada, era porque não aguentavam mais. De modo geral, a intensidade do cansaço impedia o sono. Aquilo não acontecia com frequência. Para falar a verdade, ela também estava exaurida. Puxando-o para si, Boya ouviu Ilunga dizer:

— Você tem noção de que foi necessário mencionar os militantes independentistas de Fako que, após a derrota, se exilaram nas terras *fulasi*? Eles tiveram amigos lá, irmãos de luta. O que queriam era justiça, não segregação racial...

Ilunga não criticava os irmãos. Ele também tivera uma visão mais restrita daquelas questões antes de encontrar Boya. Ele riu:

— Eu não podia dizer isso a eles. Muitos ficariam felizes em ter a confirmação oficial da sua má influência.

Ela o ouviu imitar a voz suave da mulher chamada Botshelo, que não parara de mencionar a futura esposa do *mokonzi*. E sorriu quando ele repetiu a declaração concisa de Thiam, o chefe da Aliança no país *fulasi*:

— Irmãos, essas pessoas e nós dormimos juntos há muito tempo. Os que vocês têm aí já voltaram ao pó há muito tempo. Não vamos destruir séculos de intimidade por causa de alguns probleminhas. Especialmente porque é na nossa direção que a roda gira agora.

Aquelas palavras tinham levado água até seu moinho, talvez até um pouco demais. Os radicais livres não eram muitos, para dizer a verdade. A maioria dos identitários não queria ser notada e não tinha um bom motivo para mostrar suas presas. Afinal, eles se livrariam de parte dos *fulasi* presos por vontade própria em uma terra estrangeira. Os outros ficariam porque teriam decidido romper com seus laços ancestrais e criar novas ligações. Eles teriam que esperar para ver. Seria surpreendente se hordas de Sinistrados saíssem às ruas pelo direito de continuar no Katiopa unificado, especialmente se não quisessem mudar de estilo de vida. Eles sabiam que os Sinistrados estavam divididos. Era previsível. O *mokonzi* oferecera a todos a possibilidade de florescer: ali ou em outro lugar. A bola estava no campo deles. Alguns movimentos já estavam sendo observados, os *mikalayi* da região já recebiam os primeiros pedidos de naturalização. Os autores deles ainda não anunciavam isso em altos brados. O procedimento tinha sido acelerado, mas as coisas não aconteceriam da noite para o dia. Seria necessário primeiro matriculá-los em cursos de línguas, um pré-requisito para a integração. Claro, aquela primeira geração de *fulasi* que se tornaria katiopiana não poderia reivindicar as mais altas posições sociais. No entanto, ao se recusar a definhar à margem da sociedade, ela teria acesso a uma vida mais rica em todos os aspectos e ofereceria boas oportunidades a seus descendentes.

— Estamos sendo nobres ao fazer essa proposta e aceitá-la não vai ser uma desgraça para eles — tinha comentado Ilunga.

A Aliança devia ter pensado naquilo antes. Tinham abandonado os Sinistrados à patologia deles por tempo demais.

Como ele havia previsto, os *bandeko* tinham votado pelo projeto. E como ele também havia previsto, o *kalala* se abstivera, alegando que suas responsabilidades não lhe permitiam participar na votação, mesmo que ele fizesse parte da Aliança. Como responsável pela Defesa, que incluía dois dos departamentos mais vitais para o Estado, ele deixava a decisão para o *mokonzi* e não podia julgá-lo. Ilunga era o líder dos exércitos. Ele também presidia o Conselho de Segurança Interna. O *kalala*, responsável pelas questões operacionais, não podia enfrentá-lo se aquilo não resultasse no impeachment do *mokonzi*. E era prematuro exigir isso. O fato de Ilunga não ter respeitado os costumes — que não eram leis — na questão dos Sinistrados não invalidava seus méritos. A decisão tomada por ele de reunir os *bandeko* para se explicar, mesmo quando ninguém havia exigido isso, e colocar seu cargo à disposição, demonstrava sua confiança. Tinha sido um gesto de autoridade. Igazi não o atacaria diretamente, mas não demoraria muito a fazê-lo. A causa de sua exaustão era essa. Ilunga estava cansado por antecipação, porque a batalha aconteceria e seria dura e, sobretudo, desleal. O adversário avançava escondido, obrigando-o a fazer o mesmo. A exaustão era o avesso de seu desencanto. Ele nunca havia imaginado que teria que enfrentar um de seus irmãos, um dos principais, o único que ele teria facilmente concordado em ajudar. Ele não conseguia aceitar um assassinato, mas era o que Igazi estava preparando, de um jeito ou outro.

— Isso tinha que acontecer. Um dia. Essa briga.

As palavras foram ditas em um suspiro. O homem se calou por um instante. Sem parar para pensar direito, Boya tomou aquele silêncio para usar palavras simples que resumiam o anúncio que ela havia pensado em adiar:

— Nós vamos ter um filho.

Era melhor esclarecer tudo naquele momento. Não havia hierarquia, todas as questões que eles mencionariam seriam cruciais. Diante do olhar questionador de Ilunga, ela deixou claro que não, não estava grávida. Mesmo assim, eles iam se tornar pais. Ilunga se levantou e se virou para ela para tentar encontrar algum sinal de escárnio no rosto da mulher vermelha. Mas ela não estava brincando. Soltando um novo suspiro, o homem se levantou e estendeu a mão para que ela fizesse o mesmo.

— Vou fazer um *jebena buna* para mim — disse. — De qualquer modo, não estou com sono. Nem você. Venha, você vai me explicar isso direito.

A conversa ocorreu na maior calma possível. Não era mais o momento de apreensões nem de perguntas. Abraçados em uma das espreguiçadeiras do terraço, a de dois lugares que Boya havia mandado trazer até ali, eles haviam falado em voz baixa. Tinham examinado os acontecimentos ligados à presença sinistrada tanto no dia a dia deles quanto na sociedade e, claro, tinham se demorado ao discutir sobre os Du Pluvinage. As diversas sensibilidades deles expunham os contrastes da comunidade *fulasi* e até suas contradições. Através deles, era possível ver que o grupo jamais conseguiria realizar o projeto dos antepassados que tinham fugido para o conforto de uma região antiga, a imperícia daquele sonho. Privados da tranquilidade que aquela zona de influência devia ter conferido, eles haviam se revelado incapazes de se reinventar. Restara apenas a identidade, já que seus múltiplos suportes criavam uma ilusão de sentido: a língua, a raça, a religião, algumas práticas adicionais que eles haviam preservado sob o teto de outros, a quem concediam, da boca para fora, o status de ser humano. A alucinação coletiva dos Sinistrados fizera deles uma pequena tribo que caminhava rumo ao silêncio, a um desaparecimento de que ninguém se lembraria. Com um pouco de paciência, teriam visto o cadáver dos *fulasi* afundar nas águas do Lualaba, mas muitos tinham dado a eles mais vitalidade do que imaginavam, mais força do que tinham. No fundo, era isso que provocavam todas as medidas tomadas para enfraquecê-los, para contê-los. O discurso de Ilunga viera para interromper aquele *pas de deux* mórbido. Ele fizera todos os protagonistas voltarem a pôr os pés no chão. E, por isso, atendera às expectativas secretas dos jovens que, apesar de terem nascido entre os Sinistrados, não queriam morrer acorrentados a sombras desconhecidas. A mulher vermelha e seu companheiro conversaram sobre Amaury/Mubiala. Mawena estava vendo TV quando o rosto do rapaz apareceu na tela. Ela dera um salto, soltara gritos estridentes, longas onomatopeias cujos gestos não resolviam o mistério. Risos e lágrimas haviam se misturado, xingamentos e exclamações de alegria soado em uníssono, até que, depois de cair no chão, a jovem se levantara para esboçar um passo de dança com os braços estendidos em direção ao aparelho. Para a sorte de sua família, que assistira à cena sem entender nada, ela saíra do transe depois de alguns minutos. Mawena tinha tomado banho, se vestido, se enfeitado e perfumado como se fosse a uma festa.

Mas não era dia nem hora daquilo. Na soleira da porta, ela tinha se virado para explicar:

— Eu vou buscá-lo. Nós vamos voltar juntos. O *mokonzi* falou por nós.

Sem se preocupar com uma resposta, ela correu em direção ao ponto de *baburi* mais próximo. Boya tinha conseguido aquela informação com Funeka. Na recepção do hospital, a jovem tivera dificuldade de convencer a equipe a deixá-la falar com o homem que fora apresentado na TV pelo nome de Mubiala. No fim das contas, foi levada até o quarto dele. A enfermeira tinha primeiro entrado sozinha, deixado Mawena atrás da grande janela que dava para o corredor. Ela então perguntara, apontando para a visitante:

— Você conhece aquela pessoa?

Amaury assentira.

— Achei que ela nunca me encontraria.

Cautelosa diante do jovem que manifestara o desejo de sair dali a todo custo e nas piores condições, a enfermeira quisera garantir que ele não seria entregue a mãos hostis. Por isso, pedira que ele identificasse a desconhecida, coisa que ele tinha feito, antes de acrescentar todas as informações fornecidas por Mawena. Seu nome completo, que não havia sido divulgado, sua profissão, seu endereço.

Muitos tinham ido ver aquela jovem vestida com um conjunto em bazin azul e aquele jovem cujo *bùbá* vermelho de paciente descia até os joelhos, o beijo indecente com que haviam se satisfeito. Eles tinham trocado palavras de amor na língua da região, acariciado o rosto um do outro como se quisessem descobrir seu contorno através do tato. As roupas de Amaury tinham sido devolvidas a ele limpas e passadas. Os namorados haviam saído juntos do Mukwege, pegado o *baburi* e voltado para a casa dos pais da jovem. Tanta autoconfiança intimidara a família dela. Todos haviam aceitado esperar que Mawena achasse uma casa ou, caso o primeiro plano falhasse, levasse o protegido para onde quisesse, inclusive para longe de Mbanza. De qualquer modo, eles haviam percebido que a moça faria o que desse na cabeça dela. Desde que o *mokonzi* havia discursado para os Sinistrados, relações ocultas não paravam de ser reveladas. Eles estavam vendo aparecer, em um dos primeiros lugares da lista tipológica de amores confidenciais da *kitenta*, uma categoria nunca antes vista: a de habitantes do país e miseráveis *fulasi*, que nem sequer falavam a língua da região. Mas, claro, os comentários eram todos feitos na surdina, desde que a população atônita vira o jovem sinistrado na televisão. Outras surpresas poderiam aparecer. Tinham sido vizinhos que haviam procurado os *fulasi* depois de reconhecer Amaury. A família dele achava que o jovem estava com o Grupo de Benkos, no vilarejo em que as diferenças eram abolidas pela mistura, onde eles pretendiam erguer um mundo refratário ao mundo. Mas, no fim, aglomerar tudo não é, no longo prazo, apagar tudo, impedir a própria ideia de encontro? Amaury nunca quisera morar lá e considerara a comunidade apenas um lugar de passagem. Quando a família dele tinha ido ao hospital, o jovem e sua namorada haviam saído pela tangente. Ele dera notícias e ninguém tinha tentado trazê-lo de volta. A comunidade sinistrada estava ocupada decidindo o próprio futuro e, verdade seja dita, se desgastava como um tecido velho, cansado de resistir em vão. Apenas alguns se apegavam aos sonhos de seus antepassados. Os obstinados pela pureza identitária pretendiam deixar o Katiopa unificado para trás, mas não para finalmente conhecer o país perdido. Eles haviam começado a negociar com o maior dos territórios do Leste que não tinha se juntado ao Katiopa unificado. Lá, seus muitos compatriotas viviam como ditava sua origem. Tinham escolas, negócios, restaurantes. Podiam viver na língua de seus pais, não ter que aprender outra. Conseguiam empregos por cooptação, e eles com certeza conseguiriam algum. O novo país ainda teria que aprovar o pedido. Será que ele precisava daquelas pessoas? Elas pareciam viver fora do tempo, com seus barracos de madeira, vestidas de cambraia e com especialidades culinárias próprias. Com certeza podiam ser consideradas refugiadas, mas a defesa da identidade já havia se tornado meio ridícula naqueles tempos. Além disso, o território que as acolhesse por causa disso estaria fazendo uma afirmação clara sobre as próprias culturas. Logo, ele não teria pressa em fazer isso. Entre os mais obstinados, os mais velhos se esforçavam para esconder seu incômodo. Uma viagem tão longa seria difícil para eles, sem contar o esforço de se adaptar a um ambiente desconhecido. A cultura não era tudo: havia a natureza, as coisas que os cercavam.

Apenas uma certeza se impunha a todos: haveria *fulasi* dentro do Katiopa unificado. A fisionomia levaria muitos a designá-los daquela maneira até a geração seguinte nascer da assimilação, enraizada na região de Mbanza. As pessoas nem diriam "katiopianos de origem *fulasi*"— eles seriam nativos daquela terra localizada entre o oceano e o grande Lualaba.

— E *mobali na ngai* — disse a mulher vermelha —, fomos convidados a acolher uma parte desse futuro sob o nosso teto.

Ilunga, passando tranquilamente a mão pelas costas de Boya, não ficou surpreso. Sem interromper a carícia e enquanto os dedos de Boya percorriam as linhas do seu *amasunzu*, ele zombou da grandiloquência da afirmação e pediu para que ela a explicasse direito:

— Em palavras mais simples, por favor. A esta hora, metade do meu cérebro já não funciona.

Boya então falou sobre a visita que sua antepassada fizera a ela, usando o corpo de Abahuza, e a chegada de sua filha, cuja alma estava alojada na carne de uma recém-nascida abandonada por uma mulher *fulasi*. Ela explicou as circunstâncias da concepção, as atribulações do parto. Só depois de contar aqueles detalhes a mulher vermelha revelou a identidade da mãe e o nome escolhido para a menina. Ilunga ficou pensativo por um instante e perguntou:

— Você quer criar essa criança?

Boya assentiu e respondeu que sim, se ele estivesse ao lado dela. Apoiando-se em um dos cotovelos para olhar nos olhos dela, o homem insistiu. A resposta dela o deixava feliz, mas Boya tinha que decidir sem pensar nele. O trabalho dele carregava todo tipo de risco, visível e invisível. Ele não queria isso, mas um acontecimento infeliz poderia separá-los de maneira violenta. Ela então ficaria sozinha com a pequena.

— Aliás, o mesmo pode acontecer comigo se eu concordar em ser pai dela. E você sabe, nossa vida vai mudar, mesmo se tivermos ajuda.

Eles poderiam continuar murmurando, bem baixo, com as portas fechadas. Ilunga se calou para deixar suas palavras seguirem seu curso. Após ficar em silêncio por alguns segundos, a mulher vermelha sussurrou:

— Meu coração já aceitou nossa filha. Eu gostaria de ficar com ela, de vê-la crescer.

O homem afirmou que também tinha gostado da garota cheia de vida que fora encontrá-lo no *kubakisi* de Boya. Ele mal podia esperar para descobrir como ela se revelaria para eles. E, como ela era a sentinela enviada por Mampuya para cuidar da mulher vermelha, a antepassada encontraria uma maneira de trazê-la de volta, na forma de uma lagartixa, se necessário. Ilunga preferia ficar com um bebê, do qual teria que trocar as fraldas e aturar as trocas de dentes.

— *Mwasi na ngai*, então você quer desistir da nossa lua de mel?

Boya ficou ofendida com a pergunta. Abahuza, ou até Funeka, poderia ficar com a criança na ausência deles. Era tudo uma questão de organização.

Ela pediria uma licença-maternidade, mas não planejava parar de trabalhar. A universidade tinha uma creche para os funcionários.

— Ela nem chora. Você vai ver. É um anjo.

Ilunga riu. Mesmo o espírito mais iluminado seria forçado a gritar de vez em quando se só tivesse um corpo de recém-nascido como meio de comunicação. Pelo menos para se manter crível. A criança berraria como os outros bebês, às vezes apenas para chamar a atenção deles. Encerrando o discurso com aquelas palavras, o homem pôs uma das mãos sob a *bùbá* da mulher e começou a massagear o seio esquerdo dela. Com a outra, pegou o cinto de seu *iro*, desfez as dobras e libertou primeiro a cintura e depois as coxas de Boya. Deixando-se encantar pelas carícias e beijos dele, a mulher vermelha ajudou o amante sacudindo as pernas para se livrar das roupas. Quando fez que ia se levantar, ele murmurou:

— Não, vamos fazer amor aqui.

Quando ela se sentasse ali para ninar a filha, ele queria que as bochechas dela ficassem vermelhas, que ela se lembrasse do prazer que havia despedaçado os dois ali, uma noite, no terraço. Ninguém veria o rubor em seu rosto, mas ela sentiria e reviveria aquele momento para sempre.

Como costumava acontecer pela manhã, Ilunga foi o primeiro a abrir os olhos para o nascer do dia. Ele havia dormido pouco, mas ainda assim se sentia descansado. Lembrou-se de ter pensado, após o primeiro encontro dos dois, que a mulher vermelha ia virar a vida dele de cabeça para baixo, que seria para melhor. Obviamente, ele estava longe de imaginar que aquilo podia ter alguma ligação com os Sinistrados, que ela o levaria a mudar de opinião, que eles adotariam a filha de uma mulher *fulasi*. Aquilo com certeza afetaria Igazi, que veria o fato como prova da corrupção definitiva do *mokonzi*. Boya simplesmente havia aparecido, e o mundo ao redor de Ilunga tinha sido transformado. No dia anterior, os dois haviam conversado sobre tudo, menos sobre Seshamani. O homem não quisera. Era um problema dele, e ele pretendia resolvê-lo, abrir espaço para o futuro, se despedir do que havia vivido.

— Boyadishi — sussurrou ele, beijando a nuca da mulher adormecida.

O nome, que não significava nada nas línguas do Katiopa, embora tivesse sons que o encantavam, combinava bem com ela. E como costumava acontecer com os nomes, tinha um poder, indicava um caminho. Ela o havia seguido sem saber de nada, movida pela intuição. Mampuya lhe revelara que o nome havia sido forjado a partir do nome de uma rainha dos Icenos, uma tribo esquecida de Pongo. Uma guerreira ruiva chamada Boadiceia, que havia lutado contra Roma. Para a antepassada, a ideia não havia sido fazê-la voltar à vida no solo do Katiopa, implantar ali sua lembrança, já que sua família não a celebrava. Sabendo que um dia seria necessário transformar a relação do Katiopa com a parte de Pongo que a história dera a ele, a ancestral havia usado o nome para propor uma tarefa à descendente. Boya não saberia dizer por que, dentre todos os marginalizados, todos os estrangeiros — e havia muitos dentro das fronteiras do Estado, embora a maioria tivesse nascido no Continente —, ela quisera saber mais sobre aqueles. Não conseguiria descrever a natureza do chamado que ela havia respondido. E, quanto mais ela avançava, mais o caminho ficava claro. Agora aquilo também trazia algo para ele. Ilunga tinha esquecido que o velho Ntambwe, que recrutara Kabeya e ele, ficava extasiado com a beleza que os colonizados de antes tinham conseguido extrair da linguagem imposta pelos invasores. Daquela época, eles abominavam a violência e tinham resistido a ela usando todo e qualquer brilho que surgisse em seu caminho. Então, eles haviam cravejado a própria desgraça com aquelas joias tiradas da lama, convencidos de que a selvageria acabaria, que os humanos voltariam a se entender, se reconhecer. Um dia eles acordariam com mais vontade de viver do que de se vingar, e aquela seria a vingança. Kabeya e ele reprimiam bocejos quando Ntambwe recitava os poemas antigos, os versos extraídos da língua que não era a dos colonos porque precedia o ponto em que eles haviam se perdido. De tanto ouvir a música, os dois haviam deixado que ela os dominasse, passado a associá-la mais às conquistas poéticas dos escritores katiopianos que à demência predatória dos prestadores de civilização. A língua, assim como a terra, não era um bem. Ela pertencia a si mesma, só se entregava quando queria. Ilunga não escrevia em *fulasi* desde aquela época. Ele queria fazer isso agora, colocar no papel um monte de palavras para Boya, oferecer-lhe alguns versos de um daqueles poemas antigos. Pensando nisso, Ilunga se arrependeu do fato de *A Quintessência* não prestar homenagem aos criadores de beleza. Eles tinham sido apagados da memória, que havia preservado apenas o nome dos poderosos ou dos militantes. Seria preciso rever aquilo também, invocar toda a luz possível. O *mokonzi* do Katiopa unificado saiu do quarto na ponta dos pés para se sentar à escrivaninha e escrever, em caracteres katiopianos, sílabas cuja música a mulher vermelha reconheceria e cujo significado decifraria. Ela leria:

Você dorme
E eu zelo pelo nosso amor (...)
Sou o velho vigia
A postos sobre as muralhas
Tenho nos olhos as auroras dos tempos antigos
E na cabeça a canção dos tempos futuros

No final da página, ele escreveu que o poema se chamava *Você dorme*, que seu autor era Bernard Dadie, que ele havia se lembrado daquelas frases ao amanhecer. Talvez ela soubesse por quê. Ilunga voltou para o quarto e deixou no travesseiro um envelope azul que faria Boya sorrir. De volta ao escritório, ele ligou para Seshamani. Tinha chegado a hora.

24.

A noite ainda trazia paz e discrição. No entanto, a mulher tinha pressa, queria voltar a seus aposentos antes do amanhecer. Sem deixar a preocupação transparecer, ela queria que aquela reunião terminasse. Mas a situação era séria e o assunto em discussão não podia ser ignorado. Uma mulher desconhecida havia entrado na vida do *mokonzi* e a racionalidade dele, aos poucos, estava começando a vacilar. O nome daquela criatura nunca era mencionado pelo grupo. Ela era apenas chamada de *Vermelha* ou de *Imperatriz*. A ironia, no entanto, não aliviava as preocupações: quem dominava a alma do *mokonzi* um dia comandaria o Estado. Ela não só havia encantado o coração e a cabeça de um dos lutadores mais implacáveis que haviam surgido no Continente desde tempos imemoriais, mas encorajara, além de tudo, que ele fosse imprudentemente leniente em relação aos exilados do país *fulasi*. Enclausurados em seu reduto em Matuna, o Grupo de Benkos era, no fim das contas, um problema secundário. O vilarejo fazia fronteira com comunas rurais onde ninguém tinha nada a dizer sobre os vizinhos. E os antecessores deles já tinham gosto pela miscigenação, mas os da geração atual afirmavam ser nativos do Katiopa. Claro, aquela lógica torta os levava a ver, naquele pertencimento, uma razão para abraçar o mundo inteiro, para incorporá-lo, mas eles viviam aquela loucura entre eles. Era diferente para os *fulasi*. Tinha sido com certo espanto e por acaso que sua malícia havia sido descoberta. Até então, todos tinham se acomodado à presença deles, já que qualquer plano de repatriamento havia sido rejeitado. Por mais que tivessem argumentado, exposto razões objetivas para aquelas pessoas terem que deixar o território, duas das três principais instituições do Estado haviam se oposto ao plano. Eles haviam perdido tempo e, ao fazer isso, permitido que o perigo aumentasse.

Quando ele a procurara para confiar a delicada tarefa de encontrar provas que comprovassem a traição da Vermelha, Igazi, um membro eminente do Governo, já tinha pistas contundentes. Sem esperar nada de muito específico, ele mandara vigiar um *fulasi* mais estranho do que os outros, cujo comportamento inusitado havia sido notado. O resultado logo aparecera, e ele mesmo não conseguira acreditar no que estava ouvindo. Portanto, a necessidade de afastar a mulher vermelha de Ilunga havia se imposto. O apoio que a noiva do *mokonzi* dava aos Sinistrados acabaria por comprometer a segurança interna. O fato de aquilo não ser sua intenção não resolvia o problema. Ela agia de acordo com seu coração, se orgulhava de seu humanismo e de sua generosidade, sem suspeitar das consequências de seus atos. E, por causa da leviandade dela — porque eles tinham certeza de que as decisões do *mokonzi* àquele respeito emanavam da Imperatriz —, os *fulasi* tinham sido convidados a se misturar à carne do povo do Katiopa. E, para dar o exemplo, o chefe do Estado e a imperatriz vermelha que governava o coração dele logo adotariam a filha de uma Sinistrada. As famílias da região seriam incentivadas a fazer o mesmo, a se abrir àqueles estrangeiros, a vê-los como iguais. Os colonos de antigamente voltariam a ser o centro do universo, o presente e o futuro seriam compartilhados com eles, sem que eles nem tivessem que brigar por aquilo. Todos esqueceriam a violência de que eram herdeiros, o desprezo que estava até na língua deles e a maneira indescritível com que tinham se isolado, tamanha era sua aversão ao Katiopa e à população do país. As circunstâncias não deixavam escolha para aqueles que tinham se reunido naquela noite. Sem fazer das identidades ancestrais um credo, eles pretendiam afirmar o direito à perpetuação do ser que concebiam atualmente. Tudo o que pudesse atrapalhar aquela refundação deles mesmos seria combatido, e eles não se furtariam de atravessar nenhum abismo para garantir isso. Os Sinistrados eram um veneno na água, uma substância insípida e ainda assim letal. A fonte de onde os habitantes do Katiopa unificado beberiam talvez não fosse a original, mas ela brotava da alma dos povos nativos, da vontade que tinham, naqueles novos tempos, de desenvolver aquele líquido pela mistura do melhor de cada setor cultural do Continente. Por muito tempo, as populações da Terra Mãe, separadas por fronteiras esculpidas na pele de seus antepassados, achavam que a única coisa que tinham em comum era a ferida, a marca colonial. A única luz que os alcançava vinha da radiação artificial difundida pelos propagadores da civilização. Então, a luz falsa enfraqueceu e eles descobriram, entre piscares de olhos, a nudez dos reis do mundo. Eles se retiraram de baixo da pilha de mentiras, recolheram todos os pedaços de si mesmos que haviam sido espalhados e voltaram a ficar de pé.

    Agora que eles estavam no rumo certo, não admitiam fazer desvios nem traçar um caminho paralelo que os incoerentes — que existiam em todos os cantos — decidissem seguir. Era assim, os humanos estavam sempre prontos para se deixar dominar pela fantasia, já que o trabalho que devia ser feito exigia esforço demais. Ainda era preferível, caso falhassem, que fossem se esconder no Grupo de Benkos, onde as línguas do Katiopa eram faladas e os tipos exógenos, fagocitados pelos habitantes do local, deixavam marcas pouco visíveis. Aliás, a fisionomia das pessoas não era o problema. A questão fundamental era outra. Os membros da Aliança reunidos naquela noite tinham ouvido, assistido e lido os documentos roubados da Vermelha. O enorme arquivo do ódio que os Sinistrados sentiam pelas pessoas cuja hospitalidade famosa já havia aberto a porta para tragédias muitas vezes. Ninguém naquele grupo testemunhara o desembarque dos antepassados deles, que haviam fugido de uma sociedade em que o desaparecimento de suas tradições se tornara uma realidade irrefutável. Por outro lado, todos tinham ouvido as histórias de seus pais e outros, a descida ao Inferno dos deuses vivos que os *fulasi* ainda eram naquela região. Por isso eles haviam escolhido o Katiopa, um território desesperado que provavelmente pretendiam iluminar e, se falhassem naquela nobre tarefa, onde continuariam cantando de galo. Já que o galináceo fazia parte de seu escudo, aquela opção também era boa. Voltar a ser um sol para si mesmo já seria uma conquista. Por isso, ninguém tivera a oportunidade de contemplar a inclusão dos exilados do país *fulasi*, mas todos imaginavam a raiva que devia tê-los tomado quando a comunidade pagara o preço da nova política durante a formação do grande Estado. Apesar de tudo, eles não tinham optado por voltar ao país ancestral, já que o conheciam apenas por meio de livros, filmes antigos a que alguns às vezes assistiam e informações que colhiam nos países localizados ao norte do Continente, quando iam renovar seus documentos. A pátria há muito desaparecida habitava mais o grupo porque ele havia decidido nunca voltar a ela, o que era certamente poético, mas não era hora de ter pena de ninguém. Quando o Sinistro aconteceu, algumas de suas vítimas migraram para os Montes Urais, uma nova fronteira e o horizonte final. Entre elas, nem todas chegaram àqueles confins libertadores e se instalaram em áreas mais fáceis, já que a salvação do próprio ser ainda requeria um pouco de coerência. Outros escolheram a facilidade, o conforto dos tempos antigos, da zona de influência: o privilégio colonial.

Como a última gravação da matriarca da comunidade sinistrada estava terminando, deixando o silêncio dominar a sala, Igazi, que havia recebido todos em sua casa para aquela reunião imprevista, tomou a palavra. Disse que não havia descoberto nada de essencial, nada de que não suspeitasse. Os serviços de Segurança Interna, pelos quais era responsável, tinham se limitado a fiscalizar identidades e interrogar alguns Sinistrados que se afastavam da comunidade, mas ele não ficara surpreso ao ouvir, das bocas daquelas pessoas, sua profunda incompatibilidade com a ambição do país. E até, ele se atrevia a afirmar, o antagonismo da natureza delas com a do povo do Katiopa. O estilo de vida dos Sinistrados, a insistência em se diferenciar da maioria, era claramente uma abordagem política. Como tinham perdido o país *fulasi*, eles o haviam deixado com o rabo entre as pernas e a cabeça baixa e procurado um lugar mais hospitaleiro onde ainda podiam rezar para seu deus, falar sua língua, se sentir descendentes de seus ancestrais. O Katiopa havia oferecido isso quando a retomada dele mesmo ainda parecia ser apenas uma utopia, um sonho irrealizável, já que todos eram corrompidos pelo consumismo e tudo mais. Não fora a primeira vez que o Continente proporcionara uma tábua de salvação para aquelas pessoas. Na época do Sinistro, eles haviam sido muito bem recebidos. Naquela parte do Continente, as mentes eram tão bem moldadas pelo pensamento colonial que, sem perceber, ninguém sabia mais viver longe dos torturadores do passado. Nada que não tivesse relação com eles era feito. Tanto entre os ativistas que clamavam por uma rebelião contra os regimes desiguais que disfarçavam a influência dos antigos colonos quanto entre os vencidos apaixonados por seus opressores, a energia era sempre direcionada para fora. As forças assim se esgotavam e não se voltavam para o interior, onde morava quem se alimentava do mal. Aquele tinha sido o trabalho que a Aliança havia realizado com paciência ao longo de gerações. Porque fora necessário mudar a perspectiva para transformar as circunstâncias.

Kabundi, o responsável pelas Questões da Diáspora, era o outro funcionário importante do governo presente naquele encontro noturno. Ele deixou o *kalala* terminar antes de apresentar, como sempre, uma nuance. Como a diplomacia era sua profissão, ele demonstrava uma propensão aos ardis e não aos ataques diretos.

— Irmão — declarou com um tom calmo —, estaríamos errados em tomar uma decisão sem analisar melhor os elementos que nos foram apresentados.

Os desígnios sombrios dos Sinistrados tinham sido revelados, mas as artimanhas confessadas tinham sido elaboradas apenas por uma pessoa. Que influência aquele jovem tinha na comunidade? Ele estava namorando uma garota da região, e eles podiam ver nisso o início de uma implementação de seu projeto. Contudo, mesmo antes da declaração do *mokonzi* convidando os Sinistrados a aceitar o Katiopa, o Conselho havia rejeitado a proposta de expulsão dos estrangeiros. O *mikalayi* responsável pela presença deles na região, por sua vez, trouxera as críticas da população e conseguira convencer o conselho como um todo. E um genocídio não seria possível.

— Nenhuma corte vai nos sancionar. Estamos fora do alcance dos tribunais internacionais. Mas medidas radicais demais podem enfraquecer a Aliança e retirar o apoio do povo.

Igazi olhou para ele.

— Do que você está falando? Não estamos preparando um plano de erradicação. Ainda não. Por enquanto, a ideia é neutralizar a Imperatriz.

Kabundi se levantou, deu alguns passos, parou atrás da espiã do *kalala* e, com calma, escolheu as palavras que ia dizer. Depois de pesá-las, o homem se explicou. Ele já havia entendido isso, mas, como seria apenas o primeiro passo da operação, discutir o resultado dela não seria inútil. Quando a Vermelha não pudesse mais causar danos, eles tinham que estar de acordo sobre a sequência de eventos.

— E quero enfatizar isso: não vamos matar essas pessoas. Deixem todas irem embora. Esse deve ser o nosso objetivo.

O dono da casa interrompeu Kabundi:

— Irmão, me dê algum crédito e imagine, se possível, que eu, assim como você, fui dotado de um cérebro funcional.

O interlocutor deu de ombros. A mulher atrás de quem ele estava adivinhou o gesto pelas inflexões de sua voz.

— Então tudo bem, já que concordamos em relação a isso. Seria ridículo usar um martelo para lutar contra abelhas. Vamos ser mais sutis...

Ele continuou antes que Igazi respondesse:

— Nossa amiga vai ter que nos deixar. Antes disso, precisamos saber quem dentre nós vai impedir o avanço da Vermelha. Como vocês sabem, Ilunga escolheu o dia do San Kura para anunciar o casamento. É amanhã, pois a noite já acabou.

Kabundi pousou mãos firmes nos ombros da mulher. Sua missão em nome da Aliança havia demonstrado que ela era a pessoa mais bem posicionada para isso, aquela sobre quem a suspeita não pesaria, aquela cujo envolvimento pareceria inconcebível. A governanta não vacilou. Kabundi achava que estava aproveitando uma chance de ouro de se vingar da mulher que tivera a audácia de rejeitá-lo. A delicadeza de seus dedos bem cuidados não anulava a sensação de que alicates aprisionavam os músculos dela. Anéis longos e articulados cobriam quase os dedos indicador e médio inteiros da mão direita dele. Feitos em bronze, eram a insígnia de seu cargo, um cargo que ninguém obtinha sem ter demonstrado talentos extraordinários, sob a luz e em meio à escuridão. Conhecedor tanto da linguagem do silêncio como das palavras, Kabundi acentuou a pressão daqueles dois dedos específicos sem esforço visível. Era apenas ela que devia receber a mensagem. O homem usava um creme perfumado com aromas de couro, cujo tom confirmava o que não era dito. Aquele tipo de cera, de fabricação mais complexa do que as de fragrâncias florais, era uma prerrogativa de pessoas de alto escalão. Qualquer recuo, qualquer pergunta de sua parte teria feito todo o grupo desconfiar da mulher. Todos sabiam que a realização daquela missão, que era inútil descrever, seria o sacrifício da pureza dela. Assim como as pessoas que estavam ali, ela sujaria as mãos, no mínimo. Não era possível escapar daquele teste. Ela dedicara tempo e recursos intelectuais à causa, nada muito custoso. Era preciso fazer mais, dar provas de que era confiável. Tinha sido a última a entrar no grupo, a única a não ter combatido. Fora admitida a pedido do *kalala*, mas a desconfiança persistia. Aliás, era por isso que ainda não lhe havia sido dada a chance de participar de reuniões privadas e muito mais decisivas. Corria o boato, entre pessoas bem-informadas, de que as reuniões aconteciam em outros planos, onde o espírito, libertado do corpo, revelava sua natureza profunda, dando total liberdade a ela. Assentindo, Igazi concordou com a proposta de Kabundi. O responsável pelas Questões da Diáspora soltou a mulher e voltou a se movimentar. Aproximando-se do dono da casa, ele encarou a governanta. Os olhares convergiram para ele. Ela se perguntou como a força de um homem tão concreto se manifestava na outra dimensão, onde a carne não existia mais. Ele valorizava cada milímetro de seu corpo, escolhendo com todo o cuidado as roupas que enfatizavam sua silhueta esbelta, a altura de sua cintura, o marrom escuro de sua pele.

Igazi se dirigiu a ela:

— Nosso irmão está certo. Está na hora de aproveitarmos o seu cargo. Você vai vê-la hoje?

Não era à toa que ele era o *kalala*, responsável pelas operações militares e encarregado da Segurança Interna. Era raro que fizesse perguntas para as quais não soubesse a resposta. Naquela véspera do San Kura, antes do anúncio que o chefe do Estado faria, era óbvio que a Vermelha encontraria a governanta da residência do *mokonzi*. Era de lá que a notícia seria proclamada. Em seguida, um lanche seria oferecido aos membros do Conselho que estivessem presentes para indicar sua aprovação. Seria ela que organizaria aquele momento de celebração ainda formal, antes das núpcias propriamente ditas. Para não ouvir a voz de sucata que o aparelho geraria, ela usou sinais, indicou que a pessoa mencionada ia encontrá-la pouco antes do jantar.

— Então está decidido — declarou Igazi. — Vá para casa e descanse. Vou passar minhas instruções pela manhã.

O ato teria significados e consequências para ela. Se ele a tinha julgado bem, elas seriam gratificantes. A mulher ganharia mais, muito mais que vantagens. Com os olhos fixos nos dela, Igazi antecipou habilmente suas perguntas:

— Talvez você preferisse ir até a *toguna*, mas não temos tempo. Teríamos que ter convocado os que estavam ausentes hoje. Claro que você pode se recusar a fazer isso.

Desviando o olhar, ela voltou sua atenção para os membros da Aliança reunidos no *ndabo* de Igazi. Além do dono da casa, de Kabundi e dela mesma, havia seis pessoas ali. Duas mulheres e quatro homens, sentados em semicírculo, de frente para a grande tela e os aparelhos de som que haviam sido usados para ouvir as gravações. Seguindo uma postura cujas regras não precisavam ser lembradas, a mulher estava na ponta esquerda do semicírculo, e Kabundi e Igazi à direita. Os que estavam no centro permaneciam em silêncio. As línguas se soltariam quando ela saísse dali, ela tinha certeza disso. *Você pode se recusar a fazer isso,* Igazi acabara de declarar. Ele não se ofenderia, mas os outros veriam aquilo de maneira diferente. Ela resolveu não lhes dar a satisfação de descartá-la imediatamente. Levantando-se, informou a Igazi que sua resposta seria comunicada em breve, quando ele entrasse em contato. Se ela recusasse a missão, ele teria tempo suficiente para tomar providências. Ninguém duvidava de sua celeridade. O San Kura de 6362 não passaria sem que ele agisse.

Ela se despediu com um aceno de cabeça, usando um movimento suave. Era melhor não parecer hostil. Igazi a acompanhou até o portão de casa. Os dois atravessaram juntos o jardim mineral que se estendia em frente à casa. Grandes quantidades de obsidianas centenárias coabitavam o terreno com contas de aragonita, pedaços de madeira fossilizada. O estado daquelas pedras era objeto de muito cuidado, e elas eram substituídas assim que seu magnetismo acabava. Como costumava acontecer na *kitenta*, o jardim vegetal ficava no quintal da casa. Parte dele podia ser visto do *ndabo*, uma área exuberante no meio da qual se erguia um moabi centenário, espécie que se tornara rara. A presença de plantas era obrigatória nas casas do Continente, não importava quais fossem. Aos poucos, as antigas relações com a terra haviam sido renovadas e trazido a salvação. Não para todos, uma vez que regiões inteiras do Continente tinham visto o progresso do deserto por certo tempo, uma situação que os agrônomos estavam começando a controlar. O fenômeno causara um êxodo que durara alguns anos, primeiro para os territórios preservados da Terra Mãe, mas também para os países de Pongo que já tinham muitas comunidades do Continente. Aqueles que teriam viajado para lá de qualquer maneira. Ninguém ficara alarmado com a partida deles, pelo contrário. Primeiro, porque eram menos bocas para alimentar. Segundo, porque, por terem se beneficiado das práticas de rearmamento identitário e de permanência memorial em voga no Continente desde o fim da Primeira *Chimurenga*, eles seriam, no exterior, distribuidores incansáveis de seu poder. Diferentemente daqueles que haviam emigrado nos séculos anteriores, eles não estavam indo apenas para sobreviver, para perpetuar em um lugar confortável o que tinham dentro deles. Igazi falava deles como se fossem infiltrados atrás das linhas inimigas, milhares de soldados tão eficazes que cumpririam a missão sem terem recebido nenhuma ordem, sem nem ter consciência dela. Em uma terra estrangeira, a cultura que eles ajudariam a crescer seria sua espada, e a democracia aplicada em Pongo, seu escudo. Tinha sido muito bom repudiar aquela ideologia, que não tinha lugar dentro do Katiopa unificado, e preferir uma adaptação de concepções participativas antigas, uma reunião de procedimentos ancestrais. Embora por tempo demais, o katiopiano colonizável havia sobrevivido. Diante do longo sofrimento dos opressores do passado, muitos sentiam o coração se encher de pena, pois conheciam o fundo do abismo que eles estavam descobrindo. No entanto, cada um era responsável pelo próprio destino. O Katiopa estava ocupado com o próprio renascimento.

O portão se abriu para a viela privada que era preciso pegar para voltar à rua. Igazi impediu Zama de ir embora, pegou as duas mãos da mulher e falou como falava quando ninguém estava por perto:

— Zama, esse vai ser o fim da sua iniciação. Tudo correu como planejado. A gente conversa daqui a pouco.

Sem esperar resposta, ele deu meia-volta, levantando um pouco de areia vermelha. Zama apressou o passo e logo chegou à avenida quase deserta àquela hora. A rua terminava na Praça Mbuya Nehanda, uma das maiores da cidade, a única cujo muro vegetal incluía apenas ervas medicinais. Uma passarela mecânica ligando a área protegida em que Igazi morava ao centro da cidade teria permitido que ela voltasse mais rápido para casa, mas ela podia encontrar alguém no caminho. Trabalhadores matinais, verdureiros ou festeiros tardios podiam passar por ela, o que iluminaria imediatamente o local. A energia armazenada durante o dia sob o sol iluminava a passarela quando ela era utilizada à noite. Seu rosto não era conhecido por ninguém, e Zama preferia assim. A mulher se afastou da avenida, preferindo se esconder atrás das árvores que margeavam a calçada, flamboyants de tronco robusto. Seus passos logo a conduziram para os fundos do jardim suspenso das *Estrelas da Maafa*. Seu coração voltou a bater em um ritmo razoável: a residência estava bem próxima. Como em outras noites, ela havia levado o jantar para as sentinelas, que não abririam o olho antes do amanhecer. Igazi lhe fornecera um pó sedativo que nunca a deixara na mão. Quando acordavam, os guardas só se lembravam de ter se refestelado. Por não verem mais os pratos, achavam que já os haviam devolvido. Zama os recolhia quando voltava. Ela suspirou enquanto empurrava a porta do elevador que ligava seu *ndabo* ao vestíbulo do primeiro andar. Nos últimos tempos, a ginástica que precisava fazer para se movimentar pelo prédio lhe parecia absurda. Segurança. Segredo. Seu apartamento não se comunicava com os outros quartos do térreo, com o mezanino nem com o porão — nem com o exterior, já que só tinha uma varanda que se abria para um pedaço de jardim cercado. Ela não tinha outra escolha a não ser ir até o primeiro andar, com todo o cuidado do mundo, e depois descer por uma das duas saídas. Até então, não tinha percebido o ridículo da situação.

Então Igazi havia aparecido na hora certa. Faltavam pouco mais de duas horas para o canto do galo, para o chilrear dos pássaros da manhã. Seria muito pouco para se deitar, por isso ela não ia dormir. Depois de tirar os sapatos, Zama foi para o quarto. Nele, tirou a roupa, amarrou um pano leve embaixo das axilas e se sentou na varanda para aguardar o nascimento da estrela do dia. As fábulas antigas diziam que ela se deitava no oeste para acordar no leste, sugerindo assim um certo desassossego em seu descanso. O sol, para quem acreditava naquelas bobagens, tinha um sono agitado, era um sonâmbulo que ia de oeste a leste através de peregrinações inconscientes, desde o primeiro crepúsculo. O povo dali sabia que não era nada daquilo. O sol era um viajante completamente diferente. Sua jornada o afastava por certo tempo dos olhos de parte da humanidade. No entanto, ele era uma força que nunca se extinguiria. Por isso as lendas ancestrais haviam concebido a imagem de um confronto durante o qual, nos abismos do mundo, ele desafiava um monstro apenas para reaparecer vitorioso ao alvorecer. Também era o abismo que acolhia os mortos cuja vida não tivera brilho. Aqueles cuja existência nunca havia se concretizado. Aqueles que, impossibilitados de se tornarem referências, não seriam elevados à categoria de ancestrais. As profundezas mandavam de volta para a mediocridade vidas sem ousadia. Naquela hora carmesim que precedia o nascimento do sol, ela sentiu que conhecia bem demais aqueles tristes recantos. Agora que a maturidade acrescentava a seus quadris e coxas camadas adicionais que a convidavam a redescobrir os caprichos da juventude, ela sentia vontade de agir. Preferia colocar as coisas assim, imaginar que era inacessível às crises de envelhecimento, não tentar compensar, aos cinquenta anos, uma adolescência cuja alegria lhe havia sido roubada. Voltando a pensar nos acontecimentos da noite, ela viu novamente o rosto de Igazi. Como ele a havia levado para o grupo, mesmo o mais desconfiado dos integrantes tinha sido obrigado a reprimir qualquer crítica. Apesar de terem lhe lançado olhares eloquentes para fazê-la se lembrar de sua posição e da obscenidade de sua presença ali, tinham engolido seus insultos. Igazi era um homem respeitado. Ela não queria que o amor deles fosse divulgado, já que isso mancharia a aura daquele homem excepcional. Eles viviam bem daquele jeito, na sombra e no silêncio. Depois de contemplar o nascer do dia, Zama foi ao banheiro e se despiu. Ela se perguntou que forças tinham trabalhado para transformar a Vermelha em uma questão de Estado, sem que ela nem desconfiasse. Coincidências não existiam. Ela não poderia salvá-la, nem devia.

*

O dia caminhava tranquilamente para seus momentos finais. Logo o sol se poria, a hora lilás antes da noite chegaria. Igazi não tinha ido encontrar Zama. Ela o havia esperado no início da manhã, quando os membros da Aliança reunidos na casa dele tivessem ido embora. Ele nunca havia faltado aos encontros e aquele silêncio também não era do seu feitio. Uma onda de calor chegara e ela se sentia gelada. Vendo o sol atingir seu auge, ela tivera que sair do apartamento, juntar-se ao pessoal da cozinha e preparar o cardápio do dia seguinte. Então, Seshamani a havia chamado. Desde a sua chegada à residência, a esposa do *mokonzi* estava escondida em seus aposentos e mal se preocupava em se lavar e vestir uma camisola. Ela pensou que a mulher parecia elegante e derrotada ao mesmo tempo, vestida de tafetá rosa, os olhos vermelhos, as mãos trêmulas. A governanta fechara suavemente a porta, pela primeira vez pouco disposta a se tornar receptáculo de uma dor que não era dela. Sua única preocupação era o destino de Igazi, porque algo sério havia acontecido, ela tinha certeza disso. Dirigindo-se à porta-janela, ela havia aberto as cortinas, deixado a luz e o ar entrarem no quarto, tudo o que faltava desde que Seshamani tinha chegado. Então ela se mantivera de pé, em silêncio, olhando nos olhos da mulher cujo perfume dominava o cômodo. Sentada de pernas cruzadas na cama, em seu vestido de noite, Seshamani parecia a grande flor que sempre a havia emocionado. Mais do que ninguém, ela conhecia o drama interior da esposa, a aversão que o desejo pelas mulheres causava nela, a necessidade que tinha de subjugar Ilunga, de ocupar todo o espaço possível na vida dele. Naquele dia, nada daquilo a emocionava, Zama não queria entender, abrir os braços, consolar com uma voz doce. Ela havia esperado. Seshamani não estava mais chorando, e ela ficou grata pela mulher do *mokonzi* tê-la poupado do espetáculo de suas lágrimas.

— Ele pediu o divórcio — tinha dito a esposa que não seria mais, atendo-se àquelas palavras, olhando para o rosto da mulher que, ao longo dos anos, segurara sua mão e protegera seus segredos.

Zama não havia respondido de acordo com a vontade de sua interlocutora. Ela não tinha dito o que sempre havia dito: *Ele não faria tudo isso se não amasse você.* Não quisera começar uma conversa longa, dar forças enquanto perdia as suas. Com um tom calmo, Zama havia indicado:

— Ele está devolvendo a sua liberdade.

Então, dando meia-volta, ela deixara a mulher entregue à própria tristeza, que logo passaria. Ninguém estenderia a mão para Zama. Se o amor de sua vida estivesse perdido, ela teria que tomar uma decisão, mas não sabia qual. A vida na residência, a serviço do *mokonzi*, da nova esposa e filha adotiva dele agora lhe parecia inconcebível. No dia seguinte, antes do nascer do sol, enquanto todos se preparassem para filmar, na sala de estar da residência, o anúncio do casamento do *mokonzi*, ela já estaria longe. Por não ter recebido notícias de Igazi nem instruções claras dele, foi isso que ela decidiu. Ia descobrir o que tinha acontecido com ele. Seja qual fosse a resposta daquela pergunta, ela encontraria uma maneira de agir. A hora de recuperar sua liberdade também havia chegado.

*

Kabongo andava em círculos. Fazia vários dias que ele não voltava para casa e que sua irmã Biuma cuidava das crianças. Era a primeira vez que ele não dava notícias, a primeira vez que não queria vê-las. O desencanto esperado durara pouco. Ele não apenas não havia se libertado do domínio da mulher vermelha, mas a doença tinha piorado. Kabongo não se lembrava de já ter sido vítima de tal abatimento, uma espécie de desgosto pela vida que contrastava totalmente com seu temperamento. A princípio, ele não sabia nada sobre apegos febris, paixões desesperadas, dependência emocional. Aquilo era a vida dos outros. Ele conhecia o desejo e sua satisfação, e pequenos desvios no caminho que apareciam entre os dois polos. A viagem, por vezes curta, resumia aos seus olhos a relação entre homem e mulher. Quando tinha se unido a Zanele, fora apenas para procriar em um cenário padrão, do qual as crianças se beneficiariam, uma estrutura reconhecida como necessária e positiva. Talvez tivesse sido aquele o seu primeiro erro, uma concessão estúpida às regras sociais comumente aceitas, uma infidelidade à sua visão da relação entre os sexos. Logo depois de ter se casado, ele deixara de desejar Zanele, nem se lembrava direto do que o atraíra na mulher. Ela queria filhos, ele também, os dois estavam disponíveis. Não faltava a ela inteligência nem cultura. Era curvilínea, projetada para a gestação e o parto. Zanele tinha se entregado a ele de corpo e alma, esperando um investimento semelhante da parte dele. Ele aguentara o máximo possível, vendo naquela imagem de família comum o melhor disfarce para um agente da Segurança Interna. Ela não havia entendido por que ele queria se divorciar, estava tudo bem, ele já estava saindo com outra pessoa. Não, mas era isso, estava terminado. Ainda hoje ela não entendia. Zanele não o havia conhecido, ele não tinha permitido.

Então Boya havia chegado. Uma história a princípio banal, que simplesmente tivera um começo singular. Ele não tinha previsto aquilo e ainda a sentia por perto. Os dois tinham se falado com frequência e não tinham se dito nada. Ele a havia tomado muitas vezes, mas não a possuíra. Tivera todas as outras, não ela. Agora tinha certeza: durante o ato sexual, não era a ele que ela se entregava. A mulher vermelha o chamava não para vê-lo, mas para acalmar uma tensão interior: ele desatava seus nós. Ela era grata a ele e retribuía com uma refeição depois do exercício. Depois que ele saía pela porta, que ela fechava, a mulher vermelha se libertava de seu calor, de seu cheiro. Sentava-se à mesa de trabalho e se dedicava às tarefas que uma febre totalmente hormonal havia atrapalhado. Sua sensualidade às vezes transbordava, e a função do homem era apenas limpar o que havia derramado. Por muito tempo, ele vira as coisas de outra maneira, imaginara que a combinação específica de seus temperamentos sexuais esclarecia o que eram um para o outro. Que eles estavam fazendo amor sem explicitar isso, especialmente porque não explicitavam, que o silêncio continha mais sentimentos que caberiam em palavras. Fazia alguns dias que Kabongo admitia a validade daquele termo para designar o que os aproximara: amor. Para o homem que ele era, amar uma mulher era sentir necessidade de voltar para ela, para sua pele, para seu jeito particular de reagir às carícias, às penetrações. Sobretudo isso. Então tudo havia descarrilado quando ele descobrira que não podia mais encontrá-la. Ele perdera o norte e outras direções. A obsessão de Kabongo não era pela conversa, pela vida a dois, pelas idas a restaurantes. A sensação de perda se cristalizava em torno de uma cena que não havia acontecido: o sexo oral que Boya faria nele. A imagem, construída por sua imaginação, não parava de persegui-lo, produzindo variações próprias que devoravam sua razão. Não importava o que ele fizesse, sua concentração escapava depois de alguns instantes. A imagem de seu pênis entre os lábios de Boya aparecia de repente e se plantava ali, bem no centro, empurrando todos os outros pensamentos para a periferia. Determinado a se curar daquela patologia, ele se lembrara do *One Love*, onde não punha os pés havia anos. Não era o único lugar na cidade que oferecia entretenimento sexual com pessoas que se recusavam a aceitar sexo e gênero restritos. No entanto, no *One Love*, todas eram homens aos olhos da lei, embora não se apresentassem como tal. Era o que ele estava procurando. O *One Love* havia se especializado ainda mais porque as prestadoras de serviço sempre tinham uma tez pouco comum, em tons como preto azulado, albino pálido ou o avermelhado claro que Boya ostentava. Além daquela característica original, as trabalhadoras do One Love eram artistas à sua maneira, capazes de se transformar em quem lhes havia sido descrito. Uma delas se parecia com Boya a ponto de ser possível confundir as duas se não analisássemos o tamanho do traseiro que surgia dos quadris estreitos da mulher vermelha.

Kioni tinha sido feita para aquele trabalho, e ele sabia disso por já tê-la visto várias vezes. Apenas um elemento lhe era desconhecido: o som da voz dela, que poderia ter estragado tudo. Depois de verificar que isso não aconteceria, ele havia se juntado a ela, atrás da janela unidirecional. Na dramatização que ele havia pedido, Kioni seria, sem saber, Boya, e o receberia uma noite, como havia acontecido muitas vezes. Alguns minutos tinham sido suficientes para que Ehema, a sábia guardiã do One Love, entendesse bem o ambiente em que ele queria estar e levasse Kioni para o espaço adequado. O One Love dispunha de várias cabines, todas diferentes, de modo a oferecer uma boa variedade de cenários, tanto internos quanto externos. E, ao contrário de outros locais daquele tipo, a ilusão não era obtida apenas graças à tecnologia, aos efeitos de luz e às imagens projetadas, que só enganavam a certa distância. Ele tivera a sorte de chegar quando o quarto estava livre e Kioni, disponível. Mas sua boa sorte parara por ali. Mal os lábios de Kioni tinham se aproximado da cabeça de seu pênis e ela dera um pulo para trás, alegando que não seria possível, que ela sentia muito. Claro, ele não teria que pagar nada. Ela se mantivera rígida e evitara o olhar dele, esperando que Kabongo fosse embora. Contendo a fúria, Kabongo exigira explicações. Ela dera de ombros:

— A patroa deve ter avisado que eu recebo espíritos.

Era verdade. Aquelas palavras tinham sido pronunciadas, mas ele prestara pouca atenção a elas. No entanto, a frase era bastante estranha e ele devia ter ficado mais atento. Diante do olhar questionador de Kabongo, Kioni tinha se sentado na cama e abandonado o personagem para se tornar ela mesma, marcando mais uma vez o fim da partida. Bom, os espíritos eram visões. Aquela era a maneira mais simples de apresentá-los. Ela não os recebia com todos os clientes, longe disso. Apenas alguns os provocavam. Ela os tocava e se sentia arrebatada por um redemoinho que a depositava em um lugar indefinível, sempre o mesmo, onde a terra era vermelha e a cor do céu era a de uma tempestade silenciosa. Ali, os segredos dos homens lhe eram revelados.

— Eu vi você com a mulher. A que você quer esquecer... Você não vai conseguir. Vai ter que servi-la.

Kabongo não quisera ouvir mais nada.

Ele saíra da cabine e depois do *One Love* a passos largos, descendo quatro degraus de cada vez, correndo o risco de quebrar ossos. Só se permitira voltar a respirar quando estava ao ar livre, naquele bairro pré-histórico onde ainda restavam edifícios de concreto. A noite tinha caído de verdade. O centro da cidade era longe, mas ele não tinha pegado o *baburi* e havia preferido caminhar. Ele não havia questionado o que aquelas palavras significavam. Kioni mencionara a mulher que ele queria esquecer, mas devia ser, no fundo, uma coisa relativamente comum. Ela podia estar fazendo cena. No entanto, aquelas frases tinham deixado Kabongo incomodado. Por certo tempo, ele não tinha mais se preocupado com o fato de estar sendo seguido. Atravessando a cidade como uma lesma, ele havia chegado à Praça Mmanthatisi e a cruzara para continuar a seguir em frente, a princípio sem rumo. Depois, tinha pensado na sede da Segurança Interna e fora até lá sem pressa, continuando a caminhada sem ver nada da *kitenta* nem dos habitantes dela. No bulevar Rei Amador, ele voltara a erguer os olhos para o céu, olhara ao redor e, aos poucos, pusera os pés de volta no chão. O dia estava prestes a amanhecer quando ele se sujeitara a verificações de segurança. Àquela hora, os guardas de plantão eram poucos — havia apenas dois na recepção. Eles o haviam visto parar diante do dispositivo de reconhecimento ocular, pousar o dedo indicador direito conforme indicado e passar pela guarita. Impassíveis, tinham se contentado em acenar com a cabeça para cumprimentá-lo, o que lhe convinha. No elevador, ele inserira seu crachá. O objeto parecia um daqueles cartões de sócio fornecidos pelos clubes esportivos e libertinos. Ao chegar ao espaço de trabalho compartilhado, perto da janela com vista para a horta, passara a respirar um pouco melhor. Quando a equipe administrativa começara a chegar, Kabongo se levantou. A manhã ia correr como sempre, o *kalala* talvez passasse por lá. Ele tentaria vê-lo depois, por iniciativa própria. Antes, tinha que falar com Boya. Segui-la não seria a melhor maneira de conseguir isso, ele seria visto. Na universidade, ela estaria cercada e seu motorista a levaria embora assim que o trabalho terminasse. Só ali, no Velho País, ele teria uma chance de abordá-la. Ele sabia que ela ia até lá para as reuniões de um grupo de mulheres. O motorista a levava, mas veículos motorizados não podiam entrar no bairro e quem quer que a acompanhasse teria que deixá-la em frente à Casa das Mulheres. Homens não podiam entrar. Por isso, tinha sido lá que ele havia se escondido, três noites antes, com a cabeça coberta por um turbante, vestido com uma *bùbá* de mangas bufantes, a cintura marcada por um tecido estampado que ele havia comprado uma tarde, depois de finalizar o plano. As pequenas vielas do Velho País estavam desertas quando ele havia passado, mas Kabongo caminhara ansioso, temendo encontrar alguém naquele bairro onde todos se conheciam. Vestido de mulher, com um *kèmbè* sob o tecido que lhe conferia curvas abundantes, o agente tinha andado até a Casa das Mulheres, cuja localização ele encontrara em um mapa. Era um daqueles lugares de que ninguém ousava se aproximar sem ser convidado, e cuja entrada não era vigiada. Tudo o que precisava fazer era empurrar o portão. Depois de inspecionar o lugar, ele havia se instalado em um galpão de ferramentas. Boya acabaria passando por ali. Ela estaria sozinha. Entraria no santuário. Então ele sairia sorrateiramente e esperaria perto do portão. Sem turbante, sem enrolações. Seria apenas ele, diante da mulher vermelha. Kabongo ouviu vozes, risos, o balbuciar de um recém-nascido. Havia pessoas chegando. Naquele fim de dia, o portão da Casa das Mulheres rangeu. Ele prendeu a respiração.

*

Igazi estava sentado de frente para a velha *sangoma*. Ela o havia encontrado nas primeiras horas do dia, enquanto ele ia para a residência do *mokonzi*, onde Zama estava esperando. Ninguém conhecia tão bem quanto ela o talismã que ele usava para se mover rapidamente e sem ser visto. Nesse sentido, tinha uma vantagem sobre ele: a de saber anular seus efeitos. Enquanto atingia a velocidade de cruzeiro e se preparava para passar sem esforço por cima da cerca que separava o jardim da governanta e a *nzela*, Igazi sentiu que recuava e viu que seguia na direção oposta da avenida Menelique II, atravessava Mbanza. Então ele caiu. Ali, na casa da beira do penhasco, nos limites de KwaKangela. Desde então, ele não havia dito nada, nem ela. Seria inútil. O homem se repreendeu por sua irresponsabilidade. Como podia ter esquecido que os *mokonzi* tinham uma proteção excepcional, tanto de dia quanto à noite? O chefe do governo também tinha a seu favor o serviço de uma *sangoma* formidável e a participação dela no Conselho a tornava ainda mais poderosa. Ela encarnava aquela instituição, e os membros combinariam poderes para salvá-la caso ela fosse ameaçada. Para falar a verdade, nenhuma força era capaz de derrotá-la. Eles se observavam, se olhavam nos olhos, em silêncio, havia horas. Na casa daquela mulher, Igazi podia se defender tanto quanto uma minhoca, mas mantinha a calma. Se a ideia fosse eliminá-lo, isso já teria sido feito. Ela não teria se dado o trabalho de atraí-lo para seu covil. Igazi era necessário. Não seria fácil substituí-lo, e isso não seria feito com pressa. Ele teria um pouco de tempo, mas, naquele instante, tudo que havia planejado tinha sido comprometido. No dia seguinte, o ano novo seria celebrado e Ilunga anunciaria seu casamento. Tudo bem. O mais importante para ele era tranquilizar Zama, mas seus pensamentos pareciam estar congelados. Durante horas, ele tentara incansavelmente enviar uma mensagem a ela, mesmo que breve, para que ela soubesse que ele estava bem, que nada havia mudado, que ele a veria em breve. Ilunga suspirou, mas não baixou a cabeça nem o olhar. A sala em que estavam era fechada, sem nenhuma abertura para o exterior além da porta. Por isso, ele não conseguia ver a cor do céu, mas achava que sabia que horas eram. Se tinha contado certo, o sol logo começaria a se pôr. Zama já devia ter voltado para casa, não importava o que havia feito naquele dia. Ela não jantaria, provavelmente não fecharia os olhos a noite toda. A voz de Ndabezitha o fez estremecer por dentro, mas ele não piscou. Ela balançou a cabeça:

— Estou escutando você desde que você chegou aqui, filho. Tem qualidades tão lindas... Mas falta bondade a você. Não capacidade de amar, mas bondade. Não foi só porque Ilunga era casado que o escolhemos. A natureza do homem era importante para nós. Você acha que só o fogo pode criar grandes coisas e você está certo. Mas é preciso conhecer todas as características dele... Vamos deixar isso para lá. Você está preocupado com a mulher que ama. Bem, vamos ver o que está acontecendo.

Assim que a anciã pronunciou aquelas palavras, uma fogueira se acendeu entre eles. As chamas se afastaram e revelaram um círculo cercado por elas. Ali, no chão de terra, ele viu a casa do *mokonzi*. Os homens da guarda faziam a ronda. Uma mulher que ele não reconheceu imediatamente atravessava o jardim vestida com um longo vestido rosa. Estava descalça e se aproximava do lago.

— Seshamani — sussurrou ele.

Ela estava sozinha e parecia desorientada, como se estivesse bêbada ou sob efeito de alguma substância. Ela tropeçou em uma pedra e gritou. Zama então apareceu, correndo como podia. Quando chegou à beira do lago, Seshamani afundava lentamente, sem ter tentado, mas sem fazer nada para escapar do afogamento. Zama se inclinou e estendeu a mão. Entre elas havia espaço demais, uma distância muito grande. Zama se aproximou mais e conseguiu agarrar a mão de Seshamani, que se debateu violentamente. Depois de trazer a esposa do *mokonzi* de volta à terra firme, Zama perdeu o equilíbrio e as chamas se apagaram. Igazi gritou seu nome. Ela não sabia nadar.

*

Boya abraçou Mama Namibi, que acabara de abrir o portão da Casa das Mulheres. Ela então beijou Abahuza, que segurava nos braços um bebê de olhar expressivo. A criança era loquaz e acompanhava seu falatório com movimentos bruscos dos braços. Ela passaria a noite no santuário e seria recebida na casa do *mokonzi* depois do anúncio de casamento. Por enquanto, era preciso protegê-la, *blindá-la*, como diziam os moradores da região. Seria apenas por alguns dias. As anciãs tinham se reunido antes de sugerir que Boya lhes confiasse a tarefa. Por isso, ela não compareceria a todos os ritos e só estaria presente no último, durante o qual a menina receberia outro nome. O escolhido pela mãe seria mantido, mas era importante nomeá-la corretamente para ancorá-la na terra do Katiopa e permitir que os espíritos de sua linhagem não perdessem seu rastro. Porque ela viera de algum lugar antes de entrar em um corpo de recém-nascido. A operação voltaria a ser feita alguns anos depois, para que o nome fosse confirmado e o vínculo com os antepassados, fortalecido. Depois de cumprimentar as duas anciãs, a mulher vermelha partiu em direção à estrada principal. O sedã de Ilunga estava estacionado ali, e ele a esperava. Indo contra o pedido de Kabeya, ele mesmo assumira o volante. Os dois haviam buscado Abahuza e Amarante na estação, e então tinham ido para o Velho País. Agora que voltariam a ficar sozinhos, ela pediria que ele desse um pequeno passeio pela cidade. A noite tinha caído, revelando suas promessas e seus mistérios sobre Mbanza. Boya queria ver o mar. Beijando Ilunga, ela avisou isso a ele. O *mokonzi* riu:

— Você quer que eu seja estrangulado pelo Kabeya ou o quê?

Ela protestou. Ele estava dirigindo um sedã equipado com vários sistemas de proteção, mas ninguém havia deixado que saíssem sem escolta. E os veículos da guarda não eram muito discretos. Ilunga ligou o carro. Estava prestes a responder quando seu comunicador tocou. Ele ligou o viva-voz. Era Kabeya. Um acidente tinha acontecido. Seshamani e Zama haviam quase se afogado no lago. Os guardas tinham resgatado as duas e um médico havia sido chamado. Elas estavam fora de perigo, mas teriam que descansar por alguns dias.

— Seshamani havia tomado tranquilizantes em doses muito altas. Ela caiu na água. Zama foi ajudá-la, mas acabou se deixando arrastar.

O rosto de Ilunga ficou tenso. Ele se manteve em silêncio por um instante antes de se despedir. Com os olhos fixos na rua, o homem se dirigiu a Boya:

— *Mwasi na ngai*, espero que você tenha perdido um pouco do seu coração mole...

Eles mereciam uma caminhada ao longo da praia. Quando voltassem para casa, as horas que os separavam do dia seguinte pertenceriam apenas a eles, acontecesse o que acontecesse. E mesmo que o céu decidisse desabar sobre a *kitenta*, seu casamento seria anunciado. Boya aprovou aquelas ideias com um tom calmo. Ela esperava que ele as mantivesse durante a lua de mel. Ilunga pousou a mão na perna da companheira sem dizer mais nada. Os dois haviam se perguntado qual seria o abismo do primeiro sonho, mas agora isso não importava mais. O importante não era a presença do precipício, mas o fato de que os dois o atravessariam juntos e encontrariam, do outro lado, a beleza que lhes seria oferecida.

GLOSSÁRIO

O texto utiliza algumas palavras vindas de diversas línguas africanas que não serão mencionadas aqui. É a língua desta história, escrita no eco de diversas culturas. As acepções mencionadas a seguir foram sobretudo usadas para este romance. Não traduzimos todos os termos relativos a roupas, penteados e adornos, já que é fácil encontrá-los com a ajuda de um mecanismo de busca.

Ahosi: guerreira do reino Daomé.
Amasunzu: estilo de penteado.
Ankh: cruz egípcia, chamada de *cruz da vida*.
Aso oke: tecido com listras coloridas.
Bandeko: irmãos, colegas (singular: *ndeko*).
Bhârat: Índia.
Bukaru: construção circular e aberta com telhado cônico.
Bwende: circuncisão.
Chimurenga: luta pela libertação.
Continente (o): África.
Descendentes: afrodescendentes.
Djed: pilar egípcio, símbolo de estabilidade e permanência.
Fulasi: francês.
Hanguk: Coreia do Sul.
Ibora: casaco ou colete longo.
Impi: guerreiro.
Indlovukazi: rainha.
Ingrisi (ou *inglisi*): inglês.

Iporiyana: adorno masculino, espécie de peitoral.
Isizwe Abamnyama: reino do homem negro.
Jebena buna: café (cuja preparação geralmente requer uma cerimônia).
Joseon: Coreia do Norte.
Kadima: ministro da Agricultura.
Kakona: Ministro das Finanças e Orçamento.
Kalala: responsável pela segurança interna e chefe dos Funcionários.
Katiopa: África.
Kèmbè: calças grandes.
Khat: chapéu egípcio simples, usado todos os dias.
Kiobo: caixa onde são guardados escudos e armas.
Kiskeya: Haiti.
Kitambala: lenço.
Kitenta: capital.
Kubakisi: o mundo dos mortos, dos espíritos.
Kushti: luta livre indiana.
Kwanga: também chamado *chikwang*, pasta de mandioca fermentada, cozida em folhas.
Maafa: deportação transatlântica dos subsaarianos.
Mbenge: o ocidente. No livro, a América do Norte.
Menat: grande colar associado à fertilidade, um dos emblemas da deusa Hathor.
Mfundu: quintal.
Mikalayi: governador regional.
Mindele: os europeus (singular: *mundele*).
Mobali: homem.
Mobali makasi: homem poderoso.
Mobali na ngai: meu homem.
Mokonzi: chefe de Estado.
Moran: guerreiro.
Moringue: arte marcial e dança.
Moyindo: negro (plural: *bayindo*).
Mputu: Portugal.
Mswaki: bastão de madeira usado principalmente para limpar os dentes.
Mubenga car: carro a hidrogênio criado por Sandrine Mubenga.
Muntu: humano (plural: *banto*).

Musuba: não circuncidado.
Mwambi: porta-voz do governo.
Mwasi: mulher.
Mwasi ya mokonzi: mulher do chefe do Estado.
Mwasi na ngai: minha mulher.
Mwasiya Orania: mulher originária de Orania.
Ndabo: sala de estar.
Negus: título usado pelos soberanos etíopes.
Ngai ngai ya musuka: molho de azeda e palmito.
Ngoma: instrumento de cordas chamado de *harpa fang*.
Nguba: capa.
Nkozi: rei, senhor; é também usado para designar Deus.
Nzambi: deus criador.
Nzela: rua, caminho.
Odigba ifa: colar usado para a adivinhação, usado pelo *babalawo*.
Orania: cidade africânder fundada por segregacionistas.
Oudjat: olho de Hórus.
Outro lado: territórios de deportação (Américas, Caribe).
Owesifazane: mulher.
Palenque: vila fundada por quilombolas.
Parentesco de brincadeira: prática social que visa promover a fraternidade entre grupos, principalmente quando uma disputa (às vezes séria) põe um contra o outro.
Pongo: Europa.
Po Tolo: também chamada de *Digitaria*; estrela irmã de Sirius, invisível a olho nu.
Project Coast: programa sul-africano de fabricação de armas bacteriológicas destinadas a eliminar apenas pessoas negras.
Quilombola: habitante de um quilombo, comunidade de escravos fugidos do Brasil.
Sangoma: curandeira, adivinha, mediadora entre o visível e o invisível.
Semeki ya mobali: irmão do meu marido.
Shen: anel (ou fivela) egípcio.
Shoowa: tecido de ráfia com textura de veludo, chamado de *veludo de Kasai*.
Sodabi: licor obtido pela destilação do vinho de palma.
Sokoto: calças retas.

Tengade: chapéu peuhl.
Toguna: local onde são realizados debates decisivos para a comunidade, chamado incorretamente de *cabana das palavras*.
Tuba: ritual de defloração.
Umdali: deus criador.

Fonte Source Serif
Papel pólen natural 80g/m²
Impressão Gráfica Edelbra, setembro de 2024
1ª edição